本书属于国家社科基金项目（西部项目）"中国现代幻想小说史论"（10XZW025）结项成果

国家社科基金丛书
GUOJIA SHEKE JIJIN CONGSHU

20世纪中国
幻想小说史论

The Study on History of Chinese Fantasy Novels
in the 20th Century

冯鸽 著

人民出版社

目　　录

第一部分 | 20 世纪初的强国梦

第三部分 | 20 世纪末的幻想

序　言

在人少的地方钓鱼

陈学超

庚子抗疫，单位不得不按下暂停键，一时间坊间少人烟，关门如深山。然而，这却是难得的清静无扰，是学人读书写作的好时机。这不，冯鸽教授研究写作了十多年的专著《20世纪中国幻想小说史论》，终于在这一年杀青，即将付梓了。人常说，在人少的地方钓鱼，著书立说亦如是。

"在人少的地方钓鱼"，这句俗语蕴蓄深厚。冯鸽教授选定20世纪中国幻想小说这一研究区域，正是一个人迹罕至的地方。记得20世纪80年代初期，我们改革开放后第一批现代文学博士，在"拨乱反正""现代化启蒙"的时代大潮激荡下，曾先声夺人于一时。可是，我们很快就感觉到三十二年的"现代文学史"空间太狭窄了，怀疑这个小学科能否再做出大学问，继而陆续"走出去"，探讨更加广阔的文学世界和学术领域。然而，七八年过后，当我从国外归来，却看到全国成千上万的现代文学专业的博士生拥挤在这一相对狭小的领域寻找选题、寻找可以探究的作家作品。这使我隐隐感到，忽略充分社会价值和学术价值的学院式和书斋式的论文、一些纯学科阐释的表达，似乎已经成为一种小圈子里的内部交谈、一种相对封闭的师生间的社群话语。一些学位论文往往被强烈的主观臆想和西方理论架构所笼罩，一些学术术语也成了为学位、职称评审服务的写作策略,不再能承担起推动民族文化资源再造的使命。一度生机勃勃的中国现代文学研究似乎有些令人窒息。就是在这种氛围下,冯鸽毅然放弃了她原来拟定的现代散文研究的思路,这条路上已经太拥挤了。此时,苏州大学范伯群、刘祥安教授等正在拓展深化中国通俗文学研究,冯鸽有幸被编列入这个团队之中,从而选定了"20世纪中国幻想小说"这个少人问津的研究方向,走上了一条填补空白的学术之路,继而在这条路上寂寞地走过了十多年。没有赶着发文炒作,没有急于送成果争名位,终于以一个谨严学者的定力为中国现代文学研究开垦了一片荒地。

其实,现代幻想小说研究园地本不应该荒芜。文学天马行空的想象和幻想,乃是灵感之源,是艺术审美的基本特征,是文学创作成功的不二法门。文学文本,都是现实与虚构的混合本。非写实、超自然的幻想小说古今穿越、生死轮回、天堂地狱、未来世界、梦幻奇遇、鬼神精怪、荒诞变形,更营造了无数充满艺术魅力的经典叙事。古今中外的文学名著中,幻想小说从来没有缺席过。西方的魔幻、科幻、恐怖小说,中国的志怪、传奇、神话故事,都是文学园地中灿烂的奇葩。遗憾的是,它在中国现代文学史中一度被漠视了,被正典的宏大的现实主义叙事的大翼遮蔽了。急剧变革的中国现代社会,特别要求文学作家、批评家更多地关注社会、关注现实、关注人生,有其历史的合理性。然而,作为文学研究,忽略了现实主义以外的文学现象、文学范式、文学规律及其审美价值和文化意义,却不啻是一个严重缺失。补上20世纪幻想小说研究这一环,功莫大焉。

这是一部以史带论、史论结合的专著。其开拓之一,是对我国20世纪大量流行的幻想小说资料认真地爬疏、辑考、整理、归纳,从而完整地描绘一百年中这类非写实小说的文学地图。那些仙魔、神怪、武侠、科幻小说,或流行于民间、刊布于野史,或被整理出版、馆阁收藏,或坊间耳熟能详,或淹没于故纸少人问津,都要全面收集研读、悉心编排,这是一项浩繁艰苦的资料整理工作,也是冯鸽教授写好这部开创性的文体学史的基础。她清楚,论说判断不是研究的起点,而是研究的结果;文史研究一定要克服以往"以论带史"的偏误,坚持以作品、史实作为史识、史论的基础。在这部专著里,我们可以清晰地看到20世纪初期晚清喧闹的幻梦小说图景,看到20世纪中期五彩缤纷的武侠小说故事,以及20世纪末科幻小说的精英叙事,令人耳目一新。其开拓之二,是首次对百年中国幻想小说作品的创作背景、作品分类、思想内涵、隐喻性质、审美价值、文化意义,给予了系统的剖析和辨识;对这类虚构小说的叙事特征、艺术风格及其发展轨迹,进行了独到的诠释和论述,并与西方幻想小说对比分析以张其美。她没有简单地习用浪漫主义、超现实主义或先锋派之类的西方理论范畴,而是回归中国文论批评,着力探讨虚构小说的内涵及其审美价值,展示中国幻想小说的艺术规律,从而成就了这部独具一格的具有史料和史论双重价值的深入浅出的文学史论专著。

此刻,我想,这部专著似乎像一条在人们少去的地方钓到的颇有价值的金龙鱼,却不是为大众热切关注的黄花鱼。专业的研究总是小众的,学术著作很难成为畅销书。它大约会被静静地藏在图书馆的一角,或者躲在渺渺云端的知网中。不过,未来研究非写实小说的学人,却一定要先看看它,尽管那里是一个人少的地方。

余致力现代文学研究颇历年所,迟暮之年唯期待后浪滔滔,杰青辈出。读冯鸽教授专著,实有空谷足音之喜。不揣浅陋,略弁数言,是以为序。

2021年4月于北京

绪　　论

本书的缘起,要追溯于我早年对现代小说和文学史的思考。纵观中国 20 世纪现代小说的发生、发展,在写实的巨大羽翼下,想象力似乎更多地指向现实世界,这与中国叙事神话和史文传统的关系如何? 为何在现代文学史叙述中我们对非写实小说叙事彰显模糊? 抑或是文学创作本身对想象力的压抑? 及至今日,我们面对大量流行的科幻、仙魔、武侠、神怪等幻想小说创作和阅读现象,又将如何阐释? 如何将其纳入我们文学史叙事版图? 为此,我们将从现代小说的发生开始研究幻想类小说叙事在中国现当代文学中的发展轨迹,以期能够揭示出以往研究中被遮蔽、被漠视的一些问题,从而更为整体性地绘制出文学地图,为多种文学现象进行阐释。

第一节　"幻想小说"与"非写实叙事"

"幻想小说"源自英文的"fantasy"或"fantasy literature"。所见最早使用这个概念的是 1960 年深受欧美文学影响的日本研究者石井桃子等人出版的《儿童与文学》一书,并由此开始形成了对这种小说类型特征的认识①。目前,

---

① 参看朱自强、何卫青:《中国幻想小说论》,上海:少年儿童出版社 2006 年版,第 22—24 页的论述。

"fantasy literature"一般都被翻译成幻想小说,而不是幻想文学,主要原因是研究者本身关注的就是小说文类。涉及这个名称的讨论多在儿童文学研究领域,研究者们都是从对"fantasy"的界定和翻译来解释的。毋庸置疑的是这个名称来源于现代西方。

在西方文学中,"幻想小说"有广义与狭义之分。广义的幻想小说即超自然小说,是相对于现实主义小说而言的,包括现实主义小说之外的如科学小说、恐怖小说等一切小说。而狭义的幻想小说则指"主流幻想小说"(mainstream fantasy)或"纯幻想小说"(pure fantasy),其基本特征就是以魔法为基础,讲述与自然规律相悖的荒诞故事,如英国作家 J.K.罗琳的《哈利·波特》、J.R.R.托尔金的《魔戒》等,就是典型的幻想小说。在中国,第一位引进西方幻想小说理论并致力于幻想小说创作研究的是彭懿先生,在他的著作《西方现代幻想文学论》中,旁征博引了各名家对幻想小说的定义。他认为幻想(fantasy)这个概念非常多情①,也就是说 fantasy 这个词的内涵所包含的内容太多,简直没法作为一种文学体裁来运用。可以说,幻想小说的概念至今仍无具体的达成共识的定论。

在西方,最具影响力的是 1970 年法国的文学理论家茨维妲·托多罗夫(Tzvetan Todorov)的著作《幻想作品导论》对幻想文学的倡导,他将其视作一个独立的文学门类,促进了人们对此的关注。在某种程度上说,幻想文学在欧美的兴盛,源于此。此后的大部分幻想文学理论都以这部著作为论证依据。1997 年约翰·克鲁特(John Clute)和约翰·格兰特(John Grant)于美国编著的《幻想百科全书》(*The Encyclopedia of Fantasy*)中,采取广义的"the fantastic",将奇幻、科幻、魔幻现实主义、寓言、超现实主义等悉数囊括其中,把"幻想"视为"写实主义"的对应物。事实上,《牛津英语大词典》(*Oxford English Dictionary*)也是如此定义幻想文学的,包括有超自然、非现实的因素,

---

① 彭懿:《西方现代幻想文学论》,上海:少年儿童出版社 1997 年版,第 11 页。

作家虚构出来的文学作品。美国学者凯瑟琳·休姆(Kathlvn Hume)在自己的著作《幻想和模仿：西方文学的回应》(*Mimesis and Fantasy：Responses to Reality in Western Literature*)里指出一切文学作品都是"模拟"和"幻想"这两种冲动的产物，休姆还指出，所谓幻想就是对生活常识性的背离。而不同的背离方式可以成为人们区分童话小说、科幻小说和奇幻小说的必要尺度。罗斯玛莉·杰克逊(Rosemary Jackson)在《幻想：颠覆的文学》(*Fantasy：The Literature of Subversion*)说，"幻想文学"是在注重模仿(摹写)现实的文学外，可以广泛适用的文学批评用语。欧文(W.R.Iresin)在《不可能的游戏：幻想修辞》(*The Game of Impossible：A Rhetoric of Fantasy*)里说，"幻想"是让人把"非现实的"看成"现实"的一种智力颠覆，作家和读者都参加到这场游戏之中。幻想文学是在违反常识的基础上，对现实随意加以变形的叙述结果。

对于幻想小说的分类，也非常繁杂，譬如有奇幻小说(genre fantasy)，动物幻想小说(animal fantasy)/动物寓言(beast fable)，诗史幻想小说(epic fantasy)，历史幻想小说(fantasy of history)，史前幻想小说(prehistoric fantasy)/当代幻想小说(contemporary fantasy)/未来幻想小说(far-future fantasy)，侦探幻想小说(detective fantasy)，惊悚幻想小说(thriller fantasy)，哥特幻想小说(Gothic fantasy)，黑暗世界幻想小说(dark fantasy)，英雄幻想小说(heroic fantasy)，星航传奇小说(planetary romance)，速生幻想小说(instauration fantasy)，儿童幻想小说(children's fantasy)，成人幻想小说(adult's fantasy)，低幻想小说(low fantasy)/高幻想小说(high fantasy)，军事幻想小说(military fantasy)，科学幻想小说(science fantasy)，灵幻小说(occult fantasy)，都市幻想小说(urban fantasy)，修正主义幻想小说(revisionism fantasy)，幽灵幻想小说(posthumous fantasy)，合理化的幻想小说(rationalized fantasy)，东方幻想小说(Oriental fantasy)，阿拉伯幻想小说(Arabian fantasy)……但是无论怎样描述阐释定义分类，都无法绕开"幻想"的存在。这类文本引发出读者在现实世界无法找到的体验，从而对现实世界造成某种影响。在这一类小说中，我们所遇

到的不仅仅是一种修订版的现实世界,同时也包含了人类对"不同性"或者说"他异性(alterity)"的真实而强烈的探索愿望,表达一种在想象中的向外探索的冲动欲望。本书将就此文本的小说叙事展开论述。

在中国传统小说中虽然没有很多和西方文学中的魔幻、科幻、恐怖等类型相同的作品,没有"幻想小说"这个名称,可是也存在着大量以幻想为特征的小说创作。而我们要讨论的正是这些在中国文学史上存在的幻想类小说创作。中国幻想小说源远流长,在漫长的发展过程中,经历了神话传说阶段、魏晋南北朝的志怪小说、唐传奇、明清时期短篇文言与长篇白话等重要阶段,形成了富有中国文化特色的幻想传统。中国幻想小说与神话传说、历史故事紧密联系,源流众多,材料庞杂,体系性并不明显,故事题材续写重写多次出现,模仿之作也很多。目前人们已经习惯于使用"幻想小说"来指称这类小说,所以在此,即使这是一个西方学术批评用语,用这个具有现代性特征的概念来套用,多少有些削足适履,难以涵盖中国小说的整体创作面貌,对把握中国传统小说独特的审美特征和叙事规律有些生硬,但我们还是沿用此概念来指称这类小说,以突出其"幻想"的特征和现代性。

幻想小说,毋庸置疑地强调了想象力在小说中的存在。彭懿称"想象力是幻想文学的血和乳汁"①,无论是怎样描述这类小说,都会首当其冲地意识到一种非真实的世界存在,比如超自然、超现实等。但是文学创作都离不开想象。千百年来,无数的文学理论研究者都对"想象"做过解说阐释,霍布斯认为想象是缪斯之母,柯尔律治认为想象是一种创造的过程,尼采承认艺术是想象,威尔逊反复强调想象力是作家灵感的来源,李斯特·佛兰兹甚至认为"没有幻想就没有艺术,也没有科学,因而也没有评论"②……那么幻想小说对于想象力的书写与其他类的小说书写有什么区别?其界限在哪里?

---

① 彭懿:《西方现代幻想文学论》,上海:少年儿童出版社 1997 年版,第 22 页。
② 〔匈牙利〕李斯特·佛兰兹:《幻想的魅力》,见姚春树编:《外国杂文大观》,天津:百花文艺出版社 1994 年版,第 410 页。

　　小说是一种文学叙事,如果从叙事习规上分类,幻想小说应该属于非写实性小说。也就是说,幻想小说运用的是一种非写实性的小说叙事。所谓"非写实叙事"小说是与"写实性叙事"小说相对的一种小说类型。"非写实"就是作家的一种具有幻想性和超现实性的、不以直接描摹客观生活本身为内容的、展示其想象力的非自然形态的小说叙事习规。此类小说的主要特征是:所描述的内容不局限在生活中以通常的逻辑观念和自然方式所能见到的事物或所可能发生的事件,而是存在于一个与存在世界相对的幻想虚拟世界、具有超出事物自然性的幻异特征或超出人事能力和社会逻辑性的变态超现实的特征,比如有人的思想感情的动植物、天堂地狱、鬼神精怪、梦幻奇遇、荒诞变形、未来世界等,以一种相对间接的方式表达人们对世界和自我的观察、体验和认识,充分而鲜明地体现了"小说"这种文体的虚构性,从而体现人类超越自身、认识自身的本质追求。通常,其虚构叙事将读者的注意力引向幻想世界,以弥补真实世界的缺陷、不足,人们不会以"是否真实存在"来对此类小说进行阅读评判。运用非写实叙事来讲述各类幻想故事,是一种世界性的文学现象,也是中国传统小说塑造文学形象的重要方式。

　　小说作为一种以语言为基础建立的二度符号体系,具有人为性质。就其与时空的关系来看,可以相对分为"自然的"与"非自然的"两种形态。"自然的"小说叙事中的时空概念是人们依靠日常感觉和习惯所建立的连续时间观念和三维空间概念,与之对应的小说叙事中各种行为、事件的发生严格受其现实条件的限制,是符合人们现实生活逻辑的,其叙事习规就是写实的;而在"非自然的",即超出我们日常感知经验范围的一种时空概念中,小说叙事是不受自然客观条件和逻辑限制的,可以创造出各种现实世界子虚乌有的事物,其叙事习规就是非写实的。譬如,在古代小说中,讲述"一日赶路几十里"的行为,是写实的;"日行千里"便是非写实的。《金瓶梅》中的时空是自然形态的,即是一种习惯上的写实性创作;而《西游记》中的时空是非自然的,就是一种非写实的创作类型。老舍的《骆驼祥子》是写实性的,而《猫城记》就是非写实的。幻想中的时空观念都被夸大或缩小,在传统幻想小说中空间概念通常包括了天界、人间和冥界,时间概念更是变化无穷,古今穿越,生死轮回,时空界限完全被打破,人们的行为也都带有了超能力,腾云驾雾、变换形体、呼风唤雨等,都成为一种被读者完全接受的叙事情节,有着自己独立自主的形象体系,获得了完满的艺术合理性。写实与非写实都是小说叙事的习规,没有所谓的高下之分,也由此形成了各自的艺术特征。

所有叙事尤其是文学叙事必须依赖人类的想象。文学中的一切应该说都是实验性的、假象的,没有指称或施行功能的,比如很多小说开头都会声明"本书纯属虚构",这不仅是为了预防法律纠纷,更体现出文学作品不承担指称责任的一种想象自由。想象给人们敞开了不囿于当前在场的广阔视域,其基本含义是使本身不出场的东西出场。"想象力是把一个本身并不出场的对象放在直观面前的能力"①,包括记忆与联想以及"建构的想象力"(constructive imagination)②,是文学创作必须具有的能力。叙事中的事物与现实存在中的事物之间永远存在一个无法完全叠合的空隙地带,需要用"想象"来填充。在文学叙事中,这个空隙地带给想象提供了创造的空间。而且,"就文学文本而言,'想象'并不能看做是一种能力,而是一种显现或运作的模式,在这种模式中,'想象'一词是'指示性的'而不是'定义性的'。"③"指示性的"想象就是说文学文本中的想象与通常随意的空想是不同的,这是一种有目的的、有意义的虚构幻想。在"想象"与"现实"之间还需要有一个环节就是"虚构"。德国美学家沃尔夫冈·伊瑟尔反复强调:"现实、虚构、想象之三元

---

① 康德:《纯粹理性批判》,转引自肖伟胜:《现代性困境中的极端体验》,北京:中央编译出版社 2004 年版,第 277 页。

② 海登·怀特在《作为文学虚构的历史文本》中引用柯林伍德的观点,指出一个历史学家首先是一个讲故事者,必须具有"建构的想象力",即"制造出一个可信的故事的能力"。

③ [德]沃尔夫冈·伊瑟尔(Wolfgang Iser):《虚构与想象——文学人类学疆界》,陈定家、汪正龙等译,长春:吉林人民出版社 2003 年版,第 37 页。

合一的关系是文学文本存在的基础。"①他在其著作《虚构与想象》中不仅阐述了现实与虚构的关系,更重要的是注意到了想象与虚构的关系。他指出,想象②没有具体固定的形式,常常以一种弥散的形式呈现自己,以一种瞬息万变的方式把握对象,是无边、无际、无方向的,而与想象紧密相连的虚构化行为充当了想象与现实之间的媒介纽带,是一个意向性(Intentionality)行为,将想象聚拢于一个认知的和意识的指向。可以说,虚构指向激发了潜在的想象,制导想象成为一种叙事形式而达成想象叙事的目的,满足想象的潜在需求。所以,虚构指向具有非常重要的作用,帮助想象成为有意义的、实用性的行为。由此可见,"文学作品并非如很多人以为的那样,是以词语来模仿某个预先存在的现实。相反,它是创造或发现一个新的、附属的世界,一个元世界,一个超现实(hyper-reality)。这个新世界对已经存在的这一世界来说,是不可替代的补充。一本书就是放在口袋里的可便携的梦幻编织机。"③

也就是说,想象作为一种文学虚构和文学运作的模式,必然会有其创造性的意义指向。潜在的想象经过虚构化行为进入文学文本,把语言正常的指称性转移或悬置,改变了通常意义轨道而指向一个幻想的世界。它不仅可以对现实发生的事情加以虚构、夸张、改造、编制,而且还可以很彻底地海阔天空、上天入地地幻想那些现实生活中根本不可能存在的超人、超物质、超现实,甚至是文明世界中不符合生活逻辑的怪诞、荒唐、不合理的反常叙事,包括神鬼、巫术、方术、神秘意识、迷信、魔幻、荒诞等,来展现人类之历史和记忆,观照人类自身,肯定人类自我之存在,并且以其虚构指向决定着文本现实中的想象内容。例如,对一位女子的想象,如果虚构指向为肯定性的,我们通常就会想象

---

① [德]沃尔夫冈·伊瑟尔(Wolfgang Iser):《虚构与想象——文学人类学疆界》,陈定家、汪正龙等译,长春:吉林人民出版社 2003 年版,第 15 页。
② 这里沃尔夫冈·伊瑟尔所使用的"想象"指文学文本中显现或运作的模式而不是作为想象能力来阐述的。
③ [美]希利斯·米勒:《文学死了吗》,秦立彦译,桂林:广西师范大学出版社 2007 年版,第 28—29 页。

这个女子为美丽的仙女,如果虚构指向是否定性的,就会想象她是一个妖精。虚构指向总是和叙事目的密切关联,所以我们考察幻想小说的虚构指向,可以揭示出想象的形成和叙事的动机,透过缤纷杂乱的想象表面,解读出想象背后的现实与创作内涵。这种飞离在场的想象正是文学魅力的来源之一。"赋予小说家以力量的,恰恰在于他能虚构,他能自由自在地虚构,不要任何的摹本。"①"想象"是站在自然生活之上,对生活本身的延伸和补充,表达这种对生活的越界认识可以是写实的,也可以是非写实的,作家根据自己的需要选择适于表达自己想象世界的叙事习规。写实性叙事强调的是对存在现实生活之内的精确观察和摹写,而非写实文学强调的是超越生活本身之外的虚构和幻想,通过营建超越人类自身的时空,表达人类对未知世界的探索追寻,对自身生命的认知迷惑,集中呈现了人类超越自身的欲望。

作为小说,具有丰富想象力的叙事通常带有隐喻的性质,进行的是象征性的讲述。虽然非写实总是以奇幻世界为表象,但毕竟是以世事人情为叙述逻辑前提的,按照人间的善恶、美丑、真假来体现作家的创作目的和追求。譬如小说中对"鬼"的叙述。鬼就是人类的一种幻想。通常我们中国人会幻想:人死后会变成白天隐没黑夜出现的鬼。它具有祖先崇拜的文化意蕴,我们不能得罪它,不要冲撞它,否则就会影响我们的现世生活。这种对鬼的幻想,与人们现实世界的利益密切相关,比如我们幻想祖辈先人死后还要在阴曹地府生活,所以后人要用祭祀或香火保证他的物质供应,死人不能吃没有血缘关系者的祭供,因此香火的延续成为鬼生前最大的任务。这也就使中国人最怕绝代,"不孝有三,无后为大",连阿 Q 也忧虑"断子绝孙",而祖宗在地下会保佑后人世代富贵安宁。这种鬼魂观念反映了强烈的祖先崇拜意识,深深影响着中国人的文化心理和小说创作。因此,中国小说幻想出很多鬼的故事,用以指向现实社会中用血缘建构的家庭和人物关系。在文学叙

---

① [法]阿兰·罗伯-格里耶:《快照集 为了一种新小说》,余中先译,长沙:湖南美术出版社 2001 年版,第 98 页。

事中,"鬼"是作者与读者都接受的一种想象虚构,不论是否相信他的真实存在,但都接受其在文学中的各种叙述,比如《聊斋志异》就是典型的鬼怪故事合集。

幻想既是小说创作的内容题材,又是一种强调虚构的叙事习规。创作者总是把历史真实存在和虚构想象结合在一起,架构人间世情的寓体,或借一定的历史人物事件为起因来演绎虚幻世界的故事,如鲁迅的《故事新编》借多个历史人物演绎荒诞故事映射现实;或是直接写神仙妖魔,讲述人情世事,寄寓哲理感悟,如蒲松龄的《聊斋志异》、老舍的《猫城记》等;或借用荒谬虚幻情节来预示结局,制造神秘气氛,建构框架,如小说中对梦的大量描写等,20 世纪80 年代中期先锋小说的这种荒诞性特征就极其突出,在儿童文学中更是如此,借用这种幻想结合儿童认知特点创作童稚文学世界。作为一种叙事习规,"非写实"至少以两种不同的叙事策略在小说中出现:一是在小说创作中的局部运用,只是作为一些情节进入叙事,称为小说中的"非写实性功能片段",如《红楼梦》第五回"贾宝玉魂游太虚境,警幻仙曲演红楼梦";《水浒传》中开头的"洪太尉误走妖魔",结尾处的"梦游蓼儿洼"以及戴宗的神行法等,这种描写在小说整体中主要是起发展情节的作用,而不影响小说的整体创作风貌,是幻想片段,其幻想因素不是叙事的主体;二是整体性运用,整部作品的构建是幻想的、超自然的,我们称之为"幻想小说",魔法、超自然现象以及奇异的场景等非写实的幻想因素处在小说叙事的主要层面上,小说的主人公大都是现实生活中不可能存在的,如《西游记》中的主人公除唐僧以外都是在现实中不存在的。实际上,这种区分只能是相对大致的,文学作品中的非写实性和写实性常常纠缠混杂在一起,虚实真幻很难剖离清晰,二者的比例是无法准确量化的。但是,通常人们都会对小说作品有一种写实或非写实的阅读期待,从而确定其叙事习规。在此,我们重点讨论通常被认为是非写实性小说的作品,就是幻想小说。

二

本书不使用"超现实主义""浪漫主义"之类的批评术语,不仅因为这些批评术语的使用混乱和其意义伸缩性之大,而且单是其西方文化背景的来源就使我们难以面对中国小说传统①。

"幻想小说"强调的是"小说"这一文类的虚构性叙事特征。通常,"虚构"和"现实"是相对的。如果虚构文本与现实存在的联系完全割断,它必然就失去了存在的意义,成为无法阅读的天书,所以我们应该考虑二者的联系。就"小说"这种文类而言,"现实"具有两层内涵:一是客观现实,就是我们生活其中客观实在的现实世界;二是小说文本中呈现的文本现实。"文本现实"指的是在文学作品中通过语言符号呈现出来的虚构现实。这个现实世界存在于文本之内,而实在的现实存在于文本之外。文本现实是作者调动自我的生活经验用文学语言在想象中建构起来的一种开放性的虚构意义空间,不仅表现和再现了作者的意图和体验,同时也是一种客观性的象征性形式结构,并且是一个以自身的语言性显现着开放性的意义时空。受现代语言学启示和影响的当代文学理论不断地提示文学文本所具有的符号学身份。文学总是以语言开启着复杂而多维的意义世界,所建构的文本现实,即使是一种模仿,"所有真正的模仿都是一种转换,而不只是对已经存在的某种东西的再现。它是一种已被转换了的现实,在这里,转换回指被转换和通过它被转换了的东西。模仿是一种被转换了的现实,是因为它把我们以前从未见到过的集中化的现实呈现在我们的面前。每一种模仿都是一种探索,一种极端的集中化。"②通过创造性的模仿而在文本中被语言建构的"文本现实",通常遵循两种叙事习规被

① "浪漫主义"是西方资本主义上升时期的一种文学思潮,后来被引申为创作方法,其本质是反封建的,而我们中国传统小说是在完全的封建社会制度下产生的,其文学思想观念迥异于西方浪漫主义,所以用反封建的浪漫主义来阐释封建社会中的文学创作必然会有偏差。

② 加达默尔:《美的现实性与其他论文》(*The Relevance of Beautiful and other Essays*),Cambridge University Press1987 年版,第 64 页。

呈现出来,一种是对客观现实貌似直接的描摹,就是写实性叙事;另一种是对客观现实的超越,用幻想让不可能成为可能,就是非写实性叙事。写实性叙事的内涵是对存在现实的"客观"或者"主观"的反映,非写实性叙事则界越现实存在进行幻设,具有寓言性的象征层面。二者在本质功能上是一致的,都是以建构文本现实为最终目的,都是作家力图挣脱语言的藩篱和经验世界的束缚而获得一种意义和真理的表现形式,而形成一种有待于在理解过程中建构起来的开放性的意义时空。

应该说,"文本现实"是现实与虚构想象的混合体,是刺激创造想象的动力提供者。正是"文本现实"这个想象场域,创造了人类自身之外的虚构世界,从而使人类能够在自身之外发现自身、认识自身,它是人类局限性与自我扩张的整体性缩影,毕竟人类不可能在自身之内发现自身整体。从这个意义上讲,"虚构"是人类认识世界的一种方式,以虚构为本质特征的小说则满足了人类认识自身和世界的表达欲望。因此,在"文本现实"中,人类必然会表达对可知世界的经验和对不可知世界的想象,与此相对应,也就形成了写实性和非写实性叙事习规,相比较而言,非写实小说更具元叙事的特征,凸显出人物、事件等的虚构性实质,释放各种想象,使小说具有极强的想象魅力。

实际上,小说中的"文本现实"是一种符合我们生活习惯、意识观念、社会规约的特定文化产物,通过文本符号被读者认同的、观念中的真实。所以,中西文化的差异反映在文学理论中的"现实"上必然有一定距离。西方文学理论中的现实主义就是我们后来研究者通常所讲的"现实主义提倡客观地观察现实生活,按照生活的本来样式精确细腻地描写现实,真实地表现典型环境中的典型人物"①。这里的"文本现实",重在以客观的态度和对大量的细节进行精确的描写,通过令人信服的叙事方式,从社会、历史、心理、美学等多角度描写以达到"逼真性",构建小说中的"文本现实",具有强烈的直线性时间观

---

① 《辞海》中卷,上海辞书出版社 1999 年版,第 3424 页。

念,存在历史总是向前发展的一种客观性,如巴尔扎克的小说;而中国传统小说达到"逼真性"的策略则是讲究形神兼备,重在传神,以神似来达到"逼真性",勾勒出的"现实"是没有直线性时间观念的。譬如,老百姓生活在黑暗腐败的社会里,小说家就会创造出一位类似包公的清官大老爷来替民伸冤。虽然这个"清官"存在于文学想象中,但对于中国人来说,这是一种永远存在的社会"现实"。几千年来,中国传统公案小说中不断重复出现着"清官"的叙述模式,几乎没有什么本质发展。这就是中国小说的"文本现实"。在中国,史传传统下的读者通常会把小说里的故事当作事实来相信,所以"说书人式"的叙事常常要反复证明其故事的真实可信性,表达某种与现实有关的理念。因此,中西文学观念中的"文本现实"内涵是完全不同的。可见,小说中的"文本现实"只是一种在各自文化环境中形成的文本约定。文本现实所具有的逼真性,就是可信性的形成,与阅读过程有直接关系。当某种文学手法与读者比较熟悉的文学惯例,或非文学性叙事里的符号功能作用,或者盛行的固有文化观念等这些读者习焉不察的东西相一致时,这些手法自然就变得具有了可信性,即它们具有了真实感。实现逼真性的途径除了写实的方式,还有非写实的方式,因而在长期小说创作中就形成了写实和非写实这两种叙事习规。

三

"叙事习规"指的是在一定社会历史文化背景下,人们对小说语言叙事艺术形成的一系列常规观念,这些观念决定着小说叙事中的思维方式、艺术表现和审美判断等多种因素的合理性和可接受性,是一种存在于人们头脑中的集体固定描述。譬如人们通常认为,武侠小说应该有侠客、有武打,这就是武侠小说作为一个小说类型存在的基本叙事习规;如果缺少了这些因素,人们就不认同这个叙事作品为武侠类型小说。符合某种叙事习规的小说通常可以归为某种类别。类型的形成总是来自某种叙事习规的框定,或是对叙事主题和题材的限定,如爱情小说、社会小说等;或是一套模式化的写作技巧,如倒叙小说、第一人称小说等;或是具有特定的审美意义,给读者带来情绪的激动,如恐怖小说、哀情小说;诸如此类,都是某种习规的凸显。关于类型的形成过程,德国一位文艺理论家玛尔霍兹曾这样描述,"……把一种文艺类属在其构成、生长、兴盛与衰竭中之典型的演进状况,给找出轮廓来了:先是,这种文艺类属被发现,被人登录或重被发现,次之,经大作家之手而开展为黄金时代,最后成为时尚,不久则被为文艺习套,终归野淡地消灭等等。"①一种小说类型的发生、发展以及消亡的过程就是一种叙事习规被发现、模仿、兴盛、突破的过程,与人们对某种叙事习规的兴趣密切相连,其发生、发展的动因必然蕴含了丰富的文化、社会、历史、美学等内容,值得探讨。

非写实与写实这两种小说类型划分所依据的叙事习规是幻想。究其实质,叙事习规也是一种阅读策略。如果读者以写实的习规来看幻想,必然无法理解这些超自然不合逻辑的叙事,也就无从感受其艺术魅力。以幻想来展开叙事的小说,有的讲述没有或难以实现的理想愿望,有的展现瑰丽神奇的幻境,有的诉说梦境种种,还有的以夸张变形来讽喻世事人情,等等,皆以"幻象"之"假"来叙事,这就是非写实叙事习规。与此相反的写实则以"真"来叙事,力图展现生活的"真实面貌"。写实和非写实这两种类型小说,在中国文学中长期大量存在。但是,在研究中,尤其是近现代和当代文学领域中,对写实性小说的极端关注几乎让人们遗忘了非写实小说的存在。近些年,先锋小说、实验小说、武侠小说、魔法小说、奇幻小说、科幻小说等具有的非写实叙事习规特征作品的大量涌现,使我们惊讶于这一类型的丰富性和生命力,开始反思既往的研究对这一类型的失语。

各个历史时期和不同社会形态赋予了非写实的幻想小说丰富多彩的幻想资源和独特的叙事方式以及文化内涵,是小说创作的重要组成部分,具有极大的原创性,对小说艺术的发展发挥着重要作用。比如但丁笔下《神曲》中的

---

① 　[德]玛尔霍兹:《文艺史学与文艺科学》,文涛伯译,台湾:长歌出版社 1976 年版,第260—261 页。

"炼狱",是一个历练修行的涤罪所,在这里洗涤灵魂后可以进入天堂,但在中国文化中的"地狱"则是一个道德法庭,是裁判并实施因果报应的地方。这就是文化观念在幻想中所呈现出的差异性。以中国古代幻想小说的想象资源为例,有一部分来自佛教故事,佛教故事的教化功能在一定程度上就影响着中国小说的价值观念,似乎小说必须负有劝善惩恶之类的社会功利任务。晚清"小说界革命"所提倡的功利性小说观念应该是与此有一定的承传关系的,尤其是政治小说。

因此,探讨 20 世纪幻想小说的幻想资源的转化、叙事方式的改变、幻想内容的集中和丰富等问题,可以清晰地呈现出中国小说向现代性转型的蹒跚足迹,也可以改变以往研究中对人物形象过于纠缠的现象,从而有利于对文学发展的整体趋势进行把握,对研究中国现代小说的发生、发展有着重要的范本意义。

第二节　中国幻想小说的现代际遇

一

中国的幻想小说古而有之,幻想是中国小说的传统之一。"中国小说一向以'志怪''传奇'为主。"①其渊源可以追溯到上古神话。小说在先秦时期,依附于神话寓言文体;在汉魏晋南北朝依附于史传和志怪文体,小说由神话的纯粹幻想发展到自觉创作,还结合了古史、佚闻、神话、传说等诸多要素;到了唐宋,小说文体基本成熟,也还是离不了传奇志怪,从世俗宗教幻想的志怪到文人艺术幻想的传奇创造,是古代小说幻想艺术的一个飞跃。高度发达的神仙方术幻想和灵怪幻想是唐代小说的主体,带有较浓厚的信仰色彩而崛起的

---

① 朱自清:《论严肃》,见《朱自清全集》第 3 卷,南京:江苏教育出版社 1996 年版,第 139 页。

讽喻小说则显示出作家幻想中的理性自觉,如《枕中记》《南柯太守传》等,佛教变文则带来了异域的神魔故事《降魔变文》等,它们与道教方术幻想相结合,成为后代神魔小说的滥觞。现存初盛唐传奇从《古镜记》到《任氏传》等和早期话本《唐太宗入冥记》《叶净能话》等全系设幻之作,中唐虽出现了一些写实小说,但也杂用幻笔,如《长恨歌传》《霍小玉传》等。此为魏晋六朝之后幻想小说又一繁荣期,其数量和质量都超越前代。及至明清,中国古典小说达到了"文备众体"的高度综合的成熟状态,幻想小说亦借助神魔小说的形式达到了巅峰状态,出现了一批以古代神话、传说、民间故事为蓝本的文学作品,如《西游记》《镜花缘》《聊斋志异》《封神演义》等。这些作品不仅具备了幻想小说的基本要素,记载了中华民族的史前文明,而且已经呈现了幻想小说所必备的自由浪漫神奇的幻想精神,从干宝记录六朝人笃信不疑的神鬼故事的《搜神记》,南北朝时刘义庆的佛释宣教小说《幽明录》,到唐传奇中写龙女的《柳毅传》、写魂魄的《离魂记》和写鬼魅的《任氏传》,宋话本中的《西山一窟鬼》《钱塘梦》《碾玉观音》及至明清小说创作中可见,中国小说在对众多主流文体的依附、吸收、融合中逐渐形成的叙事成规和文体特点中,非写实的幻想叙事习规始终伴随着小说文体的发展而发展。

　　中国小说孕育于史传,但如果从叙事传统上追溯"小说"这种文体的起源,从内容、题材、形式等方面看与我们现在所使用的"小说"概念有着亲缘关系的是神话,可以说中国小说起源于神话。① 但是,神话可以说是一切意识形态的始祖,不要说小说,就是所有的文学艺术、宗教信仰等皆发端于此。所以

---

　　① 鲁迅在《中国小说的历史的变迁》中论述道:"至于现在一班研究文史学者,却多认为小说起源于神话。因为原始民族,穴居野处,见天地万物,变化不常——如风、雨、地震等——有非人力所可捉摸抵抗,很为惊怪,以为必有个主宰万物者在,因之拟名为神;并想象神的生活、动作,如中国有盘古氏开天辟地之说,这便成功了'神话'。从神话演进,故事渐进于人性,出现的大抵是'半神',如说古来建大功的英雄,其才能在凡人之上,由于天授的就是。例如简狄吞燕卵而生商,尧时'十日并出',尧使羿射之的话,都是和凡人不同的。这些口传,今人谓之'传说'。由此再演进,则正事归于史;逸史即变为小说了。"(鲁迅:《中国小说史略》,见《鲁迅全集》第9卷,北京:人民文学出版社1981年版,第302页)

我们要研究的是小说从神话中传承了什么。

应该说,神话传说为文学提供了多种营养,诸如题材、故事、人物、民族精神、道德、伦理观念等,但最重要的是它的原始思维方式:虚构与想象。这为小说的发生、发展奠定了基础,从而成为非写实幻想叙事习规的来源。神话分为上古神话、宗教神话和艺术神话三个层面,上古神话是人类不自觉的一种幻想,宗教神话代表了一种不自由的幻想,"唯有艺术神话才是神话发展的极致。它从上古神话、宗教神话的集体幻想转而趋向于服从作家主观命意的个体幻想,(这并不排斥它以集体幻想为背景和前提),并获得了一种富于变化、不断更新的可能和机制,从而适应了千变万化的社会生活和人们的审美需求"①。中国小说中的神仙鬼怪、灵异超能几乎都能在上古神话和道家、佛经等找到原型,来源于神话世界的天界、人间和冥界体系在小说幻想中基本没有发生过变化,这种艺术神话的具体形态当然就包括幻想小说。把神话作为创作的源头是非常常见的幻想手法,甚至连纪实性的《史记》也以五帝传说作为开头。正是基于"神话"对于现代社会所具有的原始影响力,"神话"也就成为了现代社会学和文化论的中心概念之一,才会在文学领域出现"神话主义"的阐释。神话通常被看做与人类想象和创作幻想的其他方式有亲缘关系的前逻辑象征体系。

中国最早的书面小说是仿神话传说的文人故事,如《汉武故事》《列仙传》《洞冥记》等,就是"仙道术士之志怪"。鲁迅在《中国小说史略》中论述道:"中国本信巫,秦汉以来,神仙之说盛行,汉末又大畅巫风,而鬼道愈炽;会小乘佛教亦入中土,渐见流传。凡此,皆张皇鬼神,称道灵异,故自晋迄隋,特多鬼神志怪之书"。② 魏晋时期的志怪笔记,如《搜神记》等记录了大量荒诞不经的鬼神灵异行径,"幻设为文,晋世固已盛"③;唐宋传奇和话本中超现实的

---

① 刘勇强:《幻想的魅力》,上海:上海文艺出版社1992年版,第15页。
② 鲁迅:《中国小说史略》,见《鲁迅全集》第9卷,北京:人民文学出版社1981年版,第43页。
③ 鲁迅:《中国小说史略》,见《鲁迅全集》第9卷,北京:人民文学出版社1981年版,第70页。

轮回转世、因果报应等故事就更多了,虽"不甚讲鬼神,间或有之",还是存在,虽然一部分短篇小说"仍多讲鬼怪的事情,这还是受了六朝人的影响……然而毕竟是唐人做的,所以较六朝人做的曲折美妙得多了"。① 宋代"虽云崇儒,并容释道,而信仰本根,夙在巫鬼,故徐铉吴淑而后,仍多变怪谶应之谈"②,鬼怪神仙幻设的故事频频出现;明清长篇章回小说中神魔亦大肆流行,《西游记》自是不用说,《聊斋志异》也"不外记神仙狐鬼精魅故事"。③ 于是孙悟空、白娘子、狐狸精、仙女等纷纷游走在中国小说世界里。一个个花妖狐魅、精灵幻化的奇异世界,一幕幕仙魔斗法、鬼神混杂的热闹场景表明了神话传说中那种无意识的、不自觉的虚构想象逐渐发展成为文学中有意识的、自觉的虚构想象。只有当虚构想象成为小说家一种有意识的、自觉状态的行为,才会以生活经验进行再创造,从而使想象虚构蕴含了文学意味和价值。文学的虚构想象直接来源于这种带有人类原始天性的思维模式。《西游记》这类小说与神话传说的关系自不必说,就是《红楼梦》这部被视为中国古典现实主义的经典中也有女娲补天传说的演化和种种巫术幻梦的描写,如神瑛使者对绛珠仙草的灌溉致使下凡以后发生了贾宝玉和林黛玉的爱情悲剧这一情节设计,包含了仙女下凡、轮回转世、因果报应等神话故事的原型结构模式。这些曲折生动、富有想象力的故事,反映了人类对自然或生命的发展节奏的呼应模仿,是人类提高语言能力、增强记忆、表现好奇心和求知欲、积累并改进生活经验、表达理想、突破现实存在局限的一种方式,《封神演义》中哪吒的"风火轮"就是对现在的火车的想象;土行孙的"土遁"含有对地下交通的一种向往;《荡寇志》中的"奔雷车"就是对坦克的想象。当然,这些幻想中所表达的各种观念也包含

---

① 鲁迅:《中国小说史略》,见《鲁迅全集》第 9 卷,北京:人民文学出版社 1981 年版,第 315 页。

② 鲁迅:《中国小说史略》,见《鲁迅全集》第 9 卷,北京:人民文学出版社 1981 年版,第 101 页。

③ 鲁迅:《中国小说史略》,见《鲁迅全集》第 9 卷,北京:人民文学出版社 1981 年版,第 209 页。

有极强的宗教意识,佛教的缘起论、色空观、轮回说以及生命无穷、变化无限的学说,道教的万物有灵和神仙谱系等多种因素相互融合影响,形成了富有民族特色的幻想世界和方式,丰富了人们对于事物因果关系的理解和解释,开拓了人们的幻想视域。

神话影响小说的创作思维方式和叙事习规,具体表现就是用想象虚构来书写故事。传统小说的开头往往是"自从盘古分天地……"或者"鸿蒙开辟,混沌初开,天地始分,民人诞养……"《西游记》开头就是"混沌未分天地乱,茫茫渺渺无人见。自从盘古破鸿蒙,开辟从兹清浊辨"。接着表述关于宇宙时空的原始世界观,然后又是:"感盘古开辟,三皇治世,五帝定伦,世界之间,遂分为四大部洲……";《红楼梦》开始也是大讲宇宙开辟,地陷东南,女娲补天。这种开篇方式继承了传统史诗和史传的叙事方式,以人物事件的神性因缘来表达宿命报应等认知评价。这种神话故事讲述方式不受现实逻辑的束缚,不必依傍正史,说假如真,令人解颐,以幻为真,幻设为文,即是非写实叙事的开端,影响中国小说形成了一种悠久的、独具魅力的非写实的叙事传统。非写实叙事习规的存在是神话思维对文学影响的重要表现,也始终是中国小说家观察世界、表达思考的一种重要艺术方法,在叙事结构上也有很多具体的影响,比如人与自然的斗争以神鬼人之间的矛盾冲突来表现,后世凝固成降妖伏魔的故事模式;野遇、离魂等都是从神话中来的故事模型。

幻想小说在神话中诞生和发展的同时,小说从空灵奇幻世界逐渐走向实在的人世民间,写实的历史人情小说也开始发展。可以说,幻想小说是中国小说的母亲河。因为中国文学价值观带有浓重的史学色彩,重视历史真实性,因此,小说这种边缘文类为了获得主流文学的认可,不得不采用大量的写实性叙事习规来掩饰其虚构性,比如在中国古典小说中有常常反复交代故事的来源的叙事模式,这就促使小说从纯粹的非写实逐渐过渡到对现实的摹写上,诱发历史小说、世情小说等的兴起。然而,非写实小说满足着人们挣脱现实的心理需求,作为人们的想象潜能释放的空间,始终存在于中国小说的创作形态之中;作为一种叙事习规,必然影响着后世的小说创作。这种叙事习规绵延千年的存在使我们相信它必定满足了人类的探寻天性和心理的基本需求,在读者接受中展示自己的再创造,从而获得了自身的历史价值和文学地位。

二

众所周知,在中国"史贵于文"的文学传统中,"小说"的文类地位低微,属于"君子弗为"的"小道"。小说创作长期徘徊在事实与虚构之间,评论者多以"史"的眼光来看待小说创作,给予的肯定评价也无非是"羽翼信史而不违"①、"补经史之所赅"②、"为正史之补"③,将小说视为史籍的通俗读本,使"小说"这一虚构文类迟迟不能进入重史传的文学中心,以致成为主流文类的弃儿。在中国传统小说中,即使叙述者再三强调文本叙述的真实可信,但"小说"文类的人工建构性本质在叙述成规中不断闪烁,使"小说"这种文体无法进入"历史现实"。幻想小说的奇异瑰丽,从创作实践上反驳了"按鉴演史"的创作理论,为"小说"这种雕空凿影的虚构文类挣脱史学视域提供了一定的依据。它以极大的艺术自由度表达了狂放恣肆的想象力,凸显了小说的虚构性。但是,中国传统儒家"经世致用"的人生观、哲学观,使正统文坛将"文以载道"思想视为宗旨。正如鲁迅在《中国小说史略》中写道:"华土之民,先居黄河流域,颇乏天惠,其生也勤,故重实际而黜玄想……以修身齐家治国平天下等实用为教,不欲言鬼神,太古荒唐之说,俱为儒家所不道,故其后不特无所光大,而又有散亡。"④由于传统儒家文化排斥表现幻想的"荒唐之说",使得

---

① 张尚德:《三国志通俗演义引》,见朱一玄编:《明清小说资料选编》,济南:齐鲁书社1989年版,第70页。

② 陈继儒:《叙列国传》,见丁锡根编:《中国历代小说序跋集》,北京:人民文学出版社1996年版,第862页。

③ 林瀚:《隋唐志传通俗演义序》,见朱一玄编:《明清小说资料选编》,济南:齐鲁书社1989年版,第155页。

④ 鲁迅:《中国小说史略》,天津:百花文艺出版社2002年版,第12页。

幻想类作品始终不能占据文学主流。虽然,"子不语怪、力、乱、神""敬鬼神而远之",儒家对这种幻想的东西比较审慎,让文学家对幻想表达畏手畏脚,但是并不能遏制人们对鬼神精怪这类非现实事物的热衷好奇,而"小说"作为一种处于传统文学边缘地带的小道文类,正好可以表现传统文学正宗诗词散文不屑于描写的这类内容,从而使幻想在传统小说中如鱼得水,蔚为大观。从《封神演义》《西游记》《镜花缘》等幻想小说可以看到中国的文学传统并不缺乏想象力。

在 20 世纪初,为了救国图强而发起的小说革命运动中,文化精英们努力将"小说"这一文类置于社会意识形态诸种形式的主导地位,提倡"小说为文学之最上乘"[1],夸大这一文类"发起国民政治思想,激励其爱国精神"[2]的教化作用,把小说作为"开启民智""裨国利民""唤醒国民"的政治启蒙、道德教化甚至知识教育的利器。小说从边缘文类一举成为主流文类。这种来自文学之外的力量对小说的发展产生了非常复杂的影响。毋庸置疑的是,中国小说的叙事习规开始发生急剧的变化,从异域文学获得了丰富的营养,加速实现了向现代小说的转型。那么,这一系列的文学及社会革命,对小说传统非写实的叙事习规施加了怎样的影响?

非常突出的一个创作现象就是在辛亥革命前,井喷出了大量的幻想小说,而且,呈现出迥异于传统小说的创作面貌和新趋势,尤其是出现了大量描绘未来社会的幻想小说,如《新中国未来记》(梁启超,1902 年)、《新中国》(陆士谔,1910 年)、《未来教育史》(悔学子,1905 年)、《未来中国之图书同盟会》(徐念慈,1906 年)、《新苏州》(1910 年)、《未来世界》(春帆,1907 年)、《乌托邦游记》(萧然郁生,1906 年)、《新纪元》(碧荷馆主人,1908 年)、《新少年》

---

① 梁启超(未署名):《新小说第一号》,原载《新民丛报》第 20 号,日本横滨,1902 年,转引自陈平原、夏晓虹:《二十世纪中国小说理论资料》第 1 卷,北京:北京大学出版社 1997 年版,第 56 页。

② 《中国唯一之文学报〈新小说〉》,原载《新民丛报》第 14 号,1902 年,转引自陈平原、夏晓虹:《二十世纪中国小说理论资料》第 1 卷,北京:北京大学出版社 1997 年版,第 59 页。

(剑雄,1907 年)、《月球殖民地小说》(荒江钓叟,1904 年)等;还有很多以古代小说为原本进行续书的创作,构建了丰富多彩的理想社会国家的图景,戏说社会现实。虽然内容新鲜奇特,以时事政治为核心,但叙事上依赖的依然是传统的非写实习规。

中国晚清现代幻想文学的发展是以翻译西方(包括日本)的幻想小说拉开序幕的。译介出版的幻想小说总数大约在百部以上。1900 年,中国世文社出版了由逸儒翻译、秀玉笔记的《八十日环游记》(即儒勒·凡尔纳的《八十天环游地球》),这是目前有史可查,中国发行的第一部科幻小说作品。1902 年,《新小说》杂志创刊,第一期就刊登了由卢藉东意译、红溪生(真实姓名不可考)润文翻译的《海底旅行》(即儒勒·凡尔纳的《海底两万里》)和饮冰子(梁启超)翻译的《世界末日记》两篇科幻译作。其他较知名的译作还有:《十五小豪杰》[儒勒·凡尔纳的《两年假期》,饮冰子(梁启超)和披发生(罗孝高)合译并缩写《壬寅新民报》,1903 年;《铁世界》(法国儒勒·凡尔纳著,包天笑译,文明书局 1903 年)];《电术奇谈》(一名《催眠术》)(日本菊池幽芳著,东莞方庆周译述,我佛山人衍义,知新主人评点,《新小说》1903 年第 8 期至 1905年第 6 期);《月界旅行》(法国凡尔纳著,中国教育普及社鲁迅译,日本东京进化社 1903 年);《地底旅行》(法国凡尔纳著,鲁迅译,《浙江潮》,南京启新书局单行本 1903 年);天笑生译《法螺先生谭》《法螺先生续谭》(上海小说林社1905 年);等等。以 1903—1905 年为例,以发表先后排列:1903 年有包天笑译《铁世界》、陈景韩(冷血)译《明日之战争》,鲁迅译《月界旅行》《地底旅行》;1904 年有包天笑译《秘密使者》,周作人译《侠女奴》(即《天方夜谭》中的《阿里巴巴和四十大盗》);1905 年有鲁迅译《造人术》;等等。从题目上就可知道这些故事的幻想虚构性。这不仅是一个可以幻想的时代,而且是一个科学迅猛发展的时代,而幻想与科学结缘,就产生了科幻小说。当晚清引进了西方科幻小说类型和叙述方式后,非写实小说的幻想资源由古代的神怪仙魔逐渐趋向现代科学技术。尽管在小说界革命中,中国传统小说被视为"吾中国群治腐败之总根源"①,一无可取,但是当幻想资源更新为"西学""新学",接受舶来新思想之后,就成为启发民智的"新小说"而广为流行。非写实叙事可以无拘无束地用幻想表达出迫切变革的焦灼,把现代性的社会形态、外国近代历史、新式教育、科学知识、伦理观念以及西方生活方式等以这种传统的、易被接受的叙事方式介绍给中国读者,也就开创了一个陌生新鲜的小说世界。小说创作与现代文明接轨,形成了与古典小说迥异的类型,如"政治小说""科学小说""理想小说""社会小说""冒险小说""侦探小说""滑稽小说""航海小说""虚无党小说"等,显示出中国小说获得现代性的种种萌芽,具有非常鲜明的时代特征。

虽然晚清的幻想小说创作受外国科幻小说影响很大,但是幻想小说的发展却是来自中国本土需要。在一个急需变革的时代,百废待兴,尽管中国文学中的幻想常常缺乏科学学理的依据和客观逻辑,常常将读者引向玄虚和神秘,表现出神话色彩,但是这类科幻小说所展示的科学技术、工艺技术的想象,以其合理性和实用性显示出巨大的现实意义。晚清是中国人谋求改变现实、国事衰微的时期,而"科学"作为现代社会的价值标准而为中国社会所接受。科学狂想小说可以说是正逢其时,既满足了中国人的想象力,又满足了晚清国富民强的现实愿望,从而使这类带有科学色彩的幻想小说能够如此迅速地在中国本土上立足发展起来,形成了一个幻想小说创作的高潮。

三

写实性叙事,由于人们对现实生活的兴趣日增,逐渐发展起来,移向了创作的中心地带。来源于明之人情小说和清之讽刺小说的写实社会小说,成为近现代小说的主要门类,因其极摹世态人性之歧,备写悲欢离合之致②在当时

---

① 梁启超:《论小说与群治之关系》,原载《新小说》第 1 号,1902 年,转引自陈平原、夏晓虹:《二十世纪中国小说理论资料》第 1 卷,北京:北京大学出版社 1997 年版,第 53 页。
② 参看笑花主人:《今古奇观·序》,(明)抱瓮老人编,顾学颉校点,浙江古籍出版社 1998 年版。

纷杂动荡时代变迁中逐步具备了发展的各种条件,成为一种创作主流;尤其是社会黑幕小说,主要用的是写实笔记手法,曾经大行其道。虽然非写实小说的涌动,表现出人们对改革抱着由衷的厚望和幻想,然而现实却是令人失望的。辛亥革命的发生对整个社会并没有带来巨大的改变,洪宪称帝与张勋复辟,却使"共和国"的成果朝不保夕。随之而来的五四爱国学生运动和新文化运动带给人们的启示,是要用实际斗争,争取"德先生"与"赛先生"在中国"落户扎根"。毕竟,在国家政权无力的混乱年代,沉浸在无极幻想中逃避现实是自欺欺人。伴随着中国的现代化运动,文学的现代化,也就是文学的自觉,必然要面对现实并承担起推动时代变革的重任。因此,随着社会的发展,缤纷的幻想很快就被现实冲击得七零八落,非写实热潮渐渐冷却。

此后,虽然小说创作日渐繁盛,但是非写实小说却日趋冷落,即使有鲁迅的《故事新编》、沈从文的《阿丽思中国游记》、张天翼的《鬼土日记》、老舍的《猫城记》、张恨水的《新斩鬼传》及《八十一梦》、王任叔的《证章》、钱钟书的《灵感》及《魔鬼夜访钱钟书先生》、许钦文的《猴子的悲哀》、周文的《吃表的故事》等所谓"异类"的创作,因其对于它们难以使用"现实主义""浪漫主义"或"现代主义"等这些西方学术范畴和用语来进行归纳评说而少有论及,从而对这类具有传统非写实叙事特征的作品出现了批评失语状态。

及至20世纪80年代中期,在经过十七年小说个性与政治联姻的尝试和"文革"期间极端的一元化限制的挣扎之后,大量幻想小说重新又闯入人们的阅读视野,才引起人们对于这类作品的叙事习规的关注。这一时期是五四以来东西方思想又一次的大交融、大碰撞的时代,文学从禁锢中挣脱,放飞的现代性想象肆无忌惮。对民族的思考、对思想自由、人格平等、人的独立与觉醒的追求、对日常生活的审美、对道德失范的忧虑、对社会现代性弊端的批判、对宏大叙事的颠覆、对历史的碎片化与主体的消解等等纠缠于一处,超越现实的非写实叙事以无禁忌、无限制的想象表达着这一时代的种种声音。

从20世纪末开始,出现了一大批如宗璞的《泥沼中的头颅》、谌容的《减

去十岁》《大公鸡悲喜剧》、范小青的《出门在外》、刘心武的《白牙》、陈村的
《一天》《美女岛》、余华的《河边的错误》、洪峰的《湮没》、韩少功的《爸爸爸》
《归去来》、斯妤的《出售哈欠的女人》、王安忆的《小鲍庄》、扎西达娃的《西
藏,系在皮绳扣上的魂》《世纪之邀》、马原的《冈底斯的诱惑》《叠纸鹞的三种
方法》《虚构》、莫言的《透明的红萝卜》、残雪的《苍老的浮云》《山上的小屋》、
孙甘露的《访问梦境》《请女人猜谜》、格非的《褐色鸟群》、叶蔚林的《五个女
子和一根绳子》、多多的《大相扑》、贾平凹的《烟》《太白山记》……这类充满
了荒诞、神秘现实、魔幻、戏谑和象征寓言意味的非写实幻想叙事作品。它们
以先锋试验、文化寻根、历史虚构等叙事姿态凸显在世纪末的文坛中,开启了
21 世纪文学多元化叙事对现实书写的超越和对文学想象力的释放。同时,以
金庸为代表的武侠小说等非主流创作也极为张扬地伴随着商业性进入人们的
阅读视野。

　　随着 21 世纪的到来,网络的蔓延,小说创作在多元化的语境中,想象力翩
翩,更加张扬了对语言的游戏化和个人化的叙事,反叛了以往的写实主流叙事
传统,消解了社会性的深度意义,小说创作由具有责任感、忧患感的社会意识
的表现,转为自娱自乐的个体体验的表达,甚至开始面向市场消费,成为商品。
小说创作者的立场随之逐渐走向个性化,以多元化的创作开启了文学创作的
新时代。至此,"小说"这一文类从 20 世纪初教化民众的"大说"又回归到人
们茶余饭后的消遣性娱乐艺术的地位。虽然小说不再对社会生活产生所谓的
"轰动效应",但是小说的虚构想象力得以展示,充满趣味的消遣娱乐性的回
归使小说艺术走向了更为丰富的开阔境界。20 世纪末那些被称之为"寻根小
说""先锋小说"等充满了想象的作品,以其对汉语言的审美回归和现代性思
维的表现,直接开启了多元化的文学叙事,遏制并改变了自五四以来的写实主
义主流叙事,将小说从"大说"导入小说娱性娱情的文学本位,同时以其创作
实践为此后的小说创作提供了新的经验。应该说这在小说史上具有非常重要
的意义,使文学脱离意识形态的控制,走向了自律和独立。

当今,虽然我国现代幻想小说把中国式的幻想传统并没有很好地继承下来,无论是从理论,还是内容上,大多尚处于模仿西方幻想小说的阶段,也未出现非常有影响力的一批幻想小说。但是,幻想小说的繁荣已经不可小觑,无论是网络上还是纸质媒体上,幻想小说都占有重要的一席,尤其是刘慈欣、郝景芳等走向世界获奖的科幻作家的作品,将幻想小说带入了人们的关注视野,并且借由影视媒体将幻想小说推向更为广泛的受众。长期以来,幻想小说在一些批评家那里被"种族隔离化"了,在他们等级森严的文学概念中,幻想文学或等同于儿童文学,即被视为幼稚化的故事,或被看成无聊的通俗文学,即消遣化的娱乐文字。这种偏见所制造出的氛围致使幻想小说的写作和认可变得非常困难,由此而对文学整体造成危害:幻想力的缺失。我们认为:作为一种文学类型,幻想小说具有该文类的文化烙印,并对"小说"这一文类的发展产生着极为重要的作用。

观其创作,现代幻想小说从内容上大致可分为科幻、奇幻和魔幻三类,很容易识别却很难定义。科幻通常都具有科学精神和逻辑推理以及哲学思考,带有较大的科学成分;奇幻小说中,则充满了魔法、巫术、神力,主人公通常拥有超凡的法术、战技、武功或者拥有罕见的神器法物,富有古典浪漫主义的英雄气质;魔幻小说来自于 20 世纪拉丁美洲的魔幻现实主义小说,始于 20 世纪 30 年代,其特点是把各种触目惊心的现实和迷离恍惚的幻觉结合在一起,通过极端夸张和虚实交错的艺术笔法来叙事,描绘和反映错综复杂的历史、社会和政治现象。魔幻小说与其他幻想小说的最大区别就是,它通常会以现实为基础,但是通过反现实的逻辑来表达荒谬非现实感,比如马尔克斯的《百年孤独》,中国 80 年代的先锋小说的创作等都是这类。从来源上看,大致可分为西式魔法幻想、中国神话幻想以及现代都市幻想等类,但是这些幻想小说的中国本土化程度还远远不够,模仿西方幻想小说的意味还是很明显。实际上,中国本土幻想资源非常丰富,无论是悠久的历史传承还是繁复的神话体系,无论是广阔的自然辽域还是神秘的古代遗迹,都是优厚的幻想资源宝库。我们完全有理由期待,在小说观念回归到文学本位之后,幻想小说将会有一个灿烂的未来。

作为传统的创作形态和叙事习规,幻想小说在现代小说追求现代性的过程中,不会悄然消失。毕竟,新从旧出。研究这类传统的叙事习规,可以从这一角度爬梳出现代小说如何从传统中脱壳,实现创造性转化,以及在与写实性纠缠中如何互动互制,借此从传统内部寻找中国现代文学发展的深层动因,这是一个非常复杂而有意义的过程。

第三节　幻想小说的类型研究和叙事习规

一

幻想的非写实小说,是相对于写实性叙事习规来分类的。我们研究这一类型,考察其叙事语法的演变,寻找这类叙事作品中所蕴含的审美价值和文化意义,关注小说家在 20 世纪被社会、时代等所激发的想象力、创新性以及这种创造的延续和消失趋势,探求非主流的潜在的大众文化心理,应该隶属于小说类型研究的范畴。

小说类型反映着小说艺术发展中那些最持续、最悠久的要素。这些要素通过不断的再生而长存不灭,是小说的生命记忆。为了理解类型,我们常常要追根溯源。在中国小说研究中,小说的分类极其混乱纷杂。早在明人胡应麟就有了"最易混淆者小说也"的感慨。[1] 在古籍经、史、子、集四大类中,小说因其所具有的一点点史料价值而能够依附于子部或史部。作为正史的补充而自成一家的"小说",分类十分庞杂。唐代史学家刘知几将"小说"分为偏记、小录、逸事、琐言、郡书、家史、别传、杂记、地理书、都邑簿等,其中"杂记"主要就

---

① 　参看胡应麟:《少室山房笔丛·九流绪论》有关论述,上海:上海古籍出版社 1993 年版。

是记录鬼怪神仙之类的故事,这是较早地对幻想叙事的关注。宋元之际话本小说分类就更细了,罗烨的《醉翁谈录》就将其分为灵怪、妖术、神仙、烟粉、传奇、公案、朴刀、杆棒八类,前三类的幻想叙事毋庸多言,就是后几类也常常有非写实性的叙事。胡应麟将小说分为志怪、传奇、杂录、丛谈、辨订、箴规;清代的纪昀在编撰《四库全书总目》时将小说分为叙述杂事、记录异闻、缀辑琐语三类。后人在形式上还有笔记、传奇、话本、章回等简单分类,内容则有志怪、志人、公案、烟粉、人情等分类的说法①,反映了人们对"小说"这种文类的认识。20世纪初,小说家也很喜欢给小说分类,"政治小说""科学小说""理想小说""社会小说""冒险小说""侦探小说""滑稽小说""航海小说""虚无党小说""教育小说""哲理小说""历史小说""奇情小说""神怪小说""开智小说""地理小说""拟旧小说""军事小说""婚姻小说""警世小说""复仇小说""言情小说""种族小说""国民小说""家庭小说""义侠小说""商务小说""殖民小说""幻想小说""札记小说""实事小说""爱国小说"……这些分类有的是杂志的广告技巧,有的是栏目所需,分类标准杂乱,其界定的内涵和外延都很模糊,也很少有人对此进行深入的理论分析。虽然由此我们可以了解到当时小说丰富复杂的创作情形,但是这种分类很难反映出小说的叙事艺术的发展变化和类型特征。

最有影响力的分类是鲁迅在《中国小说史略》中将明清小说分为讲史、神魔、人情、侠义、讽刺谴责、以小说见才学者等类型的研究,他兼顾了题材和艺术表现手法的标准,而且从整体上把握小说类型的演变,后世研究者少有创新突破。② 但是,要说明的是《中国小说史略》和《中国小说的历史的变迁》这两本书是在为小说作史,而不是讲小说分类。书中28篇篇目的分类时而依内容,时而依形式,比如"神魔""人情"依内容,"拟宋人小说""拟晋唐小说"依

---

① 参看石昌渝:《中国小说源流论》第1章第1节"小说概念",北京:三联书店1994年版。

② 参看陈平原:《小说史:理论与实践》中"鲁迅的小说类型研究"一章,北京:北京大学出版社1993年版。

流派,"以小说见才学者"依写作风格,"传奇""话本"依体裁,"讽刺""谴责"依审美品格,等等。这种分类从讲史的角度来看,兼顾时空,显豁醒目,便于论述,然而如果以此来作为科学的分类则不尽如人意,后人在研究中无法全盘照搬。孙楷第就在《中国通俗小说书目》的分类说明中对此提出了自己的看法:"鲁迅先生小说史略于传奇及子部小说之外,述宋以来通俗小说尤详。……品题殆无不当。"然而"唯此乃文学史之分类,若以图书学分类言之,则仍有不必尽从者"。① 提出了自己的主张:"沿宋人之旧",可是宋代之后小说的发展类型延沿甚广,又不是宋之分类可囊括得了的。小说类型研究本身是一种预设性的理论,用假设的类型标准去衡量复杂丰富的文学现象,先天就是会有困境的。追求纯粹的分类、完整的分类、全面的囊括,这几乎是不可能的。各种有利于描述说明文学现象的分类,都有其合理性和必然性,所以按照不同的研究需要来进行不同的分类是完全必然并且可行的。

晚清小说在数量上的巨大决定了其在文学史上不容忽视的地位,而且在质量上,有待于我们跳出传统研究视野的束缚重新认识,发掘出精品。研究现代通俗文学的范伯群先生阅读了大量近代小说之后,在其论著中就提出"现代通俗小说中有若干数量的精品"的观点②,可以证明晚清民初的小说在质量上是值得审视考量的。本书在这些研究成果的基础上,将重点论述幻想小说从传统到现代的转型问题,揭示其所具有的重要文学史意义,试图将现代小说和传统小说整合起来,梳理出完整的转型轨迹。

关于现代幻想小说的探讨,总是纠缠于"科学"与"儿童"两个范畴中。因为科幻小说是中国现代幻想小说的一种重要类型,儿童文学中又集中了一批富有想象力的小说作品。因此这方面的研究主要集中在对科幻小说和儿童文学的讨论中。

现代幻想小说的研究基于"小说是改造国民的利器"这一功利性的文学

---

① 孙楷第:《中国通俗小说书目》"分类说明",北京:人民文学出版社 1982 年版,第 1 页。
② 范伯群:《中国现代通俗文学史》(插图本),北京:北京大学出版社 2007 年版,第 582 页。

观念而开始的。此研究始于科幻小说。1902 年,梁启超发起"小说界革命",科幻小说的翻译与创作的热潮由此引发。在那个特定时代小说社会功能被无限夸大,负载着启蒙的社会使命和责任。1903 年 10 月,鲁迅先生作《〈月界旅行〉辨言》,这是中国科幻文学史上极为重要的一篇论述文章,鲁迅先生在文章里发出了我国文学史上最早的明确提倡创作"科学小说"的声音:"故苟欲弥今日译界之缺失,导中国人群以进行,必自科学小说始"①,同年,包天笑在《〈铁世界〉译余赘言》中也明确提出"科学小说者,文明世界之先导也"②;定一在《小说丛话》中也指出"然补救之方,必自输入政治小说、侦探小说、科学小说始。……至若哲理小说,我国犹罕。吾意以为哲理小说实与科学小说相转移,互有关系:科学明,哲理必明"③;孙宝瑄也指出"观科学小说,可以通种种格物原理;……故观我国小说,不过排遣而已;观西人小说,大有助于学问也"④;诸如此类的言论比比皆是,可见当时对于带有科学色彩的幻想小说的功利性期待很高,于是这种"科幻小说"被赋予了传播普及科学知识的思想启蒙功用,这对于当时以及后来的科幻小说创作与理论产生了极其深刻的影响。

正是基于这样实用的文学观念,晚清新小说理论家们在对小说进行分类的时候显现出一种非常模糊而实用的混乱。他们对于"科学小说"与"科幻小说"不加区分,将幻想小说或称之为"理想小说",或称之为"社会小说",多种分类并行而无法确定其文类特征。比如 1902 年,饮冰(梁启超)在《〈世界末日记〉译后语》中将"科幻小说"定义为"以科学上最精确之学理,与哲学上最

---

① 鲁迅:《〈月界旅行〉辨言》,转引自陈平原、夏晓虹编:《二十世纪中国小说理论资料》第一卷,北京:北京大学出版社 1997 年版,第 68 页。

② 包天笑译:《铁世界》,文明书局 1903 年版,转引自武田雅哉:《清末科学小说概述》,《科学文艺》1981 年 4 期,第 71 页。

③ 定一:《小说丛话》,转引自陈平原、夏晓虹编:《二十世纪中国小说理论资料》第一卷,北京:北京大学出版社 1997 年版,第 99 页。

④ 孙宝瑄:《忘山庐日记》,光绪二十八年〈1903 年〉六月一日,上海:上海古籍出版社 1983 年版。

高尚之思想,组织以成此文。"①;同年,在《中国唯一之文学报〈新小说〉》中论及《新小说》杂志上准备登载的小说类型时,又专门列出一类"哲理科学小说",指出这是"专借小说以发明哲学及格致学,其取材皆出于译本"②;同年从《新小说》第一号起连载的《海底旅行》,标题前标识了"泰西最新科学小说",这是"科学小说"一词在中国文学史上的首次单独使用。成之在洋洋洒洒三万余字的长篇论文《小说丛话》中也明确写道:"科学小说,此为近年之新产物,借小说以输进科学智识"③;而《电世界》则标注为"理想小说",《新法螺先生谭》被称为"属于理想的科学"(《觚庵漫笔》《小说林》1908 年第 11 期),《新纪元》则"专就未来的世界着想,撰一部理想小说,因为未来世界中一定要发达到极点的,乃是科学,所以就借这科学,做了这部小说的材料……就表面上看去,是个科学小说"(《新纪元》第一回,上海小说林社 1908 年版);而如《光绪万年》干脆标注为"理想科学寓言讥讽诙谐小说"(《月月小说》1908 年 2 月 8 日);《新石头记》标示为"社会小说"(《新石头记》1908 年改良小说社单行本),却是"兼理想、科学、社会、政治而有之"④。"科学"在幻想中被稀释,现代性的科学理念开始与传统幻想文学接轨,中国传统小说中的奇闻逸事与医药记载走向现代社会,"且中国如《镜花缘》《荡寇志》之备载异闻,《西游记》之暗证医理,亦不可谓非科学小说也"⑤,"小说有医方,自《镜花缘》始……又奚啻足为中国之科学小说"⑥,呈

---

① 《新小说》第一号,转引自陈平原、夏晓虹编:《二十世纪中国小说理论资料》第一卷,北京:北京大学出版社 1997 年版,第 57 页。

② 新小说报社:《中国唯一之文学报〈新小说〉》,转引自陈平原、夏晓虹编:《二十世纪中国小说理论资料》第一卷,北京:北京大学出版社 1997 年版,第 62 页。

③ 成之:《小说丛话》,转引自陈平原、夏晓虹编:《二十世纪中国小说理论资料》第一卷,北京:北京大学出版社 1997 年版,第 62 页。

④ 我佛山人:《〈最近社会龌龊史〉序》,转引自陈平原、夏晓虹编:《二十世纪中国小说理论资料》第一卷,北京:北京大学出版社 1997 年版,第 382 页。

⑤ 侠人:《小说丛话》,转引自陈平原、夏晓虹编:《二十世纪中国小说理论资料》第一卷,北京:北京大学出版社 1997 年版,第 93 页。

⑥ 定一:《小说丛话》,转引自陈平原、夏晓虹编:《二十世纪中国小说理论资料》第一卷,北京:北京大学出版社 1997 年版,第 97—98 页。

现出荒谬而复杂的混乱景象。随后,科学性的幻想小说的创作虽然趋向多元化,但却并未得到研究者的关注。直至 20 世纪 80 年代,开始出现了一些相关研究成果。

1982 年,北京海洋出版社出版了《中国科幻小说大全》一书,"它详尽的从《山海经》中夸父之追日到《列子·汤问》中偃师之造人;从清末外国科幻小说的被翻译引入,到 1905 年以徐念慈创作的《新法螺先生谭》为代表的科幻小说的出现……"①对科幻小说进行了初步的文本整理。一系列研究文章开始出现。日本的武田雅哉的研究引人瞩目,他发表的《清末科学小说概述》(《科学文艺》1981 年第 4 期)、《〈电世界〉——清朝末年的一篇科幻小说》(《科学文艺》1982 年第 4 期)、《东海觉我徐念慈〈新法螺先生谭〉小考——中国科学幻想小说史杂记》(《复旦学报(社科版)》1986 年第 6 期)、《从东海觉我徐念慈的〈新法螺先生谭〉说起》(《明清小说研究》第四辑,中国文联出版社 1986 年,第 440—450 页)等文章,大致梳理了晚清科幻小说的翻译与创作,总结出此期创作的基本特征,应该算是较为深入的探讨了。1981 年中国著名科幻作家叶永烈发表《清朝末年的科学幻想小说》一文,对徐念慈的《新法螺先生谭》进行了专门的评介。他认为《新法螺先生谭》是"文笔流畅,清新隽永","这篇科幻小说的发现,至少说明……与世界其他国家相比,中国的科学幻想小说起步不算太晚"②。这些有限的研究虽然还不够深入,但是却引发了人们对于此类作品的注意。

1988 年,文化部少儿司、中国科普作协少儿委员会和安徽少年儿童出版社在安徽屯溪召开会议,决议开创中国科幻小说的新高峰,中国科幻小说在改革开放的情势下,再次呈现出繁荣的景象,中国科幻理论研究也继续深入着。1997 年中国文联出版社出版了由于润琦主编和校点的《清末民初小说书系·科学卷》,将人们的目光集中引到"晚清"时代,关注现代中国科幻文学的发

① 杜桂婉:《读〈中国科幻小说大全〉》,《文汇报》1983 年 5 月 6 日。
② 叶永烈:《清朝末年的科学幻想小说》,《光明日报》1981 年 8 月 7 日。

端。同年,北京大学出版社出版了由陈平原、夏晓虹编著的《二十世纪中国小说理论资料·第一卷》,其中收入了相当数目的有关晚清科幻小说理论研究的文章;此外,如吴岩编著的《科幻小说教学研究资料》(北京师范大学教育管理学院 1991 年)等著作中也有对于晚清科幻小说的专门评介。有关晚清科幻小说的史料浮出水面。在占有史料的基础上,一些年青的学人开始尝试对晚清科幻小说进行基于文本的综合性的论述。

1998 年,台湾中正大学中国文学研究所的林建群的《晚清科幻小说研究(1904—1911)》硕士论文,对晚清科幻小说进行了比较系统和全面的研究。论文从晚清西学东渐谈起,探讨分析了中国晚清科幻小说的"兴起因由""时代论题"及其"艺术表现"。他认为,中国科幻小说诞生于晚清时期,是受到"近代科学的东传""小说界革命的振兴""幻想传统的继承"和"译本小说的启发"等因素酝酿激发所促成的;晚清科幻小说的时代论题,"全面反映了当时的现实情势","尤其以'科学救国的呼喊'、'民族意识的觉醒'、'政治改革的寄托'和'女权思想的促发'四者最为显明";他还在与中国传统小说的比较中总结出晚清科幻小说的艺术特征:"晚清科幻小说在'人物塑造'、'结构安排'与'环境描写'的艺术表现上,展现了超越传统小说形式技巧的'科幻小说'新文类特征"①。这篇论文是迄今为止对晚清科幻文学研究较为全面的成果。

另外,还有一篇比较重要的论文是陈平原的《从科普读物到科学小说——以"飞车"为中心的考察》,分析了晚清科幻小说中的"飞车"意象,从而阐发了小说家对于"科学"概念的把握以及这种把握对晚清科幻小说创作的影响。他指出"晚清带有幻想意味的小说,往往出现飞翔的意象,并将其作为'科学'力量的象征。"②但晚清科幻小说作家本身科技水平的限制却内在地

---

① 林建群:《晚清科幻小说研究(1904—1911)》,收入 2003 年台湾科幻研究学术会议论文集。
② 陈平原:《从科普读物到科学小说——以"飞车"为中心的考察》,《中国文化》1996 年春季号。

决定了"仓促上阵的科学小说家,其创作必定'先天不足,后天失调'"①。而新小说潮流的影响也使得"世纪初的科学小说家,不满足于讲述'求知'或'探险'的故事,而是努力渲染其'高尚之(政治)理想'",使得"中国科学小说的发展方向,没有纯粹的求知欲望,有的只是如何利用'科学',达到某种或高尚或不高尚的政治目的"②。在这里,陈平原一针见血地指出了功利性的文学观念对中国晚清科幻小说造成的负面影响。

此外,一些主流文学界的学者从晚清科幻小说所处的特殊时代背景出发,以新的文学研究方法对其进行解读,试图发掘晚清科幻小说所反映的深层社会心理,而"现代性"问题是他们所集中关注的一点。如台湾柯乔文的《晚清的现代性——以晚清科学小说为观察文本》,就是从对《月球殖民地小说》的文本分析出发,论及晚清整个科幻小说的创作,从而考察科幻小说与现代性的关系。他认为:"晚清时期,现代性已经逐渐取得合法论述,关于科学、进步、平等诸概念,成为知识分子追求实践的目标,这些种种,在《月球殖民地小说》的小说叙述中,可以清楚地观察到";但是晚清科幻小说同时又存在着"面对科学书写时的困境,一旦脱离科学,幻想本身有其局限性,为了让情节顺利推进,便又堕入传统书写异境的方式,以幻梦含糊带过,再者,晚清科学小说往往呈现两极现象的交混,既启蒙又迷信、理性而滥情、模仿与谑仿,说明晚清社会的多重异质"③。杨联芬在其专著《晚清至五四:中国文学现代性的发生》中有对于晚清"科学小说"的专门讨论,她所指的"科学小说"即是科幻小说。她对徐念慈的作品大为赞赏,认为他的《新法螺先生谈》"在清末为数有限的同类创作中,'科学'和'幻想'两种因素都相当出色"④。杨通过对《新法螺先

---

① 陈平原:《从科普读物到科学小说——以"飞车"为中心的考察》,《中国文化》1996 年春季号。

② 陈平原:《从科普读物到科学小说——以"飞车"为中心的考察》,《中国文化》1996 年春季号。

③ 柯乔文:《晚清的现代性——以晚清科学小说为观察文本》,收入 2003 年台湾科幻研究学术会议论文集。

④ 杨联芬:《晚清至五四:中国文学现代性的发生》,北京:北京大学出版社 2003 年版,第64 页。

生谈》《新石头记》等具体文本的分析,得出结论,认为,"对社会现实的关注和对理想未来的想象,是当时一般'科学小说'叙述的目的。这限制了作家在'幻想'上自由驰骋,但那萌芽状态的科学意识,那些新鲜奇异的文明食物,毕竟为中国读者开辟了与'现代'接壤的土地"①,在总体研究中,有一篇对创作和研究现状进行批评和反思的文章值得注意,即吴岩发表于 1998 年的《发掘晚清科幻的宝库》,他在文章中总结了之前晚清科幻小说的研究情况,指出对晚清科幻小说的研究应更注意抓住"科幻文学的本体凸显",应该在"无论是思想内容分析还是艺术表现手法的分析上抓住科幻本身独特意义的意识"②。

总的来看,这方面的研究还要做的工作很多,但是并不乏有启发性的见解。吴岩在《发掘晚清科幻的宝库》中提出:"与晚清学者们提出的观点一模一样的理论和看法、与晚清小说一模一样的作品模式和人物模式,在将近一个世纪的政治科学变化之后仍旧在以同样的面貌出现。在某些时候,这些观点、作品居然采用的是一模一样的语言和情节模式。""所有这些都向我们揭示,有一些更加根深蒂固的先验的认识潜伏在我们认知的深层,它来源于更加古老的文化根基,是有获得性遗传的能力或者群体无意识的特征。而寻找出这些文化根源,当是面对新世纪实现中国科幻文学认识的彻底转变上最为重要的理论问题。"③可见此类研究的意义所在已经显现。

富有幻想性的小说有一部分长期以来被归类为儿童文学,因此,相关研究就在儿童文学之中。其实,中国儿童文学的发展本身就十分短暂,长期以来备受轻视和冷落。据统计,20 世纪 40 年代以前出版的儿童文学理论成果(包括专著、译著、论文集)有 40 余种,已经形成了比较完整的理论框架,探讨了儿

---

① 杨联芬:《晚清至五四:中国文学现代性的发生》,北京:北京大学出版社 2003 年版,第 69 页。
② 吴岩:《发掘晚清科幻的宝库》,《科技时报》1998 年 8 月 13 日。
③ 吴岩:《发掘晚清科幻的宝库》,《科技时报》1998 年 8 月 13 日。

童文学的地位、作用、特征、艺术规律、作家、作品等。自从 20 世纪初梁启超发起"文学革命"以来,"以小说来改造国民"的小说观念深入人心,作为中国的未来之国民的"儿童",在国人对"少年中国"和"中国少年"的期盼中,必定会被纳入到小说宣传的读者群中,人们在对小说社会功用的重视中也认识到为儿童进行创作、提供文学作品的重要性,为这部分"小国民"服务,创作适合孩子认知特点的文学作品来进行教化培养是十分必要的。由于儿童的认知所具有的幻想性特征,所以这类创作很大一部分都是以非写实叙事进行的。

　　1908 年徐念慈在《小说林》第 9—10 期上发表了《余之小说观》一文,提出现有的小说"实亦无一足供学生之观览",呼吁"今后著译家,所当留意,宜专出一种小说,足备学生之观摩",以"鼓舞儿童之兴趣,启发儿童之智识,培养儿童之德性"。1909 年,孙毓修在商务印书馆创办编辑了《童话》丛书,在序言中更是强调:"西哲有言:儿童之爱听故事,自天性而然。诚知言哉!欧美人研究此事者,知理想过高,卷帙过繁之说部书,不尽合儿童程度也。乃惟本其心理之所宜,而盛作儿童小说以迎之,说事虽多怪诞,而要轨于正则,使闻者不懈而几于道,其感人之速,行世之远,反倍于教科书。"可见当时精英们已经有了"儿童本位"的现代儿童观。五四之后,冲破了封建纲常的禁锢,近代先进知识分子渐渐形成了尊重儿童精神个性和需求的文化共识。在追求"人的解放"的同时,儿童的社会价值也开始受到重视。于是以契合儿童认知特点的幻想小说开始出现,这些作品带有鲜明的启蒙意义和批判性,其教化目的非常明确。其研究成果不胜枚举,已经形成了"儿童文学"一门学科,但是多从儿童读者的角度切入的,因此,我们在此暂不一一详述,后文将会将其创作和研究纳入到非写实幻想叙事中加以论述。

　　如果我们尝试突破阿英、鲁迅、胡适等以五四为视角的晚清小说研究理论,从写实与非写实这种形态类型考察小说创作,抛开各种既有的成规思路,以"非写实幻想"这种中国小说自身叙事传统来观察其在 20 世纪文学创作中的消长起伏,寻觅多年来隐而不彰的现代性线索,或许可以比较深入客观地描述出中国小说一脉现代性的形态演变支流,是为本文努力的方向。

长期以来,我们研究者在意识形态的制约下,形成了二元对立的思维方式,将写实性叙事作品作为主流类型加以提倡,而对非写实的叙事作品关注不够,甚至将幻想小说视为通俗文学的专项加以鄙夷,并且用写实性的叙事习规作为唯一标准来评述各种创作,常常对于非写实的作品隔靴搔痒,不得要领,甚至无法言说。这也是以想象世界为表现对象的科幻、武侠等小说的研究比较冷落的一个原因吧。现今,我们走出了新文学的范畴,把研究视野扩展到整体文学创作,很多类型的小说被描述、被界定,但是多局限于表层归类而缺乏深入探究。"小说类型研究首先必须根据某种理论原则将作品进行分类编组;但其目标绝非编制分类的小说目录,而是借助'分类编组'以利于进一步理解和描述小说发展进程。"①确实,类型研究绝非为各类小说寻找其家族归属,而是将某一部作品放在具有相似性的同类作品中考察,发现其在传统中的创新性和在这一类型的基本叙事语法中展现的个性化因素,从而更深入地理解、说明作品的艺术魅力所在。只有将隐藏在千变万化的故事情节后的具有共通性的叙事语法归纳总结出来,描述出其演变的轨迹,才能正确理解评价这一类小说的审美价值和文史地位。从叙事习规这一角度入手,可以考察文学本身的传统承传和变化,深入到文化心理、想象资源、美学特质等多种叙事因素进行研究,可以比较直接地发现小说的创新之处和艺术魅力所在。

幻想小说在 20 世纪初繁盛一时,民国之后渐趋边缘性,到 20 世纪末的 20 年又开始重新兴盛。这种文学叙事习规的遭遇不仅是读者、创作者的功利性选择,也牵涉到小说这种文体在文学结构、文化结构中的作用,是一系列的文学技巧、社会思潮、艺术价值等的选择和表现。这是我们现有的类型理论无法涵盖的。

---

① 陈平原:《小说史:理论与实践》,北京:北京大学出版社 1993 年版,第 127 页。

二

我们之所以关注幻想小说,是因为非写实叙事习规始终存在于中国小说的叙事中,而且具有诸种现代性叙事特征如淡化情节、非理性、轻人物等,可以改变以往研究中对人物形象塑造的纠结,呈现出小说艺术亘古的艺术生命力。顺着这一绵延已久的藤蔓,也许可以寻觅到现代小说在尝试、冒险、创新中从古代叙事之壳中辗转蜕变而具有了较为成熟的现代性叙事模式的发展轨迹。当我们把研究视野从写实性主流文学扩展到其他非主流创作现象时,发现晚清众声喧哗的创作,在新文学主流文学的挤压下逐渐走向狭隘的路径,成为众声合一的呐喊。而幻想创作是否就此销声匿迹?

不仅如此,我们所看重的还有晚清非写实小说所体现出来的创新尝试这种时代精神。在"搬动一张桌子"也要付出血的代价的中国,任何尝试创新的冒险都需要有极大的勇气和力气。而晚清非写实小说其想象之天马行空和瑰丽神奇、其叙事的丰富多样、其对中外文学的颠覆借鉴等无不体现出一种无羁无绊的创新精神。在传统中纠缠的中国小说借助这种文学冒险精神,冲出了古代,走向现代。这种冒险创新的精神正是现代文学的基本精神之一,是20世纪文学发展的基础和动力,其价值远远超出了学术范畴而值得我们关注。

但是,这种非写实的创作倾向和描写在研究界尚未引起足够重视。著名海外华人学者王德威就曾指出非写实的"科幻小说曾在晚清风靡一时,迄今却仍为文学史家所忽视"①。由于现当代文学中"纯文学"和"通俗文学"等文学观念阻碍着这种文学创作类型化趋势的研究致使对这种文学现象的描述很少有人涉及,更不要说对此创作的文本、创作心理、社会背景等进行具体的分析解读。实际上,这种类型研究对揭示现代小说在美学上和传统的关系上有着十分重要的作用,因为它可以呈现出传统小说的美学资源在哪些方面、以何

---

① 王德威:《被压抑的现代性》,北京:北京大学出版社2005年版,第14—15页。

种方式、在怎样的条件下获得创新和转换,可以考察 20 世纪中国小说在现代性历史叙事背后所蕴含的一系列复杂形式。

另外,通过对非写实小说文本的研究,可以揭示出"现实"这个观念如何进入中国文学,现实主义的现代文学传统是怎样形成的,以此为参照,观察到现代写实性小说的创作得失。"现代小说本身是一种类型,同时它又是在类型开始消灭的时候诞生的。而超现代主义者和后现代主义者所做的尝试乃是要恢复在此被压抑掉的诸种类型。"①因此,非写实类型小说被压抑又被重新发现的这个过程尤其值得玩味。更为重要的是,在非写实小说的研究中,可以了解中国文学家的独特丰富想象力,感知其艺术独创性和审美魅力,对夸大理论向度而稀释审美性的研究倾向加以匡正。面对当下类型化小说创作潮流,非写实因素日益增强,我们可以更好地把握着这种创作意识的走向,从而为今后的创作提供理论上的指导。

而今,在摆脱单一的政治意识形态研究尺度之后,一种以"审美"为核心的文学史观使我们重新解读了大量经典作品,更为关注作品的艺术性,感性化地评价和认识,充分展现研究者的主体性。即使这种审美化研究本身是一种为了脱离原有的政治话语而故作的姿态,在具体研究中落实的程度值得怀疑,但却是现代文学研究关注的问题、切入的角度、使用的方法等都有了极大的改变。20 世纪 90 年代以来,在对文学审美形式的关注和对现代性的反思下,那些在文学史上被遮蔽的非主流作家逐渐被发掘、清理出来,同属一个文学空间的俗文学和雅文学互动渗透的历史现象被呈现,研究者重新绘出了现代小说发展的多元化格局。这给我们研究者提供了更多的研究契机和可能性。研究晚清以来近百年的文学实践,从传统的非写实叙事习规切入,可以避开现代文学研究中传统单一的所谓主流文学的影响,避免简单化复杂多元的文学现象,揭示其文学实践的丰富内涵和多重现代性追求。这种研究是一种回到小

---

① ［日］柄谷行人:《日本现代文学的起源》,赵京华译,北京:三联书店 2003 年版,第 190 页。

说本身传统的类型研究,是诗学层面的、落实到文本的研究,是探讨小说文本在传统内部之自我改造和发展的诗学规范和诗学理念的研究,所以从某种意义上说,是对 20 世纪中国小说史的学术研究现状的思考和新的研究尝试。本论著力图以此为类型研究之范本,还原文学现场,解读小说文本,以期更深刻、更全面地理解现代小说的类型内涵。

从 1902 年梁启超提出"小说界革命"伊始,晚清小说革新运动风起云涌,一时各类型小说的翻译与创作蓬勃兴盛,其创作无论在内容还是在数量上,都进入了不同于传统小说创作的新境界。自甲午战后,严复、梁启超等进步知识分子就开始提倡小说的社会教化功能,借以提升小说的文学地位,开启了晚清小说变革的序幕,非写实小说也借由新小说风潮从传统走向现代,开始更新,尤其是在此期集中出现了大量非写实幻想小说文本。本书以"幻想小说"作为研究对象,着重考察此类小说在中国小说发展史上的创新意义,故依据目前所掌握的晚清小说文本,将研究范围大致上推至 1902 年第一部新非写实小说《新中国未来记》创作始,直至现今。针对百年的幻想文学的创作,讨论在传统文学和域外文学影响下中国幻想小说的叙事特征和想象意象内涵,期望由此类小说的研究,梳理出西学东渐转型期中国小说在特定的历史社会情况所具有的传统与现代因素,寻找到文学内部发展的动因和时代的影响,从而勾勒出此期幻想小说的创作风貌。

本书力图为小说研究提供一个新的角度,从中国文学传统上寻找突破现实主义"反映论"的思维模式和批评话语。在研究话语使用中,无意纠缠于种种文学批评术语,尽量避免陷入词语的泥沼,只是要说明所关注的"幻想小说"这个问题来源于中国小说传统,所关注的是传统的非写实和写实的叙事习规是怎样在现代小说叙事中交织、挤压、遮蔽、移动的。

正是由于后来的研究者主要以西方文学史观和学术传统来面对中国传统小说资源,而常常无法找到恰当的评论话语和参照,所以对非写实的这类依托中国文学传统的小说类型关注不够,甚至引起种种失语现象和误读、误评。中国现代文学批评在长期历史语境(那是一个否定传统、以借鉴西方为创新的语境)中,不自觉地形成了以 19 世纪欧洲写实主义相类似的写实(现实)主义为评判标准的文学意识,好像除了写实别无其他的创作佳径,致使武侠、神魔、科幻、恐怖等文学创作现象被漠视,被主流写实性创作遮蔽。虽然这种"失语"是不同文化体系互相纠缠磨合中的一种普遍持久的文化现象,反映出从传统到现代历史转变中的一种特点,但是,这些作品的大量存在、读者的众多,使我们的小说研究显得极为不平衡,不仅剥夺了传统批评话语的合法性,窒息了其言说能力,更使其无法参与到现代文学的美学建构中,难以形成完整的"学术地图",无法客观正确地阐释文学作品的内涵意义和艺术价值。这种现象值得我们文学研究者深刻反省,不仅要考虑传统文化资源的转化问题,更是现代文学如何建构和言说的问题,这需要长期切实的学术理念和知识体系的完善。严家炎先生就曾谈道:"研究'五四'以来各种流派,可以解放我们的文学观念,丰富我们的文学趣味,使我们避免偏狭、窄小,不至于去排斥一切异己的东西。……现代生活内容可以通过多种途径表现。有些内容采用并非现实主义的荒诞怪异的方法表现出来,可能取得比现实主义远为强烈的效果——卡夫卡的《变形记》与鲁迅的《铸剑》都是这方面的良好例证。用一种流派的审美标准去抨击另一种流派的作品,未免有点牛头不对马嘴。"[1]

在文本分析研究中,重点考察小说叙事中幻想资源和方式的承袭和更新,既有时代精神和观念的考察,也有人物塑造等叙事技巧的分析,本书将重点关注与"想象"有关的叙事内容。毕竟,非写实小说最为突出的叙事特征是幻想。20 世纪的中国文学在亡国灭种的现实危机的重压下,想象的空间极其有限。在柯勒律治、雪莱等诗人那里"想象"可以化合万物,使各种不同因素达到和谐,赋予世界美丽和生命,而在晚清,"想象"的爆炸成为一种具有破坏性力量的创造,颠覆传统、解构道德经验、刺激麻木的国民性、呼唤未来。非写实

---

① 严家炎:《对"五四"以后小说流派的一些理解》,见《严家炎论小说》,南昌:江西高校出版社 2002 年版,第 114 页。

小说"救亡图存"的虚构指向使其创作带有强烈的"理想性""批判性",是与社会的现代工业化、社会制度的民主化、先进科学技术的普及等密切相关的一种国家梦想,反映了中国为了实现"强国梦",从清末就开始不断追随西方,艰难曲折地追寻和探索着理想之路。这导致国家"理想性"想象主要存在于时间的前进中,而不是空间的营建上,表现的是一个世界的两个历史阶段:未来和现在,是同一个空间的不同时期。而"未来时态"的中国就是以先进国家为模板通过想象形成的。非写实小说以这种特有的方式,挥霍想象,淋漓尽致地表达了这一强国富民的理想诉求,焦灼与急切、激情与痛苦的文字,飞扬在那个时代,幻化出一幅幅虚拟图景,或引人神往,或引人深思,启蒙与救亡、科学与民主自由地驰骋,表达出冲破传统、蔑视常规、注重创意的时代价值和审美趣味,催促着现代性叙事的开启。非写实叙事习规所强调的虚构和想象,不仅是中国古代小说所倚重的叙事因素,也是小说现代性叙事的重要特征,罗伯—格里耶就认为现代小说不仅肯定这一特征,"甚至于达到了这样的程度,使得虚构和想象在迫不得已时成为了作品的主体"①。所以,考察贯穿于传统和现代叙事中的非写实叙事习规的演变,寻求"最传统的"如何成为"最现代的"历史动因和文学规律,应该是以"幻想"为研究话题的。

────────────

① [法]阿兰·罗伯-格里耶:《快照集　为了一种新小说》,余中先译,长沙:湖南美术出版社2001年版,第98页。

第一部分

20世纪初的强国梦

1

20世纪伊始,"小说界革命"使小说一跃成为文类之大宗,小说的写作、刊行、流通蓬勃发展,充满了前所未有的活力。小说家也表现出极为强烈的变革意识和极大的信心,他们宣称"二十世纪系小说发达的时代"①,"当二十世纪,为小说发明时代"②,"二十世纪开幕,为我国小说界发达之滥觞"③,小说奔涌而出。众所周知,1898年维新运动以及其他一系列政治事件推动中国社会变革,思想界也随之发生急剧变化。文人开始从八股文中解放出来,接受外来多种影响,"我们要讲中国近代文学的变迁,实在这个时候真是中国文学有显明变化的时候"④。一个文学转型发展的时期来到了。

---

① 计伯:《论二十世纪系小说发达的时代》,《关东戒烟新小说》1907年第1期。
② 邯郸道人:《〈月月小说〉跋》,《月月小说》第1卷12期,1908年。
③ 耀公:《小说与风俗之关系》,《中外小说林》第2卷5期,1908年。
④ 陈子展:《中国近代文学之变迁》(1929年4月中华书局初版),上海:上海古籍出版社重印本2000年版,第6页。

第一章　喧闹的幻想小说

在戊戌变法（1895）至辛亥革命（1911）期间，2000 多种千奇百怪、新旧杂陈、雅俗不分、多声复义的小说涌现出来，蔚然大观。① 1902—1916 年，创办的文学期刊有 57 种，1917—1927 年则达到 143 种。其中小说所占的比例最大。以"小说"命名的杂志，在 1902—1917 年间，就曾出现过 29 种（包括 2 种报纸）。② 其中最为有名的《新小说》（1902—1906）、《绣像小说》（1903—1906）、《月月小说》（1906—1908）、《小说林》（1907—1908）四种杂志，都是在清末十年间刊行的。按照日本学者樽本照雄《新编清末民初小说目录》（1998）的统计，晚清 1840—1911 年间小说出版了 2304 种，其中创作 1288 种，翻译 1016 种。要说明的是，当时的翻译常常是意译、改写，带有极强的原创性，可见其创作之盛。其中，据《中国通俗小说总目提要》的著录，在 1840—1900 年间出版的小说是 133 部，平均每年只有 2.2 部，但是在 1900—1911 年间却产生了 529 部，平均每年达 48 部。根据对晚清时期小说统计所得的结果，晚清小说在 1902 年起十年之间的作品占清朝末期小说总数量的 88%。这说

① 赖芳伶：《清末小说与社会政治变迁：一八九五——一九一一》，台北：大安出版社 1994 年版，第 62 页。

② 陈平原：《二十世纪中国小说史》第 1 卷，第 3 章"商品化倾向与书面化倾向"，北京：北京大学出版社 1989 年版，第 80—81 页。

明这个时期在小说创作中,作家参与的广度和读者队伍的规模都是前所未有的。

1902 年以后,作品不仅数量锐增,①而且呈现出极具时代气息的新风貌。仅就 1902 年的 9 部小说来看,除《李公案奇闻》是传统的公案小说之外,其余的 8 部小说如《殖民伟绩》《新中国未来记》《洪水祸》《东欧女豪杰》等都取材于近代各种社会变革活动。而在 1902 年之前,虽有创作的小说,然而仍属旧小说形式,如《儿女英雄传》《绣球缘》《小五义》《彭公案》等,与古代小说没有本质区别,翻译小说亦仅寥寥几笔未成气候。1903 年的 39 部小说更是有了极大的发展,几乎全是新小说②。这些小说迥异于古典传统小说,其内容和形式都出现了前所未有的变化,透出了强烈的新时代气息。由此可见,20 世纪伊始是中国小说创作的一个重要转折点。

作为新小说最早的理论倡导者和创作实践者梁启超,在新小说诞生之际拟定自著书目时宣称:"政治小说者,著者欲借以吐露其所怀抱之政治思想也。其立论皆以中国为主,事实全由于幻想。"③用幻想小说来写政治思想,其虚构指向非常明确,虚构方式非常清楚,强调创作的幻想之性质。他的新小说开山之作《新中国未来记》,就是以非写实叙事作为创作之笔,先声夺人。他曾在《新小说》的广告中披露其创作计划:《新中国未来记》写今后 50 年的强盛中国,《旧中国未来记》写未来中国的悲惨情形,《新桃源》(一名《海外新中国》)写逃到海外的国人新建之国家,全是非写实的。这些著述计划虽未全部实现,但其主张和创作对后来的小说创作还是产生了极大的影响,非常显著的一个例证就是幻想性题材大为流行,成为晚清小说创作中一种潮流。可以说,非写实新小说是新小说的先锋,是非写实叙事开启了中国小说的现代性叙事。

---

① 参看林佩慧:《晚清戏剧小说系年目及统计分析》,台大图书馆学研究所硕士论文,1988年,第 38 页。

② "新小说"是指在"小说界革命"中产生的、具有不同于 1902 年梁启超在日本横滨创办《新小说》之前传统小说特质的那些小说作品。

③ 梁启超:新小说报社《中国唯一之文学报〈新小说〉》,《新民丛报》第 14 号,1902 年 8 月。

第一节　汪洋恣肆的国家想象

在晚清新小说浪潮中，小说经由大报纸、游戏小报、杂志、成书等出版媒介在社会上广为传播，不仅数量几达空前，而且在创作中表现了极大的创造力和丰富的想象力。这时的小说，从革命到言情，从武侠到纪实，从科幻到侦探，从古代到未来，从现实到乌托邦，五花八门，无所不包。既有对外来作品的摹仿，也有对传统经典的颠覆，这在小说题名中频繁使用的"新"上就可以看出其放肆地突破成规的创作姿态，如四大古典名著的续书《新三国》有 2 部、《新石头记》有 2 部、《新水浒》有 3 部、《新西游记》有 2 部，这还不包括以其他名称命名的续书，如《也是西游》《无理取闹西游记》之类。在求新求异的创作中，除了写官场和狎邪之类的题材之外，最受青睐的题材就是科幻奇谈和乌托邦社会狂想，机器人、飞行器、导弹、换心术、洗脑术、月界旅行、海底探险、繁华强盛的未来中国、万国博览会、地狱世界等稀奇古怪的东西纷纷呈现在这些小说的叙述中，而这类题材的表现主要依赖的就是非写实叙述习规。以《中国通俗小说总目提要》的著录为例进行统计，1900—1911 年间 529 部小说中，非写实性特征明显的小说有 101 部，占 20%，这不包括具有非写实功能片段的小说创作。虽然非写实小说在创作数量上远不及写实性小说，但是其创作风貌的新鲜、新奇、新颖，充分体现了与传统小说的差异，集中表现出新小说之"新"特质，因而深得时代之精髓。这些小说创作中只有极少数是传统意义上的神怪小说、公案小说，如《七因真果传》等，其余都是具有迥异于传统非写实特征的新非写实小说。新思想、新观念、新知识、新追求促使小说的创作发生了巨大的变化。新小说家们在亦幻亦真的无稽之谈中，穿梭于宇宙的未来与现在时空里，书写着迫切的渴望与难抑的愤激，寻求着种种可能与不可能，宣扬着知识与梦想，用科学和理想启蒙着民众，带给读者一个陌生化的新世界，不仅折射出现实的危机，也寄寓着无奈、期待和探索。

　　20 世纪初最早出现的新小说,是梁启超的非写实新小说《新中国未来记》,这也是他唯一的一部小说创作。这部小说原载《新小说》第 1、2、3、7 号,1902—1903 年出版,标"政治小说",稿本未完,只有五回,其中第五回是否为其所作尚待考证。《新中国未来记》的故事开始在 1962 年正月初一,是中国维新五十年庆典之日。这时的中国强盛无比,万国太平会议在南京召开,万国友邦皆派军舰前来祝贺,其至"英国皇帝、皇后,日本皇帝、皇后,俄国大统领及夫人,菲律宾大统领及夫人,匈加利大统领及夫人。皆亲临致祝。其余列强,皆有头等钦差代一国表贺意……"(第 1 回)①在上海开设大博览会,"各国专门名家、大博士来集者不下数千人,各国大学学生来集者,不下数万人,处处有演说坛,日日开讲论会,竟把偌大一个上海,连江北,连吴淞口,连崇明县,都变作博览会场了。"(第 1 回)这是作者想象中的盛大图景。然而,这种描述在未完的五回小说中只是开头楔子几段文字,小说的叙述重点落在回顾大中国的发展历程中,以孔觉民博士"中国近六十年史"的演讲作叙事框架,把强国之路分为预备、分治、统一、殖产、外竞、雄飞六段,来探讨现实中国的发展道路。

　　小说叙述以自我安慰的强国梦开始,着眼点却离不开现实中国。通过孔觉民的演说,描绘出一个备受列强欺凌,就要被瓜分、危在旦夕的国家,人民不觉醒,当道者崇洋媚外,昏聩无能,无心治国。"那时不但那旧党贪污鄙贱,形同禽兽,就那号称民间志士的,也是满肚皮私欲充塞,变幻狡诈,轻佻浮躁,猜疑忌刻,散漫乱杂,软弱畏怯。"(第 2 回)而百姓是"没心肝、没脑筋、没血性的人民,昏作一团"(第 2 回)。小说中对令人悲痛伤感的过去的述说就是当时清末社会现实的真实写照。于是,一些仁人志士为了拯救民族,进行艰苦卓绝的探索,其中代表人物是黄克强。黄和好友李去病同赴英国留学,后又到德、法学习,探索救国之路。他们一边考察各国的社会科学,一边关注国内的局

---

　　①　梁启超:《新中国未来记》,见章培恒等编:《中国近代小说大系》(新中国未来记　扫迷帚　玉佛缘卷),南昌:百花洲文艺出版社 1996 年版,第 7 页。

势,在义和团运动爆发、八国联军入侵时,黄奋笔疾书,写成《义和团之原因及中国民族之前途》,译成英、德、法文,发表在欧洲各报,产生极大影响。后取道俄国回国,路见中国人民备受凌辱,激起更强烈的救国热望。他们在旅馆大谈救国之道,关于是改良立宪还是激进革命进行了激烈争论,相互驳难44回合,共一万六千余言。此为小说的核心之处。作者以此来阐发自己的改良主张。全书除楔子之外,四回目中有两回是演讲,一是孔觉民历数立宪党的章规与纲领,二就是这里的"革命"和"改良"之论争。后他们路遇爱国青年陈猛,三人志同道合。分手后,黄去上海寻找同道之人,参加"拒俄大会"等。故事到此便没有了下文。参考作者在小说广告中所早已拟就的故事大纲可知,"其结构,先于南方有一省独立,举国豪杰同心协助之,建设共和立宪完全之政府,与全球各国结平等之约,通商修好。数年之后,各省即应之,群起独立,为共和政府者四五。复以诸豪杰之尽瘁,合为一联邦大共和国。……举国国民,勠力一心,从事于殖产兴业,文学之盛,国力之富,冠绝全球。……卒在中国开一万国和平会议,中国宰相为议长,议定黄、白种人权利平等,互相亲睦种种条款,而此书亦以结局矣。"①变法强国,进而成为世界强国,实现世界大同,是这部小说所幻想的人类社会未来。

由此可见,小说重在以长篇大论的演讲直截了当地叙述当时政治家的主张和纸上的思考,进行说教,为的是从现实出发,开启民智,灌输立宪革新的思想。其政治思想极为集中,政治内容极为具体,政治目的也极为明确。小说总批言云:"此篇论题,虽仅在革命论、非革命论两大端,但所征引者,皆属政治上、生计上、历史上最新最确之学理,若潜心理会得透,又岂徒有益于政论而已。吾愿爱国志士,书万本、读万遍也"。非常鲜明地指出长篇大论的叙事意义所在,"既欲发表政见,商榷国计"。作者在"绪言"中坦言:"兹编之作,专欲发表区区政见,以就正于爱国达识之君子。"所以,对表达的"似说部非说部,

---

① 新小说报社:《中国唯一之文学报〈新小说〉》,《新民丛报》14号,1902年8月。

似稗史非稗史,似论著非论著,不知成何种文体",并不在意,"自顾良自失笑"。可见,这是政治家的小说,作者关心的是政治而不是文学艺术。因此有论者指出,此小说的翻译及创作是失败的。①

但是,这部重议论、轻描写、没有完成的小说具有非常重要的开启意义。它开启了一代关注国家民族兴衰的新小说的宏大叙事传统,也开启了非写实小说的新叙事,把传统超时空的神鬼仙魔的非写实叙事引向一种有时间指向的未来叙事。这种"未来完成式"②的叙事,按照进化论的时间观,预先设定了一条历史发展的必然轨迹,把国家在未来某个阶段应该有的样子在小说中描绘出来,消除了历史发展多种可能性的存在。未来在等待着我们,所以叙述隐含着急切的焦灼感、紧迫感,仿佛别人(先进发达国家)都到了目的地,而我们(中国)却还没有找到搭乘的汽车。毕竟,作者当时面对的是中国的贫弱和各强国的繁荣昌盛。在对现实的描绘和对未来的幻想之间,小说留下了叙述的空白。这个空白,是作者正苦苦探索的而无法落实到文字的苦闷。但是,叙述空白并没有影响这种叙述将读者带入到未来的想象中。对小说而言,重要的是这种未来叙事,打破了传统的非写实小说固有的文化资源、时间观念、叙述话语,展示出一个迥异于传统的陌生新鲜的幻想世界。由此,开始出现了大量幻想未来的非写实小说,不仅从政治,而且从更广泛的社会、文化、科学等方面展示出对未来的想象,发展出众多非写实小说类型,如科幻类小说。

通常,虚构叙事总是要说服读者接受有关真实世界的某些明确的意识形态内容,或道德标准,或政治主张,或人生体验等等,而晚清非写实小说产生于新旧交替、复杂动荡、风雨飘摇的社会,自然会浸染着时代的酸甜苦涩。"中国近代思想潮流很多,很复杂,而且多变,变得多、变得快,但就其主流来看,都

---

① 参见王宏志:《"专欲发表区区政见":论梁启超政治小说的翻译及创作》,见王志宏编:《翻译与创作》,北京:北京大学出版社 2000 年版,第 172 页。
② 参见[美]王德威:《被压抑的现代性——晚清小说新论》,宋伟杰译,北京:北京大学出版社 2005 年版,第 343—245 页。

是围绕着爱国、救国和治国而展开的。"①晚清小说因其社会功利性的叙事目的，必然将"救国图存""强国保种"思潮作为表现的中心内容。这种现代文化属性和精神品质不仅是当年梁启超和鲁迅所呼吁的"群治""疗救国民"的小说内涵，也是 20 世纪乃至今天小说这一文类所具有的重要文化基因。正是这种启蒙、政治煽情动员等社会功用的极致发挥成就了中国现代小说的荣耀光辉。20 世纪初，非写实小说亦是如此，以理性科学的态度来认识世界，关注社会历史进程的重大主题，寻求力挽狂澜的革命英雄力量的叙事，开启了追求理想社会和国家民族富强的现代小说的宏伟叙事，引发了现代小说对社会命题的巨大兴趣，体现出中国知识分子关心国家民族、关注社会进步的铁肩担道义的传统人文精神，引领着中国小说从传统走向现代，彰显出现代小说所具备的参与到社会文化思潮之中以对人类生活产生历史性影响的文化品质。阿英总结了晚清小说有几个主要特征：第一，充分地反映了当时的政治社会情况，广泛地从各方面刻画出社会的每一个角度。第二，当时的作家，以小说作为武器，不断地对政府和一切的社会恶现象抨击。第三，是大家既知清室不可与图治，提倡维新爱国，因此也有许多人，利用小说的形式，从事新思想新学识的灌输，作启蒙运动。② 这些特征基本勾勒出了晚清小说的主题。小说家感时忧国，"政治"是其念之写之的中心对象。

　　20 世纪的中国现代小说是由现代政治精英和文化精英为了促进社会文化变革而共同呼吁和建构起来的文体，是政治和文化得以沟通、结合的共同话语方式，充当着社会生活和日常生活的记录者、反映者，始终参与着建构现代民族国家的政治理想，活跃于社会文化思潮和文化发展中，这就决定了小说叙事的精英立场，赋予了"小说"这一文类在中国超越艺术范畴的重要社会功

---

① 丁守和：《中国近代思潮论》，广州：广东人民出版社 2003 年版，第 179 页。
② 此外，尚有第四项特征：描写两性私生活的小说，在此时期不为社会所重。由此可知，晚清小说创作多以反映社会问题为内容重心。参看阿英：《晚清小说史》（商务印书局 1937 年 5 月印行），北京：人民文学出版社 1980 年版，第 5—6 页。

能。在此创作观念的浸习下,晚清非写实小说集中呈现出对强盛国家的幻想和期待,性别、民族、梦幻、仙魔、科技等种种议题在笔下交锋,形成了众声喧哗的场面。细分之下,其创作内容主要涉及"政治改革""科学救国""国民启蒙"三个时代论题,笔者就此详加论述。

一、 政治改革

政治改革是晚清的时代主潮,自然会成为小说包括新型非写实小说的表现主题。在这些非写实新小说中,一方面是对未来"乌托邦"文明理想世界的呈现,另一方面是对黑暗社会的种种腐败现实的揭露。在民族危机中,小说家激愤地痛斥列强的侵略和专制政府的无能腐败,急切地表达着自己所想象的种种国家规划、社会规划,在虚拟世界中用文字鼓吹政治改革,探索救国救民之路,从《新中国未来记》等小说中慷慨激昂的演讲到《新石头记》等小说中的乌托邦描绘,几乎没有小说不发表关于救国政见的。关注政治改革几乎是本时期所有小说的中心话题。

由于政治立场与思想观念的不同,晚清的政治改革运动产生了"立宪"与"革命"两种思潮。这两种思潮是中国近代兴起的保守主义与激进主义对峙的产物。戊戌变法失败之后,康、梁流亡海外,拒绝与孙中山为首的革命派联合,保守与激进分野营垒始现。1899 年,康有为在加拿大创立保皇会,宣传君主立宪,反对民主共和。1905 年前后,立宪派梁启超的《新民丛报》与革命派的《民报》的论战,标志中国激进主义——革命派和保守主义——立宪派两派阵营的正式形成。立宪派在清末的宪政化历程中扮演了主角的角色,而革命派则在辛亥革命之后成为自由主义宪政试验的主角。这两种思潮几乎同时在甲午战争之后兴起,都是否定专制政治,主张民主政治的。不同之处在于实现宪政之手段和政体选择上。立宪派主张要以和平方式,在中国推进君主立宪;革命派则要靠暴力革命手段走民主共和的道路。而在清政治改革中,决定保守主义与激进主义的分界线是民族主义,是否主张狭隘民族主义——排除满清皇帝是区别立宪派和革命派的唯一标准。在温和与激进、改良与革命、建设与破坏的分歧中,彼此思想观念有着极深的矛盾,导致晚清的政治改革运动就在立宪与革命的斗争中开展。这两种政治理念,影响了晚清小说在创作上呈现出不同的政治诉求,形成了支持立宪运动与鼓吹革命运动的两大小说流派,阿英就在《晚清小说史》中将此分为"立宪运动两面观"和"种族革命运动"两项。在非写实新小说中亦如此。

在吴趼人的《新石头记》中有这样的描写:

> 适值又有人上了条陈,说照这样模糊影响的行新政,是不能见效的。必要立宪,方才有用。不然,但看日俄交战,日本国小而胜,俄国国大而败。日本人并不曾有什么以小敌大的本领,不过是一个立宪,一个专制。这回战事不算以小胜大,只算以立宪胜专制罢了。这个陈条上去,朝廷也感悟了,思量要立宪,只是没个下手处,于是就派了五位大臣,出洋考察宪政。五位大臣分头出洋,去了多时,把各国一切窍要,都查考明白了。在京里设了个宪政局,五位大臣每日到局,各把考来的宪法互相比较……斟酌尽善了,便布了宪政。(第40回)①

这里"派五大臣出国考察"的情节与当时清政府迫于无奈在 1905 年,派遣"考察政治五大臣"分赴外洋考察宪政之事几乎如出一辙。1906 年,清廷依据五大臣出国考察的报告,下诏"预备仿行宪政"。在小说中,"布了宪政"之后"中国就全国改观了"。史实进入小说叙事中,融合到虚构情节里,以虚拟的美好结果来证明这种行为之正确,可见,"立宪胜专制"已被广为接受,成为普遍的信念,人们相信立宪确能使中国骤然富强。由此,激发出小说家丰富的想象,急切地描绘出立宪之后的强势中国。仅吴趼人就发表了《庆祝立宪》(1906)、《预备立宪》(1906)、《立宪万岁》(1907)等多部以立宪为主题的小说,其中《立宪万岁》讲述因地界光绪预备立宪影响到玉皇大帝也要在天界立宪,派孙

---

① 吴趼人:《新石头记》,见章培恒等编:《中国近代小说大系》(近十年之怪现状卷),南昌:百花洲文艺出版社 1988 年版,第 404 页。

行者、神行太保戴宗、列御寇、雷公、哪吒去下界外国考察。新党留学生猪八戒带领他们到处参观,回来后群神换了官名就算完成了立宪,讽刺现实中立宪的形式化。春飔的《未来世界》开头第一句就是"立宪! 立宪! 速立宪! 这个立宪,是我们四万万同胞黄种的一个紧要的问题,一个存亡的关键"(第 1 回)①,最后又呼"我不得不祝立宪万岁,立宪自由万岁! 我自由之立宪国民万岁!"(第 26 回)论述立宪之重要。作者认为解救中国之危机,"除了变法自强,是没有别的法儿了",所以作者"看着那立宪以前的社会,想着那立宪以后的国民,所以做这一部小说出来,但愿看官看了在下的这部小说,都把自己的人格,当作个立宪以后的国民,不要去学那立宪以前的腐败,这就是在下这部《未来世界》的缘起了"(第 1 回)。小说想象中国自从实行立宪以后多年,"民智开通,民权发达,居然成为个帝国的规模,复了那自由的幸福"(第 2 回)。但是,在立宪后,有许多问题,特别是国民素质需要通过教育提高。小说通过塑造三位资产阶级改良派的理想人物表达立宪理想。一位是民智学校总教习陈国柱,他每个星期天都向公众演讲立宪学说,并且打赢了和洋人的官司,维护了国人权益;一位是积极倡导普及教育、推行文字改革的方知县;一位是振兴女学的宗夫人,来解决立宪中的问题。《宪之魂》则想象国势颓微的阴曹地府里的阎王决心立宪,把阻止立宪的大臣送到刀山地狱治罪,通过普及教育、兴办矿务、筹办民债、编查户口、清丈田亩、制造武器、奖励工艺、惩罚游民等改良举措,强国富"鬼"。鬼魂们如枯木逢春,团结一致,增强军力,打败入侵的狮子国、劫化国,收回被夺去的主权,成了一个君主立宪强国。吴趼人的《新石头记》也有一段情节描绘由梦境推演立宪后的情景,"果然立宪的功效,非常神速,不到几时,中国就全国改观了"(第 40 回),此时中国俨然居万国之首,非但收回以往的不平等条约,并且工商繁荣、交通发达,中国皇帝更被推举为万国和平会会长!《新纪元》与《电世界》两部小说也是以立宪之后的未来中国

---

① 春飔:《未来世界》第 1 回,见董文成、李勤学主编:《中国近代珍稀本小说》第 10 卷,沈阳:春风文艺出版社 1997 年版,第 395 页。

为背景展开故事情节叙述的,刻意强调立宪政体的存在,将立宪政体与强盛的国势画上等号。其他关于立宪的非写实小说还有陆士谔的《新中国》、萧然郁生的《乌托邦游记》《新镜花缘》,大陆的《新封神传》、报癖的《新舞台鸿雪记》、想非子的《天国维新》等等,都描绘立宪之后的中国,成为与欧美各国并驾齐驱的强国。立宪派非写实小说比较乐观,常常借由对未来美好世界的想象来激励民心。

在温和的"君主立宪"群声中,少数激进派的革命主张,响亮而尖锐地表达着决绝的牺牲精神,"诸君,革命！诸君,独立！革命死,不革命亦死,与其迟死,不如早死,与其弱死,不如硬死"①,给人以极端的印象。与立宪派对未来美好憧憬想象不同,革命派因其要彻底消灭现存一切而重在揭露现实政治的腐败,他们挞伐统治阶级的腐败,呼告民族存亡的危机,揭露清廷投降卖国的苟安,以激起国人同仇敌忾的斗争士气。对晚清社会腐败政治的揭露并不是非写实小说的强项,但是其笔墨之间无不激荡着对此种现实的愤恨,《月球殖民地小说》叙述湖南湘乡的反清志士龙孟华因受国内黑暗现实的逼迫逃亡南洋的一系列奇妙经历,关于社会现状就写道:

> 近来国事日坏一日,都是几个权臣在里面主持……论起这三位大员个个都是科甲出身,到了晚年做到位极人臣的地步,也算是很有场面的了,但他们却天不怕地不怕,只怕两个人:一个是外国人,无论英、法、德、美,只要他头上没有头发,手里撑一根打狗棒,脚底下吱咯吱咯的走来,便屎尿都登时吓出,千说千依,万说万好。一个是里头当差的都太监……那三个老头儿也安心安意的为他使用,弄到钱财都要孝敬他好几分,至于国家的存亡,百姓的死活,一向是丢在脑后的。②（第24回）

① 海天独啸子:《女娲石》第13回,见董文成、李勤学主编:《中国近代珍稀本小说》第3卷,沈阳:春风文艺出版社1997年版,第91页。

② 荒江钓叟:《月球殖民地小说》第24回,《绣像小说》第37期,1904年,第2页。

把朝中权臣压榨民财,崇洋媚外的丑恶嘴脸入木三分地勾画了出来。《女娲石》写一群女豪杰的革命行径,就将亡国的矛头指向了当政的慈禧,揭露其骄淫奢侈,罔顾民生的享乐,"好贼婆,我四万万同胞何罪? 今日活活断送你一人之手,久想生食你肉,今日还不下手,更待何时?"①,如此激愤之语,代表了所有革命者共同的心声。《自由结婚》用倒叙讲述黄祸和关关的爱情故事,回顾"爱国"(影射中国)的强盛之路。作者焦灼地用"爱国"的现状折射中国现实,用洋人的口吻表明在"爱国"洋人趾高气扬,拥有特权,"你可知道我们现在有要你死就死,要你活就活这样大权吗?""爱国人一点儿没有道德心"讨好外国人,无所不用其极,甚至将妻女送给他们,以致让洋人鄙夷地认为:"并且现在你们国里通商埠头,外国人都是主人,独独你们爱国人只好做做西崽,通事那些不上台盘的行业,倒还不知羞耻,反而虐待自己国里的同胞,做出狠如羊、贪如狼、猛如虎的面目。"②痛斥这是一个奴颜婢膝的异族政府,卖国求荣,割地赔款,百姓也奴性十足。作者还用无鬼城内一个腐败学堂,论述"这样奴隶学堂,何以他国没有,我国独有? ……就是因为我国是专制体罢了。因为我国还不是一个好好的专制政体,一切政体都落在非我族类之手罢了。……我们要鼓吹自由,推倒专制,一定要先从政体着手"(第 12 回)。将批判的锋芒直指专制政府。

在革命的激愤中,种族问题被凸显了出来。"夷夏之辨"是其刻意强调的论点,"仇满排满"成为革命宣传的一种口号。1894 年,在檀香山兴中会创立之初,革命派就提出了"驱除鞑虏,恢复中国"③的以种族革命为号召的革命宗旨。邹容在《革命军》中指出:"我同胞处今之世,立今之日,内受满洲之压制,外受列国之驱迫,内患外侮,两相刺激,十年灭国,百年灭种,其信然夫!",并

---

① 海天独啸子:《女娲石》第 3 回,见董文成、李勤学主编:《中国近代珍稀本小说》第 3 卷,沈阳:春风文艺出版社 1997 年版,第 27 页。

② 张肇桐:《自由结婚》,见章培恒等编:《中国近代小说大系》(东欧女豪杰卷),南昌:百花洲文艺出版社 1991 年版,第 168 页。

③ 《檀香山兴中会盟书》,见《孙中山全集》第一册,北京:中华书局 1986 年版,第 20 页。

认为"西人之侵入,皆满族有以启之也",将帝国主义的侵略归罪于清朝的种族压迫,提出了"欲御外侮,先清内患"①的革命方针。因此在宣传资产阶级民主思想的非写实小说中常见排满言论,如宣传资产阶级民主思想的小说《卢梭魂》中就有这样的情节:让法国启蒙思想家卢梭和中国的黄宗羲、展雄、陈涉等人聚在一起,共同追求自由平等,推翻专制统治。书叙"唐人国"被"曼珠人"(谐音"满族人")统治二三百年,受尽压迫。英雄朱胄、东方英、武立国情同手足,要光复唐人国,力主"夺回唐国地,驱尽曼殊人",其中"唐人国"寓"中国","曼珠人"寓"满族人"的寓意显豁明白。我们无意对此思想的历史价值进行评说,只是要指出这种时代思潮在非写实小说中的涌动,以阐明小说涉及的幻想皆指向现实世界的社会问题。

在浓烈的爱国激情鼓动下,无论是向往立宪后的未来或是推翻当前的政权,无论是温和的改造或是激进的暗杀,都表达了对于现实专制政体的不满,"立宪、革命两者,其所遵之手段虽异,要其反对于现政府则一也"②。非写实新小说用魑魅魍魉的野蛮世界想象描绘了腐败专制的黑暗现实,也用革命和立宪之后的"乌托邦"文明世界表达了对于政治改革的种种探索和对未来的美好期待,还要肯定的是小说对立宪和革命思潮的普及推动,起了一定宣传作用。

二、 国民启蒙

除了对国家政治的规划,社会精英对"人"也进行了理性规划。国民启蒙是近代中国一个非常重要的话题。它是现代中国文化变迁的中心命题之一,不但是 20 世纪文学的时代精神和社会意义所在,也是文学家创作的重要动因

---

① 邹容:《革命军》,见丁守和主编:《中国近代启蒙思潮》(上),北京:社会科学文献出版社1999 年版,第 382 页。

② 梁启超:《新民说·论政治能力》,见《饮冰室合集·专集》第 6 册,上海:上海中华书局1936 年版,北京:中华书局影印,第 161 页。

所在。非写实小说以其独特的隐喻方式表达了对于启蒙问题的思考。"中国积弱,非一日矣!……方今列强环列,虎视鹰瞵,久垂涎于中华五金之富,物产之饶,蚕食鲸吞,已效尤接踵,瓜分豆剖,实堪虑于目前。"①在民族存亡的危难关头,中国对启蒙要求的强烈程度和多方面都是前所未有的。小说家一方面大声疾呼救国,另一方面也在反思国家政治痼疾所在和国民性改造的问题。

五四以来的新文学因其鲜明的启蒙特征而被我们称为"改造民族灵魂"的文学②,实际上,对于国民性的思考早在晚清就已经开始了。19 世纪末 20 世纪初,洋务运动、维新变法的破产和一系列战争尤其是甲午战争的失败,迫使进步知识分子认识到国家民族的竞争归根结底是国民素质的竞争,"今日世界之竞争,国民竞争也","处各国以民族主义立国之今日,民弱者国弱,民强者国强。"③同时,严复等人宣传的社会进化论和社会有机体论以及"民权运动"时期日本国民性改造运动的成功都给中国知识分子改造国民性的要求以有力的支持。于是,在 1901 年前后形成了对中国国民性的批判思潮。首先是对奴性的批判,邹容就认识到"中国人无历史,中国人之所谓二十四朝之史,实一部大奴隶史"④,这种对中国国民奴隶性的论述就是当时的启蒙主话语,启蒙者希望唤醒国民意识来激发国民的爱国心和责任感以救国。严复在《原强》、梁启超在《国民十大元气论》《中国积弱溯源论》《新民论》等一系列文章中,和其他启蒙者一同,尖锐而广泛地批判中国人的"奴性"和自私、虚伪、愚昧、麻木、空谈、旁观、好古、保守、无独立性、无自治力、无冒险精神、无尚武精

① 孙中山:《檀香山兴中会章程》,见《孙中山全集》第 1 册,北京:中华书局 1986 年版,第 19 页。

② 参看钱理群等:《中国现代文学三十年·绪论》,北京:北京大学出版社 1998 年版。

③ 梁启超:《新民说·第四节》,见《饮冰室合集·专集》第 6 册,上海:上海中华书局 1936 年版,北京:中华书局影印,第 161 页。

④ 邹容:《革命军》,见丁守和主编:《中国近代启蒙思潮》(上),北京:社会科学文献出版社 1999 年版,第 383 页。

神等所谓的劣根性,并且以西方近代国民为标准,提出塑造具有现代性的"新民"形象,"苟有新民,何患无新政府,无新制度,无新国家!"①以期能挽救中国,实现强国之梦。

在晚清非写实小说中,小说家以多种"疾病"的想象意象寄寓了这种对于国民性的批判,以激发人们认识救国保种的必要与紧迫;如《女娲石》中的洗脑院、《介绍良医》中的换内脏、《月球殖民地小说》中的"八股病"、《新法螺先生谭》中的造人术等,都是对再造国民性的寓言性想象,后文将于第二章第一节对此详加论述。

同时,小说家又深情地细述祖国的悠久历史和灿烂文明,来激荡人们的民族自豪感,增强对未来光明前景的自信心,借以提振消沉的社会风气。这种救国的急迫感与民族的自豪感相互交织、自卑与骄傲轮番显现的特点,正构成晚清文学想象的奇特图景。面对屡战屡败、物质实力处处落后的国家现实,人们只有从优越的文化传统中寻求支撑民族自尊自重的心理基础,"用国粹激励种姓,增进爱国的热肠"②,因此,中华民族悠久的历史与丰富的文化遗产,成为重振民族自信的根据。小说家借助丰富的想象力,憧憬中国未来的美好,"根源于既往之感情,发于将来之希望,而昭于民族之自觉心"③,在虚构的乌托邦中夸张地渲染中国之威。如《新纪元》这样描绘1999 年的中国:

> 统计全国的人民,约有一千兆……所有沿海、沿江从前被各国特强租借去的地方,早已一概收回。那各国在中国的领事,更是不消说得,早已于前六十年收回的了。通国的常备兵,共有二百五十万。遇

---

① 梁启超:《饮冰室合集·专集》第 6 册,上海:中华书局 1936 年版,北京:中华书局影印,第 2 页。

② 章太炎:《东京留学生会演说词》,《民报》第 6 号,转引自陶绪:《晚清民族主义思潮》,北京:人民出版社 1995 年版,第 188 页。

③ 飞生:《国魂篇》,《浙江潮》第 3 期,转引自吴雁南、冯祖贻、苏中立主编:《清末社会思潮》,福州:福建人民出版社 1992 年版,第 68 页。

有战事,并后备兵一齐调集起来,足足有六百万。国家每年的入息,有两千四百兆左右,内中养兵费一项,却居三分之一,所以各国都个个惧怕中国的强盛,都说是"黄祸"必然不远,彼此商议,要筹划一个抵制"黄祸"的法子。无如中国人的团体异常团结、各种科学又异常发达,所有水路的战具,没有一件不新奇猛烈,这个少年新中国,并不是从前老大帝国可比!①(第 1 回)

诸如此类的叙述在各个乌托邦中成为一种必不可少的叙述元素。中国的强盛在《新野叟曝言》中超越了地球,发展到了星际空间,在《新纪元》《未来世界》《痴人说梦记》等作品中也有类似表述。这种与现实相反的虚拟中国,虽然虚张声势,但是可以产生一定的补偿心理给人以安慰,建立了对于改革前景的乐观信心。而对中国传统文明的自信则不是无根据的空想,《新石头记》由论"醉酒",推演出民族的优越感,认为中国进化得比那些"自称文明国的"早,先天就有了礼法,而后开化的就是"野蛮底子",这种道理实在有些牵强,十足是一种自夸,饱含了强烈的种族优越感。《新野叟曝言》则干脆直接将中华民族的智慧聪明提高至万国极点,其云:

万国人的智慧聪明,本以中国为最。因中国人的脑部独大,思想独高也。你们欧洲各种学术,其源尽出于中国。如地质学原于禹贡,理财学原于大学,即官民之际,中国以官为民之父母;欧洲以官为民之仆役,其说似不相同,实则官为民役之说,唐人柳宗元早经说过。柳宗元送薛存义序云:"凡吏于土者,若知其职乎? 盖民之役,非以役民而已也。凡民之食于土者,出其十一,佣乎吏,使司平于我也。今我受其直,怠其事者,天下皆然,岂惟怠之,又从而盗之。向使佣一夫于家,受若直,怠若事,又盗若货器,则必甚怒而黜罚之矣。"欧洲所谓国民主义,岂不就是剽窃这两句柳文么。此外各种学说,若欲一

① 碧荷馆主人:《新纪元》,见章培恒等编:《中国近代小说大系》(痴人说梦记卷),南昌:百花洲文艺出版社 1989 年版,第 439 页。

一提出,则盈篇累牍,亦不能尽,可见中国人的聪明胜于万国没有可疑的了。① （第14回）

这种论述虽有自大之荒谬,但却与小说整体的非写实夸张风格非常和谐,不显突兀和生硬,反而给人以乐观情绪的感染。

即使小说家以忧国忧民之心,用蕴含深意的各种想象意象绘制未来中国,沉浸在虚拟时空中自我安慰,但他们时刻也没有忘记中国落后的现实,没有忘记中国的国民在愚昧和无知中沉睡,恨不能用笔墨文字作手术刀,顷刻之间唤醒国人,积极奋进,重现辉煌的大国风范。因此,启蒙的话语渗入在字里行间,也表达着启蒙者自身的焦急无奈孤独的痛苦,如《催醒术》《介绍良医》这类小说所表达的。

三、 科学救国

在非写实小说表达富国强民的主旨时,有一部分作品重点叙述了对于科学技术的憧憬和展望,对未来社会中的交通、医疗、城市建设等进行具体规划,成为中国现代科幻小说②的肇始。回顾现代科幻小说的发展,它的产生应该是在19世纪工业时代,科学和技术开始融合,科学知识开始大规模普及,新技术、新发明不断出现,进入人类日常生活,使人类感受到科学技术带来的苦恼和欢乐,人类不禁要想:这些新科技的发展会为我们明天带来什么？我们将会走向何方？惶恐和希望交织着产生了表达这种科学想象的文学。而在中国,晚清非写实小说中这种科学因素的介入,主要是为了启发民智,普及科学技术

---

①　参看陆士谔:《新野叟曝言》第14回,上海:上海改良小说社1909年版。

②　"科幻小说"（science fiction）得名于美国著名通俗小说杂志出版家兼编辑雨果·根斯巴克（Hugo Gernsback,1884—1976）1908年创办的杂志《现代电气学》中所辟的《科学小说》栏目。"科幻小说"概念应该具有"小说""幻想"和"科学"的因素,其中超自然描写始终是受科学事实或科学逻辑制约的。而晚清非写实小说关于科学的超自然因素不受甚至超越了科学事实乃至科学逻辑制约的,多是没有科学依据的狂想,是"科幻奇谭"（science fantasy）,而不是严格意义上的"科学幻想小说"。

知识,破除迷信和愚昧,同时也反映了当时国人对科学技术的认知程度,更重要的是表达了强烈的救国意图。

鸦片战争之后,西方列强以坚船利炮为先锋叩关,打开了大清帝国的大门。中国人直接感受到他们强大的就是科学技术的先进,尤其是武器优势的威胁,因而,中国为了寻求军事国防的保障,开始学习西方先进技术,购置和制造船舰枪炮,派遣留学生学习造船与驾驶,开发矿产与建造铁路,以巩固国防,抵御外侮。然而,甲午战败,有识之士渐渐觉悟到徒有船炮不足以自强,政法制度、国民素质才是立国的根本,这就促使国人从急功近利的军事目的走了出来,开始关注工、商、矿等实业,朝厚植民生的方向努力。加上帝国主义在中国大肆掠夺资源和各种利益,使实业建设成为救国的要策。1899 年光绪谕令中就说道:"即如农工商矿务等项,泰西各国讲求有素,夙擅专长。中国风气未开,绝少精于各种学问之人,嗣后出洋学生,应如何分入各国农工商等学堂,专门肄业以备回华传授之外,着总理各国事务衙门,详细妥定章程,奏明请旨办理。"①于是,国人纷纷主张设立农工商总局及矿务局来总理产业建设,奖励民生工业生产,并主张广开工厂,发展民营产业。现实需求刺激着国人对科学技术的追求,其追求行为又透露出强烈的科学救国的企图。

发展科学技术首先就必须学习先进知识。随着一系列不平等条约的签订,中国对外通商口岸越开越多,传播机构的设立如新式学校、教会医院、翻译馆、报社、出版社等越来越多,西学传播的范围也越来越广,人们普遍开始接受认同西学。确实,面对具有巨大优越性的西方物质科学技术,中国人对它产生了高度信任感,似乎西方科学技术无所不能,无所不包。1876 年创办的《格致汇编》科学杂志,设有"互相问答"一栏,专门回答读者提出的问题,从第 1 卷开始刊载,到 1892 年停刊共有 320 条,如问火柴头、铅笔是用什么材料造的?

① 光绪:《谕总理衙门议定出洋学生肄业事宜》,见沈桐生辑:《光绪政要》,台北:文海出版社 1969 年版,第 1468 页。

西国人能不能辩鸟语兽音？石灰落入眼中西国有没有妙法可治？……包括应用技术、自然常识、基础科学、医学等五花八门的各种问题。从这些问题中可以看出时人对西学的粗浅认知程度和盲目崇拜的心理状态①。基于这样的认知水准，小说家关于科学技术的想象不可能以科学成分为主，像凡尔纳的创作那样充满了科学资料和知识，而只能以幻想成分为主，凭空捏造，天马行空。

荒江钓叟所著的《月球殖民地小说》，1904年起连载于《绣像小说》，已刊35回，未完，是中国最早的科学狂想小说中的代表作，充满了关于科学技术的新鲜想象。小说讲述湖南湘乡的反清志士龙孟华因报仇杀人而流落南洋，巧遇驾气球的日本人玉太郎，以寻妻为线索，随其飘游世界，游历美国、欧洲、非洲、印度等地，见识各地奇风异俗，甚至梦游月球，最后与妻儿团聚。故事带有西方冒险小说的成分，展现出一系列奇幻的带有魔幻色彩的科学想象，有一些是当时已有的技术产品如电灯、电话、铁路、照相、X光、千里镜（望远镜）、带电气花的自来灯（手电筒）等在日常生活中得以运用的描写，有一些是令人匪夷所思的东西的想象，如帮助龙孟华寻妻的玉太郎、濮玉环夫妇自行设计、制造、驾驶的气球，豪华舒适，瞬息万里，穿梭在印度、美洲、欧洲等地之间，非常神奇。还有印度老人哈克参儿医师神奇的外科医术，开胸破膛，取出心来用药水洗过，又放回去，"看那心儿、肝儿、肺儿件件都和好人一般，才把两面的皮肤合拢，也并不用线缝，口袋里掏出一个小瓶，用棉花蘸了小瓶的药水，一手合着一手便拿药水揩着，揩到完了，那胸膛便平平坦坦，并没一点刀割的痕迹。"②被狮子咬掉的手臂被重新装上，"竟同平时没甚两样"。开颅手术也很神奇，"哈老振起了精神，拔出七寸长的匕首，从脑袋上开了一个大窟窿，用药水拂拭了三五次，在面盆里洗出多少紫血，揩抹净了，合起拢来，立刻间已照常

---

① 参看熊月之：《晚清社会对西学的认知程度》的论述，见王宏志编：《翻译与创作——中国近代翻译小说论》，北京：北京大学出版社2000年版，第28—42页。

② 荒江钓叟：《月球殖民地小说》第12回，《绣像小说》30号，1904年。

平复"(第 33 回),还有杀伤力极大的绿气炮,晶莹夺目、光彩陆离的电光衣等①。最后甚至想象到与月球人交朋友,到月球去游学,幻想造一个大气球,带着四万万同胞离开污秽不堪的地球,开拓新的生存空间。在这些叙述中,我们既可以寻出嫦娥奔月、偃师造人、肢体再造、神医妙手回春等古代神话传说的痕迹,也可以明显看到西方先进的发光、爆破、透视、通讯、交通等科学技术在想象中的生发,甚至还有许多地方对所想象事物的原理有合乎逻辑的解释。西方科幻小说的分子和中国传统的神怪小说的因素混合在一处,表达了对于知识真理的兴趣和对梦想传奇的热情。在《女娲石》《新石头记》《新法螺先生谭》《新纪元》《新中国》等非写实小说中关于科学技术的应用、发明的叙述皆是如此。

尽管科学技术的想象丰富多彩,离奇新颖,但在小说叙述中主要集中于国防、农业、交通、医学等关系到国计民生的方面,表达了小说家忧国忧民的救国意识。

早在 1847 年太平天国起事前就有俞万春所著的战争小说《荡寇志》,对军事科技和器械发明充满了浓厚兴趣,描绘了像奔雷车、沉螺舟、螺匣连珠铳、飞天神雷、陷地鬼户等稀奇古怪的新式武器,在传统的行军布阵、请仙降妖之类的神怪叙述中,力图引进一种先进的科学兵器概念,加入了科技的因素。1899 年的《年大将军平西传》亦如此,有升天球、造地行船和借火镜之类的军事武器的描写。到了 1908 年的《新纪元》这部战争小说,文学想象推陈出新,更是描写了花样繁多的武器发明。小说讲述西历公元 1999 年,国富民强的中国政府决定第二年改用黄帝纪年 4709 年。此时的小说作者已经具备了一定的科学知识,有了现代性科学理念,想象的武器有了相当程度的科学原理。作者就曾多次强调,"从前遇有兵事,不是斗智,就是斗力;现在科学这般发达,

---

① 荒江钓叟:《月球殖民地小说》,《绣像小说》1904 年第 21—24、26—40 期,1905 年第 42、59—62 期。

可是要斗学问的了"。(第3回)这里的"学问"已经不是传统的文韬武略,而是科学知识。"十九世纪以后的战争,不是斗力,全是斗智。只要有新奇的战具,胜敌可以操券……今日科学家造出的各种攻战器具,与古时小说上所言的法宝一般,有法宝的便胜,没有法宝的便败。设或彼此都有法宝,则优者胜,劣者败。"(第8回)可见,对于科学技术在战争中的应用,先进武器的重要性,小说家有着深刻的认识。当我军以新式战具连破敌军水雷部署与潜水雷艇后,敌军用绿气炮毒杀中国气球队,于是,各种新式武器如升取器、水上步行器、大小气球、避电衣、泅水衣、软玻璃面具、海战知觉器、流质电射灯、日光镜、化水为火药水、电器网、冰房等等轮番上场,请来的救星是化学教习刘绳祖,烧敌舰是用化水为火的科学方法,烧敌人的气球是用日光镜通过聚焦日光产生热量来进行的。虽然总体上看,作者的想象还是相当随意狂放的,但是对物理化学原理的依据令人信服,而且在战争双方彼此的胜负消长的描写中,凸显了科学发明对于科技战争巨大的影响力。高阳不才子的《电世界》也有一场战争。西历2009年的强盛中国有一个"电王"黄震球,以陨石炼出一种金属原质,可在空中发电,背在身上即可飞行,瞬息万里。此时西威国派出飞行舰队,于是电王用这种物质发明了"电翅"与"电枪",凭一人之力,就可抵御进犯的敌舰,不但射落千只飞行舰,还将西威都城烧成焦土,大显神威。由此可见,在小说家的想象中,科技的发展,改变了传统的战争形态,科学技术和发明成为主宰战争胜负的关键。

除了保障国防安危的科幻武器之外,在日常生活的各个层面,也有非常神奇的科学幻想。首先,是对于农业的幻想。中国在传统上是一个农业国家,以农立国,农业是民生经济的基础。然而,自清中叶以后,人口激增,人均耕地面积严重不足①,农业生产因袭着落后的粗耕方法与独立耕作方式,于是,西方农业科学的技术与经营方式,成为晚清农业改革的借鉴,郑观应就曾主张派人

---

① 罗尔纲:《太平天国革命前的人口压迫问题》,《中国社会经济史集刊》1949年8月。

"赴泰西各国,讲求树艺农桑、养蚕、牧畜、机械耕种、化瘠为腴一切善法"①,因此开发农业新地、改变传统经营方式,并引进机械耕作与科学种植技术成为当时农改要务。《新石头记》就想象了一个公司,以同种同收的新经营方式,配合机械耕作,并改良地质,使得稻麦生产一年四熟,又讲究养蚕方法,广增野蚕利权(第 35、38 回);《新野叟曝言》则要广辟农地,遵循"相土得宜"的科学原则,"辨土之性以下种"以求增加农产品的丰收,并采用自来水灌溉替代水车车水旧法(第 3 回)。《电世界》的想象更为奇妙,电王飞至南极,招欧工采金矿。他发明了"铔灯","发出的光热犹如太阳一般",使南极变成"永远不夜,而且永远不冷,植物动物长得茂盛硕大,合南洋群岛差不多"的天府之地,人人向往,不能去的反而要罢工。北极也冰雪尽化,成为一年两熟的耕地(第 6、9 回);"电犁"也出现了,"二十世纪以前,中国用牛耕田翻土,……如今改用电机做犁,只消一人管机,可以入地七八尺深,一耕便可二三百亩,每天每部机至少要耕五六千亩。"(第 9 回)还有"电气肥料",在"翻土的当儿,把空气中的电气,用一种发电带引电气散布地中,植物得了电力,他的发育不比寻常,笼统计算起来增加十倍还不止哩",以致植物随之进化,产量大增,不但供人使食用有余,连带影响牲畜也因为食料丰盛而硕大繁滋,连"金华的白毛猪"也硕壮如"印度的驯象了"。这些想象营造了一个富饶的农耕社会,描绘出一个个现代"桃花源",引领人们对科学化的现代农业充满神往。

其次,在交通方面,众多飞行器的意象频频出现,反映了人们对于时间的重视和技术发展的关注。后文将在第二章详细论述此问题。再次,就是对西方医学观念的接受。晚清非写实小说中有大量神奇的医学发明,反映了国人卫生观念受西方医学影响而发生的种种改变。西洋医学自明末清初就已随传教士输入中国,据黄伯禄《正教奉褒》记载,早在 1693 年,清圣祖染疟疾,西士洪若、刘应等,进西药金鸡纳治之,结果痊愈,大受赏赐。然而,随着西教被禁,

---

① 郑观应著,王贻梁评注:《农功·盛世危言》,郑州:中州古籍出版社 1998 年版,第 404 页。

西医输入也停滞。直至鸦片战争之后,西方医学同其他学术文化再次涌入中国,自此西医医院与医科学校遍设各地,西医书籍更是大量译出。最早的西医医院于1835年,由美国传教士帕克氏(Peter Parker)在广州设立,鸦片战争后,西人更在中国开设大批的医院与诊所,教会医院快速增加,"据不完全统计,在1919年,全国已有教会医院250多处"①。英国宣教医师合信(Ben Hobson)著述的《西医略论》《内科新说》《妇婴新说》《全体学新论》等在中国开始流传,尤其《全体学新论》是中国近代第一部系统介绍西方人体解剖学的著作,论述了人体的主要器官,首创了"脑气筋"这个词,被梁启超、谭嗣同等人运用到著作中广为传播。洋务时期,江南制造局翻译馆也翻译了大量的西医西药书籍②,之后,许多教会医院陆续设立,也多在医院内附设学校,招收中国学生,教授医学。中国也开始自办医科学校。最早的西医教学应该是开始于1896年北京同文馆的科学系聘杜琼氏(Dudgeon)为教授讲授西医。此后,随着西医在中国的传播,因其疗效显著也被广大民众接受。由此,西医被先进的知识分子视为一种新兴的科学,受到梁启超等人士的大力提倡。光绪在变法章程中,明令专设医科,将西方医药科学纳入维新变法的内容中,成为救国方策之一。

西医为我国医学界带来了新观念、新知识和新技术,解决了一些中医无法解决的医学难题,促进了医学进步。比如对传染病的认识。中国传统上将传染病称为"疫",历代都有发生,是令人恐惧却无能为力的大灾祸,以晚清为例,1890年广东高州等地受鼠疫侵袭,1910年鼠疫又在东北各省重演。而中国人传统上将其多归因于鬼神作祟、瘴气或胎毒之类,可是自西方医学传入,

---

① 徐泰来主编:《中国近代史记1840—1919》中卷,长沙:湖南人民出版社1989年版,第326页。

② 按照《江南制造局译书提要》的分类,翻译馆所出160种书籍中,医学类占了11种,其数目仅次于兵学、工艺和兵制类。其中《西药大成》是当时最大的一部西药书;《法律医学》则是近代中国第一部系统介绍西方法医学著作。参看熊月之:《西学东渐与晚清社会》,上海:上海人民出版社1994年版,第500页。

人们就普遍了解了微生物才是传染病的根源。《新野叟曝言》就指出"凡人之病,大都缘风寒暑湿侵入而成者半,缘微生毒物传染而成者半"(第 4 回),《电世界》也指出疾病成因"一种是天气寒暑不时;一种是空中飞扬霉菌"(第 11 回),这说明微生物致病的观念在当时已为一些进步的人们所接受。不仅如此,《新野叟曝言》还详细描绘了活体培养法制取疫苗的过程:

> 其法如欧洲种牛痘相似,先以痨症喉痧伤寒急痧等微生毒物,设法取下,再用刀布种余畜类身上,病发而死,再传种于强健的畜身上,辗转传种,必至所种之畜病发而不死方止,然后收取其浆,移种人的身上,此人被种后即可永远不染此等毒症。(第 4 回)

《电世界》也讲述了用气味来杀菌的方法(第 11 回)。这些描写表明了现代性的医学理念已经在中国传播。

在小说中还有很多医学仪器的发明想象,尤其是各种"透视镜"。《月球殖民地小说》中有"透光镜",能够透视内脏,"向病人身上一照,看见他心房上面蓝血的分数占得十分之七,血里的白轮渐渐减少,旁边的肝涨得像丝瓜一样,那肺上的肺叶一片片的都憔悴得很"(第 12 回);第 32 回还有"电气折光镜"可以诊视头脑。《电世界》中的医生也有类似仪器,"看人体时,常用一种电气分析镜,将那人全体细细照验"(第 11 回)。《新石头记》则有更多,"验骨镜""验髓镜""验血镜""验筋镜""验脏腑镜"(第 24 回),可以观察全身的器官,而且还有验全体的"总部镜"和分验各器官的"分部镜",甚至连无形的"性质"与"通身呼吸之气"都有"测验性质镜"与"验气镜"来检验。

这种想象意象的产生应该和 1895 年底,德国物理学家伦琴公布 X 射线的发现有密切联系,因为仅隔一年梁启超就在《读西学书法》中提到了西人"去年新创电光照骨之法",将 X 射线的发现公诸国人。这一发现引起了关注科技发展的中国人极大兴趣,1898 年再版的《光学揭要》对 X 射线的发现、特性和用途做了简单介绍,是 X 射线理论知识在中国最早的记载;次年,江南制造局翻译《通物电光》一书,刊有 X 光照相图片 35 张,还专门介绍了 X 射线在医学上的应用①，此后许多书刊对 X 射线陆续加以介绍②，将 X 射线的理论及时且详细地传入中国，可见，时人对 X 射线具有普遍的认知。将这种先进的科学知识运用到小说创作中，表现了当时国人对科技的关注和重视，对新知的浓厚兴趣以及迫切走向世界的开放心态。

小说中的各种科学知识的介入，说明国人渐受现代科学启蒙而萌发了现代科学观念，并且将此开始实践于日常生活中。尽管这些想象不尽正确、准确、合理，带有极大的狂想性质，但正是晚清非写实小说中这些大量似是而非的科学狂想引发了"科学幻想"小说在中国的发展，引领人们学习科学知识，将各种科学理念灌输到民众头脑中。虽然时代使然，科学因素对小说的介入具有极大的功利性，但是科学幻想对小说的艺术表现无疑具有补充和拓展的意义，而且以其驰骋的想象，昭示着小说的审美价值所在。

第二节　色彩斑斓的想象背后

如此繁盛的创作情形使我们不得不思考，为什么在 20 世纪伊始小说会骤然剧增？为什么非写实小说会如此繁荣且创作主题如此集中？

一、　小说崇拜与对变革的迫切表达

首先，是社会历史事件的直接刺激。鲁迅曾很有见地地论述过这种影响：

> 光绪庚子（1900）后，谴责小说之出特盛。盖嘉庆以来，虽屡平内乱（白莲教，太平天国，捻，回），亦屡挫于外敌（英，法，日本），细民暗昧，尚啜茗听平逆武功。有识者则已幡然思改革，凭敌忾之心，呼

---

① 参看谢振声：《吴莲艇与中国第一台 X 线诊断机》，《中国科技史料》1992 年 3 月。

② 如《透物电光机图说》附图解说 X 射线及 X 射线机的使用法。《知新报》载有《X 光新器说》；《岑学报》有《坚伦镜说》等。参看邹振环：《首传 X 射线知识的〈光学揭要〉》，见《影响中国近代社会的一百种译作》，北京：中国对外翻译出版公司 1996 年版，第 109—112 页。

> 维新与爱国,而于"富强"尤致意焉。戊戌变政既不成,越二年即庚
> 子岁而有义和团之变,群乃知政府不足与图治,顿有掊击之意矣。其
> 在小说,则揭发伏藏,显其弊恶,而于时政,严加纠弹,或更扩充,并及
> 风俗。①

他认为谴责小说的繁荣兴盛来自当时的社会事件的刺激。确实,自 1840 年鸦片战争失败以来,1857—1860 年的第二次鸦片战争、1884—1885 年的中法战争、1894—1895 年的中日甲午战争、1900 年的庚子事变等等均以中国失败告终,西方列强逼迫腐败无能的清政府签订的一系列不平等条约严重地侵犯和损害了中国领土的完整以及司法、行政、税务、领海等主权,丧权辱国之痛促使国人迫切寻求变革富强之路。立宪、排满、革命、启蒙等多重救亡图存运动既源于国家民族的衰败,又直指于国家民族的兴盛。目的的恢弘巨大性和中西纠缠的方法多元含混性,构筑了中国思想文化前所未有的丰富性和张力场,也给中国小说发展提供了一个发展的契机。

要说明这个问题,我们要先从小说边缘文类地位谈起。因为"小说"这一传统的边缘文类能够成为现代主流文类不仅因文学自身规律的发展,更因中国近现代思想启蒙运动的促进,从而实现了向现代的转型。1894—1895 年的甲午战争的失败,标志着洋务运动的破产,使知识分子意识到单纯地模仿西方器物层面的坚船利炮、声光电化无法富强中国,器物文明只是"标"而非"本"。而富国之"本"在于开民智、新民德、鼓民力,改造国民精神,塑造新国民。思想启蒙伴随着政治体制改革成为他们关注的焦点。他们认为只有变法维新才能救亡图存,因此主张抑君权,兴民权,废科举,办学校,开通民智,广育人才,实行君主立宪。1898 年,戊戌变法的失败使改良主义之梦破灭了。残酷的现实迫使他们把斗争从政治领域转移到思想领域,于是,一系列以传播西学、开启民智的思想启蒙运动如火如荼地开展起来。中国文学就在这种时代气氛

---

① 鲁迅:《中国小说史略》,见《鲁迅全集》第 9 卷,北京:人民文学出版社 1981 年版,第282 页。

中,配合思想启蒙而开始了自身的现代化转型。

晚清的"诗界革命""文界革命""小说界革命",充满了时代的忧患意识和强烈的启蒙色彩。此时,由于社会精英们在实际生活中观察到小说的流传广泛和影响深远,也因为他们接受的西方文化观念的影响,意识到小说在先进的资本主义国家的启蒙运动中所起的作用,"且闻欧、美、东瀛,其开化之时,往往得小说之助"①(1897),"彼美、英、德、法、奥、意、日本各国政界之日进,则政治小说,为功最高焉"②(1898)。认为小说可以在社会政治改良中担负起重大的社会作用,成为宣传其主张的有力工具。早在 1898 年,严复、夏曾佑在《本馆附印说部缘起》中就发表了对小说改造人心的认识,梁启超更是在《译印政治小说序》和《论小说与群治之关系》中宣称"小说乃国民之魂""小说有不可思议之力支配人道"所以"欲新一国之民,不可不先新一国之小说"③,这种功利性的小说观念在当时成为新小说倡导者的通识。商务印书馆的主人就说"欧美化民,多由小说;樽桑崛起,推波助澜"④。1907 年,天僇生甚至喊出了"今日诚欲救国,不可不自小说始,不可不自改良小说始"的口号⑤;"小说救国"的观念深入人心;陶祐曾感慨道"小说,小说,诚文学界中之占最上乘者也。其感人也易,其入人也深,其化人也神,其及人也广"。⑥ 甚至宣称"小说

---

① 几道、别士(严复、夏曾佑):《本馆附印说部缘起》,转引自陈平原、夏晓虹编:《二十世纪中国小说理论资料》第 1 卷,北京:北京大学出版社 1997 年版,第 27 页。

② 任公(梁启超):《译印政治小说序》,转引自陈平原、夏晓虹编:《二十世纪中国小说理论资料》第 1 卷,北京:北京大学出版社 1997 年版,第 38 页。

③ 参看任公(梁启超):《译印政治小说序》、饮冰(梁启超)《论小说与群治之关系》,转引自陈平原、夏晓虹编:《二十世纪中国小说理论资料》第 1 卷,北京:北京大学出版社 1997 年 2 月版,第 22,50—54 页。

④ 商务印书馆主人:《本馆编印绣像小说缘起》,《绣像小说》第 1 期,上海,1903 年,转引自陈平原、夏晓虹编:《二十世纪中国小说理论资料》第 1 卷,北京:北京大学出版社 1997 年版,第 68 页。

⑤ 天僇生:《论小说与改良社会之关系》,转引自陈平原、夏晓虹编:《二十世纪中国小说理论资料》第 1 卷,北京:北京大学出版社 1997 年版,第 284 页。

⑥ 陶祐曾:《论小说之势力及其影响》,转引自陈平原、夏晓虹编:《二十世纪中国小说理论资料》第 1 卷,北京:北京大学出版社 1997 年版,第 246 页。

势力之伟大,几乎能造成世界矣"。① 浏览 20 世纪 00 年代的报纸杂志,诸如此类的议论比比皆是,与"小说"在一起的总是"开启民智""唤醒民众""裨国利民"这类词语,小说被视为道德教化、政治启蒙、学校教育等的利器。于是,小说借着这场启蒙思想运动,袭裹着知识分子的爱国激情和强国渴望,终于从文学边缘走向文学正宗,获得了主流文类的文学地位。这是文学自觉肩负救国救民重任的现实需要的结果,也是小说的艺术魅力和时代启蒙需要相契合的结果。

清末民初的文学特别是"小说崇拜",把小说的价值和功用无限夸大,小说成为表达民族国家话语的重要渠道之一,民族国家话语也成为小说的出发点与归宿地,小说家更是仿佛成了民族国家的救星,在小说中挥斥方遒,指点江山,论政议事,把满腹的激情诉诸于文字。实际上,"小说"作为社会的意识形态的一种对于社会仅仅能发生影响而已,绝不可能产生决定性作用。可是,晚清充满忧患意识的知识分子无不把小说作为救国救民之利器,而投身于小说创作中。有人形容当时文人竞相做小说的情形:"十年前之世界为八股世界,今则忽变为小说世界,盖昔之肆力于八股者,今则斗心较智,无不以小说家自命。"②这就是何以会产生那么大量的小说作品的原因之一。然而,这些社会事件的影响是长期积累的、多次反复的,不足以说明在 1902 年后突然井喷出大量的具有非凡想象力的非写实小说作品,因为这些事件在本质上都是一样的令人痛心、绝望、无奈、屈辱。黑暗的时代背景是沉重压抑的,小说创作也就很难摆脱对现实的谴责揭露,因而更容易产生大量的写实性社会小说。而在这时产生的大量非写实小说,也许主要是来自晚清在最后 10 年的一场大规模的社会改革运动的刺激。

1901 年 1 月 29 日,清政府以光绪皇帝的名义颁布了改革谕旨,这道改革

---

① 《〈新世界小说社报〉发刊辞》,《新世界小说社报》第 1 期,1906 年。
② 寅半生:《〈小说闲评〉叙》,《游戏世界》第 1 期,1906 年。

谕旨的颁布给了国人极大的希望,使小说家在绝望之际受到强烈的振奋刺激,从而迫不及待地展开了想象的翩翩羽翅,表达对未来的种种憧憬和幻想。发生在20世纪最初的10年,也是清政府统治中国最后10年的新政改革,是近代中国所经历的力度最大的一次自上而下的和平变革,其内容涉及政治、军事、经济、教育、文化诸领域,影响深远。改革虽然是迫不得已的,但无论如何是最高统治者自己发动的,具有权威性、合法性,国民在受到外来文化的影响之下,更是迫不及待地满心拥护。一时间"改革"成为时代主潮,维新之观念弥漫整个社会。报纸杂志竞相创办,广泛地传播爱国救亡、维新改革的新观念。关于兴民权、开民智、办实业等宣传随处可见,发展教育、反对迷信、介绍西学、抨击时政、传播科学知识、提倡解放妇女之类的新思想渐入人心,形成了浓烈的变革氛围。而且,清政府在这道谕旨颁布之后开始实施的改革如废除科举、兴办学堂、奖励留学、扩展新军、兴建铁路、发展实业,改革法制、预备立宪等等,涉及中国社会各个领域,使中国的社会政治生活发生了急剧的变化,"清朝在它的最后十年中,可能是1949年前一百五十年或二百年内中国出现的最有力的政府和最有生气的社会"①。在这个动荡剧变的时期,各种思潮风起云涌,人们在兴奋着、愤激着、渴望着。正是这场搅动几千年封建社会体制的改革,猛然刺激了小说家的想象力,给他们施加了产生无穷幻想的巨大思想动力,使急于摆脱屈辱现实的民众和小说家迫不及待地开始憧憬、预测未来世界的种种。尤其是光绪三十二年(1906)七月十三日清政府宣布预备立宪后,把晚清自1901年开始的政治变革推到了高潮,导致国民思想空前活跃,"立宪之谣起,而士民想望,为之勃兴"②"今政府预备立宪之诏颁矣,四民莫不庆祝,举国若狂"③。其中,教育改革中废科举、派遣留学生、兴学堂的三大措施,有效地促进了以学校、学会、报纸为主要形态的近代中国公共文化空间的形成和

---

① [美]费正清:《剑桥中国晚清史》(下),北京:中国社会科学出版社1985年版,第566页。
② 孟晋:《论改良政俗自上自下之难易》,《东方杂志》第1期,1905年2月。
③ 娲石女氏:《吊国民庆祝满政府之立宪》,《汉帜》第2期,1907年2月。

扩张,以新的教育制度、教育观念和方式造就了新一代知识分子,赋予了他们民主、自强、尚武、革命、自由等为内容的现代思想意识。同时,诸如租界这类对国家公共权力进行批评和监督的公共舆论空间的存在,致使反清情绪不断蔓延,进一步削弱了其统治的权威性和控制力,而软弱无能的清政府对此也无力实行有效的掌管、治理、整合,整个社会变成一个充满了自由思想的喧闹空间。由此,改革进一步打破了传统的禁锢,激发了知识分子和社会各个阶层前所未有的政治参与热情,形成了自由民主的宽松社会氛围,使小说家创作更加自由,"愿作小说者,不论做何种小说""无不可也","耳所闻,目所见,举世皆小说之资料也"。① 于是,非写实小说的创作伴随着小说创作的兴盛也走向繁荣,在 1902—1911 年这个时期出现了一次创作高潮。

二、 域外文学叙事与晚清的未来想象

晚清小说的创作无疑是繁荣的。在这繁荣之中,不容忽视的是域外文学的巨大影响。域外文学经由各种翻译渠道进入中国,其数量空前之多。日本学者樽本照雄的统计表明,1902—1907 年之间翻译多于创作,1908 年以后创作多于翻译,总体上是创作多于翻译,其数量大体相同②。阿英认为"翻译多于创作",就其统计,"翻译书的数量,总有全数量的三分之二,虽然其间真正优秀的并不多。而中国的创作,也就在这汹涌的输入情形之下,受到了很大的影响。"③暂且不论"翻译"和"创作"二者究竟孰多孰少,毋庸置疑的是翻译小说的兴盛和对中国小说创作产生的深刻影响。在域外文学的影响下,小说的观念发生了变化,类型增加,叙事模式多样化,章回体的叙事体被突破,艺术表现手法得以丰富,促进了中国小说融入新质而走向现代叙事。

---

① 《〈新世界小说社报〉发刊辞》,《新世界小说社报》第 1 期,1906 年。
② 参看樽本照雄:《清末民初的翻译小说》,见王宏志编:《翻译与创作——中国近代翻译小说论》,北京:北京大学出版社 2000 年版,第 162—163 页。
③ 阿英:《晚清小说史》,北京:人民文学出版社 1980 年版,第 180 页。

　　就非写实小说而言,域外文学的影响至关重要,十分明显。20世纪非写实新小说的开篇之作——梁启超的《新中国未来记》就是受日本小说的直接影响而产生的。

　　众所周知,梁启超开创的"小说界革命"直接学的是日本,间接学的是西方,其小说创作直接模仿的就是日本明治小说①。日本明治维新的成功使其顺利走上了资本主义道路并成为近代强国,这让中国有识之士觉得日本就是中国学习的榜样。于是,中国改良派代表人物康有为、梁启超、王韬、郑观应等纷纷主张效法日本的明治维新,关于日本变法图强的书籍资料也就被大量介绍进来,尤其是甲午战争之后,在中国出现了学习日语、留学日本、翻译日书的热潮。与学习翻译欧美国家相比,学习日本似乎便捷得多②。明治时期日本一部分政治家兼新闻界人士的文人模仿西方政治小说创作了一大批自己的政治小说以宣传自由民权运动,其中最有代表性和影响力的当推末广铁肠的《二十三年未来记》(1885)、《雪中梅》(1886)及其续编《花间莺》(1887),以及柴四郎的《佳人奇遇》(1885—1897)和矢野文雄(1850—1931)的《经国美谈》(1883—1884)。逃亡日本的梁启超在1899年翻译了《佳人奇遇》(发表于他创办的《清议报》第一册上,至36册,后又续刊《经国美谈》,到69册刊完),希望这种"政治小说"能提高国人政治觉悟。中国的政治小说也由此登上文坛。实际上,梁启超感兴趣的不是这类小说的艺术表现而是其中的政治寄托。

　　日本小说对梁氏创作的影响,一是时间上采用"未来幻想"的框架。"明治年间的作者热衷于幻想未来社会,就使'未来记'成了政治小说的一种常见形式。"③如柳窗外史之《二十三年未来记》(1883)、服部诚一之《二十三年国

---

　　① 参看夏晓虹:《觉世与传世:梁启超的文学道路》中有关论述,上海:上海人民出版社1991年版。

　　② 参看王向远:《二十世纪中国的日本翻译文学史》第一章"清末民初的日本翻译文学",北京师范大学出版社2001年版。

　　③ 夏晓虹:《觉世与传世:梁启超的文学道路》,上海:上海人民出版社1991年版,第232页。

会未来记》(1886)和《二十世纪新亚细亚》(1888)、尾崎行雄之《新日本》(1886)、牛山鹤堂之《社会小说日本之未来》(1887)、末广铁肠之《廿三年六月后之日本》(1890)等。《雪中梅》开卷写的是 2040 年 10 月 3 日日本国会在东京召开 150 周年庆典。《新中国未来记》写的是 1962 年中国举行维新 50 周年庆典,二者开篇结构极为相似,也都是用回想来讲述历史,这种"未来幻想"框架容易发表各种政治见解和表现与现实对立的理想社会而受到日本政治家和梁启超的青睐。另外,这种构思也有来自美国毕拉宓(Edward Bellamy,1850—1895)的小说《百年一觉》(*Looking Backward*,2000—1887)的影响。①《百年一觉》的情节是 1887 年主人公用催眠术在地下室睡觉,113 年后被老医生发现救活,才发现世界早已变了样,于是经历了种种新事物。这种结构在陆士谔的《新中国》中也可见到,主人公"我"心情不好喝酒睡下,醒来见到的就是四十多年之后的立宪了的新中国。"未来时"的幻想框架,在晚清小说中随处可见,如《冰山雪海》开篇是 1999 年 5 月 5 日开始极地探索,寻找新大陆,并且在新大陆上建立了大同社会这个极乐世界,在大同会社成立十周年之时,也召开了隆重的庆典大会;《中国女豪杰》讲述 4650 女性的解放过程;《女子权》的故事发生在 1940 年;《新纪元》发生的战争在 1999 年;《电世界》从 2009 年帝国大电厂和帝国电学大学开幕大会开始演绎故事……都是对未来世界的描述,可见这种未来框架对此期中国小说的影响之大。

除此之外,梁启超小说创作还模仿了日本小说对政见的表达方式,用"演讲体"系统地发表各种政见。对政治家来说,演讲是最直接、最简便、最有效的表达方式,是宣传政见的重要手段,所以也就被日本政治家在写小说时习惯性地使用,《雪中梅》的主人公是一个名叫国野基(寓意"国家之基")的贫穷青年,胸怀远大的政治抱负,有着出色的演讲才华,他的演讲不仅吸引了大批

---

① 参看夏晓虹:《觉世与传世:梁启超的文学道路》第 3 章中有关论述,上海:上海人民出版社 1991 年版,第 54—55 页。

听众,而且还吸引了一位佳人。小说中关于演说会的描写,占了极大的比重。《新中国未来记》中演讲也是重头戏,黄克强和李去病44回合的辩论以及孔觉民的长篇大论都是宣讲政治见解的。日本政治小说的两大模式:历史演义模式和才子佳人模式,都具有浪漫传奇的故事性,可是在梁启超的小说中并没有充分表露出他要模仿这类小说通常所具有的这一特性,可见其兴趣点在政治观点的阐述而非小说的故事叙事。这种演讲叙事在此期大部分非写实小说中都可见到,大凡改革者或革命者在进行社会改造的时候都会向民众宣讲其政治主张或关于种种问题的观点,穿插在小说叙事之中,成为一种极富时代特点的叙事模式。

非写实小说中的科幻狂想小说与域外文学关系更是密切。晚清时期有近十多位外国作家的科学小说被介绍给中国读者,尤其是法国的儒勒·凡尔纳、日本的押川春浪和英国的赫伯特·乔治·威尔斯的作品,拥有众多的读者。徐念慈的《新法螺先生谭》就是受包天笑翻译的日本岩谷小波转译的《法螺先生谭》和《续法螺先生谭》影响写出来的。

除了科学幻想这类小说,还有很多非写实类型小说诸如冒险小说、恐怖小说、惊险小说之类的产生都有域外小说的影响因素。譬如马仰禹的《大人国》,讲述一个学医少年于1899年5月5日起航游历南冰洋。航行途中遇险流落到一个荒岛,被岛上土著巨人抓获。他机智地偷得巨人从外拿回的枪弹,并以此为武器制服了巨獒,收降了女巨人,几乎成为岛上大王,进行殖民统治。但是,由于弹药有限而受巨獒攻击,最后不知所终。一个叫约翰·鼎利孙的人航海时获得一节浮竹,剖开得到用木炭写在一种树叶上的这个故事。从中可以看到《鲁滨孙漂流记》和《格利佛游记》的巨大影响,既有荒岛余生的典型冒险小说结构,也有异域探险游记的情节,还有"大人"和"巨兽"这种典型的西方幻想怪物,尤其是小说中不断强调"予"乃一英伦男子,要顾全"英伦扩张荣誉计"不能让英伦受辱,更表明这部小说所叙述的是一种域外文学的殖民冒险经历,而且在故事中声明,"顾予或牺牲于大人,世当无有知予者,予幸有此笔记,或可传播伦敦,而冒险家之席,或于有意无意中得占一角"①。表白了自己此种冒险的价值就是要成为冒险家,此种冒险精神在中国传统小说中几乎难以找到。《月球殖民地小说》中亦有类似遭遇荒岛土著居民的探险情节,《冰山雪海》也有到南极北极探险的叙述,甚至在《新野叟曝言》中还有到星际探险的描述,有一部小说干脆就以《探险小说》为名,用对话形式,描写各种探险经历。可见,海外探险之类的题材和情节结构对中国非写实小说的幻想资源和叙事方式等方面的影响还是很明显的。

总之,域外文学对中国非写实小说的影响是多方面的,扩展了文学想象的空间,丰富了小说的表现方式,在叙事、审美等方面都有独到的启示。

三、 小说家的心理身份转换

此外,我们还要关注创作者的因素。中国古代文学创作者是士大夫,而现代文学的写作者是小说家、作家。从士大夫到作家,是一个重要的身份转换。士大夫是中国传统文化的承袭者,是社会中的政治精英、文化精英,是一种独特的身份认同;作家则是一种职业,其写作不仅要表达自我,还要兼顾读者和市场。到了近现代,亡国之危使士大夫不得不开始面对社会现实,失去了吟风弄月的闲情逸致,客观上有改变文化心理的压力。西方文化的大量涌入,改变了他们的知识结构,形成了"经世致用"的实用主义态度,从心理上为其身份转换做了铺垫。同时,外国人在中国开始办报办刊,一些不愿或不能参加科举的士大夫就成为他们的合作者,这就是中国第一批报人。尤其到1905年科举废除之后,大量读书人涌入新闻出版业,完成了这种身份的转换。吴趼人就是因家道中落无法参加科举而出来学做生意的,当过校对,编过小报,后投身于小说创作中,主编《月月小说》,成为当时最有名的小说家之一。作为作家,必然要考虑到各方需求,写作不再是个人化的事情了,小说家包天笑说:"我之

① 中国老骥氏:《大人国》,《月月小说》第6、7、8号,光绪三十三年(1907)2、3、4月。

对于小说,说不上什么文采,也不成其为作家,因为那时候,写小说的人还少,而时代需求则甚殷。到了上海以后,应各方的要求,最初只是翻译,后来也有创作了。"①正是这种社会需求的存在,产生了大量作家,也产生了大量小说作品,包括受到读者欢迎的非写实小说。

此时的中国,政治腐败,国势衰微,民不聊生,战争失败,变法破产,割地赔款,丧权辱国,列强欺凌,无可奈何。甚至被一直崇拜中国的日本打败,"这种深入心脾的忧郁激愤心情和耻辱无奈感觉,大约是中国人几千年来从来不曾有过的"②。西方他者的入侵和失败的屈辱,不仅重创了国家主权尊严,也使知识分子产生了"过量的政治焦虑"③。"小说"这种审美方式正是宣泄释放这种焦虑的途径之一。《新中国未来记》等小说就是代表着这么一种救亡图存的情绪出现在文坛上的。我们尽管可以不认同梁氏的"政见",但是得承认,他是在很严肃地思考着。徐念慈和陈天华也是抱着启蒙的目的,写下了他们的畅想篇章。陈天华能蹈海自尽,以激励同志誓死救国,由此可以推断他在写《狮子吼》时热血如焚的激情。但是在这一积极态势之外,我们也不得不看到,在极度虚亏的精神状态下,人们通常会趋乐避害,产生大量不切实际的幻想,聊以自慰,逃避现实。我们不得不承认世纪初就是这样一个需要幻想来慰藉心灵的幻想时代。在幻想的时代自然就有幻想的非写实小说。可以说,非写实小说满足了作者和读者这种心理需求而受到欢迎。由于某些小说的"理想"过于离奇荒谬,超越现实太远,所以主要是为了娱乐读者,满足人们的好奇心、求知欲、新鲜感,而将创作的功利目的淡化了。

中国传统文化赋予了小说家这些知识分子浓烈的政治热情,从而使他们的创作在同一时代具有几乎完全一致集中的政治关注点。这自然来源于在儒

---

① 包天笑:《钏影楼回忆录》,香港:大华出版社 1971 年版,第 175 页。
② 葛兆光:《中国思想史》第 2 卷,上海:复旦大学出版社 2001 年版,530—531 页。
③ 这是王一川对晚清知识精英政治情结的一种概括,"指基于权力集团利益而生的极度膨胀或充溢的内心紧张、恐惧或担忧状态。"(《中国现代卡里斯马典型——二十世纪小说人物的修辞论阐释》,昆明:云南人民出版社 1994 年版,第 37 页)

家文化传统浸染下,中国知识分子所深具的"以道自任""以天下自任"的传统精神和价值立场。这种精神和立场,致使知识分子始终难以满足于学术专业领域的发展而力图通过对国家、民族等公共事物的关切和社会大群体的关心来谋求实现自我价值。关心政治,参与社会,"家事、国事、天下事、事事关心",①历来就是中国知识分子的一种历史道德的自觉责任,他们所赖以确认自我价值的是一种神圣的改造社会国民的使命和悲壮的革命意识,其终极理想直接指向国家民族。"学而优则仕"就是这种传统价值取向的人生模式。但是清政府的腐败无能以及 1905 年科举制度的废除,使读书人满怀政治激情却找不到宣泄和施政的空间。小说家们在危机四伏的世纪转折期满怀治国安邦之壮志豪情,却无从实践自己的政治主张来实现救国救民的理想,只好奋笔疾书,写下了一系列的乌托邦小说,寄希望于未来的中国,用可怜的白日梦来缓解面对现实的焦灼,把改革社会的热情化为创作新小说的动力,在纸上指点江山,议论国策,寻求强盛中国的道路。他们以西方强国为榜样,犀利地剖析中国社会的痼疾,展示国民性的丑恶,寄希望于立宪、革命等社会变革来发展中国。借这些理想图景,鼓舞人心,激励同仁共同奋斗。从这一角度讲,晚清非写实小说是一场乌托邦试验的文字演示。

从小说自身来看,非写实作为中国传统小说创作的主要方法,自然而然地会被小说家大量运用到创作中。虽然 20 世纪中国现代小说多方面受到域外小说的深刻影响,但是直至世纪初"小说界革命"之际,人们才开始重视外国小说的译介,尤其是林纾翻译的法国小说《巴黎茶花女遗事》出版后大受欢迎,国人才大开翻译之风,大部分小说家也才经由翻译开始受到域外小说的浸染。此时的小说创作对翻译借鉴还难以深入,较之后来的五四作家的创新融汇,新小说家远没有突破传统模式的意识和能力。他们进行启蒙的小说工具还是传统的,基本上还是以传统小说叙事模式为主,辅以新学到的一些叙事方

---

① 邓拓:《事事关心》,见《燕山夜话》,北京:中国社会科学出版社 1979 年版,第 156 页。

法和科学知识来构架故事。"作者对于社会出路的思考,不是由形象描写直接表达,而是由抽象的、间接的寓意或象征所表现。因而,于非现实的描写中寄予现实的思考探索。"①所以非写实的创作在此时还是很有被施展的空间的。这些既不同于中国古代小说、又不同于五四之后的现代小说的新非写实创作,带有明显的过渡色彩,是 20 世纪开端那场维新改革的产物。正是这些过渡的"新小说"与五四后的现代小说共同完成了中国小说现代性的转折。辛亥革命之后,经过十年的酝酿发展,中国小说在域外小说的刺激下慢慢地褪下传统的旧壳,显出了转型后的萌芽,写实性的创作逐渐成为主流。

四、 新闻媒体的发达传播

20 世纪初是一个社会转型的时期,到处都是新与旧的交替混杂。晚清社会的转型给非写实小说创作提供了各种可能性和极大的自由度,也为其繁荣提供了种种条件。物质生产正在摆脱小农经济的手工格局,同时也要求人们的思想在开放的现实中转化。因此,这也是一个物质与思想应该相携共同转型的时代。西方工业化物质的大量涌入,近代大都会的成型兴建,先进科技的涌入,新闻出版业的发达,租界存在带来的便利自由,商业社会的运作等等,都给小说提供了无限的创作题材和想象的空间以及流通的渠道,促成了非写实作为时尚叙事习规在文学作品中的流行。同时各种具有现代性的思潮观念如开放观念、竞争观念、时间观念、民主观念、科学观念、法制观念等逐渐被人们接受,在很大程度上改变了人们的思维方式、价值观念和行为模式。这些新观念、新思想在与传统文化和社会习规的磨合冲突中,必然会产生种种前所未有的新奇景象,人们对此的想象也就多种多样,似乎没有什么不可能发生。在这种时代,人们百无禁忌地胡思乱想,对未来充满了未知和

---

① 方正耀:《晚清小说研究》,上海:华东师范大学出版社 1991 年版,第 64 页。

渴望,表达这些新鲜的感知,成为小说家很热衷的事情。陆士谔在《新中国》中想象上海徐家汇,浦东大桥修建成功,汽车极为普及,改良电车省油好用,中国货物远胜洋货,海军称霸世界,在强国意识中充满了对先进物质文明的憧憬向往。再譬如,晚清兴起了一股办学热潮,1904 年,全国有新式学堂 4222 所,在校学生 92000 余人;1909 年学堂增至 59177 所,学生有 1639921 人。① 社会上的这种办学热潮自然在小说有所反映,小说家常常写到兴办学堂是建立新社会的一个重要现象,甚至幻想到各种稀奇古怪的学堂,如《马屁世界》(睡狮,1911)中就写了一个马屁学校,讽刺社会上的荒谬现象。

当时,"试一流览书肆,其出版物,除教科书外,什九皆小说也"②,创作小说成为一种热门时尚。在新小说观念的启迪和梁启超的《新中国未来记》的创作模式影响下,小说家们竞相模仿,客观上也促进了非写实小说的兴盛。这里面有梁启超、陈天华、张肇桐等这样致力于维新和革命的小说创作者,以小说为启蒙工具,不考虑经济因素;也有陆士谔、吴趼人等这样职业化的小说家以及游荡在社会各界的文人士子。他们不单以提倡某种意识形态为指导思想,而且还非常关注读者的阅读兴趣,以大众阅读口味为指向标来进行创作。近代出现的稿酬制度,使创作或翻译小说可以赚钱,这给在科举之路断绝之后无以为生的读书人提供了一条谋生之路,也就难怪有很多读书人蜂拥而至小说领域了。"自文明东渡,而吾国人亦知小说之重要,不可以等闲观也,乃易其浸淫'四书''五经'者,变而为购阅新小说。"③近代小说观念的转变,使接受了新思想的旧文人成为小说的热心读者,阅读小说也成为时尚。非写实小说为读者提供了各种新鲜陌生的阅读经验,很受欢迎,说明了这类小说具有极

① 陈学恂、田正平主编:《中国教育史研究·近代分卷》,上海:华东师范大学出版社 2001 年版,第 168 页。
② 梁启超:《告小说家》,《中华小说界》第 2 卷第 1 期,1915 年。
③ 老棣:《文风之变迁与小说将来之位置》,《中外小说林》第 1 卷第 6 期,1907 年。

大的消费市场,能卖出去能赚钱,小说家们自然趋之若鹜,也就促进了这种小说创作的繁荣。但是,小说家的商品意识使他们在创作中失去了艺术的神圣感,"朝脱稿而夕印行,一刹那间即已无人顾问"①,"自夸其神速,而不知全属糟粕"②,也就成为产生艺术精品的障碍。

此时,不但创作小说成为时尚,阅读小说也形成了一种社会风气。在传统观念中,小说是备受鄙视的,士大夫就是读小说也主要是读文言小说。但是在晚清,小说观念的改变,促使大量士大夫加入小说的创作者和读者的队伍中,徐念慈估计说:"余约计今之购小说者,其百分之九十,出于旧学界而输入新学说者,其百分之九,出于普通之人物,其真受学校教育,而有思想、有才力、欢迎新小说者,未知满百分之一否也?"③他是做过调查得出这样看法的,应该比较可信。由此可见,小说读者中大部分是读书人,而不是文化程度较低的普通民众。这说明小说已经成为了文学的主流文类,而不再受到排斥,文类地位发生了位移。同时也说明了中国传统的雅俗文学界限复杂化了,一本杂志中,如《绣像小说》,既有诗词散文、文言小说,也有白话小说,甚至有弹词、笑话等,这种混杂现象只有在晚清民初分外突出,之前之后都不明显,是士大夫进入到市民阶层,将各种价值观念混杂于一处的时代文学表现。因此,小说包括非写实小说所具有的主题、题材、审美特征等,与文学精英和文化精英所倡导或具有的社会思潮特征密切相关。

非写实小说在20世纪初第一个十年如此集中地出现,是中国小说逐渐进入现代性转型的最初形态的一种表现,不仅在创作题材和思维方式上,而且在传播流通机制、价值观念等其他方面,都体现出传统与现代的各种因素的混杂交替,既丰富又复杂,非常值得深入观察和探讨。

---

① 寅半生:《〈小说闲评〉叙》,《游戏世界》第1期,1906年。
② 眷秋:《小说杂评》,《雅言》第1期,1912年。
③ 徐念慈:《丁未年小说界发行书目调查表》,《小说林》第9期。

第三节 幻想小说之"新"

翻开晚清最后十年的小说,迎面扑来的就是一股"新"气息,《新中国》《新天地》《新纪元》《新党现形记》《新法螺先生谭》《新水浒》《新三国》《新西游记》《新石头记》《新镜花缘》……据《中国通俗小说总目提要》所录篇目来统计,单是以"新"字开头的小说就有近六十部!光绪二十八年十月(1902 年 11月),《新小说》杂志在日本横滨创刊,梁启超不仅鲜明地提出了"欲新民、必自新小说始"的口号,而且以其创作《新中国未来记》来实践其理论,竖起了"新小说"的旗帜。从此,"新小说"成为区别于古典传统小说的一个指称,指那些在小说界革命中产生的、不同于创办《新小说》之前的传统小说的作品。这里,我们且不论这一指称的内涵和外延,仅就其所指的"新"来看,至少说明了一种时间上的前进,相对于过去,其"新"必然具有过去的小说所没有的因素。对"新"的追求,体现了一种创造精神,一种求新求变的现代性特征①。晚清小说对"新"的热情追求,形成了挥别过去、奔向未来的文学时间观念和以西方为核心的世界范围的文学空间概念,促使中国文学从古典向现代转型,使小说从内容到叙述方式发生了整体性变化。

一、 想象资源之新

这些小说之"新",首先是想象资源的推陈出新,不再局限于来自中国民间传说和传统宗教信仰的精怪、梦幻、鬼神,写人神遇合、生死轮回、仙魔斗法、腾云驾雾等幻异故事,而更多的是借着西方文学作品(尤其是借日本这座桥梁了解到)的灵感,通过时空置换,从先进的西方世界取材来进行想象虚构,

---

① 参看谢立中:《"现代性"及其相关概念词义辨析》,《北京大学学报(哲学社会科学版)》2001 年第 5 期;河清:《现代与后现代——西方艺术文化小史》,香港:香港三联书店 1994 年版,第 23 页,有关现代性内涵的论述。

把迥异于中国千年传统社会的西方历史政治、现代社会形态、新教育理念和模式、人性伦理道德观念、文明化的生活方式、地理环境、风俗习惯、科学知识、侦探推理、冒险传奇等融入小说想象中,特别是承袭凡尔纳、威尔斯(Wells)、贝拉米(Bellamy)的小说叙事,展开一系列的科学论述,对器械工作原理常常加以详细说明,多了一层知性色彩,给读者以新鲜的陌生化的审美体验。如对上天入地的想象,中国古代小说中有吃神药、施魔力法术之类的讲述,晚清小说则多是借助"飞空艇"(《乌托邦游记》)、"气球"(《月球殖民地小说》)、"空行自由车""水行鞋""水底潜行船"(《新中国》)、飞车、水靴、潜水猎艇(《新石头记》)这类工具来实现。吴趼人在《立宪万岁》中借天上玉皇大帝和众神仙的立宪闹剧讽刺清政府的立宪改革,让玉帝、菩萨、哪吒、孙悟空、猪八戒等读者熟知的人物和外国的礼拜堂、耶稣、升高机器(电梯)、哲学家苏格拉底、卒业文凭、天足会、女学堂等新鲜事物发生联系,产生各种奇妙的想象,使人感到新鲜滑稽。虽然晚清小说家自身的自然科学知识与见识普遍浅陋,甚至对西方世界一些已经存在的事物也用幻想的笔调来描述,但是对长期封闭、对国外世界所知甚少、习惯于传统神怪公式的清末读者来说,这些未尝不是超出他们生活经验的虚幻事物,应该是一种极大的刺激。

萧然郁生的《乌托邦游记》(《月月小说》1906 年 1—2 号载,未完)写好游的主人公梦中受人指点至何有乡乘船前往乌托邦游历。虽然故事在没有进入乌托邦之前就中断了,但是已经为读者展现了先进的文明世界:平等的船舱,藏有世界各国典籍的藏书楼,分动物、植物、矿物陈列的博物房,可以娱乐、做实验、制造机器的俱乐部,分格物、哲理两大部的讲习班等,俨然就是一个质朴简单的西方文明社会的翻版。1910 年的陆士谔《新中国》①(又名《立宪四十年后之中国》)更为详尽地描绘出一个 1951 年的文明世界。这新中国"马路筑的异常宽广,两旁店铺鳞次栉比,……又见马路中站岗的英捕、印捕,一个都

---

① 陆士谔:《新中国》,见《中国近代小说大系》(中国进化小史　刺客谈　艮岳峰卷),南昌:百花洲文艺出版社 1996 年版。

不见了"(第 1 回),表明中国已经强盛无比了。海外法权、领事裁判权已经收回,租界取消,国债全数还清,自行集资建厂,留学毕业生回国创业,"洋货已被国货淘汰了"(第 1 回)。这一切来自科技的发达。不仅如此,社会风气好,讲诚信、讲效益,禁毒禁赌,电车上给女士让座,路不拾遗,夜不闭户;路面改造的想象十分实际,有下雨时使用的"雨街",晴闭雨开,通光不漏雨;没有地面电车,"把地中掘空,筑成了隧道,安放了铁轨,日夜点着电灯,电车就在里头飞行不绝"(第 3 回)就是我们现在的地铁吧。电汽车类似我们现在的出租汽车,街景洁净文明,娱乐舒适雅致。尤为称奇的是,作者想象出了上海开发浦东,"见一座很大的铁桥,跨着黄埔,直筑到对岸浦东"(第 3 回)不就是浦东大桥吗? 1991 年,中国最大的斜拉桥南浦大桥全线贯通,徐浦大桥、杨浦大桥也随后建起,三座大桥把浦东浦西连为一体,实现了陆士谔的梦想,不仅如此,要开办万国博览会,"为了上海没处可以建筑会场,特在浦东辟地造屋""现在,浦东地方已兴旺的与上海差不多了",还有海底隧道,这描绘的不就是现在的浦东的吗? 现实让我们惊讶于一百年前小说家的预言想象。而且他还想象到国家法制严明,开办教育。汉语成为"世界的公文共语",中国货行销世界各国,工人个个小康,"我国人创业,纯是利群主义。福则同福,祸则同祸,差不多已行着社会主义了"(第 4 回),出现了一个新鲜、平等、富裕的理想社会。如此富有创见性的合理想象与推断完全不同于传统小说中奇幻的仙界神境。

这些想象带有对异国风情的描绘,对文明化的生活方式的展示,对先进物质技术的向往,对科学知识的好奇,对超自然力的惊叹,让读者获得崭新的阅读体验。但是,要说明的是,这时期小说的想象不是纯粹的科学想象或者传奇虚构,而是因为有感于中国民众对科学文明之隔膜而要普及知识,宣传文明,把中国的神话、传奇、话本等多重因素结合在一起,加以科学的分子,离奇的冒险等因素来探讨中国社会的发展,其形成的心理动因是探索救国救民之道路。而传统非写实小说想象的形成,主要源于对长生不老的迷信追求和对各种神灵崇拜的民间宗教信仰。晚清非写实小说中新鲜奇异的想象为中国读者打开了与世界接触的窗口,促使国人走出传统,走向现代。

二、 虚构指向之新

新非写实小说的想象虚构指向是迥异于传统的。想象力本身是人类与生俱来的潜能,是无方向的、散漫的、随意的、变化多端的,包括所有白日梦之类的空想,要在文学作品中表现出来,必须经过一个文学自觉的虚构化过程。文学虚构化行为所激发出的想象蕴含着一种指向目的,表达出这种想象的内在需求,也就形成了想象叙事的目的。正是这种想象虚构目的构成了非写实小说的叙事目的。中国传统非写实小说无论讲述的是侠客义士、神魔妖怪还是历史传说、市井人情,都集中体现着小说"娱心娱情"的游戏消闲功能,其虚构指向的是创作奇幻诱人的景象和传奇生动的故事,满足人们天生的好奇心和创造欲,是个人化的。千百年来,这种虚构指向在大众审美狂欢中形成了模式化的叙事方式和叙事话语,迎合着世俗道德价值和审美心理的需求,宣泄着世人被压抑的情感和想象。这种虚构指向以满足读者审美快感来实现小说的审美价值,从未有本质性的改变。

然而,晚清新非写实小说的虚构指向是一种国家集体性的,为了服从新小说传播新知、开通民智这一"启蒙""醒民"主题而产生的,指向的是对中国的政治叙事,以探索强国富民的道路。这种"群治"的功利性新虚构指向,导致非写实小说叙事的兴趣集中在理想国家、政治改革、教育强国等宏大题材上,而漠视个人化的内容。现实的焦灼与变革的热情始终制约着小说的想象,把轻盈的想象翅膀胶粘在现实的危机感中。显而易见,晚清非写实小说主题的集中正是这种虚构指向所致。也正出于这样的虚构指向,叙述者不再关心读者的审美感受,而更急于表达自己的思想、见解及理想等,感时忧国,以高于读者的启蒙者的姿态来进行说教宣传。众多关于换心术、洗脑术、催醒术甚至造人术之类的想象无不基于改造国民性的迫切渴望,对各种民权村、自由村、仙人岛之类的想象也无不表达了对未来理想国家的急切期待。也正因此,新非写实小说的叙事形成一种模式:在想象虚构的时空中,针对现实进行大段地演说,酣畅淋漓地表达政见。如在《新中国未来记》两位爱国志士 44 回合、共一万六千余言的政治论辩。这种大段议论挤压了虚构叙事的空间,必然削弱了小说的故事性,这也是晚清小说的一大特色。

以吴趼人的《新石头记》来说,这是一部名著续书。《红楼梦》自乾隆五十六年(1791)刊印以来,续书不断。陶祐曾曾描述过:

> 自曹雪芹《石头记》出现后,大受社会之欢迎,纸贵洛阳,名驰东岛。而吾国一般操觚之士,心焉羡之,不虑贻讥,亦靦然续貂而学步,后先迭出,名目渐繁(如《风月梦》《红楼再梦》《红楼重梦》《红楼绮梦》《红楼圆梦》《续红楼梦》《后红楼梦》《疑疑红楼梦》之类)。试调查其内容,非记潇湘馆主之返魂,即称怡红公子之还俗。况言辞错杂,事迹荒唐,陈陈相因,毫无特色,较之曹著,不啻天渊,似俚似文,殊乖体例。有如此之好材料,而运用不得其当,良可惜哉。①

可见红楼续书之多。但都是"非记潇湘馆主之返魂,即称怡红公子之还俗",继续演绎宝黛钗的爱情故事,满足读者大团圆和轮回因果的期盼心理而编造种种情节。且不论这些小说得失成败,单就其虚构指向来看,这种对原著故事结局的想象是模式化的"陈陈相因,毫无特色"的传统的虚构指向所致,用各种荒诞不经的情节弥补着读者对宝黛爱情的遗憾。而在新的虚构指向下,晚清时期以吴趼人的《新石头记》为代表的续书则无意为原著续结局,无意对原著情节进行更改弥补,无意对原著人物说三道四,只是借用原著的架构,贯注感时忧国的历史意识,表达对时事的观点见解,以旧瓶装新酒,重在新内容的表现。作者让贾宝玉在历经几世几劫修行之后,周游清末中国,访问一个理想的"文明境界",感受各种新奇事物,抒发政治理想和思考。在这种新的虚构指向下,另一部南武野蛮的《新石头记》也是如此展开情节,讲述贾宝玉和林

---

① 阿英编:《晚清文学丛钞·小说戏曲研究卷》,北京:中华书局 1960 年版,第 460 页。

黛玉留学于日本,宝玉发表维新演讲,黛玉做了哲学和英文教授,努力学习西方文化知识的故事。同样,晚清的《新三国》《新金瓶梅》《新水浒》等小说创作都摆脱了传统的想象叙事,而关注于新时代的改革立宪,或讽刺时政、或暴露阴暗,"将原书旧有人物一一妆点附会起来,若嘲若讽,且劝且惩,欲使人人知道今日新政上之现象"。① 由此可见,新虚构指向对小说创作带来的新鲜内容。

晚清非写实小说的新虚构指向对象是中国,而关于这个"中国"的想象有两个子方向:一个是夸张地想象中国之贫之弱之丑怪之腐朽之没落之黑暗,参照的是现实中的中国现状;一个是想象未来的中国之先进之伟大之强盛之富裕之民主之自由,参照的是那时候的西方世界强国。所以,新非写实小说不是描绘未来中国的科技发达,社会文明,物质富裕,军事强大,人性善良,世界和平,万国统一的美好,就是夸张想象无可救药的腐朽世界。这些都是中国传统非写实小说几乎没有描绘过的内容。

三、 美学特质之新

在审美趣味上,新非写实小说的想象凸显出了荒诞戏谑性的美学特质。这里所指的"荒诞性"不是西方现代派反传统的那种用象征手法或超现实手法表现出的资本主义社会中的生存荒诞感,而是指来源于中国古代小说中以荒唐怪诞的人事来折射社会现实的那些作品中呈现出来的寓言特质。有一些古代文学作品把抽象的哲理寓意化为极度夸张和变形的寓言故事来阐述,比如《庄子》中的蝴蝶梦,《吕氏春秋》中的黎丘奇鬼,以及我们熟知的叶公好龙之类的故事,都是荒唐无稽、怪诞不经,影射人间世情的荒诞故事。传统非写实小说比较注重"奇幻"性,写人神相恋,鬼神相搏,梦幻奇遇等,用新颖奇特的想象来满足读者的扬善抑恶的道德倾向和审美需求,以怪异炫人为能事,奇

---

① 谢亭亭长:《新水浒序》,见西泠冬青:《新水浒》,新世界小说社刊 1907 年 3 月。

幻性是其主要的美学特质。然而,在晚清新非写实小说中,出于强烈的讽刺目的而使荒诞谐谑性在众多作品中被鲜明地呈现出来。小说中,古今人物交汇于同一时代,贾宝玉、薛蟠、孙悟空、猪八戒等都来到繁华的上海游历,《水浒传》中的众英雄纷纷经商、办学、治军,《三国演义》中的人物也开始实施新政、锐意改革;就是在阴曹地府里,阎王爷和众鬼神也开始实行立宪政治,实施新法。这种戏拟叙事手法在非写实小说中大展身手,使想象虚构不再抒情曼妙,虚无缥缈,充满了奇幻色彩,而是充满了滑稽可笑的混杂,古今与未来共时,中外并置于同一空间,互相映衬比较,形成错位倒置,产生荒谬感、滑稽感,给读者带来浓厚的趣味性。

　　新非写实小说所具有的荒诞感最直接地来自晚清小说中虚构出来的一个混淆传统价值、颠覆正常审美观念、解构道德评判的奇异世界。这个怪诞世界,在陆士谔的《六路财神》①中以一个野财神当道来表现。野财神的发财原则是"只要有利可图,就不管卑污不卑污,龌龊不龌龊,屈身下贱,舐痔吮痈,无有不为,无有不做"。(楔子)玉皇大帝因其办事得力而封他为新路财神,统领东西南北中五路财神,以致世界"昏天黑地"。作者受五路财神之托将野财神的鬼蜮伎俩写成了小说,在神州古国香海这个繁华之地,演绎了一幕幕丑恶的发财闹剧。发财方法是害死东家之子,娶了东家之妻,占了东家家产,贪污赈灾款,贩卖人口,卖假药等,更为奇妙的是现在商业社会中通行的种种商业运作也在小说中栩栩如生地展示了出来,比如找一片园子举办展销会"香海物产会",赚取商家的入场费和顾客的门票费,"并且里头更好弄几处哄骗人家钱财的所在,总要花样新翻,引人入胜为妙"(第1回),甚至应用了"美女经济","要引起游人之兴味,莫如利用女子"(第3回);通过行贿把银行弄倒闭;售彩票牟取暴利;做军火生意等,不管国家死活,敌我之分,以致义士鸣不平用刀戳其心竟不得死,因为他们"良心早已丧尽,胸口头本系空空洞洞"(第7

_____

① 陆士谔:《六路财神》,见《中国近代小说大系》(胡雪岩外传　市声　商界鬼蜮记卷),南昌:百花洲文艺出版社1993年版。

回）。可见这正义之力式微。最终，这些无赖一个个皆发财成功，"彼此谈起发财秘诀，异曲同工，都是'没良心'三字"（楔子）。寓言式的故事情节无疑是这部小说的重要叙事特色，其讽刺意味昭然若揭。这个荒诞丑恶的繁华世界在小说中以作者梦境呈现，但无处不直指现实世界的社会弊端，道德沦丧，金钱至上，反映出晚清这一转型社会时期的社会秩序的混乱和传统道德价值观念在商业社会中的崩溃。《新鬼世界》干脆不再假托梦幻，以鬼怪世界直接寓人间百态。阴间要预备立宪就派鬼王爷带领五个小鬼到上海考察。考察的地方不过是花园、酒馆、妓院、剧场等，所做之事无外乎喝酒吃饭、见洋买办、聊官场诸恶习、嫖妓之类，展现的社会现象和谴责小说中的种种官场叙事几乎无二致，只是人换作了鬼，以鬼寓人，荒诞中讥讽之意鲜明凸显。陈景韩的《新西游记》则让《西游记》中的几位人物到晚清的上海游历了一番。当唐僧被困妓院，本领高强的孙悟空束手无策，而身穿洋装的猪八戒一出现就吓得人们惊慌失措，救出了师父，颠覆了传统观念中对孙悟空和猪八戒的人物形象认知。在商业社会中，道德沦丧，人们的脸皮很厚，连救火的水管都是人皮做的！这种滑稽梯出、笑料百出的对晚清社会各种之"怪现状"的尖刻讽刺，在非写实小说中比比皆是。

睡狮的《马屁世界》①别具一格，讲述了一个绝顶荒谬的故事。京城几位大红人因善拍马屁而富贵之极，后辞官不做搬家到上海，打算开创事业，因为"我看于今时风，简直是个马屁世界，无论何人何事，总不离了这个手段。这真是人生紧要学问，当务之急"，是升官发财的秘诀，所以决定开设一所"马屁学堂"。陕西书生单卜信听说上海文明全国第一就来上海考察。当盘缠用尽无计可施之际，被引入马屁学校。马屁学校的学生要先学钻狗洞，丢掉自己的人格、人性、尊严、良心，要养成几种性质，"第一狐媚性，第二狼毒性，第三蜂虿性，第四蛇蝎性，第五鲸吞性，第六鹰扬性"（第2回）。马屁学生毕业后身怀利器，无往不利，马到成功。可是单卜信结业成绩是下等，不会拍马屁，只好卖

---

①　睡狮：《马屁世界》，见《中国近代小说大系》（中国进化小史　刺客谈　艮岳峰卷），南昌：百花洲文艺出版社1993年版。

文度日。当有人因受马屁客的愚弄而发起拒绝马屁大会后,马屁教习随机应变,改良马屁技术,于是马屁客又重新嚣张起来。因为拍马屁,中国人"被拍马屁的拍得昏昏迷迷,和小孩子睡在摇篮里一般。唉——怪不得人家外国人说我们中国是个睡国,常年梦梦,这却如何是好? 必要想个法子,提醒提醒才是",故事最后是单卜信参加灭绝马屁大会,请来外国留学归来的马屁维新家,监禁拍马屁者,查抄马屁学堂,自然是禁绝了马屁,"自此中国公道大行,国势日盛"(第10回)。小说通过"马屁学校"极为夸张变形地生动演绎出危害社会的弊病。如此极端的想象在这些小说中以戏谑的笔调夸张地表现出来,令人不禁怀疑自己生活其中的世界的正常性。

小说的奇思妙想在现实获得了合理性是其荒诞感产生的来源。第一,作者将"教书育人"这一神圣的事业和"拍马屁"这一龌龊无耻的行径结合于一处,为此寻找到"富而可求,虽执鞭之事,吾亦为之"依据,符合圣人之道,具有理论合理性。第二,教员都是富有丰富实践经验的拍马屁专家,不是坑蒙拐骗的样子货。第三,生源广泛,无人不想升官发财。第四,就业渠道五花八门,各行各业,无不需要。第五,学员毕业后收入丰厚,加倍回馈学校,办学收益高。由此可见,马屁学堂的存在合情合理。荒唐的事情在社会中的合情合理表现的是现实社会的荒谬,小说的讽刺意义顿显。新非写实小说就是这样用光怪陆离的荒诞故事演绎着中国现实的话语,影射中国社会种种弊端,其寓意明朗显豁,令人叫绝。

新非写实小说的荒诞想象,比较集中地表现在寓言性的批判上。海天独啸子的《女娲石》讲述众多女豪杰从事革命事业,建立了一个"洗脑院",希望用药洗去民众脑中功名利禄的思想,用科学的口吻讲述荒谬之事,"原来我党领袖,姓汤名翠仙,因见我国人民年灾月难,得下软骨症来,所以许下齐天大愿。若得我国病愈,愿洗四万万脑筋奉答上帝。"①表达再造国民精神的迫切

---

① 海天独啸子:《女娲石》,见董文成、李勤学主编:《中国近代珍稀本小说》第 3 卷,沈阳:春风文艺出版社 1997 年版,第 69 页。

愿望。《月球殖民地小说》中也描写了十分荒谬的病症,"我听见有人说起,中国有种什么文章叫做八股,做到八股完全之后,那心房便渐渐缩小,一种种的酸料、涩料,都渗入心窝里头,那胆儿也比寻常的人小了几倍。所以中国一般的官员都是八股出身,和我们办起交涉来,起初发的是糊涂病,后来结果都是一种胆战心惊的病。"(第 12 回)形象地揭示出八股与中国人性格的某种联系。东海觉我的《新法螺先生谭》中幻想有一名叫黄种祖的老翁有四万万儿女,这些儿女或者昏睡不醒,或者永远处于稚童馄饨状态,而且中了一种毒,意志消沉,体格羸弱,多病短命,没有可能成长。为了重塑国民,小说想象出一种"造人术"把新鲜脑汁注入一个"头发斑白、背屈齿秃之老人"的颅内,则老人生命回转,成为一个黑发青年。这些荒诞病症的描写极为夸张地表达了对国民性的批判和改造的急切性。更为直接的一篇小说就是陈景韩的《催醒术》,小说写"予"有一天被一个手持笔杆的人指了一下,就变得眼明心亮,这时才发现自己和世人遍体污垢,就洗了自己,又洗朋友,不禁哀叹:"予欲以一人之力,洗涤全国,不其难哉!"可朋友们却嘲笑他;他救助弱者,世人嘲笑他是精神病;他扑杀害虫,可人们"安之若素"。这个荒诞的故事写出了觉醒的启蒙者孤军奋战的境遇,非常直接鲜明地表达出启蒙意图,"中国人之能眠也久已。复安用催? 所宜催者醒耳,作催醒术。"希望中国国民"伏者起,立者肃,走者疾,言者清以明,事者强以有力",民气"顿然一振",中国焕然一新。① 这种荒诞性的寓言叙事,在关注国民性改造的问题上始终是小说极其借重的叙事方式,后来鲁迅的《狂人日记》《故事新编》、老舍的《猫城记》都有同样的荒诞性表述。

因非写实小说主题关注的是国家民族振兴大业,所幻想的内容多是与此相关的,所以在想象中放大了众多现实生活的黑暗面和种种弊端,以期警醒世人。传统的寓言化叙事是小说家借助的重要表达方式之一,所呈现出的荒诞性也就有着极浓的寓言故事意味。

① 冷:《催醒术》,《小说时报》第 1 号,1909 年 10 月 14 号。

虽然新非写实小说具有了众多新素质,但是其传统的长篇章回体制、叙述者的说书人口吻等叙事因素依然占主导地位。在新与旧的交替中,混沌喧哗中,新非写实小说以其新特质,冲击着传统小说的叙事模式,和写实性小说共同实现着中国小说的现代性转型。

第四节　晚清幻想小说中的"续书"现象

小说名著的续衍是中国小说史上一种常见的文学现象。仅《红楼梦》《水浒传》的各种仿写、改写和续写的小说就有 150 多部。① 但是,由于小说文类的边缘性地位和续书本身低质量等多种因素,研究者对续书现象的关注却是非常有限的,并且多以讥贬的态度来待之②。实际上,续书既是原著的参照,又是独立的创作。作者既希望借助原著的影响又想摆脱原著的禁锢,读者同样既希望看到熟悉的人物故事,又期待新的阅读体验,其创作和阅读心理都十分复杂独特,值得我们深入研究。晚清集中出现的大量续书,在传统与现代中激荡,尤其是其所具有的鲜明的非写实性叙事特征,更值得我们进一步关注。

一、续书之创新

晚清新小说中有 20 多部名著续书③。这些续书借原著里的人物或故事框架来书写对晚清现实社会的观察认识,表达作者对国家时局、政治、文化、军事、教育等的思考见解。阿英认为这种"拟旧小说"创作"是在文学生命上的一种自杀行为,""是当时新小说的一种反动,也是晚清谴责小说的没落"④,

---

①　参看李忠昌:《古代小说续书漫话》,沈阳:辽宁教育出版社 1992 年版。

②　参看高玉海:《明清小说续书研究·引言》,北京:中国社会科学出版社 2004 年版。

③　这里的统计不包括传统小说,比如清官侠义小说的续书。晚清续书的总数量不易统计,但据现有的研究资料来看,是相当惊人的,有上百部之众。

④　阿英:《晚清小说史》第十三章"晚清小说之末流",北京:人民文学出版社 1980 年版,第 177 页。

这种评价是在现实主义反映论的研究框架中作出的。当我们重新认识这些作品时,发现了许多以往研究中所未关注到的一些内容。因为这类小说在晚清成批出现,并且多以"新"命名,显然是有一定历史进步性的,而且其中不乏佳篇。这些续书具有种种新质,以一种对原著肆无忌惮的挑战姿态,大肆渲染新时代、新精神、新理念,极具探索性和创新性,对当时的文学革命起到了推波助澜的作用,对中国小说打破传统的禁锢,实现现代化转型,具有深远的意义。因此,我们应给予这种文学现象以客观的评价。

在这些续书中,陆士谔的《新三国》《新水浒》《也是西游记》《新野叟曝言》、珠溪渔隐的《新三国志》、西泠冬青的《新水浒》、冷血和煮梦的两部同名的《新西游记》、吴趼人和南武野蛮的两部同名《新石头记》,萧然郁生的《新镜花缘》、大陆的《新封神传》、我佛山人的《无理取闹之西游记》等大部分续书是遵循非写实习规进行叙事的。通常,续书都是从原著的故事结尾或者情节中间开始生发另外的情节,也有利用原著人物灵魂转世或后代来续演故事的,在人物、情节、思想等方面与原著有密切关系。但是,晚清新非写实续书则以迥异于传统续书的一种"借续"方式,即只借助原著人物,跳出原著框架,置换空间、时间,来演绎与原著无关的现代社会故事。以这种方式创作的续书有人称为"翻新小说"[1],这种续书里的人物或者转换了原著的空间,或者推移了原著时间,都脱离了原著的故事情节,让名著人物纷纷走进新时代,以荒诞不经的叙事表达作者对现实社会的观察思考,如同寄生在其他动物壳中的螃蟹。晚清翻新小说对原著大胆的摒弃这种续接行为本身,就是对传统的一种背叛和离异,更毋庸说其创作中所蕴含的创新性和探索意义。翻新小说因为挣脱了原著的桎梏而放飞了想象,从而使续书形成众声喧哗的荒诞空间,尝试了用戏拟小说叙事进行国家政治话语的另类表达。尽管这种创新尝试常常被视为荒唐得有点离谱,但是不可否认的是,中国小说在这一时期具有追求形式的短暂

---

[1]　欧阳健:《晚清小说史》,杭州:浙江古籍出版社1997年版,第143页。

自由,小说家们也正是在这种自由中形成了自觉的创新意识,表现出瑰丽的文学想象。

同时,作者不肯完全抛弃"旧小说",进行全新的创造,也暗含了作者对传统的依恋态度,把新小说建立在旧小说的框架上,试图挖掘出传统小说的叙事潜能,进行自我更新,在形式上体现了一种传统性,也是文学自觉更新的一种表现。晚清之后,续书不再频频出现,尤其是五四文学家,恨不得一下子把传统的"毒汁"全部冲洗干净,又怎会和旧小说纠缠不已? 因此,阿英才会认为此类续书"窥其内容,实无以足观者",做很低的评价。而这种新旧纠缠正是晚清小说的转型之特征。

二、 续书之代表:《新石头记》

吴趼人的《新石头记》是这些续书中比较完整、极具代表性的一部。这部小说,最初从 1905 年的第 28 号《南方报》开始连载,署名为"老少年",1908 年署名"我佛山人",以《绘图新石头记》为题目由上海改良小说社出版了单行本。全书共四十回,讲述贾宝玉历经几世之后想酬补天之愿,便蓄发下山,巧遇在上海经商的薛蟠,游历晚清上海,看新报、吃西餐、参观炮弹厂、锅炉厂、水雷厂、画图房、洋枪厂、铸铁厂等,大开眼界。后到北京,时值义和团大闹北京,八国联军进京,看到义和团民诸多丑态和骗人伎俩。冬尽春回,宝玉回到上海,听讲演,到汉口谈维新,被官府缉拿。被朋友救出之后,北上游历,走入一个乌托邦世界"文明境界"。经老少年介绍,见识众多先进科学发明,乘空中猎车,获大鹏鸟,坐猎艇,过太平洋,遇人鱼,得海鳅,到南极,取海貂、珊瑚等宝物,还参观了学校、工厂、市场之类的地方,最后见到文明境界的缔造者东方文明,实为故人甄宝玉,已偿补天之愿。

作者是完全出于自觉的续书意识,来进行创作的。他在小说开首就坦言续书之意:

> 大凡一个人,无论创事业,撰文章,那出色当行的,必能独树一

帜。倘若是傍人门户，便落了近日的一句新名词，叫做："倚赖性
质"，并且无好事干出来的了。别的大事且不论，就是小说一端，亦
是如此。不信，但看一部《西厢》，到了《惊梦》为止，后人续了四出，
便被金圣叹骂了个不亦乐乎。有了一部《水浒传》，后来那些续《水
浒》《荡寇志》，便落了后人批评。有了一部《西游记》，后来那一部
《后西游》，差不多竟没有人知道。如此看来，何苦狗尾续貂，贻人笑
话呢？此时，我又凭空撰出这部《新石头记》，不又成了画蛇添足
么？……

他非常清楚续书吃力不讨好，但是为什么还要续呢？他自信而潇洒地
论道：

> 然而，据我想来，一个人提笔作文，总先有了一番意思。下笔的
> 时候，他本来不是一定要人家赞赏的，不过自己随意所如，写写自家
> 的怀抱罢了。至于后人的褒贬，本来与我无干，所以我也存了这个念
> 头，就不避嫌疑，撰起这部《新石头记》来。①

其目的非常明确就是要"写写自家的怀抱"。阿英很不理解，认为"……这
意义似未可厚非。如利用此书的写作，以发表其政治思想，解释人生问题，介
绍各种知识，都不是坏事。但问题在于要传达这一切，又何必定要利用旧书
名、旧人物呢？"②阿英在看待这一文学现象时，有了一个预设前提就是：旧的
不好。因其落后所以尽量不用。这种观念蕴含着进化论的影响，是典型的五
四知识分子的世界观。其实，作者除了"夺他人之酒杯，浇自己之块垒"来抒
发情怀的想法之外，也许还有借重原著声誉来吸引读者，获取可观的经济效益
的考虑，毕竟那个时代著述已经成为商业化行为，但更重要的是，吴趼人之所

---

① 吴趼人：《新石头记》，见章培恒等编：《中国近代小说大系》（近十年之怪现状卷），南昌：
百花洲文艺出版社 1988 年版，第 151 页。
② 阿英：《晚清小说史》第十三章"晚清小说之末流"，北京：人民文学出版社 1980 年版，第
177 页。

以要续书,是因为要突出一个"新"。这也是晚清其他续书者的重要目的。以"新"为名,用原著的传统故事来衬托续书关于新时代、新社会的未来想象,可以进行鲜明的对照,更为清晰地、彻底地表达出作者对于传统的背叛意识和颠覆文学传统的目的。他声称,"本来不是一定要人家赞赏的",显示出一种逆反之中的创新勇气,"不过自己随意所如"说明这是一种尝试。用新的续书来表达对于传统文化和现代文明关系的思考,把原著中的种种传统和续书中的预设想象交织在一起,进行叙事狂欢,不仅富有趣味,而且别具深意。1908 年署名"报癖"者就曾评说道:

> ……而其所发明之新理,千奇百怪,花样翻新,大都与实际有密切关系,循天演之公例,愈研愈进,愈产愈精,为极文明极进化之二十世纪所未有。其描抚社会之状态,则假设名词,以隐刺中国之缺点,冷嘲热骂,酣畅淋漓。试取曹本以比较之,而是作自占优胜之位置。盖旧《石头记》艳丽,新《石头记》庄严;旧《石头》安逸,新《石头》动劳;旧《石头》点染私情,新《石头》昌明公理;旧《石头》写腐败之现象,新《石头》扬文明之暗潮;旧《石头》为言情小说,亦家庭小说,新《石头》系科学小说,亦教育小说;旧《石头》儿女情长,新《石头》英雄任重;旧《石头》消磨志气,新《石头》鼓舞精神;旧《石头》令阅者痴,新《石头》令阅者智;旧《石头》令阅者入梦魇,新《石头》令阅者饶希望;旧《石头》使阅者泪承睫,新《石头》使阅者喜上眉;旧《石头》浪子欢迎,新《石头》国民崇拜;旧《石头》如昙花也,故富贵荣华,一现即杳,新《石头》如泰岳也,故经营作用,亘古长存。就种种比例以观,而二者之性质,之体裁,之损益,既已划若鸿沟,大相径庭,具见趼公之煞费苦思,大张炬眼,各种真趣,阅者其亦能领悟否乎。[①]

此公评说不无溢美之词,对原著与续书的比较也是站在革新派的立场来进行

---

① 报癖:《新石头记》,《月月小说》第 6 号,1908 年。

的,失之偏颇,但是他能领悟到作者续书之种种深意,十分难得。张中行也曾论述过用贾宝玉做主角的便利,"这位是石兄,既灵且痴,既能'悟彻前因',又存'补天之愿';既深谙中国文化、古史圣训,又一向不大安分、追求好奇。用这样一个浑身充满了矛盾的人物做全书的主角,最便于反映二十世纪初期社会大变动年代中国人的矛盾心态。"①所论极是。应该说,用续书来写"自家的怀抱"的构思是作者精心编撰的巧妙构思。

如果了解了作者的"怀抱"何在,就会更加深刻地体悟到这种续书行为的意味。他在他另一部小说《近十年之怪现状》的自序中言:"兼理想科学社会政治而有之者,则为《新石头记》。"②确实,在这部小说中,融入了他对中国社会各个方面的思考,尽情展现了一个晚清知识分子治国平天下的抱负,在纸上用想象来实现强国富民的政治理想。小说平均分为两大部分,前半部是关于"野蛮世界"的讲述,后半部是对"文明境界"的描绘,整体上形成了野蛮与文明之冲突的叙事张力。同时,"野蛮世界"影射着现实,"文明境界"代表了理想,又形成了理想与现实的对照。由此,吴趼人成功地表达了自己民族主义立场和务实的政治理念。

在第一部分里,宝玉下凡,经由野蛮世界的代表薛蟠和他的一帮买办朋友引导,从南到北进行游历。首先,是对火柴、留声机、电灯、轮船等所代表的西方先进的物质文明的震惊;其次是自己的思考和学习,"既是中国的船,为什么要用外国人驶?"认为外国人和中国人一样,中国人"那里有学不会的学问呢? 咱们不赶早学会了,万一他们和咱们不对起来,撒手不干了,那可怎么好呢? 这么大的船,不成了废物了么?"(第4回)当看到街上十家铺子倒有九家卖洋货,就想道:"……通商一层,是以我所有,易我所无,才叫做交易。请问

---

① 张中行评:《新石头记》,见周均韬主编:《中国通俗小说鉴赏辞典》,南京:南京大学出版社1993年版,第1162页。
② 吴趼人:《近十年之怪现状·自序》,见章培恒等编:《中国近代小说大系》(近十年之怪现状卷),南昌:百花洲文艺出版社1988年版。

有了这许多洋货铺子,可有什么土货铺子,做外国人的买卖么?"(第5回)当
听说上海的轮船公司、保险公司几乎都是洋人开办,柏耀廉(谐音"不要脸")
说中国人不可靠时,便气愤不已,斥责道:"今日合席都是中国人,大约咱们都
是靠不住的了? 说我靠不住也罢了,难道连你自己都骂在里头!"(第7回)对
这类崇洋媚外的行径十分痛恨,"照他这样说来,凡无信行的都是外国脾气。
幸而中国人依他说的都靠不住,万一都学的靠得住了,岂不把一个中国都变成
外国么! 总而言之,他懂了点外国的语言文字,便什么都是外国的好,巴不得
把外国人认做了老子娘。我昨儿晚上,看了一晚上的书,知道外国人最重的是
爱国,只怕那爱国的外国人,还不要这种不肖的子孙呢。"(第7回)他不断思
考,也不断学习,不仅找来许多"晚近的书"看,还到炮弹厂、锅炉厂、水雷厂、
机器厂、洋枪厂、铸造厂、木工厂等进行实地考察,正视中西方差距,客观对待
科学技术。最终,形成了务实的实业精神,既接受了西方的民族主义话语,批
评国人对西方的崇拜,但又不盲目排斥西方(如西方的科学技术、民族主义思
想),后来薛蟠加入义和团之时质疑宝玉先前恨洋货、买办,现在却不支持他
杀毛子的矛盾立场。宝玉说道:"你何以糊涂到这样! 我恨洋货,不过是恨他
做了那没用的东西来,换我们有用的钱;也恨我们中国人,何以不肯上心,自己
学着做。至于洋人,我又何必恨他呢?"(第15回)表明了在他思想中的中国
的主体地位和冷静的务实态度。

　　"宝玉"在这里是一个感时忧国、勤于学习思考的现代青年知识分子形
象,与不学无术的薛蟠形成对比,从原著中的腐朽大家庭中厌恶禄蠹的纨绔子
弟转型为一个爱国求知的新型青年,敏感于社会的种种黑暗,他发现,在上海
发财的往往都是一等不识字的细崽、马夫,"读书的人明了理,就要保全天理,
顾全廉耻,所以就不能发这个财了"(第6回)。政府不顾百姓死活,卖地给外
国人;"官场的事情,有什么凭据! 他要和你作对时,便一千年也可以闹不了,
左右凭他一面之词罢了。"而且"官场最恨的是新党,只要你带着点新气,他便
要想你的法子"(第18回)。又亲历百般磨难,深刻意识到"怪不得说是野蛮

之国，又怪不得说是黑暗世界"（第20回）。不由得感到难酬"补天之愿"。这表现出作者对现实的一种批判立场。

正是这种批判立场使作者在小说后一部分想象出一个"文明境界"来解决现实问题。虽然作者对"文明境界"的形成没有具体描述，但是在呈现这个乌托邦世界的时候，通过"老少年"这个导游不时地叙述其政治理念和思路，描绘出作者心目中的理想国家模式。王德威认为吴趼人在小说中强调的是以仁义治天下，以儒家政治思想为治国之本，①所论极是。小说中，作为文明境界的区域字符是：礼、乐、文、章，仁、义、礼、智，刚、强、勇、毅，忠、孝、廉、节，友、慈、恭、信，全部都是中国传统文化的内容，其缔造者东方文明的子孙们的名字也都是英、德、法、美，威、猛、勇、锐，大同、自立、华抚夷、华务本之类，概括出其立国之本乃是以中国传统文化为主体，兼学西方先进文化，使中国走向富强独立，进而实现世界大同。作者借老少年论述"酒德"表达了对中国传统文化的自信：

> 中国开化得极早，从三皇五帝时，已经开了文化；到了文、武时，礼乐已经大备。独可惜他守成不化，所以进化极迟。近今自称文明国的，却是开化的极迟，而又进化的极快。中国开化早，所以中国人从未曾出胎的先天时，先就有了知规矩，守礼法的神经。进化虽迟，他本来自有的性质是不消灭的，所以醉后不乱。内中或者有一个两个乱的，然而同醉的人总有不乱的去扶持他，所以就不至于乱了。那开化迟的人，他满身的性质还是野蛮底子，虽然进化的快，不过是硬把道德两个字范围着他。他勉强服从了这个范围，已是通身不得舒服。一旦吃醉了，焉有不露出本来性质之理呢？所以他们是一人醉一人乱，百人醉百人乱，有一天他们全国都醉了，还要全国乱呢！

（第32回）

---

①　参看王德威：《被压抑的现代性》第5章"涌乱的视野——科幻奇谭"，宋伟杰译，北京：北京大学出版社2005年版。

这种论述颇有人种优越性的论调,而且认为在典章制度、道德规范甚至专制政体方面都以中国文明为佳。在宝玉参观文明境界的过程中,老少年向他阐述了中式专制政体胜于西方民主制度的长处,宣明儒家礼教的文明教化作用,讲解上古三代创造之风,再三强调文明境界之内,实行的都是孔子之道,"敝境的人,从小时家庭教育,做娘的就教他那伦常日用的道理;入了学堂,第一课,先课的是修身。所以无论贵贱老少,没有一个不是循理的人,那孝悌忠信、礼义廉耻,人人烂熟胸中。"(第28回)明显是在试图重塑传统中华文明的光辉形象。

除了对国家政体的关注之外,作者还讲述了文明境界中各种令人眼花缭乱的科技发明,如再造天、验骨镜、助聪筒、司时器、飞车、潜水艇种种想象中的高科技产品,并且通过宝玉与老少年的对话,处处强调这些科技发明都出自中国传统,而中国传统文明所产生的科技创新,远胜于西方。如写飞车之发明,系出于古人腾云驾雾之想象,顺带于此处批评西人的热气球"又累赘又危险",不及飞车稳当得意(第25回);后来又发明了更快的飞车,老少年便建议命名为"夸父车",取"夸父与日逐走"之意(第35回)。并且为中国古代"科学"成就正名,一再强调中医的灵验,反复申明"不知西医的呆笨,还不及中国古医",要舍短取长,自成一家(第24回);写宝玉和老少年乘潜水艇周游海底世界,证明了《山海经》的记载属实,老少年便评说:"我最恨的一班自命通达时务的人,动不动说什么五洲万国,说的天文地理无所不知,却没有一点是亲身经历的。不过从两部译本书上看了下来,却偏要把自己祖国古籍记载一概抹杀,只说是荒诞不经之谈。"(第30回)由此可见,"对吴趼人来说,只有在日常生活中实践科学性的进步,才能确实地体验出'仁'的真谛;物质上的现代化是'仁'或者人性内在力量的外烁光辉。"①在小说"文明境界"中的各种想象无不在彰显中国传统文化之价值,包括对立足于孔孟的"仁政"的肯定与发

---

① 参看王德威:《被压抑的现代性》第5章"涌乱的视野——科幻奇谭",宋伟杰译,北京:北京大学出版社2005年版,第319页。

挥。所以,无论多么新鲜奇怪的东西,似乎都与传统有着不可割舍的联系,但同时又不同于旧的事物,是传统借助外来文明之后形成的最佳。这就是作者所要表达的文明理念。

吴趼人在这部小说中可谓用心良苦,用文明境界的成就弘扬着中国传统文化,演绎着一个在传统中自我更新的老中国的新世界。其续书形式契合着新旧的结合之寓意,从形式上迎合着传统之自新的内涵;就是小说的署名"老少年"也别具匠心,其"老"面向的是过去传统,"少年"则面对的是未来,象征着中国虽老,但青春活力仍在,老树发新芽,中国会重新强盛起来。在晚清作家的意识中,始终是传统与现代交织于一处,旧与新混杂,迥异于五四作家那种毅然走向未来而痛恨传统羁绊的决绝态度。

"野蛮世界"与"文明境界",是中国现代化的起点和结局。而二者之间的桥梁作者认为是中国自身传统辅以西方文明。但是,果真可以如此吗?作者非常巧妙地应和原著故事框架用非写实的想象,通过宝玉的游历把二者连接于一处却省略了中间的过程。小说与原著神话脉络一致,都是用女娲补天之石来引出故事,只是原著用补天剩下的那块石头到红尘中演绎了宝黛爱情悲剧,而续书中的石头到红尘中要完成补天之志。"补天"神话暗寓救世济民之伟业,蕴含着作者的终极政治理想,象征着对未来中国富强的承诺和期待。然而,小说最后,宝玉将通灵宝玉赠予老少年,未酬补天之愿。不仅如此,在石头上的奇文之后附有一首歌,表达"补天乏术兮岁不我与,群鼠满目兮恣气纵横"的悲哀无奈,更有英文打油诗,讽刺媚外小人之可耻,把小说从虚幻的想象拉至现实,潜含着维新改革的可笑可悲及不可能性,表达出作者对实现政治理想的消极悲观态度,也解构了小说中光怪陆离的虚构想象。整部小说仿佛就是讲述一个胸怀壮志的有为青年来到一个遍地污秽的世界,不知所措,做了一个美梦之后,郁郁而返的故事。小说开头引子中就说:"定国安邦,好少年,雄心何壮,弹丸大的乾坤!……只可惜隔着了二三百层魔和障,害得人热念如狂!……只剩得热泪千行,热血一腔,洒到东洋大海,翻作惊涛骇浪。……"

把这种无奈悲观表达得非常透彻明晰。可见,作者内心也明白,想象仅仅是想象。

吴趼人在这部小说中,设置了多重叙述者:隐含作者—叙述者—引导者(老少年/薛蟠/东方强)—宝玉。最终,以"宝玉"的视角来呈现想象中的"野蛮世界"和"文明境界"。多重叙事者的设置,增加了叙事者与被叙述之世界的距离,使读者在一次又一次的叙述中远离事实,也容易在互相矛盾或者不同叙事中产生怀疑,进一步加强文本的虚构性。这种虚构性解构了文本叙述的真实,产生了荒谬感,从而赋予文本戏谑性。给人印象最深的是第二回写贾宝玉四处打探荣国府却无人知晓,甚至被人看为疯子,及至看到《红楼梦》,"回想起来,有如隔世。拿着书上的事迹,印证我今日的境遇,还似做梦"(第2回)这一情节的设置。一是时间间隔,二是小说世界与现实世界的间隔,在非写实想象中全然消失,导致小说中的贾宝玉看小说中的自己这样荒唐的叙事发生。这种荒唐本身就解构了叙述的真实性,带来了一种后设小说的阅读趣味,即戏谑性,这与小说结尾的英文诗的嘲讽风格一致,也呼应了小说开头引子所言"猛回头,前事尽荒唐",消解了叙事的严肃性,从而,在充满政治理想和忧国忧民的宏大叙事中表达出一种个人无奈的渺小感,使叙事最终回归到小说文体本身的娱乐性质上。尽管急于表达爱国热情和治国理念的晚清新小说家总是难以从容地幽默滑稽到底,常常沉浸于政治幻想的自我叙事中而忘却了游戏的初衷。

三、 续书之想象

值得注意的是,作者对"野蛮世界"和"文明境界"的想象在方式上是不同的。在想象"野蛮世界"的时候,作者利用视角的转移来展开想象,用"过去"来聚焦"现在",通过时间的转换,用"宝玉"这个传统视角来观察现在的社会,重新认识我们习以为常的现实,发现现实社会的种种不合理性,呈现出一个丑怪的世界。于是,通过小说中的人物视角将读者和作者都熟悉的现实陌生化,让读者很有优越感地观看小说中的人物活动,产生戏剧嘲弄的效果,而发生滑稽感。而在想象"文明境界"的时候,压缩了时间,利用对象的位移来展开想象,将未来放置在现在,强调空间的转换,以弥补现实的缺憾。作者引导读者进入一个大家都不熟悉的世界,读者是被动的,因好奇心不断追随着作者的叙事,感觉是完全新鲜的,产生的是新奇感。这两种想象带给读者知识性、趣味性、创造性的阅读体验,使其认识到现实的荒谬不合理性,对未来产生美好的憧憬而达到开启民智、激励民心之叙事目的。晚清续书中非写实叙事,无外乎这两种想象方式。

陆士谔的《新三国》和珠溪渔隐的《新三国志》,据考证是出自同一人手笔,都是陆士谔的想象①。他和吴趼人一样是晚清小说创作的重要作家,也是近代最多产的小说家。在这两部演绎三国故事的小说中,作者让古代人物孔明、周瑜等登上晚清社会改革舞台,引入维新变法、富国强民的思想,表达自己对现实社会政治改革的种种看法,绘出心目中的模范立宪国的理想版式。想象中的未来中国并不是没有问题,在《新野叟曝言》里,陆士谔就预言到中国人多之患。故事接续《野叟曝言》,讲述文仍继承其父文素臣治国安邦之大业,面临人口的爆炸和资源的匮乏的棘手问题。中国人多物少,求过于供,生计艰难,文仍提出要计划生育,改良农业,使粮食增产十倍,又兴办试验公宅,以节约耕地,实现家务劳动社会化。要知道这些具有现代意识的社会措施的想象,发生在一百年之前,实在令人惊叹。不仅如此,文仍发明了飞舰,征服了欧洲,考察了月球,移民至木星。文素臣亦率领子孙,全数迁去。其年中国遍地大荒,皇上派飞舰一百艘到木星去装运谷子,不料归途中与彗星相撞,一百艘飞舰全都成了碎片,从此地球与木星断绝往来。想象的空间扩展到宇宙之中,科学因素的不断介入更是给小说家提供了想象的新方向,创造出美妙奇异的幻想世界。这类小说面向未来,主要是"文明境界"式想象,新颖奇特,充满

① 田若虹:《陆士谔小说考论》"钩沉篇"第 4 节"《新三国志》与《新三国》",上海:上海三联书店 2005 年版,第 271 页。

了瑰丽神奇的色彩。

《新水浒》(陆士谔著)则是写社会经济生活方面的改革。林冲、鲁智深等众英雄得知朝廷已经维新改革,梁山也要改变依靠"打家劫舍"来维持的"八方共域,异姓一家","不分贵贱""无问亲疏"的大锅饭政策,于是吴用提议成立梁山会,宋江则指派众会员下山,各逞所长,经营各种新事业。个人所得利益,提二成作为会费,二成作为公积,余六成即为本人薪金。吴用所建议的近似于承包制的改革模式,无疑是具有极大超前性的。在充斥着晚清社会气息的"新世界"中,赚钱的手段无非是利用权力作为原始资本,或利用法律和体制的不健全,浮支公款、收受回扣等不正当手段,或经营各种非道德的娱乐业如夜总会、赌局等,绘出了一个道德沦丧的金钱商业社会的丑态图。西泠冬青的《新水浒》也叙述朝廷实行新政,众位头领陆续下山,吴用办女学堂,雷横办警察练警兵,张顺创办渔业公司,汤隆谋铁路事业……揭露了所谓新政的实质。陈景韩的《新西游记》亦如此。作者让西游记中的几位人物到晚清上海游历一番,见识了各种奇闻怪事,一是租界中种种特殊制度和荒谬逻辑,二是上海的通商气氛;揭示了中国社会的种种弊病。煮梦的《新西游记》更是可笑,让八戒等几位人物百般变化,当学生、当嫖客、当警察、当政客,甚至当妓女、女学生等,一一演绎各类人物的丑态,成为众生"现形记";陆士谔的《也是西游记》杜撰出小行者、小沙僧和小八戒,让他们在上海运用各种先进设备和魔法,营救小唐僧,醒世的意味自然不少,但游戏的成分也颇重。萧然郁生的《新镜花缘》叙唐中宗复位以后,唐小峰欲寻访父亲和姐姐,颜崖欲觅妹子颜紫绡便随同出洋贸易的林之洋、多九公一道,组成了大唐国的船队,出洋游历。但是,他们此番所见,已经不是昔日的君子国、大人国、小蓬莱了,而是奇特丑恶的媚外成性的维新国。这里的人把所有精力都用来巴结外国人,根本不关心亡国与否,只担心自己伤天害理的事业是否会毁于一旦。除维新国外,小说还指出有盲目国、火因国、奴隶国、老人国、聋哑国、贝者国、不醒国、守旧国、三西国、病夫国、多臂国、死人国、文学国、迷信国、尖头国、无血国、官员国等等国家的存在,无不指向国家民族之痼疾,其寓意极为显豁。大陆的《新封神榜》以八戒和姜子牙为主人公,讽刺新学界的丑恶现象,尤其是留学生的不学无术,荒淫无耻。这些小说的想象都是以现实为考察对象,通过前人的视角的转移,想象用另一个种眼光"刷新"现实,揭露现实的丑恶,考察现在时态的中国,以"野蛮世界"式的想象来讽喻现实,警世醒民,充满了荒诞感。

　　另外,晚清非常盛行为清官侠义小说写续书,借对清官和侠客的想象来满足劝善惩恶,改良社会之欲望。这些续书在传统的武侠想象世界中,加入了许多新的想象内容,如治逸的《新七侠五义》描写了一批维新时代中劝善惩恶的新型的侠客义士,小说弁言中称要"力除恶习,尽删旧例",不再"必借神仙鬼怪谎(笔者注:荒)谬放诞之说,以骇世炫奇",而要写出"皆天理人情中应有之义",明显有西方侦探小说的推理叙事的影响。而且强调"是书于科学上,多所发明,如朱侠之汽船,江侠之电光剑,叶侠之电光石,皆从声光化电各科学中所发明者"①,侠客们不但用新的科学发明更新了武功和武器,而且其行走江湖的目的也具有时代特征,为的是扫除社会变革中出现的新的腐败和黑暗现象,强调了一种爱国精神,作者十分在意小说的新质。由此可见,晚清续书中的想象对传统的突破是一种极为自觉的行为,他们力图在旧小说的基础上创造新小说,辗转腾挪于自我诉求与读者市场之需求的夹缝之中,煞费苦心。

---

　　① 治逸:《新七侠五义》"弁言",见章培恒等编:《中国近代小说大系》(新风尘传卷),南昌:百花洲文艺出版社 1996 年版,第 605—606 页。

第二章　意象的深意

　　我们进行小说类型的划分,是因为我们相信小说创作存在着一系列的文学惯例,小说家总是不得不受制于这些惯例并力图突破这些惯例。面对客观存在现实,小说在叙事策略上形成了写实与非写实两种不同的叙事习规,而非写实叙事习规中的主导性因素,应该说是幻想。正是幻想、想象的存在,决定了这一类别的形成。幻想是非写实叙事的"皇帝",它统治了这类小说中的一切基本因素的组织和结构,决定了这类小说的基本叙事语法的规则。没有幻想的存在,就没有非写实叙事的实现。所以,我们研究非写实小说,必然会关注到小说中的各种幻想意象①。通过探讨非写实小说中出现的种种幻想意象,寻找这些幻想背后蕴含的文化意味、潜在心理意识等内容,才能清晰地看到新非写实小说走出了传统多远,有了什么样的创新,才能正确认识其审美价值,确定其文史地位。

　　20世纪伊始,中国小说的发达繁荣实则是为拯救贫弱中国的启蒙目的所致。在以"改良""群治"为创作最高目的的理论指导下,各种改良和革命的思

---

　　①　这里的"意象"是指在文学作品中所出现的某些可感知的事物或经验,具有"特别的文学性(即反对图像式的视觉化)、内在性(即隐喻式的思维)、比喻各方浑然一体的融合(即具有旺盛的结合繁殖能力)",参看[美]勒内·韦勒克、奥斯汀·沃伦:《文学原理》(修订版)"第十五章　意象、隐喻、象征、神话",刘象愚、邢培明、陈圣生、李哲明译,南京:江苏教育出版社2005年版,第232页。

想充斥在小说中,阿英曾经充分论述了当时小说中的种种思想的混杂:

> 有极其顽固的守旧党,拥护皇室,拥护封建的社会,对新的和比较新的人,嘲笑谩骂,无所不至。有极进步的反对满族统治,反对立宪,主张种族革命的新人,他们在作品里是热烈的、感愤的,把革命的思想尽量宣传。又有既要顾君权又要顾民权,实际上还是替君权打算的立宪党,在作品里宣传君主立宪的好处。有些知识分子,不提倡保皇也不提倡革命,只从事反迷信、反缠足、反吸食鸦片等等,认为只有从这些地方下手,才是真正的救国办法。有的却由于一般投机分子胡乱的行为,对一切感到幻灭,政府不好,维新党不好,革命党也不好。有提倡科学的作品,也有发挥玄学的,而基于"中学为体,西学为用"的思想,更有科玄很矛盾并栖着的作品。当然也有对政治社会毫不关心,只会讲嫖经说爱情的人。形形色色,充分地表现了一种过渡期的现象。

然而,在众声喧闹中有着非常一致的主旋律:

> 但几乎是全部的作家,除掉那极少数极顽固的而外,是有着共通的地方①,即是认为除掉兴办男女学校,创实业,反一切迷信习俗,和反官僚、反帝国主义,实无其他根本救国之道。②

"救国之道"的表达就是当时小说的文类意义所在,这是当时文学家的普遍共识。于是,救国成为当时"小说"这棵大树的树干,如果说"写实"是这棵大树的树叶,那么生发出缤纷想象的非写实小说,就是这棵大树上开出的奇花异朵,共同表达着小说家对未来的期待和对现实的批判,张扬着小说这一文类的文学生命力。

面对古老中国被外来洪水冲击得千疮百孔的现实,中国小说家在非写实小说中用纷繁新颖的想象集中表达了关于国家的梦想。小说的想象自然也就

---

① 原文为"方地"。
② 阿英:《晚清小说史》(1937 年 5 月商务印书局印行),北京:人民文学出版社 1980 年版,第6—7 页。

被胶着在这一时代主题上难以振翅于他方,从而形成了那个时代的集体想象。我们在此准备讨论新非写实小说中出现的某些具有时代意味的幻想意象。要说明的是,这里的分类不是严格纯粹的科学划分,不是强调类别之间的差异,而是寻找某一种意象中所具有的特别意义,以描述这些幻想意象中共通的特征以及共有的文学技巧和文学效用,来探讨这种叙事习规中所蕴含的创新因素和文化意义。

第一节　疾　病

疾病,是人类自诞生之日就开始规避、逃离、躲闪的生命对立物,它是阴暗的、可怕的,是死神的导游。人类发展的历史就是一部与疾病做斗争的历史。疾病的存在总是唤起人类对死亡、对痛苦的一种古老的恐惧。在中国传统非写实小说中,疾病意象的出现并不是很多,而且多是为了突出医术的神奇而存在的,比如起死回生、置换人体器官等。可是在新非写实小说中,疾病的意象频频出现,成为一种常用的想象意象。20 世纪初的中国积贫积弱,知识界深受"物竞天择,适者生存"的社会进化论的影响,陷入一种要被亡国灭种、挤出地球的大恐慌中。也许正是这种担心国破家亡、民族消失的恐惧感,契合了人类对疾病的恐惧情绪,从而引发出种种关于疾病的国家想象。

一　奇特的病症

美国文学批评家苏珊·桑塔格(Susan Sontag)从自己罹患癌症的经历注意到身体的疾病作为隐喻而被利用转换成为一种道德评判或者政治态度,她认为,"疾病并非隐喻,而看待疾病的最真诚的方式——同时也是患者对待疾病的最健康的方式——是尽可能消除或抵制隐喻性思考"。① 然而,"疾病"

---

① ［美］苏珊·桑塔格:《疾病的隐喻》"引子",程巍译,上海:世纪出版集团、译文出版社2003 年版,第5 页。

和作为隐喻的"病"几乎不可能分离,疾病从一开始,哪怕在最原始的文化中,都是作为一种非正常的破坏性力量出现的,是一种存在于社会制度内的符号式的概念体系,并脱离于每个具体病人的意识和感受。"疾病"是医学理论的产物,是现代医学的知识制造出来的,本身就不是单纯的科学技术,而是关于健康的人和社会的知识,是对人类生存采取的一种规范化的管理制度,包含着政治权力话语内容。一个理想的社会必然是健全的、没有疾病的,而不完美的社会则是病态的,要以政治来"治疗",由此在文学想象中"政治"和"医学"发生关联也就无可厚非。这让我们想到,鲁迅等现代文学家弃医从文的选择中所蕴含的国家民族性的重要意义,即将救治人身体的医学实践转化为救治人精神的文化实践,昭示出"疾病"的幻想及其隐喻意义在现代小说中的弥漫渗透。

晚清以降,启蒙者常常把自身视为医生,把国家比喻成一个久病之体。康有为在戊戌变法时向皇帝上书说中国"方今之病,在笃守旧法而不知变",而变法维新就是"救病之方"①;梁启超在《中国积弱溯源论》中把中国比喻成患病病者,甚至在《新民丛报》的发刊词中明确指出"中国所以不振,由于国民公德缺乏,智慧不开,故本报专对此病而药之";鲁迅解释自己从事文学创作之缘由的那句有名的话"揭出病苦,引起疗救的注意"也是以疾病来喻国家民族;胡适也曾称赴美留学为"西乞医国术"。这样的论述在 20 世纪上半叶比比皆是。欲立国要先立人,因此国家之病,就是国人之疾。救国就要先救人,"医者"通过"医人"寻求"医国"之术,形成了具有鲜明启蒙色彩的思想解放运动。

那么,中国到底有怎样的"病态"症状?

阎异的《介绍良医》以第一人称叙述自己过着吃喝嫖赌、花天酒地、醉生梦死的腐烂生活,醉酒之后误入一位外国医学博士之家,被其诊出病入膏肓,说"我"得了一种奇怪的病症,"你的病是脏腑里中了一种毒,弄成了一个极顽极硬的东西。这毒气化作微菌,从毛孔钻出,又传染到别人脏腑里去"。而且

---

① 康有为:《上清帝第六书》,见《康有为政论集》(上),北京:中华书局 1981 年版,第 212 页。

得病者遍布全国,"贵国各省,我没有一处没走遍,上中下三等社会的人,会着的也不少,竟都和先生是同病相怜的"。可见这种病是一种"国病"。治这种病,"……非药石可以奏功,必须将脏腑一件一件取出,换上一具完好的,才能回复天然的精神"。可是国人已无好脏腑,博士只好用各种兽类的器官来替换"我"的脏腑,"不料我现在真个成了人面兽心,并且还想变作极好的行为"①,得了"国病"的人们的行为连禽兽都不如,极具讽刺意味。以外国人的眼光来审视中国,才能发现国人不能自知的病症,寓含着以外国标准对中国的衡量,所产生的偏差就是"病"了。

荒江钓叟的《月球殖民地小说》也写了一种十分荒谬的病症,"我听见有人说起,中国有种什么文章叫做八股,做到八股完全之后,那心房便渐渐缩小,一种种的酸料、涩料,都渗入心窝里头,那胆儿也比寻常的人小了几倍。所以中国一般的官员都是八股出身,和我们办起交涉来,起初发的是糊涂病,后来结果都是一种胆战心惊的病。"(第 12 回)把八股文之害形象地具体化为一种疾病,并且与中国人的劣根性发生联系,入木三分。救治这种病,中国医生的医道"实在有限",而英属殖民地的印度医师哈克参儿医术高明神奇,可以"洗心","腰里拔出一柄三寸长的小刀,溅着药水,向胸膛一划,衔刀在口,用两手轻轻地捧出心来,拖向面盆里面,用药水洗了许多工夫。……然后取那心安放停当,又渗了好些药水,看那心儿、肝儿、肺儿渐渐都和好人一般,才把两面的皮肤合拢,也并不用线缝,口袋里掏出一个小瓶,用棉花蘸了小瓶的药水,一手合着一手便拿药水揩着,揩到完了,那胸膛便平平坦坦,并没一点刀割的痕迹。"(第 12 回)②那中国医师则"自己惭愧得无地可钻"。通过中西医的对比而表明了时人对中医的否定态度,也隐含着对中国传统文化的怀疑。

东海觉我(徐念慈)的《新法螺先生谭》中也有中毒的想象,小说用一个叫

---

① 以上小说引文均引自阊异:《介绍良医》,《月月小说》1908 年第 9 期总 21 号附刊《周年纪典大增刊》。

② 荒江钓叟:《月球殖民地小说》第 12 回,《绣像小说》1904 年第 30 期,第 3 页。

黄种的老翁来影射中国,他的四万万儿女中了一种叫吗啡的毒,"中此毒者,使人消磨志气,瘦削肌肤,促短寿命"。老翁研究人之性质,认为人类性质分为"善根性"和"恶根性"两类,"人群中多性质善者,则风俗改良,社会进步;人群中多性质恶者,则风俗颓落,社会腐败"。他的儿女的"善根性"因中毒而被侵蚀。这也是一种"集体中毒"之病。为了医治国人,"余"不仅把自己的灵魂变成光源体普照世界,而且还要把灵魂之身"炼成一不可思议之发声器""唤醒国民,其余之责"。甚至想象出一种干脆利落的方法:"水星球上之造人术",即把新鲜脑汁注入一个"头发斑白、背屈齿秃之老人"的颅内,则老人生命回转,成为一个黑发青年,直接来改造国民①。

小说家们不仅要国人"换脑",还要给他们"洗脑"。海天独啸子的《女娲石》在第 10 回"湘云大开洗脑铺,瑶瑟参观国医场"讲述白十字会"原来我党领袖,姓汤名翠仙,因见我国人民年灾月难,得下软骨症来,所以许下齐天大愿。若得我国病愈,愿洗四万万脑筋奉答上帝"。因此开设了"洗脑院",希望用药洗去民众脑中的恶劣思想。因为"大凡人的脑筋,在初生时候洁白如玉,嫩腻如浆,固无善恶亦无智愚",但是后来"到身体长育时候,受种种内因,感种种外触",有了功名利禄之心,脑筋就变得污秽混浊。救治的方法就是"俺用药品,种类不一,实则尽从化学得来。譬如脑筋为利禄所熏坏者,俺用氯气将他漂白,顷刻之间,再复元质。又如我国人民想望金银,其脑因感,遂定坚质。俺用黄水将他熔解,再用磷质将他洗濯。又如脑筋中印有相片或金钱影,俺用硫强将他化除,再用骨灰将他滤过,安放脑中,遂如原形。又有脑筋如烟,或竟如水,俺能用药使之凝结,又能用药使之结晶。若夫黑斑过多,蜂巢纵横,随手成粉,见风成泥,洗不可洗,刷不可刷。俺不得已,只好挖去原脑,补以牛脑,如法安置,万无一失。"②以似是而非的科学口吻,讲述"洗脑"这一荒谬之

① 以上小说引文均引自徐念慈:《新法螺先生谭》,上海:小说林社 1905 年版。

② 海天独啸子著,卧虎浪士批:《女娲石》,见董文成、李勤学主编:《中国近代珍稀本小说》第 3 卷,沈阳:春风文艺出版社 1997 年版,第 69—71 页。

事,无非是为了表达改造国民种种陋习劣根的迫切心情。

在小说家的描写中,中国国民不仅"脑子"有病,灵魂也有问题。"灵魂"这个概念对中国人来说非常熟悉,关于离魂、还魂等的魂梦故事本来就是传统的非写实小说的一大类别,如唐代陈玄祐的《离魂记》、宋话本《碾玉观音》《王魁负心》及《聊斋志异》中的故事,几乎家喻户晓。所以新非写实小说中关于灵魂的想象并不显得突兀。如 1905 年出版的怀仁撰写的《卢梭魂》,用传统的讲述方式"梦授仙书"做框架,假托法国启蒙思想家卢梭的阴魂来到东方,和中国的黄宗羲、展雄、陈涉等人聚在一起,共同追求自由平等,推翻专制统治。卢梭之灵魂彰显的是其精神主旨,就是卢梭的《民约论》中所宣扬的平等自由之思想。

亚东破佛著的《双灵魂》则专门讨论了灵魂的问题。上海印度捕警尔亚被匪党杀死后其灵魂从囟门闯入了一个叫黄祖汉的中国人的身体里。从此这个躯体的行为在两个灵魂的轮换掌控中陷入混乱。从外而来的印度魂竟然力量比主人还大,逼迫主人成为奴隶。印度之魂的压迫隐含着中国即将如印度一样亡国的紧迫感。众医生用外力百般驱除印魂,不果。最后到百科研究会上寻求帮助。各位博学之士纷纷宣扬"灵魂说",认为要驱除印魂,"疗救之道,但当培植其中魂,使其中魂充满躯壳之中,则印魂无所容,当自去。"怎样培植灵魂呢?"大抵灵魂之强弱消长,恒视其智识之多寡;而智识之开通,又全赖乎学术。无论上智下愚,其智识之得于学术者,必三倍于其固有之智识。由是知培植中魂之道,舍教育无他法。"也就是说,要通过教育来培养有力量的灵魂,自立自强才能驱走外来强敌。小说最后附有一篇《培植灵魂说》来阐明此学说的发明"一为援救时弊,唤醒国魂;一为提倡天命性道之学,以其保存国粹之功效",指出"而凡言自强者,盍先注重灵魂,以建立赞天之基础乎!"①应该说"灵魂"在这里是一种国民精神的具体化想象,培养现代国民精

_____

① 东亚破佛:《双灵魂》,时中书局 1909 年版,转引自章培恒等编:《中国近代小说大系》(中国进化史卷),南昌:百花洲文艺出版社 1996 年版,第 403 页。

神,以强国富民,这正是小说"培植灵魂"的寓意宗旨所在。作者选择印度灵魂来展开故事的叙述也许暗含中国如果继续衰弱,就会变成印度一样的亡国之地的象征之意。

大陆的《新封神传》中对疾病的描写更为直接地表达了这种救国意象。小说在第9回"商善赞八戒西装客,朱不呆急求外国医"中写八戒的肚皮膨胀,中了蛊毒,请外国医生破腹取毒医治,好了之后八戒说:"正是病夫帝国需用铁血主义。"姜子牙患痧气要放血刮痧,八戒又说:"怪不得新学界崇拜流血,原来治痧是一定要流血的,这样看来,治那散沙样的国度,亦非流血不可。大家快流血啊,快流血啊!"①对普遍性"疾病"的救治给出了要"流血"牺牲的革命性药方。

陆士谔的《新中国》则非常乐观地幻想了新发明对"国病"的医治。"欧美、日本人都称吾国为病夫国"是因为"当时,中国人患的都是心病。所以,做出来的事情,颠颠倒倒,往往被人家笑话"。在1951年的中国,有一个轰动世界的大豪杰苏汉民,发明了"两种惊人的学问","一种是医心药,一种是催醒术。那医心药,专治心疾的。心邪的人,能够治之使归正;心死的人,能够治之使复活;心黑的人,能够治之使变赤。并能使无良心者,变成有良心;坏良心者,变成好良心;疑心变成决心;怯心变成勇心;刻毒心变成仁厚心;嫉妒心变成好胜心。""自从医心药发行以后,国势民风,顷刻都转变过来"。"那催醒术,专治沉睡不醒病的。有等人,心尚完好。不过,迷迷糊糊,终日天昏地黑,日出不知东,月沉不知西。那便是沉睡不醒病。只要用催醒术一催,就会醒悟过来,可以无需服药。"(第4回)这种想象直接简单得可笑,但是反映了启蒙者对改造国势民风的焦急迫切之情。

完整体现"疾病意象"的叙事语法的小说,应该是1909年,陈景韩在《小说时报》创刊号上发表的文言小说《催醒术》。刊物没有创刊词,把这篇小说

---

① 大陆:《新封神传》,《月月小说》1906年第4号,第59—60页。

作为首篇发表,应该是用小说的"催醒"主旨表述办刊的"启蒙"宗旨。小说中"予"忽一日被一个手持笔杆模样的东西一指,就眼明心亮,"予心豁然,予目豁然,予耳豁然,予口鼻手足无一不豁然"。仿佛换了一个人。这时才发现自己和世人都是满身污垢。世界到处"秽气触鼻",到处是拼命吸人血的蚊虫虱蛾。人们身处污秽深处备受蒙塞,却"安之若素",麻木不觉这种境地的痛苦。启蒙者希望中国国民"伏者起,立者肃,走者疾,言者清以明,事者强以有力",民气"顿然一振",中国焕然一新。① 但是"中国人之能眠也久已"。国人不知有病,所以启蒙者"所宜催者醒耳,作催醒术"。这是一种什么病? 很难用具体的医学病症来对症命名,但确实是一种"病态"。

奇特的是,有病者不觉,而病愈者却分外痛苦。"予"洗清自己却难以洗净别人,"予欲以一人之力,洗涤全国,不其难哉?"自己听到很多可怜人的求助哀号,就频频前去救助,而世人皆聋;自己在腐臭空间生活痛苦不堪,食不能下咽,痒不可耐,"不意予有此灵敏之感觉,而予乃劳若是,予乃苦若是"。一个觉醒者,孤军奋战,内心痛苦。他厌恶那个腐败罪恶的社会,希望自己能够参与社会改造而满怀激情,但同时却又被失败感和疏离感折磨得苦不堪言。启蒙者是医者,却比病人更为痛苦,一是来自本身的痛苦,诸如能力有限,医术不高之类,二是来自民众对其的冷漠和疏离,甚至拒绝。更具反讽意味的是,病人不以为自己病,反而将医者视为"神经病"。到底孰病孰正常? 这里病人和医者身份的颠倒,显示出 20 世纪初启蒙者和民众之间的深深隔膜,其痛苦和矛盾也始终伴随着中国 20 世纪的精英启蒙者,最为典型深刻的表达就是鲁迅的小说。

更为悖论的是,"医者"和"病者"的叙事逻辑非常简单直接地设定了高高在上的启蒙者和愚昧无知的被启蒙者,这样的二分法预设了人与人的不平等的关系之前提。而就"启蒙"本身而言,其本意是照亮(enlightenment),用自我

---

① 陈景韩:《催醒术》,《小说时报》第 1 号,1909 年 10 月 14 日。

的理性照亮自己的心灵,解放自己。每一个人都应该是自由的,完全平等的。外力的监护促使人们拿出勇气和胆识运用自己的理性来解放自己、探求真理的力量,而不是告知人们真理是什么。陈独秀曾对此论述道:"解放者也,脱离夫奴隶之羁绊,以完其自主自由之人格之谓也。我有手足,自谋温饱;我有口舌,自陈好恶;我有心思,自崇自信;绝不认他人之越俎,亦不应主我而奴他人;盖自认为独立自主之人格之和,一切操行,一切权力,一切信仰,惟有听命各自固有之智能,断无盲从隶属他人之理。"①也就是说,启蒙所蕴含的解放意义是所有人都应该成为自主自立自由者,是具有独立本质的个体。而启蒙者和被启蒙者的不平等关系取消了被启蒙者的独立性,消解了启蒙解放的彻底性,形成了启蒙悖论。"医者"与"病者"所揭示的启蒙话语流露出的这种悖论表明了启蒙运动在中国的时代性、过渡性和局限性,也是启蒙运动在中国始终未能进行到底的一个原因。同时,这种叙事逻辑也决定了 20 世纪以降,精英文学所具有的自上而下的、富有优越感的叙事姿态。

二、　疾病的救治

我们发现,在新非写实小说中,关于疾病的幻想几乎都是集中在"心""脑"和"灵魂"之上。这主要是因为当时知识分子在甲午战争失败之后,认识到单纯发展坚兵利炮的物质技术远远不够,"凡一国之能立于世界,必有其国民独有之特质,上至道德法律,下至风俗习惯、文学美术,皆有一种独立之精神"②,国民素质的改造提升被 20 世纪知识界视为中国社会政治变革和国家富强独立的首要任务和前提。对国民精神的强调,是基于改造国民性的需要,因此启蒙者非常看重精神力量。

在中国人的传统观念中,"心"不仅是标志思维意识活动的总体性范畴,

① 《陈独秀文选》,上海:上海远东出版社 1994 年版,第 2 页。
② 梁启超:《新民说》第三节"释新民之义",见《饮冰室合集》第六册,《饮冰室专集之四》,上海:中华书局 1936 年版,北京:中华书局 1989 年影印版,第 6 页。

掌控精神的生理器官,更是中国哲学尤其是宋明理学中一个非常重要的范畴,"性是体,情是用,性情皆出于心,故心能统之。统如统兵之统,言有以主之也"。① 认为"心统性情","心"能主导人的精神性格;由此,"心"在启蒙者的文学叙事中常常带有对自我的发现、自我意识的觉醒、人性解放、感情宣泄、思想观念创新等启蒙意义。"灵魂"纯粹就是一种精神存在的具体化,比如在1903 年第 1 期、第 3 期和第 8 期的《浙江潮》上分三次发表了题为《国魂》的长篇专论,介绍欧美人的国民特性"冒险魂""宗教魂""武士魂""平民魂",提出要树立中国人之"国魂",直接用"灵魂"来指代国民精神。对"脑"的重视应该是和接受西方科学观念相关联的,在明代"脑主神明说"就随着西医被介绍到中国,且为少数医学人士接受,但对社会没有什么大影响,鸦片战争之后,各通商口岸均有西医诊所、医局设立,西医的有效性得到中国民众的广泛信任,"脑主神明说"也就随之深入人心。② 因西方科学之发达,"盖血气之世界,已变为脑气之世界矣,所谓天衍自然之运也"③,"脑"被认为是人们学习知识、培养性情的器官,是人体的思维"司令部",梁启超就曾这样说过:"将其国古来谬误之理想,摧陷廓清,以变其脑质""取万国之新思想""他社会之事物理论,输入之而调和之"④,可见,"脑"所具有的启蒙意义通常是指向知识理性的学习、科学精神的建立等。无论其所侧重何种启蒙意义,"心""脑"和"灵魂"皆被视为精神力量的化身而被诉诸于文学想象中是毋庸置疑的。另外,在当时的中国社会,强调精神力量的心灵学和催眠术学说十分流行,甚至在北

① 朱熹:《朱子语类》卷九十八,北京:中华书局 1986 年版,第 2513 页。

② 参见熊月之:《西学东渐与晚清社会》,上海:上海人民出版社 1994 年版,第 53—54、155 页。

③ 几道、别士:《本馆附印说部缘起》,《国闻报》光绪二十三年十月十六日至十一月十八日(1897),转引自陈平原、夏晓虹编:《20 世纪中国小说理论资料》第 1 卷,北京:北京大学出版社 1989 年版,第 27 页。

④ 梁启超:《本馆第一百册祝辞并论报馆之责任及本馆之经历》,见张枏、王忍之等编:《辛亥革命前十年间时论选集》第 1 集,北京:三联书店 1960 年版,第 42 页。

京、上海等地有催眠术讲习所成立①,而且被当做西方"新学"广泛接受。这种带有神秘色彩的学说暗合着中国知识分子旧有的儒学和佛学修养,进入小说叙事之中②。因此,这种想象意象的大量发生也就不奇怪了。

把国家国民的问题想象为令人厌恶恐惧的"疾病",表现出当时知识分子对国民性极端的批判立场,宣泄了对社会不满的强烈情绪,是晚清小说家对国家悲观情绪的戏剧化表达。"疾病意象"非常鲜明地指向了20世纪中国知识分子始终关心的"国民性"概念。中国的国民性批判思潮的形成是在1901年后,与新非写实小说的创作高潮形成的时间是一致的,新非写实小说必然会在创作中对这一思潮有所反映。所以,这种想象意象的形成,与其说是出自艺术上的考虑,还不如说是出自对中国社会政治的思考。知识分子对政府的失望,对国家的厌恶,转化为对中国社会激烈的批判。这种批判精神已经成为现代文学最重要的精神特征之一。

在启蒙热情的激励下,"疾病意象"在非写实小说中四处开花。小说中关于中国国家民族的"疾病",一般都是总括式的描绘,如中毒、昏睡、麻木不觉之类,没有具体的痛苦症状,病人总是混沌不知自己有病,不觉痛苦,更无求医之欲望,而且这些病都是全民性的,或传染性的。而认识到国民患病的人皆是革命者、发明家、科学家或者病愈者等,疾病带来的种种焦急、痛苦也都是这些启蒙者的化身在承受。因此,这种叙事一方面是对国民的动员激励,另一方面也是对自我的描述,由此可见,贯穿整个现代小说叙事中的"启蒙者"与"被启蒙者"两种叙事声音的交错模式形成端倪。

对"疾病"的想象如此概括,对疾病的救治叙述就更加集中。《催醒术》中表现了救治者的苦闷和无奈,其他小说则想象用换脑、洗脑、换心、培植灵魂或者神药、神奇医术等来解决问题。那么什么样的"脑"和"心"以及"灵魂"是

①　《北京催眠术讲习所成立》,《教育周报》(杭州)第3期,1913年4月15日。

②　参看栾伟平:《近代科学小说与灵魂》,《中国现代文学研究丛刊》2006年第3期。文章集中论述了19世纪末20世纪初灵魂学和催眠术的引入与流行等问题。

健康理想的呢？ 吴趼人的《新石头记》中幻想了一个理想国"文明境界"，能够进入这里都是用测验性质镜测试合格的人，"性质是文明的，便晶莹如冰雪；是野蛮的，便混浊如烟雾。视其烟雾之浓淡，以别其野蛮之深浅"①。"野蛮"和"文明"的概念应该是来自福泽谕吉 1875 年发表的著名的《文明论概略》。福泽谕吉把世界文明分为"文明的""半开化的"和"野蛮的"，西方是文明的，中国、日本、土耳其是半开化的，非洲、澳洲是野蛮的。他还认为精神文明影响物质文明，人民的智德决定文明的程度。这种思想对流亡到日本的梁启超影响很大②，而梁启超发表的类似观点极大地影响着国内知识界，在当时形成了对国民性的批判理论和借助西方文化复兴中国的理论观念。于是，对西方文明的追求成为进步的、新的、有生命力的未来理想。因此，医治各种"国病"的良药就是现代西方文明。《介绍良医》中的救治者"外国医学博士"的身份设定就隐含着西方文明是中国之病的良药之意；睡狮的《革命鬼现形记》讲述徐锡麟枪杀恩铭被捕之后在行刑之时飞走，继续从事革命事业，营救出秋瑾，在客栈中突然心痛，外国孛而斯医生用 X 镜一照发现少了一颗心脏，于是杀了后园一只麟给他换上心，众革命者这才离开上海到英国拜会大革命家克伦威尔去了。故事中救治中国革命者徐锡麟的医生身份也是西方背景；《月球殖民地小说》中救治病人的外国医师的高明与中国医师的无能之对比，也暗合这种对西方科学文明肯定的思想。这正是 20 世纪中国启蒙者给贫弱的中国开出的药方。对于"药方"的评估超出了我们文学研究者的研究范畴，我们感受到的是那个时代小说家的急峻忧郁的心情。

"疾病"和"救治"的想象，显示了启蒙者对中国千百年来形成的民族文化传统的深刻怀疑和反省。正是基于这样的怀疑立场，启蒙者们总是以摒弃传

---

① 吴趼人：《新石头记》，转引自章培恒等编：《中国近代小说大系》（近十年之怪现状卷），南昌：百花洲文艺出版社 1988 年版，第 282 页。

② 参看杨联芬：《晚清至五四：中国文学现代性的发生》第五章"晚清五四文学的'国民性'焦虑"，北京：北京大学出版社 2003 年版，第 167 页。

统来作为催醒民众,救治民众的方法。这也反映了中国现代化进程中对传统的决绝态度。"从道德的角度把中国看作是'一个精神上患病的民族',这一看法造成了传统与现代性之间的一种尖锐的两极对立性:这种病态植根于中国传统之中,而现代性则意味着在本质上是对这种传统的一种反抗和叛逆,同时也是对新的解决方法所怀的一种知识上的追求。"①但是,我们不能忘记这种想象意象是在国家民族面临灭顶之灾的巨大的危机恐慌的现实语境中产生的,是迫于西方文化的扩张压力、受西方殖民话语大肆入侵的语境中发生的。

时过境迁,我们重新审视这种精英立场的想象意象,实在是过于简单化了。毕竟这仅仅是文学想象。

第二节　桃花源—乌托邦

一、　强国之梦

20 世纪初,大量社会幻想进入小说叙事中。这种社会想象最能够随心所欲地表达出那个时代人们最强烈的欲望和最深的恐惧即"最想要的"和"最不想要的",能够把普遍的内心状态暴露无遗。我们把"最想要的"理想社会意象称为"桃花源—乌托邦"。与此相反的另一种非理想社会的意象称为"反乌托邦"②,就是幻想"最不想要的"黑暗社会,如对亡国、灭族等情况的描绘,告知苦难和痛苦,以醒民心。

之所以这样命名主要是因为,晚清小说中这种幻想意象,首先是来自于中

---

① 李欧梵:《现代性的追求》,北京:三联书店 2000 年版,第 177—178 页。
② 类似于西方批评中之狄斯托邦(Dystopia),意为坏地方,表示某个令人非常不愉快的虚构世界。在西方,某些作者将当今社会政治和科学技术秩序方面某些令人担忧的趋势,以其未来可能发展到的顶峰的形式,投射进这一虚构的世界内。比如乔治·奥威尔的(George Orwell)《1984》,参见 M.H.艾布拉姆斯:《欧美文学术语词典》,朱金鹏、朱荔译,北京:北京大学出版社 1990 年版,第 384—385 页。

华民族追求理想社会的传统。这种传统以儒家的"大同"理想为代表,仅至《礼记·礼运篇》便已在上古思想史上形成一个高峰,"《礼运》关于'大同世界'的空想学说,可以看作中国古代'大同'思想的总结"①,如《山海经》中就记载了一百多个"绝域之国";汉魏期间托名东方朔的《十洲记》描绘了十个虚幻缥缈的仙山神岛和奇异的琼宫玉宇等遐方绝域,以其丰富的想象构建了仙人的洞天福地,有太玄仙宫、灵官宫第、紫府宫、太帝宫、九老仙都、昆仑宫、九天真王宫等,绘制了神仙名谱有西王母、三天君、鬼谷先生、东王父、上元夫人之类,还有各种奇异仙物如还魂树、不死草、火光兽、夜光杯、金芝玉草、琼浆玉液等,为后世非写实小说提供了想象神界的框架蓝图,成为取之不竭的想象资源宝库;《诗经》里的《硕鼠》中也有对"乐土"的向往;唐代的牛僧孺的《玄怪录》中有一篇详尽描绘了理想之国的《古元之》,幻想出一个环境优美、物丰民富、无忧无害、君臣和睦、百姓安康的和神国。故事讲述一个叫古元之的人死而复生。他死后其祖带他到和神国游历了一番。"其国无大山,山皆积碧珉,……异花珍果,软草香媚……清泉迸下者三二百道,原野无凡树,……每果树花卉俱发,实色鲜红,映翠叶于香丛之下,纷错满树,四时不改。唯一岁一度暗换花实叶等,更生新嫩,人不知觉。田畴尽长大瓠,瓠中实以五谷,甘香珍美,……人得足食,不假耕种。……一年一度,出彩丝树,枝干悉缠绕五色丝矿,人得随色收取,任意纤织,不假蚕杼。……"而且既无蚊虻虫害,又无虎狼之恶,人无忧戚,寿可逾百,一国之人,皆自相亲,每日午时一餐,吃的是酒浆果实,"餐亦不知所化,不置溷所",且十亩有一酒泉,味甘而香,人们整日游览歌咏,饮酒尽欢,陶陶然也②。作者想象得极为具体,把人们的如厕不雅之习都解决了,神奇之极,是中国传统中人人向往之理想地。但是,这个故事并不十分有名,最广为人知的还是陶渊明的《桃花源记》,以致后人常常把理想之地称为"世外桃源"。"桃花源"在中国文学叙事中已经成为传统理想社会的想

---

① 参看侯外庐主编:《中国思想史纲》(上),北京:中国青年出版社 1980 年版,第 105—106 页。
② (唐)牛僧孺:《玄怪录》,北京:中华书局 2006 年版,第 79—80 页。

象意象,是中国知识分子用以表达理想、寻求寄托、解构现实、批判社会、满足愿望、展现人性、形塑人生的一个重要表达话语。

鸦片战争后,中、西文化的相互碰撞,西方空想社会主义学说的传入,使中国的理想社会追求融入了更为复杂、深刻的内容,"乌托邦"(Utopia)这种想象意象也随之进入小说叙事中,比如萧然郁生的《乌托邦游记》就直接以之题名。"乌托邦"出自英国空想社会主义者托马斯·莫尔(Thomas More,1477—1535)1515—1516年用拉丁文所著的《关于最完美的国家制度和乌托邦新岛的既有利益又有趣的金书》,书中讲述了一个虚构的航海家航行到一个奇乡异国乌托邦,那里财产公有,人人平等,按需分配,人们穿统一的制服,在公共餐厅用餐,官员要秘密投票选举,消灭了私有制。"乌托邦"意象在中国晚清小说中的出现揭示出西方文学(如探险小说、科幻小说、理想小说)以及相关社会理论(如达尔文派文论)等对中国小说的启发,也集中体现了中国小说受传统和西方文学双重的影响,并且直截了当、堂而皇之地宣布了一个时代积极的社会政治理想,描绘了人们所追求的文明境界,潜在地影响着人们的生活和社会的发展。这里,我用"桃花源"来指中国传统的理想社会想象意象,代表着农业社会经济条件下,中国传统士大夫的逃避现世的理想;而"乌托邦"则是外来的、在工业社会经济基础上产生的具有进取性的理想社会意象。

"桃花源—乌托邦"是一种社会集体梦想。它表达了对赢弱国家现实的不认可,表达的不是"世界是这样的",而是"世界必须是这样的",同时也就意味着"世界不应该是那样的",这样它就成为一个引导社会行为的政治规划,是近代知识分子对现代民族国家构想的重要组成部分。这种文学想象意象在世纪初的大量发生,在一定程度上受到了"以文字动天下"的思想家康有为的"大同"思想的启发影响。康有为在《大同书》中利用自己所了解和接受的自然科学知识,在欧洲空想社会主义影响下,对儒家学说、佛家理论等古典哲学加以重新诠释,想象出一个无国界、无私产、无君主贵族、无家庭、无军队的"大同之世",这个极乐世界男女平等、道德完美、物质丰富,生产力高度发展,工人地位最高,其实现的前提是要进行废君权、兴民权、行立宪等资产阶级政治改革,而治理社会的最高原则是"仁"。在这本书中,他不仅列举了封建制社会的种种"苦道",批判君主专制残暴,抗议压迫和剥削,还通过对大同世界详尽无遗的描绘,专门探讨了人类社会远景问题。以吴趼人《新石头记》的"文明境界"为代表的众多晚清小说中的乌托邦想象几乎没有几个能超出此书内容的。《大同书》虽然成书较晚(《大同书》成书于 1902 年,1913 年在《不忍》杂志发表其甲乙两部,全书出版于 1935 年),但是早在 1884 年他通过撰写《礼运注》就表述过这一思想,1885 年《人类公理》就"演大同之义",是《大同书》的初稿,而且康有为在讲学和交游中曾向学生和朋友宣传过这一思想,因此这一思想的传播应该是在 20 世纪初就开始了。这种空想实际上是晚清流行思潮的总汇,反映了近代先进国人在国家民族危急时刻向西方寻求救国救民真理的努力。

　　同时,康有为所构想的"大同之世"给近现代文化界涂抹上了一层温情的乐观情绪。"大同"理想所构建的人与人之间相亲相爱的"博爱"思潮作为文学想象在现代文学中得到了一定程度的体现,五四文学中众多关于"爱"与"美"的小说主题可见其身影。蔡元培不仅早在 1904 年就创作了小说《新年梦》,描绘出一个"理想国",而且在 1918 年发表的演说中再次强调未来一定是民族主义、种族主义消灭,"大同主义"发展的世界①;周作人则引进了日本武者小路实笃的"新村",表达了对博爱大同世界的憧憬②。对大同世界的理想想象,始终在现代文学"批判国民性"的主流思潮遮蔽下存在,人们用"爱""美""纯洁""微笑"等闪耀人性理想光辉的意象来表达对未来美好世界的追求和向往。作为一种文学想象意象,"桃花源—乌托邦"以其理想表达从未离开过文学叙事。虽然想象有时太放纵,而且通常是不可能实现的,但梦想所具

---

① 蔡元培:《黑暗与光明的消长——庆祝协约国胜利大会上的演说词》,见高叔平编:《蔡元培全集》第 3 卷,北京:中华书局 1984 年版,第 218 页。
② 周作人:《日本的新村》,《新青年》1919 年 3 月 15 日,第 6 卷 3 号。

有的号召力是现实的,就像谎言具有真实的力量一样,它改变着人们的行为,作为影响现实的力量成为现实的一部分,它导引着现实的方向,因此,我们十分看重小说中这种梦想意象。在此,我不想评说这种梦想的正当合理性以及对社会发展发生的作用,那是社会学家的研究范畴,而是要关注这种意象的文学魅力。

二、 美好的乌托邦

先来看一下晚清小说中"桃花源—乌托邦"的具体形态。萧然郁生在《乌托邦游记》中写了一个爱好旅游的"我",从英国人伱麻斯摩尔的乌托邦小说和赫胥黎的天演论中得知一个叫"乌托邦"的"地球上通不去的地方。地图上也没上着这个地名,着一点颜色,地理书里也没说着这个地方的情形同内容,世界上的人,也从没有晓得这个地方"。① 这里的叙述在明白地告知读者这是一个虚构之所,"我"之所以要去乌托邦旅游,是因为游遍全球却没有找到一个真正文明的地方。"文明的不过一个文明的面子""文明国民所作为的都是野蛮",于是读者可知这虚构之所应该是与"野蛮之地"相对的"理想世界",因此,小说中的"乌托邦"寓指一个真正文明的所在,其虚构性又暗示此处不存在。以小说叙事中"我"得知"乌托邦"其名的途径寓示着西方文明应该是真正文明的起源,也就是说,真正文明来自对现存西方文明的改造。对于传统的中国文化,作者表明的态度是决绝的放弃。"我"由梦境进入水清果美、有"皆空寺"和老和尚的中国传统式的桃花源,(这种叙述是传统中国小说进入异域空间的惯用技法)通过老和尚和"我"的对话阐明"老大帝国"黑暗腐败无可救药,"都是甘心做奴隶的,都是甘心做奴隶的奴隶的","我"已经抛弃了祖国。由此作者表达了对中国现实的极端失望。飞空艇图书馆里"支那国"的图书被视为最坏、最轻贱的,其专制政体被视为最可恨的,从这些情节也可知

① 萧然郁生:《乌托邦游记》,《月月小说》第 1 号,光绪三十二年(1906)九月,第 88 页。

道作者的激愤态度。

事实上,"我"并没有真正进入"乌托邦"。作者巧妙地借助老和尚著的三本《乌托邦游记》的书名来介绍这个由"腐败时代"经"过渡时代"到"维新时代"的乌托邦世界的形成,却只以最后一本游记来展示文明世界的最终形态。"我"始终停留在"桃花源"何有乡而没有进入"乌托邦"。何有乡有奇花异草,奇禽怪兽,海阔天空,大荒山无稽崖之绝顶,四大皆空的匾额和皆空寺,住着遁世的老和尚。这样的空间意象无疑是中国传统性的"桃花源",表达的是一种逃避遁世的消极人生观。借老和尚的游记,小说进入对乌托邦的叙述。小说只刊出了四回就断掉了,但是我们从对乌托邦飞空艇的章程的详细记录中知道,进入乌托邦的人必须是干净健康的客人,要遵守纪律,舱内有电话、电灯、电铃、无线电报、风扇、火炉等现代化设备,还有各种小说古籍,更有博物馆、实验室、俱乐部、工厂、讲习所等,小说家通过有限的西方文明知识想象出了一种质朴简单的社会。乌托邦境界全无自然景观,只有物质文明和文化产物,表达了对现代社会文明的概念化的向往和追求,比较具体的则是对现实社会的批判。

那么,晚清其他虚拟小说对于乌托邦的描绘又是如何?陆士谔的《新中国》(又名《立宪四十年后之中国》)叙述了一个比较完整的乌托邦中国。1951年的中国,繁荣昌盛,海外法权、领事裁判权已经收回,租界取消,国债全数还清,自行集资建厂,留学毕业生回国创业,工业发达,教育普及,交通便利,军事强盛,科技发达,社会文明,物质富裕,人性善良,世界和平,万国统一,唯一的问题竟是国家财富过剩!这种乌托邦想象显然是针对现实中国经济落后、军事软弱、主权被侵等问题而发生的,不再是逃避性的"世外桃源",而是"世内乌托邦"新中国的建立。应该说,晚清社会想象充满了激情和勇气,不仅与世界各国平起平坐,甚至成为世界强国。他在《新野叟曝言》中就想象了一个作为世界强国的中国,这个中国更是厉害得不得了,不但科技发达,有各种先进发明,自来水、升降机等,人们个个都有职业,吃饭有公饭所,洗衣有浣衣所,小孩有蒙养所,而且有神奇的飞舰,进行星际旅行,征服了月球,往木星移民!碧荷馆主人的《新纪元》中,将2000年的中国想象为一个世界超级强国,国力强大,科技发达,人口众多。该书的乌托邦意象充满了一种国家复仇主义,报复列强曾施加于中国身上的种种凌辱。但是这里的想象同样难以挣脱现实的窠臼,基本是一种模仿,把现实中的中国和列强的角色在想象中进行了置换。这些强国"乌托邦"充满了虚张声势的霸气,和现实中的各帝国对当时的中国的傲慢态度如出一辙。高阳不才子的《电世界》乌托邦则充满了科幻色彩。宣统一百零一年(2009)正月初一,在中国昆仑省乌托邦府共和县,电学大王黄震球开设帝国大电厂,皇帝亲临祝贺。西威国拿破仑派出飞行舰队前来挑衅,电王炼成一种可空中发电的物质,背负在身上即可飞行,瞬息万里,制成手枪威力无比,大败西威。各国皆臣服。电王开发南极和北极,用的是欧洲工人,把那里变成了温暖的乐土。这个电"乌托邦"尽管奇特,但是其治国理念和方式与其他乌托邦相差无几。

与此类似,梁启超的《新中国未来记》想象了1962年政治改革之后强盛无比的新中国。这时,万国太平会议在南京召开,万国友邦派军舰皆来祝贺,上海开设了大博览会,等等;蔡元培唯一的白话小说《新年梦》则用梦的形式展望了一个新中国,甚至是一个大同世界。各国和平相处,没有君臣,没有夫妇,没有姓名,万民一心,交通便利,语言统一,等等,带有极强的空想社会主义色彩①;春骥的《未来世界》则想象立宪之后,"民智开通,民权发达,居然成了个帝国的规模,复了那自由的幸福"②,通过投票选举乡官,乡官实行地方自治;社会风气改良了许多,城内开设男女学堂,"男女学生,自然而然的一个个思想开通,精神发达,居然都成了个完全立宪的国民"③,自由恋爱,女子自由交际,随意应酬,戏院里唱的都是新戏,提倡国民尚武的精神,破除迷信的风

---

① 蔡元培:《新年梦》,见高叔平编:《蔡元培全集》第1卷,北京:中华书局1984年版,第230—242页。

② 春骥:《未来世界》第2回,《月月小说》第10号,1907年10月。

③ 春骥:《未来世界》第7回,《月月小说》第13号,1908年1月,第48页。

俗。最后,中国强大,备受尊敬。吴趼人的《光绪万年》亦是想象君主立宪之后的种种美好图景。虽然这些小说并未充分展开对未来乌托邦的叙述,给读者带来新意,而是胶着在表达对现实世界的种种问题的关注上,但是"乌托邦"意象总是位于小说的开头,作为叙事的终结形态存在。"乌托邦"仿佛一个叙事诱饵,不断地挑动着读者的想象欲望。

当然,小说中也有很多乌托邦意象没有直接点明发生地是中国,如张肇桐的《自由结婚》里不仅想象出了一个太平洋自由岛上有个自由学校,在自由学校高谈阔论自由结婚,而且还想象"话说现今我们地球上有一个威名赫赫的大国,就是妇人女子三岁儿童都晓得的爱国"。"我记得百年前,爱国还是个半开之国,到了如今,好像旭日当空,光照四海,猛虎啸山,威及百兽,轰轰烈烈,那一个不见他害怕。"①假借"爱国"之国名来影射中国,表达强国之梦。又如吴趼人的《新石头记》中所描绘的"文明境界",不知在何方天地。最典型的"桃花源—乌托邦"想象意象是旅生的《痴人说梦记》(1904—1905)中的长篇叙述。作品以愚夫贾守拙梦见仙人岛开始,以稽老古梦见中华大开世界结束,形成一个完整的乌托邦故事。由于政府腐败、国情黑暗,志士贾希仙等被迫流亡海外而来到一个物产丰富的世外桃源仙人岛,不受外界干扰,进行海外殖民地开发,建学堂,启民智,兴办实业,创立了一个理想社会。最后稽老古老人梦见自己回到了中国,在梦中描绘了理想中的祖国:到上海看到外国字换上了中国字,租界巡捕换上了中国自己的警察,中国十八省的铁路造好了,交通便利;各处设了专门学堂,造就出无数人才,轮船驾驶、铁路工程都是中国人管理;外债还清了,人人识字了,科学知识普及了,马车电车在双层街道上行驶,干净有序,皇上平民化,政府民主了……"这就是我们中国将来的结局"②。这

---

① 张肇桐:《自由结婚》,见董文成、李勤学主编:《中国近代珍稀本小说》第 6 卷,沈阳:春风文艺出版社 1997 年版,第 302 页。
② 旅生:《痴人说梦记》,见董文成、李勤学主编:《中国近代珍稀本小说》第 6 卷,沈阳:春风文艺出版社 1997 年版,第 556 页。

里"桃花源—乌托邦"的实现不是经由革命或者维新改良,而是通过殖民开发来进行的。我们不由得苦笑,似乎除了模仿帝国列强的发展道路之外,实在找不到其他的救国方法了。

陈天华的《狮子吼》则想象以激烈的革命手段来实践理想。小说以梦中授书的结构写了一个理想的"世外的桃源,文明的雏体"民权村,这里有议事厅、公园、医院、图书馆、学校、工厂等现代化公共设施,女子都不再缠小脚,村里人仇满排外。海天独啸子的《女娲石》则想象了几个女革命志士们所缔造的桃花源世界,如天香院是一个用妓院作掩护的女性学校,不仅有自习室、讲堂、音乐唱歌所、理化实验室、寝室等设施,还有电车、电梯、氧气瓦斯车、电话、吃饭机器(只用口吮吸即饱)、电报、手枪、望远镜等,她们不但有很多科学发明,甚至还有试管婴儿之类的设计;另外,参充白十字社的洗脑院和水母姊妹所在的音乐桃源,都是革命者的根据地,也是他们探索救国之路的实践场所。

由此看来,几乎所有晚清小说中的乌托邦意象都生发于"想象中国"这一时代母题,具有鲜明政治色彩,而这种政治色彩正是晚清小说的底色。最让我们惊讶的是这种乌托邦想象的任意性和强悍性,充满了自信,自以为这种小说政治规划真的可以解决中国现实问题,表达得急切认真。还让我们惊讶的就是,众小说家对梁启超所论"政治小说者,著者欲借以吐露其所怀抱之政治思想也。其立论皆以中国为主,事实全由于幻想"①的一致实践。他们不仅相信未来会这样,而且觉得应该使人们相信未来就是如此。因此,描绘单一且集中的强国乌托邦意象,就是对国人进行思想动员的一种文学承诺,表达着 20 世纪中国人的百年现代化之梦。乌托邦意象中凝聚着这个沉重的梦。

这个梦想本身就具有自相矛盾的性质,一方面,现代化梦想不是一个中国梦,而是一个西方概念,要想强盛就必须模仿西方,抛弃中国传统。按照东方学的逻辑,中国的现代化梦想就是要把中国变成西方,就像《乌托邦游记》中

---

① 梁启超:《中国之唯一文学报——新小说》,《新民丛报》第 14 号,1902 年,转引自陈平原、夏晓虹编:《20 世纪中国小说理论资料》第 1 卷,北京:北京大学出版社 1989 年版,第 46 页。

"我"对"老大帝国"的决绝;这个梦,起源于国家民族救亡图存的挣扎中,是中国人为了实现富民强国的梦想而不断追随西方,沿着共和、民主、平等、自由之路艰难曲折地前行的一种追求。另一方面,现代化梦想又是百年来几乎全部中国人的共同梦想,是中国因其自身传统文化、心理、制度等的复杂而呈现出的具有独特性的中国梦。中国之所以选择现代化梦想是因为只有一个现代化的中国才能够反抗和摆脱西方的霸权支配,就是说,只有把中国变成西方才能够抵抗西方而重新成为中国。柚斧的《新鼠史》利用对鼠国的生动想象形象地演绎了这一过程。"鼠之祖,虎也",因遗传变异而为鼠。鼠国因人口众多不得不外出行窃,国内腐败,遇强敌又不得不媚外,成了猫的奴隶。于是他们痛定思痛,与鱼和鸟联盟,复仇成功。同时,全国上下万众一心,群策群力,维新变法,蒙着猫皮,伪装成猫,麻痹敌人。最终"鼠复变为虎"。小说点出:"夫袭他人之皮毛,只可谓一时权宜计。如欲与万国争生存乎,非合吾人大众之精神热血,以与天演淘汰之风潮相战胜不可也。"①蕴含着要成为真正的强国,披着"西方的毛皮"进行模仿只是一个发展自己的"权宜计"之深意。由此可见,中国晚清的"乌托邦"想象并没有真正的全新未来,不是把现在已经成为历史的西方文明模式投射到中国的未来幕布上,就是幻想中国回到了过去的辉煌,恢复为过去的"虎"。因此,晚清小说中的"乌托邦"意象没有浓厚的展望未来的乐观的氛围,而是充满了"回到未来"的激愤,小说中常常用演讲或戏剧表演等情节来回顾充满艰辛的强盛发展史,也由此回到现在时态,和现实缠绵不已。具有反讽意味的是,莫尔的"乌托邦"本来是表达对资本主义社会不满、反对私有制的一种社会空想理论,而在晚清小说家笔下则表达了对西方现行制度加以肯定的中国式想象意象。

中国式的"桃花源—乌托邦"是当时激烈地反传统人士面对未来不知所措时的心理幻想。因为在那个时期,民族主义只能提供政治愿望,民主宪政、

---

① 柚斧:《鼠国史》,《月月小说》第 22、24 号,1908 年,第 22 页。

渐进改革所要求的国民素质、社会秩序、政治文化等先决条件都不存在,科学主义对政治也无法指手画脚,这就使得他们在丢掉传统之后陷入茫然的恐慌,而急切地寻找能够对未来提供指导的新的系统性的政治思想和意识形态,西方文明自然是他们希望效仿的,但"老大帝国"的自尊心和道德优越感又使他们对外界采取拒绝的态度,因此,中式乌托邦意象具有千禧年式的自以为是的强悍和封闭,或是自称世界霸主或是自成一体的小世界,虚张声势地宣扬着传统道德及"以仁治国"的理念,急切而封闭地梦想着未来,在亡国灭种之危中居然有称霸世界的幻想,的确可笑。可是这反映出中国历来以世界中心帝国自居的惯性心态,以及近现代知识分子观念中传统的仿佛春秋战国时期存在的那种对抗性"国家关系"的概念,还有优胜劣汰的进化观念。

我们重新回到上文《乌托邦游记》中,"我"始终没有进入到真正的"乌托邦"这一情节设置中。对已经抛弃祖国、希望寻找真正文明的"我"来说,"乌托邦"意象始终是虚无缥缈的,存在于老和尚的抽象文字描绘和读者的文学想象里。而"我"最终没有寻到那个所在,只是徘徊于对现实的逃避中,存在于"桃花源"意象——何有乡。小说未完,我们不能妄加揣测后面的情节故事,但是这种"徘徊"境地,非常准确地契合了小说家关于中国"乌托邦"的意象想象:走不出现实的尴尬和无奈。同时,也表达了在背叛"过去"之后找不到"未来"的茫然和只好从他人那里借梦来进行自我未来设计的现实心理处境。

"桃花源—乌托邦"想象意象,深深烙着中国文学想象从传统的农业文明社会走向现代工业文明的转型印迹。传统封闭自然美丽的"桃花源"已经不在,取而代之的是充满了人类科技文明的"乌托邦"世界,二者在晚清小说中交织于一处,既有传统"桃花源"的情调,又有现代"乌托邦"的效率,呈现出一种新旧混杂的奇异之感。

三、 反乌托邦

众所周知,反乌托邦文学产生于 19 世纪末 20 世纪初,这是一个科学技术高度发展的世纪,但人的自由度大大降低,异化程度加深。反乌托邦文学则对科学、机械、极权统治下的社会进行了批判,对人性的扭曲、邪恶与堕落进行了反思。阿道斯·赫胥黎在《美丽新世界》中描绘了一个是非颠倒、黑白莫辨、伦理错位、道德反常的所谓"新世界",这多是从技术和科学盲目的乐观及其所可能产生的可怕后果来进行反乌托邦的表述,奥威尔的《一九八四》则侧重于对专制政治的批判。反乌托邦的作家对邪恶事物即将到来加以预警,希冀他们的预言不要变成现实,因为他们从内心深处对自己所预告的可怕前景的来临感到厌恶、恐惧。

诚然,不是所有的未来都是美好的。美好的"桃花源—乌托邦"固然是国人殷殷期待的发展趋势,可是黑暗的现实也有可能成为"反乌托邦"的未来,即更加黑暗。与西方反乌托邦小说不同的是晚清小说家们对于科学技术并不那么痴迷,也没有过多地关注人性,他们非常功利性地执着于国家幻想。

他们并不总是天真地幻想着甜蜜,他们也焦灼地想象过可怕的亡国灭种之灾。如《自由结婚》就在开头讲述地球上有个爱国,民分盗贼和奴隶两种,国政大权被盗贼把持,他们专制独裁,骄奢淫佚,争权夺利,奴隶却百般顺从,后来被强国所灭。故事由此开始叙述爱国的革命志士的复国史。冷情女史的《洗耻记》中也在开头就"话说牙州有个大国叫做汉国,本来历史上极有名的。距今二百余年前,有一种野蛮民族贱牧人冲进来,把汉国灭了"。① 守白的《冷国复仇记》讲述的也是一个原为极乐国的冷野国亡国复国的故事;徐卓呆的《分割后之吾人》更是详细描述了中国被列强瓜分后的种种悲惨之状。虽然这类小说主要讲述的是亡国之后的复国经过,但是这种亡国的"反乌托邦"意

---

① 冷情女史:《洗耻记》,见章培恒等编:《中国近代小说大系》(东欧女豪杰卷),南昌:百花洲文艺出版社 1991 年版,第 395 页。

象的惨烈描绘令人触目惊心,与"乌托邦"意象的自由美好相对照,自然会产生激励的效果。中国男儿轩辕正裔(郑权)的《瓜分惨祸预言记》也是如此,开始先预言各国已经瓜分了中国,并且要实行灭种政策,虐杀中国人。各国在中国横征暴敛,国人无以为生,受尽欺凌。作者称此书原名为《醒魂夺命散》,目的就是醒民。《冷国复仇记》的作者在序言中也非常直接地表白:"环顾我国,立宪立宪,敷衍犹昔;革命革命,党祸蔓延。而外人眈眈,彼此立约,将实行此瓜分之政策。译者滋惧,乃述彼国之往事,为此国之警钟。俾读是书者知区区一冷国,尚有无数志士……卒能还我自由,靖外辱而定国基。……特未知沉沉大梦,何日方醒耳。"①由此可见,小说家营造"反乌托邦"意象,是希望它就像一枚钢针,刺入读者麻木的灵魂,以醒国民。其发生的目的和"桃花源—乌托邦"意象一样,都是为了激励国民爱国强国之心。

在这些小说中,"反乌托邦"意象通常并不是叙述的主体,而是作为小说故事的引子,引出对各位仁人志士复国壮举的讲述,并且如果有结局(晚清小说很多都是未完篇),通常都是一个"乌托邦"的意象(中国小说传统的大团圆结局叙事习规),如《冷国复仇记》和《瓜分惨祸预言记》中最后都复国成功了。这以后,随着中国社会时局的变化,被立宪、改革、革命等鼓吹起的那种天真乐观渐渐在小说里消失,"反乌托邦"意象被更加完整地想象出来。1916年1月发表在《礼拜六》第69期的《奴史》(小草著)就是一个典型的例子。这篇小说著者自称是"病国人",写书时已亡国30年,此书是著者在被监禁中费尽心机偷偷写成的。"余"是亡国奴,被驱至船上劳作,遭鞭挞,为猪仔,受尽凌辱,苦不堪言。小说在痛苦的未来中没有乐观的结局,反而是回顾从垃圾中检出的一张"一千九百十余年"没有亡国时的地图。"现在"在未来"反乌托邦"的意象映衬下成为"乌托邦"。这种绝望的、彻底的想象让人悚然一惊,不由得开始珍惜现有的祖国,而力求逃脱亡国厄运。这种激愤之音早在1903年就有人

---

① 守白:《冷国复仇记》,见章培恒等编:《中国近代小说大系》(电术奇谈卷),南昌:百花洲文艺出版社1996年版,第247页。

高声疾呼。署名"瓜子"的《明日之瓜分》就充满激情写了一个亡国梦,不仅"国之失于欲灭人种之外人手"而且国人"易国籍如弈棋,爱异族如老母"。满怀悲愤之情,"吾痛哭于梦中,吾惟闻遍地鬼哭","呜呼！吾失望！吾断肠！""二千万方里之古国,何至于此！四万万伟大之民族,何至于此！"其痛心疾首之状跃然纸上,感人至深。小说最后感慨"梦之只一夕,犹复使涕泪满床笫。而况他日之实受,而况他日之实受?"①已经是不敢想象的痛苦了。《汉声》七、八月合册上有一篇《燕子窝》,用寓言预示了这种亡国命运的可能。故事讲述湖北省城西边的燕子山下燕子村的燕子性格愚钝,但做窝光滑,储粮丰富,却被山北的麻雀王欺辱逼迫,无处逃生。后来有个燕子带领大家奋起反抗,赶走了麻雀,自以为从此天下太平,但没几年,他们依旧被人欺凌,几乎绝种了。从这一寓言故事到《奴史》,我们看到亡国灭种之大恐惧一直以"反乌托邦"意象存在于 20 世纪初期的中国人心中,折磨着国人的内心。

"桃花源—乌托邦"意象在小说中实现了梁启超在《论小说与群治之关系》中所阐述的"小说之支配人道"之力之一"刺",以美好未来的承诺来激励国民,以亡国惨状来警醒民众,充分体现了小说之群治之功用,非常典型地表现出晚清新小说的价值观念。

20 世纪初中国小说家充满激情和信心地营造了"桃花源—乌托邦"理想意象,表达着对美好未来的设计和追求,尽管这种想象被西方既有文明模式所牵制着。在这种美好的想象背后,深刻地蕴含着对"反乌托邦"未来的想象,毕竟这也是现实中一种可能的发展趋势。这两种想象意象因现实的沉重始终难以振翅高飞,而不得不徘徊在现实的上空,焦灼恐惧地寻觅安全的未来所在。哈贝马斯在谈到乌托邦与幻想之间的区别时指出:"我以为,决不能把乌托邦(Utopia)与幻想(Illusion)等同起来。幻想建立在无根据的想象之上,是永远无法实现的,而乌托邦则蕴含着希望,体现了对一个与现实完全不同的未

---

① 瓜子:《明日之瓜分》,《江苏》第 7 期,1903 年 10 月。

来的向往,为开辟未来提供了精神动力。乌托邦的核心精神是批判,批判经验现实中不合理、反理性的东西,并提供一种可供选择的方案。"①至此,中国出现了近代民族主义的思潮,现代民族国家也随之诞生。对现代民族国家的诉求是中国政治文化走向现代化的开始,这预示着中国社会向现代转型的艰难起步。

第三节　飞 行 器

20世纪伊始,中国小说家对飞行充满了异乎寻常的兴趣。这种兴趣固然出自人类本身要像鸟儿一样飞行的征服欲望,也是因为航空时代的来临(1903年,奥维尔·莱特驾驶自制飞机飞行了12秒,掀起了西方各国发展航空运输的高潮),激发了小说家对飞行的幻想兴趣。但是,当时的中国,被强烈的亡国之危焦灼着的国人恐怕没有平静的心情进行科学技术的探讨。晚清的交通运输,无论海陆交通都十分落后。在航运上,一直依赖小型的沙船运输"行程迟缓,不但有欠安稳,而且航无定期,上行时尤感困难"②;在陆路上,传统的以车马为工具,以驿站为枢纽的客货运输形态尚未得到根本的改变,这样的运输方式令人疲惫不堪,苦于旅行。交通迟缓不便,还极大地受制于天气、气候的影响。在各帝国列强坚船利炮的战争威胁和凭借先进交通工具发展经济的侵略冲击下,门户洞开的中国渐渐有了改良交通的意识,开始创办新式轮船运输和铁路。③　然而,在文学想象中,小说家已经等不及现实社会中海陆交

---

①　[德]尤尔根·哈贝马斯、米夏埃尔·哈勒:《作为未来的过去》,章国锋译,杭州:浙江人民出版社2001年版,第122—123页。

②　沈毅:《中国清代科技史》,北京:人民文学出版社1994年版,第59页。

③　1873年轮船招商局的成立,标示了我国航运交通转变的里程,显示人们已共同体认到西方轮船运输的科技优势,及其在经济发展上的厚利。1888年,津沽铁路筑成,平稳、快速、盈利佳,主政者感受到铁路所带来的经济利益,因而筑路之风大开,火车铁道的交通科技经过了长期的误解,终于获得接受。

通的大力发展了,直接跨越了刚刚起步的现代交通建设,迅速地引进航空科技的发明,并大肆夸张地叙述了关于飞行的幻想,绘制了一幅幅形象而便利的航空蓝图,以表达巩固国防、发展经济的迫切心情。

一、 神奇的飞行器

晚清小说家在小说中幻想出了各种各样的神奇飞行器。在这些五花八门的飞行器中,一类是气球。如海天独啸子在《女娲石》中写爱国女杰金瑶瑟乘电马离开女子学校天香院,路上用枪击中洗脑社的"好似一个大鸟,振着两翅,向南进发,斜掠横飞,纵横如意"的一个大气球①(第 9 回),这气球可往来自如,"俺所造气球,虽用氢气瓦斯,但与庸众大有径庭。俺因空气压力浮力之理,造成一舵,能使其球旋转如意,纵横自如。每当航天之时,球内备有二器,一曰折光表,一曰量气表。那折光表内有凸广士一个,所有光线,由凸广士通射入三棱镜。由三棱镜曲折面生像,反射入于望远镜。筒中光线交错,皆成三角。周围刻有精密度表,由三角可以测知物之远近大小"(第 12 回),不仅可以在空中自由飞行,还利用光学原理测知远景,十分便利;碧荷馆主人的《新纪元》中也有气球。刘教习的游艇小气球里有几个小杌子,带着许多干粮、水果、牛乳、饼干等,只用了四五日就走完了率兵与敌交战的元帅黄之盛来时走的七天路程,而且"刘绳祖所乘的气球是自己用新法改良的,所以起落自由"。不像"洋人造的气球都是随风漂泊,落下时不定在什么地方"。更加大显神威的是在大战中,双方各派出气球队,进行气球大战。敌人用的是大气球,行动笨滞,而我方用的是小气球,带着日光镜,聚集太阳光点燃敌方气球,"那被焚的气球失了自由,便随风落下,有的落在鱼雷艇上,把鱼雷艇也延烧了;有的在半空里乱转,一时不即落下。……吓得敌人所有未焚的大气球,在半天里四散奔逃。"中国的小气球则"灵捷异常",敌人的炸弹"纵使竭尽平生

---

① 海天独啸子:《女娲石》第 9 回,见董文成、李勤学主编:《中国近代珍稀本小说》第 3 卷,沈阳:春风文艺出版社 1997 年版,第 66 页。

之力也抛掷不着"①。"气球"在这里作为交通工具和战争武器发挥着异乎寻常的威力,对战争的胜败起着重要作用。荒江钓叟的《月球殖民地小说》里主人公进行探险旅行所用的是玉太郎和濮玉环夫妻俩费了五六年的心力合造的气球,"看那气球的外面,晶光烁烁,仿佛像天空的月轮一样;那下面并不用兜笼,与寻常的做法迥然不同。""走到气球里面,那机器的玲珑,真正是从前所没有见过的。除气舱之外,那会客的有客厅;练身体的有体操场;其余卧室及大餐间,没有一件不齐备,铺设没有一件不精致",豪华舒适,瞬息万里,穿梭在印度、美洲、欧洲等地之间,非常神奇。② 此气球,较之前两种更为精致,设施更为完备,也更富有生活气息,不再具有武器的进攻特征,但是也想象得更离谱,竟然有体操场,那需要多大的动力来发动! 就是在现代,这也是不可能的事情。

还有一类是飞车、飞舰,对人们的日常生活来说,就像自行车一样,使用更为便利。陆士谔在《新中国》描绘各种发达的交通工具时,写道:"在空中飞行的,共有两种东西。一种是船,一种是车。"飞车最多可载五人,人多了就要用飞艇。"我"乘飞车乐极,"往常羡着神仙,腾云驾雾,今日,神仙竟做到手了。"将传统的"腾云驾雾"之梦想以想象中的所谓的先进科技发明"飞车"来实现,表现出传统想象被现代想象资源代替的转型特征。比"飞车"更为神奇的是"飞舰","我国人制造成飞舰,已有四五十种。""就在气球上,添了两个翼翅,进退自如。就是碰着烈风猛雨,也不惧了。这还是最初时光的样子。后来,逐渐研究,逐渐改良,便长的、尖的、浑的、扁的,制造出无数新样子来,竟有到四五十种之多。现在这一种新发明的,……安置了汽油机器。"飞行神速,"这种飞舰,打仗起来,装上了炸弹,抛掷到敌人水陆营里头,可就猛烈无匹了"。③

---

① 碧荷馆主人:《新纪元》第15、16回,见章培恒等编:《中国近代小说大系》(痴人说梦记卷),南昌:百花洲文艺出版社1989年版。

② 荒江钓叟:《月球殖民地小说》第5回,《绣像小说》第26期,1904年,第1—3页。

③ 陆士谔:《新中国》第9回,见章培恒等编:《中国近代小说大系》(中国进化小史卷),南昌:百花洲文艺出版社1996年版,第509—510页。

看来,想象中的科学技术不断发展,在"气球"身上长出了这种"飞舰"。在《新野叟曝言》中,飞行器又是另一种厉害样子。它足有半里地长,高五丈开外,时速竟达一小时一千里。门是八卦自动门,有机关,一拔开关就自动打开,人进去后自己关上,而且从外面看不见。室内无窗户,但制造者文仍制造了收光药水,把太阳光收拢而来,分布在室内四壁上,所以室内四壁光明透亮,昼夜不息,光亮适度;室内还有空气箱,箱内有一换气的机器,如人体之胃,一头吸收炭气,经机器制造变为新鲜气体,从另一头再吐出,所以室内空气常鲜,清而不浊。① 这种想象充满了科学原理,似乎非常符合科学逻辑,人需要氧气,需要照明,都被满足。这飞舰,飞到月球,进行殖民探险,又飞到木星,进行星际移民……而吴趼人的《新石头记》中所描绘的"飞车"也甚是方便,高低能随意控制,"本来取象于鸟,并不用车轮。起先是在两旁装成两翼,车内安置机轮,用电气转动,两翼便迎风而起,进退自如。后来因为两翼张开,过于阔大,恐怕碰撞误事,经科学名家改良,免去两翼,在车顶上装了一个升降机,车后装了一个进退机,车的四面都装上机簧,纵然两车相撞,也不过相擦而过,绝无碰撞之虞,人坐在上面,十分稳当。"快车一个时辰可以走一千二百里,慢车可以走八百里。飞车往来自如,"大有天高任鸟飞之概",落地无声,贾宝玉忍不住赞叹道:"真是空前绝后的创造!"②这种飞车不仅为"文明境界"的主要交通工具,也是水师学堂的武器军备。由此可见,这些飞车、飞舰在晚清小说中穿梭得多么频繁密集。

小说家不仅想象了各种飞行器,《电世界》还对航空运输设想了一套比较周全系统的交通规划:"铁路、航路尽废,改成两种交通:(甲)系飞空电艇(乙)系自然电车,有此两种,瞬息万里来去自由,还要请什么笨伯来费去许多银钱,

---

① 陆士谔:《新野叟曝言》上册,第 9 回,第 72 页及下册,第 14 回,改良小说社 1909 年版,第 27—30 页。

② 吴趼人:《新石头记》第 25 回,见章培恒等编:《中国近代小说大系》(近十年之怪现状卷),南昌:百花洲文艺出版社 1988 年版,第 299—300 页。

造劳什子的铁路电轨呢?"(第1回)之所以要废除铁路陆路交通,是因为他们发明了"公共电车"和"地方电车"两种空运利器。凡出游千里之外者,可搭乘"公共电车","随地可坐,随地可下","世界所有的名都大城,每一小时必有公共电车来往一次",并且筑高台,用升降机载客,使得上下电车通顺流利且无碍于陆地行人。至于千里之内,则可免费搭载低飞近地的"地方电车",只消通知驾驶,即可随叫随上,且下车随意。其描绘非常生动详尽:"要上车的人,只消仰着头把手帕一扬,上面便风吹似的放下一根橡皮带下来,带端两个小踏脚,人脚一踏上去,把两手攀着橡皮带,便被他飕的一声,摄了上去。如要下来,也是随意拉着一根橡皮带,他把机关一拨,那橡皮带便松下来,随便什么地方都可以脱手站脚。倘若撞了屋顶,合别种有阻碍的地方不能站脚,尽可把踏脚的机件踢动,他自然会移过去,移到相当地方随意脱手。手一脱,便有电铃一响,他那根橡皮带子方才收上去……有时许多人要同一处下来,或同一处上去,都可就一根橡皮带上着力。"(第8回)如此具体的情形仿佛历历在目。因为陆地上不行车,道路就改造成了供行人散步的专用道,变成了人们的休闲场所,宛如公园,公园也不过是道路,不但修饰了环境,保障了行人安全,而且"自从不行车之后,一年之中省下的修路费,倒是一笔巨款"①,还有着丰厚的利益回报。这种飞行交通系统使人们的生活得到极大改变,方便快捷美好得令人产生无限的向往和期待。

二、 飞行器的来历

晚清小说中的"飞行器",摆脱了传统非写实小说中借助超自然神力"腾云驾雾"或"骑凤凰""骑鹤"等飞上天的想象。在古代文学作品中,有多种飞天工具,如《玄怪录·古元之》中的主人公古元之,因酒醉而死,实为其远祖古说所召,古说欲往和神国,无担囊者,遂召古元之。他们去和神国的乘用工具,

---

① 高阳不才子:《电世界》,《小说时报》第1年第1号,1909年9月。

居然就是儿童游戏中的竹马,且"飞举甚速,常在半天",当其"欻然下地"时,就已到达了目的地。或者就是神仙本身的神力,没有神力了就要借助神丹,如嫦娥奔月之类,美好神奇,充满诗意和浪漫色彩。但是到了晚清,小说中的飞行,则努力借用人工智慧,按照科学原理来设计制作。虽多有荒唐之狂想,但是带给了读者新鲜的科学常识,消除了他们对新科技的陌生恐惧感,激发了国人对发展科技的兴趣。

类似于此,在晚清小说的幻想中,地底隧道、高速火车、潜水艇等高科技的交通运输工具以及各种先进武器和生活用品的发明层出不穷,"飞行器"意象正是这一系列科技发明想象的代表。学者陈平原也曾注意到"晚清带有幻想意味的小说,往往出现飞翔的意象,并将其作为'科学'力量的象征"①,他以"飞车"为中心,着重考察了晚清小说家通过翻译小说、外交官员的海外游记、传教士所办的时事和科学杂志、平民画报、古代传说的激活和重新阐释等获得了写作科学小说所具备的兴趣和能力的各种来源方式。本文将在此基础上,分析这些意象的出现所蕴含的时代意义和价值,以及在文学中所具有的审美作用。

这些意象的发生自然离不开中国传统的月宫神话、海外奇谈、神魔仙境、列子御风之类的启迪和人类在 19 世纪末的科学技术背景,但更应归功于西方科幻小说的影响。在"小说界革命"中,很多有识之士认为传统小说"喜借荒唐之事,显幽怪之情,子虚乌有,盖属寓言,是以东方朔之《十洲记》、郭宪之《洞冥记》、魏伯阳之《参同契》、葛洪之《神仙传》、干宝之《搜神记》、王嘉之《拾遗记》,类皆缒幽凿险,多不经人道之语,以惊世而骇俗。唐、宋以后,著作益多,搜奇录怪者,更不一而足。读《杜阳杂编》,则知罗浮先生之有分身术;读《幻异志》,则知殷七子之有留声法。《水浒传》之写戴宗也,则夸其两足之神行;《西游记》之演孙悟空也,则称其有七十二般变化。至于冷于冰之发掌

---

① 陈平原:《从科普读物到科学小说》,见王宏志编:《翻译与创作》,北京:北京大学出版社 2000 年版,第 248 页。

心雷,左瘸师之作五里雾,哪吒太子之乘风火轮,土行孙之遁走地中,则见之于《绿野仙踪》及《平妖传》《封神榜》等书。离奇怪诞,莫可究诘"。充满了迷信,"明明为天空之闪电也,而《酉阳杂俎》则以为介休王之旗旛十八叶,《述异记》则以为撞石鼓于八方之荒,而雷公电母之瞽谈无论矣。明明为环绕地球之卫星也,又必虚构一广寒宫,而姮娥窃药,吴刚折桂之说,则散见于各稗史矣。明明为无数恒星聚成此星团也,则称之曰'天河',而有牵牛、织女架桥渡河之附会矣。明明为日光折入雨点,对映而成虹也,则以为龙王投水所致矣。明明为海水化汽而成雨,空气冲突而成风,则巫指为雨师所司、风伯所掌矣。明明为七十二原质以化合此肉体也,则称之为黄土抟人矣。呜呼! 物理学之不明,生理学之不讲,心理学之不研究,乃长留此荒谬之思想于茫茫大地、膻膻群生间,其为进化之阻力也无疑。"①把旧小说中的种种想象归结为"荒谬",认为旧小说传播迷信,让人听于天命,不积极进取,如"无烟毒炮、无形砒霜,以昏我脑灵,而阻碍进化之进步也"②,因而要改良小说,提倡科学。

"科学小说"兼具科学知识与通俗易传的特性,有利于普及科学,启发民智,而受到此时小说家的重视。如包天笑认为"科学小说者,文明世界之先导也……则其输入文明思想最为敏捷,且其种因获果"。③ 鲁迅也曾在《月界旅行·弁言》中说:"盖胪陈科学,常人厌之,阅不终篇,辄欲睡去,强人所难,势必然矣。惟假小说之能力,被优孟之衣冠,则虽析理谈玄,亦能浸淫脑筋,不生厌倦……故苟弥今日译介之缺点,导中国人群以进行,必自科学小说始。"④可见当时用小说普及科学知识被认为是启发民智十分有效的一种方式,然而,

① 《论小说之发达可以辟旧小说之荒谬思想》,《新世界小说社报》第 2 期,1906 年。
② 棠:《中国小说家向多托言鬼神最阻人群慧力之进步》,《中外小说林》第 1 年第 9 期,1907 年。
③ 包天笑:《铁世界译余赘言》,见[法]迦尔威尼:《铁世界》,包天笑译,上海:文明书局1903 年版。
④ 鲁迅:《月界旅行·弁言》,见《鲁迅全集》第 10 卷,北京:人民文学出版社 1981 年版,第152 页。

就小说创作而言,失去了奇妙美丽的文学想象的小说,就变成了物理学、生物学之类的教科书了。从何入手来进行充满科学性的文学创作呢?国外科幻小说译本由此大量进入中国,逐渐为国人所熟悉并影响着当时新小说家的创作。

1900 年,逸儒陈寿彭、薛绍徽最先将儒勒·凡尔纳(1828—1905)的科学小说《八十日环游记》(经世文社)译成中文,该书出版后,大受欢迎,译本一版再版。1902 年,《新小说》杂志创刊,首号即刊载了标为"哲理小说"的《世界末日记》(梁启超译)与标为"科学小说"的《海底旅行》(南海卢籍东译意,东越红溪生润文)两篇科幻译作。对于当时作为"新小说"范式的代表刊物而言,这两篇科幻译作的出版,无疑给当时的读者和新小说家带来一股新鲜的空气。同年,梁启超又译了《十五小豪杰》、无名氏译了《海上大冒险谈》《鲁宾逊漂流记》,1903 年鲁迅译了《月界旅行》《地底旅行》、包天笑译了《铁世界》、海天独啸子译了《空中飞艇》、无名氏译了《空中旅行记》《航海述奇》、戴赞译了《星球游行记》、钱瑞香译了《陆治斯南极探险事》、杨德森译了《梦游二十一世纪》,1904 年包天笑译了《秘密使者》,1905 年吴门天笑生译了《新法螺》(包括两篇原著为德文、从日本岩谷小坡的译文转译的译作《法螺先生谭》和《法螺先生续谈》及徐念慈的创作《新法螺先生谭》)……仅凡尔纳的作品被译成中文的就不下十五六种。

在同时代的小说创作中,不难看到这些译作对创作的影响。杨世骥评《黑行星》(1906 年徐念慈译)说:"这种阐述科学理想的小说,最为读者所欢迎,对于当时创作小说的影响也很大,最显著的如李宝嘉编著的《冰山雪海》,吴沃尧《新石头记》中写所谓'东方文明境界'——理想的科学发达后的中国,乃至碧荷馆主的《新纪元》《黄金世界》诸书,都是隐然受到他的诱发而构撰的。"①王祖献也指出:"较早刊于《绣像小说》的《月球殖民地小说》写李安武

---

① 杨世骥:《文苑谈往》,台北:广文出版公司 1981 年版,第 19 页。

等人至印度无人岛上开创经营,并制造气球飞往月球见到各种奇异景物的故事,也明显受到海天独啸子所译日本押川春浪的《空中飞艇》影响"①;再如潜艇,吴趼人的《新石头记》中关于那艘鲸鱼款式的海底猎艇几乎是1902年《海底旅行》译本中那个以电气为动力、靠电光照明、貌似鲸鱼的海底潜行船的翻版。此外,"又有署名高阳不才子著的《电世界》,从书名可看它受日本森田思轩所译法国科幻小说《铁世界》的启发而作"②,《铁世界》描写了一个完全由"铁"所构筑的世界,《电世界》则将"铁"转化为"电",其情节构思也是仿效科幻译本《铁世界》中铁化世界的模式而来的。东海觉我(徐念慈)则在《新法螺先生谭》前言中自称其创作来源于对《法螺先生》的"东施效颦",毫不忌讳地坦言其创作所受之影响。此类种种,说明了晚清小说中翩翩翻飞的想象意象之来源有很大一部分是出自异域科幻小说的启迪。

当然,清末报纸杂志上的通俗科普文章的宣传也功不可没,试看当时的《政艺通报》《浙江潮》《大陆报》《科学世界》《新小说》《新民丛报》等出版物,关于水底行船、人工造雨、空中战具、空际行舟、地球与火星通讯、机器制之人等等术语频频出现,也给读者带来耳目一新的科技视野。对未来科技的展望和新奇古怪的异域科幻故事不断地挑弄着晚清小说家对于世界未来景观的想象,使他们在想象中将科学技术放置于神圣的位置。

有意思的是,他们的想象有从各种大众传媒学来的科学术语,却无多少科学逻辑推理和依据,如想象气球里有"体操场",大鱼连人带船都能吞掉,人们打开开关就能自由往来于星际之间,根本不考虑机器动力、空气原理、失重等常识性问题,呈现出一种忽视科学的"狂想"状态。这种狂想与《西游记》的想象同出一辙,使用的还是传统神怪小说中的伎俩,只是想象资源得到了更新,

---

① 王祖献:《外国小说与清末民初小说题材体裁的多样化》,《安徽大学学报(哲社版)》1993年第3期。

② 王祖献、裔耀华:《译籍东来、学术西化——论外国小说对清末民初小说的思想影响》,见复旦大学中文系近代文学研究室编:《中国近代文学研究》,南昌:百花洲文艺出版社1991年版,第269页。

而想象方式没有实质性的改变。这种科学狂想几乎难以传达准确的科学知识,只不过以科学术语和浅显的科学常识满足了人们的好奇心,激发了人们对科学进行学习探索的兴趣。对此,小说家并不以为不妥。碧荷馆主人就理直气壮地宣称:"看官,要晓得编小说的,并不是科学的专家;这部小说也不是科学讲义"(《新纪元》第 2 回),确实,小说不是教科书,因此小说家将"科学"作为药引子,把道听途说的各种似是而非的新鲜事物加入到尽兴的驰骋想象中,随意编排,可见其对小说"新奇"趣味性的追求完全压倒了对科学知识的传播①。然而客观上,"娱乐有余,教育不足"的科学狂想有悖于提高国民科学素养的原始目的,也影响到此后科学小说因缺乏理性精神和科学理念而在现代性发展中难以展现迷人的风采。

三、 飞行蕴含的时间观念

对科学的狂想,蕴含着中国文学精英在社会转型中所具有的时间观念。"晚清"这一独特的历史语境促使小说家把想象的目光投向中国的未来,这种对未来的强烈渴望所具有的"追赶"未来的时间观念,通过"飞行器"意象急切切地表述了出来。

中国传统的时间观念常常偏重于从过去的惯例和周期性发生的事实中建立一套循环的时间法则,"大道周天""无往而不复""周行而不殆"的时间观使中国人喜欢盲从传统,因循守旧,缺乏趋新求变的精神。在古典小说叙述中人物行动也总是以"出行—回归"为模式。无论探险、取经、旅游、赶考还是经商之类,最终都要回归到出发地,交代故事的结局,形成一个环状结构。这种尚古的时间观一直延续到近代。19 世纪,世界三大科学发现之一的进化论在

---

① 参看陈平原的《从科普读物到科学小说》和卜立德的《凡尔纳、科幻小说及其他》中的论述,见王志宏编:《翻译与创作》,北京:北京大学出版社 2000 年版,第 247、118 页。陈平原认为,当时以科学小说来增加国民科学知识,是一种自欺欺人的说法。卜立德认为,科学小说翻译无非是为了给读者逗乐,传播原著中有用的知识尚在其次。

清末西学东渐之际输入了中国,影响了近代知识分子对中国的思考。康有为的历史进化论率先将自然进化知识和"公羊三世说"的传统经学形式联系起来,从而将龚自珍、魏源等人变异的历史观提升为进化历史观,认为社会历史"进化有序"。这标志着进化论思潮在中国的兴起,进而通过严复译介的《天演论》广为传播,深入人心,在中国社会各界,产生了巨大而深远的影响。"自此书出后,'物竞''争存''优胜劣败'等词,成为人人的'口头禅'。"①胡适就说:

> 《天演论》出版之后,不上几年,便风行全国,竟作了中学生的读物了。读这本书的人,很少能了解赫胥黎在科学史和思想史上的贡献。他们能了解的只是那"优胜劣败"的公式在国际政治上的意义。在中国屡次战败之后,在庚子辛丑大耻之后,这个"优胜劣败,适者生存"的公式确是一种当头棒喝,给了无数人一种绝大的刺激。②

甚至他的两个同学的名字就叫孙竞存和杨天择。那时的胡适叫胡洪骍,他的名字是他二哥从"物竞天择适者生存"中选字给他取的。可见当时此种观念流传之广泛。还有人指出:"自严氏书出,而物竞天择之理,厘然当于人心,中国民气为之一变,即所谓言合群言排外言排满者,固为风潮所激发者多,而严氏之功盖亦匪亦细。"③这之后及至五四一代的知识分子普遍将进化论作为一种真理而接受。然而,《天演论》是严复于国难当头之际为保种自强、救亡图存,把原著内容和中国社会实际情况结合起来,加以改造、遴选、发挥出来的一种思想理论,与作者原创相去甚远,还不说他对演绎进化论的众多译本原著的选择不是达尔文的《物种起源》和斯宾塞的《社会学原理》之类的系统学说。严复翻译赫胥黎的理论:

---

① 蔡元培:《五十年来中国之哲学》,见高叔平编:《蔡元培全集》第4卷,北京:中华书局1984年版,第352页。
② 胡适:《四十自述》,见欧阳哲生编:《胡适文集》第1卷,北京:北京大学出版社1998年版,第70页。
③ 胡汉民:《述侯官严氏最新政见》,见张枬、王忍之编:《辛亥革命前十年间时论选集》第2卷上册,北京:三联书店1978年版,第146页。

> 天演之事,不独见于动植二品中也。时则一切民物之事,与大宇之内日局诸体,远至于不可计数之恒星,本之末始有始之前,极之莫终有终以往,乃无一焉非天之所演也。①

由此他发表了自己的看法。他认为宇宙万物包括自然界和人类社会都是由低级向高级进化的,发展的。这是任何事物不可避免的普遍客观的演变规律。这种认识极大地冲击了中国传统的循环时间观念和历史观,针锋相对地批驳了传统的"天不变道亦不变"的泥古守旧的思想和种种传统教义,"夏葛冬裘,因时为制,目为不变,去道远矣"。② 生物进化的原则是"物竞天择,优胜劣汰,适者生存",自然界理所当然地弱肉强食,而人是有主观能动性的,经过努力可以保持发展自己。严复对此强调:"人欲图存,必用其才力心思,以与是妨生者为斗。负者日退,而胜者日昌。"③认为国人只要提高"德、智、力",发愤图强,就能避免亡国灭种之灾难,就能不被自然规律淘汰,而傲立于世界。严复在《天演论》里大声疾呼"与天争胜",为中国变法自强张本,激励国人反抗外国侵略,强国保种。原本是科学知识的西方进化论经严复移译之后,在亡国灭种的危机情形下,因其"物竞天择、适者生存"的思想契合了中国人救国自强、求新求变的社会心理趋势而被中国思想界迅速广泛地接受,成为一种科学世界观和奋发图强的思想理论工具。

自此,进化的观念深入人心,乃至知识分子形成了进化论思维方式,看待社会问题、文学发展等种种都以进化论来观察,诸如"创造就是进化,世界上不断的进化只是不断地创造,离开创造就没有进化了"④,"新文学就是进化的文学"⑤

---

① [英]赫胥黎:《广义》,见《天演论》,严复译,李珍评注,北京:华夏出版社 2002 年版,第24 页。

② 严复:《救亡决论》,见《严复集》第 1 册,王栻编,北京:中华书局 1986 年版,第 50—51 页。

③ [英]赫胥黎:《最旨》,见《天演论》,严复译,李珍评注,北京:华夏出版社 2002 年版,第76 页。

④ 陈独秀:《新文化运动是什么?》,《新青年》第 7 卷第 5 号,1920 年 4 月 1 日。

⑤ 茅盾:《新旧文学平议之评议》,见《茅盾选集》第 5 卷,成都:四川文艺出版社 1985 年版,第 12 页。

的论述比比皆是。《冷国复仇记》的作者守白干脆就在小说的"引子"里直接用进化论的思想劝说暂时屈居劣势的千万国人同胞要自强不息,在生存竞争中取得胜利,因为"人类的优胜劣败,却是没有前定的"①。值得注意的是,人们开始形成进化的线性时间观念,相信事物以直线方式朝着单一自明的目标结果前进,相信未来一定比现在更高级、更好、更有价值,新比旧好。这种"现代性概念首先是一种时间意识,或者说是一种直线向前、不可重复的历史时间意识,一种与循环的、轮回的或者神话式的时间认识框架完全相反的历史观"。② 此观念逐渐在中国近代知识界弥漫,促使知识界求新求变,在对历史进行评判时,开始否定过去,肯定现在,展望未来,把美好的希望、光明、幸福寄寓于将来。由此,我们也就不难理解20世纪上半叶中国知识分子对传统的否定和反叛态度,对"新"事物、对青春、对未来的崇拜。

既然未来中国的强国梦就是现在的众帝国列强现状,那么我们还等什么?以最快的速度追赶就是了。与"速度"紧密相连的是"飞行",因为"飞行"是我们人类所能想象到的最快位移方式,于是,大量具有神奇速度的飞行器出现在晚清小说的幻想中,希望凭借这些飞行器,我们也许可以更快地追赶到我们的未来。同时,乘着气球、飞车之类的飞行器,我们冉冉升起,开始跨越大洋大洲,漂洋过海,翱翔于世界各地,甚至登月,移民于外星球,视野境界由中国开阔到宇宙,暗示国人已经意识到"中国"在世界中的空间位置和政治地位,传统的地理观念和时间感觉开始发生变化。可以说,"飞行器"意象赋予了小说一种现代性时空观念和内涵。小说的叙事速度和叙事空间因飞行器而得以增加和扩展,而且不再"回归"。《新野叟曝言》中那艘飞舰与彗星相撞之后,木星与地球断绝往来,音讯杳无,尽管那里有大量的地球移民。各类乌托邦中的

---

① 守白:《冷国复仇记》"引子",见章培恒等编:《中国近代小说大系》(电术奇谈卷),南昌:百花洲文艺出版社1996年版,第248页。
② 汪晖:《韦伯与中国的现代性问题》,见《汪晖自选集》,桂林:广西师范大学出版社1997年版,第2页。

居民也都不再想回到过去,甚至不再想留在地球,要奔向月球! 一去不复返的叙事开始打破传统情节结构模式,求新求变的叙事追求为小说的创作注入了新鲜的活力。

四、 模糊的科学理念

这些小说中以科学知识和机械原理描绘出的"飞行器"和其他各种武器、器具等意象,不仅蕴含着那个时代的时间观、历史观和种种时代心理积淀,而且还表达了那个时代的科学观,也只有在那种特定的时代才会发生这种"飞行器"意象的想象。

中国哲学中有"道"和"器"这两个概念,"行而上者谓之道,行而下者谓之器"(《周易·系辞》)。具体而言,"器"就是有形的具体事物,"道"就是具体事物所体现出来的道理和规律,二者相辅相成,不可分离。近代国人对待西方文化就是以这种"道器观"来进行取舍的,认为西方的机器和技术为"器",中国的儒家伦理道德为"道",如王韬认为,"行而上者中国也,以道胜;行而下者西人也,以器胜。"①郑观应的《道器》还专门论述了中西学的问题,认为治理天下应以道为本,以器为末。尽管在鸦片战争之后中国"老大帝国"的文化中心地位已经瓦解坍塌,受到以科学文化为主流的西方文明的巨大冲击,但是由于受制于传统的"道器观",国人对西方科学文化的认识在相当长的时间里停留在使用的实用目的层面,其概念被涵盖在"格致之学"的传统学术格局中,只是作为"器"之一种而存在。有学者就指出:近代中国对西方科学文化的认同与接受"先是在船坚炮利的技术层面上,然后进到船坚炮利后面的声光化电的知识层面上。再后,才深入到船坚炮利、声光化电后面的科学思想、科学精神的层面上"。② 最后一个阶段应该是在五四新文化运动以后发生的了。也就是说,在中

---

① 王韬:《弢园尺牍》,转引自冯契:《中国近代哲学的革命进程》,上海:上海人民出版社1989 年版,第 84 页。
② 龚育之:《引人注目的研究领域:科学与社会》,《人民日报》1998 年 4 月 11 日。

国近代社会变革语境中,首先是形成了一种形而下的重实学的物质性科学理念。

西方的现代科学知识是通过西方传教士和枪炮两种方式进入中国的,正是坚船利炮所展示出来的武器之差距深深震撼了近代国人,使中国意识到军事力量薄弱、技术落后的现实问题。基于迫切地要反抗列强侵略的实用心态,中国人开始学习西方之"技",就是科学技术。起先是魏源提出"师夷长技以制夷"①的主张,但是被当时清政府拒绝接受,后来随着国势颓危,统治者不得不开始接受西方科学技术,于是曾国藩、李鸿章、左宗棠等人设立制造局、翻译馆、办新式学堂、派遣留学生,掀起了洋务运动。尽管洋务运动仅仅局限于技术层面的学习,可还是遭到视西方技术为"器""末"的顽固派的鄙视和阻挠。由于他们认为西方技术是"奇技淫巧"的不屑态度,坚持"中学其本也,西学其末也。主以中学,辅以西学"②之类的原则,国人始终没有深入探究西方科学技术背后的文化机制。甲午战争的失败,洋务运动的破产,使以维新派为代表的先进中国人开始注重科学,"夫中国今日不变法日新不可,稍变而不尽变不可,尽变而不兴农、工、商、矿之学不可,欲开农、工、商、矿之学,非令世人通物理不可"③。尽管戊戌变法失败了,维新人士自身的科学知识素养也不充分,但是他们提倡的科学概念和废科举办新学的教育改革,使大批学人不再固守迂腐传统和儒家学说,转而面向世界求取新科学知识。据统计,1902—1911年间,新式学堂由 769 所发展到 52500 所,学生由 6912 人发展到 1910 年的 1284965 人④,最重要的是这些学堂从小学到大学开设了算术、几何、外语、地理、理化、博物、医学、天文学、动植物学、土木工学、造船学、造兵器学、建筑学、火药学、采矿及冶金等等自然科学学科,使西方自然科学知识和社会科学知识得以迅速传播。及至五四时期,科学的精神已经浸润了这一代知识分子,

---

① 魏源:《海国图志叙》,见《魏源集》,北京:中华书局 1983 年版,第 207 页。
② 郑观应:《西学》,见《盛世危言》,辛俊玲评注,北京:华夏出版社 2002 年版,第 112 页。
③ 康有为:《日本书目志序》,见《康有为全集》第 3 集,姜义华编校,上海:上海古籍出版社 1992 年版,第 585 页。
④ 王笛:《清末新政与近代学堂的兴起》,《近代史研究》1987 年第 3 期。

成为他们的一种价值信仰。

在科学的宣扬过程中,中国知识分子的科学观念里始终蕴含着极为浓厚的救亡色彩,带有很深的主观判断。光绪二十四年(1898)二月创刊于上海的《格致新报》解释科学的意思是:"格致二字,包括甚宏,浅之在日用饮食之间,深之实富国强兵之本",此报在同年七月更名为《格致益闻汇报》后更强调"中国之所以弱,强邻之所以欺我,完全是不讲求科学的缘故"。光绪三十二年(1906)的《理学杂志》甚至认为科学是人类的"能力之母","文明之母""富强之基","人物之枢,万汇之主,宇宙之真宰"①。科学成为万能的神。这种观念显示出科学已经成为晚清时期知识分子心目中的新权威。

文学也深受这种科学理念的影响。文学家开始从科学主义视角考察文学发展,对写实主义文学思潮在中国的流行起了推波助澜的作用。譬如,管达如写于1912年的《说小说》一文中就明确指出:"中国小说之所短,第一事即在不合实际",纸上之情景与实际相差甚远。他引西洋小说创作为对比:"西洋则不然。彼其国之科学,已极发达,又其国民崇尚实际,凡事皆重实验,故决无容著述家向壁虚造之余地。著小说者,于社会上之一事一物,皆不能不留心观察,其关涉各种科学处,亦不能作外行语焉。"②用科学的观念来介绍西方写实主义小说。随着大量译介的涌入,西方文学思潮影响日益深入。胡愈之1920年1月发表的《近世文学上的写实主义》就非常清楚地揭示出科学主义与写实主义文学之间的联系:"19世纪是科学万能的时代。文化上各方面——政治、哲学、艺术等等——受了科学的影响,多少都带此物质的现实的倾向;在文学上这种影响更大;写实文学的勃兴,就为这缘故。"③胡愈之从这一科学主义

---

① 转引自严搏非:《论新文化运动时期的科学主义思潮》,见许纪霖编:《二十世纪中国思想史论》上卷,上海:东方出版中心2000年版,第187页。
② 管达如:《说小说》,转引自陈平原、夏晓虹编:《20世纪中国小说理论资料》第1卷,北京:北京大学出版社1989年版,第407—408页。
③ 愈之:《近世文学上的写实主义》,见《中外文学夫系史资料汇编》(上),桂林:广西师范大学出版社2004年版,第277页。

视角出发,论述了写实主义最重要的六大要质:其一,客观性的写作态度;其二,精细的观察方式;其三,解剖式的描写方法;其四,作家的价值判断的回避;其五,对平凡的丑恶的人事物态描写;其六,注重人生的描写。可见,在崇拜科学的思潮影响下,科学已经超越了物质世界,从技术的层面走向泛化,上升为形而上的原则导向,乃至价值信念,包括文学艺术都难以摆脱这种科学认知思维。

总而言之,20世纪初科学主义思潮对中国文化思想界有着重要影响。然而,在世纪初那样一个重视科学技术、但科学知识刚刚浸入中国社会、还没有被充分了解的时代,人们就像对待一个都知道好吃但没有几个人真正尝过的新鲜水果一样,对各种科学技术和由技术生发出来的机器充满了好奇和想象,只能运用所知有限的科学知识,臆想出种种神奇无比的"飞行器"和各种科技发明,以探求那些浩瀚的未知领域,并将此种想象诉诸于小说创作中加以表述。如果是在早些时候,他们会不屑于讲述这种"奇技淫巧"的玩意,晚些时候,受过系统教育的知识分子也不会有这些充满了似是而非的科学观念的想象。这种时候的此种想象意象,表现出一种对科学知识的欢迎姿态,也说明了国人渐渐具有了开放的现代性意识,有了走出传统,走向世界的探索勇气。从这种意义上看,接受西方的近代科学,有助于推动中国传统文化的变革,是"老大帝国"对自我主体的更新,是一个自我否定的痛苦而曲折的自省过程。

但是,这种想象意象中所包含的模糊的科学理念,作为反传统的标志或构建新哲学的一部分逐渐被收编进中国传统的思考中。正如汪晖所论:"中国思想家几乎是在对西方科学本身缺少系统学习和训练的情境下讨论'科学'问题,他们的'科学'概念是由孔德、赫胥黎、斯宾塞、罗素、杜威等人对科学的哲学解释与中国传统的知识论、道德论、宇宙论共同构成的。中国固有的概念提供了他们了解西方近代科学的前提,而他们所接触到的西方科学思想实际上加强而不是削弱了传统思想方式的逻辑。"①而且这种单纯的、肤浅的科学

---

①　汪晖:《"赛先生"在中国的命运》,见《无地彷徨:"五四"及其回声》,杭州:浙江文艺出版社1994年版,第129页。

认识论不仅没有真正解除中国的社会民族危机,反而使人们注重事物本身之外的算计,加重了人的功利性、物质性追求。尤其到了五四时期,欧战后西方社会所呈现出的思想危机和萧条景象甚至让一部分中国知识分子认为:科学取代宗教使人失去信仰和自由意志,是战争罪恶产生的根源。由此可见,清末民初的模糊"科学"理念在中国逐渐发展成为一种"用外国本领保存中国旧习"的畸形儿。鲁迅就曾多次论述这个问题:"'科学救国'已经叫了近十年,谁都知道这是很对的,并非'跳舞救国''拜佛救国'之比。青年出国去学科学者有之,博士学了科学回国者有之。不料中国究竟自有其文明,与日本是两样的,科学不但并不足以补中国文化之不足,却更加证明了中国文化之高深。风水,是合于地理学的,门阀,是合于优生学的,炼丹,是合于化学的,放风筝,是合于卫生学的。……而且科学不但更加证明了中国文化的高深,还帮助了中国文化的光大。麻将桌边,电灯替代了蜡烛,法会坛上,镁光照出了喇嘛,无线电播音所日日传播的,不往往是《狸猫换太子》《玉堂春》《谢谢毛毛雨》吗?"[1]可见,在中国近现代语境中,对科学信仰的追求并没有对中国文化现代性转型发生决定性的巨大作用,而只是具有了一定的推动力。

由此而知,"飞行器"意象在晚清小说中的频频出现,不仅是一种简单的科学幻想,而且集中凸显了那个时代的特殊性,蕴含着鲜明的时代话语,述说着中国人对现代性的追求、梦想和理念。

以"飞行器"为代表的科技意象在非写实小说中大量呈现,尽管表达了对工业物质文明的强烈向往,但在叙述中却呈现出"人的缺失",叙述聚焦的都是整体性的国家民族而非表达对"人"个体的关注,直至到五四文学,才开始由"国家焦虑"转为"人的发现",最后再到"人的实现",从而完成小说的现代性进程。吊诡的是,到五四作家那里,对工业文明的渴望赞美逐渐被作家生命中涌动的恋乡怀旧的情结浸润、发酵、变酸,成为厌恶批判的对象,如老

---

① 鲁迅:《偶感》,1934 年 5 月 25 日《申报·自由谈》,见《鲁迅全集》第 5 卷,北京:人民文学出版社 1981 年版,第 479—480 页。

舍、沈从文等对都市文明的复杂态度。可是,站在世纪初的晚清小说家,在展开想象的翅膀欢迎科技文明以期强国富民时,哪里能顾及到物质世界对人的挤压和异化之类的种种现代性问题呢?

第四节　女 豪 杰

持续紧张的民族危机促使了国民性改造思潮的兴起。作为国民重要组成部分的妇女自然不会被忽视。"欲新中国,必新女子;欲强中国,必强女子;欲文明中国,必先文明我女子;欲普救中国,必先普救我女子,无可疑也。"①从救国的目的出发,必须先解放女性。因此,在晚清改革中,解放妇女的问题备受关注,在小说中也就多有表现。然而,虽然早在 1898 年就出现了妇女报刊《女学报》倡女权,可是 20 世纪中国妇女解放运动的实际进程十分艰难缓慢,而且始终没有单独从"人的解放"—"社会解放"—"阶级解放"大框架中走出,每每被遮蔽掩盖。晚清时期,更是还处于萌芽状态,这就注定了晚清小说因缺乏生活素材而几乎不可能以现实为模板进行创作,因此,小说家多借助想象而在小说中生发出众多的"女性"意象,以表达对中国女性的期望与理想,也正是这种想象意象开启了 20 世纪中国小说女性的雄化叙事。

自汉以来,中国历代都为妇女立传,以三从四德、贞节烈女等传统妇德规范,形成了温顺、贤淑、美丽、贞洁、忠诚等为标准的传统理想女性形象,突现女性的阴柔之美。在现实生活中,女性长期被排斥在社会事务的公共空间之外,社会地位低下,更遑论金戈铁马、沙场征战、参与政治,与血腥暴力为伍。近代西学东渐,随着女子社会化教育的兴起,著名外国女性的姓名、事迹竞相传入中国,带来新的价值观念,由此构成对传统中国女性形象空前的挑战,重构理想女性形象已势在必行。呼唤"吾国女子,正宜奋发其争存之能力,规复天赋

---

① 初我:《〈女子世界〉发刊词》,《女子世界》第 1 期,1904 年 1 月。

之权利,以扫除依赖男子之劣根性,各自努力于学问,以成救国之女豪杰,夫而后中国或有可望也。异日有玛利侬①、苏菲亚②其人乎？庶几于二十世纪中遇之矣!"③理所当然地成为时代之音,也点燃了小说家想象新女性的热情。他们有鉴于中国女性与泰西女性相比,为"不官、不士、不农、不工、不商、不兵"④的闲人、畸人,而提出了要培育"女国民""国民之母""女军人""女游侠"等新女性,于是充满英雄气概的"女豪杰"成为非写实小说叙事中一个普遍的意象。

一、 救国救民的"女豪杰"

"女人者,米国某新闻家称为副产,而吾国人视为玩物者也。虽近来'女界革命'之声,稍倡于世,而倡之者不几人,人莫与为和,且从而败沮之。故从历史上、现势上观察女界,女子二万万,殆无不可称为奴隶者也"⑤,晚清先进的知识分子关注到中国女性长久以来处于没有自由和权利的奴隶地位,思绮斋就论述道:"编小说的深慨中国二百兆妇女久屈于男子专制之下,极盼望他能自振拔,渐渐的脱了男子羁勒,近于自由地步。纵明知这事难于登天,不能于吾身亲见,然奢望所存,姑设一理想的境界,以为我国二百兆女同胞导其先路,也未始不是小说家应尽的义务。"⑥因此,他用小说描绘了"女性理想之国",表达了他的理想女性形象的建构,从而引导中国女性追求解放,完成小说家的"义务"。小说家的"义务"在这里已经不是以讲故事、愉悦读者为主了,而是为女同胞"导其先路",启蒙民众来服务的了。他在《中国新女豪》

---

① 玛利侬(1754—1793),即罗兰夫人,18 世纪法国资产阶级革命时期吉伦特派的核心人物之一。

② 苏菲亚,19 世纪俄国虚无党人。

③ 竹庄(蒋维乔):《论中国女学不兴之害》,《女子世界》第 3 期,1904 年 3 月。

④ 梁启超:《论女学》,见《梁启超全集》第一册,北京:北京出版社 1999 年版,第 30 页。

⑤ 《箴奴隶》,《国民日报》1903 年 8 月 13 日。

⑥ 思绮斋:《女子权》第 1 回,见章培恒等编:《中国近代小说大系》(女子权卷),南昌:百花洲文艺出版社 1993 年版,第 7 页。

(1907年)中塑造了一个在黄帝纪元4650年争取女权的女子黄人瑞。她品学兼优,留学日本,考察世界各地女权运动,创办女工传习所,等等,最终争取到男女平等;他在另一部小说《女子权》(1907年)中也塑造了一个新女豪叫贞娘。这时是1940年,中国已经实现了立宪,各州县自治,关税自主,国家无外债,无不平等条约,军力强大,教育普及,百姓安居乐业,女子虽不缠足,不再买卖为奴婢,但婚姻还是不自由。贞娘创办《女子国民报》倡女权,到各国去演讲,最终取得女子平等的社会地位和幸福自由的婚姻。两部小说中的女性如出一辙,都是学贯中西,见识广博,懂礼识体,善于讲演,事业成功之后由皇帝主婚嫁与心上人,是"理性女豪杰"的女性意象。

王妙如的《女狱花》(1904年)也是倡女权的小说,塑造了一个性格鲜明,艳如桃李,冷若冰霜,武功超群,痛恨男贼的"刚烈女豪杰"沙雪梅。侠女沙雪梅自幼随父习武,武艺超群,美貌聪慧,却被许配给一个封建保守的酸秀才为妻。其夫以大男人自居,限制沙雪梅的自由。沙雪梅忍无可忍杀了迂腐的丈夫,"心中很是爽快"①,但被关入监牢。她在监牢中宣讲男子只能杀不能嫁的道理,认为是男贼的压制才使得女子受苦受难,因此"我劝众位同心立誓:从此后,手执钢刀九十九,杀尽男贼方罢手"(第4回)。第二天夜里,她运用武功逃出监牢。出狱后遇文洞仁等多位女豪杰,并组织革命党,与同道张柳娟等众姊妹用激烈血腥的革命手段争取自由平等,但并没有取得成功,最终自焚而死,惨烈无比。致力于用笔墨唤醒民众的身弱体虚的女子文洞仁(寓"文章动人"之意)则不幸病死。沙雪梅在客栈曾遇主张和平改革的许平权女士,可是话不投机而分手。最后取得成功的就是"理性女豪杰"许平权。她游学世界,归国后,振兴女学,宣传"若要权利,先贵独立"的道理,认为女子自己经济独立,不依赖男子,"恐须眉男子,将要崇拜我们了,安敢强权呢?"(第11回)她脚踏实地地一步一步教育女子,进行启蒙,宣传独立的思想,过了数年,女学大

---

①　王妙如:《女狱花》,见章培恒等编:《中国近代小说大系》(女子权卷),南昌:百花洲文艺出版社1993年版,第723页。

盛,"那时女子状态很是文明,……做男子的,亦大半敬爱女子"(第12回)。完成了女性解放,争取到平等权利。小说中不同女性的奋斗道路代表了当时各种或激进或温和的政治主张,虽然情节设置是最后温和渐进型的革命派取得了成功,但作者并没有简单地否定激进革命,而是认为渐进改革的成功是建立在激进革命的基础上的,"虽手段过于激烈,妹妹早逆料其不能成功,但此等人在内地运动运动,亦不可少"(第10回)。这部小说中的女性形象个性鲜明,毫无传统女性的温柔气质,尤其是沙雪梅的刚烈勇毅给人留下深刻印象。

颐琐的《黄绣球》(1905年)也是一部主张和平革命的女权小说。小说中的女性意象黄绣球是一个儿时没有父母、受尽折磨的善良女子,十分普通。但是在梦中受罗兰夫人的指点而顿悟,决定要做一番事业。她和丈夫志同道合,锐意进取,先放了脚,后大兴教育,又广为宣传各种婚姻卫生知识,取得了很大成就,将自由村变得花团锦簇,并且联合众人,组织义勇队、女军等武装,实现了县的独立自治,建立了一个乌托邦世界。黄绣球俨然就是一个"罗兰夫人"式的革命家,志向远大:要将地球锦绣一新,所以改"秀秋"为"绣球"为名。这位女豪杰刚柔相济,不仅仅是为争女权奋斗,而且要为建立一个美好的世界而努力。在这部小说中男性不再是女性的对立面,男女平等,相互帮助,团结促进,共同奋斗。这种不以反男权为女性解放的思想在当时还是难能可贵的。

在这类着重经营女性意象的新小说中,《女娲石》(2卷16回,未完,初版为东亚编辑局铅印本,甲卷8回,印行于光绪三十年(1904)六月,乙卷8回,印行于光绪三十一年(1905)二月,作者署名海天独啸子,标"闺秀救国小说")是其中最具代表性的一部。小说主要是写女性革命志士的救国行径。其创作意图在"卧虎浪士"的"序"中说得很明白:

> ……然于妇女界,尚有遗憾。我国山河秀丽,赋予柔美之观,人民思想多以妇女为中心。故社会改革以男子难,而以妇女易。妇女一变,而全国皆变异矣。虽然,欲求妇女之改革,则不得不输其武侠之思想,增其最新之智识。此二者,皆小说操其能事,而以戏曲、歌本

为之后殿,庶几其普及乎!

今我之小说,对于我国之妇女者有二,对于世界者有二。一、我国妇女富于想象力,富于感化力:一、我国上等社会,女权最重。是二者,皆与国民有绝大之关系。今我国女学未兴,家庭腐败,凡百男子皆为之钳制,为之束缚。即其显者言之,今之梗阻废科举,必欲复八股者,皆强半妇女之感念也。此等波及于政治界者,何可胜数。外则如改易服制,我国所万不能。其不能之故,则又妇女握其权也。况乎家庭教育不兴,未来之腐败国民,又制造于妇女之手。此其间,非荡扫而廓清之,我国进化之前途,可想象乎! ……各国革命变法皆有妇女一席,我国今日亦不可不有阴性之干预。……①

女性是"国民之母","文明之母",自然肩负拯救中国之重任,"妇女一变,而全国皆变异矣",那么,首先妇女自身应该是合格的国民,"欲铸造国民,必先铸造国民母始"②,可是现实中的中国妇女是"不知养育之弱种""不运动之病种""缠足之害种"③,柔顺、自卑、愚鲁,实在不堪国母之重任。因此,欲改造妇女,其方法一是"输其武侠之思想",用尚武精神,铸造军人体魄,养育健康国民;二是"增其最新之智识",强调妇女要受教育,有知识,才能教育子女。由此,作者要"遍搜妇女之人才,如英俊者、武俊者、伶俐者、诙谐者、文学者、教育者、为意泡中之一女子国",创造一个"女性乌托邦"。显然,作者希望借此"女子国"来表达自己对中国女性的理想,因此,对多种女性意象的描绘应该是其创作表现的重要组成部分。小说在第 16 回透露"目今阴阳代谢,大运已交,四十八位女豪杰,七十二位女博士,都在你们分内"。批语中也说"《女娲石》中四十八位女豪杰,七十二位女博士,隐隐约约不便说出,直到第十六回方才透

---

① 海天独啸子:《女娲石》"序",见董文成、李勤学主编:《中国近代珍稀本小说》(第三卷),沈阳:春风文艺出版社 1997 年版,第7～8 页。
② 亚特:《论铸造国民母》,《女子世界》第 7 期,1904 年 7 月。
③ 初我:《哀女种》,《女子世界》第 6 期,1904 年 6 月。

出一句,而又不知四十八位女豪杰为何人,七十二位女博士为何人,是其文心之耐处,雄与紧不可及,耐亦不可及也!"(第 16 回)可见其构思之宏大,欲涉及的女性人物之繁多,遗憾的是没有终卷。在这样的一部小说中,自然会集中出现各种女性意象,而且作者有意识地着重经营小说的可读性,在"凡例"中声明:

> 今来改革之初,我国志士皆以小说为社会之药石。故今日所处小说颇多,皆传以伟大国民之新思想。但其中稍有缺憾者,则其论议多而事实少也。是篇力反其弊。凡于议论,务求简当,庶使阅者诸君,不致生厌。

作者比较注重小说的文学艺术性,故文笔流畅精致,故事经营跌宕起伏,议论穿插不那么啰唆,人物场景的描绘周详生动,尤其是对某些人物性格的刻画,十分鲜明,如金瑶瑟的伶俐勇敢,凤葵的鲁莽火爆,琼仙的好胜志高,水母女士的痛快淋漓,翠黛的痴呆多忧等都给人留下深刻印象,使这个"女性乌托邦"显得缤纷多彩,是晚清小说中比较精致的作品。

小说中的主人公金瑶瑟"天生伶俐,通达时情,又喜得一幅爱国热血",在海城做过女子改造会领袖,又往日本、美洲留学多年。这样的教育背景使她没有传统女子的精神枷锁的束缚,基本上解放了自身。她回国的目的非常明确,就是救国,而不仅是争女权。为此,她选择了一种极为激进的方法:舍身为娼,当歌妓,企图用这样的途径接近那些政府官员,"本想在畜生道中,普渡一切亡国奴才"(第 2 回),结果却大失所望。后在日本公使夫人帮助下,潜入皇宫,学俄国虚无党人,刺杀胡太后两次都未成而不得不逃亡在外,由此得以结识全国各地众多妇女革命组织。"金瑶瑟"和黄人瑞、贞娘、沙雪梅、许平权、黄绣球等这些女性意象一起,代表了那个时代对"女豪杰"式女性的召唤和礼赞。这些女子,不会为家庭、情感所羁绊拘禁,见识远大,博学多才,勇敢无畏,自主独立,有气魄,有胆识,有能力,有雄心大志,与男性没有什么区别,是不让须眉的巾帼英雄,她们能够在国家民族危亡时刻,与男子一样,发挥国民个体的作用。因此,晚清先进知识分子以此种"女豪杰"意象表达了希望女子能够和男子一样肩负起天下兴亡之重任的迫切要求。

二、 女豪杰的榜样

当时,倡导女权运动的各种刊物和传记中对外国女杰中革命者尤其是女刺客的事迹极度渲染,如俄国虚无党女杰韦露和苏菲亚①,法国大革命中的玛利侬(罗兰夫人),法国圣女贞德,女政治家苏泰流夫人(今译"斯塔尔夫人",1766—1817),英国女权运动领袖傅莩纱德夫人(今译"福西特",1847—1929)等都是晚清先进女性争自由谋幸福、致力救国大业的楷模典范。小说中,沙雪梅无意中看到一本《斯宾塞女权篇》才读了三五章就悟到男女不平等而杀了读旧诗书的丈夫成为了"新女豪";黄绣球则干脆在梦里直接受罗兰夫人点化,"开了思路,得着头绪,真如经过仙佛点化似的,豁然贯通"了(《黄绣球》第3回),一夜之间成为"新女豪"。这种"速成"一方面反映了当时作者对文化启蒙作用的极端崇拜,另一方面也反映出这些外国女杰精神在中国社会所具有的巨大精神号召力。

以罗兰夫人为例,我们来看看这些楷模在晚清的影响。罗兰夫人(Jeanne Marie de la Platiere,& Mme Roland,1754—1793)之所以在中国享有盛名,主要归功于刊登在 1902 年 10 月出版的《新民丛报》17—18 号上的梁启超译自日本德富芦花所编《〈世界古今〉名妇鉴》中《法国革命之花》的《〈近世第一女杰〉罗兰夫人传》。文章以飞扬激情的煽动性文字叙述罗兰夫人从一个家庭主妇到吉伦特党精神领袖最后英勇就义的一生,"罗兰夫人何人也? 彼生于自由,死于自由。罗兰夫人何人也? 自由由彼而生,彼由自由而死。"将罗兰夫人塑造成为自由的化身。实际上,罗兰夫人是法国革命史上有争议的人物,在政治舞台上也并无值得大书特书的丰功伟绩,但是梁启超从"爱国女杰"的

---

① 晚清时期,金一《自由血》是颂扬俄国虚无党的力作,书中称虚无党为"自由之神也,革命之急先锋也,专制政体之敌也",视暴力为推翻腐败政府的最有效手段。其中第 7 章是"虚无党之女杰",上海:镜今书局 1904 年版。

角度对其进行解读,以"火辣辣的文字,有光有热,有声有色"①的传记体把罗兰夫人定格为"欧洲十九世纪之母""法国大革命之母",颂扬其感天动地的爱国精神,使"罗兰夫人"成为一个意蕴丰富的形象符号。此文一经刊出,便被《女报》等刊物频频转载引用,引起热烈反响。除此之外,在其他译著中如《世界十二女杰》(赵必振译、岩崎徂堂与三上寄凤合著)、《法国革命史》(涩江保著)等都为罗兰夫人立传,而且戏曲、弹词、诗歌等均将其事迹反复书写传演②,一时间罗兰夫人的事迹广为传颂,成为女权革命的典范,在《女学生入学歌》中就有这样的词:"缇萦、木兰真可儿,班昭我所师;罗兰、若安梦见之,批茶③相与期;东西女杰并驾驰,愿巾帼,凌须眉。"④以罗兰夫人为代表的外国女豪杰之所以引起国人的尊敬主要是因为,她们的爱国精神和救国功绩,"救亡事业无男女,几辈英雄亦我流"⑤,她们的英勇刚毅,舍生赴死的精神激励着中国妇女以死相搏为国家,"第一女杰"秋瑾就是这种精神的具体实践者,为理想、为国家从容就义,而成为近世的英雄楷模⑥。这样的女豪杰,自然也就成为小说家笔下的理想形象了。

不仅外国女豪杰成为时人的理想女性,中国历代女子在柳亚子、陈去病等人的发掘和重新阐释下,也成为理想女性的范本。花木兰被塑造成为"中国第一女豪杰女军人家"⑦。梁红玉也荣获"中国民族主义女军人"⑧的称号,其

---

① 郑振铎:《梁任公先生》,《小说月报》第 20 卷第 2 号,1929 年 2 月。

② 参看玉瑟斋主人:《血海华传奇》,《新民丛报》第 25 号,1903 年 2 月;挽澜词人:《法国女英雄传奇》,上海:小说林社 1904 年版。

③ 据夏晓虹考证,批茶就是美国女作家斯托夫人(Harriet Beecher Stowe,1811—1896),其声誉在晚清中国和罗兰夫人比肩,主要借助蒋智由主编的《选报》(第 18 期,1902 年 6 月)中刊载的《批茶女士传》,以及其著作《五月花》和《黑奴吁天录》的传播而广为人知。参见夏晓虹:《晚清女性与近代中国》,北京:北京大学出版社 2004 年版。

④ 金一:《女学生入学歌》其三,《女子世界》第 1 期,1904 年 1 月。

⑤ 杜清池:《赠吴、庄、周三女史》,《女报》第 9 期,1902 年 12 月。

⑥ 参看夏晓虹:《晚清女性与近代中国》第十章,北京:北京大学出版社 2004 年版。

⑦ 亚卢:《中国第一女豪杰女军人家花木兰传》,《女子世界》第 3 期,1904 年 3 月。

⑧ 松陵女子潘小璜:《中国民族主义女军人梁红玉传》,《女子世界》第 7 期,1904 年 7 月。

他历史上的义烈女性也被作为弘扬民族精神的符号挖掘出来加以多方颂扬，如《女雄谈屑》①，记叙了12位以身殉国、抗击侵略的烈女事迹，就是这类文字的代表。为了"爱自由，尊平权，男女共和，以制造新国民为起点，以组织新政府为终局"，呼吁"善女子，誓为缇萦，誓为木兰，誓为聂姊、庞娥，誓为冯嫽、誓为荀灌、虞母、梁夫人、秦良玉，誓为越女、红线、聂隐娘。善女子，誓为批茶，誓为娜丁格尔，誓为傅萼纱德夫人，苏秦流夫人，誓为马尼他、玛利侬、贞德、韦露、苏菲亚。此皆我女子之师也。"②将中外古今可以赋予"自由"和"平权"新国民素质的女性都作为学习的楷模加以宣扬称颂，进行中国女性形象的重新构建。在这样的时代氛围中，"与其以贤妻良母望女界，不如以英雄豪杰望女界"③，成为一个时代的集体呼唤，小说里会出现这种爱国"女豪杰"式的女性意象，也就不难理解了。

三、 女豪杰的"性"与"情"

当女性要与男性一样作为国民一分子来承担国家兴旺的重责时，性别应该是被忽略的。但是，"女豪杰"金瑶瑟并未忽视自己的性别，而是将女性身体作为工具或武器，以"色"救国，在京城妓院"姿色娟丽，谈笑风雅，歌喉舞袖"（《女娲石》第2回），把女性身体作为革命的祭品，以达到醒民救国之目的。这种舍身救国的方式骇世惊俗，但采用这种方式的并非仅她一人。中央妇人爱国会为了杀民贼，挑选会员中的绝色少女嫁给政府中权贵要人做妾，已刺死大臣七人；花血党百来万，用同样的方式刺死各级官员384人，致使大小官员闭门不出，辞职者四千余人，出妻妾者二万余人；春融党设有百大妓院，三千勾栏，专在声色场所演说文明因缘，以醒民众；还有捣命母夜叉三娘子姊妹，专门以色诱杀男子，不许世界有半个男子。张肇桐的《自由结婚》中也有一位

---

① 亚卢：《女雄谈屑》，《女子世界》第9—10期，1904年9月、12月。
② 爱自由者金一：《女界钟》，1903年初版，第93页。
③ 安如（柳亚子）：《论女界之前途》，《女子世界》第1期，1905年5月。

传奇的"妓女豪杰"如玉。如玉接受维新党人的号召,自戕其身,成为"生殖无器,好合无从"的"不男不女的美人"(第13回)感化阻止革命的"敌人",拯救无知少年,成效显著,以致于男主人公黄祸听了如玉的事迹暗暗称奇:"真是牺牲一身以救同胞。我爱国也有这种人,不愧为将来爱国独立史的一大特色。"(第13回)这些女性,首先,是完全抛开了传统的贞操观,颠覆了男权社会中为了保证其后代血缘关系的纯正而对女性身体所做的种种要求,成为自己身体的主人,甚至极端偏激地将"性"作为功利性的生理工具加以利用,表现出不择手段的决绝性和疯狂的尖锐性,不仅完全突破了传统的道德观念,甚至比现代社会性观念更为激进。可见,其"性"观念已经开始具有现代性的内涵,但是缺乏理性,如同刚刚获得自由的人,一时茫然不知何去何从来享受"自由"而肆意胡为,完全没有了社会禁忌。尽管这种开放的性观念还只是建立在对男权的反叛上,表现得分外极端和生硬,但毕竟她们已经不再把"性"作为繁衍后代、满足男性需求的行为,而是将"性"归属于自身。

实际上,性别的内涵从来就不局限于纯粹的生理范畴。"身体及其快感一直是并且仍将是权力与规避、规训与解放相互斗争的场所"①,凯特·米丽特在其著作《性政治》一书中径直将"性"与社会的各个政治环节紧密联系在一起,探讨"性"与权力之间的关系;福柯也坚持"性"和"性经验"是文化历史意义上概念,而不仅是自然生物学上的概念。② 晚清小说中的"性"亦如此,被生硬地框定在"救国"大业之内。金瑶瑟等人的女性"身体"的个体性意义在这种革命"工具化"方式中消失,代之而来的是生产出的政治意义,而且是淹没在民族国家大业中的功利性意义。这种意义是一种弱势者的意义,是为了

---

① [美]约翰·费斯克(John Fiske):《理解大众文化》,王晓珏、宋伟杰译,北京:中央编译出版社2001年版,第85页。

② 参看凯特·米利特:《性政治》,宋文伟译,南京:江苏人民出版社2000年版;米歇尔·福柯:《性经验史》,佘碧平译,上海:上海人民出版社2000年版。

对抗强势权力集团的压制而采取的极端方式,即完全将自我包括身体用以反抗,毫无保留。这种把"性"作为一种革命手段或武器的叙事模式在后来的文学作品中也时有出现。比如抗日战争时期陈铨的《野玫瑰》,写了一个上海红舞女"野玫瑰"夏艳华为了民族利益做了重庆方面的间谍,不惜牺牲爱情和肉体,离开了情人,嫁给北平伪政权政委主席王立民,为国为民做了大量工作;在蒋光慈的《冲出云围的月亮》中的王曼英也利用自己的肉体来报复男性继续革命事业。这种浪漫颓废的小说叙事后来就很少见到了。当性成为一种政治利器,也就不再具有其特定的人性意义了。

于是更为极端的是,她们不但要抛弃贞操,还要抛弃家庭和情欲,抑"情"救国,成为被禁欲的女性。花血党的"灭四贼"的宗旨第一就是"灭内贼",因为"我国伦理,最重家庭。有了一些三纲五常,便压制得妇女丝毫不能自由,所以我党中人,第一要绝夫妇之爱,割儿女之情";第四是"灭下贼","这'下'字是指人身部位讲的。人生有了个生殖器,便是胶胶粘粘,处处都现出个情字,容易把个爱国身体堕落情窟,冷却为国的念头。所以我党中人,务要绝情遏欲,不近浊物雄物。"(第7回)当瑶瑟担心不结婚人类无法繁衍后代时,剑仙女史秦爱浓则告诉她:"我老实对你说来,女子生育并不要交合,不过一点精虫射在卵珠里面便成孕了。我今用个温筒将男子精虫接下,种在女子腹内,不强似交合吗?"(第7回)以人工授精的方式来进行后代的繁衍,使女性完全摆脱了对男性的依赖,这种想象在当时那个刚刚开始接受现代科学观念的时代发生,实在高妙新颖。这种完全功利化的要求使女性成为一种政治信仰的工具,就如凤葵在加入花血党时秦夫人对她所言:"你须知道你的身体,先前是你自己的,到了今日,便是党中的,国家的,自己没有权柄了"(第7回),个体消亡在集体之中,人的生理要求被国家主义的权力话语所戕杀。花血党的宗旨二"灭外贼"和三"灭上贼"就是要独立自主,铲除专制,救国救民,同时她们还有"三守",主张女子掌握世界天然权利,把男子作为附属品。极端的"灭四贼"和"三守"颠覆了传统的妇女道德,将男女之社会角色进行了置换,其压制性并没有改变,改变的是压制的对象。

那么,作为现代性进步观念之一的"自由婚姻"在小说叙事中将如何穿越"禁欲"的藩篱?《自由结婚》对此的叙事极具寓言意义。小说主人公黄祸和关关因爱国之情而相爱,在革命救亡事业中共同奋斗而情感日增,约定复国之日完婚。但后来关关加入光复党,发誓"一生不愿嫁人,只愿嫁于爱国"(第 14 回),个人的男欢女爱毕竟敌不过国家之大爱,个体化的"自由结婚"终结于国家民族性的"自由献身"。小说中光复党的代表一飞公主更为直接坦白地表达了这种婚姻观:"把此身嫁与我最爱之大爱国祖国,尽心竭力,黾勉为之"(第 15 回),要"替国守节,替种守节",把"亡国之痛当作杀夫之仇"(第 14 回),将儿女私情,放大到国家民族之伟业中。这种婚姻叙事是极具普遍意义的。《瓜分惨祸预言记》中的女英雄夏震欧认为"这中国就是我夫,如今中国亡了,便是我夫死了"。其好友华永年亦云"中国乃吾爱妻"(第 10 回)。两人专心救国,终身不婚。可见,在小说叙事中的"自由婚姻"在救亡图存的民族危机中仅仅是临空高蹈的一种姿态。个人情欲的合法性被社会变革的巨大力量吞噬掉了,国家功利性的文学观挤压着个体欲望的表达,以致在晚清几乎没有留存的空间。阿英就曾感慨道:"两性私生活描写的小说,在此期不为社会所重,甚至出版商人,也不肯印行。"①也因此,与五四作家对人伦亲情的关注相比,这种政治化叙述使晚清小说呈现出一种情感干涩的状态,忽视对"人"本身的感情世界的挖掘,致使小说叙述缺乏深沉的情感感染力。其想象设定的民族革命的狭隘蕴含着一种简单化的复仇情结逻辑。国家民族的危机激荡的理想主义点燃了革命志士杀身成仁的热情和妇女因受压制之深而奋起反抗所激发的复仇怒火,难免泛滥成一条偏激之河,使她们走上舍生取义之革命道路,生命尚不足惜,更何况家庭、情感乎?复国雪耻的仇恨情绪使这些女性将禁欲的身体变成了"铁汉英雄"。

---

① 阿英:《晚清小说史》,北京:人民文学出版社 1980 年版,第 5 页。

四、 女豪杰的暴力

正基于这样的理念和情绪,嗜血杀戮,暗杀刺敌等行径多有发生。譬如水母女士常常截杀过客,腰间佩的是两个血淋淋的人头,而众姊妹已经司空见惯;金瑶瑟两次刺杀胡太后;沙雪梅在与书呆子秀才丈夫发生口角就将其杀死,其夫有何罪应死? 而且竟然觉得"爽快",举事不成就毅然自焚等等;这种挟杀气带血腥谋政争的行径中带有强烈的轻死剽急的激情,颇有"女魔头"之风。

纵观晚清十年历史,从谭嗣同从容就义开始,不知多少革命志士杀身成仁。"不有行者,谁图将来? 不有死者,谁鼓士气? 自古至今,地球万国,为民变法,必先流血。我国二百年来,未有为民变法流血者,流血请自谭嗣同始。"①这些激烈的言辞和四溅的鲜血感召着后来的仁人志士,用生命激情喷染理想,于是有吴樾在前门车站刺杀五大臣的爆炸,有徐锡麟刺杀恩铭,有彭家珍刺杀良弼,有史坚如谋刺德寿,有刘思复谋刺李准,有熊成基谋刺载涛,有王汉刺杀铁良等等轻死行为,他们为醒世、为信念而不惜以血来灌溉未来,"呜呼! 革命党人将以身为薪乎,亦各就其性之所近,以各尽所能而已"②。在20世纪,这种甘为"薪"的牺牲精神始终激荡在革命事业的进程中,从而成就了我们今天的幸福。也就是在这样的一个血脉偾张的焦灼时代,国运飘摇,风雨如晦,才会有偏激与极端,激昂与凌厉,鲜血与杀戮。这种烈士心态在晚清相当普遍,因为他们相信:"我今早死一日,我们之自由树早得一日鲜血;早得血一日,则早茂盛一日,花方早放一日。"③因此,"流血"不再可怕,而是神圣的了。况且,自古中国就有"舍生取义"的价值认同传统,轻视作为唯一存在

---

① 《清国殉难六烈士传》,转引自《戊戌变法人物传稿》上编,北京:中华书局1982年版,第98页。

② 中国近代史资料丛刊《辛亥革命》(二),上海:上海人民出版社1956年版,第445页。

③ 《熊烈士供词》,见中国近代史资料丛刊《辛亥革命》(三),上海:上海人民出版社1981年版,第241页。

的珍贵个体的生命,以追求超越肉体存在的"立德、立功、立言"之不朽,来维护一定的道德准则和价值标准,体现了人类生命的尊严和刚性。由此对在传统儒家思想的伦理规范和人生信念浸染下的中国知识分子的这种烈士心态也就不难理解了。至于暗杀风潮的形成,除了受俄国虚无党人的启示①,社会媒体的大量宣传以外,也是革命党与政府力量对比过于悬殊不得已的选择②。这些时代风潮对小说中的女性意象的形成自然不会没有影响。

"女豪杰"这样的女性意象身上所具有的习武特征,如沙雪梅一身好武艺,凤葵的钢侠好义,琼仙的飞枪绝技等自然与中国知识分子传统的游侠精神有关,更与当时知识分子为救亡启蒙而提倡的"尚武"精神密切相连。当时很多人认为中国国民过于驯良懦弱,缺乏武士道精神,体骨柔弱,无法抵御外族的侵略而提倡"尚武",如梁启超的《新民说·论尚武》就是其中比较有代表性的论述:"尚武者国民之元气,国家所恃以成立,而文明所赖以维持者也。"③"养成尚武精神,实行爱国主义"形成了一股时代潮流。卧虎浪士在《女娲石》的"序"中说:"《水浒》以武侠胜,与我国民气大有关系,今社会中尚有余赐焉。然于妇女界,尚有余憾。"指出武侠与民气有密切关系,因此作者仿《水浒》来写《女娲石》,希望在妇女界"鼓吹武德,提振侠风"④,弘扬武侠精神,自然就会有"尚武"的"女豪杰"意象出现了。当时很多新小说家不但重评《水浒传》,而且续写《水浒传》,其肯定性的评价也主要就是为了提倡尚武的精神⑤,陈景韩甚至编有专门的杂志《新新小说》来宣扬"以侠客为主义"的精

① 20 世纪初,中国知识分子对无政府主义的介绍主要集中在虚无党的暗杀活动,暗杀俨然成为无政府主义的精髓,认为暗杀是革命的捷径。这种观念在当时广为流传。

② 参看陈平原:《晚清志士的游侠心态》"暗杀风潮之鼓吹",见许纪霖编:《20 世纪中国知识分子史论》,北京:新星出版社 2005 年版,第 187 页。

③ 梁启超:《新民说·论尚武》,见《饮冰室合集·专集》第 3 册,上海:中华书局 1936 年版,北京:中华书局影印,第 108 页。

④ 定一:《小说丛话》,《新小说》第 15 号,1905 年 4 月。

⑤ 参看范伯群主编:《中国近现代通俗文学史》(上)第二编"武侠会党篇"第一章第一节,南京:江苏教育出版社 1999 年版,第 450—460 页。

神,每期刊有各类"侠客谈",可见当时小说创作中的侠风之盛。他在第 3 期卷首的《本报特白》中宣告:"且本报……又以 12 期为一主义,如此期内,则以侠客为主义,故期中每册,皆以侠客为主,而以他类为辅。至 12 期后,乃再行他主义。凡此数语,皆当预告,以代信誓。"①提倡革命与反帝的思想,表达了一种强烈的变革现状的迫切愿望。

以陈冷血的《侠客谈:刀余生传》为例,我们可感受到那个时代的武侠小说的精神实质。故事讲被强盗劫杀的旅客中,有一位"刀余生",经过审查后,不仅没有被杀,反而"接班"做了匪首。后又有一位"刀余生第二"的旅客也被强盗俘来,匪首刀余生见此人强毅而有见识,就没有杀他,还带他在匪窟中参观"洗剥处""斩杀处""解剖处"等杀人的场所,向他介绍"杀人标准":

鸦片烟鬼杀! 小脚妇杀! 年过五十者杀! 残疾者杀! 抱传染病者杀! 身体肥大者杀! 侏儒者杀! 躯干斜曲者杀! 骨柴瘦无力者杀! 面雪白无血色者杀! 目斜视或近视者杀! 口常不合者杀(其人心思必收检)! 齿色不洁净者杀! 手爪长多垢者杀! 手底无坚肉者脚底无厚皮者杀(此数皆为懒惰之证)! 气呆者杀! 目定者杀! 口急或音不清者杀! 眉蹙者杀! 多痰嚏者杀! 走路成方步者杀(多自大)! 与人言摇头者杀(多予智)! 无事时常摇其体或两腿者杀(脑筋已读八股读坏)! 与人言未交语先嬉笑者杀(贡媚已惯)! 右膝合前屈者杀(请安已惯故)! 两膝盖有坚肉者杀(屈膝已惯故)! 齿常外露者杀(多言多笑故)! 力不能自举其身者杀(小儿不在此例)! 凡若此者,均取无去。其能有一定职业,能劳动任事者,均舍去,且勿扰及财物。②

这种没有人道主义精神的"杀人标准"极端而可笑,显然针对的是中国民族劣根性与若干民族陋习,其原因是:

---

① 《本报特白》:《新新小说》第 1 年第 3 号封二,1904 年 12 月 7 日。
② 冷血:《侠客谈》,《新新小说》第 1 年第 1 号,1904 年 9 月 10 日。

世界至今日,竞争愈激烈,淘汰亦愈甚,外来之种族,力量强我数十倍。听其天然之淘汰,势必不尽灭不止。我故用此杀人之法以救人,与其淘汰于人,不如我先自为淘汰,与其听天演之淘汰,不如用我人力之淘汰。①

"杀人"在这里成为自我淘汰的一种极端方法,表达了作者"恨铁不成钢"的愤激心情。而这一切无非是"我意欲救我民,救我国,欲立我国我民于万国之民之上"。② 为了张扬一种救国救民的"侠主义"。在这样的"尚武"时尚精神鼓涌下,"女豪杰"自然有着侠女之风范,不仅血腥暴力,武艺高强,而且深具启蒙意识,致力于国民性的改造。

五、 女豪杰的才学

除了金瑶瑟这类激进的"嗜血女豪杰"之外,小说中还有一个擅长科技发明的"科学女豪杰"秦夫人。在以妓院为掩护的女学堂天香院里,到处都是新颖的机器,这里有空气灯、电灯、留声机、轨道电车、电梯、电话、无线电等,吃饭使用乳嘴吸,只三四分钟就饱了,饭是提炼出来的食物精华,人吃了不会再生病。这些都是秦夫人经营的发明,更令人惊叹的是她还发明了能射中十二英里的手枪和可自由控制的神速电马。女子的聪明才智不仅在秦夫人这个"科技能手"中得以彰显,还在洗脑院的汤翠仙身上以"医学圣手"的身份得以表现。汤翠仙开了参充白十字社,专为国民洗脑,洗去脑中利禄贪婪之心,再造国民。同时,她也是一个发明家,发明了神奇的大气球。她们所具有的西方科学技术和医学知识,赋予了女性科学智慧,产生了"知性美"的意象特征,预示女性将成为造福社会的栋梁之材。

金瑶瑟所遇的曾绮琴、梁翠黛、洪朝霞和杨轻燕却是另一类"音乐女豪杰",音乐造诣甚深,弹琴写曲词,都是好手。所唱乃国势民运,"历举我国弊

---

① 冷血:《侠客谈》,《新新小说》第 1 年第 1 号,1904 年 9 月 10 日。
② 冷血:《侠客谈》,《新新小说》第 1 年第 1 号,1904 年 9 月 10 日。

政"，因为她们认为"音乐为国家之灵魂"，"一国的民气，全从音乐发表出来，谁谓此事关系甚小！……窃谓观一国之强弱，万不可不从音乐下手。譬如我国音乐兴盛最早，乐器之多亦莫与京，但自汉唐乐府以降，渐次薄弱，其权亦渐归优伶之手，以至愈趋愈降。"（第15回）所以非常看重音乐的发展，在从事革命事业的同时亦致力于音乐的改良，以期音乐熏陶国民，铸造强盛国民之风。这些灵秀的"音乐女性"，赋予了"女豪杰"灵动的艺术才能，体现了中华文化的才情灵秀的特点，是富有艺术气质"感性美"的女性意象。

由此，我们看到《女娲石》力图表现的"女性意象"是具有多种才能的、自由独立的、为国为民谋幸福的女性群体，既具备西方先进的科学知识，也有中国传统知识分子的担当精神，还有很好的个人艺术素养，是一种理想的、具有文治武功才能的知识分子形象。

对于女性"才学"的看重源于启蒙的需要。"才学"即知识，是启蒙之闸，只有积累了知识，才能摆脱无知蒙昧，才能"养成中国女子自视高尚之人格"，"自全与自主，皆实现一己于社会之要道也"①，才能做合格的国民之母，"传善种，整家风，有才有德都无憾，宜室宜家乐事融，他日啊家庭教育的根苗，国民教育的基础，都在这百千闺秀的掌握中"②，才能爱国救世。传统的"女子无才便是德"的价值标准到晚清变成了"女子有才便是德"，因此"兴女学"，对女性进行教育，成为时代的潮流。但是，对于女性的才德要求并不是出于女性自身解放的需要，而主要是在民族优良文化传统意义上，男性话语中对女性作为"国母"社会性别角色的要求。"国无国民母，则国民安生？国无国民母所生之国民，则国将不国。故欲铸造国民，必先铸造国民母始。"③将女性作为民族的生物性和民族文化的再生产者，是一种世界性的普遍认知，并不是中国晚清

---

① 叶洁吾：《问中国女子人格宜用何种养成之法方可养成》，《警钟日报》1904年4月21日。

② 《新年乐》，见阿英：《晚清文学丛钞·说唱文学卷》（上册），北京：中华书局1960年版，第41页。

③ 亚特：《论铸造国民母》，《女子世界》第7期，1904年7月。

独有的文化现象①。这种时代社会对女性的巨大期待也促进了女性自我改造意识的觉醒,为女性参与社会实践奠定了舆论基础。

尽管"女豪杰"意象充满了国家民族宏大叙事的诉求,但其中也包含了女性自我意识的启蒙。譬如,春飑的《未来世界》中写有一个留学归来的侍郎之女赵素华,自由恋爱结婚后发现丈夫毫无学识才能,愤而离家出走,对丈夫宣称:"我在外面的事情,用不着你来查问,就算有什么事,你也没有诘问的权利,难道我自己身上的事情,你还想来干预么!""我有我的自由权,凭你什么再厉害的人,也不能侵犯我的权限!"(第 16 回)这和五四时期新女性的自我认知"我是我自己的,你们谁也没有干涉我的权利"(鲁迅《伤逝》)如出一辙。虽然小说作者对此并不持嘉许的态度,但是可知在清末类似的自我意识已经崛起。

然而,在中国近现代,妇女问题始终与国家命运密切联系在一起。如果中国的女权运动不汇入民族解放的洪流,就连基本的生存权也无法保障,更遑论人权和女权! 因此,中国女性只能将性别解放的欲望力量转化到民族国家的解放事业实践中,形成了国家高于并先于个人的利益认知。也因此,20 世纪小说中会形成女性在男性革命者引导下走向革命的这一叙事模式。

六、 男性话语中的"女豪杰"叙事

晚清非写实小说中的"女豪杰",禁欲抑情,残暴尚武,似乎掏空了女性所有的性别能指特征。我们注意到,这种女性意象多发生在男性小说家的笔下。男性在"女豪杰"意象的发生中起着重要作用。在中国,传统儒家文化对女性价值进行了全面贬抑,女性自身在当时根本没有条件和能力谋求发展,也不具备反思自我、超越自我的物质环境和精神环境,所以,必须借助于男性力量来认识自我和发展自己,谋求自由解放。同时,在民族国家寻求富强之路过程

---

① 参看陈顺馨、戴锦华选编:《妇女、民族与女性主义》,北京:中央编译出版社 2004 年版。

中,男性与女性面临的问题如贫穷、被欺辱等是一样的,他们希望借助女性的力量进行社会改造,于是,在精英男性发起的启蒙运动中就包容了女性的启蒙。但是,精英男性为国家复兴而倡导的"新民"是以男性甚至西方男性为范本的,如军人、游侠、冒险魂等,所以对女性也有相应素质的要求,从而建构了"女豪杰"意象。

在国家民族和女权交织的想象中,他们既看到了女性作为社会改造力量的存在而沉溺于女性伟力的狂想中,又茫然于女性力量以何种方式出现。只好以男性话语来赋予她们强大的社会改造能量,以致这些女性意象充满了男性的阳刚之气和勇武之力。在此基础上展开的小说叙事则必然充满了对男性世界的戏拟。耐人寻味的是,这种尽逞英豪,消解或淡化了女性性别特征的叙事方式,影响了整个 20 世纪小说中的女性叙述,开启了一系列反叛传统性别定位的女学生、女革命家、女军人之类的雄化角色的塑造。她们以参与社会历史进程如从军、从政、流血、牺牲、暗杀的方式背叛自己的传统性别角色,在国民革命、民族解放、阶级斗争中,用"新国民"的身份与男性共同承担了国民责任。20 世纪中国社会的动荡和民族危机要求国人同仇敌忾,消解了性别分工的限制,共同投身救亡大业,从而使妇女解放的呼声汇入到民族解放和阶级斗争的合唱中,以至于到了 30 年代的小说叙事中形成了以忘却甚至抹杀性别存在来体现对传统的反叛①,"古有花木兰替父去从军,今有娘子军扛枪为人民"②就是鲜明的写照,表达了女性和男子共赴国难的历史使命。这种国家权力话语语境下形成的"不爱红装爱武装"的女性意象从晚清的"女豪杰"到战争时期的女兵,到新中国成立后的女民兵、女劳模、铁姑娘,一直是 20 世纪 70 年代以前中国女性崇尚的榜样,成为一种特定的社会性别认同。比如《红岩》

---

① 这种小说叙事特征在 20 世纪 30 年代左翼女性笔下十分突出,比如冯铿称"从不把自己当作女人"(《红的日记》,中国社科出版社 1998 年版,第 16 页);谢冰莹要"忘记自己是女人"(《红军时代》,见《谢冰莹作品选》,长沙:湖南人民出版社 1986 年版,第 173 页)。

② 电影《红色娘子军》(谢晋导演,上海天马电影制片厂 1960 年拍摄)"娘子军连连歌"歌词。

中对革命女性江姐和双枪老太婆的设计,革命超越了家庭,直至样板戏中李奶奶、铁梅、阿庆嫂等,都成为了革命者的符号,而失去了性别特征。

由此,20 世纪中国小说中的爱情叙事也有极大一部分开始纳入了革命叙事的大框架中。《青春之歌》中林道静对爱情的追求与对革命的追求是重合在一起的,从一个浑身素白的单纯女孩开始接受包括余永泽的个性解放、卢嘉川的民族独立等所代表的意识形态的召唤,成为一个学习革命的符号;《红日》中梁波鼓励姚月琴不谈恋爱,好好工作学习,自己也和华静达成共识,谈工作学习,不谈恋爱。爱情,已经失去了个性化的内容,成为促进或阻碍革命事业发展的一种因素,这就致使革命小说叙事失去了展示人性的重要领域,应该是其缺乏艺术感染力的一个重要原因。

在 20 世纪初输入的西方近代女权思想的启发下,晚清先进知识分子出于救亡图存的现实考虑,构建出"女豪杰"式的理想女性意象,这种女性意象昭示着中国妇女的自由独立不是像欧美妇女那样是平等人权意义上的权力,而是从属于救国大业的,与国家的独立解放密切相关,是集体意义的自由独立,而不是个体人性的自由独立。

第三章 晚清幻想小说的叙事特征

第一节 具有现代叙事意味的幻想小说

20世纪初,新幻想小说张开了想象的翩翩羽翅,闪耀着新颖瑰丽的色彩。尽管小说家强烈的社会政治意识总是试图让想象背负起太多的社会功用,从而使文学想象迷人的羽毛底色显得过于深沉,但是处于转型过渡中的小说还是以其强烈的冒险精神和大胆的尝试勇气,试图突破传统习规,进行了种种叙事创新。虽然,此期小说的表达因其探索而显得稚嫩,因其创新而显得粗糙,因其急于表达而显得过于直率,因其情绪激愤而显得有些夸张,国破家亡的危机意识压迫得小说家难以静心摩挲语言的肌肤,而在叙事上显得极为急切直接,但是其叙事中蕴含着众多现代性叙事因素,展现出中国小说由传统叙事走向现代性叙事的蹒跚步履。

一、“融汇”

中国古代小说一直是远离政治的。士大夫通常用诗歌散文来抒发参政思想,即使在小说中写写贪官,劝善惩恶,也只是道德上的评判而主要不是为政治服务的。然而在晚清非写实小说中,浓烈的政治色彩把文学想象紧紧地绑缚于救国救民的主旨上,试图将小说传统的娱乐消遣功能转换为教化启蒙功能,"小说"成为严肃而认真的社会改造事业。因此,小说叙事中出现了为表达政治见解和社会教化内容的大量演讲、长篇论述之类的"非文学性"内容。梁启超的《新中国未来记》就极为典型。小说在写"宪政党"成立的时候竟将其章程列出,写党的发展时又将《治事条略》全文写出,写改良派黄克强和革命派李去病的论辩竟达一万六千余言! 蔡元培的《新年梦》亦是如此。在梦境中,开会的众人不但演讲,而且还分发了各种小册子,叙事者就把小册子上要做的事情分为内政五纲,外交三款一一列出,都是施政纲要,仿佛工作报告。为了表达政见和抱负,在小说中穿插大段的议论、演讲、论辩和介绍性文字,虽是隐含作者的叙事兴趣所在,但冗长无趣,令人生厌,通常不是小说读者的阅读兴趣所在。但是,对于叙事者而言,此为叙事目的所在。而且在晚清语境中,对当时的读者来说,小说中的这些内容也是其兴趣点之一。时人有文论述《读新小说法》,指出"无政治学不可以读吾新小说","读新小说,须具万法眼藏,社会的作社会观,国家的作国家观,心理的作心理观,世界的作世界观"①,那时的理想读者对新小说的期待包括各种文学、科学、政治等多种内容,所以大量"非文学"内容进入小说叙事并没有被读者排斥冷落。由于大量非文学内容的介入,而使小说呈现出独特的"融汇"多种叙事的状态,激起各种表达欲望,似乎小说无所不可表,无所不可说,形成了众声喧哗的自由空间,打开了一个开放的想象场域,有利于小说尝试多元化发展,其叙事蕴含了无限的潜在可能性,不再只为情节服务了。

这种"融汇",直接表现在非写实小说中的虚实叙事习规的运用中。《新中国未来记》作为一篇小说,所写的是未来 60 年的幻想故事,读者基本上会按照非写实叙事习规来解读,作者也强调了"事实全由于幻想"这一点,然而,非写实叙事并不能囊括这类小说的全部,写实性叙事亦穿插其间。他自述其小说"全用幻梦倒影之法",同时"叙述皆用史笔",可以说分得比较清楚,"幻

① 《读新小说法》,《新世界小说社报》第 6—7 期,1907 年,转引自陈平原、夏晓虹编:《20世纪中国小说理论资料》第 1 卷,北京:北京大学出版社 1989 年版,第 298、299 页。

梦倒影"是非写实因素,叙述之史笔则是写实;史笔的目的是要读者"一若实有其人,实有其事者然,令读者置身其间,不复觉其为寓言也"。① 而且在第 5回中出现了几段按语:

> 以上所记各近事,皆从日本各报纸中搜来,无一字杜撰,读者
> 鉴之。
>
> 此乃最近事实,据本月 14 日路透电报所报。
>
> 此段据明治 35 年 1 月 19 日东京(日本)所译原本,并无一字
> 增减。

强调小说真实性,此类写实性叙事还有多处。不仅这部小说中如此,此期大量幻想非写实小说都有一定程度的写实性叙事。陈景韩在《新西游记》的弁言中就坦言:

> 《新西游记》虽借西游记中人名、事物以反演,然《西游记》皆虚
> 构,而《新西游记》皆实事。以实事解释虚构,作者实略寓祛人迷信
> 之意。
>
> 《西游记》皆唐以前事物,而《新西游记》皆现在事物。以现在事
> 物假唐时人思想推测之,可见世界变迁之理②。

强调其写作中的"真实性",这种对于小说真实性的追求出自中国史传传统,是不难理解的,由此而运用写实性叙事习规,在非写实小说中将对生活现实的摹写与对想象的描绘交织于一处,形成虚实相间的小说叙事空间,弹跳于天上—人间,想象—现实之中,表达出对现实的期待和不满。尤其是小说家落笔于对现实黑暗的描写时,如对上海租界的描述,对官场腐败的讽刺,几乎全是揭露谴责的写实性叙事笔法。非写实的想象在激愤夸张的倾诉中不得不停留

---

① 新小说报社《中国唯一之文学报〈新小说〉》,《新民丛报》14 号,1902 年,转引自陈平原、夏晓虹编:《20 世纪中国小说理论资料》第 1 卷,北京:北京大学出版社 1989 年版,第 46 页。

② 陈景韩:《新西游记》,见吴组缃等编:《中国近代文学大系·小说集六》,上海:上海书店出版 1991 年版,第 346 页。

在地面,难以腾空。因此,在这一时期的非写实创作中,类似《新石头记》《未来世界》《自由结婚》《中国新女豪》这样徘徊在写实与非写实之间的作品很多,而像《新法螺先生谭》这样充满了神奇想象的、比较纯粹的作品则不占多数。

以颐琐的《黄绣球》为例,阿英以现实主义的眼光评述这是"当时妇女问题小说的最好作品",因为这部小说反映了当时的"新女性艰辛活动的一些真实姿态,当时社会中新旧斗争的经过,反映了一代的变革"①。确实,这部小说对女性解放的过程叙述的比较详细具体,但是其写实性的笔调叙述的完全是一个非写实的故事。黄绣球梦中经外国女豪杰开导,一下子从普通女子变成了革命家。她先放了脚,又去劝诫周围妇女,因妖言惑众被抓到衙门,她的丈夫花钱将其救回,才知道衙门黑幕。后得知是黄祸为生财而告密致使其入狱。出狱后,黄绣球走教育救国之路,兴办学校,取得了出色的成绩,但是旗人猪大肠以种种理由阻挠办学,在经过一系列斗争之后,黄绣球组织了军队实现了县的独立自治。从放脚、破迷信、办学校、宣传婚姻卫生、体育胎教到组织义勇队、女军等这些情节,都类似写实小说的情节叙事,一个事件连一个事件,在与主人公的对立面政府衙门官员的种种矛盾斗争中发展,写出了妇女解放之艰难,社会改革之不易。相比之下,大部分非写实小说对事件的叙述比较概括,更多的是场景呈现。但是,"黄绣球"这个形象依然是一种意象性的理念人物,并没有成为写实小说中那种具体性个体人物,还是作者政治理念的实践者。黄绣球本来是一个受过许多苦难、在丈夫眼中"庸庸碌碌"的家庭妇女,在"梦中授读英雄传"被玛俐侬点化之后,顿时大变,令其丈夫暗暗称异,"怎么她竟变了一个人?这些话竟讲得淋漓透彻",和读过书、游过学、见过世面的大女豪之类的人物无二致,"真令人莫测"(第3回)。这种不合常理的"突变型女豪杰"的情节设置只能是在非写实小说中出现,才会被读者接受。这

---

① 阿英:《晚清小说史》第9章,北京:人民文学出版社1980年版,第105页。

就是对传统非写实小说中"仙人点化"成道成仙的情节模式的运用,从中可见传统叙事模式的存在。这样一个充满了非现实因素的人物形象,缺乏具体的人物性格特征,具备的是一个抽象的"改革神仙"的理念性。作者以其行动来直接表达创作主旨,而并不是要耐心地、从容地讲述故事,刻画人物。而且,整个故事的设计完全是对一个空想的乌托邦的描绘。黄绣球所在之地叫"自由村",村中所居主要为姓黄的种族,其中所蕴含的"中国"寓意非常清楚,经过改革,这自由村成为了真正的自由世界,可见其虚幻性。

这样的非写实叙事总是和写实纠缠于一处,难以腾飞。毕竟,人类的想象力终究受制于现实处境,只是晚清非写实小说因其对社会功利性追求而分外突出。譬如武侠小说,陈冷血的《侠客谈》写一伙强盗以杀人之法来救国,将中国的希望寄托在杀尽贪官污吏和无用之社会败类的侠客身上,这种想象显然迥异于充满了道德正义感和魔法神力的传统侠客,也与金庸笔下充满柔情人性的侠客不同,心中只有一个"救国"目标而已,不再将想象振翅于其他领域。

晚清小说开放的叙事空间不仅容纳了这种虚实相杂,而且还将各种中西文学体裁融进小说叙事之中,文言与白话不再分家,笑话、传奇、弹词、游记、小品、书信、日记、答问、诗歌等都融入小说之中,各种文体渗透杂糅,内容也无所不包。"融汇"的叙事空间的开拓,加进了政治,输入了知识,开通了风气,非文学因素的多种介入使小说成为"杂小说",文学本体渐渐模糊。陈平原对此就论述道:"而在晚清,中国的小说概念和外国的小说概念搅和在一起,以致当人家提到'小说'时,你不知道它指的是叙事诗还是戏曲,是长篇小说还是短小的笑话。"①这种模糊的小说概念,自然来自当时对小说文类地位的提升,赋予了小说巨大的社会功能,也就"宜作史读""宜作子读""宜作志读""宜作经读""可作风俗通读""可作兵法志读""可作唐宋遗事读""可作齐梁乐府读"……②此期小

---

① 陈平原:《中国小说叙事模式的转变》,北京:北京大学出版社 2003 年版,第 151 页。

② 《读新小说法》,《新世界小说社报》第 6—7 期,1907 年,转引自陈平原、夏晓虹编:《20世纪中国小说理论资料》第 1 卷,北京:北京大学出版社 1989 年版,第 298、299 页。

说所蕴含的巨大叙事潜能包容了中国小说创作的多种尝试,为现代小说的发展提供了多种可能性。

应该说,"融汇"性的小说叙事,扩大了文学范畴,增加了小说叙事潜在空间,为中国小说走向现代开启了闸门。

二、"显豁"

晚清非写实小说的想象虚构指向表达十分显豁,叙事目的清楚明白。小说家在亡国灭种的危机时代和新旧转型的混乱时期,满怀救国激情,挥舞着小说利器,急切地劈向黑暗现实和传统积弊,难以深入思考和仔细观察,保持冷静从容的创作态度,也就难免"辞气浮露,笔无藏锋"①,有情绪化的直露表达。作者在叙述中急于表达"救天下"的功利性意图,唯恐读者不能领略其苦心,所以常常跳出来在故事中表白思想,浴血生就对此评论道:"今之社会小说夥矣,有同病焉,病在于尽。"②所谓"尽"也就是过于直白的意思。在很多小说正文前,作者或评者都会用"序"或"楔子"等急不可待地将创作意图全盘托出,全无委婉之笔。如《自由结婚·弁言》就直接挑明了小说的创作意图:"以男女两少年为主,约分三期:首期以儿女之天性,观察社会之腐败;次期以学生之资格,振刷学界之精神;末期以英雄之本领,建立国家之大业。无一事不惊心触目,无一语不可泣可歌,关于政治者十之七,关于道德教育者十之三,而一贯之佳人才子之情。"③诸如此类,卧虎浪士写《女娲石·叙》、俞佩兰写《女狱花·叙》、中国男儿轩辕正裔写《瓜分惨祸预言记·例言》、陈景韩作《新西游记·弁言》等皆阐明其创作的主旨,以指点读者进行阅读。这样,在隐含作者

---

① 鲁迅:《中国小说史略·清末之谴责小说》,见《鲁迅全集》第 9 卷,北京:人民文学出版社 1981 年版,第 282 页。

② 浴血生:《小说丛话》,《新小说》第 17 号,1905 年。

③ 自由花:《自由结婚·弁言》,见董文成、李勤学主编:《中国近代珍稀本小说》第 6 卷,沈阳:春风文艺出版社 1997 年版,第 285 页。

和理想读者①之间的叙述者和故事人物就在急切表述中成为一种概念政见之类的载体,不可避免地使小说充满了一种说教意味,挤压了叙事成分,使故事情节简单、直接、明白。

但是,这种对创作意图的表达毫不掩饰,甚至唯恐不"露"的艺术特征,正是此期小说刻意为之的一种艺术追求。如吴趼人就为了讽刺清王朝的"预备立宪",迅速地创作了《庆祝立宪》《预备立宪》《大改革》《立宪万岁》《光绪万年》等短篇小说,揭露朝廷以立宪为名,欺骗百姓,换汤不换药的做法,他唯恐一篇写不明白,竟以此为题写出一系列! 而且在语言方面,晚清小说家多采用浅显的文言和古白话来写作,以利于读者的理解,从而实现普及教育,开启民智的文类价值。

以包柚斧的《善良烟鼠》为例,可知叙事者之苦心。小说叙述一个吸烟(鸦片)极盛之城实行禁烟。一个吸烟者家中梁上忽然坠下一只死鼠。请鼠医诊断并没发现死因。后请来通鼠语的朋友,和众鼠交谈才知,众鼠跟着主人常年吸烟也养成烟瘾,当主人要戒烟之时,鼠长因偷听主人谈话而奋然提倡"吾将誓死戒烟,为吾全族倡"。并且身体力行,最后因戒烟而死。群鼠受其激励,"亦互相誓死戒烟,力除流毒云"。这是一个非常短的小故事,但是叙事者用近二分之一的篇幅来陈述鼠长和众鼠的对答,以鼠长之言阐明小说的创作意图,"尔辈忘狸奴大敌乎? 吾全族即振刷精神,犹虑不足以御外辱,矧乃吸烟自戕哉! 既误吸烟矣……宜如何洗心涤虑,图后效,以赎前愆;竞生存,而保种族!"就仿佛在谈中国的民族危机,号召国民奋起保种救国,"呜呼,死等耳,与其死于敌,毋宁死于烟,与其为吸烟死,毋宁为戒烟死,与其吸烟而死以贻全族羞,毋宁戒烟而死以励同胞志。"情深义重,慷慨激愤,"吾烟不戒不自由,吾不自由,毋宁死!"②故事以鼠写人,构思巧妙,其中的启发民智,号召戒

---

① 理想读者即叙述者心目中的理想读者,完全相信叙述者的言辞。

② 包柚斧:《善良烟鼠》,《月月小说》1908 年第 9 期总 21 号附刊《周年纪典大增刊》,又可见吴组缃等编:《中国近代文学大系·小说集七》,上海:上海书店 1991 年版,第 635—637 页。

烟的创作意图以鼠长之口明确而鲜明地表达出来。如果抛开故事的"鼠"主人公,可以直接感受到此言是对"中国人"的劝诫。尽管小说叙事者以非写实的想象来写一个动物的故事,而且反复说明这个故事是众鼠告诉作者的朋友,朋友又告知作者,作者"大异之",才记下来,"余""窃未敢深信",日后还要学习兽语来了解朋友之言是否真实,但是,小说虚构的戒烟事件在动物界根本没有发生的可能,而将此类事件的虚构指向直指人类社会,对于鼠界的现状描述也与中国现实一致,毫无出现误解的空间,所以作者的创作意图表达得非常明确清楚,寓意显豁,就是要警醒民众,呼吁民众戒烟强身救国,绝不是随便记录所谓的奇闻轶事,因为此类事情发生的可能性几乎为零,没有人相信。作者在小说最后的"柚斧曰"中强调此事"窃未敢深信"的不可信性,就是要读者明白其中寓意所指。

晚清非写实小说中的各种想象,几乎都可以直接明白地知道其中的寓意和象征,如果稍有隐晦曲折,作者一定会跳出来阐述一下。这种对"显豁"叙事的追求,缘于小说"群治"之文类概念。此期的小说并不注重给读者带来非凡的文学审美体验,而是要让读者接受其政治理念和各种知识,进行启蒙教育,所以,叙事的重点不在表现人的生命体验而在进行政治宣传。从这个角度来看,《善良烟鼠》这种叙事追求是成功的。这是一种时代特征,正是这样的叙事追求,促使中国小说跳出了传统的对故事的传奇性和情节的曲折性的追求,开始用小说来抒情言志,袒露心怀,参政议事,赋予了小说与传统的诗歌散文这些文学正宗相同的文类功用,而不再仅仅是讲故事、表达社会道德评判。

三、"呈现"

晚清非写实小说所关注的主要是对"黑暗世界"和"理想世界"的描绘,是一种"展现性叙事"(display),即呈现,所以常常出现"游历者",借助"引导—游历"情节模式来展现各种想象世界,以呈现由现实世界生发出来的各种国家发展的可能性,或亡国,或兴盛,以此来说服或警醒读者,如吴趼人的《新石头记》中的贾宝玉在薛蟠和老少年的引领下对野蛮世界和文明境界的参观；天石的《南酆都阅兵记》中的"我"对南酆都地府世界的游历；大陆的《新封神传》中的姜子牙由猪八戒带着在上海和日本的经历；女奴的《地下旅行》中女奴到阴间轮回城的参观；徐念慈的《新法螺先生谭》中"我"上天入地的经历等，把小说中各种曲折生动、互相发生各种联系的具体"事件"变成一种普遍性的场景"状态"，加以铺陈展示。然而，小说本来的叙述兴趣应该在于对各种"事件"故事性的关注上而非对"状态"的话语性描述上，因此，"事件"的缺乏必然导致叙述对读者的吸引力下降，这就要借助所"呈现"场景的新鲜、奇异、有趣等其他阅读体验来弥补。晚清非写实小说的成功之处就在于对场景的丰富呈现，以奇妙、新颖、生动、瑰丽的想象世界吸引了众多读者，满足了读者对知识、对未来、对外在世界的探索欲和好奇心。

有的小说重在呈现未来国家的富裕强盛，令人热血沸腾，如《冰山雪海》，叙述 24 世纪黄大郎等人率领 15 艘轮船，共 12983 人，备足三年粮食从福建泉州出发探险，先到北极，无鱼无鸟，就又往南极，最终找到一块新大陆。在这块新大陆上，人们无贵无贱、无贫无富，平等自由，一切归公共所有，男女老幼，各尽其力，人们安居乐土，建立了学校、工厂、码头、道路等等设施，繁荣昌盛，吸引全球各色人等前来定居，铺陈了一个黄金世界。诸如此类的理想世界的描述或具体或概括，或充满了高科技发明或实现了高度民主政治，或是世外桃源或是未来中国，无不显示出一种强盛大国的风采，也无不显示出西方列强的种种社会制度和政治文化，这种呈现应该说是以此为模版展示的。

有的小说重在呈现奇异的想象世界，令人惊叹不已，如沈伯新的《探险小说》（1907 年）叙述红种人领袖赤心反抗白人暴政不敌，只好带领百人冒险出海，落脚于人皇岛，和其国水部长黑拉斯一同开始环游世界。他们经先民山、毛民国到牛黎国，帮助此国打败敌人白民国等；又到满是美丽女子的女人国、丈夫国，促成二国联姻，但是国王却因女色而废国事，只好进言劝诫；后又到了各种奇特的地方，盖山国的人们都是一臂一足，互人国的人都是人面鱼身，寿麻国都是无右臂的人,等等,经过了后羿射日九日坠落之地地皇岛,到了神祇国。这里的人能造火排乘风上天,国王送他们到羽民国,这里的人有翅膀可以飞,还送他们到不死国。他们拒绝了长生不死的邀请,经载民国、蜮民国、帜民国,进入小人国。这里的人只有尺许,牛如小猫,又到长人国,这里的人高达丈余或二丈,但是却因没有合群的团结心,只能做奴隶;后来他们到了君子国、中容国,来到天皇氏诞生的海岛,进入龙宫,见到黄帝。黄帝告诫他们要恢复山河,积极练兵,准备中兴。赤心在龙宫养尊处优,乐不思蜀,但是龙王告诉他龙宫已经是四面楚歌,被各列强虎视眈眈,即将被瓜分,要他们发愤图强。于是,赤心回到人皇岛,建成了一个文明岛国。故事中神奇的想象既有来自中国古代传说中的黄帝、后羿、女儿国、龙宫种种内容,也有域外文学大人国、小人国、荒岛之类的影响,将传统想象资源和西方文学想象杂糅到一起,呈现出一个光怪陆离的神奇世界。我们从中既可看到《西游记》《镜花缘》之类小说的身影,也可看到《格列佛游记》之类的分子。在中外文学混杂影响之下,形成了这种奇异的幻想图画。

有的小说则重点呈现天界或地府的种种鬼魅仙魔。如《宪之魂》(1907年)展示了阴曹地府的鬼魂世界。在这里阎罗墨守成规,不思进取,手下阴官都是祸国殃民的贪官污吏。在与外鬼国交战中失利,赔款割地,外国商船一直开到血污池,铁路修到奈何桥,恶狗村划入租界,酆都城变成商埠,阴山上是外国矿山,孽海边上是外国轮船,连鬼门关的关税都抵押给了外国。内忧外患之下阎王派钦差去外国考察政治,准备立宪。各略知洋务略通洋话的鬼官四处钻营,但六位钦差却保举了自己的私党,虽遇革命党暗杀,但有惊无险,吃喝玩乐,游山逛水。回来之后钦差复命说鬼魂没有受过教育,没有立宪资格,但是为防备革命风潮,阎王决定预备立宪。阴府里怪事连连,财帛司长盲眼遇见金银就会放光;他的儿子和他的姨太太鬼混还偷印戳伪造钞票,被人发现,让一个小鬼顶罪了事;裁判员接到调戏民女案,想到此女貌美,就胡判占了此女。提学使花钱买了优贡,巡警局官盗勾结,留学生不认父母,勾引少女,调戏民女,欺压百姓……天灾人祸,弄得阴府"鬼"不聊生。这腐败的阴曹地府是以中国晚清社会的黑暗现实为范本来进行呈现的,其他类似小说也通常如此,将社会现实移植于天界或地府来描绘,表达对现实社会的批判揭露以及对变革的期待。在小说中,现实生活事件几乎都被原封不动地搬入另一个空间,如现实生活中吴樾志士行刺事件,在小说中只是将吴樾换成了吴樾鬼;现实生活中清政府派官员到外国考察,小说中阎王也派钦差到摩羯陁、力吉祥国考察。这种呈现通常以写实的笔法嵌入非写实的框架之中,肆意想象,表达激愤、讽刺之意。

小说中所呈现的内容多种多样,或是科学发明的种种机器,或是发达的、落后的社会场景,或是政治主张,或是奇异事物,总之,对"人"的性格关注不多,对"事件"的变化发展、因果逻辑等叙述得比较简单,重在对画面场景的呈现。这类小说通常的情节设置就是:腐败现状的呈现——改变后的美好世界或更可怕的黑暗世界。叙事重点集中在前者(如《六路财神》等)或后者(如《黄绣球》等),或两者都有(如《新石头记》等),而两者之间所需要的改变过程则成为叙事空白。这个空白在非写实小说中总是以大段的说教理论概括而过或者借由"观看戏剧"的情节设置来简单回顾,如《乌托邦游记》《新中国未来记》等中的叙事。其叙事兴趣迥异于通常的小说叙事。通常,叙事作品总是关注于改善过程的描述,这个过程蕴含着丰富的叙事"导火索",各种矛盾冲突的展开,悬念的设计,人物的表现,事件的发展,等等,总是在这个过程中出现,最后达成新的平衡而结束叙事。可是在这类小说中,最重要的改变过程却被忽略,小说家感兴趣的是叙事的起点和终点,也就是惨淡的现实和光辉的未来。这也许是因为小说家根本就不知道这两点中间的过渡应该如何展开,无论是现实世界还是在幻想世界。由此,我们感受到了"小说"所显示出的面对现实世界其无能软弱的文学本质。毕竟所有的想象都不可能是空穴来风。现实世界提供给小说家的只有现状的黑暗和西方社会的发达,因而也只能想象我们的未来和现在。至于现在和未来之间的行程,那个时代所有的人都在寻找和探索,小说创作本身也就是这样一种努力。

这种"呈现"性叙事,显示出中国小说在叙事上已经相当自由了。它可以是故事,也可以是场景;它可以讲述,也可以描绘;它可以是第三人称的全知全能,也可以是游历者第一人称的限制叙事;它可以议论,也可以说明;它可以顺叙,也可以倒叙。它冲淡了情节的曲折连贯性追求,而将叙事重点集中在某一点,吸引读者,尤其是对五四之后的现代小说中"截取横断面"的叙事方式有极大的影响,通过精选的某一个生活场景来表达主题。"场景呈现"这种现代性叙事在晚清非写实小说中的大量出现,不仅是受到异域文学的影响,而且也是小说本体表达所存在的内在需求。

除此之外,这时期的非写实小说在叙事上的特点还有很多地方值得探讨。譬如,淡化情节的叙事,正是现代小说的叙事特征之一,而晚清非写实小说也不注重情节的经营。晚清非写实小说所具有的这种叙事趋势表现出中国小说逐渐从娱乐消遣的审美追求中走出来,开始寻求更为广阔的叙事空间。所以,从广阔的历史、文学背景中考察这些叙事特征,也许可以给我们带来一些启发。

第二节　理念性的"人物"

在这些令人迷惑的叙事特征中,首先令我们怀疑的就是小说叙事中人物形象的概念化。在这类小说中几乎没有鲜明的、富有个性的人物,而多是模糊的、理念性的。尽管也有贾宝玉、猪八戒之类性格鲜明的人物,但通常都是叙事者借用已经定型的人物来演绎故事,并不着意在小说中塑造人物形象。纵观同时期的写实性小说创作和这之前的小说艺术成就,我们就知道晚清小说家并不缺乏塑造生动感人的人物形象的能力和技巧,但是为什么在这些非写实作品中的人物描写如此简单而直接?

一、　人物主题功能的强化

除了作者急于用小说人物作为政治理念的传声筒来实现小说"群治"的功能而忽视人物的塑造以及商业化等原因之外,小说家在叙事中过于注重想象人物的"主题功能",而淡化了其"模仿功能"①,是一个重要的原因。

小说人物天生具有逼真性,模仿功能就是逼真性,是小说的一种内在功能,产生于文学虚构的规约。通常小说叙事中会对人物进行具体的描写,用他的相貌、衣着、话语、行动、生活习惯、性格特征、家庭背景等一系列现实生活细节,也就是"模仿性特征"来造成一种貌似真实的感觉,产生逼真性。人物身上的各种特征越多样、越复杂甚至相互矛盾、冲突,就越逼真,从而也就越富有变化的潜能,使人物更加具体化,也越容易给读者带来难以预测的惊奇感和更强的亲切感、认同感。这些模仿性特征,越是逼真就越使人熟悉,容易给人留下深刻印象,产生艺术感染力,读者甚至会将其作为真实人物看待。反之,如果在叙事中对模仿特征忽视则就会使人物简单而模糊,不能给人留下完整生动的印象。非写实小说对虚构性的强调,并没有也不应该使人物丧失模仿功能,如在《西游记》中,我们随着唐僧师徒,可以身临其境地感受到那个奇幻世界的瑰丽神奇和人物的可爱可憎之性格。但是,晚清非写实小说因为对小说社会功利性的过分追求而非常重视小说主题的表达,淡化了小说的娱乐消遣功能,在塑造人物的时候,恨不能通过人物一下子就把隐含作者的叙事目的表达出来,说服读者接受某种政治意识理念,产生爱国救国之心和责任感,因此,在人物身上负载了多重"主题性特征",以实现其叙事目的,比如《女娲石》中金瑶瑟的美丽,是因为她要用"美丽"来引诱那些政府官员,对其思想进行改造,是革命手段之一。《新石头记》中东方文明的"唇红齿白,无异少年"的年

---

① 美国后经典修辞性叙事理论家詹姆斯·费伦建构了一个由"模仿性"(人物像真人)、"主题性"(人物为表达主题服务)和"虚构性"(人物是人工建构物)三种成分组成的人物模式。区分了人物的"模仿功能"和"主题功能"。

轻特征,是为了表明中国文明的"青春永驻",弘扬中国传统文化精髓。这些特征一方面是小说人物与生俱来的模仿性特征,另一方面在叙述中具有对主题进行阐释的功能,就转化为主题性特征了。但是过分地强调也就使人物显得过于理念化,失去了一定的生动性。

然而,注重人物主题功能的这种简洁叙事,使人物成为"普遍的象征",而不是"具体的个别",非常适合表达社会象征意义,既避免了个性化的影射之嫌,又实现了对社会整体性的批评叙事,应该说,也是"人物"一种叙事功能的成功实现。毕竟,"人物"是叙事的手段而不是目的,"人物"在叙事中是"参与者"或"行为者",而不是一个真正的"人"。具有多重特征的"浑圆人物"和具有单一或少量特征的"扁平人物"具有同等的叙事能量,对叙事目的的达成具有同样的功能和各自独特的审美效果。晚清非写实小说出于对宏大主题的关注而将"人物"概念化,相对于五四后出现的对"人"的发现和实现充满兴趣的写实性小说中对人物的描写,显得缺乏个性特征,但我们不能简单地认为这种叙事是一种缺陷和失败。

况且,这种普遍象征性的"人物"观念不仅是晚清小说家,也是五四新文学家所特有的,冰心、王统照、许地山等用小说中的人物所表达的"爱""美""善"等人生哲理与此如出一辙。20世纪中国的现实危机促使具有强烈的启蒙意识的中国小说家始终关注着民众整体,观察着社会现实,而产生了这种普遍性的人物观念。最能体现这种小说"人物观"的就是小说中对人物的命名,或以符号代之,如阿 Q;或以泛指指称代替,如某人、一少年、一女子之类;或以名象征本质,如东方文明、贾自由、贾维新等,爱钱的叫"钱孔",怕洋人的叫"杨懦",诸如此类,不胜枚举。"无面貌"的人物或有相同面貌的"类型人"在现代小说中比比皆是,仿佛是一个叙事的"假面舞会"的狂欢,"人物"带着"概念面具"体现着小说家的叙事意图,如鲁迅《伤逝》中的涓生和子君就不是通常意义的恋爱中的男女,而是带着"启蒙老师"和"学生"面具的概念化人物形象。但是,我们并没有因其在叙事中的这种"主题功能"而感到艺术魅力的减少。对这样的人物叙事,应该视为一种在既定语境中形成的文体特征,而不应看做缺陷,毕竟,这是其特定的叙事目的所要求的。

二、 简单的人物

我们以天石的《南酆都阅兵记》(1908)①为例来看一下此期非写实小说中对人物的处理。这部小说以第一人称来讲述"我"在南酆都参观阅兵式的一次经历。南酆都是鬼世界的富庶之地,通常由重臣管理。现任的南酆都郡王叫宗笃,听说"我"要观新军操演,十分高兴,派引导鬼带领"我"参观。可是十点钟的操等到十一点半也没见动静。原来迟到两三个钟点是这里的规矩。郡王和判官排场极大地来了,第一个出场的是洋枪队,乱响一气;第二个出场的是矮先锋性命用洋法教出来的逃跑队,因为打胜仗是侥幸的事,"定要预备打败仗,习练些逃走的法子,方可临事不惧"。让人看得莫名其妙,羞愧难当。然后是马队步队,"闹的一塌糊涂,巴不得早点完结"。郡王鸦片瘾犯了,就叫停操。"我"于是到其他办公所参观,看见"丢脸公所",原来是不要脸面才能办事的纪念。其他地方空设机构,没有鬼办公。众鬼宴请"我",酒席之间,才知矮先锋性命是个酒鬼,瞎吹乱侃,"我"不耐烦就装病离席,回到寓所记下所见。

小说中的人物"我"为主人公,"众鬼"为主人公观察的对象。二者之间是简单的"看"与"被看"的关系,各自展示各自的行动而互相不干涉,发生互动的只是"参观"与"引导",也就是说"我"不具备致使鬼世界发生变化的能力,鬼也不能干涉"我",二者之间的关联动作只有"看",这种关系在众多游历型非写实小说中是十分普遍的。在这种关系的叙事语法中,人物和对象发生关联的"看"这个动作没有追求达到的目的性,也就不会有帮助者和阻挠者来为

---

① 天石:《南酆都阅兵记》,《月月小说》1908 年第 2、3 期,总第 14、15 期。

实现目的而行动,当然也就不会有曲折生动的情节产生,于是,人物和对象之间关系单纯了,情节也就没有了复杂性。

此篇小说中的"我"是什么人?或者是什么鬼?从何而来?为什么参观?要去何处?……都无从知晓,只知道"我"是一个记录者,并且在评判所见所闻。小说中的人物"我"因缺乏人物的模仿功能,而无法给人一个完整的印象,但是却用评判给我们一个鲜明的态度。"我"看郡王司令部的房子气势宏伟发生想法:花钱甚多;"我"看洋枪队演习"觉得也还特别",看逃跑队"像个侦探队""莫名其妙",看到引导鬼不停叫好,"得意扬扬的颜色","我""实在有些不好意思";听见犯罪鬼的涕泣声,"不忍再听";和众鬼吃酒胡侃,"我听的实在有些不耐烦"等等;这些"我"的感受显示出对所见所闻的憎恶、厌烦、不满。可见,"我"在这里所起的作用,一是组织场景——呈现,将各种互不关联的场景以游历的方式——展示;二是在用参观者的视角呈现场景的同时,表达一种叙事者的态度,对所呈现的场景进行评判。"我"—"看"—"鬼演练"这个叙事中的叙事动力显然不是"我"生发出来的,"我"不喜欢看,为什么要"从头至尾,记了出来"?因为这里还有一个叙事者,叙事者凌驾于"我",用"我"来表达叙事者的态度:嘲讽对象。可见,人物"我"只是一种态度的化身,一个叙事线索的串联者。真正的叙事者在"我"尚未登场之前就开始交代了鬼界行政区域划分以及南酆都郡王的身世背景、行事特征之类的,可谓对鬼界了如指掌。但是,"我"却是不通鬼事的一个外来客,事事要问引导鬼。可见,叙事者与"我"的不对等。"我"在小说中就是叙事者安排的一个摄像镜头而已。应该说叙事动力的发出者就是这个叙事者。

"我"所观看的"对象",不是一个人物,而是一个"鬼世界"。这个鬼世界中主要出现了三个鬼:郡王、引导鬼、矮先锋性命。郡王是一个"博学多闻,为贵族中首屈一指的人物"。这种介绍为后文做了对照,就是这样一个出色的鬼,干事情的习惯是"有始无终",生活是"得一天过一天",害怕为革命死的鬼在阴间闹事,就"总笼络在身边办事,并且检一个极好位置,优待他们"。可谓是一个"老奸巨猾"之鬼。听说"我"要看操演,"非常之喜",好大喜功;有豪华的办公场所和气派的出场仪仗,可见生活的奢靡铺张,而且还有鸦片瘾。这就是鬼界"精英"!另一个精英人物是矮先锋性命专研究打败仗逃跑之法,而且好酒喜吹,酒席中"我"讲的一个"性命"和"新民"谐音笑话讽刺了现实社会中的"新民"。引导鬼亦是一个势利的趋炎附势之鬼。这些鬼影射了社会现实,代表的是一类人,而不是一个。群鬼组成的鬼界就是人间社会现实。对黑暗鬼界的尖锐讽刺表达了叙事者对现实的强烈不满。人物在这里都成为一种现实影射所指,郡王代表大臣,矮先锋代表军队统领,引导鬼代表官场混混,其寓意非常明确。"我"所看之"对象",是一种社会现象,而不是具体的生活场景,人物都是叙事者所关注的现实社会中的某一类型,是群像,而不是"个体",因此,这里的人物叙事就是一种特征叙事,一种理念符号。

叙事者通过"我"来看"鬼操演",是因为要讽刺批判社会现实的官场的黑暗腐朽,因此以"鬼"寓"人",契合了"鬼不如人"的日常认知,借"却是一个鬼影也没有""不能不说些鬼话"之类的双关叙事巧妙地表达讽寓之意味,令人叫绝。由此可见,此小说的人物基本上都是叙事者表达叙事目的的理念符号,其呈现的主要是社会场景而不是对人物的把握分析,因此,人物叙事比较简洁。

叙事目的决定了人物所需要承担的叙事功能。当人物成为叙事者关注对象,要表达叙事者对人物的认知分析时,人物的心理、关系、性格等必然要复杂化,也就是说在以塑造人物为主的叙事作品中,人物叙事就需要充分而具体。但是,在以事件或场景呈现为主的叙事作品中,人物只要完成了叙事功能就可以了。晚清非写实小说很少是以想象人物为叙事主体的,主要是呈现场景,这就决定了人物叙事的简洁和理念化。从这种意义上看,晚清非写实小说中的人物叙事基本上是成功的。

第三节　传统与现代的交替叙事

我们以《新法螺先生谭》为例来具体分析一下晚清非幻想小说在叙事上的古今中外多种因素混杂的特征。

1905 年出版的徐念慈创作的《新法螺先生谭》是戏拟包天笑译自日本岩谷小波所译小说《法螺先生谭》和《法螺先生续谭》的作品，原著来自德国荒诞滑稽民间故事"敏豪森公爵历险记"。这部戏拟之作沿用了原著的漫游结构和主人公的名字，加入了新内容，尤其是科学名词和概念，使这部小说成为当时最富有科幻意味的狂想之作。小说故事很简单，主要写新法螺先生的灵魂一分为二，一半飞向太空，游历了水星、金星和太阳；另一半坠入地下，见到了黄种祖，最后在地球上复合为整体，发明脑电为人类造福，却使三分之一的人口失业，只好作罢。

一、　中西混杂的命名叙事

先从小说人物的命名谈起。因为原著"余读之，惊其诡异"，众人"闻所未闻，倏惊倏喜，津津不倦"①，具有极强的奇幻色彩和趣味性，所以戏拟之作沿用原著的"法螺先生"之名，显然是想继承这种"奇怪突兀，变幻不可思议"的荒诞文风；而且在"法螺先生"前冠之以"新"，来说明此文本与原著的差异。这种命名奠定了小说的基调就是荒诞无稽。这种戏拟性的叙事风格正是作者"为诸君解颐"的一种创作要求，也就是说要写得富有趣味性，以实现小说的娱乐功能。但是，这部小说绝不仅仅是为了娱乐读者，而且还有着实现"醒民"和传播科学知识的启蒙叙事目的。

整部小说是"新法螺先生"以第一人称"余"叙述的故事，"余"只介绍了

---

① 徐念慈：《新法螺先生谭》，见吴组缃等编：《中国近代文学大系·小说集六》，上海：上海书店出版社 1991 年版，第 324 页。

自己的信仰宗旨和游历中的所见、所闻、所感,并没具体化地描述自己的样子、家庭身世等"模仿性特征",读者无法对他形成具体可感的印象,只好将阅读注意力集中于其强烈的情绪感受和奇幻的经历,由此人们意识到,荒诞无稽的不是叙述者本身,而是其身外的奇幻世界。值得注意的是,"余"在小说中作为第一人称叙事者,虽然还保留了传统小说中说书人的语调,比如"为诸君告""再报告诸君前"之类的叙事习语,但是"余"已经不仅是一个叙事者,而且成为故事中的主人公,参与到故事情节中了。小说开篇先声明自己的经历"奇怪突兀,变幻不可思议",然后"诸君其勿哗,听余之语前事"。如此声明,不过是传统小说说书人的叙事模式,但是这里强调此种经历是一种回忆性的"前事"亲身经历,而且是很难让人相信的奇怪变幻,就不是传统小说中常见的了。传统小说第一人称叙事通常只是一个见闻者、记录者、旁观者,很少参与故事的情节发展,但是这里的第一人称叙事不仅突破了以往小说的全知视角,而且直接叙述自己的经历,成为小说中的主人公,具有了现代小说的叙事人称方式。这是中国小说叙事模式受异域文学影响,走出传统的一个重要变化。

文中另一个姓名是"黄种",其子孙是四万万国人。此人的一切特征都明显影射着古老中国。这种"影射"叙事在传统小说中并不稀奇,而且在晚清小说中蔚然成风,不但在写实性小说如《老残游记》《二十年目睹之怪现状》《官场现形记》《孽海花》等众多人物情节中能够极其容易地发现现实生活中的原型,领略到叙事者对现实的针对性叙事目的,而且在非写实小说中,也是处处可见。最常见的就是以小说人物姓名影射人物叙事功能,如钟华(中华)、华永年(中华永存)、夏震欧(华夏震动欧洲)、贾维新(假维新)、吴廉耻(无廉耻)之类,或者以异类世界来影射中国,如《蜗触蛮三国争地记》以蜗牛国影射中国,触国影射日本,蛮国影射沙俄,记叙自日俄战争到光绪年间的中国现实;《卢梭魂》用"唐人"和"曼珠人"影射汉族人和满族人;《地下旅行》《地府志》《立宪万岁》《南鄮都阅兵记》《新天地》等则用"地府""天界"来影射人间现实,读者一望即知其所代表的意义内涵。这使读者和作者在小说文本中达成默契,形成互动。

作者在叙事中含沙射影,声东击西,欲露未露,以"透明装"来挑逗读者,读者则努力拨开重重"装饰物",寻找所谓的真相,获得成就感和游戏快感。这种叙事技法用在人物姓名中,表明小说对人物本身并没有叙事兴趣,只是要借助人物来表达某些针对现实的意念性内容,也因此使人物描写在小说中趋于简单化、漫画化、概念化,直接明确地表达出叙事所指,呈现出一种显豁的艺术风貌。

具有现代性特征的第一人称叙事和传统的影射叙事集中在这部小说的人物命名上,显示出小说创作所受影响的多重性,既有西方文学的影响,亦离不开传统叙事习规和方式。

二、 更新中的叙事机制

虽然晚清非写实小说在 20 世纪想象空间中增添了很多新颖内容,但是其叙事机制并没有一下子完全更新。以非写实小说叙事中进入异度空间的方式为例,依然继承了古代小说中"昏睡""梦幻"叙事的模式。如《卢梭魂》的叙事框架就是非常典型的"梦授仙书",假托卢梭阴魂来到东方,与黄宗羲、展雄、陈涉碰到一起结为同志,预备推翻阴间的君主专制,为阎王所擒,逃到人间,言绎这段故事,叙述者怀仁偷看故事结局,一跤跌醒,"却是一场大梦",手里拿着一卷书《卢梭魂》。蔡元培的《新年梦》亦以"梦"构建故事。小说主人公"中国一民"16 岁离家打工,通晓英、法、德三国文字,游历过美、德、法、英、俄、意、瑞士等国,在除夕之夜做了一个梦,梦见在一个很大的会场,在演讲,在公举议员,在规划中国国民的教育、土地、河流、建筑等,在商讨恢复东三省,消灭各国势力范围,撤除租界。他一路行来,看到一片欣欣向荣的繁荣景象,预定的事情都称心如意地办好了。中国独立自主,各国没有战争了,世界文字统一了,交通便利,实现了大同社会,还要到星球上移民。小说最后是"忽然又听得很大的钟声,竟把他惊醒了"。① 整个乌托邦就是一个梦的描述。陆士谔

---

① 蔡元培:《新年梦》,原载《俄事警闻》第 65—68、72、73 号,1904 年 2 月 17—20、24、25 日,见高叔平编:《蔡元培全集》第 1 卷,北京:中华书局 1984 年版,第 242 页。

的《六路财神》开篇也是叙事者听了朋友对于时事的议论,心有所触,"喝了几杯酒,忽地醉了,就在席上伏着,蒙眬睡去",最后声明:"这些事情便都是士谔梦里那本小册子上瞧见的,看官们瞧了,就当作梦话亦无不可。"①诸如此类的结构随处可见。中国早在六朝时期就已经形成了魂梦体系小说,最有代表性的就是《枕中记》和《南柯太守传》,"黄粱美梦"的典故也就出自于此。小说叙事模式是主人公通过做梦或昏睡进入另一个空间,经历另类人生。这样的叙事策略可以使故事情节的发展摆脱客观现实的自然逻辑,进入想象的自由空间,为下文的狂想叙事的合法性作了铺垫,消弭了叙事中现实逻辑对超越现实想象的压力,从而可以从容地对现实世界以叙事者的视角进行重新建构。鲁迅的《狂人日记》以"发狂"来进入叙事自由空间,用的也就是这种叙事策略。

《新法螺先生谭》中的主人公"余"进入异度空间的方式就是传统的"昏睡"机制,"余""悠悠忽忽"两年多,"自怨自艾,脑筋紊乱"跑到高山之巅,被狂风卷袭而"昏然晕厥",分化为灵魂和躯壳二体。但是,狂风之力"实自诸星球所出之各吸力,若大若小,若纵若横,交射而成",是来自星球的万有吸引力,"余"飞上天空的力量则是火山爆发之力,坠入地下借助的又是地球重力和运动的加速度。所以,"余"以传统的方式进入宇宙、地心,但是其所借助之力却是现代科学知识中的各种自然力。"新知识"和"旧方式"结合在一起,产生了种种奇异的狂想。以对"灵魂"的想象来说,中国人自古就相信灵魂与肉体可以分离,所以"余"灵肉分为二体并不新鲜,新鲜的是余灵魂"其质为气体","其重量与轻气若一百比一之比例",于是"然有一困难之问题也,因量过轻不能留于空气中,则此身不知漂泊何所"。这种困难却在传统想象中从未听说过。作者依据的是现代科学的气体质量知识来想象的。类似这样的情节很多,比如天上遨游的情节,传统小说都会想象见到天宫的辉煌和众仙的神气

---

① 陆士谔:《六路财神》,见章培恒等编:《中国近代小说大系》(胡雪岩外传卷),南昌:百花洲文艺出版社1993年版,第449、524页。

之类,可是这篇小说中的"余"所到之处却变成了水星、金星、太阳等具体的宇宙星球,所见到的是造人术、探险日记等,虽然充满了神奇的不可思议之现象,但是其中蕴含着一定的科学原理和常识,至少对宇宙的想象不再是虚无缥缈的神话故事内容了。

小说叙述"余身乃坠于一家之炕上,炕上被褥厚尺许,卧一白发之老翁,正入梦乡,余坠其侧"。此翁已有九千岁,"余""竟得与三百世以上之始祖抵掌高谈"。这种进入异度空间后"巧遇仙人"的叙事模式在中国传统小说中频繁出现。但是这里没有了传统非写实小说中通常会有的那种浪漫传奇色彩,在遇见仙人之后,既没有受点化成仙,或者得到神奇宝物之类的东西,也没有和仙人发生浪漫爱情之类的关系,只是通过谈话和参观地心而了解到国人之病。老翁痛苦的是:"余老矣,发音不亮,惜无人代余唤醒之耳。"这里的"仙人"已经失去了传统小说中的神仙的优越感和超能力,反而开始表达一种无奈的悲观色彩。中国传统观念中备受尊敬的"老",在这里已经不再具有德高望重、道法深厚、修炼有方的褒义,反而是一种衰老、无能的消极表达了。由此可见,传统叙事模式在小说中已经悄然改变,小说中的叙事在民族危机的压力下也渐渐失去了传统的文化内涵。

很有意思的是,小说插入了一段"前五年余游北极下时(笔者注:原文如此)被气球载去之日记簿"中记载的一段探险经历。在北极,他遭遇白熊。气球落在熊身上,熊抓住了他,但是他拼命逃脱了。趁熊睡着时,升起气球,还挂住了一只白熊,成了他旅途中的伴侣。失去气球后,白熊又成了他的坐骑。这段经历的叙述,增大了小说的想象空间,不仅有天上、地下的故事,还有了地球无人地带的探险。此种富有征服欲望的叙事模式应该是来自域外冒险小说的启发,对无人地带的兴趣也是外国小说所特有的,而中国传统小说通常感兴趣的是各种古怪王国,如女儿国之类。由此可见,《新法螺先生谭》叙事中的想象资源来源的多元化。

三、　现代叙事元素的介入

在传统的叙事机制下,小说增添了众多"现代性元素"。最为明显的就是"数字叙事"。叙事者使用了大量数字,掺杂在文学性叙事中,使小说呈现出一种精确的科学化审美效果,新颖独特。重要的是,这些数字不仅改变了小说的文学审美感觉,而且对小说主题的表达发挥着作用。比如"一秒时速至一百次,所以余身自入吸力中,仅晕厥二十四小时"(第325页)。读者以其自身的生活经验感到在快速旋转中灵肉分离的情节是相当有道理的,尤其是懂得科学常识,知道离心力作用的;再如"余"下落时,"按第一秒十四尺二二,第二秒四十二尺六六,第三秒七十一尺一,坠物渐加速率之公例,如炮弹之脱口,直往下落"(第329页)。这里用的是"加速度"的原理,用数字演化出一种快速感;又如"仅此一哭一笑,已费四十八点钟也"(第326页)。感慨光阴之可惜,产生紧迫感,而始终弥漫在文中的焦灼情绪就是在以数字的交替不断地呈现出来的,以表达叙述者"醒民"之心的迫切和其他强烈的情绪。

另外,小说将光、声、医、热、电以及催眠术等这些近代科技元素在叙事中大肆渲染,表达了对科学力量的崇拜的同时,主要是以此来进行国民改造,借科学之力来救国救民。"余""炼成一种不可思议之发光原动力"(第326页),可以"使全世界大放光明"(第327页),他希望的是以此强光普照九州大地"必有能醒其迷梦,拂拭睡眼,奋起直追,别构成一真文明世界,以之愧欧、美人,而使黄种执其牛耳"(第328页)。但是却见国人昏睡依旧,失望之极;后坠入地心,听黄种祖说国人中毒而昏睡,愈加认定"唤醒国民,其余之责","将以求我灵魂之身,而炼成一不可思议之发声器"(第333页);在水星球上,观"造人术",想回上海创一改良脑汁之公司,"即我国深染恶习之老顽固,亦将代为洗髓伐毛,一新其面目也"(第335页);在金星上看到进化之过程,而感慨"金星球然,即地球何莫不然",将进化论引入叙事中;在感到太阳的热力后,"余忽发奇思,因太阳光热……则至日球上"成为交通动力;回到地球则发明"脑电",代替了其他能量。显然,叙事者希望借由光、声、热、医、进化论、电等来充当"醒民"的力量手段。而且文中多次对"热"的描写,如在地心中感到的"热",以及希望有热力来将昏睡之国付之一炬,表达出强烈的救国救民的"热心""热情",象征了"余"的热切情绪。

由此看来,对这种种科学力量的崇拜无疑是对先进科学技术生产力的企羡,更明确的是,在进入自由叙事空间后,"余"之身体灵肉分离及其不可思议之力的狂想,以科学技术作为"醒民""强国"的叙事力量,是一种极富启蒙特色的戏剧性情节设定,非常契合启蒙者对国民性的认识,即对国人思想"灵"的改造的一种强调,表达了先进知识分子的启蒙话语。采用富有新质的科学元素来构成小说情节,一方面反映了中国对西方近代科学的接受和传播;另一方面也在叙事中尝试脱离传统的巧合、正邪对立等情节模式,印下了现代小说的文体变革的蹒跚步履。

我们从《新法螺先生谭》这部小说中可以看到,传统的叙事机制和各种新鲜的叙事因素交织在一起,使小说文体上呈现出一些现代性特征,显示出创作者对小说形式上所做的多方面的探索,体现了晚清小说家极强的创造精神。

第四节　戏拟叙事的大量运用

尽管晚清非写实小说的艺术成就尚待评判研究,但是,其想象所具有的创新锐气带给中国小说众多的新颖特质,尤其是其对"戏拟"叙事手法的充分运用,赋予了这些小说独特的艺术魅力。解读那个时代的集体想象在中国小说转型期,以一种戏拟的方式进入小说叙事,是一件非常有意义的事情。

一、"戏拟"的意味

在这个时期的非写实小说中,各种狂放无稽的想象以各种方式"合法"地进入到小说叙事之中,其中最为突出的一种叙事方式就是戏拟。所谓戏拟

（parody），简单地说就是游戏性的模仿，即在创作中故意模仿或借用其他传统经典文本的叙事方式，包括词语、句式、文体模式、情节模式、语调、人物、个人语言的技巧、风格等，将其从原来的语境移植到另一种语境，使语境与语言的特定逻辑关系和语义关系发生改变错位，通常可以创造出幽默或讽刺的戏谑效果，如让一个中国古代人物说英语，一个小孩子阐述高深的哲理，让人忍俊不禁。同时，戏拟叙事具有消解意义的功能，可以颠覆其模仿对象的本身意义。在叙述中，戏拟诱发所指和能指发生冲突，使其固有的文本性（textuality）转变为互文性（intertextuality），这样就使能指无限扩张，而所指则无处落脚，消解了能指的意义确定性和中心意识，破坏了二者之间的意义联系，从而分解了意义。譬如"林黛玉"，本义是曹雪芹的《红楼梦》中那个冰清玉洁的才女，但在张春帆的《九尾龟》中，"林黛玉"是一个嫁人骗钱的名妓。这个人名被戏拟性地运用到后一个文本，失去了自身所指的传统意义而获得了新的所指，这样就颠覆消解了"林黛玉"本来"纯洁才女"的形象，从而赋予了这个形象丰厚意蕴，使文本呈现出一种戏谑的美学特征。有学者就论述道："戏拟乃是对传统叙事成规存心犯其窠臼，却以游戏心态出其窠臼。"①戏拟的种类繁多复杂，既可以对整体文本进行戏拟，也可以对文本中任何意义片段进行戏拟，重要的是戏拟赋予了新文本空间中的戏拟对象新的意义内涵，由此构成了新旧混杂、重叠、冲突的多重文本意义。鲁迅的《故事新编》就是极为典型的戏拟文本，将古今中外的人物置于另一个地方，生发出滑稽可笑的讽刺等寓意。

　　戏拟大量存在于古今中外文学作品中。在西方文学中，最为有名的戏拟小说应该是西班牙塞万提斯的《堂吉诃德》。它本身并不是"骑士小说"，但对流行一时的"骑士小说"进行了全面戏拟。书中主人公堂吉诃德因醉心于中世纪骑士生活和作派而百般模仿，闹出了种种可笑之事。为了模仿中世纪的

---

　　①　杨义：《金瓶梅：世情书与怪才奇书的双重品格》，《文学评论》1994年第5期。

骑士拥有一个"意中人"的生活作派,堂吉诃德就把农家女杜尔西尼亚,当作一个"公主""绝代佳人"来追求,令人捧腹不已。正是对于"骑士小说"全面的戏仿,《堂吉诃德》才会产生那种滑稽可笑的艺术效果,如果不是写得"很像"骑士小说,这部小说的艺术魅力显然要大打折扣。福科就认为:"《堂吉诃德》是第一部现代文学作品,因为我们在它里面看到了同一性与差异性的严酷理性不停地轻视符号和相似性;因为在它里面,语言中断了自己先前与物的关系,从而进入了这个孤独的主权中,语言还会作为文学突然重新出现在这个主权内……"①强调语言因叙事方式的不同创造出的两重世界所赋予小说的深刻表现力,也就是说通过"戏拟",同一个语言符号具有了双重意义,两种意义的对比使此语言符号的表现力增强了。法国当代作家图尼埃尔则戏拟《鲁宾逊漂流记》,创作了小说《星期五——或太平洋上的灵薄狱》,主人公就是鲁宾逊,遇到的土著人也叫星期五,甚至连基本情节都有多处重合。但是,图尼埃尔的立意却与笛福完全相反。笛福笔下的鲁宾逊是迫不得已被困荒岛,时刻都向往着回到文明世界中去,而图尼埃尔笔下的鲁宾逊,却是一个极端厌恶现代文明世界的人,自绝于人群而主动地要在荒岛上度过终生。这种戏拟因其相似和相异产生的对比性效果而对主题的表达有着独特深刻的张力。陀思妥耶夫斯基对戏拟的使用也值得注意。《群魔》写一个叫卡尔玛津诺夫的作家朗诵他的作品《感谢》,就是讽刺性地模拟屠格涅夫的《够了》《幽灵》《关于〈父与子〉》的内容和风格。构成《感谢》的开头和结尾的同读者告别,直接摹拟《关于〈父与子〉》中告读者的文字。《感谢》中两段情节(主人公在冬天渡过伏尔加河和苦行僧去莫斯科附近访问窑洞),直接来自《够了》中的两个内容相近的场面。纳博科夫的《绝望》也是个典型的戏拟范本,这部小说不仅在整体上戏拟的是柯南·道尔的侦探小说,而且在许多细节片断里还不断地戏拟其他作家和思想家的语气、观点,如戏拟卡罗尔《艾丽丝漫游奇境记》、戏拟

---

① 〔法〕米歇尔·福柯:《词与物——人文科学考古学》,莫伟民译,上海:上海三联书店2001 年版,第 65 页。

耶稣在十字架上临死前说的话,甚至还整个地套用了弗洛伊德的"对象选择"论及"对象投注"等观点和模式,从而对弗洛伊德的理论作了肆意的嘲讽。在《洛丽塔》中,有一段对卢梭《忏悔录》笔调的戏拟:"我,让·雅克·汉伯特……"云云,读来实在令人忍俊不禁。纳博科夫因为发挥戏拟在艺术中的反讽功能,从而使他的小说并没成为真正的"悲剧",而是使原本的"悲剧"发生了偏离,变形为黑色喜剧,或者说是黑色幽默。可以说,冷嘲热讽的戏拟是纳氏小说最重要的风格特征之一,也由此体现出"纳博科夫式文体"的独特魅力。①

戏拟叙事使小说在叙事者的话语之中混杂了多重声音,这些声音或一致或矛盾或冲突或相似,互相眉来眼去,构成了多种叙事张力,表达了丰富的意义内涵。读者在戏拟中不仅为辨别出被模仿的特征而感到欣喜,而且也为欣赏到模仿者的创造性的机智而觉得幽默,由此与叙事者达成一种意会的默契,实现一种深层的交流。于是,阅读的快感膨胀了。可见,戏拟可以使文本充满趣味性,彰显出小说的娱乐性文类本质。

众所周知,在 20 世纪初为了救国图强而发起的小说革命运动中,文化精英们努力将"小说"这一文类置于社会意识形态诸种形式的主导地位,提倡"小说为文学之最上乘"②,夸大这一文类"发起国民政治思想,激励其爱国精神"③的教化作用,把小说作为"开启民智""裨国利民""唤醒国民"的政治启蒙、道德教化甚至知识教育的利器,及至五四时期,文研会成立的宣言就称:"将文艺当作高兴时的游戏或失意时的消遣的时候,现在已经过去了。我们相信文学是一种工作,而且又是于人生很切要的一种工作;治文学的人也当以

---

① 参看半山:《小说戏拟三谈》,百灵全球中文门户社区《前沿周刊》先锋网络杂志总第 26 期,www.blsq.com/qianyan。

② 梁启超(未署名):《新小说第一号》,《新民丛报》第 20 号,日本横滨,1902 年,转引自陈平原、夏晓虹编:《二十世纪中国小说理论资料》第 1 卷,北京:北京大学出版社 1997 年版,第 56 页。

③ 《中国唯一之文学报〈新小说〉》,原载《新民丛报》第 14 号,1902 年,转引自陈平原、夏晓虹编:《二十世纪中国小说理论资料》第 1 卷,北京:北京大学出版社 1997 年版,第 59 页。

这事为他终生的事业,正同务农一样"①,彻底抛弃了小说的娱乐功能,将文学的"工作"性质与"娱乐"性质对立了起来。这就导致后来的新文学对传统文学的排斥和敌视态度,譬如对鸳鸯蝴蝶派之类的文学创作的否定。然而,小说之所以从古到今延绵不绝,原因固然是多方面的,但是一个不可忽视的原因也就是它极富趣味性②,具有娱乐价值。晚清小说拥有众多的读者,如《新纪元》至 1936 年就重版了 8 次③。其吸引读者之处就是"趣味性"。在商业气氛日趋浓郁的晚清小说界,对于小说商业利润的追求,促使众多小说创作者非常重视小说文类的"趣味性",以赢得读者,扩大销路。吴趼人就一再强调"趣味说",并且切切实实地将"趣味"二字贯彻《月月小说》的编辑始终:

> 故每当前不觉读小说者,其专注在寻绎趣味,而新知识实即暗寓于趣味之中,故随趣味而输入之而不自觉也。④

这种"趣味说"是开拓当时的文化市场所必需的。无论是新作还是续作,都要有一定笔力写出"趣味性",才能吸引读者肯为之"埋单"。后来的赵苕狂等编辑的通俗文学刊物《红玫瑰》办了 7 年,长盛不衰,他的"经验"也就在于对"趣味"的注重,他宣称对来稿取舍的方针第一就是"主旨:常注意在'趣味'二字上,以能使读者感到兴趣为标准,而切戒文字趋于恶化与腐化——轻薄行,并不侧重于某一项"⑤。后来的作家也意识到小说的娱乐性质不可抹杀。朱自清就在 40 年代说过:"鸳鸯蝴蝶派的小说意在供人们茶余酒后的消遣,

---

① 《文学研究会宣言》,《小说月报》第 12 卷第 1 期,1921 年。

② 浓厚的趣味性是非写实小说不可或缺的因素。而诙谐滑稽、荒诞不经的喜剧色彩正是阅读趣味的重要来源。以《西游记》为例,一般读者喜欢它多是因为其内容十分有趣,故事情节奇幻荒诞,人物个性鲜明,孙悟空聪明勇敢而又顽皮幽默,猪八戒憨厚天真而又好色自私,诙谐的场景比比皆是,让人发笑。胡适就认为此书的长处"就是它的滑稽意味",鲁迅也说"承恩本善于滑稽,他讲妖怪的喜、怒、哀、乐,都近于人情,所以人都喜欢看!这是他的本领"。

③ 刘德隆:《明清知识分子心态的写照》,《明清小说研究》1994 年第 2 期。

④ 吴趼人:《月月小说·序》,《月月小说》第 1 号,1906 年 11 月。

⑤ 赵苕狂:《花前小语》,载《红玫瑰》第 5 卷第 24 期,1929 年 9 月。

倒是中国小说的正宗。"①强调了小说的消遣功用;鲁迅也说过:"说到'趣味',那是现在确已算一种罪名了,但无论人类底也罢,阶级底也罢,我还希望总有一天驰禁,讲文艺不必定要'没趣味'。"②可见,小说的娱乐功能和趣味性不可忽视。

对非写实小说而言,趣味的产生,主要来自内容和形式的"新奇"。对处于长期封闭的国民来说,国外任何新知点滴都让他们充满了好奇,非写实小说中对各种新奇事物的介绍想象就满足了此期读者的这种阅读需求;同时,小说家对趣味性的审美追求必然会导致叙事上多种游戏性的笔墨产生。"戏拟"这种叙事方法,既易作"反面文章",又易出新意,还可将各种不同群体的意识形态声音以各种形式的插科打诨呈现在同一文本,创造出一个充满差异的、拥挤杂乱的、众声喧哗的话语空间,造成滑稽荒诞的戏谑效果,"以合时人嗜好",自然就获得了众多小说家的青睐。

非写实小说趣味性的来源之一就是这种戏拟性叙事策略的运用。它为读者展现了一个新奇瑰丽的幻想世界,满足了人们求新求异的创造欲望和好奇心。因其叙事语法允许各种想象,包括超越现实社会存在和自然逻辑的奇思妙想,进入小说叙事,也就给惯于东拉西扯的戏拟的发生提供了自由无限的空间。在非写实小说中,《三国》《水浒传》《西游记》《封神演义》《红楼梦》等古典小说中的人物可以以戏拟的叙事手法出现在上海从事现代社会中的经商、办学等活动,而写实性的小说则不会出现这样荒诞无稽的故事情节。因此,造成大量笑料和讽刺效果的"戏拟"叙事就自然会频频出现在文本中,成为非写实叙事习规中非常倚重的一种叙事策略。

在晚清非写实小说中,大量的续书小说因其源于原著,自然充满了对原著

---

① 朱自清:《论严肃》,收于论文集《标准与尺度》,见《朱自清选集》第 1 卷,石家庄:河北教育出版社 1989 年版,第 437 页。

② 鲁迅:《〈奔流〉编校后记》,见《鲁迅全集》第 7 卷,北京:人民文学出版社 1981 年版,第 168 页。

的戏拟叙事,如吴趼人的《新石头记》中对曹雪芹的《红楼梦》戏拟,不仅小说的开卷和终篇模仿原著以女娲补天之石下凡,最终返璞归真为结构,而且在细节上也常常有对原著的戏拟,第二回就有贾宝玉看《红楼梦》"又是惊疑,又是纳闷"的叙述,书中人物看书中自己,违背了生活逻辑的真实,这种怪异感,亦真亦幻,拆除了真实与想象的栅栏,迫使读者放弃追究故事的意义而关注叙事本身,提醒读者注意"此"贾宝玉非"彼"贾宝玉,揭示文本的虚构性和戏谑意义,颇有元小说的特点。也只有在非写实小说中,才会发生这样的虚构叙事。同是取自女娲石之传说的《女娲石》虽不是名著续书,但是其叙述中亦明显可见对传统小说的戏拟。小说中的莽撞女侠风葵的形象活脱脱就是一个"女李逵",多愁善感的翠黛竟与林黛玉无二,喜欢痴想落泪,只不过所怀心事由国家危机代替了儿女私情。第 4 回"遇洋人风葵闹店"一段话用了"鲁智深拳打镇关西"的描写,颠覆了男性的粗鲁正义而成就了一个女子英雄传奇。在小说的"序"中作者亲言:"我国小说,汗牛充栋,而其尤者,莫如《水浒传》《红楼梦》二书",可见作者是有意识地取法古典小说。以小说 14 回"金瑶瑟江上遇难"一段和《水浒》中第 37 回"宋江在浔阳江上遭险"相比较,就会发现其情节的套路基本一致,都是:逃避追兵——遇大江拦截——出现船只——央求上船——追兵喊话船主不理——船主暴露杀机——揭示真实身份——船主跪拜迎接。借用《水浒》这类男性小说的笔法描写反抗男性压迫的"女儿国"的故事,其反讽意义在戏拟中被凸显。诸如此类的大量戏拟叙事,再现了读者熟悉的传统情节场景,使读者在阅读时常常发出会心一笑,趣味盎然。

二、 传统叙事中的戏拟

实际上,戏拟是中国文学传统的一种叙事方式。早在《庄子》等虚拟故事中就有对词语的戏拟,如"应帝王"篇中:

> 南海之帝为儵,北海之帝为忽,中央之帝为浑沌,儵与忽时向与
> 遇于浑沌之地。浑沌待之甚善,儵与忽谋报浑沌之德。曰人皆有七

窍,以视听食息,此独无有,尝试凿之,日凿一窍,七日而浑沌死。①
这个寓言故事的诙谐之意不难领会,而对"浑沌"这个词语的戏拟化运用,是这个故事诙谐意味的重要所在。"浑沌"本义就是模糊一团的状态,一旦有了七窍,也就失去了其自身,词语的本义也就消失了。以此戏拟为名,既有所指又有能指,将词语的符号化抽象意义转换为有血肉有生命的形象,于是,"倏"和"忽"肯定性的行为动机和对"浑沌"否定性的行为之间构成的张力在对词语本义的否定性戏拟中得以产生滑稽幽默的效果。词语被赋予了超出本义的丰富内涵,表达出更加复杂的意蕴。后人将这种巧妙简练的戏拟方法继承并发展了。东方朔、司马相如等的汉赋中的"子虚""乌有先生""非有先生""亡是公"等的命名皆与此同类,戏拟地揭示出文本的虚拟性质,消解了文本的严肃性,表达了对汉赋这种文体的劝谏功能的怀疑。

及至扬雄的《逐贫赋》,就由局部的词语戏拟发展到整体性的全文戏拟了。赋中将"贫"拟为"滞客",主人"扬子"请求这位客人离开自己,"滞客"便向"扬子"历数祖先和自己对他的恩德,"扬子"只得留之相伴。这篇赋首先是戏拟了史传文体,为"贫"这个抽象的概念虚构了祖先家世,郑重其事地表白自己"昔我乃祖,宣其明德,克佐帝尧,誓为典则"②,以庄重的正史大笔法为一个虚拟的小小之"贫"立传,"庄重"就变成了空洞的虚张声势,产生了非常滑稽的效果。其次,赋中还戏拟了《诗经》中若干名句,"文雅"变成了"恶俗",两种文体的对照混杂使行文谐趣丛生。后人最喜模仿的是赋中的拟人化手法,将各种"物"或"概念"戏拟为"人",譬如西晋鲁褒的《钱神论》就将"钱"戏拟为"孔方兄"或"家兄",夸张地描写它的神通广大。这种戏拟手法被后来的文章小说吸收,得到广泛的应用。韩愈的《送穷文》就是典型的一篇对《逐贫赋》进行"拟"的文章。在这篇文章中,韩愈将人生中的五种贫穷:智穷、学穷、文穷、命穷、交穷戏拟为"五鬼",主人殷勤地准备好车马舟船和干粮,客气地

---

① 《诸子集成》第三册《庄子集解》,上海:上海书店1986年版,第52页。
② 《全汉文》卷五十二,北京:中华书局1958年版,第408页。

请求他们离去,但是被五鬼严词驳斥,主人只好请之上座。其艺术构思与扬雄文完全一致,带有游戏成分的笔墨使文章滑稽可笑之致。洪迈的《容斋随笔》卷十五中阐明"逐贫赋"条中云:"韩文公《送穷文》、柳子厚《乞巧文》皆拟扬子云《逐贫赋》"①,可见后人对扬雄文谐谑之风的青睐,模仿者实在不少。

从文体到具体笔法全面地对戏拟手法加以继承运用和发展的是南朝刘宋时代的袁淑的《诽谐文》。现在所能见到的有《劝进笺》《鸡九锡文》《常山王九命文》《大兰王九锡文》《驴山公九锡文》等,这些小说虚拟了一个拟人化的动物世界。作者用记录帝王将相功绩的正规册封文体列举动物的事迹,将人类社会中用于国家重大典仪的庄重文体戏拟在驴、猪、鸡、猴等这些被人们鄙视的动物身上,形成巨大的反差,典重尊贵的文体形式发生了古怪奇异的变形,产生了强烈的嘲谑效果。不仅如此,作者还把现实人类世界中的官衔称呼冠在动物身上,而且仿照人类为动物虚拟了身世背景,更加夸张地将动物人性化、真实化,自然也就带来更加浓烈的诙谐之趣。另外,袁淑在文中也和杨雄文一样,戏拟了大量典故,如对《诗经》句式的模仿,通过不同文本的混杂关涉,加强了讽刺意味和喜剧色彩。梁代沈约的《修竹弹甘蕉文》对这种戏拟手法又有所发展。作者运用本来应该用在朝堂之上的庄重的奏弹文文体,让竹子痛诉甘蕉遮光之罪,要把它铲出,讲述了植物王国的谐趣故事。这篇文章用的是第一人称叙事,把虚拟文本的虚构性以正经认真的态度表达,拉大了文本表面的真实性和文本的虚幻本质的距离而更凸显了文体之反差,产生了更为强烈的滑稽效果。此后,以袁淑为代表的运用戏拟手法的诽谐文在南北朝时期一度盛行,北朝还出现了一批戏拟诏书、檄文、书启和敕文等的"伐魔"文。隋唐时期戏拟文章也是延绵不绝。在"以文为戏"和以文讥讽的文人诽谐文创作中,戏拟手法得到了全面发展②。

---

① 洪迈:《容斋随笔》,上海:上海古籍出版社 1996 年版,第 399 页。
② 以上论述参考李鹏飞:《唐代非写实小说之类型研究》第 1 章,北京:北京大学出版社 2004 年版。

韩愈的《毛颖传》则开始将戏拟手法全面引进情节叙事中。在此文中,作者戏拟《史传》中的人物传记为毛笔立传,将正统严肃的神圣史传文体加以嘲讽和消解,同时用生产毛笔的经历戏拟封建官僚的人生,对现实社会进行了戏谑和讽刺,将戏拟和隐语、拟人、夸饰、谐音、双关、用典等多种修辞手法交织于一处,建构出一个含蓄的谐趣世界。此后,随着小说讽刺艺术的发展,戏拟叙事在小说中的应用随处可见。以《金瓶梅》为例,所戏拟的对象世界是相当丰富的①。单看《金瓶梅》对几部名著的戏拟,就会更清晰地发现《金瓶梅》到底打破了哪些传统的小说观念。《金瓶梅》第 1 回写西门庆热结十兄弟就是对《三国演义》"桃园三结义"开篇的戏拟,用西门庆十兄弟的虚情假意戏拟了刘、关、张的生死义气,"以卑鄙嘲笑崇高的悖谬",表明戏拟对象,即重兄弟义气的桃园结义之理想,已在市井世俗的冲击下土崩瓦解了。同理,《金瓶梅》第 57 回"闻缘簿千金喜舍,戏雕栏一笑回嗔",戏拟《西游记》的取经之艰辛。即使一掷千金的西门庆恭恭敬敬地念疏文,也掩盖不住佛门的肮脏铜臭,吴月娘一语道破天机:"咱闻那佛祖西天,也只不过要黄金铺地。"将神圣的佛祖也市井化了。市井俗臭侵染了宗教信仰,把神圣的信仰追求转化为一种无聊的信仰游戏或作秀了。信仰游戏化较之失落,显得更为彻底悲凉。由于《金瓶梅》和《水浒传》具有"近亲"关系,对其的戏拟就更全面了,包括人物、故事情节、结构等等,不胜枚举。再如,对智慧与道德完美结合的"儒者"形象的戏拟,在《金瓶梅》中,作者塑造了"好男风"温秀才和"早把道学送还了孔夫子"的水秀才,用他们的不学无术和虚伪消解了"秀才"之意;及至《儒林外史》,儒

① 韩南有《〈金瓶梅〉探原》(徐朔方编选《〈金瓶梅〉西方论文集》(上海:上海古籍出版社1987 年版),徐朔方有《〈金瓶梅〉成书新探》,对之有过翔实的搜寻。而周中明的《金瓶梅艺术论》(南宁:广西教育出版社 1992 年版)不仅从《宋史》《宣和遗事》《泊宅编》《皇宋十朝纲要》《续资治通鉴》《明史》《明清进士题名录》等书中发掘出《金瓶梅》七十五个人的传记文献;还将《金瓶梅》对前人小说题材的因袭、改造列表统计就更加清晰。此统计表明一百回中有四十回是有移植、改编他人之作的现象。至于从《盛世新声》《雍熙乐府》《词林摘艳》等曲选中,引用套曲20 套(其中全文引用的有 17 套),清曲 103 首,尚未计算在内。

者几乎个个被戏拟成为受人耻笑的无能小丑。

晚清小说中对各种古典名著中的人物、结构、语言等的戏拟比比皆是,成为一种非常普遍的叙事手法,致使大量小说充满了戏谑笔墨。五四之后,鲁迅的《故事新编》等非写实小说中也有戏拟叙事。尤其是到 20 世纪 80 年代又一次非写实小说的兴盛,先锋文学更是将戏拟淋漓尽致地应用,消解崇高,冲击"宏大叙事",取消深度,呈现出后现代的文本风格。王朔的小说、周星驰的电影也是大量运用戏拟叙事的典范文本。近些年来,发展迅猛的网络创作,一如既往地对戏拟进行了彻底运用,不但戏拟经典小说文本,还对广告、流行音乐、名人语录等全面戏拟,几乎没有什么语言能逃脱戏拟的"魔掌",宁财神的《武林外传》就是此类作品的代表。

三、 对传统的消解

戏拟出现在晚清小说中不是偶然的。文本本来就是一个互文空间,任何文本都会与前文本纠缠交织,发生各种直接或间接的关系。对前文本的摹拟仿作本来也就是文学发展的一个基本规律,也是中国小说发展史上一种不断重复出现的现象。优秀作品诞生之后总是引发大量不同形式的拟作,小说在摹拟中逐渐发展变化,直至突破陈规再引发优秀作品的诞生。如此循环反复,推动着小说艺术的发展进程。在这种摹拟过程中,以游戏态度出之的"戏拟",出于讽刺或娱乐或其他创作目的,也就必然会随之发展,毕竟这也是一种摹拟。

同时,戏拟又在某种程度上是对这种摹拟之习的消解。儒家文化哺育出的中国古代文学通常具有程式化的固定框架,诗歌、戏剧都有其严格的形式要求。小说亦如此。说书体、章回体延用数百年而无多少变化,《三国演义》后历史小说盛,《西游记》后神魔小说盛,才子佳人的情节,大团圆的结局,等等,都说明了中国小说在模仿中发展。而戏拟的出现,暴露了旧叙事模式存在一定的局限性,与表现生活现实出现了不协调之音,因而采用戏拟对其荒唐性加以嘲谑,在一定程度上对这种固定文体模式进行了消解,表现出一种创新精神。从这个角度看,戏拟是一种谋求文体创新的策略,具有反传统的颠覆性意义。

正是戏拟所具有的这种反传统性与晚清小说家们对传统的反叛态度的趋同,以及对趣味性的审美效果的追求,致使小说家在小说中大量使用了这种叙事策略,来消解传统小说中自足的、完整的、封闭的意义世界,使晚清非写实小说呈现出荒诞戏谑性的美学特征。一方面,晚清小说家继承了这种传统的叙事手法;另一方面,他们又以此作为反传统的叙事策略,来表达一种反传统的叙事姿态。吊诡的是,他们身在传统之中反传统,结果就是孙猴子在如来佛的手里翻跟头,最后只能在五指山上撒泡尿,充满了自嘲无奈的意味,这也许也是很多小说没能终篇的一种深层原因吧。中国小说的叙事技巧发展到晚清已经相当成熟,绘景状物、写人记事、谋篇布局等都不成问题,但是小说家们要抛弃这些才子佳人、因果报应、正邪对立等既有的叙事陈规,就要有合适的替代叙事模式。可是一时间他们又找不到对应的表达模式,只好不断地"戏"传统小说技法,"拟"各种非传统的小说叙事手法,包括笑话、轶事、游记、日记、书信等,有意无意地将其引入小说叙事中,对传统小说叙事加以创造性转化。对传统的转化和对域外小说的学习模仿,促使中国小说全面突破传统的叙事模式而进入现代性叙事①。从这个角度来看,戏拟的大量出现是晚清小说家力图突破传统叙事模式的束缚,尝试新的叙事方式的一种努力。

文学想象在晚清这个王纲解纽的混乱时代恣肆地绽放开来,尽情地戏拟着神圣与正统。知识分子不再像明末清初遗民那样曲折隐晦地抒发愤懑,更不像清朝鼎盛时期文人那样将毕生精力宣泄于考据辞章,而是张狂激越地发扬蹈厉,嬉笑怒骂,放浪形骸,无法无天地泼墨于文字。背负着亡国灭种之危机感的小说家以一贯的爱国热情和忧国忧民的激愤首先就将戏拟的"魔爪"

---

① 参看陈平原:《中国小说叙事模式的转变》第五章"传统的创造性转化",北京:北京大学出版社 2003 年版,第 155 页。

伸向了社会现实,将晚清社会的种种腐败现象以戏拟的笔法展现在非写实新小说中。陆士谔的《六路财神》将民间信仰中的东、西、南、北、中五路财神爷戏拟为六路,增加了一路"横财"野财神,尖锐地讽刺了道德沦丧的金钱社会的黑暗无道。睡狮的《马屁世界》更为夸张地戏拟了俗话"拍马屁",揭露这个社会的荒唐无耻,"我看于今时风,简直是个马屁世界,无论何人何事,总不离了这个手段。这真是人生紧要学问,当务之急"①,是升官发财的秘诀。这种戏拟极为犀利地挑出国民性中这根"恶刺",用以警醒国民。吴趼人的《立宪万岁》则以天界立宪戏拟现实社会中清政府的预备立宪,揭露立宪之形式化,"原来改换两个官名,就叫立宪"②;作者戏拟了多个小说中的人物,孙行者、八戒、申公豹、列御寇以及各路神仙和各种动物,都以其独特的个性表达了对现实的讽喻,如玉帝派《水浒》中的戴宗为钦差,讽刺"现在世上的官","哪一个不是强盗,只怕比强盗还狠呢!怎么天上强盗,就做不得钦差?"对现实中官僚腐败加以讽刺,生动地描绘出一场立宪闹剧。在陈景韩的《新西游记》、包天笑的《诸神大会议》《宪之魂》(作者不详)、葛啸侬的《地府志》、大陆的《新封神传》、天石的《南酆都阅兵记》、女奴的《地下旅行》等小说中,古代小说和神话传说中的人物纷纷登场,穿洋装、假留学、买文凭、吸鸦片、叉麻将、立章程、逛妓院、闹立宪……热闹非凡地将晚清社会"百相图"戏拟出来,情绪激动地表达出对腐朽社会现实的讽刺与愤激乃至憎恨诅咒之情。

四、 指向社会现实的戏拟

晚清非写实小说以大量的天界地府鬼怪神话来戏拟社会现实,表达对社会现实的强烈不满情绪。譬如书带子的《新天地》③(1910 年),这部小说标为

① 睡狮:《马屁世界》,见章培恒等编:《中国近代小说大系》(中国进化小史卷),南昌:百花洲文艺出版社 1996 年版,第 592 页。
② 吴趼人:《立宪万岁》,《月月小说》第 5 号,1907 年。
③ 书带子:《新天地》,见章培恒等编:《中国近代小说大系》(新中国未来记卷),南昌:百花洲文艺出版社 1996 年版,第 592 页。

"滑稽时事小说",可见其风格的戏谑性。小说分上下卷,二十章,讲述天上仙界玉皇担心地界人心险恶,钻天党侵扰不堪,西方横行霸道的列强之威胁而召集众神仙建造一个新世界的过程。盘古造好新天地,玉皇迁往新殿,要整顿政务,振刷精神,命地藏王清理枉死城的沉冤案件,命十八罗汉勘察地狱现状。于是,文武判官和狱官各显身手,种种腐败之事一一显露,"以致油魂滑鬼,遍布阳间,利令智昏,不公不德。小则为刮地之贪夫,大则为制造革命党之能手,皆此辈投生之祸也"(第4章)乱作一团。地府中枉死者甚多,捉到的革命党不是算命的瞎子,就是文弱善良的义女之类,于是玉皇派特使前往督查。孙悟空等诸神仙变化成为留学生来到上海,猪八戒做医生,老土地论新报,观看了酷虐审判,感受了种种腐败之事,禀报给玉皇大帝,玉帝不禁感慨道:"唉,可惜数百年一座深仁厚泽,天与人归的锦绣山河,岂不要断送在这般狐群狗党手内吗?"(第18章),于是召开了洞天福地万国大会,一要撤掉魁星之职,因为科举废除,但魁星不干,只好把魁星的名字改为"亏心",手里的毛笔改为铅笔,用此戏拟颠覆了传统的读书价值观;二是在嫦娥、织女、何仙姑等女权者的强烈要求下,罢免了月老其职,"月老是婚姻界的专制魔王,又是女界的公敌"(第20章),实行男女平等的婚姻制。会议既毕,小说也结束了。

在小说的叙事中,几乎所有的情节都针对的是现实世界的某种现象,并将此种现象以生动的比喻具体化,进行戏拟,揭示出其荒谬性。譬如用"钻天党"来戏拟"钻营"的社会现象。孙悟空争胜好强,要去捉拿"钻天党"。东方朔则认为钻天党"他是磨尖了头,东也一钻,西也一钻,并不一定从何处下钻。只要钻通门路,有了进身之阶,他便洋洋得意,势焰亦就渐渐熏炙,从此便可做那偷天换日的事"(第1章)。就是孙悟空也是防不胜防,讽刺了现实社会中势利小人钻营的不择手段和极强的社会活动能力;又如地狱判官捉拿革命党的证据是"短发蓬松,辫子是新留的。面目黧黑,是海风吹的。身上所穿外国裤子,外国皮靴,都是证据",尤其是他身上有"枪",吓得众人魂不附体,可是这"枪"不是手枪而是"鸦片烟枪",这里对"枪"的戏拟,加上对在"假名学堂"

学习的"贾维新"的背景和形象的描绘,入木三分地讽刺了现实社会中假借维新之名谋求升官发财之道的新党人物的丑态;还有对留学生的戏拟,诸神仙为了在租界行走方便,就变化为留学生,身着洋装,买假文凭,用新名词装点文章,讽刺学界的腐败;再如东方国新学界维新志士的鬼魂,因为生前忧时愤世,或蹈海为国,或为抵制美约舍生救国,或以身殉路,或以身殉学,但是"怎奈死后仍然无济于事,只换得一个烈士名称,可见得醉生梦死的世界,难再挽回"(第10章)。而且"然想要做些公德公益的事业罢,乃苦于没有权利,不是有人反对,就受官场压制。苦发些救亡的议论,又苦于人微言轻,没个采纳"(第10章)。所以,不愿投生再做亡国灭种之民。这里对维新志士的戏拟,在荒诞中透出了沉重的悲哀和无奈;众罗汉见识了东方国的所谓宪政的腐败,冷了救苦救难的善心,"事事去学人皮毛,在上的学了些排场形式,在下的学了些平等自由,一派胡闹,有何益处"(第17章)。讽刺现实社会没有真正进步的混乱。一个接一个诸如此类的戏拟情节的展示构成了小说的基本叙事模式,没有巧合悬念,没有才子佳人的情感纠纷,也没有正反对立的矛盾冲突,叙事的吸引力几乎都是来自戏拟的滑稽荒诞。以仙界众神的视角来聚焦地界尤其是租界的种种社会现象,使之呈现出一种怪诞的奇异新鲜感,荒唐可笑,从而揭示出这些现象的不合理性,引人深省。

正是戏拟,调动了古今中外多个人物,跨越时空界限,行走于天上、地下、人间,把现实和虚拟世界交织混杂,以视角差将普通之现象"陌生化",给人以新颖的阅读感受,任想象在现实中飞行,形成一种充满嘲讽意味的闹剧风格。小说第一章"书带子笔述滑稽"中就指出小说作法的虚构性,"虽无其事,却有其理,做小说的不过想当然耳",欲以想象来表述"其理"。这"其理"自然就是对社会现实的关注所产生的种种见解。

五、 戏拟"猪八戒"

晚清非写实小说中,对《西游记》中"猪八戒"的戏拟耐人寻味。首先是数量多，不仅有陈景韩的《新西游记》、煮梦的《新西游记》、陆士谔的《也是西游记》和其他关于《西游记》的作品，还有大陆的《新封神榜》、书带子的《新天地》等多部作品，将"猪八戒"戏拟成为书中角色。其次，是戏拟的指向非常集中，几乎都是将其戏拟为留学生、买办之类的小丑形象。陈景韩的《新西游记》中，猪八戒身着洋装，几次将唐僧从巡捕手中救出，而且还混进新学堂，吸鸦片，又麻雀、嫖妓；煮梦的《新西游记》中，猪八戒更是劣迹斑斑，他下界化身女子进入女学堂和贾自由、吴耻鬼混，到男学堂不学无术，吃喝胡闹，变作官员胡乱判案，变作留学生到处行骗，等等，丑态百出；《也是西游记》中小猪八戒变化成为买办，同师兄、师弟一起救师父；《新封神传》中的八戒是在日本留学的中国学生，带着姜子牙在上海、日本等地骗钱。

这些小说中的"猪八戒"穿西服，说洋话，既是外国文明的传播者，又是中国人走出国门的引导者（八戒教姜子牙外语，带他到日本采购）。他代表的这一类买办阶层，在中西混杂的商业社会里，凭借不平等条约的保护，可以超越清政府的例律，胡作非为。（对此，吴趼人在其小说《发财秘诀》中以写实的笔法记录了中国买办在中外悬隔的特殊时段崛起成为一个具有垄断性的社会阶层的过程。）虽然"平心而论，买办阶层的复杂并没有小说中所刻画的那么单纯——简单的坏，更坏的也有。事实上，仍有不少的买办具备中国人勤俭的美德，以及商人职业性的机敏……"[1]，但是，小说家在针砭时弊、揭露黑暗的虚构指向下必然会对巴结洋人的买办阶层加以"丑恶化"，将"猪八戒"戏拟为一个吃喝嫖抽、坑蒙拐骗、好色贪婪的社会小混混形象，这也是晚清小说"溢恶"叙事的一种具体表现。

小说对"猪八戒"如此戏拟，自然是因为原著中"猪八戒"这个人物本身所具有的享乐主义倾向，是一个人性食色欲望的表达者，其自私、好色、贪婪等性格特点非常适合表达历史语境中晚清社会的堕落、腐败和混乱。因此，小说家

---

① 赖芳伶：《清末小说与社会政治变迁》，台湾：大安出版社 1994 年版，第 268 页。

们热衷于将其戏拟成为一个不再背负传统道德的欲望释放者。他游走在中西文明之间,既无传统道德的束缚又能借助洋人之势力凌驾于当时中国社会制度之外,任性而为,纵情狂欢,成为一个赤裸裸的商业利益的追求者。这种喜剧性的放纵戏谑,一方面颠覆了中国传统社会的价值观念,表现出"中国人开始从以伦理道德为中心的文明优劣观转变到以强弱为中心的文明优劣观"①,以猪八戒对金钱的强烈追求,开始突破传统的义利关系,表现了金钱在商业社会的巨大作用和道德的沦丧,如《新封神传》中猪八戒"以为现在最重金钱主义"②,为谋求金钱利益与商善赞联手行骗;另一方面也以猪八戒对洋人的借重表现出对西方文明强势的肯定,如八戒变洋人毫不费力就可以救师父、救姜子牙等情节的设定,讽刺了国人崇洋媚外的丑态,也说明了当时外国势力在中国的强悍。而在这种对洋人实力的肯定中丑化猪八戒,表现了中国民众对西方文明强势既害怕又憎恨更无奈的社会心态。应该说,戏拟"猪八戒"的堕落丑行所表达出的是传统道德价值观的破碎和丧失,是一种绝望的苦涩的戏谑。

晚清非写实小说对大量文本中的人物进行了戏拟,主要是借助人物在原著中所形成的"隐形特征",就是在戏拟文本中没有呈现出来而在原著中已经具有的特征,来与新文本中描述出来的"显性特征"互为参照,使其在新语境下"陌生化",产生滑稽荒谬等艺术效果。猪八戒在原著中肥头大耳、贪吃好色、懒惰自私的性格特征,一旦进入王纲解纽的晚清语境,顿时释放了食色欲望,成为嫖妓、骗钱、混吃混喝,礼义廉耻全然消失的恶棍,从而表达了对那个促使人们堕落的时代社会的讽刺批判。这种戏拟表达目的的实现主要是在叙事中,将人物的"模仿功能"转化为了"主题功能"。猪八戒身上所具有的人类性格特征,如长相、爱好、家世、来历、情感等"模仿性特

---

① 葛兆光:《中国思想史》第 2 卷,上海:复旦大学出版社 2001 年版,第 463 页。
② 大陆:《新封神传》,见章培恒等编:《中国近代小说大系》(新封神传卷),南昌:百花洲文艺出版社 1996 年版,第 39 页。

征"使读者对其产生亲切感,视为同类。这些特征是原著所赋予人物形象的,在续著中,猪八戒是一个已经定型的形象,其在小说中的行为话语将此特征转化为一种情节叙事,来实现其主题功能。正是其在原著中所具有的模仿性特征容易转化为续著中的主题特征,小说家才如此热衷于戏拟该人物形象。

对"猪八戒"的戏拟,代表了这类小说对众多人物的戏拟,不仅产生了滑稽可笑的荒诞性审美效果,增强了作品的趣味性,也表达了对传统价值观和道德观的怀疑和反叛,凸显了小说的虚构性,在一定程度上体现了小说的娱乐价值,对当时社会功利性的主流小说观有一定的反拨作用。

众所周知,在20世纪初为了救国图强而发起的小说革命运动中,文化精英们努力将"小说"这一文类置于社会意识形态诸种形式的主导地位,从而使小说从边缘文类一举成为主流文类。这种来自文学之外的力量对小说的发展产生了非常复杂的影响。戏拟叙事,充分体现了小说的游戏娱乐性质,不仅对于文学创作者而言,而且对于读者亦如此,彰显了小说这一文类的艺术感染力,从而很好地实现了新小说提倡者梁启超在《论小说与群治之关系》中所言之"刺"的功用。

纵观现代文学的发生,在20世纪初期,中国小说充满了奇谈怪论的创新,幻想的世界天马行空,西方的"现实"这个概念还没有进入小说,小说创作的虚构与现实之间相去甚远,是多元化文学发展的初步开放时期。这个时期,是中国文学得以自由发展的幸福时光,传统的、域外的各种因素混杂融合,充满了冒险、探索、尝试的积极创新精神,小说也蕴含着无限可能的发展空间。晚清时期,小说家尚未被"写实主义律条"洗脑,存在现实以各种方式进入小说叙事,形成多种色彩斑斓的文本现实,小说文体在这个时期获得了尝试多种形式的短暂自由,或戏谑、或忧虑、或讽刺、或辩论,体现了中国知识分子要改变积贫积弱的旧中国的焦急心态,也构建了他们对新中国的想象。与五四之后的小说创作相比,晚清小说中令人目不暇接、放肆泼辣的想象显得格外突出。

此后,虽然小说创作日渐繁盛,但是在时代危机、民族国家的存亡等问题的逼迫下,人们只能将关注焦点集中于社会现实,而失去了幻想的空间,这种关注表达于文学就是对现实题材的描写,对写实的运用。自然,非写实小说日趋冷落,不再受到青睐。

第二部分

20世纪中期潜在的人生梦幻

"小说"从梁启超以来,具有了一种建构上的意义,就是希望小说能够建构、想象一个新的民族国家,成为一种国家想象的载体。这种功利性的文学观念必然会引导文学创作指向未来的社会改革。面对中国黑暗苦难的现实,小说创作者们不得不从狂热的强国梦中渐渐清醒起来。在国家政权无力的混乱年代,沉浸在无极幻想中逃避现实显然是自欺欺人,终究还是要面对现实,解决种种问题的。伴随着中国的现代化运动,文学要走向现代化,也是文学的自觉,必然要面对现实并承担起推动时代变革的重任。因此,随着战乱与革命的接踵到来,缤纷的想象很快就被现实的沉重危机冲击得七零八落,幻想的热情渐渐冷却。五四之后,在长达半个世纪之久的时间,幻想小说在文学史的书写中似乎消失了! 只有鲁迅的《故事新编》、沈从文的《阿丽思中国游记》、张天翼的《鬼土日记》、老舍的《猫城记》、张恨水的《新斩鬼传》及《八十一梦》等所谓"异类"的少量创作和奇幻武侠的神话幻梦,以及给孩子们的那些充满童稚的童话小说低调地诉说着国人的人生幻梦。即使创作上幻想小说不曾情愿地离去,但是我们也不得不承认此期的幻想小说确实谈不上丰富,而且幻想的羽翅被牢牢地束缚在现实之中。

　　在这一部分论述中,我们将讨论"五四"运动到20世纪80年代中期的幻想小说。

第四章 被压抑的幻想叙事

第一节 写实与非写实的抉择

幻想小说叙事中热闹的强国梦在 20 世纪初繁盛一时,经过一段对新国家民族的想象之后,到民国渐趋边缘性,20 世纪末才又开始重新兴盛。这种文学叙事习规的遭遇不仅是读者、创作者的功利性选择,也牵涉到小说这种文体在文学结构、文化结构中的作用,是一系列的文学技巧、社会思潮、艺术价值等的选择和表现。作为一种文学传统叙事,幻想小说在 20 世纪为什么会有如此的遭际? 这是我们必须要回答的问题。

首先,我们来看看理论上对非写实叙事的关注。早在 1904 年,王国维在《〈红楼梦〉评论》中就谈到"其材料取诸人生,其理想亦示人生之缺陷逼仄,而趋向于其反对之方面"。[①] 认为小说创作可以针对现实进行想象,以非写实习规描写理想的幻想世界。1908 年,王国维在《人间词话》中提出的"造境"和"写境","有造境、有写境,此理想与写实二派之所由分,然二者颇难分别"。[②]

[①] 参看王国维:《〈红楼梦〉评论》中的有关论述,见《王国维文艺美学论著集》,太原:北岳文艺出版社 1987 年版。

[②] 参看王国维:《〈红楼梦〉评论》中的有关论述,见《王国维文艺美学论著集》,太原:北岳文艺出版社 1987 年版。

这里虽非指小说创作,却提出了"写理想"与"写现实"两种创作方法,所谓造境,就是关注超现实的世界来进行创作,可以说是对应非写实的幻想;而写境,就是客观地描写现实,对应的是写实性的描绘。这些论述在理论上对写实与非写实的创作进行了探讨,表现出对这种文学现象的关注。

　　20 世纪的小说研究中,最早提到从虚实形态角度分类的是梁启超。1902年,他在著名的《论小说与群治之关系》中谈到小说的吸引力,一种是因为"凡人之性,常非能以现境界而自满足者也。"人们都希望体验非现实的世界,突破"其所能触能受之境界,又顽狭短局而至有限也",而"小说者,常导人游于他境界,而变换其常触常受之空气者也",所以创作出"理想派小说",这类超越现实生活的"写理想"的小说,突破现实客观条件的限制进行虚构幻想,应该算是非写实的创作。另一种是因为人们对现实世界的"人之恒情,于其所怀抱之想象,所经阅之境界,往往有行之不知、习矣不察者;无论为哀为乐、为怨为怒、为恋为骇、为忧为惭,常若知其然而不知其所以然。欲摹写其情状,而心不能自喻,口不能自宣,笔不能自传。有人焉,和盘托出,彻底而发露之,则拍案叫绝曰:'善哉善哉,如是如是。'"这就是"写实派小说",描写真实的日常生活。"小说种目虽多,未有能出此两派范围外者也。"①"理想派小说"的创作必然要遵循超现实的幻想、想象来叙事的习规,来创造一个虚拟的理想世界,才能"导人游于他境界",这就是非写实的创作;"写实派小说"则明确指出通过对现实世界的摹仿,"和盘托出"以引发读者共鸣,达到审美效果。这两种叙事方法大致相对应的就是非写实与写实的小说类型。梁启超在文章中重点论述的是这两种小说"不可思议"的社会力量,从而提出"欲新一国之民,不可不先新一国之小说"的主张,并不是要探讨小说叙事艺术的问题。但是,这种观点把小说和现实政治的关系密切化,把小说从单纯的"怡情之品"扩大为

---

　　① 　饮冰(梁启超):《论小说与群治之关系》,原载《新小说》第 1 号,1902 年,转引自陈平原、夏晓虹编:《二十世纪中国小说理论资料》第 1 卷,北京:北京大学出版社 1997 年版,第 52—53 页。

社会运动的一方面,无限夸大小说的社会功用,也就导致人们更为关注与现实关系密切的写实性创作。对于"理想派小说",后人的关注十分有限。

此后的小说理论文章,莫不受这篇文章影响。后世小说家及研究者基于同梁启超一样的功利性文学观,让小说负载起济世救国、改造国民的大任,同时还接受了西方文学写实的传统观念,也就更多着力于"写实派小说"类型的创作和研究。晚清传统文学深受域外文学的冲击,汲取了丰富的文学营养,突破了传统的叙事模式。西方文化的强势促使现代新文学资源主要取自西方而不是中国传统,加上政治话语对文学的渗透,使人们对传统小说不再关注,而重在对欧美近代小说的移植。在文学观念上,新文学家们对中国传统小说进行了清理与批判,甚至破坏,黑幕派、礼拜六派、鸳鸯蝴蝶派、章回体、某生体等均被斥责,与被视为"不出海盗海淫两端"①的传统文学密切相连的非写实叙事习规,也就随之被渐趋冷落。五四时期的知识分子基本上继承了法国启蒙主义的观点,将其浓缩为"德先生""赛先生","民主""科学"这类口号进行提倡。在文学方面,他们将小说作为一种启蒙的工具,同时又远离了晚清的传统,也就是说晚清知识分子所创造出来的某些文学模式,基本上都被五四时期的知识分子否定了,五四文学形式更多地是接受了西方的文学艺术观念的影响,比如对于小说文类的重视,将短篇小说、长篇小说变成一种主要叙事方式等。

中国小说"戊戌变法时期由'新小说'开始量变,到'五四'时期终于演化而为质变,实现了从古典小说到现代小说的飞跃。郁达夫曾将这一变化称为'中国小说的世界化',我们则称之为'中国小说的现代化'"。② 这种现代化首先表现在小说观念上的改变。小说不再是娱乐消遣的工具,而是"为人生"

---

① 任公(梁启超):《译印政治小说序》,原载《清议报》第 1 册,1898 年,转引自陈平原、夏晓虹编:《二十世纪中国小说理论资料》第 1 卷,北京:北京大学出版社 1997 年版,第 37 页。

② 严家炎:《二十世纪中国小说理论资料》第 2 卷"前言",北京:北京大学出版社 1997 年版。

"改良这人生"的启蒙利器。这种文学观念当然也可以被视为是对传统的经世致用态度的传承,具有功利性,但是此期的文学是以启蒙的思想来建构现代国民形象,强调的是人的主体性,与传统封建礼教根本对立,具有现代性。另一层面上,近代小说观念还没有摆脱把小说视为历史的史传观念,而到五四,则开始将小说从历史中解脱出来,成为独立的艺术门类。君实在《小说之概念》中明确指出:"小说本为一种艺术"①,郁达夫在《历史小说论》中指出历史与小说分属不同范畴,小说属艺术,历史属科学;瞿世英在《小说的研究》中特别指出了小说是艺术,有想象有虚构。此期的小说家们一致肯定小说本身的文学正宗地位和独立价值,从文学自身的发展来抬高小说地位,这比梁启超们对小说的功利性载道工具性质认识又深了一层。他们很注重小说的思想性和社会价值,将人生与社会、时代密切相联系,要用小说来反映社会现实,探索人生问题,因此而强调客观真实性,走上了现实主义文学的创作道路。虽然他们也很重视想象,但那是客观地再现,"做小说很要紧的是'想象',想象是真实的设想,和幻想迥然不同,所以想象还是根据事实"(王世瑛语)。对写实的追求改变了传统美学中"善"的价值标准,而将"真实"置于最重要的位置。

清末民初从日本传来写实主义等概念,"写实主义"成为精英启蒙者的文学要求而进入到文学之中。于是,关于"现实"的文学观念渐入人心,现实主义的创作兴盛起来。甚至,写实文学被看做 20 世纪中国文学的唯一文学传统和文学源泉,在 1949 年之后的很长一段独尊写实的年代,文学史就是现实主义和反现实主义的斗争史。"这一流派在清末'新小说'时已经是流行话题,五四以后更带动出文学热潮。到了三十年代,写实主义沾染了批判色彩,成为针砭社会,鉴照时代流变的利器;日后左翼论述更化'写实'为'现实'主义,以强调写作的积极政治性。由此人道现实主义,批判现实主义,革命现实主义,乡土现实主义等纷纷兴起,即使到了二十世纪末,魔幻现实主义、新现实主义

---

① 君实:《小说之概念》,《东方杂志》第 6 卷第 1 号,1919 年 1 月。

等依然是文学创作的焦点。"①

这种文学选择,一是基于现代知识分子感时忧国的精神导引他们深切地关注自身生存的真实环境而注重表现现实世界;二是因为受到进化论的影响,认为在浪漫主义文学思潮之后必然应该选择写实主义文学思潮;三是受科学主义的求真思维方式的影响,认为文学应该遵循自然科学的认知原则,对客体对象进行精确、逼真的反映与复制,逐渐形成求真的审美追求。文学深受科学理念的影响。文学家从科学主义视角考察文学发展,对写实主义文学思潮在中国的流行起到了推波助澜的作用。譬如,管达如在写于 1912 年的《说小说》一文中就明确指出:"中国小说之所短,第一事即在不合实际",纸上之情景与实际相差甚远。他引西洋小说创作为对比:"西洋则不然。彼其国之科学,已极发达,又其国民崇尚实际,凡事皆重实验,故决无容著述家向壁虚造之余地。著小说者,于社会上之一事一物,皆不能不留心观察,其关涉各种科学处,亦不能作外行语焉。"②用科学的观念来介绍西方写实主义小说。随着大量译介的涌入,西方文学思潮影响日益深入。胡愈之在 1920 年 1 月发表的《近世文学上的写实主义》中就非常清楚地揭示出科学主义与写实主义文学之间的联系:"19 世纪是科学万能的时代。文化上各方面——政治、哲学、艺术等等——受了科学的影响,多少都带此物质的现实的倾向;在文学上这种影响更大;写实文学的勃兴,就为这缘故。"③胡愈之从这一科学主义视角出发,论述了写实主义最重要的六大要质:其一,客观性的写作态度;其二,精细的观察方式;其三,解剖式的描写方法;其四,作家对价值判断的回避;其五,对平凡的丑恶的人、事、物、态描写;其六,注重人生的描写。可见,在崇拜科学的思潮

①　王德威:《写实主义小说的虚构·中文版序》上海:复旦大学出版社 2011 年版。

②　管达如:《说小说》,原载《小说月报》第 3 卷第 5、7、11 号,转引自陈平原、夏晓虹编:《20 世纪中国小说理论资料》第 1 卷,北京:北京大学出版社 1989 年版,第 407—408 页。

③　胡愈之:《近世文学上的写实主义》,见《中外文学夫系史资料汇编》(上册),桂林:广西师范大学出版社 2004 年版,第 277 页。

影响下,科学已经超越了物质世界,从技术的层面走向泛化,上升为形而上的原则导向,乃至价值信念,包括文学艺术都难以摆脱这种科学认知思维。

正是这些原因催生了写实主义文学思潮在中国的泛滥。文学家多视"写实"为最先进的文学表达方式。温儒敏先生在其论述现实主义的重要著作《新文学现实主义的流变》中就非常明确地指出:"这跟他们的文学进化论认识有关","也正是出于思想革命的考虑,他们才强调万事从头做起,首先要正视人生现实,揭露社会黑暗的真相,特别是揭露落后的国民性,使国民从封建主义思想禁锢的黑屋子里觉醒过来。这一共同的认识,使他们在考察文学的功能与方法时,偏重于'写实'与'暴露'"①。譬如,刘半农认为:"我辈要在小说上下功夫,当然非致力于下等社会实况之描写不可"②;陈独秀也说"吾国文艺,犹在古典主义理想主义时代,今后当趋向写实主义。文章以纪事为重,绘画以写生为重,庶足挽今日浮华颓败之恶风。"③沈雁冰更是鲜明地提出"都该尽量把写实派、自然派的文艺先行介绍"④。现实主义文学思潮对"真"和"客观再现"的追求,促使文学更加深入广泛地、细腻生动地反映社会和人性,引导大量题材、人物、细节进入创作,从而扩大了文学表现力。与此相对的是对传统文学的批判,如周作人提倡"人的文学"观念时,就将传统文学几乎全部视为诲淫诲盗的"非人"文学⑤。这样在陈独秀主持的《新青年》中,请进了易卜生,发表了他的《玩偶之家》;在沈雁冰主持的《小说月报》中,刊出了《被损害民族的文学号》,还特别加了两个号外——《俄国文学研究》号外和《法国文学研究》号外,大力译介和引进现实主义的文学作品,提倡"为人生的文艺"。

---

① 温儒敏:《新文学现实主义的流变》,北京:北京大学出版社 1988 年版,第 11,13 页。

② 刘半农:《中国之下等小说》,系 1918 年 3 月 29 日在北京大学文科国文研究所之演讲,见《中国新文学大系·文学论争集》,上海:良友图书公司 1935 年版,第 258 页。

③ 陈独秀:《答张永言的信》,《通信》栏目,《新青年》第 1 卷第 4 号,1915 年 12 月 15 日。

④ 沈雁冰:《小说新潮栏宣言》,《小说月报》1920 年第 11 卷第 1 号,见严家炎编:《二十世纪中国小说理论资料》第 2 卷,北京:北京大学出版社 1997 年版,第 88 页。

⑤ 参看周作人:《人的文学》,《新青年》第 6 卷第 5 号,1918 年 12 月 15 日。

众所周知,写实性叙事所要求的"客观描写"并不可能完全客观,而是要描写叙事者视角中的世界,从而确立了叙事者的重要地位(如第一人称叙事作品的大量出现)。叙事者将"自我"投影到各种客观世界的画面,以自白等方式出现在小说中,逐渐占据了核心地位,表达出对"人的发现",肯定了人的内在主体性,反映了人的个性觉醒,这正是现代性的重要特征。

追根溯源,最初是陈独秀在《文学革命论》中提出来三大文学主张的时候,"曰推倒陈腐的铺张的古典文学,建设新鲜的立诚的写实文学",提出"写实"这个名词。而"写实"这个词,从字面上来看,它是指一种叙事习规,属于技巧方面的意义。五四的作家,在创作他们新的白话小说时,基本上是把技巧和小说的功用以及在文学中所扮演的角色混在一起的。也就是说文学思潮和文学叙事方式以及文学理念等都混杂于一处来实现小说的社会功用。在叙事技巧方面,大家进行了多种方式的尝试,比如鲁迅就是一个非常注重技巧的作家,他的小说就有写实的一系列作品,也有非写实的《故事新编》这类作品,还有充满了象征意味的《狂人日记》等,他不能肯定是否只有"写实"这种叙事才能达到启蒙目的,因此每篇小说都有不同的形式。再比如,刘呐鸥、施蛰存、穆时英等人的新感觉派,接受的是一种现代性观念,注重表达城市文明、都市生活中的刺激体验,其荒诞感很强,但施蛰存这些人的实验,当它开始成熟的时候,却被极为写实的历史感所主宰、所掩盖。1923 年左右,瞿秋白等人把马克思主义介绍进来的时候,把"写实"这个词改为了"现实",显然"写实"这种叙事习规范畴的概念成为了一种叙事对象的"现实"。面对现实,小说就要用广阔的篇幅来叙述历史的进程,这也就促使在 20 世纪 30 年代长篇小说的繁荣,形成了宏大叙事模式。这种左翼文学观念在当时对很多作家形成了压力,促使他们放弃了其他尝试而专注于现实主义的写实性创作。

面对复杂难解的中国社会现实问题,小说创作者们开始从强国梦的幻想狂热中渐渐冷静下来,开始书写苦难的现实。他们以非凡的勇气,直剖中国社会文化积习,正视传统负面价值,以西方文化为坐标系来观照中国现实的种种。正是出自对现实世界的浓烈兴趣,小说家们放弃了"幻想"而开始以描摹现实为己任,书写人生。于是,在五四之后的七八十年中,中国现代小说呈现出强势的写实主义叙事,并以其主流叙事方式遮蔽了非写实的小说创作。

现代文学中对"写实"的单一追求必然挤压了小说创作中的非写实空间,致使非写实描写渐趋式微,移位到小说创作的边缘。王德威在论述晚清科幻小说时谈道:"这一类别的小说,在五四之后突告沉寂。除老舍的《猫城记》、沈从文的《阿丽丝中国游记》等聊为点缀外,文坛大抵为写实主义的天下。"①当然,还应加上的是鲁迅的《故事新编》一类针砭现实的幻想戏谑小说。相对于写实小说的热闹,非写实小说似乎沉默了许多。尤其是 20 世纪初,把过去受到鄙视的小说抬到"文学之上乘"地位,成为"大说"之后,小说传统的"娱心悦目"文体观念被摒弃,代之以关注现实、改造社会的"群治"文体观念。非写实叙事习规不能迅速直接地反映现实苦难和社会黑暗,引起民众的警醒,亦不利于发挥小说"群治"之功用,却有利于弘扬小说消遣之作用,因此越来越不被文学家们所重视,其创作也就日趋萎缩。

对于非写实创作现实的失语,研究者亦应该反省。现代文学研究者借重于西方文学批评话语而关注于各种文学思潮、小说流派等,将创作方法②对应到各类流派或主义中,从而忽略遮蔽了对传统叙事习规的言说。对此,严家炎先生在论述 20 世纪小说的特征时指出:20 世纪中国小说"是以近代写实主义为主体的创作方法的多元化"③,"不同的创作方法、文艺思潮的同时并存,还直接孕育着不同的小说流派,⋯⋯并非一种创作方法只有一个对应的小说流

---

① 王德威:《想象中国的方法》,北京:三联书店 2003 年版,第 61 页。

② "创作方法"是一种苏联文艺学体系中的概念,他们认为文学思潮是创作方法的应用,是反映现实的方法,因此有科学与不科学、进步与反动之分,文学史就成为现实主义与反现实主义的斗争史。这是一个很含混的概念,因其与反映论以及政治意识形态等的对应关系违背了文学规律而成为一种研究障碍,应该予以破除。本书用此词为普通词义,指叙事方式,"主义"类指思潮。

③ 严家炎:《严家炎论小说》,南昌:江西高校出版社 2002 年版,第 18 页。

派。"他指出"由于历史的误会,国际上曾长期流行过独尊写实主义的思潮。对于浪漫主义、现代主义等方法,不是竭力贬低抹杀,就是一概不予承认,或者干脆釜底抽薪,硬把非写实主义方法说成是现实主义"①。这种对现实主义的极端倡导,以致形成了单一的批评标准,而将倚重于非写实方法的浪漫主义、现代主义等文学流派遮盖。

但是,"文学"却是一个虚构、想象性的文本世界,渗透着作家主体的精神意愿与价值取向,有着自身的艺术规律,由此在对其接受的过程中形成了一种悖论式的两极趋向和复杂形态。应该说,现实主义带来的文学"反映论"和价值观,限制了文学的虚构想象能力,束缚了文学的多元化追求,直接表现就是中国现代小说想象力受到抑制,文学游戏趣味性渐弱;作家用小说表达自己政见与改造社会的愿望越来越强烈,而讲故事的兴趣却在消失。在提倡写实主义的同时,一些研究者也意识到其局限性,而将目光扩大到浪漫主义、表现主义、键键主义(达达主义)、象征主义等文学思潮,注意到包括写实主义在内的各种文学思潮指导下的创作中非写实叙事习规的存在,如文研会的瞿世英在《小说的研究》中注意到"想象是文学的要素",浪漫派"他所描写的人不是街市上的人而是想象中的人,梦中的人"②,以及郁达夫的《历史小说论》、吴宓的《论写实小说之流弊》、杨振声的《玉君·序》等文都论及非写实叙事特征。在鸳鸯蝴蝶派、新感觉派、武侠小说等创作中我们强烈地感觉到非写实叙事的潜在,毕倚虹以《人间地狱》著称一时,那是写实的;可是他又写《极乐世界》,那是非写实的;平江不肖生写《近代侠义英雄传》,以大刀王五和霍元甲等民间英雄为主人公,是写实的;但他同时写《江湖奇侠传》,以非写实题材为主。至于还珠楼主的《蜀山剑侠传》则纯是一个仙魔世界。武侠小说大多写化外世界或亚社会,这一种题材类型更依托于非写实的习规。可见,某一特殊的题材或体裁类型,会对非写实习规有所倾斜;根植于传统文化的本土资源中所包

---

① 严家炎:《严家炎论小说》,南昌:江西高校出版社 2002 年版,第 21 页。
② 瞿世英:《小说的研究》,《小说月报》第 13 卷第 7、8、9 号,1922 年 7、8、9 月。

含的奇幻传说、神秘主义、空想主义、狭隘的轸域观念和个人恩仇意识等在非写实小说中也比较容易表达。就是在新文学正宗的作家创作中，也依稀可辨那些多重叙述的断裂、矛盾、遮蔽等有意味的痕迹，这些痕迹表现出创作意识和文学形式的冲突，涌动着作家自身突破现实的想象的欲望之存在。以老舍为例，他不但有《猫城记》这类非写实的叙事创作，在理论上也有思考和探索，他一方面肯定"写实主义的好处是抛开幻想，而直接地去看社会。这也是时代精神的鼓动，叫为艺术而艺术改成为生命而艺术。这样，在内容上它比浪漫主义更亲切，更接近生命。"能够真实反映社会的黑暗，但另一方面又认为"完全写实是做不到的事"，"这需要极伟大的天才与思想"，他不满于写实主义只反映社会的黑暗面，专注写真而忽略了"文艺的永久性"，"敢大胆的揭破丑陋，但是没有这新心理学的帮忙，说得究竟未能到家"。① 也就是说在创作中，只有写实是不够的，还需要其他的创作方法来共同完成表现社会的任务。也正是基于这样的理论认知，老舍才会有多种创作方法如现代主义、象征主义、浪漫主义等的探索，成为一代大家。这些创作方法中，当然有很大一部分是非写实性的叙事习规叙事。更何况，传统的非写实因素也限制着写实性创作独霸文坛，对小说家的创作产生着潜在的巨大影响。它虽然不处于主流的地位，但是作为一种传统的叙事习规却也不绝如缕地绵延着，即使在写实性文学中，也有非写实的笔墨点缀。

所幸的是，作家的想象力远超出评者史家的视野，在写实主潮中非写实的功能片段和叙事习规仍旧存在。直至 20 世纪 80 年代先锋文学的兴起，非写实小说则又蔚然成风。这种创作类型在 20 世纪小说创作中一直是绵延不绝的。但是，20 世纪的中国现代小说已被描述成以写实为基础的一种文学话语，如此，幻想小说的创作将如何定位？曾经被现代写实文学挤压至边缘的非写实在当代文学中竟然成为最具现代性的先锋文学的叙事习规，而且，这种叙

---

① 老舍：《文学概论讲义》，见《老舍文集》第 15 卷，北京：人民文学出版社 1990 年版，第109—110 页。

事习规在整个人类的历史中始终表达着人类的创造力、好奇心等人性本能。且不说在早期的东西方文学中大量存在的英雄幻想、魔法巫术幻想、武侠剑客之类的小说，单是近几年风靡全球的魔幻小说《哈利·波特》的热销和多部幻想类电影如《指环王》《黑客帝国》《功夫》等的热映，无不证实着非写实叙事的幻想艺术魅力。

事实上，"现实"被文学以写实和非写实叙事习规共同书写，形成了多种多样的文本现实，尽管写实性创作被一再强调、突出而非写实被遮蔽、挤压。如果只有单一的写实性小说，那么现代文学的版图将是怎样的狭小和单调！在实际创作中，作家的意图往往充满晦涩含糊、矛盾困惑的因素，使这种小说与现实的语法关系①不断受到质疑。虽然中国现代小说的发展主要不是出自文学内在的美学要求而成熟起来的，但是并没有禁锢住小说美学书写的多样性。当我们从现代小说文本中建构出的多重的、丰富的、极具个性的多样性文本现实，并通过对这些文本现实的理解，寻找到以往现代文学史研究中被遮蔽、被忽视的意义空间时，可以更为真实地感悟到文学本身艺术性的魅力，尤其是在这个技术变革带来的多媒体泛滥的时代，多种新媒体如电影、电视、电脑、互联网等已经改变了我们的阅读习惯和思维方式，我们开始质疑文学阅读的必要存在性的现在，更是有必要来探讨小说带给我们什么这类问题，也更有必要研究在全球化语境中，中国现代小说的来龙去脉，以多元化的视角来考

---

① 中国现代文学通常被认为是反映时代混乱现实的一面镜子，作为现代文学代表作家的鲁迅就被视为"中国反封建思想革命的一面镜子"（王富仁语），而且从其诞生之日起它就肩负着改造国民、富强国家的历史使命，承载着中国现代知识分子对民族国家以及自我的确认、重构和想象的任务，表达着对建立一个强大、现代国家的热望。这种特殊的功利性质使现代文学纠缠于政治、思潮、文化等种种概念之中，与政治革命并行于历史的轨道之上。新文学家们常常是在政治革命受挫之后转而寻求文学实践，期许文学的文化感召力从思想深层发挥效力来实现社会变革。梁启超对小说的认识就是这种文学观的代表。他认为小说具有"熏、浸、刺、提"这四种"不可思议之力"，所以"欲新一国之民，不可不先新一国之小说"。在这种时代观念下，小说这种处于中国传统文学结构边缘地位的文体基于中国知识分子对启蒙现代性的追求而被利用改造，迅速成为具有崇高文学地位的文类。于是，在现代文学中，小说和现实形成一种主客体的施事和受事的语法关系。

察现代小说的美学特质。

纵观现代文学的发生,在 20 世纪初期,中国小说充满了奇谈怪论的创新,幻想的世界天马行空,西方的"现实"这个概念还没有进入小说,小说创作的虚构与现实之间相去甚远,是多元化文学发展的初步开放时期。这个时期,是中国文学得以自由发展的幸福时光,传统的、域外的各种因素混杂融合,充满了冒险、探索、尝试的积极创新精神,小说也蕴含着无限可能的发展空间。晚清时期,小说家尚未被"写实主义律条"洗脑,存在现实以各种方式进入小说叙事,形成多种色彩斑斓的文本现实,小说文体在这个时期获得了尝试多种形式的短暂自由,或戏谑、或忧虑、或讽刺、或辩论,体现了中国知识分子要改变积贫积弱的旧中国的焦急心态,也构建了他们对新中国的想象。与五四之后的小说创作相比,晚清小说中令人目不暇接、放肆泼辣的想象显得格外突出。此后,虽然小说创作日渐繁盛,但是在时代危机、民族国家的存亡等问题的逼迫下,人们只能将关注焦点集中于社会现实,而失去了幻想的空间,这种关注表达于文学就是对现实题材的描写,对写实的运用。自然,非写实小说日趋冷落,不再受到青睐。

尽管如此,非写实性幻想叙事还是不绝如缕地存在着,创造出自己的世界。

第二节　现代性的幻梦

20 世纪中国文学的构成非常庞杂,是多元化的,如果要用一个主线脉络来演绎此期的文学发展,那就是现代性。这也是与传统文学相区别的重要特征。现代小说所获得的现代性不仅仅是一种意识观念的现代化,在叙事方式上也相应发生着变化。幻想小说作为一种传统的叙事思维和表达方式,在现代性文学表达中作为现实的象征,将世界灵化与精神内蕴的物化相结合,呈现出多种形态,如梦幻、变形、夸张等,是对内心世界呈现的重要方式,具有极为重要的地位。

此期,幻想小说主要呈现于精英小说寓言式书写、儿童文学想象书写以及通俗小说中以武侠小说为代表的娱乐性书写。

一

幻想小说隶属于时代文学,尽管其叙事习规为非主流的非写实性,但是叙事内容和主题与主流写实小说是一致的。20 世纪的中国小说发展历程是一种现代性的获得过程,而这种现代性的发生是基于传统社会向现代社会剧烈变革转型而产生的。"现代性以前所未有的方式,把我们抛离了所有类型的社会秩序的轨道,从而形成了其生活形态。在外延和内涵两方面,现代性卷入的变革比以往时代的绝大多数变迁特性都更加意义深远。在外延方面,它们确立了跨越全球的社会联系方式;在内涵方面,它们正在改变我们的日常生活中最熟悉和最带有个人色彩的领域。"①这种改变所带来的科学精神和人文精神使中国文学有了"人的发现",也有了对"儿童的发现"。日本学者柄古行人在其著名的学术著作《日本现代文学的起源》中就"风景的发现"曾论述道:"谁都觉得儿童作为客观的存在是不证自明的。然而,实际上我们所认为的'儿童'不过是晚近才被发现而逐渐形成的东西。"②确实,中国的"儿童"就是在对"人"的关注中被赋予现代性的内涵而被"发现"的。因为要完成现代民族国家的建立任务,作为国民的一部分,将来的国民主体,儿童具有了主体性。这一主体性群体有独特的心理、精神需求和兴趣,于是,"儿童"在被尊重和满足的同时也开始被想象、期待、塑造,"'童年'不仅仅只是一个生理和心理意义上的概念,它更是一种文化的假设和塑造",③"儿童""童年"在五四时期以

---

① [英]安东尼·吉登斯等:《现代性的后果》,田禾译,南京:译林出版社 2004 年版,第 4 页。

② [日]柄古行人:《日本现代文学的起源》(1980 年初版),赵京华译,北京:三联书店 2003 年版,第 112 页。

③ 陈中美:《童年"正在发育"——小议文化研究与儿童文学研究》,《理论与创作》2003 年第 4 期。

及之后被极大的关注着,于是为了儿童而自觉创作的文学便应运而生了。童年是人类建立自身与客观世界关系的一个重要阶段,在这个阶段,孩子会依靠想象来认识感知世界,幻想是他们常有的行为,所以幻想小说契合了儿童的认知方式而获得普遍性的阅读,与儿童建立了密切的联系。因此,此期大量的幻想小说创作都是为了孩子们而进行的。

但是,这类作品所表达的社会文化意义代表的是成人的集体想象,体现的是成人与儿童之间的权力关系,其实说到底,这些幻想小说之所以会采用这种非写实叙事策略,表面是为了依循儿童的认知特点来进行创作的,本质上是却是为了表达自我非常成人化的社会文化内涵。比如老舍的《猫城记》在"自序"中就戏言此作品的来源与二姐及外甥关系密切;沈从文的《阿丽思中国游记》第一卷在"后序"中说:"我先是很随便的把这题目捉来。因为我想写一点类乎《阿丽思漫游奇境记》的东西,给我的小妹看,让她看了好到在家养病中的母亲面前去说说,使老人开开心。"①也是因为孩子的关系来创作的。但是众所周知,这些小说从来都不会单单被看做是孩子们的小说,非常成人化的内容所表达的内涵远远超出了儿童的认知世界。

晚清之前,"儿童"只是自然意义上的存在。在中国传统农业文明中,拥有丰富经验和知识的老年人被视为社会财富而受到尊重,但是随着传统社会到现代社会的转型,中国知识分子精英开始以"未来国民"的价值立场来建构儿童,他们是社会未来构成的立法者,拥有话语权。"儿童"所获得的身份认同,是被置于精英们所建构的社会权利网络中满足国家社会需要的"儿童",并非真实存在的儿童群体。于是"儿童"从过去传统的"父之子"身份被改造为具有现代性内涵的"国未来之国民"的角色。而要成为被认同的"儿童",就意味着获得教育和监视,就得具有立法者为其规定的知识、道德与能力,比如小科学家、小英雄、小可爱之类的形象。因此,小说叙事中的"儿童"是一种脱

① 沈从文:《爱丽丝中国游记》(第一卷"后序"),见《沈从文文集》第一卷,广州:花城出版社 1982 年版。

离了自然状态的、具有各种规定性的社会存在。可以说中国现代童话小说的开始不是因为"儿童需要小说"而是因为"小说需要儿童"而出现的。

20世纪的童话小说就是在这样一种现代性进程中获得发展契机而产生的。现代儿童观的确立使儿童文学获得了前所未有的关注度。从晚清民初开始出现的编译童话寓言小说到80年代之前的教化童话小说，充分呈现出"儿童"这一幻象在现代性小说叙事中的生产与建构，经历着儿童本位、国家本位、社会本位、革命本位的话语转换。探讨"儿童"意象在童话小说中的存在形态，研究其文化内涵，可以勾勒出现代精英们对未来社会民族国家的建构理想。在20世纪中国小说的写实主流叙事中，农民和知识分子这类成人形象备受关注，而与儿童相关的非写实叙事中，儿童却处于边缘化的地位，是被教育者，是被建构起来的他者，是幻想出来的一种意象，这反映了成人与儿童之间的建构关系，由此引发出一系列思考：这种关系具有启蒙意义吗？儿童的书写该怎样定位？"儿童性"的内涵何在？……本书无意就此进行深入的探讨，只是试图在幻想小说的框架中将此期的童话小说进行定位考察，梳理出此类幻想小说的叙事特征和文化内涵。要说明的是，在中国对于幻想小说的关注主要是由20世纪80年代的儿童文学工作者开始。可见儿童文学与幻想小说的不解之缘。

用幻想书写童年幻梦是小说家常用的叙事内容。"童年"总是被赋予具体的内涵而成为一个表达情感的时空概念。在这个叙事时空中，通过幻想，熟知的日常事务被回忆的光芒美化，有限趋向了无限，时空逆转，生死轮回，梦想成真，成为一种心灵的休憩空间。然而在中国，童年叙事总是纠结在时代主题中，轻盈的幻想也常常被现实沉重的压力带累着叹息。

相对于成年人的幻想小说而言，儿童的幻想小说即童话中现实和想象世界的大部分是融为一体的，一元化的，非写实叙事几乎是百分之百的，幻想在童话里是一种自觉的存在，没有惊异感，青蛙变王子在故事中是自然的事情，公主马上就和他结婚了，对超自然的因素没有感觉。另外，童话一般不做写实性的描绘,比如杀人就写"他被杀死了"而不具体写实性地描写过程,所以具有一种单纯性和模式化,人物性格也多是符号性的;而成人的幻想小说就复杂得多,常常可以分出现实与幻想两个不同的世界,有时界限还很鲜明。为了将幻想世界写得可信,作家会以写实的方式来营造幻想世界的真实性和现实感,人物有历史感和性格。其实,要清晰地区别到底是给孩子读的还是给成人读的幻想小说是一个很徒劳无效的行为,对于小说文本而言,创作者书写的都是一种有虚构指向的幻想,虽有隐含读者,但对现实的读者则不会完全限制的,单纯的童话常常是给对幻想世界毫不怀疑的读者,而复杂的童话和成人幻想小说的读者都是能分清现实与幻想世界的,只是他们接受了这种叙事习规不做怀疑而已。

二

孩子们固然喜欢幻想,成人们也不是没有幻梦。在中国获得现代性的艰难历程中,成人的幻梦显得那么沉重、压抑甚至阴郁,这些色彩无不与现代性意识密切关联。现代性的产生,冲击了传统的中国社会,促使中国传统文明与西方文明发生了冲突,尤其是西方现代性是伴随着资本主义帝国的侵略而来的,对于中国精英们来说,这种文化转型是一种非常痛苦的历程,现代都市文明所具有的种种负面意义,诸如道德沦丧、人性异化等问题都使一部分精英开始缅怀传统乡村文明的美好、宁静、温暖,比如沈从文、废名、汪曾祺、张承志、张炜等,他们以一种反现代性的文化心态回归传统,讴歌田园牧歌,在内心精神世界营建自己的乌托邦幻境。这种幻梦的书写与西方的反现代性小说叙事不同,西方反现代性的幻梦书写通常是以非写实叙事创造一个幻想世界,或是奇幻风光或是宗教传奇,与现实世界的平庸黑暗形成对照,但是中国的反现代性小说叙事则是一种理想化的写实,不是创造一个虚幻的世界,而是以理想化的写实方法描绘出一个充满美感的理想王国。比如沈从文笔下的湘西,它不是虚幻的桃花源,而是一个被美化了的充满诗意的理想乡村。张承志的草原、废名的田园风光、徐訏和无名氏的传奇故事等,都是以理想照进现实而折射出来的现实世界。因此,在幻梦叙事中非写实的幻想小说就显得比较少。

之所以会有如此的叙事表达方式,除了对写实的倚重之外,也是因为中国传统文化是以儒、释、道为主体的,儒家以伦理诉求实现理想,只在现世世界中存在;道家以回归自然逃避现实来求得平静,没有彼岸的追求,只有对社会、人生的退避;佛禅虽然是宗教,但是已经在中国世俗化了,以顿悟来解释现实,没有离开彼岸走向另一个彼岸,只有以彼岸关照彼岸的精神解脱,这些都关注于"一个世界",即一个天人合一的圣化的世俗的现实世界,体现的是一种现实关怀。西方对现代性的反叛则表现为对彼岸的追求,具有深厚的宗教情怀,或者是皈依上帝,或者是对自然的神秘崇拜,因为他们认为俗世是罪恶的,天国才是美好的,是"两个世界"即世俗的此岸与天国的彼岸的对立。因此,在对现代性进行反抗的叙事中,中国精英们更多地是从本土文化中寻求思想资源,导致一种对现实的逃避和对现世的反抗,讴歌自然和人性之美,而不会沉浸在宗教情怀中。总之,他们更关心的是现实人生和生命的真实价值。徐訏就说:"最想逃避现实的思想与感情正是对现实最有反应的思想与感情。"[1]沈从文也曾说过:"'现代'二字已到了湘西……因此我写了个小说,取名《边城》……即拟将'过去'与'当前'对照,所谓民族品德的消失与重造,可能从什么方面着手。"[2]其目的是为了重造国民,可见中国小说家们对于现实的责任感之强烈。

正是这种对于现实的强烈关注,致使中国小说家们的幻梦叙事中充满了对自身、对国民、对未来的期待。在仅有的几部非写实幻想小说中,鲁迅的《故事新编》以其独特的历史戏拟叙事书写了中国文化寓言,老舍以《猫城记》、沈从文以《爱丽丝漫游中国》、张天翼以《鬼土日记》等非写实叙事的幻想

---

① 徐訏:《门边文学》,香港:南天书业公司 1971 年版,第 5 页。
② 沈从文:《〈长河〉题记》,见《沈从文别集·长河集》,长沙:岳麓出版社 1992 年版,第 20 页。

进行了多角度的国民批判。这类小说可以称为精英幻想,其所关注的是时代主题。

<h1 style="text-align:center">三</h1>

在成年人的幻梦世界中,除了沉甸甸的忧国忧民的理性焦虑以外,感性的欲望表达并没有消失。在现代性的关注下,人的自然属性获得肯定,其基本欲望包括好奇心、求知欲、性欲、权力欲、攻击欲、占有欲等不可避免地形成各种幻想,展示在小说叙事中。自然欲望的宣泄文字势必满足大众的消遣娱乐需求,伴随着现代性都市市民阶层的形成而成为与严肃精英文学相对的通俗文学。在中国 20 世纪现代文学的发展历程中,雅俗文学的分流非常鲜明,它们共同建构了现代文学的主旋律。通俗小说中的奇幻武侠之类的幻想叙事拥有着大量的读者,并且延绵至今,具有旺盛的生命力。这类小说以消遣娱乐为目的,给人以精神上的休闲,迥异于传统的正统文学言志载道的观念,赋予文学娱乐功能独立的价值。通俗文学尤其是通俗小说,是现代社会现代性发展的产物,满足了现代人不同人群不同层次的心理欲望需求,消解了科学理性对人性的压抑,维持了现代人的精神世界的平衡。但是,在中国,通俗小说的发生和发展具有先天的缺陷,一直未能得到主流文学的承认和肯定,未能充分地发展,获得文学地位上的合法性。

中国现代性的发生不是源于自身的发展而是从西方被迫引入的,其最终诉求不是服务于人而是国家民族的独立解放,因此就具有一种极强的理性功利性。五四前,现代性的传播与接受集中于科学主义、人文主义、民族主义等,五四则宣传民主科学的启蒙主义,都没有过多地顾及到个人的欲望本身,加上传统文化所具有的集体理性和宗法封建观念,导致了对人性欲望的压抑和忽视;之后,民族危机带来了革命运动,将未及完成的现代性进程引向民族独立革命。革命政治运动需要的是集体主义,因此对个性欲望严加约束,甚至加以批判排斥,文学功能则突出了政治宣传性而使消遣趣味性的通俗小说失去了生存空间。清末民初出现的大量通俗小说,如言情小说、侦探小说、黑幕小说、狎邪小说、会党武侠小说等,体现了现代市民的欲望,满足了大众的娱乐消遣需要,但是受到启蒙理性的挤压,缺少合法性论证,从诞生伊始就备受责难。无论是当时还是在这之后的相当长的时期里文学批评或文学史书写,都没有为通俗小说辩解论证,相反却是异口同声地批判讨伐,从梁启超到周作人都对此有严厉斥责之文字①,鲁迅虽为母亲买了很多通俗小说读,但在担任教育部通俗教育研究会小说股主任时,不仅参与查禁 32 种鸳鸯蝴蝶派小说,还亲自主持拟定了《劝告小说家勿再编黑幕一类小说函稿》;文学研究会更是明确地宣称:"将文学看做是高兴时的游戏或失意时的消遣的时候,现在已经过去了。我们相信文学是一种工作,而且是对于人生很重要的一种工作。"②将消遣性的通俗文学排斥在主流之外,可见通俗小说不见容于社会的处境。因此,在精英文学的挤压下,通俗小说的生存空间有限,不得不依附于严肃文学,以科学或教化功能为自己辩护,而不能彰显其趣味性和娱乐性。

五四之后,革命文学、左翼文学、抗战文学等都同样排斥通俗小说,郭沫若批判通俗文艺:"它的所谓'大众'是把无产阶级除外的大众,是有产有闲的大众,是红男绿女的大众,是大世界、新世界、青莲阁、四海升平楼的老七老八的大众",要以无产阶级的通俗化替代。③ 郑伯奇也论述道:"我们提倡通俗小说,当然不赞成那种自命'精神贵族'的孤高自赏的态度,同时更不赞成从来通俗作家那种低级趣味。"④精英们将通俗小说的趣味视为低级无聊的堕落性趣味,也引导着一部分读者对于通俗小说的鄙视,使其受到冷落。面对国家、民族的危机,通俗小说作家们也纷纷投身于革命抗战的事业中,对自身的通俗小说创作有了否定性认识,如张恨水就曾评说:"总括的来说,武侠小说,除了

---

① 参看梁启超的《告小说家》、启明的《小说与社会》、程公达的《论艳情小说》等,均转引自陈平原、夏晓虹编:《20 世纪中国小说理论资料》第 1 卷,北京:北京大学出版社 1997 年版。
② 《文学研究会宣言》,《小说月报》第 12 卷第 1 号,1921 年 1 月。
③ 郭沫若:《新兴大众文艺的认识》,《大众文艺》第 2 卷第 3 期,1930 年 3 月。
④ 郑伯奇:《通俗小说的形式问题》,《新小说》第 1 卷第 4 期,1935 年 5 月。

一部分暴露的尚有可取而外,对于观众是有毒害的。"①新中国成立之后,积极严肃的政治意识形态几乎是禁止了通俗小说。

在这样的历史语境中,通俗小说的发展举步维艰。直至改革开放之后,爱情和武侠等题材的通俗小说才又重新走进人们的视野,在市场经济的社会背景下,走向了繁荣。梁羽生、金庸的武侠小说和琼瑶的爱情小说风行一时。如此看来,大众幻梦的表达在整个 20 世纪中期基本上是被压制的,只是在世纪初和世纪末才得以宣泄释放,这也就使非写实性的通俗幻想小说的创作显得有些单薄,其在创作数量上是有限的。

尽管如此,20 世纪中国大众对欲望幻梦的表达集中在通俗小说中,形成了一个具有中国传统文化特色的化外世界"江湖"。在这个虚拟幻想的世界中,武林人士出没行走于善恶恩仇之间,穿梭于天地宇宙之中,以特有的门派、幻想中的武术绝技来表达情感欲望,这充满奇思幻梦的武侠世界形成了一系列的武侠小说,诉说着每个人的超越现实的渴望。其实,不仅有大量的武侠小说存在于此期,而且还有很多玄幻、奇幻等通俗文学作品出现,但是在此限于篇幅和精力,我们以具有典型性的武侠为代表类型小说进行论述。

---

① 张恨水:《武侠小说在下层社会》,《新华日报》1945 年 7 月 11 日。

第五章 "儿童"幻想

由于儿童所具有的独特文学需求和审美特征以及形象化的思维方式、认知特点等,"幻想"必然性地成为儿童读物的叙事方式。文学在摆脱神话思维进入自觉创造以后,写实性叙事就逐渐占据了成人文学的主导地位,但是非写实性叙事一直都是儿童文学叙事的主体。对于儿童而言,幻想既是一种对现实的补偿,也是对未来的一种预演期待、一种无限可能性的展示,更是一种认知方式。尊重儿童的认知特点而为儿童专门进行小说创作,是现代性发展的结果。

社会现代性的发展必然要通过权利与知识的共生重新配置社会资源,形成现代性社会的结构组织,儿童就是这一社会资源的一部分,是重新配置的一环而已。因此,对儿童进行国民塑造使之成为社会整体的一部分,服务于整个现代社会就成为一个必须的任务。从晚清到五四,知识分子对民族积贫积弱根源的探索,历经了器物层面到制度层面,最终落实到文化层面,从而发起了改造国民的启蒙运动。在文化启蒙中,精英们发现了"儿童",力倡"废旧学","兴新学",造就新国民。他们猛烈地抨击束缚人性的封建教育,严复在《原强》中指出:"六七龄童子入学、脑气未坚,即教以穷玄极妙之文字,事资强记,何神灵襟?"又在《原强续篇》中再次强调:"垂髫童子,目未知菽粟之分,其入学也,必先课之以《学》《庸》《语》《孟》,开宗明义,明德新民,讲之既不能通,诵之乃徒强记。"这是第一次站在儿童的立场,为他们设身处地考虑教育的材料,提出教材要与他们的智力和接受能力相适应,表达了儿童的心声,为他们呼吁新的教材。1920 年周作人《儿童的文学》之演讲是具有标志性的一个事件,它确立了中国现代新型儿童观的形成,即"不仅把儿童看做独立的个人,而且要把儿童当做儿童",自觉地为儿童立法,进行教育。确切地说,儿童的文学"需求"是一种成人的想象与假设,是一种目的性极强的教育方式。作为现代社会的标志之一:学校教育是构建儿童形象现代内涵的必要条件。晚清新政中最有意义的就是教育改革,确立了现代学校教育的方式,这样就将儿童隔离于成人社会,通过课程设置、建立学制、学业考核等强化了儿童教育,确立了新儿童观。作为改造"小国民"的利器,"儿童小说"自然要发挥作用而被当时的精英们看重。因此,整个 20 世纪的儿童幻想小说都呈现出强烈的教化性特征,是极为典型的"教育小说",儿童幻梦的书写基本上都是成年人故作天真的说教,但是,这并不是说没有好的童话作品,只是说明童话内容更多地是指向成年人的兴趣点而已。

究其实质,幻想小说本身就是对于理性世界和成人世界的颠覆,以其超越现实的想象来颠覆有序理性的现实,童话则是成人对于童年的恢复和再造,是理想的童真世界与不完美的成人现实对立的一种认知方式。

第一节 被关注的儿童和童话

一

清末,很多有识之士呼吁"学校教育当以小说为钥智之利导"[1],"学堂宜推广以小说为教科书"[2],希望"专出一种小说,足备学生之观摩"可以"鼓舞

---

[1] 黄伯耀:《学校教育当以小说为钥智之利导》,《中外小说林》1907 年第 8 期。
[2] 老棣:《学堂宜推广以小说为教科书》,《中外小说林》1908 年第 18 期。

儿童之兴趣,启发儿童之智识,培养儿童之德行为主"①,认为小说对于儿童教育有极为重要的作用,于是出现了专门为儿童编译的寓言和童话。在人们开始注意儿童的阅读心理和年龄特点的时候,寓言这一文体自教育大兴,以此颇合于儿童之性,可使不懈而几于道,教科书遂采用之。高文典册,一变而为妇孺皆知之书矣②,在晚清民初新教育背景下,寓言以教科书或课外读物的形式首先走入了儿童视野,儿童不再以四书五经为唯一的读本。西方的《伊索寓言》《格林童话》《一千零一夜》等在译介高潮中也纷纷来到了中国。

实际上,五四时期的儿童文学领域中理论的倡导以及成熟在前,创作的高潮在后,是鲜明的理念指导行为的一种文学现象。以周作人为代表的"儿童文学本位论"是此期理论的共识。儿童文学的提倡发起是由《新青年》1918年开始的,从翻译西洋童话起步,在把儿童问题作为社会问题的背景下提出的,是以教育强国为内容的维新启蒙运动,也算是五四新文化运动的支流和分脉。首先,是语言问题。五四新文化运动完成了用白话文代替文言文的语言革命,扫除了阻碍儿童文学兴起的语言障碍。其次,是教育改革,建成了国民教育体制,普及了国民教育。1920年1月12日,教育部通令国民学校一二年级教科书改用语体文,接着小学高年级、中学也相继改革,这无疑大大推进了白话文的儿童文学创作。再次,新文化运动本身就是"儿童文学运动"的思想基础,反封建的文化批判解放了儿童,确立了儿童本位思想。

《新青年》不但刊登了征求关于"儿童问题"的文章的启事,而且登载了安徒生、托尔斯泰、梭罗古勃等人的童话,发表了陈衡哲的童话《小雨点》(1920年八卷一期)。把儿童文学与儿童问题联系起来,是这场儿童文学运动的基本特征,意味着把儿童文学与教育儿童、解放儿童联系起来,把儿童文学与造就新人、改造社会联系起来。解放儿童和改造社会都是时代的新观念,是维新

① 徐念慈:《余之小说观》,《小说林》1908年第9、10期。
② 参见孙毓修:《欧美小说丛谈·寓言》,上海:商务印书馆1916年版。

启蒙时代所没有的。1918 年,《新青年》发表了鲁迅的小说《狂人日记》,作品中"救救孩子"的愤懑呼声振聋发聩,有力地引起社会对儿童问题和儿童文学的普遍关注,鲁迅成为儿童文学运动的第一个呐喊者。

鲁迅的《我们现在怎样做父亲》以及在《新青年》发表的随感录 25、40、49、57、63 等就如何培养下一代进行了论述,体现出"幼者本位"的立场;而早在民初就开始研究儿童和儿歌的周作人,1912 年,在 6 月 6 日、7 日的《民兴日报》上发表《童话研究》与《童话略论》。1913 年,经鲁迅推荐,这两篇文章修改后发表在北京《教育部编纂处月刊》一卷七期和八期上。1913 年,在《绍兴县教育会月刊》上发表《古童话释义》。这三篇论文后来都被收入《儿童文学小论》,对中国童话理论起到奠基作用。1920 年 10 月 26 日,在北京孔德学校发表了演讲《儿童的文学》,该文于同年 12 月 1 日刊登在《新青年》第 8 卷第 4 号上,当时流传甚广,反响很大,从理论上给出了指导。

在《儿童的文学》中,周作人首先阐明了对儿童的理解,将儿童作为完整独立的人来对待;其次从生物进化学上分析了儿童对文学的需要与成人是一样的;再次又指出童话儿歌中的荒唐乖谬是有益无害的,并且有三种作用:满足儿童本能的兴趣和趣味、培养并指导那些趣味、唤起新趣味;最后按照儿童学上的分期对文学加以分类对应。这些内容都充分体现了儿童本位的文学观。整个五四时期的儿童话语基本上都没有超出周作人的论述范围。如张梓生《论童话》(1921)、严既澄《儿童文学在儿童教育上之价值》(1921)和《神仙在儿童读物上之价值》(1922)、郑振铎《〈儿童世界〉宣言》(1921)、胡适《国语运动与文学》(1921)、冯飞《童话与空想》(1922)、赵景深《童话的讨论》(1922)、胡愈之《论民间文学》(1921)、周邦道《儿童的文学之研究》(1922)、郭沫若《儿童文学之管见》(1922)、魏寿镛、周侯予合著《儿童文学概论》(1923)和朱鼎元《儿童文学概论》(1924)等。这些理论对于儿童幻想小说的创作具有重要的指导意义。

正是因为这些理论的倡导,使儿童本位的观念获得社会的广泛接受,小学国语课程也开始了儿童文学化,将现代儿童文学和儿童教育密切联系在一起。这既推动了儿童文学的发展,同时也强化了儿童文学的教化功能。从1922年开始,儿童文学的创作开始繁荣起来。郑振铎主编的《儿童世界》于1922年1月创刊,黎锦晖主编的《小朋友》在同年4月创刊,孙伏园主编的《晨报副刊》从1923年开始设"儿童世界"专栏,关注儿童的杂志不胜枚举。由此,形成了中国现代儿童文学的一个初步繁荣局面。

二

儿童文学的兴起,翻译作品功不可没。最早的儿童刊物是1875年出版的由"上海北京路美华书馆印,南门外清心书院发"的《小孩月报》,至1915年共出版约40卷。清心书院为纽约长老会所创立的美国教会学校,这个刊物虽然是宣传基督教义的,但也刊发了许多伊索、拉封丹、莱辛的寓言作品,传播了很多现代科学知识。《伊索寓言》是最早传入中国的外国寓言。早在1625年,明天启年间,就由外国传教士口译,经张序笔,有了第一个汉译本《况义》。两百多年之后,1840年,清道光年间,广东出版了第二个中译本《意拾蒙引》。1888年,清光绪年间,天津时报馆代印张赤山用文言翻译的共七十篇《海国妙喻》,为《伊索寓言》的第三个中译本,书前有张赤山的自序,书后有剑峰的跋。后被阿英收进《晚清文学丛钞》第四册。

真正将《伊索寓言》作为儿童读物翻译到中国来的是林纾,他是介绍西方文学的先驱,也是改良儿童教育的倡导者。他与严复的两个儿子严培南、严璩合作,于1903年9月出版了《希腊名士伊索寓言》(商务印书馆出版),收录了298则寓言,是当时最完整的集子,到1913年就再版了8次,1924年出到19版。"伊索"译名也始自于此,广为流传。1902年林纾在译完该书后写的《序》中道:"伊索产自希腊,距今二千五百年有余岁矣。近二百年,哲学之家,辈起于欧西,各本其创见,立为师说,斯宾塞氏撰述,几欲掩盖前人,命令当世,而重蒙学者,仍不废伊索氏之书。""伊索为书,不能盈寸,其中悉寓言。夫寓言之妙……言多诡托草木禽兽之相酬答,味之弥有至理。欧人启蒙,类多摭拾其说,以益童慧。""盖欲求寓言之专作,能使童蒙闻而笑乐,渐悟乎人心之变幻,物理之歧出,实未有如伊索氏者也。"为此,他用非常浅显的语言来翻译,并加以"说语",在每篇之末用"畏庐"之名发表评析和议论,让孩子能够阅读。他还介绍了大量的西方儿童小说,比如儿童故事读本《诗人解颐语》(英国倩伯司)和《秋灯谭屑》(美国包鲁乌因),包含着许多童话故事;《英国诗人吟边燕语》(英国兰姆姐弟为少年儿童编写的莎士比亚故事集)、《鲁滨孙漂流记》和《格列佛游记》(译为《海外轩渠录》)、《美洲童子万里寻亲记》(美国增米著)、《双孝子喋血酬恩记》(英国大卫·克力司蒂穆雷著)、《爱国二童子传》(法国肺那著)、《鹰梯小豪杰》(英国杨支著)和《英孝子火山报仇录》(英国哈葛德著),等等都经由他介绍翻译而来,可见林纾对儿童教育的重要性认识得多么深切。

这些林译小说受到当时少年儿童的欢迎,成为他们的最新儿童读物。中国现在的一些著名作家、学者都谈到过他们童年时代所受林译本的影响。冰心在《小说集自序》中说:"我所得的大半是商务印书馆出版的林译说部。如《孝女耐儿记》《滑稽外传》《块肉余生记》之类。……到十一岁,我已看完了全部的《说部丛书》。"丁玲在《我的创作生活》中也说:"我小的时候,……几乎把我舅舅家里的那些草本旧小说看完。而且商务印书馆的《说部丛书》,就是那些林译的外国小说也看了不少。"钱钟书在《林纾的翻译》中道:"商务印书馆发行的那两小箱《林译小说丛书》是我十一二岁时的大发现,带领我进入一个新天地,一个在《水浒传》《西游记》《聊斋志异》以外开辟的天地。"可见,林译小说成为当时儿童少年在传统文学之外的一个新的文学世界。也由此,催生了中国现代儿童文学的诞生。

当然,其他的翻译比如科幻小说都对童话的发展起了促进的作用。童话翻译直接孕育了中国童话的独立。这项事业的开拓者是周桂笙,他翻译了我国最早的童话译本《新庵谐译初编》(1903 年由上海清华书局出版),最早将英国王尔德的童话和安徒生的童话介绍到中国来的译者是周作人。此后,安徒生的译作层出不穷,一直到 20 世纪 40 年代,集大成者叶君健从丹麦文翻译了《安徒生童话全集》,安徒生童话的引入更促使了中国童话的独立。

三

童话,也就是儿童幻想小说①,作为独立的文体门类应该是以 1909 年商务印书馆出版孙毓修主编的《童话》丛书为标志的。这是此期最具规模、最具影响力的儿童文学读物。《童话》丛书共三集,计 102 册书。1909—1919 年,出版了由孙毓修主编的初集和二集,共 98 册,其中孙毓修编写 77 册,茅盾以原名沈德鸿编写 17 册,其他人编了 4 册;1921 年,经茅盾推荐,郑振铎主编出版了第三集,共 4 册。从此开始,"童话"一词出现并流行于中国。丛书的出版确立了"童话"这种文类在中国的独立存在,但是未能明确界定童话的幻想特征和美学规范。因此,《童话》丛书中并不全是童话,包括童话、寓言、历史人物故事等,而且多为译写改编,没有创作。

值得我们关注的是,"童话"伊始就是一种教育性的工具。孙毓修在《〈童话〉初集广告》中,阐述说:"故东西各国特编小说为童子之用,欲以启发知识,涵养性情,是书以浅明之文字,叙奇诡之情节,并多附图画,以助兴趣,虽语言滑稽,然寓意所在必轨于远,童子阅之足以增长德智。"说明童话的阅读对象是儿童,童话是用特别的语言和幻想的情节写的小说,具有教化的功能。在《〈童话〉序》中,孙毓修也强调这套丛书的宗旨为:"吾国之旧小说,既不足为学问之助,乃刺取旧事与欧美诸国之所以流行者,或童话若干集,意欲假此以为群学之兄弟,后生之良友,不仅小道可观而已。"指出童话与中国旧小说不

---

① 童话是文学体裁中的一种,主要面向儿童,是具有浓厚幻想色彩的虚构故事作品,通过丰富的想象、幻想、夸张、象征的手段来塑造形象,反映生活,其根本特征是幻想,语言通俗生动,故事情节往往离奇曲折,引人入胜,是依据读者类型而对小说所做的分类,为非写实的幻想叙事,因此本文将其纳入到讨论范围。

同,它将成为孩子的良友,作者或译者常常要插入自己的看法来进行说教,体现出作为立法者的姿态。

在译介之后,中国的原创童话出现了。最重要的就是叶圣陶的童话集《稻草人》,"给中国的童话开了一条自己创作的路"①,具有巨大的影响力,成为中国现代童话的代表,几乎成为五四童话的别称。这个时期创作童话的还有茅盾、郑振铎、黎锦晖、赵景深、徐志摩、周全平、汪静之、陈衡哲等。《小说月报》等期刊成为发表的重要阵地。这些原创性童话富有童趣,用童稚幻想构建了神奇美妙的童话世界,体现了儿童本位的文学观念,极富教化意义。

四

《稻草人》是叶圣陶 1921—1922 年间创作的 23 篇童话集。至 1930 年,出过六版,流传广泛。郑振铎为它作序,给予很高的评价,鲁迅也肯定了它"给中国童话开了一条自己创作的路",可以说,这是五四时期童话的代表作。《稻草人》的中国化、民族性,结束了童话创作模仿、改制外国作品的时代。叶圣陶应该是我国童话的奠基人。

1921 年 6 月,郑振铎正在筹备 1922 年出刊的《儿童世界》,写信约请正在上海教书的叶圣陶为《儿童世界》写童话,于是,叶圣陶以高涨的创作热情,从第一篇《小白船》开始,到《稻草人》为止,在短短的半年(1921 年 11 月 15 日至 1922 年 6 月 7 日),共创作童话 23 篇,结集名为《稻草人》,这就是中国第一部现代创作童话集。之后,叶圣陶一直笔耕不辍,童话作品不断出现,1930年,叶圣陶转任开明书店编辑,与夏丏尊合作主编《中学生》《新少年》《开明少年》等少年刊物,进入了第二个童话创作旺盛期,其成果就是童话集《古代英雄的石像》。

叶圣陶的童话创作之所以深受读者欢迎,首先是因为他有着非常深厚的

---

① 鲁迅:《〈表〉译者的话》,见《鲁迅全集》第 10 卷,北京:人民文学出版社 1981 年版,第396 页。

生活基础。十年的小学教师生涯,使他始终活动在孩子的生活圈,对儿童的心理特征非常了解。他认为"儿童文艺须含有儿童的想象和感情。而有神怪和教训的质素的,绝不是真的儿童文艺"。① 这种儿童本位的文学观念体现出作者对于儿童的尊重,也体现在创作的思维、方式、想象力呈现等方面。

然而,其作品的时代性是中国化的。《稻草人》中的 23 篇童话,其实是美丽的童话世界与悲惨的现实生活的对照,时时压迫着幻想的羽翅。"《稻草人》这本集子中的二十三篇童话,前后不大一致……说我一连有好些篇,写的都是实际的社会生活,越来越不像童话了,那么凄凄惨惨的,离开美丽的童话境界太远了。经朋友一说,我自己也觉察到了,但是有什么办法呢? 生活在那个时代,我感受到的就是这些嘛。"②这些童话幻梦与现实的凄惨的关联,体现出作家自身强烈的社会责任感,无法放弃对国家、民族现实的强烈关注,也是那个时代文学创作与社会现实纠缠不已的功利性文学观念的表达。

同时,叶圣陶的童话创作来源于中国本土,具有鲜明的中国特色,所反映的就是当时中国的社会现状。他的童话基本上都以中国,特别是江南水乡为背景,具有民族乡土色彩。他的童话人物,也是典型的中国人,有农夫、匠人、邮差等中国百姓,动物形象也是富有中国文化内涵的燕子、画眉、鲤鱼、金鱼、玫瑰、小黄猫等。"稻草人"是其中的一个典型。那立在田野里的稻草人,是中国最常见、最普通的一种场景了,可见其创作的中国味道。

从理想的《小白船》开始,到悲哀的《稻草人》结束,叶圣陶努力地将美丽的儿童幻梦书写在故事里,"然而,渐渐地,他的著作情调不自觉地改变了方向……虽然他依旧想用同样的笔调写近于儿童的文字,而同时却不自禁地融化了许多'成人的悲哀在里面'"③。他的童话作品,反映了对黑暗现实人生的失望,也有对美好生活理想的追求,反映了作家从天真的唯美主义走向深刻

---

① 叶圣陶:《文艺谈·八》,《晨报副刊》1921 年 3 月 23 日。
② 叶圣陶:《我和儿童文学》,上海:少年儿童出版社 1980 年版,第 5 页。
③ 叶圣陶:《我和儿童文学》,上海:少年儿童出版社 1980 年版,第 5 页。

的人道主义的思想历程。

叶圣陶的童话,深受儿童的喜爱,主要是他以孩子的眼睛来观察世界,带着儿童的童稚情感,写出了一种充满童真美好的古朴自然意境。他还常常用儿歌来表达孩子的心理感受。但是,叶圣陶写的是成人的理想,是成人的悲哀。当然,此期童话叙事都自觉不自觉地根植成人思想,比如最为唯美的《小白船》中要孩子回答的三个问题就是非常成人化的哲理性问题,不符合爱哭、想妈妈的孩子的年龄特征,很难让人信服。这一特点显示出叙事者与读者之间是完全不平等的关系,叙事者要帮助读者去"认识人生",这种叙事姿态是鲜明的启蒙姿态,也是此期小说的一种叙事方式。在启蒙叙事中,中国现代儿童的幻梦呈现出一种小说表现的深刻力度;同时,也将西方童话幻梦的传统美丽叙事转变为灰色的现实叙事,将成人话语硬生生地插入到自然的儿童语言表达中,从而呈现出非常不和谐的叙事表达方式,这种表达不能不说是一种缺憾,强烈的叙事目的的凸显影响了艺术内在的自然性,给人以"假"和"硬"的感觉,从而失去了艺术美感。但是在革命与抗战的呐喊声中这种蕴含社会现实的童话风格得到读者的认可,童话的战斗性、政治性、教育性功能得到凸显,延续到之后的创作,形成了独特的政治教育童话。

第二节　现实性被强化的童话

一

随着五四新文化运动的落潮,革命和抗战的阶级斗争、民族救亡等时代核心话语将儿童幻梦也裹进了时代浪潮,政治化童话成为主流。儿童不再单纯地被视为"未来之国民",而成为战斗者,以"无产阶级小战士""抗日小英雄"或者黑暗统治下的"流浪儿"形象出现在童话里。童话不仅仅关注于儿童的人格道德、思想情感、知识修养的教育,更多地开始顾及当下的时代性,融入了鲜明具体的阶级性和政治性,也就是说儿童被赋予与成人相同的社会责任和历史使命,对童心的讴歌显得那么不合时宜。童话叙事开始更多地运用荒诞、夸张、讽刺等来表达现实主题,少了早期童话的唯美温柔的诗意。功利性的追求和现实危机都促使儿童幻梦的主题密切关注当下,儿童文学普遍具有生活教科书的性质。可以说,反映现实,帮助儿童认识社会,指引儿童走上正确的人生道路尤其是政治道路,是这个时代的童话主题。儿童形象也分化为对立的"好孩子"和"坏孩子",叙事逻辑是:善恶对立、贫富对立、阶级对立、城乡对立,迥异于五四时期蕴满童心童趣的童话。整个童话创作不再有五四时期的多方位开拓的生机活力了,而是集中于对现实时代主题的表达。

童话的政治化倾向是有着深刻的社会历史原因的。尽管童话的读者是儿童,但是创作者毕竟多是成人,其所表达的诉求不是儿童自身而是成人的情绪,体现的是成人对儿童的教育灌输。因此,童话必然带有鲜明的时代烙印。1928年后,童话以创作为主、翻译为辅的格局开始形成。1928年,沈从文出版了中国最早的长篇童话小说《阿丽思中国游记》。此后,很快形成了一股中长篇童话的创作浪潮。张天翼是继叶圣陶之后的第二个童话大家。他的中长篇童话具有里程碑的意义,标志着在叶圣陶童话以后的一个历史性的突破。科学童话也破土而出,童话创作的队伍不断扩大。现代著名作家们继续地在童话园地上耕耘,老舍和巴金都有童话创作,叶圣陶有大量新的力作问世。儿童文学作家陈伯吹、仇重等加入到童话创作的队伍中。

在童话理论界,发生过关于"鸟言兽语"的论争,涉及幻想叙事的问题。当时的湖南省政府主席何键,于1931年2月24日向教育部提出《咨请教部改良学校课程》的建议,要求打破鸟言兽语的童话读物,采取中外先哲格言做教材,指责童话"禽兽能作人言,尊称加诸兽类,鄙俚怪诞,莫可言状"。此文后来发表于3月5日的《申报·教育消息栏》。4月,在上海中华儿童教育社的年会上,初等教育专家尚仲义发表附议,作了《选择儿童读物的标准》的发言,亦认为鸟言兽语的童话为神怪读物,应在排斥之列,此文刊载在《儿童教育》

第四卷第八期,《申报》4 月 20 日作了报道。4 月 29 日的《申报》立即刊出在教育部工作的吴研因《致儿童教育社社员讨论儿童读物的一封信——应否用鸟言兽语的故事》,力排非议,指出鸟言兽语的童话必要,尚仲义的回答是《再论儿童读物》一文(刊于《儿童教育》第三卷第八期,5 月 10 日《申报》报道),专就童话发表意见,认为童话的价值实属可疑,只有像吉卜林的《象儿》一类,有艺术价值和游戏兴趣的第一流的童话,才可保留。5 月 19 日《申报》又发表吴文《读尚仲义君〈再论儿童读物〉乃知鸟言兽语不必打破》。以后,又有著名幼儿教育专家、儿童心理学家陈鹤琴撰文《"鸟言兽语的读物"应当打破吗?》(刊于《儿童教育》第三卷第八期),发出"慎重声明":"鸟言兽语的读物,自有它的相当地位,相当价值,我们成人是没有权力去剥夺儿童所需要的东西的,好像我们剥夺小孩子吃奶的那一种权利。"积十年小学教学经验的魏冰心也写了《儿童教材的商榷》(刊于《世界杂志》第二卷第二期),明确表示:"我是主张小学低年级的国语文学,在有条件之下,应该采用童话。理由是:童话是幼儿精神生活上的粮食。"[1]对此,鲁迅发表文章,认为:"对于童话,近年是连文武官员都有高见了;有的说是猫狗不应该会说话,称作先生,失了人类的传统;有的说是故事不应该讲成王作帝,违背共和的精神。但我以为这似乎是'杞人之虑',其实倒并没有什么要紧的。孩子的心,和文武官员的不同,他会进化,绝不至于永远停留在一点上,到得胡子老长了,还在想骑了巨人到仙人岛去做皇帝。因为他后来就要懂得一点科学了,知道世上并没有所谓巨人和仙人岛。倘还想,那是生来的低能儿,即使终生不读一篇童话,也还是毫无出息的。"[2]这段论述肯定了童话的价值,驳斥了官员们荒谬的论点。这场论争,引起理论界对童话的更大关注,在论争过去两年后,商务印书馆出版了黄翼的

---

① 何键的咨文以及相关论争文章均载于少儿出版社编《1919—1949 儿童文学论文选》,上海:少年儿童出版社 1962 年版。
② 鲁迅:《〈勇敢的约翰〉校后记》,见《鲁迅全集》第 8 卷,北京:人民文学出版社 1981 年版,第 314 页。

《神仙故事与儿童心理》一书,深入地从心理学的角度对童话的价值作了科学的探讨,这种探讨显然比前面的争论更进一步。该书的作者是美国留学生,他在书中运用了美国当代儿童心理学专家卡和卑勒、夏洛卑勒夫妇在1918年发表的研究成果,并有许多新鲜的论述。

这场论争貌似很肤浅无聊,但却是中国传统的保守的教育观念与现代儿童本位观念尊重意识的冲突表现,也是中国传统史传文学观念与文学虚构观念在文学表达中的冲突,更是对儿童认知特点的认识过程。究其根源,还是教化意识的体现。

1937年抗日战争开始后,虽然许多儿童文学报被迫停刊,作家也颠沛流离。然而,童话依然存在。从战时到战后,中国童话并没有凋零、衰败。只是童话观念有了全面的转向,从以儿童为本位转向以社会为本位。童话创作表达的多是抗日激情和对当局腐败黑暗统治的反抗。当时的理论界也不再探讨、研究童话的艺术规律,而是提倡童话的现实性。1947年4月6日《大公报》发表范泉的《新儿童文学的起点》,提出要建立中国风格的新儿童文学:"首先,我认为,像丹麦安徒生那样的童话创作法,尤其是那些用封建外衣来娱乐儿童感情的童话,是不需要的。因为处于苦难的中国,我们不能让孩子们忘记了现实,一味飘然地钻向神仙贵族的世界里,尤其是儿童小说的写作,应当把血淋淋的现实带还给孩子们,应当跟政治和社会密切地联系起来。"这是一种相当有代表性的意见,他们开始在功利性理念驱使下,强调童话跟政治和社会的联系,否定童话的娱乐功能。在当时,社会环境和政治情势逼迫着所有人都关注政治现实,也就出现了具有现实意义的童话,如张天翼的《金鸭帝国》构思宏伟,有史诗般的气魄,幽默风趣,但内容却过于社会化,超出了孩子的理解力,儿童读不懂,因此,不能像《大林和小林》《秃秃大王》那样成为孩子们喜爱的作品。当时,儿童文学理论家陈伯吹对童话转向的利弊看得较为清楚,写了《陈旧的"旧瓶装新酒"》一文,(发表于1947年4月6日《大公报》)意在转弊为利。丢掉传统童话的艺术手法,丢掉儿童本位的观念,致使童话创作的艺术性不高。当然,也有一些优秀之作。如以抗日为题材的作品中,老舍的《小木头人》,极富儿童情趣。严文井的童话也别具一格,注重表现儿童世界的童心诗意,成为童话一大家。

二

此期童话的创作出现了大量中长篇小说,如老舍的《小坡的生日》(1931)、陈伯吹的《阿丽思小姐》(1931)、张天翼的《大林和小林》(1930)、丁玲的《给孩子们》(1932)、张天翼的《秃秃大王》(1933)、陈伯吹的《波罗乔少爷》(1934)、仇重的《草儿的梦》(1934)和《歼魔记》(1936)等,这与现代小说的发展是同步的。在现实主义理论指导下,长篇小说以其容量大、反映社会生活范围宽广而备受青睐。对于童话小说来说,首先,因为短篇童话的成功,特别是叶圣陶童话的艺术成就,已经为中长篇童话的创作奠定了基础;其次,是外国中长篇童话的影响,赵元任译的英国卡洛尔的《阿丽思漫游奇境记》,郑振铎译的《列那狐的故事》,徐调孚译的意大利科洛迪的《木偶奇遇记》,影响广泛深入;最后,长篇连载的童话图画故事《河马幼稚园》和《熊夫人幼稚园》作为长篇童话的成功尝试,激发了作家们对于创作长篇童话的激情。

第一部长篇童话出自沈从文之手,他于 1928 年 12 月出版了长篇童话《阿丽思中国游记》,分一、二两卷。沈从文在第一卷《后序》中自述:"我先是很随便的把这题目捉来。因为我想写一点类乎《阿丽思漫游奇境记》的东西,给我的小妹看,让她看了好到在家病中的母亲面前去说说。……谁知写到第四章,回头来翻翻看,我已把这一只善良和气的有教养的兔子变成了一种中国式的人物了(或者应说是有中国绅士倾向的兔子了)。同时我把阿丽思也写错了,对于前一种书一点不相关联……我把到中国来的约翰·傩喜先生写成了一种并不能逗小孩子发笑的人物,而阿丽思小姐的天真,在我笔下也失去不少。……我不能把深一点的社会沉痛情形,融化到一种纯天真滑稽里。"这段自述将沈从文创作《阿丽思中国游记》的经过剖析得十分清楚。作者的创作初衷是为少年读者写作一部幽默的童话,结果却未能实现。作品仅仅借用了《阿丽思漫游奇境记》的主人公阿丽思和兔子约翰·傩喜的名字,所表现的内容以及情趣、风格与原作毫无共同之处。原作描写阿丽思在梦中掉进兔洞以后漫游地下童话世界的奇异经历,情节发展扑朔迷离、变幻莫测、趣味横生,语言诙谐幽默,完全没有了教训的框架,作为一部快乐的童话而为儿童所喜爱。但是沈从文的作品所描写的阿丽思和兔子约翰·傩喜在中国的游历,展开了五光十色的社会世相,全书贯穿着强烈的对中国文化负面和社会黑暗面的讽刺性批判,它的语言和内容都不是少年儿童所能理解的。虽然作品还用了拟人化的手法,也有"鸟言兽语",例如中国鸟类为留洋归来的八哥博士举行欢迎会,乡村里走着许多推粪车的蜣螂,等等,但并没有构成富有儿童情趣的童话故事。作者不过是把童话作为一种个人抒写的形式,正如他所说的那样:"在一种伦理颠倒的幻想中找到我创作的力量了。"个人抒写的力量完全压倒了为儿童写作的初衷,从而改变了创作方向。因此,《阿丽思中国游记》不是一篇给孩子看的童话,它对童话的意义不在它的成功,而在它的带头,带头创作了中长篇童话。因此,我们将其放到成人幻梦一章中进行论述。

老舍的《小坡的生日》是"真正为孩子们所欣赏的第一部成功的长篇童话"①。写作这部童话时,老舍正在新加坡华侨中学教书,到离开新加坡前已写四万字;回国后暂住在上海郑振铎家,写完最后二万字,时值1930年春。《小坡的生日》在《小说月报》二十二卷一号开始连载,到二十四卷四号载完,1937年由生活书店出版单行本。全书共十八章,前十章写实,后八章是梦境,写实中的人物在梦境中出现时已做变形的艺术处理,因此前后协调。从写实到梦境,从主人公小坡白天和家人去看电影庆祝生日,到晚上做梦到影儿国游

---

① 金燕玉:《中国童话史》,南京:江苏少年儿童出版社1992年版,第272页。

历,过渡得非常自然。虽然作者"既舍不得小孩的天真,又舍不得我心中那点不属于儿童世界的思想"①,但是作者不自觉地把那些现实关怀忘掉了,而沉浸于儿童的世界,从而将现实生活与思想融入到幽默儿童化的叙事中,取得了成功。在《我怎样写〈小坡的生日〉》一文中,老舍也详细地介绍了这部童话的创作经过:

> 我爱小孩,我注意他的行动。在新加坡,我虽没功夫去看成人的活动,可是街上跑来跑去的小孩,各种各色的小孩,是有意思的,可以随时看到的。下课之后,立在门口,就可以看到一两个中国的或马来的小儿在林边或湖畔玩耍。好吧,我以小人儿们作主人翁写出我所知道的南洋吧。以小孩为主人翁,不能算作童话,可是这本书的后半又全是描写小孩的梦境,让猫狗们也会说话,仿佛又是个童话。……前半虽然是描写小孩,可是把许多不必要的实景加进去;后半虽是梦境,但也是对南洋的事情作小小的讽刺。总而言之,这是幻想与写实夹杂在一处,而成了个四不像了。这个毛病是因为我是脚踩两只船:既舍不得小孩的天真,又舍不得我心中那点不属于儿童世界的思想。这就糟了。所谓不属于儿童世界的思想是什么呢? 是联合世界上弱小民族共同的奋斗。……可是,写着写着我又似乎把这个忘掉,而沉醉在小孩的世界里,大概此书中最可喜的一些地方就是这当我忘了我是成人的时候。……可是我对这本小书仍然最满意,不是因为别的,是因为我深喜自己还未全失赤子之心。②

这部童话想象力丰富,语言充满了童稚的明快可爱,形成独特的儿童式语调,用小坡的眼睛来观察,用小坡的感情来体验,而且还充满了幽默的趣味。梦幻的境界,奇特的幻想,幽默的色彩,用孩子的话写出孩子的事,使得这部童

---

① 老舍:《我怎样写〈小坡的生日〉》,见王泉根评选:《中国现代儿童文学文论选》,南宁:广西人民出版社 1989 年版,第 848—849 页。
② 老舍:《我怎样写〈小坡的生日〉》,见王泉根评选:《中国现代儿童文学文论选》,南宁:广西人民出版社 1989 年版,第 848—849 页。

话处处散发着童稚的情趣,全篇又蕴含着反对种族歧视、反对战争的严肃而进步的思想,以及"以儿童为主表现着弱小民族联合"的理想,从而成就了一部为中国现代童话赢得声誉的力作,曾被东南亚作家赞为"中国的《阿丽思漫游奇境记》",在南洋一带产生了极大的影响。

老舍所言的感受与沈从文的自述说明了《阿丽思中国游记》与《小坡的生日》是童话史上两个对比鲜明、十分有趣的文学现象。作者都是现代著名作家,写作童话带有客串性质。但前者没有达到预定的目的,改变了创作初衷,其原因是"不能把深一点的社会沉痛情形,融化到一种纯天真滑稽里",后者获得了成功,其原因是"沉醉在小孩的世界里","未全失赤子之心"。沈从文从此以后再未涉足过童话园地,而老舍又写出中篇童话《小木头人》、短篇童话《小白鼠》和优秀的童话剧《宝船》《青蛙王子》,他们的区别完全在于创作时能否使自己与孩子的心息息相通。

处于内忧外患的时代,童话叙事的隐喻影射意义显得分外突出,具有强烈的现实针对性,儿童文坛普遍认为,"像丹麦安徒生那样的童话创作法,尤其是那些用封建外衣来娱乐儿童感情的童话,是不需要的。因为处于苦难的中国,我们不能让孩子们忘记了现实,一味飘飘然地钻向神仙贵族的世界里"①。因此,以童话为武器来揭露社会黑暗,抨击反动统治成为这一时期的主流。幻想叙事的存在也是因为政治上的原因。国民党统治严格控制新闻出版物,幻想小说因其对现实的距离而成为一种保护色,"在无声的半个中国,还可以运用这种语言发出一点微小然而强烈的声息""借鸟言兽语,直抒胸中块垒",并非完全是为了"称孩子们的心"②。这也就可以理解为什么很多童话作品的成人化特征那么鲜明。

尽管如此,还是有一些与现实内战抗战疏离的轻松童话创作。如1946—

① 范泉:《新儿童文学的起点》,《大公报》1947年4月6日。
② 鲁兵:《喜见儿童笑脸开》,见鲁兵等:《我和儿童文学》,上海:上海少年儿童出版社1980年版,第271页。

1948 年间,热爱孩子的丰子恺创作了《五元的话》《小钞票历险记》《大人国》《有情世界》《油钵》《明心国》《三层楼》《猎熊》《为了光明》等童话,这些童话多数发表在儿童书局刊行的《儿童故事》杂志上,具有一定的影响力。丰子恺的童话篇篇皆有特色,篇篇皆有内涵,质朴、真诚、有情有趣。还有米星如的《吹箫人》《仙蟹》《石狮》、凌淑华的《小蛤蟆》(1929)、严文井的《南南同胡子伯伯》(1941)、《丁丁的一次奇怪旅行》(1949)以及许地山、黄庆云等的童话创作。

三

在科学救国的理念下,对儿童普及科学知识是精英们热心的一项事业。运用孩子们喜欢并容易接受的童话来达成目的是顺理成章的事情。一般童话形象塑造的重点在人性上,而科学童话形象塑造的重点在物性上,因为它的创作目的就在于介绍物性,使孩子们认识物性。在科学童话中,童话的各种艺术手法的运用都要为科学知识教育的目的服务。茅盾全面考察了儿童读物出版情况以后,于 1933 年 5 月到 10 月在《申报·自由谈》连续发表了五篇"儿童读物自由谈"的系列文章:《给他们看什么好呢?》《孩子们要求新鲜》《论儿童读物》《怎样养成儿童的发表能力》《对于〈小学生文库〉的希望》,呼吁为高年级孩子们创作历史的科学的文艺性读物。茅盾着眼于不同年龄的少年儿童阅读的需要,阐述了创作科学童话的必要性,"对于宇宙万象和新奇事物都要求合理的科学的解释。他们不再相信神话中的事物起源的故事,他们扭住了母亲,要她'说真话'了!""太历史性了,他们嫌枯燥;太科学的了,他们听不懂。必须在历史与科学的实质上加以文艺的外套,才能使儿童满足。"①更细致的是,茅盾拟订了一个历史和科学的文艺性高级儿童读物的系统周详的编辑计划,从题材到体裁,都做了具体的指导。

---

① 茅盾:《论儿童读物》,见少儿出版社编:《1913—1949 儿童文学论文选集》,上海:少年儿童出版社 1962 年版,第 215 页。

这时的儿童读物出版也有了新的变化,大量的外国科学文艺作品特别是苏联的科学文艺作品被翻译介绍进来,21世纪初的"凡尔纳热"被"法布尔热""伊林热"所代替。美国房龙的《人类的故事》,法国法布尔的《昆虫记》《科学的故事》,苏联伊林的《时钟的故事》《问题十万》等,都是风靡一时的译本。1933年,世界书局出了一百零一册的《儿童科学丛书》,商务印书馆出了五百种的《小学生文库》,内容包括图书馆学、社会科学、自然科学、应用技术、艺术、语言学、文学、史地各方面,明显突出科学文艺。董纯才、高士其等都是此期重要的童话作家。

四

在这里,我们要介绍一下张天翼和严文井的童话创作。

张天翼创作的长篇童话《大林和小林》和《秃秃大王》具有划时代的意义,代表了此期政治教育童话的最高水准。他虽然意在描写现实,但是凭借丰富的想象,利用幻想、夸张、讽刺、幽默等表现手法,通过漫画式的形象塑造和戏剧化的叙事,虚构出一个荒诞热闹、富有儿童游戏精神的艺术世界,从而表达出对现实世界本质的认识,让儿童在笑声中接受教育。他以杰出的艺术成就宣布现代长篇童话在中国获得成功,用现代化的大胆、奇特的幻想开拓了童话的艺术思维空间。不但远远超越了同代那些图解式概念化的童话创作,也摆脱了之前"稻草人"似的"成人的悲哀",在完全儿童化的想象中表现现实,将二者完美地结合在一起,是非写实叙事介入现实、实现教化目的的一种成功尝试。

张天翼父亲是高等师范的教员,生性诙谐,母亲善讲故事,二姐爱说笑话,他们三人给幼年的张天翼以很大的影响,形成了他活泼、开朗、幽默和富于想象的性格。张天翼从小就受到童话的熏陶,酷爱童话。他所创作的童话《大林和小林》《秃秃大王》都具有宏大的结构、开阔的生活画面,将现实与幻想结合起来,把社会生活的本质图式浓缩于童话中展示了出来。

《大林和小林》的最早构思源于张天翼的家庭经历,从家庭的处境痛感于贫富悬殊,对社会现实中的不公有着深刻的洞察,从而形成了长篇童话《大林和小林》。大林和小林是一对穷人家的孪生兄弟,经历了不同的人生轨迹。小林是被压迫者的典型,他被国王莫名其妙地判给狗绅士皮皮,皮皮把他当做商品卖给四四格,成为咕噜公司制造金刚钻的童工,每天要侍候四四格吃早饭、剃胡子,在皮鞭下过日子。小林富有反抗精神,曾经试图把做出来的金刚钻自己拿去卖,又在劳动中练得一身好力气,终于把铁球扔到一百丈高后落下来打死四四格。谁知又跑出第二四四格、第三四四格、第四四四格,小林只好和小伙伴们逃出来,被中麦伯伯收留后学会了开火车。大林则在狐狸包包的引诱下当了叭哈的儿子,改名为唧唧。叭哈是世界第一大富翁,也是世界第一大胖子。唧唧在二百个听差的伺候下生活,越来越胖,胖得连笑也笑不动。叭哈被铁球打伤死掉后,唧唧就和蔷薇公主坐火车到海滨玻璃宫去结婚。火车司机正是小林,小林要把蔷薇公主的香粉车换上运到海滨去救灾的粮食车,唧唧不答应,小林就罢工。唧唧让怪物推车,一推推进海里,唧唧落水,被大槐国的蚂蚁们送上富翁岛。富翁岛除了富翁和金银财宝,什么都没有,唧唧终于抱着金子活活饿死。作者用对照的写法,来展示二元对立的价值观,歌颂劳动的可贵和劳动者的美好,批判剥削阶级的丑恶和寄生的无耻。其中最为成功的是刻画出一系列为富不仁、仗势欺人、相互勾结的社会丑类。有骗子狗绅士皮皮,狐狸绅士平平和包包;有昏庸老朽,把法律换馄饨和油炸臭豆腐吃的国王;有天天拿着鞭子,把人变成鸡蛋吃的四四格;有养臭虫咬人,叫怪物吃人的叭哈;有偷窃成性的红鼻子王子……这些人物穿插交汇在一起,以大林和小林为轴心,形成一幅光怪陆离的全景式社会画图,构成了一连串多姿多彩、紧张热闹的情节。对于长篇童话来说,结构至关重要。《大林和小林》两个主要人物,两个中心,两条线索。作者采用了主角先分后合,轮流叙述的方法,两位主角周围有许多共同的人物,结构完整,前后呼应。另一部作品《秃秃大王》也展示的是二元对立的世界。一方面是秃秃大王的残暴统治,另一方面是反抗

者的反抗。秃秃大王是一个暴虐者的典型。他残暴成性,靠吃人为生,有三万
多个妻子,这些妻子经常被他卖掉或吃掉。他出宫打猎,看中了美丽女子干
干,就把干干和她的父母一起抓去,又把欠他一个铜子的由君也抓走。干干的
弟弟冬哥儿和由君的女儿小明决心把亲人救出来,他们求过神、拜过佛,都没
有用,最后联合村民齐心协力打败了秃秃大王。

《大林和小林》《秃秃大王》都幻想出来一个荒诞离奇的压迫与反压迫的
童话世界。这个童话世界的艺术魅力就来自荒诞性的想象力。首先,来自于
不同于传统童话的梦幻色彩的荒诞性形象。常人体形象的现实性、拟人体形
象的象征性、超人体形象的神奇性都融合在一起成为荒诞性。甚至许多童话
人物形象不再单一地表现出常人的特征、拟人的特征或者超人的特征,出现常
人具有超人本领,常人身上出现恶魔特性,人物像动物,动物扮天使,怪物无
能,神仙不神的情况,散发出荒诞的气息。其次,人物的外貌语言、细节情节,
无一不是荒诞不经的,有趣的,幽默的。尤其是《大林和小林》,人会变成鸡
蛋,只要碰上铁球就会变回原来的人,铁球是小林和伙伴们制造出来的,扔到
一百丈高就成为杀死四四格的武器。帽子可以飞上天,挂在月亮的角尖上;耳
朵、鼻子掉了可以拾起来再按上;牙齿上可以生冻疮,生发油可以使筷子变毛
笔,真是千奇百怪。在荒诞的世界、幻想的世界中显示出现实的社会的图式,
整体的真实与细节的荒诞相结合,这是张天翼童话的独创性。

张天翼的童话艺术魅力自然来源于丰富的想象力,更来源于作家对生活
的深刻理解和发现。《大林和小林》中对幸福人生的理解颠覆了传统旧思想
那种要做富翁享福,要不劳而获的腐朽观念,指出这种幸福是一种退化,会使
人失去人性的。这种形象性的教育对孩子来说非常有益而必要。理性的表达
深化了作品的内涵,从而提升了作品的艺术感染力。同时,在张天翼的笔下渗
透着强烈的游戏精神。"这种艺术的起点是孩子们能够从一切变出一切的游
戏。与此相一致的是,艺术家的游戏心情把玩具转化为自然的创造物,转化为
超自然的人物——英雄、妖精和仙女,把它们转化为玩具,那就是说,转化为艺

术手段。而通过艺术的综合,把这些艺术手段加以改作,赋予它们新的特征……孩子们是这样做梦的,而诗人也就是这样把孩子的梦描绘给我们看。"①在这种游戏精神的指引下,严肃的人生道理在充满趣味的故事里,走进自由的儿童心灵。没有说教者的威严,没有生硬的讲解,在游戏的氛围中使孩子接受了深刻的教诲。

张天翼这两部小说"是从《稻草人》以来的一个突跃的进步"②,具有政治自觉性,却没有庸俗化的说教图解,将儿童游戏精神注入到文学中,提升了中国童话的艺术,在新时期的郑渊洁、周锐等作家的作品中得到了继承和进一步的发扬。

1940—1941 年间,严文井创作了九篇童话:《风机》《胆小的青蛙》《小松鼠》《四季的风》《红嘴鸦和小鹿》《大雁和鸭子》《皇帝说的话》《希望和奴隶们》《南南和胡子伯伯》,这些童话在延安刊物上发表过,1941 年由桂林美学出版社出版。严文井善于讲故事,构思奇特,想象新奇。比如,《风机》中一个带有机械特点的玩具式宝物——一只会飞的饼干盒子,它的飞行不是靠魔法,而是靠几个轮子和一个皮袋鼓风推动,《胆小的青蛙》幻想出青蛙躲进破鼓的有趣情节,《小松鼠》设计出一系列的戏剧性误会。最有代表性的是《南南和胡子伯伯》,以一个带有超人特点又不同于传统神仙的胡子伯伯为中心,构成两个故事,一个是南南和胡子伯伯在一起玩儿的故事,一个是胡子伯伯向南南讲述自己变为胡子伯伯的故事,故事之中套故事,神奇莫测,构思实在奇巧新颖。胡子伯伯,童心未泯,嘴上贴着快乐胶,大袍子里装满了好吃和好玩的东西,给孩子们带来快乐,自己也就快乐。这样一个具有超人魔力和快乐童心的形象,在中国童话史上是首次出现。

---

① [丹麦]格奥尔格·勃兰兑斯:《安徒生论》,见北京师范大学儿童文学教研室编:《儿童文学教学研究资料》第 4 册,第 122 页。
② 杨晋豪:《今日之儿童文学》,见中国儿童文化协会编:《今日之儿童》,上海:生活书店1936 年版,第 129 页。

严文井的童话循循善诱,常常用童话的方式回答各种各样的问题,小松鼠为什么有一身美丽的茸毛和一条大的花尾巴?四季的风为什么有些不同?大雁和鸭子为什么变成了两种不同的鸟?人和动物怎么会变成石头和沙粒?富有启发性,表现上又很有抒情色彩,风趣幽默,少有说教,很受欢迎。

从20世纪20年代末到40年代末,童话幻想的书写都是在抗战生活和解放战争的硝烟中呼号,批判社会,反映阶级斗争,对儿童进行革命化的世界观、人生观教育。童话主题的政治化倾向越来越鲜明。这种倾向顺应了时代潮流的发展,作家们也都最大限度地发挥了童话的战斗作用,但是这种倾向也给童话的发展带来了一些问题,有损于作品的艺术审美价值和表现力。很多作品图解观念的痕迹很重,这些作品停留在生活的表面,类似宣传品,所表达的思想概念不是作家的独特体验而是报纸上生活中随处可见的现成的结论,甚至连其艺术符号也是固定模式化的,比如凶猛的野兽象征侵略者,木头人象征汉奸,勇士象征人民,等等,所以此期童话作品数量虽多,但有广泛影响的好作品却寥寥。这种情况造成了童话的单一化,使其幻想的文体特征没有发挥出来。

第三节 被时代教育的童话

战争结束后的中国历经多次的政治运动,童话创作基本上都是围绕着意识形态来发展的,主题从20世纪30、40年代的批判暴露转变为歌颂憧憬,基本上是反映政治运动、反映社会主义建设、对儿童进行共产主义思想品德教育,引导儿童成为有社会主义觉悟的新主人,教育儿童爱党爱国,培养良好的道德品质。儿童幻梦的书写始终是立法者执笔,所以长久以来,童话的教育性不断地被强化,直至新时期。20世纪90年代,文学走向多元化,童话创作出现了多元化,开始回归儿童本位。儿童的幻梦何去何从?似乎更多地走向了科幻世界。

一

新中国成立初期,为了创建社会主义新童话,人们开始借鉴学习苏联儿童文学,很多苏联儿童文学作品被介绍到中国来。其中著名的有高尔基的《小麻雀》《叶夫雪卡的遭遇》,马尔夏克的《十二个月》《小耗子》,盖达尔的《一块烫石头》,卡达耶夫的《七色花》,等等。这些作品给中国的童话带来了新的主题和形象以及表现技巧,极大地促进了新中国童话的发展。

很快,一大批优秀童话出现,如严文井的《小溪流的歌》、张天翼的《宝葫芦的秘密》、贺宜的《小公鸡历险记》和《鸡毛小不点儿》、金近的《小鲤鱼跳龙门》、葛翠琳的《野葡萄》、包蕾的《火萤和金鱼的故事》、阮章竞的《金色的海螺》、洪汛涛的《神笔马良》、陈伯吹的《一只想飞的猫》……这些作品欢快明畅,富有朝气,将时代精神和儿童认知特点结合起来,很好地表达了积极的教育意义。

随着整个文艺领域的"左"的倾向和一系列的政治运动,童话创作渐渐凋零,人们的幻想被禁锢。这是一个病态的理论批评时代,人们动辄就把学术问题同阶级斗争、革命立场联系在一起,简单粗暴,一切揭示和尊重文学艺术本身规律的观点都被批判扫荡,文学自然就滑向了非文学的道路上了。1976 年10 月,"文化大革命"结束了。文学取代哲学、历史、宗教、道德走到了社会意识形态的最前沿,充当了拨乱反正、思想解放的先锋旗帜。人们开始小心翼翼地放飞自己的幻想,一大批老作家贺宜、严文井、金近、包蕾、鲁兵、葛翠琳、郭明志等重新拿起了笔开始创作,受惯性和社会影响,初期童话政治色彩还是挺鲜明的。渐渐地,一些作品开始回归到儿童生活领域,走出政治,表现了一些教育性内容。宏大叙事开始出现裂缝,文学开始回归自身,童话也在宗璞的《吊竹兰和蜡笔盒》、孙幼军的《小狗的房子》等成功的创作带领下,随着一批"文革"后登上文坛的作家而呈现出充满时代气息的新面貌,如冰波、葛冰、顾乡、朱奎、刘廷华、武玉柱等作家的作品。

20世纪80年代,童话出现了一个热潮,就是集教育、游戏、娱乐、搞笑于一体的郑渊洁、周锐等作家的"热闹派"童话,这些作品具有一种反传统的狂野奔放和无所拘束的幻想精神,构思新颖别致,价值理念表达非常现代。《儿童文学选刊》从1986年第5期开始连续四期组织发表了18篇有关现代童话创作的笔谈文章,肯定了"这股童话新潮确乎是对传统童话的纵向反拨。这主要表现在他们摆脱了非文学的政治观念和教育观念的束缚,转向文学自身的美学追求。这种转向,既借助于这些年宽松的创作环境,也是对于我国'五四'运动以来的童话传统反思的结果"。[1] 朱自强认为,青年童话家们的探索和追求表现出明显的现代意识。他从四个方面归纳了这种意识:一是受到现代化进程和新的技术革命浪潮的冲击,青年童话家们开始冲破靠魔法、梦游、拟人来表现幻想的传统类型化手法,把写实与科幻结合起来,创造出一种既有别于写实小说、科幻小说,又有别于常人体童话、科学童话的一种新形式;二是童话与现实生活更加贴;三是哲理性鲜明,一扫过去童话的浅薄之气;四是尊重儿童人格,以自己的作品与儿童建立起亲切和谐的人际关系。[2] 理论界对童话新潮的关注鼓励和批评都对当代童话的发展繁荣有着积极作用,但是,总体而言,童话领域的想象并不是非常丰富的,创作者也不是很多,及至90年代,社会发生了急剧的变化,人们的教育观念、生活氛围、价值观念等都发生了极大的变化,商品经济的发展使文化变成了产业,童话创作基本上没有大的突破。总体来看,越来越多的作家加入到幻想小说创作的队伍中来了,形成了一定的创作氛围,但是这些活动商业性质较重,对幻想小说的创作没能产生重要的深刻的影响。在面对电子传媒的兴起和后现代消费主义的泛滥,幻想小说,尤其是童话的书写将会怎样,这是我们应该意识到并思考的一个大问题。

---

[1] 黄云生:《童话探索的来龙去脉》,《儿童文学选刊》1987年第1期。
[2] 朱自强:《"新松恨不高千尺"》,《儿童文学选刊》1987年第2期。

二

　　20 世纪 50 年代最重要的童话作家就是严文井。此期他重要的作品就是《蜜蜂和蚯蚓的故事》《小溪流的歌》《唐小西在"下次开船"港》（后改名为《"下次开船"港》）。《蜜蜂和蚯蚓的故事》采用的是传统的童话结构,探求为什么蜜蜂和蚯蚓是现在这个样子,赞颂劳动是改变世界的力量。《小溪流的歌》则是以溪流象征人生、事业、儿童,象征人类永不停息的进取精神,歌颂这种进步的人生态度。长篇童话《"下次开船"港》写一个贪玩的孩子唐小西进入一个取消时间的地方——"下次开船"港,这里没有运动,一切都是停滞的,洋铁人、夜老鼠、白瓷人等这些胡作非为的坏蛋掳掠了象征美好善良的布娃娃,唐小西终于感受到了时间的重要性,抛弃了"下一次"哲学,和伙伴们一起营救布娃娃。他的作品生动明朗,充满了正面积极的力量,讴歌劳动者的奉献精神。童话作家贺宜自 30 年代就开始创作童话,此期长篇童话《小公鸡历险记》、中篇童话《鸡毛小不点儿》《小神风和小平安》以及短篇《天竺葵和制鞋工人的女儿》《小皮球的奇遇》很受欢迎。此期还出现了一批以民间故事为素材,进行改编和再创造而成的描写古代人物的常人体童话,或是以动物为描写对象的拟人体童话,充满了奇幻的童趣,葛翠琳的《野葡萄》、阮章竞的《金色的海螺》、洪汛涛的《神笔马良》是其中比较著名的。

　　金近从抗战初就开始创作童话,解放前的作品都收录在《红鬼脸壳》（1948）一书中,解放后 20 世纪 50 年代的童话都收在《春姑娘和雪爷爷》一书中,60 年代的收在《春风吹来的童话》里,较重要的集子有《小鲤鱼跳龙门》（1959）、《金近作品选》（1980）等。他的童话很有名的就是《小猫钓鱼》,小猫开始钓鱼的时候三心二意,钓不到鱼,后来听妈妈的话专心钓鱼,终于钓到了大鱼。还有《小鲤鱼跳龙门》也非常有名,借神话符号寓意来造成古今错位,把龙门水库当成传说中的龙门来展示现实生活的瑰丽神奇。包蕾的《猪八戒新传》采用的是戏拟的手法,借用"猪八戒"这个深入人心的形象来编制现代童话故事,语言幽默风趣,形象生动,如《猪八戒吃西瓜》《猪八戒学本领》《猪八戒回家》等都脍炙人口,有很好的艺术效果。

20世纪60年代,最有代表性的作家之一是孙幼军,他的童话《小布头奇遇记》是一部广受赞誉的作品。叶圣陶曾撰文推荐,中央电台"小喇叭"节目也全文播出,《儿童文学研究》辟专栏讨论,是一部很成功的教育童话。1981年他发表的《小狗的小房子》,是一部纯粹的童话,不仅挣脱了政治化,也没有了说教性,主要讲述小狗、小猫背着小房子到河边去玩,在玩的过程中小狗受伤摔晕了,小猫就将小狗放到房子里,设法将小房子拉回家。叙事中没有强烈的意义感,但是却有着可爱的小狗和小猫形象,类似于英国的《小熊维尼》、日本的《不不园》,非常符合低幼儿童认知特点,富有童心童趣。这类作品还有很多如《噜噜的奇遇》《玫玫和她的布娃娃》《妮妮画猴儿》《神奇的房子》《婷婷的童话》《绒兔子找耳朵》……此后,孙幼军还创作了一组很有名的《怪老头儿》系列,在新时期很受欢迎。

在新时期童话中,宗璞的作品带有十分强烈的哲理意味,与其说是童话,不如说是成人的寓言。《吊竹兰和蜡笔盒》讲的是吊竹兰在艰苦的环境中失去了自己的颜色,虽然很痛苦,但是拒绝了蜡笔盒给它涂颜色,宁可枯萎,失去生命,也不愿放弃自己的本色和道德情操。《石鞋》也是肯定人类发展中的美好事物和情感的。山精无私地救助人类,不要报酬,人类对他的需要就是对他的报酬。但是现代物质文明带来的浅薄的价值观念却使人类疏离了老朋友,一位年轻的女郎嘲笑山精对石鞋的感情,因为这些对她无用,是否有用成为唯一的价值衡量尺度。山精最后在孩子纯净的童心中得到安慰和理解。

20世纪80年代出现的以郑渊洁为代表的轻松热闹、搞笑娱乐型的热闹派童话。"'热闹派'的泛称是不算偏颇的。在大变革的时代背景下,它率先冲毁了曾在中国儿童文学之中衍生的道学气,带来了久违的游戏精神。它在艺术上作种种天马行空的无羁行动和人、物组合,作种种玩忽现实的时空安排,而且,在它那欲罢不能的效果追求中,发出了现代的喧嚣……这闹剧的效果,一下子就抓住了当代生活在沉闷环境中的少年儿童。"①这类创作改变了传统童话的严肃教育的氛围,也褪去了政治色彩,一出现就受到孩子们的欢迎,成为最有影响力的童话作品。

郑渊洁最具代表性的作品是"写给男孩子看的童话"《皮皮鲁外传》和"写给女孩子看的童话"《鲁西西外传》。郑渊洁后来延续这些作品还写了《皮皮鲁分身记》《皮皮鲁和冰姑娘》《红沙发音乐城》《罐头小人》《鲁西西和豆芽兵》等,《舒克和贝塔历险记》《大侦探荞麦皮外传》也是小朋友非常喜欢的作品。与郑渊洁风格相近的周锐喜欢采用时空变化、夸张情节来表现热闹的故事,主要有《挤呀挤》《未来考古记》《兔子的名片》《书包里的老师》《一个瞎子和一个不会嗡嗡叫的蚊子》《千年醉》《森林手记》《电话大串联》《疼痛转移器》等作品。"热闹派童话是童话作家的一种自觉意识的产物。它们的风格是独特的:这些作品是从儿童生活出发的。运用瞳孔极度放大似的视点,夸张怪异;追求着一种洋溢着流动美的运动感,快节奏、大幅度地转换场景……正因为这些特点,大大缩短了作者与读者之间的距离感,受到了儿童读者的欢迎。"②"它不仅出色地改变了中国儿童文学原有的格局,游戏作为一种精神还直接影响到了中国儿童的人格生成和人生态度"。③ 这种游戏精神的注入,对中国童话带来了极大的解放。但是这类作品的商业性限制了作品的艺术性。

综上所述,从解放后到新时期儿童的幻梦书写在一种强烈的政治教育氛围中被引导着、压抑着,平静地走过自己的窄窄的小路。然而,当代童年幻梦的书写在电子信息时代,"童年的公共空间——不管是玩耍的现实空间还是传播的虚拟空间——不是逐渐衰落,便是被商业市场所征服。这样一个不可避免的后果使儿童的社会与媒体的世界变得越来越不平等。"④英国学者大

---

① 班马:《童话潮一瞥》,《儿童文学选刊》1986 年第 5 期。
② 彭懿:《"火山"爆发之后的思索》,《儿童文学选刊》1986 年第 3 期。
③ 孙建江:《二十世纪中国儿童文学导论》,南京:江苏少年儿童出版社 1995 年版。
④ 〔美〕大卫·帕金翰:《童年之死——在电子媒体时代成长的儿童》,张建中译,北京:华夏出版社 2005 年版,第 110 页。

卫·帕金翰的《童年之死》(华夏出版社 2005 年版)和美国学者尼尔·波兹曼的《童年的消逝》(广西师范大学出版社 2004 年版)就此问题进行了深入的探讨,使我们对儿童幻梦的小说叙事有着焦虑的期待。如何放飞幻想的羽翅,让幻想小说走向更为广阔的未来,看来并不是一件轻松而容易的事情。

第四节 被压抑的想象力

中国儿童幻梦的小说叙事,在"发现儿童"之后,伴随着社会现代性的进程不断发展,始终没有停止过书写,但是中国传统文化中"文以载道"的文艺思想和教化的功利性使其幻想的羽翅一直背负着沉重的"树人"理念。即便我们已经意识到,"真正的儿童本位的儿童文学,就不仅是服务于儿童,甚至不仅是理解与尊重儿童,而是更要认识、发掘儿童生命中珍贵的人性价值,从儿童自身的原始生命欲求出发去解放和发展儿童,并且在这解放和发展儿童的过程中,将成人自身融入其间,以保持和丰富自己人性中的可贵品质,也就是说要在儿童文学的创造中,实现成人与儿童的相互赠予"[①]。但是,在中国现代儿童幻梦书写中,成人给予了儿童太多的教化,儿童自身那种自由奇妙的幻想表达却少有酣畅的呈现。应该说,成人以儿童视角来书写童稚幻梦,本身就是非常复杂有趣的一种小说叙事,天然地会形成复调结构和多种叙事角度,从而出现富有极强艺术感染力的艺术作品,但是实际上我们的童话书写并非如此,反而呈现出单一性。在此,笔者以张天翼的《宝葫芦的秘密》为例来分析中国儿童幻想小说的叙事,从而剖析出幻想在小说文本中是如何走向被压抑的。

之所以选择这部幻想小说来讨论,是因为张天翼是儿童幻想小说创作的代表作家,其作品的成熟和成功都具有很强的典型性。《宝葫芦的秘密》是张

---

① 朱自强:《中国儿童文学的困境与出路》,《中国儿童文学》2005 年第 1 期。

天翼 20 世纪 50 年代的重要代表作,也是现当代中国童话的优秀作品,"宝葫芦"的形象更是深入人心,成为一代又一代读者心目中永恒的经典。2007 年迪斯尼版的《宝葫芦的秘密》影片上映后更是扩大了其影响力。在出版后的六十多年里,人们对《宝葫芦的秘密》的评价可谓褒贬不一、众说纷纭。有人说它是"张天翼这位天才儿童文学作家的灵性之作"①,有人则认为这部作品在想象力和幽默、滑稽的风格上不如作者的前期作品。而最有意思的是,对宝葫芦的争议。小说文本本来表达的是对不劳而获思想的批判,但是"宝葫芦"的可爱却使很多读者产生了"我要是有那么一个宝葫芦该有多好"的想法。在网上,网民之中出现了一个亲"宝"派。他们讨厌王葆,喜爱宝葫芦,认为王葆自私又贪心,对宝葫芦颐指气使,又把过错推给宝葫芦,不懂得爱惜宝葫芦,宝葫芦很可怜。因此,他们希望宝葫芦能到自己身边,自己一定会好好对待宝葫芦,不让可爱的宝葫芦这么可怜。他们更为宝葫芦最后被主人抛弃,黯然离去而伤心叹息。作者自己曾谈道:"当我知道我的某篇作品在哪方面对他们产生了不利影响和副作用时,我也感到异常不安和难过。例如,我曾经听说有个别小读者读了《宝葫芦的秘密》以后,还想要有个宝葫芦就好了,这说明我对这篇作品的思想意图表达的不充分。1987 年《宝葫芦的秘密》再版时,我写了《为〈宝葫芦的秘密〉再版给小读者的信》,着重阐述了我创作《宝葫芦的秘密》的思想意图。这当然是不能弥补这篇作品的缺陷和不足的。今后再创作时当努力避免这种副作用。"②那么,作为一部幻想小说,这部作品所具有的幻想模式化叙事为什么没有达成作者的叙事目的呢?

《宝葫芦的秘密》讲述的是少年王葆的一个梦。梦中他在钓鱼的时候得到了一个宝葫芦,这个宝葫芦在他保守秘密的条件下可以帮助他实现愿望,但是宝葫芦在带给他的一系列惊喜的同时,也带给他很多困扰,使他渐渐脱离集

---

① 朱自强、何卫青:《中国幻想小说论》,上海:少年儿童出版社 2006 年版,第 103 页。

② 张天翼:《为孩子们写作是幸福的》,见叶圣陶等:《我和儿童文学》,上海:少年儿童出版社 1990 年版,第 87 页。

体而孤立起来,最后王葆放弃了宝葫芦,不再享受不劳而获的成果。小说叙事
以传统的"梦"框架作为由现实进入幻想世界的入口,将写实与荒诞融为一
体,同时又将"宝葫芦的秘密"作为正常社会与幻想世界的隔板,一旦泄密,宝
葫芦就会失去魔力,所以王葆只能与宝葫芦分享魔法幻想世界,而王葆的同
学、家人都是常态社会中的普通人物,生活于正常世界中。这样,小说叙事就
将现实世界与幻想世界同时呈现于读者面前,成为一种二元世界的文本。通
常,幻想小说在一元化的幻想世界中叙事是不需要交代超自然和不合逻辑的
事件发生缘由的,比如蚂蚁会说话、花儿会落泪等,在写实的框架中容纳非写
实的生灵,让小马害怕过河,让精灵们参加考试等,以隐喻或者象征的方式来
实现"现实"与"幻想"的交流,读者是自然接受这种叙事习规的,但是在二元
化幻想小说叙事中,幻想世界常常与现实存在世界发生一些冲突,比如《哈
利·波特》中的魔法师与麻瓜的冲突,小说设置了如使麻瓜记忆消失的魔法
等情节来获得读者认可。《宝葫芦的秘密》则将王葆的魔法世界放置于现实
世界中,让王葆在面对现实世界的时候狼狈不堪,不但无法隐藏宝葫芦偷来的
东西,更无力解释来源,而且也没办法驾驭那些东西,如他没办法给那些花贴
上正确的标签,同时在魔法世界中,他也无法掌控宝葫芦,宝葫芦总是按照自
己的理解为主人服务,而不是听从王葆的正式命令。这样,带给他的就是无穷
的麻烦和痛苦。这种麻烦痛苦的根源一是对正确价值观道德观的背叛,比如
他被迫要撒谎,被小偷、坏人误认为是同类等;二是宝葫芦自己努力练本领,而
使王葆失去了劳动成就感,将他变成了一个空虚的闲人,没有自我价值的内涵
了;三是为了保守秘密,他失去了朋友,远离集体而变成了孤独的人。当他要
解脱痛苦的时候就要放弃宝葫芦,重新回归到现实正常世界。这种二元世界
隐含的意义就是从错误走向正确,也就是说宝葫芦魔法世界代表的是迷惑、引
诱、歧途,而现实世界则是正面的引导和正确的道路。这当然来源于中国传统
幻想小说的资源,魔法世界总是呈现出负面价值的,如妖魔、恶魔、魔鬼等。在
叙事中,为了呈现出宝葫芦的负面价值,作者还设置了宝葫芦的魔法本质是

"偷"——占有其他人的劳动成果,从而彻底地将宝葫芦的魔法世界抹黑。但是这种叙事目的却没有完全达成。很显然,魔法世界的吸引力仅仅来源于"宝葫芦"的本领,而没有其他富有魔幻色彩的信息,因此读者的注意力就都集中在"宝葫芦"身上,而"宝葫芦"作为一个宝物具有的性格特征使人不由得喜欢它而不是憎恶它,从而使魔法世界的负面价值的呈现大打折扣。

儿童幻想小说的叙事主题通常都是表达健康成长的欲望,这部小说也不例外。从故事情节上看,这是一个典型的教育故事模式:出现问题——幻想问题的发生发展的可怕后果——认识问题严重性而改正,叙事上也遵循的是传统幻想故事模式:奇遇——生活发生变化——获得成长——回归正常生活,这在童话中是一个主流叙事模式,譬如《木偶奇遇记》《小公鸡历险记》《"下次开船"港》之类的,应该说这是一部典型的成长小说。但是,这部小说的情节是传统的"愿望满足"型模式,这种模式本身不带有负面价值认同。在世界幻想小说中,"愿望满足"是最常见的一种情节类型。自古到今,人们对幸福生活的追求就从来没有停止过,在幻想中满足各种愿望更是再正常不过,也就出现了大量的"愿望满足"的故事。"愿望满足"是此类幻想产生的内在心理动因,因此关于"愿望满足"的幻想故事数不胜数,如九色鹿、七色花、幸运草、青鸟、魔法石、黄金碗、神灯……在幻想小说中无限泛滥的宝物就是这种愿望满足的符号象征。如果一定要说"愿望满足"具有负面性,那就是关于幸运和不劳而获的思想了。应该说,这种寻求人生捷径的偷懒思想是人类的人性弱点,尽管这种思想在教育上是负面的,但是在人性上似乎每个人都有。因为这种思想并不是大是大非的错误缺点,而对此的批判就不容易获得深刻地认同。反而是容易产生一种美好的心理期待——我要是也有那么幸运就好了。在成长小说中,"愿望满足"的情节模式不容易对人物性格发展产生大的影响,毕竟这是自我内心的一种愿望,没有强大的敌手,很难在成长中获得英雄品质,在小说叙事中所具有的情节张力也就有限了。

如果这样,这篇小说的叙事目的就与阅读反应有些南辕北辙了。但是,小说的批判性不仅仅是建立在"愿望满足"上,而且还建立在获得满足的方式"偷"上。在小说的叙事中,魔法宝物"宝葫芦"已经和传统意义上的魔法宝物不同了,对其的幻想也不再是纯粹的非写实,而是进入到现实生活中,使其魔法受到限制,它无法无中生有,只能是"偷"。这样的魔法具有了道德评判性,也具有了"现实性",二元化叙事强化了幻想世界与现实存在世界之间的界限,从而引发出人们对非写实幻想世界的"惊异"感和对现实的反观对照。因此,幻想小说在叙事中常常要进行现实细节性的描写来增强真实感,以便使人信服这种幻想的非写实世界的合理合法性而产生接受心理。比如王葆开始遇到宝葫芦的时候非常惊奇,很难相信,反复盘问确定,还一再怀疑宝葫芦的能力,最后当王葆坦白了事情的真相后,"同学们都很乐意研究宝葫芦的故事,向我提出了许多问题。尤其是姚俊,他只要一有空就盯上了我,跟我讨论宝葫芦为什么会说话,为什么还会知道我心里想的什么,为什么会去偷别人的东西——这是由于一种什么动力? 那辆自行车打百货公司飞出来,要是撞上了电线杆可怎么办?"①在现实中融入了非写实的超自然力,以自然逻辑和超自然逻辑的冲突形成了叙事的张力,吸引读者以便达成教育的叙事目的。因此,我们看到作者并不是为了张扬幻想,发展和展示丰富的想象力为目的来进行小说叙事的,而是以幻想为吸引力来实现教育目的的,在某种程度是以现实来压抑限制想象力的。

不仅如此,"宝葫芦"被赋予了极为强烈的现实性,而不是奇幻性。传统幻想小说中的宝物比如孙悟空的金箍棒能随心所欲变化大小,神笔马良中的神笔能赋予所画之物生命,会下金蛋的鸡,会飞的桌子、马兰花等这些宝物,所具有的魔法力量总是帮助主人克服种种困难,最后获得幸福。这些法宝通常都是魔法器物,具有超自然力和神奇性,但没有个性,只是忠实地完成主人交代的任务,而宝葫芦则是有自己追求和个性的活的法宝,当王葆不相信它的时

---

① 张天翼:《宝葫芦的秘密》,北京:人民文学出版社1959年版,第161页。以下相关小说内容引文均出自此版书。

候,它会做说服工作,而且提出保密的条件,才能为王葆服务,不但有鲜活的语言,而且有自己的思想,宝葫芦说:"我劝你还是好好儿利用我吧。趁我现在精力旺盛的时候,让我多给你自己挣点儿好处吧。假如你老是叫我去办那些个赠品,花费了我许多气力,那你可就太划不来了。那,等到你自己需要什么东西时候,我也许已经衰老了不能替你办事了——你自己可什么幸福也没捞着,白白糟蹋了一个宝贝。"(第 28 页),不仅有看法而且有对人生意义的追求,还要练本领"……我既然是个宝葫芦,那我就得起宝葫芦的作用。假如让我老待在河里,什么事也不做,什么作用也不起,就那么衰老掉,枯掉,那我可不是白活了一辈子么!……"(第 74—75 页)"……总而言之,我既然活在世界上我就得有我的生活:我就得活动,就得发展,就得起我的作用。要是我不活动,又不使力,又不用心,那我早会枯掉烂掉。我可不能闲着,像一块废料似的。我得找机会把我的能力发挥出来,——这才活得有个意思。能力越磨越强,我就越干越欢。"(第 75 页)它爱学习,肯学习,就像一个求知欲很强的孩子。在对待主人交代的任务上,宝葫芦也不是一言不发忠实执行的。当王葆想要为学校添一所房子时,宝葫芦担心泄密而不肯完成,还忽然又伤心伤意地叹一口气:"唉,王葆,我劝你别一个劲儿要阔了!你老是一会儿要捐献这样,一会儿要赠送那样,何苦呢?"(第 28 页)发表自己的看法。可以看到,宝葫芦这件"法宝",不但具有传统宝物的魔法,而且还有"人性",与主人之间也不是简单的所属服务的关系,而是有交流沟通的朋友。在王葆孤单无聊被集体隔离的时候,宝葫芦来到他的身边;在分享宝葫芦的秘密的时候,只有宝葫芦是他最亲密贴心的伙伴;宝葫芦是王葆的跟屁虫,时刻在一起,还常常在发生问题的时候共同想办法解决探讨,就是发生矛盾互相指责也分不开,赶不走。在这种意义上看,宝葫芦已经从一个"法宝"变为一个孩子的伴侣。

亲"宝"派喜欢宝葫芦,不仅是因为宝葫芦具有人性,而且还具有可爱的孩子气,试想如果宝葫芦是一个面黑严肃的说教者或者是一个虚伪油滑的引诱者的形象又怎会博得读者的喜爱?确实,宝葫芦犯了很多错误,但这些错误都是孩子在成长中常见的问题,通常让人哭笑不得,容易获得原谅。比如宝葫芦很单纯直接,不懂得世故变通,主人要什么就给什么,还干得特别起劲儿。它从来不多想,没有王葆的那些担心,不知道要避开奶奶的视线变出金鱼缸,也不明白它费了那么大劲儿给王葆弄来的东西怎么反而惹主人生起气来。它也不懂得主人的心思不能都要实现,王葆和同学姚俊下棋的时候,刚想到"吃"掉同学的马,那个棋子马上就被宝葫芦运到了王葆的嘴里,几乎把他的门牙都打掉了。宝葫芦的这些表现,就像一个非常努力的孩子,总想模仿大人,获得大人的肯定和赞赏,但又常常不理解成人世界的复杂而做出些令人啼笑皆非的事来。它纯真无邪地忙碌着,没有形成自己的判断力和是非观。成人世界的规则和价值观是它不能理解的。当王葆想着自己将来要有很大的成就和很大的贡献时,它就为王葆变出了满地的奖状和锦标,还有满胸脯的奖章,甚至报告稿。因此,在宝葫芦看来,不管是从哪里得来的,只要它完成了主人的心愿,就能获得主人的欣赏。王葆打兜儿里一把抓住了宝葫芦,抽出来往地下一扔:"你干的好事!"可是宝葫芦却以为是赞赏,谦虚地回答"过奖过奖",王葆对它不断地指责,这让宝葫芦很委屈,表现出无法理解的迷惑。正因为宝葫芦所体现出的天真特性使得宝葫芦不但告别了传统童话中法宝角色的单一性,跃然成为让人同情和喜爱的角色,甚至超越取代了王葆的主角地位,在读者群体中获得了谅解与共鸣。而王葆虽然也有儿童的顽皮可爱,但因为负载着成人世界的价值观,总是积极向上,追求正确和高尚,显得无奈而世故,反而将儿童性压抑了。

毋庸置疑,儿童幻想小说中,必然充满了成人的童年想象。天真、纯洁、渴望学习、好奇、迷惑……这些特性都是儿童与生俱来的。在这部小说中,与其说是"王葆"承载了这种童年幻想,还不如说是"宝葫芦"隐藏着一个可爱的孩子形象。童年作为一个天真的域场,王葆似乎有了太多成年人世界的功利心,反而是宝葫芦的天真简单更直接地表现出儿童特性,满足了通常人们对于儿童纯真世界的诗意的追寻和对成人世界教条世俗的厌弃心理。

正因为宝葫芦的可爱,富有生活气息和人性,具有了现实感,从而冲淡了幻想小说中的奇幻色彩,其想象力的表达就显得非常有限。宝葫芦给主人提供的都是现实生活中存在的东西,其神奇之处在于可以神不知鬼不觉地把这些东西从别的地方搬到主人面前,而且并不一定能真正理解主人的意思,常常引起麻烦误会。如果与同样身为孩子伴侣的日本漫画哆啦 A 梦相比较就会发现,宝葫芦为主人服务想到的只是吃的、喝的、电磁起重机,甚至想到给学校捐校舍,给自己全身挂满奖章之类的,完全是一种成人化的实用性想象,而哆啦 A 梦则充满了奇思妙想,无数充满趣味的道具如时空穿梭机、插在头上就能飞的竹蜻蜓,能让人变大又变小的机器,能照出人心事的镜子以及雷达胡须、红外线眼睛、园子炉、四次元口袋……带给读者强烈的新奇刺激感,正是因为作者藤子・F.不二雄丰富的想象才使这个漫画系列故事成为陪伴几代人的常青形象。难道中国的孩子就没有想飞的幻想? 想变幻的想象力? 应该说作为成年人的幻想在以儿童视角进行小说叙事的时候,在某种程度上是忽略了那些非教化因素的不切实际的想象表达而注重于对现实价值观念的表达。这种入世的态度压抑了原始的野性、浪漫、奇妙的幻梦而着意于现实人生,从而使中国儿童幻梦的表达显得那么功利现实。

"宝葫芦"作为幻想小说中的法宝,借助古老神话故事因素(在很多民间传说和神话故事中都有类似的宝葫芦,王葆对宝葫芦的期待也是来源于此),成为一个潜在的故事内容,唤起读者对于神奇色彩法宝的记忆和期待,形成一个叙事中的幻想语义场,带入了幻想小说的奇幻因素,确实,宝葫芦吸引了读者,但是宝葫芦吸引人之处在于它的自然本真的儿童特性,而不是神奇的魔力,就是满足主人愿望的方式也不那么神奇,这样,小说叙事中幻想的空间被现实挤压而消失了,同时"梦"框架在幻想与现实之间的转换也限制了幻想世界的开拓,叙事随时都会因梦醒而转换到现实世界,这种便利也就使得小说缺少开发深层幻想的条件,从而使整部小说失去了幻想小说的那种瑰丽魅力,显得平实少趣。与此类似,在现当代大量幻想小说中,对神话传说幻想资源的借用大都在写实的框架中展开叙事,形成"实—幻—实"这种结构,让故事主人公在现实生活中遇到非写实的奇遇,然后又回到现实,成为对现实日常生活的对照批评,而不是借助神话幻想场景来超越现实庸常,放松身心,发展想象力。这种在日常生活中展开叙事的幻想小说以主题的"亲密性"与读者产生共鸣,促使读者反思,应该说是一种"轻幻想"类的小说。在另外的童话如《小猫钓鱼》《小鲤鱼跳龙门》《小公鸡历险记》《鸡毛小不点》等作品中,也是处处密切联系现实教育主题,几乎见不到天马行空的想象叙事,如果把非写实叙事习规中那些鸟语兽言的拟人化主人公换成人,就完全成为了写实的作品,其幻想之单调确实让人生厌。可以说,中国现代儿童幻想小说中教育意义以绝对优势压抑了幻想游戏娱乐精神的表现,从而使儿童幻想的表现显得缩手缩脚而没有肆意生长。

由此我们发现,功利性的文学观念对于儿童幻梦书写产生了限制。20世纪中国儿童文学是以"教育"为天职的,教育工具论的传统始终统治着作家的思想,儿童幻想小说的内容总是针对孩子的缺点、弱点来进行教化的。也就是说,因为创作者作为儿童立法者的身份使幻想书写不断与现实接轨碰撞,比如宝葫芦的故事情节就是在现实与幻想中发生矛盾冲突中展开的,总是期待在幻想叙事中解决实际问题,所以难以将幻想延展至人情、人性、人生等多元化的想象时间空间中,而被"现实"时空压抑着。这样就形成一种直线型的单调的对错二元思维定式,幻想已经失去了自身瑰丽色彩和价值而成为现实与文学寓意之间直接的对应关系,因此幻想就成为游离于作品艺术性之外的点缀和噱头,仿佛是给一个"现实"本体穿上了一件或漂亮或一般的外衣,而不是融为一体的富有幻想艺术魅力个性的活体。

仅就想象时空而言,每一个幻想故事都需要一个与之相适应的幻想时空。比如魔法世界、未来时空、太空、时空穿越、充满童趣的儿童乐园、神奇的岛屿、五彩海洋等,都是营建幻想小说的因素,这些具有幻想规约的时空就会给情节创造出无穷的想象空间,而不是局限于现实世界。这样就会将幻想叙事在思想深度和力度上拥有更多的自由,可以书写童年心理、乡土记忆、成长经验等,思考人与自然、人生困惑、人情亲情等一些最基本的人类价值的命题。但是狭隘功利的文学观会使我们的虚构指向那些有教育意义的特定内容物,就像为了给人穿,衣服一定会做成有两条袖子的,而不是为了获得艺术性将衣服做成多条袖子。这个"人"就是现实目的,而衣服的想象也就遵从于此。但是多条袖子的衣服带来的幽默感、童趣、新鲜性、奇妙处统统失去了。

相对于外国优秀儿童幻想小说来看,中国的童话思想较为肤浅直接,这也是因为我们的创作者所关心的内容较为现实功利。当然这不仅仅是儿童文学的问题,更是我们现代文学整体发展的一个局限,在民族危机中我们的作家无从余暇考虑更为深广的人类命题,但是在当下,是不是应该可以将目光投向社会、人生、人性、命运等这些能触动心灵的价值命题? 是不是可以跳出现实的功利范围而放飞想象力?

正是因为现实对于想象的压抑,儿童幻梦的书写在美学表现上缺乏童趣,缺少幽默感、娱乐性,尤其是那种自然、巧妙、纯正、富有表现力的笑料和生活感。如果与一些外国儿童文学作品如加拿大诗人丹尼斯·李《进城怎么走法》:"进城怎么走法? 左脚提起,右脚放下,右脚提起,左脚放下,进城就是这么走法"这类作品相比,我们童话中的大量笑料,可以看出作者的用心,但是效果却不那么如意。

离开了功利性价值判断标准,我们将不会认为"这篇作品除了一些乱七八糟的幻想以外,什么实在的内容都没有",也就不会将幻想叙事仅仅视为现实的变形,而应将幻想叙事作为一个自足的文本体系,感受幻想的魅力。只有这样中国的儿童幻想小说才能走向更为广阔的世界。

第六章　现代性的国民幻想

　　在这一时期,精英知识分子一方面借助于儿童幻梦表达了对于中国现代国民预备队的关注,为之立法,期待着未来国民的强健与成熟,同时也继续着从晚清民初开始的"中国梦"的书写,只是这时期的小说家们不再那么天真地幻想着乌托邦与反乌托邦的未来国家,而是更多地关注于中国国民性的改造。对于五四这一代启蒙知识分子来说,在帝国主义压力之下,他们的国民性批判的精神动力就是为了反抗侵略、奋发自强、保种卫国,也是他们对于西方历史现实和文明的小说叙事策略,即以西方文化的优点来改造中国文化的劣势。他们的思想启蒙背景和晚清的知识分子息息相通,但是在经历了一系列的政治体制革命失败(包括辛亥革命也未能缔造出新中国)的打击之后,他们苦苦思索的结果就是国民性。陈独秀说:"我们中国社会,经济的民治,自然还没有人十分注意;就是政治的民治,……却仍然卖的是中国帝国的药;……政治的民治主义这七个好看的字,大家至今看了还不大顺眼。"①也就是说国民的价值观、文化心理、思维习惯等都没有发生根本的改变,从而导致了社会政治革命无法产生实际的效果来。于是要达成社会政治革命的成功就必须改造国民性,让新国民来适应新体制,这就是鲁迅、胡适、陈独秀等一批五四精英

---

① 陈独秀:《革命与制度》,见《独秀文存选》,贵州:贵州教育出版社 2005 年版,第 223 页。

的普遍思想。正是基于这种思想,这一代人才在文学领域中致力于思想启蒙、文化改造和国民性批判。当然,这种思维模式形成之后,他们总是容易将社会各种问题都转化为国民性问题来考虑,以致影响到后来直至现今人们的思考,将国民性问题视为解决一切问题的万能钥匙。

在小说创作中,国民性更是现代性主题之一。尽管此期由于对写实性叙事的倚重,做梦的非写实幻想小说的创作显得十分寂寥而单薄,但是还是有一些作品存在的。比较有影响力的作品大体上就是鲁迅的《故事新编》、张天翼的《鬼土日记》、沈从文的《阿丽思中国游记》、老舍的《猫城记》、靳以的《众神》、徐訏的《镜子的疯》、聂绀弩的《鬼谷子》等。这类小说的叙事有着鲜明的寓言意味,其主题几乎全部都是关注于现代国民性改造的。确实,用幻想来形象化地描绘中国国民的生存状态似乎更容易被读者接受而不会引发种种事端,也可以更从容地进行讽刺劝诫,达到警醒世人的创作目的。

中国传统文化虽早已扎根"不言怪力乱神"的理性中心主义思想,即便是儒、佛、道和民间信仰融合在一起构成了特殊文化的中国文化,对异文化的包容性比较强,也不排斥幻想文学,但是其始终难以成为主流文学,怪诞的幻设里藏着辛辣的讽刺的寓言体幻想小说往往被看成"异类"。然而此期正是中国传统主流叙事土崩瓦解的变革时期,当时的小说家正在汲汲追求强国之道而上下求索能够书写国家危机的叙事方式,于是多元的探索必然出现。在现代新文学中,"写实"占据了话语权,本来就是写实主义的天下。对当时的知识分子而言,"写实"充满了解放和启蒙之意,似乎在写实中真相才能得以昭示,真情才能表露,社会才能得以反映,于是幻想类的小说创作也就不难理解为什么不多见了。可是,新文学家的创作尝试,并不能被"写实"一统天下,在对中国现代小说艺术的开拓与探索中,就出现了这批幻想小说。这类小说在情节安排上充分展现出了幻想文学复杂的结构特色,讽刺意图鲜明。但是在以往文学史的评价中,这些作品似乎被研究者忽略了。虽然这几位作者都是现代文学史上的重要作家,但这些作品与他们的其他作品相比被人们认定为

试笔之作,远未达到成熟的水准,也与他们其他作品在风格上大相径庭。如
《猫城记》,还因为讽刺锋芒触及了党派问题,左翼文学界曾长期对其持否定
立场。《鬼土日记》被认为讽刺的"是空想的纯粹的资本主义社会,这首先失
掉了他的讽刺文学的价值"①;瞿秋白也认为"与其画鬼神世界,不如画禽兽世
界"②。自然,主要问题还在于这些作品写法上的"另类"。非写实性小说的
非主流致使研究者很难把握其价值。正如有的研究者指出的,"对于它们,我
们很难用'现实主义'、'浪漫主义'或'现代主义'这些现成名词来进行简易
的归纳,因而在评价之时也就倍感为难,或者从单纯的政治观念出发大张挞
伐,或者干脆视而不见。"③这些因素都影响到人们对这批作品的深入研究。

　　对这批作品特有的叙事特色最先表示关注的是夏志清、杨义和严家炎等
先生。夏志清曾经在《现代中国文学感时忧国的精神》中将《阿丽思中国游
记》和《猫城记》放在一起讨论,称赞这类作品"在其感时忧国的题材中,表现
出特殊的现代气息"④。但是在这里夏志清是将这类作品作为"继承李汝珍和
刘鹗的讽喻写法"的代表作。认为"他们痛骂国人,不留情面,较之鲁迅,有过
之而无不及"⑤。杨义在《中国现代小说史》中将这些作品一一加以阐释,认
为《猫城记》"它采取类乎《格列佛游记》中写三寸丁的小人国的笔法,李汝珍
《镜花缘》中写酸臭的君子之邦的情调,威尔斯《月球上的第一批人》写畸形、
堕落、异化的社会的构思,从而写成一部带有奇特的科学幻想和寓言色彩的作
品,旨在探讨一个古老民族的性格和命运"⑥;《鬼土日记》则是"显示一种怪
诞的嘲讽色彩"⑦;《阿丽思中国游记》则"展示了诸色社会心理、古风陋俗和

---

① 李易水(冯乃超):《新人张天翼的作品》,《北斗》创刊号,1931 年 9 月 30 日。
② 董龙(瞿秋白):《画狗罢》,《北斗》创刊号,1931 年 9 月 30 日。
③ 陈双阳:《异类的命运——中国现代幻设型讽刺小说论》,《中山大学学报》1999 年第
1 期。
④ 夏志清:《中国现代小说史》,上海:复旦大学出版社 2005 年版,第 364 页。
⑤ 夏志清:《中国现代小说史》,上海:复旦大学出版社 2005 年版,第 364 页。
⑥ 杨义:《中国现代小说史》第 2 卷,北京:人民文学出版社 1988 年版,第 188 页。
⑦ 杨义:《中国现代小说史》第 2 卷,北京:人民文学出版社 1988 年版,第 256 页。

时髦风气""每有嘲讽"①。严家炎则非常鲜明地从创作方法上将这类作品归之为现代主义的创作方法的尝试,"根据我的理解,《故事新编》并非现实主义,而主要是现代主义——确切一点说是表现主义的产物。"②"靳以的《众神》,以现代主义手法写囤积居奇、妻妾无数的大商人刘国栋死后照样升入天堂,成为众神之一……"③"徐訏的《镜子的疯》……却也可以作为某种象征性的寓言小说来读"④,严家炎先生已经非常深刻地感受到这类作品与主流批评话语现实主义格格不入的叙事特点而将此类作品归入现代主义的范畴进行讨论,这类作品的讽喻性在与其主旨相联系的时候分外突出。但是,没有很多人从非写实叙事这一角度来关注幻想小说在新文学中的发展脉络和所呈现出的想象力。但是,这些小说以其"另类"的叙事和丰富的想象力,闪烁着奇异的光芒,和写实小说一同书写着国民性话语,而且更为独特、更为深刻地展示着中国社会和文化的丰富内涵。

同时,在通俗小说领域中,幻想小说的创作不绝如缕。如张恨水的《八十一梦》、董荫狐的《换形奇谈》等,都是关注社会现实的幻想小说。《换形奇谈》采用章回体写一个梦。"我"梦见一位老先生传授给"我"占据别人躯体的"夺舍之法",在梦中换形为督军、国会议员、新文化家、新闻记者、爱国学生、劳工、名妓等不同身份,现身说法,将社会丑恶一一陈列,极尽嘲讽之能事,表现了世态人心的虚浮凉薄。《八十一梦》是张恨水唯一一部得到左翼文化圈认同的小说。虽然《八十一梦》的殊荣并未更改批评家对张恨水文化属性的认定,但它能几十年来在以政治意识形态标准为价值依据的现代文学史中占有

---

① 杨义:《中国现代小说史》第 2 卷,北京:人民文学出版社 1988 年版,第 610 页。
② 严家炎:《严家炎论小说》,见《鲁迅与表现主义——兼论〈故事新编〉的艺术特征》,南昌:江西高校出版社 2002 年版,第 92 页。
③ 严家炎:《严家炎论小说》,见《小说艺术的多样开拓与探索》,南昌:江西高校出版社 2002 年版,第 252 页。
④ 严家炎:《严家炎论小说》,见《小说艺术的多样开拓与探索》,南昌:江西高校出版社 2002 年版,第 253 页。

一席之地,足以说明张恨水这类通俗文学家的创作不仅仅是浅薄的娱乐性质的。作为对国统区黑暗现实的讽刺诅咒,《八十一梦》有极强的现实针对性,即讽刺那些借国事危急饱个人私囊的贪婪无耻之徒。无论是狗头国的地方长官,还是天堂里主管南天门的猪八戒,都是大发国难财的败类。他们囤积居奇,漫天要价,坐收暴利,金钱对于人性如此般的腐蚀和异化被张恨水一一道来,十分深刻。如果仅此,那么这和晚清的讽刺小说也就没有什么区别了。作为一位通俗文学作家,在这部小说叙事中,张恨水和新文学作家一样感时忧国,也对国民性问题作了批判性反思。如小说写到,狗头国中的那位药商有心口疼的毛病,每逢发作总要人去捶他的脊梁。但狗国人捶他,不发生效力,他特地请了一位西洋拳师在家里揍他。而在大街上突发病症时,便请"我"与万士通两个外国人打他,并对外国耳光赞不绝口。这一情节讽刺当时国人尤其是上层贵族的崇洋奴性已病入膏肓、无药可治了。由此可见,惯于对社会风俗市井百态作全景式描绘的张恨水,对于国民性的体认程度是绝不逊于新文学作家的。他们与新文学进步作家共同具有着历史责任感,一同书写着现代文学史,我们应该对这些作家的作品进行客观的认识而不是划圈子分类别地评判。

第一节　鲁迅的《故事新编》

鲁迅被称为中国现代小说之父,一生所创作的小说虽只有三十来篇,却"一篇一个样式",致力于现代小说的艺术探索,为中国现代小说的发展奠定了基础。在他的小说叙事中,既有写实的白描速写,也有充满隐喻和象征的非写实叙事。鲁迅一直在尝试构建以文学来诊断现实的合适的再现现实的叙事模式,以配合时代对文学的要求,所以他的小说叙事总是充满了一种"形式的陌生化"的感觉。现实本身与文本现实之间的距离就形成了一种寓言。荒诞的想象与疯狂的夸张在文本中表达出作者对于现实的一种理性的、尖锐的批判认知,连接的是作者的理性和历史现实,是作者对于再现现实的一种绝望的努力。毕竟,文本现实无法贴合存在现实,只能是无限接近。鲁迅放任自己肆意无羁的想象来与历史对话,试图以历史的重新解读来关照现实,将犀利的目光伸向中国文化的最深、最本质的地方来解剖千年文明的积弊。这种叙事狂欢以其疯狂性的闹剧场景和荒诞夸张的无羁想象带来一种具有野蛮性的穿透力和破坏力,引人警醒。其非写实幻想充分体现于《故事新编》这部历史题材的小说中,也表现出对传统小说艺术的大胆突破与创新。

在开始创作小说《呐喊》《彷徨》的同时,鲁迅就开始搜集相关材料一直到最后,共完成了 8 篇小说,最早的《补天》作于 1922 年,原题《不周山》,系《呐喊》首版的末篇,后抽出置于《故事新编》首篇,《奔月》(1926 年 12 月),《铸剑》(1926 年 10 月),《非攻》(1934 年 8 月),《理水》(1935 年 11 月),《采薇》《出关》《起死》(均作于 1935 年 2 月)。可见这部小说集的创作贯穿了鲁迅的文学生涯而成一系列,应该是他非常重视的精心之作。在这些小说中,鲁迅按照中国几大传统思想派别的出现顺序来排列作品,从上古到战国,俨然一部先秦思想简史。这说明鲁迅是用文学叙事来整理表达自己长期对于中国古代思想的独特思考,不仅有对坚定韧性的战斗精神的赞美,更多的是对传统思想进行现代性眼光的批判性审视。但是这部小说的叙事的独特很难解读,夏志清就这样评述:"在这本书里,鲁迅讽刺时政,也狠毒地刻画中国古代的圣贤和神话中的人物:孔子、老子和庄子都变成了小丑,招摇过市,嘴里说的有现代白话,也有古书原文直录。由于鲁迅怕探索自己的心灵,怕流露出自己对中国的悲观和阴沉的看法,所以他只能压制自己深藏的感情,来做政治讽刺的工作。《故事新编》的浅薄与凌乱,显示出一个杰出的(虽然路子狭小的)小说家可悲的没落。"①夏先生对作品所具有的讽刺与戏谑的特征给出了负面的评述"浅薄与凌乱",这和鲁迅对于这部作品的重视程度相比照似乎过于偏颇。但是这种叙事的难以理解却是客观事实。正是这种充满想象力的放肆文笔而具有

---

① 夏志清:《中国现代小说史》,上海:复旦大学出版社 2005 年版,第 35 页。

其特殊的意义,那就是对中国传统的正统叙事的一种开拓和丰富。

《补天》写女娲抟土造人炼石补天,以人与女娲的对立表达"人"类文明与自然本能的矛盾,讽刺人类的卑劣性,如会用衣遮身、写字、发明战争的人类批评女娲的裸体为不合礼法的"禽兽行",失败后又赶快投降自封为"女娲的嫡派",其丑恶行状令人哭笑不得。其实质与鲁迅在其他小说中表达的对于国民性的批判如出一辙。《奔月》讲嫦娥和后羿的故事,主要写后羿在农耕时代无用武之处的可怜处境,如为了吃饭而四处奔波,家人蠢笨,学生背叛,无猎物可射,等等,充满了讽刺意味,解构了游牧时代的英雄,所表达的则是一种历史退化论的思想。这也是鲁迅对早年历史进化论思想的一种怀疑和反思。《出关》《起死》则讽刺老庄的无为和"齐死生",批判那些以道家哲学为旗号自欺欺人无所事事的空谈家;《采薇》则讽刺"孤竹君二公子"伯夷叔齐的迂腐、可悲和可怜;《非攻》《铸剑》《理水》则在赞美不计荣辱得失的墨子、勇敢的复仇者和埋头苦干的大禹,同时更是毫不留情地讽刺各类沽名钓誉、贪污腐败的社会人士,将现实生活中作者本人的遭遇和心情以及愤怒都借古人而表达出来了。

这部小说集的作品,是一则则关于中国国民和社会以及文化的寓言。古人说着现代人的话,做着几千年历史都没有变化的事情,释放了作者积压的文学想象力,忽而古雅,忽而俚俗,忽而正经,忽而戏谑,忽而荒诞,忽而据实,其文笔纵横古今,杂糅文白,诙谐幽默,呈现出一种诡异玄怪的气质而让人在油滑可笑之中难以把握作者的深刻寓意。作者自言"纵使谁整个的进了小说,如果作者手腕高妙,作品久传的话,读者所见的就只是书中人,和这曾经实有的人倒不相干了……这就是所谓人生有限,而艺术却较为永久的话罢"[1]。就是这天马行空的幻想里,蕴含着无限的人生的体味,而将存在于"永久"之中。

---

[1] 鲁迅:《〈出关〉的"关"》,见《新版鲁迅杂文集》(集外文集·下),杭州:浙江人民出版社2002年版,第593—594页。

如果将鲁迅的这类文笔和晚清小说戏拟之作相对比,就会发现其实其创作手法却也不算新鲜。戏拟古代人物本就是晚清小说的一种常见手法,但是鲁迅的戏拟则不是那么简单地以古讽今。晚清的戏拟小说其影射之意非常鲜明显豁,主要是从人物性格特征来进行想象和敷衍,因此其浮浅之寓意带给读者更多的是趣味性和会意的笑。(参看第一部分的最后一章)而鲁迅的戏拟则充满了创造性的想象和象征。在长期的历史传承中神话与历史人物都渐趋概念化、类型化而失去了生气和人间烟火的味道,鲁迅则以世俗人间的内容赋予这些历史原型以崭新而生动的面貌,使他们"活"生生地面对自然人的生老病死、吃喝拉撒,解构了原型的崇高伟大、严肃生硬。

晚清小说多借古人之外形来演绎当时之社会百态,比如猪八戒留洋等类型,而鲁迅的笔下则是在"神话、传说及史实的演义"①中写古人在古时的行径,其现代感主要来自白话和一些细节描述,所具有的思想则是现代性的。比如《理水》中学者口中的"OK""蒸馏""莎士比亚"等现代词的出现,还有很多现代观念的渗入,如稿酬的制度,在《出关》中关尹喜送给老子的稿酬是一包盐和十五个饽饽,这还是因为他是个老作家的优待,要是年轻作家就只有十个饽饽了。这种古今杂糅的方法,使叙事充满了滑稽感。可以说,鲁迅是在现代社会的画板上勾勒古人的行径而凸显现代社会的种种滑稽和荒唐,也就是说其落脚点在现代而非古代。作者通过这些现代社会人的观念、习惯以及行径和古代历史相结合,将古人和今人打成一片,让古人讲现代人的话,做现代人的事,穿插虚构细节,让小说叙事呈现出一种令人印象深刻的画面感和荒诞感,让故事中的人物从历史的严肃中走出来,成为具有人性意味的具体形象。这样,小说就完全突破了传统戏拟之作的那种肤浅与简单的影射,成为一种艺术性创新。也就是说,在大历史框架中,重新塑造了性格迥异于史书上呆板的

---

① 鲁迅:《南腔北调集〈自选集〉自序》,见《新版鲁迅杂文集》(南腔北调集),杭州:浙江人民出版社 2002 年版,第 376 页。

名人形象,赋予了这些人生命力和人情味。比如女娲、大禹、孔子、孟子等都不再是历史上的那种圣人贤者的样子了,而还原为普通的具有喜怒哀乐的平常人,具有常人的欲望,常人的弱点,常人的无奈。后羿会怕老婆,墨子也不是喜欢穿破衣服,只是没时间换,等等,这些情节的设置让叙事可以深入到人物的内心,以历史人物在日常生活中的平庸反讽了这些人物所代表的传统文化,从而消解了中国传统文化的庄严性、正确性,表达出一种深刻的怀疑精神。在奇特的想象和荒诞的情景中作者表达了丰富的内涵。那么,鲁迅要表达的是什么呢?

鲁迅所要表达的是自己特定的情感、心境和意趣,简单地说,就是对庸常生活的厌恶、反抗和逃避,是对中国历史的挣脱。比如女娲身上寄托了作者五四落潮期积聚的懊恼郁闷的心情,后羿身上呼应的是遭受背叛和无用武之地的悲愤苍凉心境,宴之敖者更是从形态、性格、气质都仿佛是鲁迅自己的化身,其身上的复仇气质在《过客》《这样的战士》等篇中都有表现。作者对于当时某些社会现象的批判和憎恶,对于人情世故的感慨,对于历史人物的解读,都体现于这些形象的塑造上,其每一个细节都有它的当下所指,由此而使文本的内涵容量极为深厚广泛。正是这种自我的情感心境折射出了他自己对中国国民性的思考和观察。小说的细节处处显示出对于传统认知的颠覆和对于历史的嘲讽,从而表达一种文化批判。无论是对伯夷、叔齐的迂腐可悲的讽刺,还是对孔子、老庄圣贤的解构,都表达了鲁迅对于中国传统文化的一种批判态度,那就是揭开他们神秘的面纱,进行无情地嘲弄,更别说对于那些空谈家、文化学者、变节者、流言家等的犀利揭露。作者以这种幻想的历史细节塑造出中国国民中一系列的"官魂""学魂""匪魂""民魂",来勾画国民性,以现代人的"心"和古代人的"形"来构建中国的历史,蕴含着对整个中国文化的观察思考,表达了对无时空界限的"中国人"的认知,是一部整体性的寓言叙事作品,强调古今人物在精神上的联系和中国文化从古到今的一贯性,尤其是对其源头儒、道的贬义讥讽,非常鲜明。鲁迅相信中国的事情不仅仅"古已有之""今尚有之",而且"后仍有之"①,所以,他在试图摆脱历史的噩梦纠缠,要重新塑造国民性。对于国民性的批判的话题总是放在大的背景下思考的,这也是其深刻之处。

这部小说集的戏拟叙事,本身就表达了对于中国传统文化和社会的批判和嘲讽,其荒唐与奇特之处也正揭示出批判对象的滑稽可笑,由此来表达小说主旨应该说十分给力而恰当。鲁迅的想象虚构指向是一个"现实",就是一个"真实的中国",既有历史又存在于现代,主要是对生活细节的想象。比如想象墨子在归途中的力乏、脚痛、饥饿,被募捐救国队募去包袱,又遭大雨,鼻塞了十多天的经历,来表现墨子在当时的处境,折射出现代社会中墨子们为事业奋斗的艰辛不易。鲁迅曾就芥川龙之介的"历史的小说"发表自己的看法,说:作者"多用旧材料,有时近于故事的翻译。但他的复述古事并不专为好奇,还有他更深的根据:他想从含在这些材料里的古人的生活当中,寻出与自己的心情能够贴切的触着的或物"②,鲁迅自己又何尝不是这样做的呢? 他希望"取古代的事实,注进心的生命去,便与现代人生出干系来",③从而"把那些坏种的祖坟刨一下"④。所以他总是要去掉古人与今人的历史距离,将古人想象成现代活人,来表现中国社会亘古的特性和国民性,也由此来揭露国民性的根源之深。

第二节　其他新文学作家的幻想小说

鲁迅以其深邃独特的幻想,解构了历史上的种种英雄伟大人物,以其

---

① 鲁迅:《集外集拾遗 又是"古已有之"》,见《新版鲁迅杂文集》(集外文集)(上),杭州:浙江人民出版社 2002 年版,第 282 页。

② 鲁迅:《〈现代日本小说集〉附录》,见《鲁迅全集》第 10 卷,北京:人民文学出版社 1981 年版,第 221 页。

③ 鲁迅:《〈罗生门〉译者附记》,见《鲁迅全集》第 10 卷,北京:人民文学出版社 1981 年版,第 227 页。

④ 鲁迅致萧军、萧红的信,见《鲁迅书信集》(下),北京:人民文学出版社 1976 年版。

"人"的多样性来批判嘲讽中国社会的种种不堪劣根性,歌颂中国的脊梁,表达自己的思考,其他的作家也同样借助于幻想来表达对于国民性的思考,其中最为典型的就是沈从文的《阿丽思中国游记》、老舍的《猫城记》和张天翼的《鬼土日记》以及张恨水的《八十一梦》等作品。这几部小说都比鲁迅的小说寓意显豁得多,更多的是继承了晚清小说的戏拟与乌托邦叙事,但是各有各的意味。

一

沈从文1928年12月出版的长篇幻想小说《阿丽思中国游记》,分一二两卷。因为其不适合作为童话给儿童阅读,笔者将其放在此章来论述。这部小说非常有意思,以儿童和外国人的视角来观察中国社会的种种世相,表达对于中国社会的批判。小说的主人公几乎是纯粹的游历,既没有人生的成长,也没有目标的获得,可以说叙事的重点主要在于展示,即以西方殖民者的视角和儿童的视角来观照中国现实的种种,造成一种陌生化效果,展示中国存在现实的荒谬黑暗腐朽。这部小说是一个典型的殖民化经验叙事文本,有学者就指出其"成了殖民者经验和租界本土经验的讽喻文本"①。故事将《阿丽思漫游奇境记》中的两个主人公阿丽思和兔子沿用到小说中,套用了西方殖民者在东方冒险游历的叙事模式,借来自大英帝国的阿丽思和约翰·傩喜先生的视角来审视中国。小说蕴含着复杂而深刻的文化寓意,正如学者李永东所论,"一个具有民族主义情感而对中国丑恶现状取讥讽态度的叙事者,两个从大英帝国到中国来漫游的聚焦者,和大量令聚焦者'惊异''好奇'的中国丑恶生存现状的'展示',这些因素在文本中构成了极富张力的文化交流空间。民族自豪感的失落,混合着对殖民者卑劣行径虚伪心态的讥讽;对西方文化的倾慕,交织着出于民族主义立场的反帝情绪,使得文本的殖民文化内涵变得错综复

---

① 李永东:《沈从文的小说创作与上海租界》,《中国现代文学研究丛刊》2006年第3期。

杂。"①由此角度可知,小说的幻想叙事是借助非写实的笔触对中国社会现状进行了一种"丑恶"展览,比如傩喜要巡警给他指引一条到中国的路,"我要到那矮房子,脏身子,赤膊赤脚,抽鸦片烟,推牌九过日子的中国地方去玩玩。"②(第 57 页)在殖民者的心目中要把玩的是中国的落后愚昧、迷信野蛮,而不是真实多元化的中国。作者以猎奇者的眼光来呈现中国,反观中国的现实,并反省于此。在对中国人如尖脸瘦汉子的描写中,处处可见阿 Q 的身影,愚昧无知,颓唐痛苦,同时也有范爱农、魏连殳的影子,求生不得只好求死,那篇署名"一个挨饿的正直平民"的《给中国一切穷朋友一个方便的解决办法之商榷》的文字醍畅淋漓地讽刺了中国社会的不公平和黑暗腐朽,如这样的叙述:"'人道'是什么? 是开纱厂的可以发财,开矿的可以发财,办慈善事业的则在为人颂扬以外仍然发财,政府有公民拥护,军阀有打仗的兵,社会上有姨太太,丫头,娼妓,有——一切全有,是挨饿人对人的贡献。中国挨饿人贡献了中国历史的光荣。中国全盘的文化,便是穷人在这世界上活着而维持下的。"(第 74 页)文中处处激扬着这类激愤的文字,甚至于建议将挨饿人的孩子腌制成火腿卖给上流人和外国人。而傩喜先生则是"一种很闲淡的情形下"看完这段文字,还认为是一个"极合经济原则的办法"。在这样的中国,连菩萨也要有了收小费的新规矩。小说的反讽不仅指向了殖民者的猎奇心态和帝国主义的残暴无耻,更是指向了传统的中国文化和国民性,进行了深刻地批判和反省。

这部小说以游历为叙事起始,从到中国去到回家,始终在一种展示描写中讥讽,涉及的内容非常庞杂,有对落后的民俗习惯如随地吐痰的厌恶,有对帝国侵略者的愤恨,有对社会黑暗的气恼,有对传统愚昧的讽刺,更多的是一种时时存在的反思。在西方文化视角的审视下,中国的现实变成了光怪陆离的

---

① 李永东:《沈从文的小说创作与上海租界》,《中国现代文学研究丛刊》2006 年第 3 期。

② 沈从文:《阿丽思中国游记》,北京:人民文学出版社 2009 年版。以下此书中引文均出自于此。

世界,从而引出对国民性的展示和批判。

二

类似于《阿丽思中国游记》这种国民性展示与批判的小说还有张天翼的《鬼土日记》和张恨水的《八十一梦》等。《鬼土日记》是张天翼的第一部长篇小说,写于 1930 年。这部日记体小说曾在罗西(欧阳山)主编的《幼稚周刊》上连载过,1931 年由上海正午书局出版,后又收入 1936 年由上海良友图书公司出版的《畸人集》。阿英曾经介绍道:"几年以前,我们有过一部鬼话小说,叫做《鬼土日记》,作者是张天翼。在书里,他借用鬼话,把中国社会里的一些丑恶,着实的讽刺了一番。"①小说曾被国民党当局以"普罗文艺"罪名禁毁过,可见其对于社会现象揭露之犀利。《鬼土日记》由四十四则日记组成,记叙了韩士谦(日记主人公)在鬼土,也就是阴间的所见所闻。这也是一部游历性叙事,只是游历者是一个现代中国人韩士谦。小说的叙事是一种现代性视角,来审视一个幻想出的模拟现实黑暗的夸张世界,以讽刺现实的腐朽。作者一开始就用一首献词来讥讽养尊处优的剥削者,然后鲜明地表明:

> 这所记没有一点夸张,过火;不忠实的地方——我何须乎要说这些呢,先生,因为我并不是个所谓文人,并不是想写小说,我用不着费了劲来和你们开玩笑。我只是像一个新闻记者,把所见的,闻的,接触的,写实地记了下来而已。先生,你刚读这日记时,你也许会感到鬼土社会里的人和事,有点不近情,或是说有点可笑。是的,就是我,刚一到那边时,也觉得它滑稽、矛盾,一个畸形的社会。一眼看去,他们的社会和我们阳世社会是不同的。但先生,我要请你观察一下,观察之后,你会发现一桩事,就是:鬼土社会和阳世社会虽然看去似乎

---

① 阿英:《中国维新运动期的一部鬼话小说》,《文艺画报》第 1 卷第 4 期,1935 年 4 月 15 日。

是不同,但不同的只是表面,只是形式,而其实这两个社会的一切一切,无论人,无论事,都是建立在同一原则之上的。这两个社会是一样的,没什么差别。因此,先生,我请你不要觉得它有点滑稽,矛盾,畸形,不合理,如你万一有这感觉,那你对阳世社会里为什么没有感到这些呢?现在我再向你声明一句:我没有把趣味,滑稽,开玩笑的气味放在这日记里。我是很严肃的,在态度上。所以也要请你——严肃地去读它。①

韩世谦在十年前死去的故人萧仲讷的帮助下,很快领取到鬼土地方政务局颁发的"高层住民执照",结识了政界、文化界的知名人士,目睹了两大政党竞选大统领(总统)的斗争。鬼土社会,由两大政党——蹲社、坐社——通过竞选轮流执政。"这两个政党虽然名字不同","可是政纲都一样的",都宣称代表平民(资本家)利益,只是生活方式稍有不同:蹲社主张厕所应为蹲式,坐社则认为坐式便所更有利于健康。这两大政党都有财团作后盾。经过一番竞选辩论,以棉纱大王陆乐劳和潘洛为后台、巴山豆为总裁的坐社,一举击败了以石油大王严俊为后台、东方旦为总裁的蹲社而成为执政党。不久,本区与邻区签订一项密约,引起各区的恐慌,纷纷陈兵边界,区际关系紧张,战争一触即发。这时,本区调往区防要塞绿阴城的两个联队叛变,坐社政府调芒城士官学校学生前往平叛,在野党蹲社后台严俊前往督办。由于坐社政府当机立断,采取紧急措施,气氛渐趋缓和,区内又呈现和平景象。坐社政府刚松了口气,不料形势急转直下:蹲社开会议决,向政府质问绿阴事件,又发表调查报告,指责坐社执政期间,因改便所为坐式,严重影响了平民健康,同时在议会上提出对现政府的不信任案。议会辩论时,两党吵成一团,甚至大打出手。蹲社的步步进逼,迫使大统领巴山豆下令非法解散国会,蹲社又在报上攻击陆乐劳、潘洛"把持政府,有失平民政治原则。"严俊还在都会裁判院控告陆、潘违犯平民蹲

---

① 张天翼:《鬼土日记》,北京:中国华侨出版社 2000 年版。

社的一系列活动,都是有预谋的。因为银行团早已暗中支持严俊,蹲社有恃无恐,经过精心筹划,让坐社钻进了事先布好的局,从而导致其破产,最终收得其资产为己有。

小说丑化了资本主义社会的两党制,抨击了西方世界的假民主,影射之意非常鲜明,概念化的叙事有图解之嫌,读来并不有趣,反而是具体的夸张和放大的那些文化界人士的刻画给人留下了深刻的印象,带来会意的笑声。比如颓废派文学专家司马吸毒、极度象征派文学专家黑灵灵、恋爱小说专家兼诗人兼幸福之男人等,还有那些五花八门的广告术和形形色色的文化人,形成了极强的讽刺效果。作为左翼讽刺文学作品的最初形态,这部小说非常值得关注。

小说叙事从进入阴间开始到回到阳间为终,所描绘的世界与晚清小说中的鬼世界本质一样,都是对于现实黑暗世界的重现。晚清天石的《南酆都阅兵记》讲的就是一个阳间人到阴间参加阅兵式,看到腐朽不堪的世间百态(见第一部分论述)。这类叙事一脉相承,都是一种游历幻境的呈现,所呈现的世界都是负面性的。张恨水的《八十一梦》叙述的也是如此。故事讲述叙事者醒来后记下来的八十一个梦,但是稿子被老鼠咬得残缺不全只剩下九个梦了。这九个梦主要揭露抗战时期大后方官僚们贪污腐败、巧取豪夺、囤积居奇、横征暴敛、勾结敌伪等丑恶行径,勾画出一幅纸醉金迷、光怪陆离的群丑图。如第五梦、第八梦写战乱中物价飞涨,富人投机赚钱;第十梦写一个嗜糖如命的狗头国崇洋媚外的荒唐行径;第三十六梦写"我"到天堂,由猪八戒引导游历纸醉金迷的腐朽社会;第四十八梦写梦中跟着钟馗贪污索贿的经历;第七十二梦则写自己变成了神仙,和群妖打斗。这种梦幻的形式,充满了传统的幻想意象,上天入地,都是为了描画现实世界的黑暗,讽刺社会现实的丑恶。

同样,老舍的《猫城记》也是一种游历叙事。但是在老舍的笔下,奇幻的世界转移到了火星。

三

《猫城记》是老舍作品中与众不同的一篇小说。小说讲述"我"在一架飞往火星的飞机上撞到火星的一刹那机毁人亡,只剩下"我"幸存下来,却被一群长着猫脸的外星人带到了他们的猫城国家,于是开始了在猫城的历险经历。猫国历史悠久,在古代,他们也与外国打过仗,但是在五百年间相互残杀的习惯,让他们完全把打外国人的观念忘掉,而一致地对内,导致文明的退化。"我"目睹了一场猫人与矮子兵的战争,以猫城全城覆没而结束了这座私欲日益膨胀的外星文明古城。作者借猫人混乱生活和丑恶行径的描写,抨击了当时中国国内的纷争引发的混乱。而猫人的全族毁灭,也显露了作者对民族前途的担忧。

孔庆东曾这样评价:"一些主流文坛作家也曾涉笔科幻领域,如老舍《猫城记》、许地山《铁鱼底鳃》。这一时期的科幻小说仍然保持着关注民族命运的特点,但是,'科学幻想'的水平并不高。老舍的《猫城记》长期只被当作政治讽刺小说或幽默小说,其实这是中国第一部火星探险题材的科幻小说。"① 他所关注的是小说的科幻性,但是更多的研究者则认为《猫城记》里没有刻意描写有关科学技术发展的幻想,而是特别关注社会各个方面,因此,应该算是一部社会幻想小说。《猫城记》首先从空间的架构上看,描写对象是在火星上,幻想了关于外星球上外星人国家的灭亡史,这里有着科幻小说常有的主题:星际飞行、外星人、探险和灾难。其次,在时间的流程上,《猫城记》时间虽然是模糊的,但是作者关于猫人的历史和文明的描写,无不影射着古老中国的历史,甚至"这位讽刺作家凭幻想创造的黑暗景象,在史无前例的'文化大革命'中变得有血有肉,鲜血染红了中国大地。'荒诞'变成了预言"。② 被认为具有了预言性质,可见其时间上的无限制。时空的自由是使这部小说的幻想

---

① 孔庆东:《中国科幻小说概说》,《涪陵师范学院学报》2003 年第 5 期。

② 野婴:《老舍研究在苏联》,《新文学史料》1999 年第 1 期。

性延展无限,成为一种寓言小说,与鲁迅的《故事新编》具有相同的象征寓意。老舍通过在这个以猫人为主的国度中的神奇历险经历,表现了综合着猫、猪等动物习性的猫人形象以及猫国的溃败、消亡历史,以此来影射古老中国的社会现实与未来以及传统,表达着深刻而沉重的批判意识。这与前两部小说是相同的,都具有鲜明的反乌托邦叙事特征。

　　1930 年,老舍结束了五年多的异域生活,怀着美好的愿望回到祖国后,黑暗、落后、内忧外患、国势衰退的现实,使老舍非常失望。"头一个就是对国事的失望,军事与外交种种的失败,使一个有些感情而没有多大见解的人,像我,容易由愤恨而失望。"①两年多的眼见耳闻后,老舍抑制不住内心的激动,于1932 年写了《猫城记》。此时老舍在现实中感受到的对于整个民族和广大民众的绝望,正与反乌托邦小说对他的影响相契合。据《现代》杂志的编者施蛰存先生回忆,《猫城记》在《现代》连载时,老舍自己也曾在给他的信中说过,《猫城记》是受 Taldous Huxley 的 *Brave New World* 的影响。因此,小说中的"迷叶"与西方反乌托邦小说的类似情节有不谋而合之处,可见老舍受到了西方反乌托邦小说的影响。"迷叶"的原型出自威尔斯科幻小说《月球上的第一个人》中的蘑菇,在反乌托邦小说《美丽新世界》中,也有一种类似的神奇药物——"索麻"。无论"蘑菇""索麻"还是"迷叶",它们的作用都是使人在服食后迅速获得飘然欲仙的欢愉,解除人们偶尔感到的痛苦和迷茫,消泯人们反抗的意志和精神。在中国近代,鸦片,则是人们熟知的"迷叶"。在老舍笔下,"迷叶"是"鸦片、传统思想、列强侵略等等的综合名称"②。老舍看到了处于水深火热的中国,认为"迷叶"所代表的这些东西给中国带来了灾难,中国要想改变,就需要把这些"迷叶"清扫干净,增强人格,才能增强国格。

　　然而,《猫城记》与西方的反乌托邦小说又有着不同。老舍所处的时代和

---

　　①　老舍:《文学概论讲义》,见《老舍文集》第十五卷,北京:人民文学出版社 1990 年版,第210 页。

　　②　曾广灿、吴怀斌:《老舍研究资料》(下),北京:十月文艺出版社 1985 年版,第 1025 页。

当时国家的发展,与西方背景有着明显的不同。作为一个中国现代知识分子,老舍倾注的力量是文化。猫城世界所有的等级完全消失,每个人都是被嘲笑和讽刺的对象:整个猫城无论从建筑还是从民众来说都充满了破败和衰退之气,猫城没有大门,要想进城只能爬墙,这是多么可笑的文化保守主义。没有城门的猫城,隐喻了民族文化的闭塞和凝滞。尤其是对猫人的人性的批判,透露出老舍关于"改造国民性"的深虑,这也是老舍对五四文学中"改造国民性"的继承。"糊涂"是老舍借"猫人"以抨击国民劣根性的主题词,小蝎是猫城中少数思想较为先进的革新派,小说借他之口揭示猫城必亡的重要原因:"糊涂是我们的致命伤。经济、政治、教育、军事等不良不足亡国,但是大家糊涂,足以亡种,因为世界上没有人以人对待糊涂像畜类似的人。"①(第 453 页)这与"糊涂"在中国被尊奉为一种生存"哲学"甚为相契。老舍运用夸张的手法予以放大,让猫人充分展示这种"糊涂"哲学的民族精神。做事、做官、结婚、生子,人人都只抱着"糊涂"二字,在相互敷衍中打发日日无聊而沉闷的时光,甚至是"对于别人有益的事,哪怕是说一句话呢,猫人没有帮忙的习惯。"(第 351 页)最终,猫人们完成他们的灭绝,老舍通过对未来的想象,用反乌托邦的叙事手法表达自己的观点:中国长此以往,国将不国。表现了作者对中国现实的深深忧虑和沉痛批判。

20 世纪 30 年代的中国在水深火热中缓慢地进行着民族国家的诉求,老舍就处于这样的社会大背景下。作为一个有着构建中国社会和中国文化理想的积极参与者,老舍、张天翼和沈从文都承接了近代乌托邦式的幻想,他们坚守的仍是文化批判和文化建构。这是因为他们一贯秉持着中国知识分子的情操,有着传统的"士"的忧患意识,这样的忧患意识是基于现实基础之上的。老舍最大的焦虑在于文化上,作为中国隐喻的"猫城"中的种种堕落沉沦、腐败落伍的最根本原因,他也归因于人的蒙昧糊涂、缺乏价值操守,而解决的办

---

① 老舍:《老舍文集》第七卷,北京:人民文学出版社 1984 年版。

法就是"人格和知识"。老舍采取的方法是先要文化的复兴、教育和立人、恢复人性,然后再上升到国家民族的高度。沈从文更是供奉着"希腊小庙"里的人性,期冀着原始美好人性来对抗都市文化的堕落,张天翼则以社会革命的方式来尝试建立新国家。在他们的笔下,永远挥之不去的乌托邦式的社会理想,或隐或显地出现在小说中。小说中"我"对小蝎说:"也许你换一个眼光去看,这个社会并不那么黑暗得可怕?"(第372页)并且,"我"认为"猫人并不是不可造就的,看他们多么老实:被兵们当作鼓打,还是笑嘻嘻的;天一黑便去睡觉,连半点声音也没有。这样的人民还不好管理?假如有好的领袖,他们必定是最和平、最守法的公民。"(第368页)在面对其他外国人试图联合他一起谋取代为看护的迷叶时,作者抑制不住自己的感情,用手中的笔喊出了自己的心声,严正地予以拒绝并表白对猫城的赤诚之心:"我绝不是拿看悲剧的态度来看历史,我心中实在希望我对猫城的人有点用处。"(第368页)"自然我是来自快乐的中国,所以我总以为猫国还有希望;没病的人是不易了解病夫之所以那样悲观的。不过,希望是人类应有的——简直可以说是人类应有的一种义务。没有希望是自弃的表现,希望是努力的母亲。"(第429页)这一呼喊作者不仅仅是针对猫国和猫人的,而是作者看到满目疮痍的祖国而发出的深情呼喊。这里不仅有对猫国的赤诚之心,更有作者对中华民族的拳拳爱心。老舍曾在《文学概论讲义》中提道:"几乎没有文艺作品是满足于目前一切的。乌托邦的写实者自然是具体的表示:对现世不满,而想另建理想国;但是那浪漫派的与唯美派的作品又何尝不是想脱离现代呢?"①《猫城记》处处弥漫的绝望气息中却出现了这样的景象:"假如有好的领袖,他们必定是最和平、最守法的公民。我睡不着了。心中起了许多许多色彩鲜明的图画:猫城改建了,成了一座花园似的城市,音乐,雕塑,读书声,花,鸟,秩序,清洁,美丽……"(第368页)这种指向未来的乌托邦影像,作为未来的航标不断超越着现实又提升

①　老舍:《文学概论讲义》,见《老舍文集》第十五卷,北京:人民文学出版社1990年版,第131页。

着现实。这无疑是一个现代知识分子对未来中国的乌托邦式的想象,一个关于民族未来的想象。

第三节　幻想的一致性

鲁迅的《故事新编》、沈从文的《阿丽思中国游记》、张天翼的《鬼土日记》、老舍的《猫城记》和张恨水的《八十一梦》等幻想小说,以其讽喻性、幻想成分和深蕴的忧虑精神在现代文学史上自成一格。尽管这些小说家从艺术观念、美学风格、社会理想等方面存在着巨大的个体差异,但在这类小说表达叙事中却存在着惊人的一致性。

首先,除了鲁迅的短篇小说以外,其余四部作品的小说叙事都遵循着晚清幻想小说传统的游历图式,即游历者进入一个陌生世界亲历了种种奇异事件,有学者称其为"奇遇小说"①。这类小说的叙事者的身份设定总是一个外来者,观察角度带有陌生化和客观性,可以肆意进行笑谑、冷嘲热讽,从而实现小说的寓言价值的呈现,其讽喻性与中国传统小说如《老残游记》等以游历者串联故事、抒怀义愤的传统型游记小说一脉相承,但幻想叙事则完全有了新的模式。这些小说中的叙事都使用了第一人称,"我"是小说故事中的参与者与戏剧化的见证者,有纯粹的旁观者(如《鬼土日记》之韩士谦),也有叙述的代言人和当事者(如《猫城记》与《八十一梦》中的"我")。这种现代性的叙事角度是小说作为呈现表达的一种设定,将幻想与现实结合在一起,同时又以其误入异域奇境的陌生者身份来进行有距离的审视判断,赋予了叙事者的充分的叙事自由。这也是幻想小说的叙事特点。

其次,他们的批判内容基本一致。如对国人某些陋习的细节暴露上有着相当惊人的一致:随地吐痰、不讲卫生、麻木不仁、不守时、崇洋媚外等。他们

---

① 马兵:《论新文学史上的四部奇遇小说》,《山东大学学报》2004 年第 3 期。

和鲁迅一样,继续了对中国国民性的批判,即始终秉持着文化批判与道德批判的立场,把国民性中的劳苦、顺从、求生、守旧、虚假、小气、自大、愚昧诸种素质溢露至深。与鲁迅笔下"黑屋子里沉睡的人"相同的是他们也在小说中呈现了民族的沉睡状态。

不过,在相同表征的社会现象的表现之下,几位作家的思考是不同的。沈从文执着的是对湘西风土人情的描绘,也有对都市浮华殖民世界的冷眼观察,寄希望于民族的力量是原始健康的人性。正因如此,《阿丽思中国游记》中的第一卷开篇就有哈卜君介绍给傩喜阅读的《中国旅行指南》,简直就是中国人劣根性大全,但到了第二卷却突兀地叛离了第一卷嘲世为主的轨道而转入对湘西民俗的静观。游记的第二卷,沈从文没有继续道德讽刺的铺张。他在序中这样写道:因为生活影响心情,在我近来的病中,我把阿丽思变换了一种性格,却在一种理论颠倒的幻想中找到我创作的力量了。这"力量"便萌自故土。在第四章里,沈从文先是借仪彬的母亲之口对故乡发出了礼赞,接下来又以异乎寻常的趣味一一细数湘西百姓的淳朴直率、嗜古好斗的奇怪风俗。虽然直至 1943 年沈从文才在《长河·题记》中明确提出探求"民族品德的消失与重造"的口号,但是早于写《阿丽思中国游记》之际,那种一厢情愿地用农村原始的人情美改造都市虚伪的道德文明的思想倾向便已深入他的骨髓了。

与《阿丽思中国游记》相比,《猫城记》的文本呈现了更驳杂的特征,不仅涉及大量的国民劣根性的生活恶习的表现,而且还有对政治斗争和学生暴动的批判。诸如"大家夫斯基哄""马祖大仙""红绳军"等带有浓厚的政治意味。但是老舍对学生风潮和政治斗争的否定性态度,所表达的只是一种文化的观照①。无论猫国学校里学生殴打老师的暴行,还是猫国的政党们的哄斗,都是作为国民性的劣性表征而加以表现的。显然,老舍对民众病症的思考比沈从文要复杂深刻得多,是最接近鲁迅的一种国民性批判的表达。《猫城记》

---

① 孔范今:《走出历史的峡谷》,济南:山东文艺出版社 1998 年版,第 325 页。

发表不久,两位当时的批评家李长之和王淑明便不约而同地将它与《阿Q正传》相提并论。确实,猫人身上集中了阿Q和未庄人物所有顽劣的秉性:冷漠自私、奴性的卑怯以及那种透入骨髓的麻木。不过,虽然与鲁迅有着相近的文化启蒙主义立场,老舍却比鲁迅乐观得多。老舍认为要使国人在精神道德上真正觉悟,首要的不是冲破一切束缚、鲜明决绝的"个性""态度",而是由群体的自觉所体现出来的国家观念和自尊自信的民族意识。猫城陷落的根本原因在于讳疾忌医的猫人彻底丧失自我批判的勇气。"猫国人根本失了人味,国民失了人格,国便慢慢失了国格,经济、政治、教育、军事等不良足以亡国,但是大家糊涂足以亡种。"这是老舍痛切焦灼的思考。但老舍从来没有真正绝望,他憧憬着未来猫城有朝一日会彻底改变。"我在火星上又住了半年,后来遇到法国的一只探险的飞机,才能生还我的伟大的光明的中国。"

张天翼的《鬼土日记》虽然也有很多对于国民性的描写,但小说更多地关注于社会斗争,主要是大资产阶级大官僚的腐朽堕落及他们之间的勾心斗角、血腥倾轧。在鬼土这个地狱之国中,等级森严、阶级压迫酷烈。对于下层个别坚决的反抗者,上层人士备下了凌迟暴刑,而当这反抗汇成下层民众一致的呼声时,统治集团又会适时抛出怀柔政策,充分暴露了上层人的毒辣与狡诈。同时,这片鬼土也是上层社会内部为争夺权势和金钱而展开激烈争夺的角逐场。坐社与蹲社两大政治集团充满阴谋的斗争是贯穿全书的主线,尤其是"三大平民"中的陆乐劳和严俊之间的斗法犹如一出群魔乱舞的闹剧。此外,鬼土还是文化界许多自我标榜的精英人物趋炎附势的风水宝地。诸如司马吸毒、黑灵灵、朱神恩之流,都是惯于在权势变乱中投机取巧的好手,而他们的学问实则是精神虚伪、道德败坏和生活腐烂的肮脏产物。

总而言之,这几部幻想小说的批判内涵几乎都是指向中国社会和民族的劣根性黑暗面,以幻想叙事表达了对过去、当下和未来的思考。

最后,这几部小说都具有相当一致的美学特征,就是笑谑倾向与闹剧模式以及戏拟笔法。尽管这些小说都蕴含着谏世之心和载道之志,但都是以幻想叙事来尝试具有喜剧风格的现代性小说叙事,不乏谐趣与自由的文字。

　　小说所要呈现的是社会光怪陆离的黑暗面,所要描写的是一群群蝇营狗苟、猥琐卑劣的蛇鼠之辈,所要表达的是一个荒谬的是非混淆、价值颠倒的世界,因此作者以幻想叙事的权限来进行设定,比如百灵、大蝎、三大平民和狗头国长官们被赋予了荒唐夸张的行为权利:可以糊涂,能够耍弄人,或被别人耍弄;可以表里不一,甚至两面三刀;可以胡言乱语,甚至满口喷粪,超越常人的一切正常行为界限而突出他们的性格特点。他们的言行越丑恶,怪异得离谱,对于这种言行的批驳就越痛快淋漓,而所谓的笑谑就在这样的正反相成里产生出来。对于读者而言,他们的阅读体验也是双重的,读者在对他们这些丑言败行深恶痛绝之余又的确为构成这些言行的趣味性所吸引,而这也就是笑谑的意义所在,它能把颇为严肃深重的国民性主题和政治批判点染成笑意盎然的叙述。比如《鬼土日记》里三大平民之一的陆乐劳,有钱有权,是一个野心勃勃、惯用权术的大官僚,但在大选获胜后,在妓院寻欢后却小气吝啬得要求小姐打个折扣,遭到拒绝,陆乐劳就开骂,结果是在别人劝说下打了折扣,末了陆乐劳还拒付小姐小费。这种“大人物”的身份与“小气鬼”的行径在嫖妓这种龌龊事件中的对比,具有极强的反讽效果和颠覆意味,一下子就将所谓“国家柱石”的领袖神圣感解构了,反衬出其人性的猥琐堕落,也带来强烈的笑谑效果。

　　闹剧模式随着强烈的笑谑而衍生。作为一种叙述形式而言,闹剧指的是一种写作形态,这一形态专门揶揄倾覆各种形式和主题上的成规,攻击预设的价值,也以夸张放肆的喜剧行动来考验观众的感受。它通常强调一连串嘉年华式狂欢的事件,闹剧行为的主角通常都是小丑。简单地说,闹剧就是一系列戏谑行为达到的高潮,在情节意义上是以彻底的堕落方式对现实秩序和崇高性的瓦解。幻想小说因其想象的恣肆放任,常常充满了闹剧场景。比如《阿丽思中国游记》中的奇文《给中国一切穷朋友一个方便的解决办法之商榷》《鬼土日记》最惊世骇俗的则是记载大平民潘洛之子只有 11 个月大的潘传平的国葬盛典、《猫城记》里大蝎之收迷叶、赴京城、组织猫人看地球人洗澡及至最后不惜拼命挣得向侵略者投诚的首发机会等一系列行为,《八十一梦》中的闹剧性场面多存在于幻想游历的四梦中,尤其是"天堂之游"和"忠实分子"二梦。本该坠入地狱的西门庆等人在天堂里作威作福,善良耿直的墨子、伯夷、叔齐却遭冷落,而忠实新村里住的全都是坑蒙拐骗之徒,都是一出出闹剧的上演。《故事新编》中每一部小说都有让人忍俊不禁的闹剧场面情节。但是这些闹剧场面背后都有着深刻的理性认知和冷静的思考。

探讨这部分幻想小说,可以发现在主流写实的新文学背景上他们显得那么卓尔不群。他们的叙事方式在因苦难深重而想象力匮乏的时期备受冷落,至今还没有受到应有的关注。这种现象值得我们去深思。

第七章　武侠梦幻

　　随着都市市民阶层的兴起,作为他们的精神消费品的通俗文学也迅速崛起,其中幻想小说作为对现实缺憾的"大补品"最受欢迎。武侠小说以其题材的超现实和叙事的无限自由度,极大地满足了读者的幻梦需求,成为一种现代社会经久不衰的典型的幻梦小说类型。

第一节　武侠幻梦的兴盛

　　武侠,作为小说的题材,是从历史现实中的"侠"融合文学想象所演绎发展出来的。武侠小说是中国传统小说的一种重要类型,多以侠客和义士为主人公,描写他们身怀绝技、见义勇为、杀富济贫、报恩复仇和叛逆造反的超人行为。尽管历史记载中有很多"侠",但是这里所讨论的是作为文学符号体系中的艺术想象——"武侠"谱系①。文学谱系中的"武侠"存在于非现实的幻想世界中,如江湖、如仙界鬼域等这类化外空间,是为了满足人们的心理需求而被想象出来的一种形象。因其本身就存在于幻想非自然现实世界中,所以"武侠"题材的小说必然会以非写实叙事来进行,从而决定了这一题材的小说

---

　　① 因为这里所讨论的是文学领域的小说,所以我们将中国历史中的"侠"排除在外。

类型属于幻想小说。

从 1923 年平江不肖生的《江湖奇侠传》出版开始,大量的现代武侠小说开始兴盛,仅 20 世纪 20 年代作者就达百人计,作品以千计,著名的篇章数十部,妇孺皆知的人物情节使其拥有广泛的受众而被改编成大量的影视戏剧作品。50 年代以后大陆因为政治意识形态的原因而少见武侠小说,但在港台,武侠小说却发展得风生水起,出现了大量的作品和创作名家如金庸、梁羽生、古龙等,80 年代后由港台传入的作品和电影《少林寺》等引发出武侠狂潮,武侠小说的出版发行一路狂飙,大大超过了纯文学作品。纵观武侠小说的发展,从 20 年代到 80 年代,本质上没有断层和另起炉灶的现象,应该是一以贯之而来的,因此我们将其作为一个整体来考察。

一

首先,我们要解决的问题是:中国民众为什么会有武侠幻梦?固然,作为一种大众欲望和潜意识的表现,武侠幻梦不是凭空出现的。

"武侠"是植根于中国历史上的"侠"的现实存在的一种幻想。在历史记载中,战国时代奴隶制瓦解向封建社会转型之际,形成了大批丧失基本生产资料的游民,他们有的依附豪门,有的混迹市井,聚集了一批铤而走险的冒死之徒,韩非子的《五蠹》称这些人"侠以武犯禁",庄子《说剑》中也记载了赵文王喜剑"剑士夹门而客三千余人",《史记》中也记载聂政以及著名的荆轲刺秦王的故事。这样的事,在春秋战国时期十分普遍,当时由于七国之间争霸称雄,各国权贵们都争相征贤纳士,如当时的信陵君、平原君都养了好几百甚至上千的这类门客,这也就给这类武士侠客们创造了生存条件,他们大多以侠义著称,或为国,或为报主人之恩,充当刺客,不惜舍生取义。这是封建时期的一大社会特点,欧洲中世纪时期的骑士,以及日本的武士,都与此类似。秦汉之际,游侠不仅周旋于各贵族豪门之间,而且还在反抗统治阶级的起义斗争中发挥了重要作用,但是后来由于大多数未能成为利益所得者而成为了当朝的敌对势力,其所具有的强烈的破坏力、表现欲、失落感更使他们敢于反叛朝廷、不轨法制而成为社会动荡因素。司马迁、班固都为这些游侠立过传。汉代张良、朱家、王孟、田仲、王公、剧孟、郭解、郑庄、汲黯、灌夫、季布、季心等都是有名的游侠。汉代的政府当然对这种力量采取的是镇压的政策,"二十五史中只有《史记》与《汉书》有《游侠传》,自《后汉书》迄《明史》都无游侠列传,这正可看出自东汉以后游侠已经没落,不再为史家所重视"。①虽然在历史记载中史学家不再为其立传,但是在现实生活中,游侠并不会消失,侠风也未见得减弱。这些侠义武士,历朝历代都有,如瓦岗寨、水浒中的侠客们;如近代清光绪年间的大刀王五,以保镖为业,被人称为大侠,戊戌变法时,主动要求保护谭嗣同出走;如霍元甲,曾击败不可一世的洋武师,大长了国术威风。他们那种大义凛然,扶危济困,知恩图报,信守诺言,不畏强权的武侠精神,十分为人们所敬仰。这些现实生活中的武侠义行,就是武侠幻梦的种子。

在现实武侠事迹的传播过程中,人们按照自己的理解、崇拜、渴望开始想象武侠,发现且发明了各种"侠",而且将表现武侠的任务转移到了诗人、小说家、戏剧家这些人身上,于是"武侠"随着时代的推移,经过文人的加工和想象,逐渐形成了后世武侠小说中的光彩耀目的传奇侠客形象。"每代作家都依据自己所处的历史背景及生活感受,调整'侠'的观念,但又都喜欢在前人记录或创作的朱家、郭解等历史人物及黄衫客、古押衙等小说形象上,寄托自己关于'侠'的理想。"②那么,"武侠"寄托了人们的哪些理想以致形成了武侠小说的兴盛?

武侠幻梦的书写从汉初司马迁的《史记》中的游侠、刺客列传开始到魏晋、六朝间盛行的杂记体神异、志怪小说,直至唐传奇的剑侠、明清的侠义小说,到当代的奇幻武侠,从来没有停止过,这说明武侠幻梦的文学书写已经成为一个文学传统母题,而且广泛地存在于社会各阶层,无论是士大夫文人还是

---

① 孙铁刚:《秦汉时代士和侠的式微》,《台湾大学历史学系学报》1975 年第 2 期。
② 陈平原:《千古文人侠客梦》,北京:新世界出版社 2002 年版,第 7 页。

市井商贩都有自己的武侠崇拜期待,那么究竟是何种力量支撑着武侠幻梦经久不衰地被书写?

"侠"是想象中的"超人",具有超越现实的非凡能力,这种能力可以解决很多现实生活中无法解决的问题。所以,武侠梦幻首先表达的是社会各阶层成员对解决现实问题的迫切愿望。在中国几千年的社会发展中,统治阶级与平民阶层的社会矛盾经常处于尖锐对立状态,人们自身不能得到很好的保护,充满了对现实的不满,对正义公平平等的渴望,对社会黑暗的抗争。"武侠"则以其正义性、超能力、反抗性寄托了民众的这种心理需求而被广泛接受并传诵。正是武侠形象代表了民众对社会公平正义的亘古追求而不曾随时代变迁失去魅力。可以说,"侠"集中表达了中国人对社会正义公平的追求。

同时,"侠"体现了中国传统的理想人格,表达了普通民众对于具有道德使命感的完美人格的心理需求。龚鹏程认为,"侠"不属于某个特定阶层,而是指具有某种气质特色、某些理想的人。① 陈平原也认为,"侠"随着时代的推移,其观念渐渐脱离了初创阶段的历史具体性,而演变成一种精神、气质,"只有到那时候,才能说'侠'与人的社会或家庭背景无关,不属于任何特殊阶层,而只是一种富有魅力的精神风度及行为方式"。② 确实,"侠"所代表的是一种精神、气质,如侠骨、侠气等,是一种理想化的精神风度。他们"直截了当地自掌正义,匡正扶弱,不惜用武,不恤法律。另外,他们以博爱为心,甘为原则授命"③,代表了正直勇敢、自我牺牲、慷慨大度等美德,他们以其除暴安良、舍生取义、乐善好施、拔刀相助等利他性的正义品质,给人以向善的提升,感召强化了道德意识,完美体现了中国传统的道德准则,成为人们心里的精神偶像幻影,给人以抚慰的作用。所以"武侠"在小说中常常有非凡的武功和极高的道德水准,比如面对美女不受诱惑,面对金钱大义凛然,而且总是英俊潇洒,幸运

① 龚鹏程:《侠的精神文化史论》,济南:山东画报出版社 2008 年版,第 21 页。
② 陈平原:《千古文人侠客梦》,北京:新世界出版社 2002 年版,第 7 页。
③ 刘若愚:*The Chinese Knight-Errant*,The University of Chicago,1967,pp.2-3。

无敌。民众将自己的美好期待都强加于这类形象之上,以满足内心对于完美人性的期待和幻想。"人人在武侠小说中重求顺民社会中所不易见之仗义豪杰,于想象中觅现实生活所看不到之豪情慷慨。"①具体到每个读者和作者,在武侠身上都有着个性化的人格期待。

总之,武侠梦幻是人们的"英雄梦"的酣畅淋漓的表达。较之诗歌、戏曲等其他文字,小说叙事以其自由精细自有其独到的优势而长期受到青睐。长期形成的慕侠习俗和文学传统使得武侠成为中国国民的心灵幻梦。

二

在中国传统的小说叙事中,"侠"所代表的公平正义和拯救是怎样来实现的? 当然就离不开"武"了。这些"侠"在幻梦中应该可以通过神仙的神通法力、魔力或者像菩萨、鬼怪之类这样的方式来实现英雄壮举,但是在中国人的幻梦中却常常是以"武"这种功夫来作为实现目的的方式。固然这与中国传统的习武传统分不开,更与当时的时代风气密切相关。

武侠幻梦一直存在于中国传统小说叙事中。王海林在《中国武侠小说史略》中将武侠小说的发展分为了五个阶段:晚唐为第一次浪潮,他认为中国武侠小说就是在此期定型的。以唐传奇中的武侠篇章为高峰,层出的传奇的各种写法及其塑造的各类侠客,都影响到了后世武侠和元明清戏曲传奇。这是因为唐代武术杂技发达,游侠之风盛行;经济繁荣,市民阶层形成,产生了文学消费的需求;武侠文学本身发展到了一个成熟期,六朝、盛唐前期积累了大量素材,唐传奇的发展也促使被寄予社会理想的武侠小说的繁盛。清晚期武侠小说发展为第二次浪潮,原因在于宋元明清小说艺术自身发展的要求,以及社会市民阶层的心理需求,即对社会黑暗现实不满又安于现状,不愿铤而走险只好寄希望于侠客清官来拯救,加上武术杂技极盛,从而促使了此期的武侠公案

---

① 林语堂:《狂论》,《论语》第 50 期,1934 年。

小说的繁荣。除了第四个港台武侠浪潮和第五个大陆武侠浪潮以外,第三次浪潮就是 20 世纪 20—40 年代的武侠小说狂潮①最为重要。此期武侠小说陡然兴盛,突破了传统武侠小说的"讲史""公案"的叙事模式,形成了现代武侠小说的叙事模式,这其中有着极为深刻的社会原因。

　　一方面与中国知识分子传统的游侠精神有关,另一方面与当时知识分子为救亡启蒙而提倡的"尚武"精神密切相连。晚清民初,以梁启超为代表的中国精英知识分子,如蒋智由、杨度等都有感于国弱民弱屡败于列强,为了强国富民而提倡恢复弘扬中华民族久已失去的尚武精神,呼唤重振战国时期的武侠精神,形成了一股时代潮流,"养成尚武精神,实行爱国主义"。梁启超于1904 年曾编写《中国之武士道》,赋予了武侠精神时代内容。鲁迅也写过《斯巴达之魂》,蔡锷写过《军国民篇》等都提倡尚武精神,由此学界也对《水浒传》进行了颠覆性的肯定性评价,以此提倡剽悍民风和尚武精神。当时很多人认为中国国民过于驯良懦弱,缺乏武士道精神,体骨柔弱,无法抵御外族的侵略而提倡"尚武",如梁启超的《新民说·论尚武》就是其中比较有代表性的论述:"尚武者国民之元气,国家所恃以成立,而文明所赖以维持者也。"②"养成尚武精神,实行爱国主义"形成了一股时代潮流。卧虎浪士在《女娲石》的"序"中说:"《水浒》以武侠胜,与我国民气大有关系,今社会中尚有余赐焉。然于妇女界,尚有余憾。"指出武侠与民气有密切关系,因此作者仿《水浒》来写《女娲石》,希望在妇女界"鼓吹武德,提振侠风"③,弘扬武侠精神。当时很多新小说家不但重评《水浒传》,而且续写《水浒传》,其肯定性的评价也主要就是为了提倡尚武的精神④,陈景韩甚至编有专门的杂志《新新小说》来宣扬

---

① 参看王海林:《中国武侠小说史略》,北岳文艺出版社 1988 年版。

② 梁启超:《新民说·论尚武》,见《饮冰室合集·专集》第 3 册,上海:中华书局 1936 年版,北京:中华书局 1989 年影印,第 108 页。

③ 定一:《小说丛话》,《新小说》第 15 号,1905 年 4 月。

④ 参看范伯群主编:《中国近现代通俗文学史》(上)第二编"武侠会党篇"第一章第一节,南京:江苏教育出版社 1999 年版,第 450—460 页。

"以侠客为主义"的精神,每期刊有各类"侠客谈",可见当时小说创作中的侠风之盛。他在第 3 期卷首的《本报特白》中宣告:"且本报……又以 12 期为一主义,如此期内,则以侠客为主义,故期中每册,皆以侠客为主,而以他类为辅。至 12 期后,乃再行他主义。凡此数语,皆当预告,以代信誓。"①提倡革命与反帝的思想,表达了一种强烈的变革现状的迫切愿望。

不仅如此,以同盟会为代表的实践者还提倡中国的武术拳术,网罗江湖亡命人士不断采用暗杀手段来助革命。以向恺然为代表的一批现代武术家更是大力提倡中华武术,开设研习所等,形成了 20 世纪 20 年代的武术热。如民国12 年在上海召开了全国武术运动大会;成立了许多习武会所;还有大量研究性著作出版。不仅如此,长我国威的许多武术家的传奇故事也得到广泛传播,声名显赫。如 1918 年击败俄国力士康泰尔的天津武术家韩慕侠,击败美国重量级拳击家鲁寒尔的上海武术家蔡龙云,北京武术家陈氏太极拳传人陈发科,1931 年击败日本武士的北京武术家李尧臣,北京武术家梅花桩传人韩其昌,北京太极通臂武术家符懋堃,北京武术家自然门大师杜心武,河北安次武术家巾帼英雄王侠林,塘沽八卦掌传人田回,少林真传海灯法师,北京的"燕子"李三……数不胜数。这些武术家的故事为武侠小说的幻想提供了丰富的素材。不仅如此,纵观晚清十年历史,从谭嗣同从容就义开始,不知多少革命志士杀身成仁。"不有行者,谁图将来? 不有死者,谁鼓士气? 自古至今,地球万国,为民变法,必先流血。我国二百年来,未有为民变法流血者,流血请自谭嗣同始。"②这些激烈的言辞和四溅的鲜血感召着后来的仁人志士,用生命激情喷染理想,于是有吴樾在前门车站刺杀五大臣的爆炸,有徐锡麟刺杀恩铭,有彭家珍刺杀良弼,有史坚如谋刺德寿,有刘思复谋刺李准,有熊成基谋刺载涛,有王汉刺杀铁良等轻死行为,他们为醒世、为信念而不惜以血来灌溉未来,"呜

---

① 《本报特白》:《新新小说》第 1 年第 3 号封二,1904 年 12 月 7 日。
② 《清国殉难六烈士传》,转引自《戊戌变法人物传稿》上编,北京:中华书局 1982 年版,第 98 页。

呼！革命党人将以身为薪乎，亦各就其性之所近，以各尽所能而已。"①在 20 世纪，这种甘为"薪"的牺牲精神始终激荡在革命事业的进程中，从而成就了我们今天的幸福。也就是在这样的一个血脉贲张的焦灼时代，国运飘摇，风雨如晦，才会有偏激与极端，激昂与凌厉，鲜血与杀戮。这种烈士心态在晚清相当普遍，因为他们相信"我今早死一日，我们之自由树早得一日鲜血；早得血一日，则早茂盛一日，花方早放一日"。② 因此，"流血"不再可怕，而是神圣的了。况且，自古中国就有"舍生取义"的价值认同传统，轻视作为唯一存在的珍贵个体的生命，以追求超越肉体存在的"立德、立功、立言"之不朽，来维护一定的道德准则和价值标准，体现了人类生命的尊严和刚性。由此，对在传统儒家思想的伦理规范和人生信念浸染下的中国知识分子的这种烈士心态也就不难理解了。至于暗杀风潮的形成，除了受俄国虚无党人的启示③，社会媒体的大量宣传以外，也是革命党与政府力量对比过于悬殊不得已的选择④。这些时代风潮对小说创作不会没有影响。这反映在文学作品中，便是豪侠主体的传奇大量涌现。

武术热和尚武精神为武侠幻梦提供了更多的幻想资源和更高的关注度，使人们更加热衷于武侠小说的创作与阅读。文化氛围的成熟、读者的热衷以及武术知识的普及都促使武侠小说高潮的到来。

三

中国近现代通俗文学本是伴随着市民阶层而发展起来的，虽得力于时代

---

① 中国近代史资料丛刊《辛亥革命》(二)，上海：上海人民出版社 1956 年版，第 445 页。

② 《熊烈士供词》，见中国近代史资料丛刊《辛亥革命》(三)，上海：上海人民出版社 1981 年版，第 241 页。

③ 20 世纪初，中国知识分子对无政府主义的介绍主要集中在虚无党的暗杀活动，暗杀俨然成为无政府主义的精髓，认为暗杀是革命的捷径。这种观念在当时广为流传。

④ 参看陈平原：《晚清志士的游侠心态》"暗杀风潮之鼓吹"，见许纪霖编：《20 世纪中国知识分子史论》，北京：新星出版社 2005 年版，第 187 页。

风潮,但其主要的文学功用还是侧重于趣味性、娱乐性和可读性。武侠小说亦如此。武侠小说的娱乐性十分突出,叙事的程式化,故事情节的俗套化,人物的模式化,善恶分明的道德取向,都确定了武侠小说的通俗性。正是因其所具有的通俗性,武侠小说体现了大众审美的流行趣味和大众文化精神,从而具有独特的文化研究价值。武侠是在对"尚武新国民"的呼唤中兴起的幻梦,可是在整个 20 世纪中,这一幻梦却是备受排斥贬责的。固然,这种否定性评价是在对通俗文学的功利性否定认知框架之内的一种否定,但是也有针对这种幻梦的剖析。

研究者对武侠小说的批评很多,结论都集中于武侠小说是封建社会的白日梦,是具有超越法度之外的不安定因素,和法制社会相抵触等方面。如郑振铎的文章《论武侠小说》,他认为武侠小说流行"最重要的原因之一,便是一般民众,在受了极端的暴政压迫之时,满肚子的填塞着不平与愤怒,却又因力量不足,不能反抗,于是在他们的幼稚心理上,乃悬盼着有一类超人的侠客出来,来无踪,去无迹的,为他们雪不平,除强暴。这完全是一种根性卑劣的幻想;欲以这种不可能的幻想,来宽慰了自己无希望的反抗的心理的。"所言不谬,武侠幻梦正是如此的一种心理抚慰,但他认为这一幻梦"使本来落伍退化了的民族,更退化了,更宴安于意外的收获了。他们滋养着我们自'五四'时代以来便努力在打倒的一切卑劣的民族性!"①他认定这一幻梦是"鄙劣"的,而且还不利于国民性的重塑。这种定论就有些偏执了。瞿秋白在 1932 年的《大众文艺的问题》中说:"青天大老爷的崇拜,武侠和剑仙的梦想,无形之中对于革命的阶级意识的生长,发生极顽固的抵抗力。"②茅盾也写了文章《封建的小市民文艺》来严厉批评否定武侠小说③。1949 年之后,武侠小说作为"反动的,淫秽的,荒诞的图书,事实上已经起了并正在起着帝国主义和蒋介石匪帮的

①　郑振铎:《论武侠小说》,见《海燕》,上海:新中国书店 1932 年版。
②　瞿秋白:《大众文艺的问题》,《文学月报》1932 年第 1 期。
③　茅盾:《封建的小市民文艺》,《东方杂志》第 30 卷第 3 号,1933 年 2 月 1 日。

'第五纵队'的作用"①。在这种褊狭的认识下,在大陆长达 30 年的时间里,武侠小说作为精神鸦片被禁止,几乎见不到。陈平原在《千古文人侠客梦》中也指出武侠小说的盛行"不只无意中暴露了中国人法律意识的薄弱,更暴露了其潜藏的嗜血欲望"。他认为这是"心理的某种缺陷",甚至与"文革"相联系起来②。所论不无道理。但是嗜血性欲望不是中国人的特有的心理而是一种人性的普遍心理。侯健更是直接地在《武侠小说论》中指出武侠小说会带来不良的影响,一个是惰性,走捷径、抄小路、喜逸恶劳;二是残酷心理。③ 这些看法代表了长期以来精英知识分子对武侠小说的价值判定。这种判定是一种国民性话语的阐释,多少有些殖民性话语霸权的味道。"文学是改造国民性的利器"的这种价值认知立场,使精英知识分子更为关注文学娱乐性所带来的负面效应,如麻痹效应、愚民效果等消极性。但是,作为一种大众文化,其娱乐功能决定了它的消费性,我们不能以单一的知识分子人文立场来要求所有的艺术作品都必须肩负起严肃而沉重的社会使命,而应以更为宽容的多元化的审美角度来理解并引导大众艺术的发展,提升其艺术水准和道德情操。在一定程度上,还要保护享乐的合理性,重视艺术的娱乐性。在 20 世纪一些精英知识分子重写实轻想象,重科学轻幻想,重思想功利轻审美趣味,从而对于幻想小说这类大众文艺有着偏见,也就很难客观全面地认识武侠小说了。

其实,武侠小说最为凸显的是侠义精神。这是中国传统的人文精神和美德。侠义精神所代表的助人为乐、信守承诺、不畏强权、慷慨轻财等品质是民众共同遵奉的道德标准,能够极大地唤起民众的爱国爱民的仁义心、责任感,有利于民众树立一种现代公民意识和自由平等的观念,自觉地维护人格尊严、正义公理和社会秩序;同时也鼓励民众强身健体,培养积极向上、坚强正直的

---

① 载 1955 年 7 月 27 日《人民日报》,见《二十世纪中国小说理论资料》第 5 卷,北京:北京大学出版社 1997 年版,第 125—126 页。

② 陈平原:《千古文人侠客梦》,北京:新世界出版社 2002 年版,第 129 页。

③ 侯健:《武侠小说论》,《文学思想书》,台北:皇冠出版社 1978 年版。

性格,追求完美理想人生。这些都能净化社会风气,形成良好的道德氛围。从这种意义上看,武侠小说具有相当积极的意义,对于铸造民族个性和将中国的民主形象推广具有重要的作用。但是,精华与糟粕共存本就是大众文化的特质,我们应该客观地认识而不是夸饰或极端贬斥。

武侠小说主要是满足大众的消遣娱乐需求,其创作中心自然也就在人口密集的大都市,如上海、北京、天津、台北、香港等地,在这些商业发达的地区,小说的商品化,尤其是通俗小说的商品化就不可避免。武侠小说作为一种娱乐消费商品,必然就与"金钱"拉上了关系。这也就是新文学批评通俗文学的死穴:"金钱""游戏"。金庸自己就说:武侠小说虽然有一点点文学的意味,基本上还是娱乐性的读物。① 武侠小说家们注重的是小说是否畅销和读者的趣味,并不很关注小说的教诲功能和思想性及政治意识形态等问题,因为此期的武侠小说家多是以文谋生,市场规律大于文学追求。武侠小说迎合了大众侠客崇拜的心理需求和听故事的欣赏习惯,书商和作者就通力合作,大规模进行创作生产,于是就流行开来。很多不写武侠小说的创作者也开始创作武侠小说,因为金钱的利益而趋之若鹜,尽管作家也有很多不情愿。也因此,武侠小说的创作量极大,如一部《蜀山剑侠传》就在连载中出版了55集近400万字。只要读者喜欢就要写下去,因为读者需要侠客陪伴一段时期,作家也乐于在鸿篇巨制中极尽曲折之能事,挥洒才情。当时的出版业也需要连载来稳定销售额。可见,武侠小说的发展与商业社会密不可分。

作为一种大众文化,武侠小说究其实质就是在现代工业社会中所产生的与市场经济发展相适应的市民文化,其满足大众英雄崇拜和拯救心理的武侠幻梦必然地成为都市市民的一种精神消费品。武侠幻梦才会在20世纪的小说中翩翩飞舞,荧光闪闪。现今,文化消费已经成为对于人的各种世俗欲望的肯定表现,人们在文化的消费中放松身心、回归自我、释放人性。武侠小说承

---

① 参看《金庸访谈录》,见《诸子百家看金庸》,台北:远流出版公司1987年版。

载着中国人的传统精神文化内涵,将社会、历史、人生等各种思考感悟融合一起,将爱情、亲情、友情、民族矛盾、国家责任、性爱等都进行了全新的演绎,并且追求一种富有趣味性的深度的梦幻表达,这些都促进了武侠小说的发展。

现代武侠小说不仅承载着中国古老的民族记忆,又容纳着不断变化的时代内涵,不断超越文学领域而成为一种新型的精神资源和审美趣味,融入到各个文化领域,成为信息时代的重要文化资源,如影视艺术、动漫艺术、电子游戏等都大量地吸收借鉴武侠小说的思维模式、审美元素和内容,体现着武侠精神和大众的消费趣味。武侠小说本身就具有的善恶道德标准、追求社会正义的人生理想、二元对立的简化思维模式、充满动感的武打元素、易于言情的叙事情节等都契合了多种文化艺术的需求而备受青睐,如武侠电影的成功(《卧虎藏龙》《英雄》《无极》等)就是非常典型的案例,以至于国外的制作公司也开始在中国武侠小说中寻找创作灵感,如《功夫熊猫》《花木兰》等,更不用说电子游戏中层出不穷的武侠了。

第二节　武侠的幻想世界

在中国小说史上,武侠小说最早滥觞于先秦两汉的武侠篇章,如韩非子讲"儒以文乱法,侠以武犯禁";司马迁的《史记·游侠列传》,讲述出身下层,违章抗法,重仁义,重信诺,重恩仇,恶欺凌的游侠,虽重史的叙述,却多有文学的描述。先秦两汉,游侠受诸子鞭挞,武侠篇章很少。后是六朝武侠篇章。六朝社会动荡,以武挟人,放荡不羁之流,无好坏之分的侠客甚多。干宝的《搜神记》,去掉神怪部分,就是地道的武侠。刘义庆《世说新语》中亦有记载侠客的篇章。然后是晚唐武侠传奇,武侠小说随着唐传奇的发展而成型。从李白"十步杀一人,千里不留行"的诗句可见唐代的游侠之风盛行。唐代社会生活日趋复杂,侠义概念也更为宽泛,凡有武功,不分男女老幼,不论隐迹或浪迹山林江湖,以武行事皆称侠。唐人笔记小说的武侠篇章中,康骈的《剧谈录》里颇有佳作,但相比唐传奇要逊色得多。唐传奇的各种写法及其塑造的各类侠客,都影响到了后世武侠和元明清戏曲传奇。宋初李昉等所编撰《太平广记》卷一九三至一九六,特将十八种唐传奇列入"豪侠"类,便可看出武侠小说同唐传奇之间脉络相通。这些描写豪侠之士及其侠义行为的传奇作品,内容涉及扶危济困、除暴安良、快意恩仇、安邦定国等方面,突出豪侠人格的坚韧刚毅和卓尔不群,武功的出神入化,功业的惊世骇俗,由此展现出一种高蹈不羁、奔腾流走的生命情调。唐传奇中的武侠类,其成就很高,如《甘泽谣》之《红线》(袁郊,被称为中国第一部武侠小说),《传奇》之《聂隐娘》《昆仑奴》(裴铏著,其中聂隐娘的武功训练方式对后世影响极为深远),《集异记》之《贾人妻》,薛调的《无双传》等,都是较有代表性的作品;而传为杜光庭所作的《虬髯客传》,更是晚唐豪侠小说中成就最高的一篇。

　　接下来是宋元话本武侠。宋元说话艺术的内部分化,使武侠小说作为一种特殊的文学样式从小说中独立出来;如《李从吉》《十条龙》。宋元笔记小说中的武侠篇,无甚发展,逊于唐笔记中的武侠篇。然后是明代章回小说中的武侠内容,如《水浒传》。《封神演义》是一种幻想型武侠小说的集大成者。宋元明时期,社会动荡不安,大量下层人民铤而走险,结义斗争,武功也因之为群众所掌握,英雄豪侠的行为更成为具有群众性的好汉行动,从而冲淡了剑客的神秘色彩。唐人传奇树立了文言"武侠"的典范之后,经五代至宋朝,在题材上并没有什么突出的发展,多是对唐传奇的模仿。但这一时期在文学史上却有着重要意义,在语言上具有开创性的意义。"说话艺术"在民间广泛流传,这种白话小说与后来的武侠小说颇具渊源。在主题方面,如宋罗烨《醉翁谈录·小说开辟》所言:"有灵怪、烟粉,奇传、公案,兼朴刀、杆棒、妖术、神仙。"而这些也是后来的武侠小说所喜用的。不管是何种题材,都往往以爱情或公案作为叙事的焦点。爱情故事,不仅在当时很受欢迎,即使在现行的武侠小说,爱情因素也是重要的看点。美女与侠士之间的感情纠葛,永远是武侠小说吸引人的地方——因为爱情是一个永恒的话题。无论是现代武侠小说中的巨擎金庸先生,还是海外一直风靡的武侠作者都以情爱织文,感人的爱情情节往往有意想不到的效果。在这个方面宋元话本则有突出的贡献。

自宋以降,文言武侠逐渐衰落下来。白话公案、侠义小说则成了中下层劳动人民喜闻乐见的文学式样。于是白话小说在明清时期盛行起来,当然其间也有不少文章仿照唐传奇创作,但并非主流。诸如:李昌祺《青城舞剑录》、宋濂《秦士录》、宋茂澄《刘山东》及乐宫谱《毛生》等,皆有可观。然而武侠小说到明清时,则多是以话本形式出现的,如清时在《包公案》基础上演绎成的《七侠五义》《小五义》以及《儿女英雄传评话》等,它们奠定了武侠小说的基本形式和模式,但得到真正发展并呈现出一种繁荣现象,却是民国期间的事。

最后是武侠小说的出现。为了解决晚清的社会生活矛盾,体现底层人民意愿的英雄侠士和体现市民上层理想的清官奇妙地在小说里结合,以集合的方式反映了晚清社会的世俗愿望。自石玉昆的《三侠五义》之后,各种文人长篇武侠竞相出现。如俞樾的《七侠五义》,无名氏的《小五义》,文康的《儿女英雄传》,这标志着中国武侠小说形成了稳定、独立的存在形式。

武侠小说充满了天马行空的想象,传奇的故事以及各类美貌女子和英俊少年,拥有非凡的武功,行走于江湖,不食人间烟火,谈情说爱,恩怨相报,义肝侠胆,为民除害,等等。但是这个武侠世界并不是荒诞不经的随意乱想。好的武侠小说,总是透过这个梦幻世界来书写历史和社会的人生百态,体现出丰富复杂的现实内容,曲尽人情世趣,悟得人性奥秘。

一 江湖的幻想

武侠小说中有一个化外世界,就是与现实存在的主流世界相对的"江湖",或者叫"武林",从社会学角度考察,也就是一种"亚社会"。在这个想象世界里充斥着武功、秘籍宝典、艳遇、巧合、魔头、怪客、宝藏、灵丹、神医、奇情、奇特怪异的花草鱼虫兽禽、刀剑利器、高山大漠、美女俊男……这个世界很神秘,迥异于我们熟悉的日常世界。侠客们行走于这个自成一体的浪漫世界,演绎着一个个浪漫传奇,吸引着无数好奇的读者为之向往,神魂颠倒。那么,这个想象出来的江湖到底是怎么样的一个世界呢?

"江湖"本来统指江河湖泊,狭义指的是洞庭湖和长江,后泛指五湖三江。在文人墨客寄情山水、逍遥遨游的想象中,"江湖"渐渐隐去了自然地理的词义,有了独特的文化内涵。例如,范仲淹的《岳阳楼记》中有"居庙堂之高,则忧其民;处江湖之远,则忧其君",杜牧的《遣怀》中有"落魄江湖载酒行,楚腰纤细掌中轻"等论述书写,于是"江湖"成了隐士所居之处所,常与"山林""岩穴"通用。其实隐士常与政治相关,他们或失意于庙堂,或不愿受世俗官场之拘束而隐居。这些人通常属于士阶层,隐居是一种与正常社会的入世相对的出世生活状态。但是,武侠小说里的"江湖"主要不指"隐士社会",而是指与正统社会相对立的秘密社会即"亚社会"。现实生活中的教门、会党、帮派等江湖秘密社团组织的活动给武侠小说提供了大量想象素材,以此为基础,人们想象出这样一个法外世界,一个理想社会,任侠客们在此自由驰骋,快意恩仇。在这个社会中有各色人等,有各类社团群体,有自己的道义规矩,甚至有自己的一套语言。这个"江湖"世界寄生于正常的社会里,充满了神秘色彩,这色彩又浸染于江湖道义、江湖组织和江湖人物身上。这里所说的江湖人物主要都是社会游民,来源复杂。他们出自三教九流,或身怀绝技,有谋生之能,或居无定所,流落为鸡鸣狗盗等,形成了一个社会边缘层。作为侠客,武侠小说的主人公多放浪形骸,浪迹天涯,是一群不入庙堂的游侠,他们当然应该生存于这样的"江湖世界"。于是,武侠小说就在此基础上想象出一个别称"武林"的"江湖",而当主人公们行侠仗义的目的达到之后,他们往往又归隐于那个隐士居住的"江湖",不知去向了。

武侠小说是最重要的江湖文学形式,它从各方面反映了江湖现象和它的神秘性。就文学渊源考察,至迟在唐人传奇和宋人话本里,作为游侠义士的生存环境,"纸上江湖"就已出现了。但是学界一般认为,直到民国时期平江不肖生的《江湖奇侠传》,才有意识地把展示"江湖"百态作为全书的主要任务。

如果说《江湖奇侠传》里的"江湖"浸润着湘楚巫风,比较远离人间,那么同一作家所著《近代侠义英雄传》则披着野史书写的外衣,展示了一个同样光怪陆离的"人间江湖",它就隐藏在近代中国的城乡之中。在今天,尽管许多传统的江湖文化现象已不存在,但它们的吸引力却有增无减。尤其是现代新派武侠小说大家如金庸、古龙等,在他们的笔下又独具新意地描写了一种广阔的江湖生活,从而创造出一种文本幻想,可以叫做"案头江湖"或"纸上江湖",引人如痴如醉,流连忘返,成为名副其实的"成年人的童话"。

"江湖"作为侠客的活动背景,在唐代传奇中就以远离庙堂为其特征。在宋明话本拟话本中,则频繁出现了黑话、蒙汗药、朴刀杆棒、诨名绰号(而且前面多有"江湖人称"四字)等"江湖细节"。到了清代小说,"江湖"一词使用更广,以致许多侠义传奇都以"江湖"命名了。就这样,经过无数说书人和小说家的渲染、想象、描述,"江湖"渐渐成为一个与现实世界相隔绝的、独立的、想象出来的文学世界。在这个世界里,正邪对立,伸张正义、惩恶扬善成为侠客尊奉的基本行为原则,修炼武功是基本的人生方式。侠客们远离人间烟火,至善至情,至纯至真,崇尚侠义。这个江湖寄托着民众对公平正义的信念和期待,是一个道德化的世界。在这里,现实世界的政治、军事、社会、民族等复杂矛盾被简化为二元的善恶对立,解决问题的方法就是武功较量,亦即"零和游戏",把争端的解决还原于最原始的生死较量。这个世界里,没有吃喝拉撒的烦恼,没有柴米油盐的琐碎麻烦,更没有繁多的行为规范和禁忌,只有天马行空的流浪和追寻,只有英风侠骨和痴情爱恋。"江湖"成为小说家和读者心目中的被理想化的"乌托邦",表达了国人潜在的对自由平等人生的强烈向往和对自我精神超越的追求。

武侠小说中的"江湖",通常可以分为两大类:一类是仙魔神怪出没的"宇宙江湖",还有一类就是借助于历史事件、人物想象出来或干脆纯虚构出来的,并无神怪仙魔的"人间江湖"。

其实每个作家都有自己的想象中的"江湖"。譬如还珠楼主的神魔宇宙江湖,驰骋于千百年前和千百年后的广阔时空,充满了神驰八极的想象,罕有匹敌。他的著作分为两大部分,其一为"出世武侠"即仙魔小说,叙仙魔二道为抗御四百九十年一遇之"四九天劫"而行动(其中修成"地仙"者,还需抗御一千三百年一遇之"末劫");其二为"入世武侠",叙"天劫"过后,残留于人世的少数"剑仙""准剑仙"与人间侠客共同除暴的故事。《蜀山剑侠传》洋洋五百万言,直至停笔,"四九天劫"尚未"降临",而《蜀山》还在连载的同时,作者的多部"入世武侠"作品就已陆续问世了。以"武器""法宝"而论,书中涉及空、陆(包括地底)、海(包括水下)三域的"运载武器","自动寻的武器","能量武器",遥控声、光"侦察通讯武器"等。论者曾经指出,第二次世界大战中的新式武器,几乎皆被化入书中;应该补充指出的是,第二次世界大战后出现的许多尖端技术成就以致科幻意象,亦每为其著作所包容。然而,这一切又都出于"即色游玄",使"有""无""物""我"能够建立任意联系的玄学思维路线。以"即色"言之,使神话带上了某种科幻色彩;以"游玄"言之,使"物理"转化为"会心所及"、光怪陆离的意象。

白先勇在读他的小说之后感慨道:"还珠楼主的大著《蜀山剑侠传》,从头到尾,我看过数遍。这真是一本了不得的巨著,其设想之奇,气派之大,文字之美,冠绝武林,没有一本小说曾经使我那样着迷过。"①着迷的不止白先生一个。"在40年前的中国通俗文学界,还珠楼主的大名,真是妇孺皆知。他的读者,上至名公巨卿,下至贩夫走卒,莫不一卷在手,废寝忘食。即在今日,中年以上的'还珠迷'仍念念不忘他的成名作《蜀山剑侠传》,对其出入青冥的玄思妙想、如火如荼的魔幻笔力,以及浩若烟海的博学杂识,在拍案叫绝,叹为观止。"②

《蜀山剑侠传》是建立在一个由神仙鬼怪花鸟鱼虫构成的虚幻世界中的

---

①　白先勇:《蓦然回首》,见《第六只手指——白先勇散文精编》,上海:文汇出版社2004年版,第53页。

②　凌云:《记〈蜀山剑侠传〉作者:还珠楼主》,(香港)《春秋杂志》1987年第714期。

幻想故事,其作品无不充满了奇思妙想。故事由大侠李宁父女亡命江湖开篇,从江湖侠客恩怨情仇进入仙魔正邪斗法,塑造了一系列个性鲜明的正面、反面和亦正亦邪、邪中有正、正中有邪的人物。对于他的幻想世界,我们不妨引用20 世纪40 年代他的老朋友徐国桢(眉子)所撰《还珠楼主论》中的如下论述加以概括:

> ……与其说是小说,不如视为神话。不过这种神话,并非古代流传下来,而是出于他的创造罢了。……

> 在还珠楼主的笔下:关于自然现象者,海可煮之沸,地可揿之翻,山可役之走,人可化为兽,天可隐灭无迹,陆可沉落无形,以及其他等等;

> 关于故事的境界者,天外有天,地底还有地,水下还有湖沼,石心还有精舍,以及其他等等;

> 对于生命的看法,灵魂可以离体,身外可以化身,借尸可以复活,自杀可以逃命,修炼可以长生,仙家却有死劫,以及其他等等;

> 关于生活方面者,不食可以无饥,不衣可以无寒,行路可缩万里成尺寸,谈笑可由地室送到天庭,以及其他等等;

> 关于战斗方面者,风霜水雪冰,日月星气云,金木水火土,雷电声光磁,都有精英可以收摄,炼成功各种凶杀利器,相生相克,以攻以守,藏可以纳之于怀,发而威力大到不可思议。①

《西游记》以唐玄奘为主要人物,《封神榜》以周武王灭纣为演述题材,虽然缺乏真实性,多少有些依附。还珠楼主的神怪小说,完全脱离正史,完全用他自己的玄想为主,海阔天空,无奇不有,随意所之,怪不堪言。用神怪的范围作比较,《封神》《西游》犹属小神怪,《蜀山》《青城》才是大神怪。看过《蜀山》《青城》,觉得《西游》《封

---

① 　眉子:《论还珠楼主及其作品》,(香港)《大成》1974 年第9 期。

神》，笔墨的运用不够肆畅，玄想的幅度不够广远，法宝阵势的应用和布置不够新奇；总而言之，有些拘谨的感觉。……还珠楼主真是大手笔，从他的作品文气而观，一口气就是数万言一泻而下，确有长江大河，怒涛汹涌，奔流激荡的阔壮姿态，奇中逞奇，险中见险。那种莽莽苍苍森森浩浩的气息，在别部章回小说中，是不大容易觉察到的。……①

徐国桢用高度浓缩的笔墨，将还珠楼主幻想世界的神奇性及其气势概括了出来。对武侠小说深有研究的台湾叶洪生，则这样评价还珠楼主："持平而论，还珠楼主以其绝代才情、慧思妙语将中国儒、释、道三家思想融入武侠小说之后，乃把江湖或武林所描写的有限时空，扩展为宇宙或世界的无限时空，因而鸢飞鱼跃，一片天机！文字想象力与创作自由遂得发挥到最大之余地，它不仅直接影响到 30 年代的武侠名家郑证因与朱贞木，更是抗战时期及其前后反映出乱世中国社会世态的一面盈盈宝镜：'说真便真，说假便假，随心生灭，瞬息万变。'"

从以上这些评论中，我们对还珠楼主的想象世界似乎可以得出如下结论：还珠楼主的江湖化外幻想世界既是无法模仿的"绝唱"，又是承前启后、继往开来的"砥柱"。他将武侠小说提高了一个层次，开辟了一个新境界。在他的幻想世界里，完全脱离正史、远离尘世、借尸还魂、移山倒海、长生不老、六道轮回、飞剑杀人、口吐光束、怪物毒蛇、奇花异草、仙境神域等通通都被具象化了，形成一个结构宏伟、气势磅礴、奇幻瑰丽的世外仙境。这种幻想笔法对后世的武侠小说的发展具有深刻的影响。同时，也改变了中国小说总是依傍历史的叙事方式，将幻想作为小说的叙事方式加以强调。

如前所述，这类民国武侠幻想小说的先行者平江不肖生的《江湖奇侠传》，其中的"江湖"也相当神奇怪异，书中仙、侠并存，道术、法术、巫术与武功

---

① 眉子：《还珠楼主的写作论》，(香港)《大成》1974 年第 10 期。

技击并存,世外的超现实世界与世俗的江湖社会并存。所写人物,包括"剑仙"、侠客、乞丐(该书可能是最早详述"丐帮"的武侠小说)、僧尼、巫师、盐枭、猎户、苗峒法师、茅山道士……三教九流,五光十色,亦构成了一个无边际的幻想世界。

但是,还珠楼主这类江湖太过仙气,不是一般小说家能幻想得来的。在那种宇宙江湖中自然是上天入地无所羁绊的,但是这一类江湖也少了许多人间烟火味。

于是我们的目光转向另一种江湖即"人间江湖",它虽也充满着幻想,但离现实毕竟更近一些,而且同样令人神往,比如金庸笔下的江湖,武林高手有东邪西毒、南侠北丐、中神通之说。网上甚至有人列出金庸武侠小说的年谱,即他所有作品中涉及的人物事件的时间,从公元前483年西施入吴到1780年旧历三月十五日苗人凤和胡斐的决战,详尽周全,俨然是一份真实有据的武侠历史年表。金庸所写小说展开情节的背景,多由人间江湖提供廓大的想象框架,而在具体叙事中,江湖又是由各个具体场景来表现的。人间江湖的典型场景通常都离不开大漠荒山、寺院道观、悬崖洞穴、冰川雪山、荒岛湖泊、大海奇域等自然风光。另一位香港武侠名家梁羽生的小说也是如此,以致他的作品竟有"冰川系列""天山系列"之别。这些场景构成了侠客的主要活动地域,是他们展示武功的重要场所。

首先,这是侠客们习武的一种必需条件。侠客武功的高强是"人间江湖"武侠小说必要的叙事元素。在获得这种高强武功的过程中,不论是自我修炼还是高人传授或是意外获取,都要有隐秘的安静的场所。唯有此等场所,才会有异乎寻常的高人存在或者武功秘籍藏匿,自我修炼更是怕人打扰,要心无旁骛才能参悟至高武功的精髓。因此,梁羽生《萍踪侠影》中的张丹枫、金庸《神雕侠侣》中的杨过,都是在隐蔽的山洞或神秘的古墓中习得盖世武功的。

其次,这是故事情节发展的重要场景设置。比如,侠士坠入悬崖或洞穴的情节设置,往往是他们另一个奇遇的契机,或遇高人相救、或遇美貌女子与之相恋、或获武功秘籍、或得到某种增强功力的奇物珍宝,等等。《神雕侠侣》中杨过与小龙女的悬崖下重逢可以视为此类契机的典型。悬崖洞穴可以使故事情节发生陡转,产生柳暗花明的叙事效果,以致成为武侠小说的一种叙事套路。

再次,这又是打斗炫武的必要场所。侠客们武功高强,比武打斗不可能局限在一般空旷之地,大漠荒野,开阔辽远,自然容易让他们打得天昏地暗;崎岖险境也就容易显示出他们武功的非凡。天山之冷、雪山之寒、荒岛之远,都是侠客往来天地、无拘无碍不可忽略的因素,唯此方能写出侠客的超人之处。苍茫的天际荒野之中,行走着寂寞孤独的侠客,使得武侠小说充满了荒原悲凉的审美特色,壮阔而悲壮。

最后还有就是:侠客之间,或者"白道""黑道"之间,或者"好人"与并没坏到极端的敌人之间,打斗拼搏,将生死置之度外,视杀人为日常儿戏之时,自然要有慈悲为怀的佛道大德来化解。于是寺庙道观、高僧老道这些佛道意象,在武侠小说的刀光剑影中也频频出现。当然,和尚道士本就是方外、法外世界的成员,寺庙道观本也就常建于名山大川之间;少林、武当这类佛教道教名胜所在,通常也是武林圣地,武林至尊、世外高人经常到访,各大武林门派经常云集,也就理所当然频频出现于江湖之中了。

为了取信于读者,武侠小说通常都会在"江湖"的虚拟设定中,以写实的笔法来具体描绘人物事件细节,比如姚民哀的会党小说,写了大量的江湖秘诀、豪侠轶事、帮会组织、黑话"海底"等,几乎可以把他的小说作为民俗资料来读,从而非常深入地了解中国黑社会的内幕,它们从一个独特角度强化了"人间江湖"的魅力。平江不肖生在《江湖奇侠传》中写了很多奇异的风土人情,这种写法也有将"江湖"幻想坐实的作用,给武侠的存在提供了合理性和逻辑性。很多武侠小说还都拥有自己的"江湖排序",按照武功高下来为人物进行座次排序,争夺武林至尊宝座也常成为故事情节的发展动力。例如司马翎的《帝疆争雄记》,记载了武林"太史公"编制的《封爵金榜》,将武林人士依照公、侯、伯、子、男来安排高低位置;古龙的《多情剑客无情剑》中的"江湖百晓生",也给武林人士以《兵器谱》的形式进行排名:天机老人的天机棒为第一,上官金虹的日月双轮为第二,小李飞刀为第三,等等。不仅如此,"人间江湖"还有议政的最高权力组织——武林大会。这些书中武林人士自行编制的记录、自行建构的历史和组织,显示出江湖武林并非一个真正的化外世界,而是一个有秩序、有层次、有历史的,有与真实社会相同的运作原则和伦理价值的场所,只是一个是公开寻常、有法度的社会,一个是隐秘封闭、以武功和恩怨为规矩的江湖而已。

本质上,江湖即人生,因而也才有"人在江湖,身不由己"一说。江湖如此凶险,又怎能实现自由往来?! 武侠小说建构的江湖世界,原来是表达长期受封建礼教束缚的国人对于敢说敢做、敢杀敢打的自由人生的向往,是一种精神的解脱、释放和超越。

二、 武功幻想

侠客之为侠客,是因为他们身怀武功,可以行侠仗义。"武功"在武侠小说中是至关重要的一个因素。首先这是读者的兴趣所在。读者如果喜欢爱恨情仇则可以去看言情小说,大可不必在打斗中纠缠情爱恩怨,但是人们就是喜欢看侠客快意恩仇,杀伐掳掠,在打斗中腾转挪移。这自然与中国人的看客心态、嗜血心理、尚武精神、武术传统等有关,但武功展示本身的精彩也不容忽视。武术虽为攻防之术,但有很大的表演性艺术感。武侠小说以文字来展示武功的神奇美妙,也就很能吸引读者,尤其是借助幻想,将各种武术技击技巧加以文学化、神秘化,更使武功本身成为武侠小说最重要的一个幻想意象。其次,武功也是江湖人士的生命意义和存在价值所在。没有武功的人在江湖行走几乎是不可能的,而且几乎所有的武林人士都以获取至高武功为人生价值的实现,就是死都要死在武林高手手下才有身份,如金庸的《笑傲江湖》,令狐冲在陷入绝境时想:要是死在武林高手手下,"倒也心甘",他害怕、担心的,就是死在无名小辈之手。侠客们通常置生死于度外,却很恐惧死于武林鼠辈手下而陨灭一生的英名。因此,获得武功秘籍、修得至高武功、拥有稀世武器或者增加功力的宝物,也就成为许多作品里武林江湖侠客的人生追求。

即便如此,在武侠世界中"武"还是要放在"义"之后的。《江湖奇侠传》就称:"江湖上第一重的是仁义如山,第二还是笔舌双兼,第三才是武勇向前。"(第9回)《鹿鼎记》中的韦小宝作为另类异侠,不仅武功肤浅,而且习性低俗,好色爱财,但是,这些却并未影响他展示大仁大义、为国为民的"侠"气,使之成为一个有缺点的英雄人物。所以,"武"固然是行侠的一种方式,是侠客人生哲学的一种表达,习武的过程就是侠客的人生成长过程,但其应该达致的最高目的却不是"武",而是"义"。

通常武侠小说家幻想的武功可分两类:一类是神魔仙道的法术神通,诸如口吐白光、飞剑杀敌于千里之外,身剑合一、顷刻之间上天入地,设置法禁、困敌于无形之阵等;另一类就是凡胎肉身练就的打斗能力。前者的法术以及驾驭法宝的能力,依靠的是仙术修行而来(邪派则另有修习邪术的途径,它与正法的根本区别在于归根到底损人而不利己),这些途径、方法稀奇古怪,虚无缥缈,若非视为"童话",难免令人觉得太过虚空;而后者则主要涉及内功外功、拳术技诀、刀剑武器、点穴、暗器、毒药等,比较真实可信。新派武侠小说在这方面正确地把握了某个界限,所写武功既超凡脱俗又不离人间,不因其过实而令读者失去兴味,又不因其过虚而失去可信度。它是超人的武功,但又不是神仙鬼怪的法术,所以写得相当成功。这也是武侠小说至今依然拥有众多读者的原因之一。武侠小说的武功描写从简略到具体,从如实摹写到幻化设计有一个发展过程。

武侠小说中的著名侠客多用剑。剑变化多端,形态俊美,源远流长,适合打斗,也有美感,实在是小说叙事的一个好道具,所以有武当剑、峨眉剑、昆仑剑、倚天剑、七星剑、达摩剑等,武侠作品里按照主人的性情,都配有合适的宝剑,以彰显主人的气度。武侠作家想象出来的剑法更是神出鬼没,数不胜数,什么独孤九剑、辟邪剑法、郎情妾意剑法、太极剑法……令人目不暇接。相比之下，其他的武器如棍、锤之类显得蛮气而缺少美感，因而一般来说，使用者的地位、名气也就没那么显赫了。当然，这些硬冷兵器也是根据人物性格来设计的，还有一些异类的、"非武器"的武器，如琴、花、水等，都是武林高手在修炼、对决的实践中，因其深厚功力而变幻出来的。

使用毒药、点穴和暗器则是另一类江湖本领。武林中毒药多为独门秘方，善施毒者多为奇异高人或反派高手。有慢性毒药，有烈性毒药，有动情就发的情花毒，有发笑就死的笑毒，还有蛇毒、蛊毒等，千奇百怪，名目繁多。中毒者常常为解毒而费尽心机，武林盟主也常以毒控制属下，如《天龙八部》中的天山童姥。对毒物性质的幻想，总是蕴含着某种理念，如嫉妒毒，动情毒，就暗喻着佛教戒律。暗器的种类更是繁多，虽不是光明正大的武器，但总能在不留意之中取胜或反败为胜，暗器促使情节跌宕起伏，每每能增加叙事的传奇性，促进情节的起承转合。飞镖、毒针、铁砂、袖箭等暗器的使用，还能丰富打斗场面的立体感，使比武充满悬念，好看而又好玩。点穴应该是从中医理念中发展出来的，更是神奇玄妙。

武功高强，真正依赖的是功力。"功力"进入武侠小说之后，打斗的幻想层出不穷，隔空取物，飞花杀人，好看的不得了。由此也将武功技击由外在的本领引入内在的修行，由物质层面上升到精神层面，"武功"于是成了"武学"的中坚和根蒂，"内外兼修"成为武学的规范途径。于是"武戏"可以"文唱"，在刀光剑影中透露出深厚的文化内涵，提升了武侠小说的艺术性，也就扩大了武侠小说的读者面。"武功"不仅仅是一种实现侠义理想的方式手段，而且成为一种文化象征，一种人生哲学的象征，习武的过程就是获取人生经验、提升生命价值的过程，习武的至高境界乃与人生的至高境界实现契合。在金庸、古龙等武侠大家的作品中充满了庄、禅意味的武功想象，如李寻欢说："你若不能了解人性，武功也就永远无法达到巅峰，因为无论什么事，都是和人性息息相关的，武功也不例外。"（古龙：《多情剑客无情剑》，第73章），在阐明武功道理的时候,总是有"以无招破有招""无剑胜有剑""修到无我的境界""手中无剑,心中有剑"之类的句子,强调"无剑无我"的至高境界才是武功的巅峰,而这也是佛教哲学、道家哲学的巅峰。这样的武功,蕴含着浓厚的东方哲学精神,也象征着现代人对无物无碍的自由精神境界的追求,更突出了侠客们的主观能动性,使个人的精神力量得到无限强化。

　　武侠小说的武功描写之所以吸引人,一个很重要的原因是出于变化莫测的丰富想象。幻想中的武功当然不是能在传统武术中找到的。这种武功完全是凭想象设计出来的。设计时或根据传统武术,或根据艺术,或根据哲学,或根据主人公性格。金庸笔下的武功,部分是传统武术如少林拳、太极拳、易筋经等的衍想,但更多的是他"自创"的独特"纸上功夫",如洪七公的"降龙十八掌"、小龙女的"玉女心经"、韦小宝的"神行百变"(韦小宝自己则称之为"神行百逃")、陈家洛的"百花错拳"、杨过的"黯然销魂掌"等。金庸作品中的武功比梁羽生的飞动、灵活得多,文化、哲学意蕴也丰厚得多。梁羽生尽管也写得离奇,但偏于一招一式的详细交代,未能褪尽以白羽、郑证因为代表的"民国技击小说"模式;而金庸则多在武功道理上下功夫,使之渐趋虚化即哲理化。例如《笑傲江湖》中令狐冲的"独孤九剑",其要领就不在剑招,而在寻找敌方破绽。书中说:天下武功不论多高明都难免有破绽,"独孤九剑"与众不同之处就在攻敌破绽,整个"招式"都是根据这一哲理设计出来的。古龙笔下的武功更是独特。在他代表性的作品中,高明的武功都是一招定胜负,没有一招一式、攻防交替的繁复过程。但是,古龙写出来的尽管只是一招,却并不给读者以单调的印象。原因是,他虽然没有正面描写交手的全部细节,但从衣饰、色彩、环境、旁人心理感受、战后的氛围、场景等方面极力渲染,侧面烘托,给人以一招含千招万招的神奇印象。如傅红雪的快刀、西门吹雪的利剑、李寻欢的飞刀、陆小凤的灵犀一指等,一旦发出,胜负立决。古龙还总是把武功同佛教的某些玄妙道理联系起来,创造玄而又玄的武功,比如《那一剑的风情》中杨诤最后用来击败狄青磷的"第三把剑"("怒剑"),就是一种似无实有的

"剑"和剑术。从古龙的武功描写中,不仅可以见到传统美学中"神韵派"的意境和日本武士小说里的影子,而且也符合冷兵器实战的经验——从戚继光的《纪效新书》到抗日战争时期"大刀队"的教范,都不讲究"套路"而注重以一招置敌于死地。在《神雕侠侣》中朱子柳以书法入武学,杨过以诗句入武学,都是很有文化品位的一种武功表现形式。

内功的修得,不仅要靠勤学苦练,还要有参悟的灵性,所以机缘、悟性加上名师高人的点化或者武林秘籍的指导,都成为武侠叙事中的关键情节。尤其是武林秘籍,总是引无数英雄竞折腰,如《葵花宝典》《武穆遗书》《九阴真经》之类。这些武林秘籍象征着传统文化的积淀,代表着武侠精神和武学修养,有时甚至成为国家命运的象征。

武侠小说所写武功中,以剑法为最多,刀法其次。单说这些武功及其招式的命名,对于故事的发展和人物性格的塑造就功不可没。这种武功、招式的艺术化描写,对作家的综合素质要求很高,只有在医学、禅学、武学、历史、哲学、心理学、民俗学、地理学等方面都有深厚的学识素养和积淀的、知识渊博的作家,加上丰富的想象力,才能写出好看好玩有意思的武打场景。这实质上是对武侠小说的一种提升,也将通俗文学提升到雅文化层面,为武侠小说注入了新鲜的生命力,并给武侠小说的发展提供了一个方向。

简单的二元对立价值观赋予武侠小说以大众娱乐性,读者不必因阅读而引发沉重的思考和反省,反而会在幻想的世界中放飞想象,满足各种无法在现实世界获得实现的欲望,会带来极强的阅读快感。这就要求武侠小说能够拥有引人入胜的故事情节和热闹的场景描绘,也就是要把故事讲得热闹生动。那么故事情节的设置就非常重要,传奇中要合乎情理,逻辑中要有所转折,神奇中要包蕴现实,总之,既要好看还要可信。因此,武侠小说中总是要杂糅多种叙事元素,其故事情节发展的核心动力是恩怨情仇、家仇国恨、个人恩怨、猜疑嫉妒等,都是推动人物行动的心理因素,从而形成了一些固定的叙事情节模式。这些幻想叙事模式蕴含着丰富的中国传统文化内涵,也是传统小说叙事母题的复现。例如,比武、论武,争夺天下第一,博取武林至尊的武器或秘籍,美女俊男的因爱生恨、奇遇巧合等。带给读者新鲜感的,就是在这些相对程式化的故事情节中丰富的各类幻想元素和情感体验。

千年武侠梦幻,承载着中华民族的精神记忆,浓缩了中华民族的文化精髓,已经成为中国人生活中不可缺少的大众消费元素。它不断地融合、更新、发展,制造着丰富的梦幻,渗透着中华民族的人文精神。

第三部分

20世纪末的幻想

回眸 20 世纪中国小说创作中想象力的释放,世纪末与世纪初出现的两次非写实创作高潮意蕴无穷。"小说"在五四后被圣洁化为一种与商业利益无关的高尚事业,作家被赋予改造国民性的重任,文学作品则成为反映生活、教化民众的工具,因此这时期的文学彻底排斥想象力和浪漫情调,一味强调文学的现实功利性。所幸的是,作家的想象力远超出评者史家的视野。到了 20 世纪 80 年代,文学创作重获自由,出现了大量充满想象力的作品。

放飞幻想自然需要一个王纲解纽的自由时代氛围,只有宽松的社会环境才能表达出人类本性中对想象世界的渴望,发泄出被压抑的欲望。20 世纪 80 年代小说的繁荣,尤其是幻想小说的大量出现正是基于这种社会背景。在经历了政治意识形态的束缚和"文革"期间的荒谬之后,信仰的破灭和权威的崩溃,成为难以遏制的潮流,人们开始觉醒、质询、怀疑、反思,具有强烈反正统的冲动。中国的政治、经济和社会生活等方面都发生了重大变化,文学也结束了"一元化",进入一个较为自由的时期,出现了大量的创新。20 世纪 80 年代幻想小说的兴起,就是从一批作家对于被压抑的人类感性层面的觉醒开始的。先锋小说所注重的感官叙事其深层来源就是欲望的一种宣泄。有的作家借助历史故事、传说,进行象征性或"影射性"的叙述,其意在避免可能招致的政治批判。这类写法也对以后的幻想文学也有所影响。

除了社会因素外,外国哲学和文艺思潮的著作大量流入,成为幻想小说创作多元发展的文学基础。20 世纪 80 年代中国文学的发展,也与国外哲学、文学思潮和著作的大量翻译介绍有密切关系。此前,中国对西方文学完全采取排斥态度,作品的输入对象为苏联和东欧社会主义国家。"现代主义"文学完全被视为颓废、没落甚至反动的代名词。80年代,西方文学、美学、文化学、心理学等的著作被大量引进,方法论引起作家的广泛热情。现象学、存在主义、弗洛伊德心理学、阐释学以及"形式主义"批评、"新批评"、结构主义、符号学、解构主义等,都在80年代文学发展进程中留下了痕迹。比如,1984年进入中国大陆的马尔克斯的代表作《百年孤独》,就给韩少功等中国作家提供了一个文学创作上的范式。韩少功在拉美魔幻现实主义的基础上,试图以象征手法展现中华民族的文化心理,1985年发表的《爸爸爸》《女女女》《归去来》《蓝盖子》等作品,就是以魔幻想象来书写中国文化的作品。

同时,随着中国市场经济的发展,文学迅速地成为消费对象。作为大众文化的一种重要门类,小说创作走下了文学圣坛,肆意地彰显着娱乐性功能,比如武侠小说的走红。尤其是随着商品化程度的加深,小说也被纳入到商业社会的生产序列中,成为一种商品。可以说,经济活动压缩了政治控制的范围和有效性,在带给文学自由的同时,也使得文学艺术昔日显赫的地位一去不复返。从80年代中期开始,文学的发展更呈现"多元"趋势,"严肃文学""纯文学"与"大众文学""消费性文学"的界限日渐模糊,这也对幻想小说的繁荣起到了促进作用。毕竟,幻想小说的娱乐性、消遣性更能满足普通民众的好奇心、神秘感、白日梦等心理需求。

这些社会和文学自身发展的种种因素都促使幻想小说在20世纪末和21世纪初的繁荣。但是,20世纪的中国现代小说已被描述成以写实为基础的一种文学话语,如此,幻想小说的创作将如何定位?曾经被现代写实文学挤压至边缘的非写实在当代文学中竟然成为最具现代性的先锋文学的叙事习规,而且,这种叙事习规在整个人类的历史中始终表达着人类的创造力、好奇心等人性本能。且不说在早期的东西方文学中大量存在的英雄幻想、魔法巫术幻想、武侠剑客之类的小说,单是近几年风靡全球的魔幻小说《哈利·波特》的热销和多部非写实电影如《指环王》《黑客帝国》《功夫》等的热映,无不证实着非写实叙事的幻想艺术魅力。

纵观现代文学的发生,在 20 世纪初期,中国小说充满了奇谈怪论的创新,幻想的世界天马行空,西方的"现实"这个概念还没有进入小说,小说创作的虚构与现实之间相去甚远,是多元化文学发展的初步开放时期。这个时期,是中国文学得以自由发展的幸福时光,传统的、域外的各种因素混杂融合,充满了冒险、探索、尝试的积极创新精神,小说也蕴含着无限可能的发展空间。晚清时期,小说家尚未被"写实主义律条"洗脑,存在现实以各种方式进入小说叙事,形成多种色彩斑斓的文本现实,小说文体在这个时期获得了尝试多种形式的短暂自由,或戏谑、或忧虑、或讽刺、或辩论,体现了中国知识分子要改变积贫积弱的旧中国的焦急心态,也构建了他们对新中国的想象。20 世纪末期,小说重拾幻想传统,在王纲解纽的新时代,肆意张开幻想的羽翅,一方面以及其先锋的实验姿态进行多种叙事探索,另一方面淋漓尽致地倾诉着曾被压抑的各种欲望,成为商业社会中满足大众消费需求的大众文化的重要组成部分。这种幻想小说叙事,打破了传统的雅俗对立,为我们文学史的书写提供了一个新角度。

晚清的幻想主要表达的是中国知识分子对未来的虚幻期待,充满了对现代文明的渴望、对国家民族积贫积弱的焦虑,这是在面对国家民族生存危机的时候的精英立场的功利性直接表达。而当解读世纪末的文学想象时,我们发现这种焦虑没有丝毫的减弱,反而表达得更为深刻、痛苦、焦灼,只是危机感不再是来自民族国家的生存,而是"人"的生存危机。

一方面,20 世纪末的幻想表达着对于人性的沉重的精英思考;另一方面,也表达伴随着工业文明的快速发展和信息时代的来临人们对于科技的未来想象。同时,娱乐性的肆意想象充斥着各类通俗文学作品,表达多元化小说幻想的小众精神需求。于是,"故事"回归到小说叙事之中,不仅在武侠言情的梦呓中畅游江湖人生,在未来科幻世界的描述中经历无限,而且在关注现实的精英文学叙事中"故事"也开始取代传统主流叙事的"性格"而纵横文坛,闪现出诡异的光芒。在此,我们主要论述荒谬性精英幻想小说和科幻小说两个分类。

第八章　精英立场的荒诞幻想

第一节　焦虑的幻想表达

20 世纪初及至五四文学受西方人文主义的影响,强调人的自由平等,强调人性的自然存在和人道主义精神等,但是这种追求在十七年文学创作中受到批判,文学主要为政治服务,成为意识形态的附庸,在小说中"人"受到政治理念的挤压而失去了个性价值,失去了尊严,失去了自然情感,也就没有了人的主体性。这种人性的缺失与西方现代文学中受到物的压迫而产生的人性危机一样,导致人的主体性的丧失。世纪末新时期文学以"文学是人学"的理论建构了人道主义的理想,开始了对"人"的发现和解读。如果说世纪初的文学想象是对发达的现代化国家的"虚幻",以虚构和想象来进行"可感觉到的幻象"的呈现,那么世纪末的文学想象则重在以荒谬性的"魔幻"来呈现"人"的生命价值,表达自我发现、自我塑造。

此期非写实作品充满了魔幻色彩,荒诞而匪夷所思。这类作家在对灾难、死亡、性爱、罪恶等虚构中将人的主体意义解构,观照人道主义的缺少和人性价值、社会规范的崩溃破碎,从极端的角度思考人性的多面性,从而表达出对人性、社会的深刻认识。比如李冯《我作为英雄武松的生活片段》对《水浒传》《金瓶梅》中武松的故事进行了戏拟,让武松在古代与现代、现实与梦幻中游走,仿佛只是在醉意和睡意中发生过一些事情,又好像没有真实发生过,解构了"武松打虎"这一英雄行为。同样,毕飞宇《武松打虎》以说书人的讲述为线索,也突出了这一故事的文本性,就是说这个故事只存在于说书人的叙述和《水浒传》中,消解了经典英雄的存在。而且李冯的武松对别人给他安排的打虎、杀嫂命运并不满意,毕飞宇的武松总是在强调"武松若是活到今天"。古代经典英雄在今天都消失了,不是没有过而是现代人不再相信英雄了,所有的崇高伟大都还原为日常化的内容,"武松打虎"之所以存在,是因为沉没于乏味琐碎的平淡生活中的大众需要这样一个英雄来表达人性深层中"隐秘压抑的淫欲、不可理喻的暴力或彻底的平庸无聊"①。这其实就是对主流传统叙事中"高、大、全"英雄形象的解构,让所谓的神化的英雄回归到"人"。

同样,余华、马原、苏童等作家的非写实叙事也总是充满了非逻辑性、荒谬性和象征寓言,构筑了一个个与常识经验相悖的魔幻世界,以表达他们对于现实世界的纷繁复杂、动荡漂移的感受和对于人性黑暗真实的形而上的思考。比如余华的《十八岁出门远行》,永远在路上的感觉象征了人们在欲望的驱使中不断前行,成为欲望的奴隶,而这正是现代人生存的真实状态。当汽车抛锚有人来抢车上的苹果,"我"为了维护"正义和公理"却遭到抢劫者的痛打,然而此时苹果的主人却不仅不感激我,反而幸灾乐祸。这种荒诞叙事隐含着人与人之间的沟通障碍,揭露出人性深处的黑暗面,同时也蕴含着对道德失范的思考。阅读这类作家早期的非写实作品,其对暴力、血腥、死亡等的迷恋,让人惊悚,其冷漠的叙事态度和荒诞的情节设计更让人压抑恐惧。比如余华的《世事如烟》中90岁的算命先生克死自己的儿子来增寿,60多岁的老妇和孙子同床而怀孕,父亲卖掉6个女儿来获利,还把第七个女儿的尸体也要卖掉。人性的荒谬、残暴、冷酷代替了传统叙事中人伦亲情。这种叙事策略无非是要召唤健康自然的"真人",怪诞夸张的非理性描写就是为了质疑理性世界的逻

---

① 李冯:《创作谈》,《花城》1994年第5期。

辑秩序,从而更深刻地认识真实世界。余华就认为:人类由于自身的肤浅和局限,只有脱离常态的秩序逻辑,才能接近真实。① 因此,此期的非写实叙事策略充满了荒诞、夸张、极端,正是这样的叙事让读者窥视到一个非人的、混乱的、陌生的、可怕可憎的世界,"人"在死亡的阴影中失去了主体性而任命运摆布,表达了这类作家对"人"性的探索,对生命价值的重视,对理想人道主义的召唤。种种魔幻叙事在自说自话的语言游戏中来表达了个体对自我存在的思考,以确立"人"在社会、历史和文学中的地位。

魔幻叙事出现在 20 世纪末不是没有来由的。这是继世纪初之后又一个激荡多变的转型开放时期,西方现代文化和文艺思潮涌入了封闭的中国,迅速与 20 世纪初的文化撞击遥相呼应,成为 20 世纪第二个学习西方文化的高潮。"文革"之后的这一次学习更加全面系统,西方的各种表现流派都逐渐为中国作家所熟悉,在创作中这一代作家开始了一种现代性的文学自觉意识的觉醒和对传统创作的反思。李陀就对于那个时代评说道:"那个文学和文学批评繁荣的时代,在世界历史上都是少见的,恐怕不会再有了。"②在寻找表达新生存感受的探索中,拉美魔幻现实主义给予了中国作家解放汉语言表达方式的灵感,契合了中国文学走向世界的强烈诉求而成为这批富有想象力的作家的选择。"自 80 年代中期以来走红中国文坛的'先锋小说',曾深受西方现代主义和后现代主义文学的影响,尤其是拉美'魔幻现实主义'的感召。"③尽管这类作家所受到的世界文学的影响是多方面的,他们的叙事创新试验是多层面的,但是其魔幻意味在文字中还是非常鲜明。

这种魔幻超现实的想象虚构故事模糊破碎,人与历史在想象中消解,孤独与虚无淹没了存在,荒谬与戏谑在神秘气氛中嘲笑生死,梦与幻境在语言游戏

---

① 余华:《虚伪的作品》,见《余华》(中国当代作家选集丛书),北京:人民文学出版社 2001 年版,第 26 页。
② 李陀:《批评是批评出来的》,《南方周末》2006 年 12 月 9 日。
③ 王一川:《借西造奇——当代中国先锋小说语言的审美特征》,见《外国美学》第 16 辑,北京:商务印书馆 1999 年版,第 50 页。

中表达着寓言的深意,迥异于传统的小说叙事。小说的文本虚构性在这些创作中得以凸现,传统现实主义的文学观念被颠覆,主体感知论使小说跳出主流宏大叙事,而执着于个性化想象力的释放,这就注定了这类小说为了表达新鲜的个人化的体验所进行的语言叙事探险。"80 年代末,一群被称为先锋小说的作家,在传统遭到否定、现实变得朦胧的非理性氛围里,在西方'上帝已死'的虚无的影响下,失去了生活的重心,开始怀疑写作的现实目的,淡化文学传统的本体性,而日益看重文学形式的本体性。他们把叙述的形式和文学的目的性叠合为一,把对叙述形式的追求上升到文学的本体地位,于是叙述的形式受到先锋小说的特别关注。叙述的游戏意义、叙述的直感愉悦、叙述的语言快感,成为先锋小说作家们争相表现的写作目的。"①借助非写实叙事习规此类小说家将 20 世纪西方小说的叙事技术几乎全部演练了一遍,着力于语言的陌生化,苦心经营汉语言表达的丰富性,这就为当代小说的叙事形态提供了多种可能性,为中国新世纪的小说叙事注入了巨大的活力,开启了多元化的小说叙事方式。

然而,魔幻叙事对传统的反叛只是一种形式上的颠覆,本质上小说家叙事的精英立场并没有走远。他们借助魔幻想象和寓言叙事造成读者与作品的距离,颠覆读者的阅读体验,让人"看不懂",表达了他们对现实的拒绝与超越的态度。这种态度是他们面对当下社会寻求未来的一种茫然的焦虑表达,既不满现实又不知何去何从。以往的精英叙事或是直面现实苦难,进行批判,或是反思历史文化,重塑人生信仰以及重构民族文化,无论是哪种叙事模式,叙事者潜意识里都自居为真理的掌握者来对民众进行指导引领。虽然世纪末的小说叙事以魔幻消解意义和价值,嘲弄以往的精英叙事姿态,无论是叙事观念还是模式都与传统大相径庭,但是其创作中浓厚的寓言色彩还是透露出强烈的精英"意义"企图。马原的西藏故事暗示着现实生活的无常杂乱,残雪的梦魇

---

① 毛志强、袁平:《当代小说叙述新探》,《当代文坛》1997 年第 5 期。

隐喻着现实生活的冷漠荒诞,余华的暴力血腥寓含着人类社会的残酷紧张,苏童的还乡情节则演绎了人生的神秘偶然。这些虚构魔幻无不显示出一种对人类生存问题的探索。他们借鉴西方哲学对人微观研究的观念,致力于探求人的深奥莫测的精神世界和非理性生存格局下人的存在状态,同时还以对历史和伦理的双重质疑和颠覆,对根深蒂固的传统文化进行挑战。表面上,这是一种对精英姿态的反叛,诸如不再建构具有普遍意义的意识形态,不再关注现实社会发展和民族文化,不再背负道德责任,等等,实际上,这只是精英叙事从集体经验向个人体验过渡的姿态,其深层依然是对精英立场的皈依,是启蒙的姿态。叙事想象的意义消解只是他们的一种表达策略而已。相对于世纪初对民族国家的虚幻表达,世纪末的魔幻在国家民族危机消失之后则力图指向对未来发展的探索和人类生存境遇的关注。二者都是精英立场的关怀,只是在不同的时代境遇中指向有所不同。世纪初国家民族的存亡迫在眉睫,精英想象表达的是救国诉求,而世纪末重张个性话语的最终目的则是寻回人性尊严和生存自由之路的企图,其精英姿态和立场丝毫没有改变。

世纪初小说想象的焦虑是显而易见的,而在世纪末的想象中,焦灼情绪的表达更为迫切。换而言之,世纪末的文学想象叙事充满了对当下生活的逃离与缝合,对意识形态的反叛与屈从,对权力场域的颠覆与妥协,对政治暗语的憎恨与依恋。确实,此时的中国现代知识分子对中国现代性的焦虑不再来自世纪初的亡国灭种的危机意识,而是来自雄心勃勃地奋进却又寻找不到方向的焦躁不安。他们始终没有放弃对社会文化的关注,对国家民族的忧患。"文革"之后,从禁锢中解放出来的精英痛苦地发觉自己被世界远远地甩在了后面。于是整个中国社会空前努力地开始奋斗,但是当人们把"现代化"这个巨大的能指播撒到各个领域时,被视为目的地的西方文明此时的后现代性的特征却日渐凸显在面前。本来,面对西方发达国家,在现代性进程中屡受挫折的中国社会产生了一种强烈的迟到感和焦虑感,进行现代化、获得现代性成为克服这种焦虑的自觉选择。然而在历史上,从 20 世纪初清末民初的现代化转型一直到 20 世纪 80、90 年代,不仅中国的现代化进程总是充满焦虑感和挫败感,洋务运动、维新变法的失败,救亡危机,致使启蒙运动从未真正实现目的,而且作为学习范本的"西方文明"总是无法掩饰本身的局限与缺失,如经济危机、人性异化等问题让"学生"彷徨无措。独立的民族国家的建立虽然标志着现代进程中的一大进步,但是乌托邦冲动、启蒙的缺失与未完成,都使得中国现代性的获得缓慢而曲折。尤其是新时期,面对现代性传统的断裂,这种现代性焦虑更为强烈。所以当文学想象书写现实时,既要张扬早期现代性中的启蒙理想、理性精神,又希望借鉴西方最"先进""现代"的文学形式,从而使早期现代性、后期现代性、甚至全面颠覆现代性的后现代主义并置在同一段历史时期,使许多复杂的思想文化问题交织在一起,就形成了这种"怪异"的现代性想象。

对现代性的追求和知识分子的精英意识注定了小说家们深藏在内心深处的启蒙情结,20 世纪末的小说家在宽松的社会氛围中肆无忌惮地开始喋喋不休地诉说,欲以寓言故事般的叙述寻找传统民族文化之根,回归并审视中国传统文化自身,如王安忆的《小鲍庄》就试图从四千年的历史与苦难中探寻"仍然屹立着的人生的价值"的原因,将整个中国浓缩到一个小鲍庄进行寓言演绎。他们在政治激情和文学热情浸润下,把怀疑、反叛、颠覆的情绪和思考倾注到叙事实验中,"性"、欲望、非理性等被压抑的真相释放了出来,历史被重新审视,世界呈现出一种迥异于日常生活秩序的面貌,如余华的小说文本集中地体现这种思考,《兄弟》中对历史的叙事完全是戏谑性的,《一九八六年》中的历史老师(疯子)及他的妻、女儿等人物都已失去了传统小说那种明晰的个性,成为一种叙述的道具,疯子自残时血淋淋的场面引来无数围观而又置身事外的看客,这让我们想起鲁迅笔下的"看客",尽管被看者已经不同,但看客却没有本质改变;同时也让我们想起陈景寒的《催醒术》的病者,这些叙事都是以极端的想象摧毁理性逻辑中的美好世界,以唤醒麻木不仁,健忘胆怯的人们。

想象在焦虑中翻飞,从 20 世纪初到世纪末。尽管 20 世纪初和世纪末的小说家以不同形态的想象意象书写出迥异的文学世界,但是其骨子深处始终都是在呻吟地召唤着中国的现代性未来。如果说世纪初的小说家急切切塑造的是物质层面的国家形象,从民生到国防,无不追求着强盛,那么世纪末的小说家则在寻找精神家园的归宿。后者是前者的现代性追求的深化,启蒙始终是小说家的忧思。由此可见,20 世纪中国非写实小说在王纲解纽的时代缝隙中放飞的想象终究挣不脱对现实的焦虑。

那么我们试想,如果放弃了精英立场叙事,我们的文学想象叙事将会是怎样的? 随着中国社会的开放和经济的发展,21 世纪的小说在受到各种因素包括市场效益、商业规则等的影响,呈现出了多元化的叙事立场,或诉说自我的情绪,或沉湎于幻想的未来,或纵情在武侠的化外世界,或泄愤于虚构的暴力血腥涂抹,或戏谑于古今中外的混杂,或好奇于魔幻的变化之中……文字在想象中发出迥异于 20 世纪的叙事光彩,小说在写实与非写实中游走,表达的是每个不同的心灵对于现实人生超越的渴望和白日梦的自我肯定。精英立场的叙事,是中国精英文人在现代中国所形成的社会使命感和历史责任感的必然表达,同时大量的非精英小说家则以相对轻松和自由的心态,关注读者兴趣点以及市场卖点等流行性因素,致力于读者的兴趣的挑动和满足娱乐性的表达。即使人们依然注重小说的严肃性和教育性,也不再回避和忽略小说所具有的消遣娱乐功能。轻松而丰富的想象,越来越多地进入到小说叙事中,成就着新一代人非写实的幻梦。

今天看来,20 世纪末非写实叙事所开辟的想象叙事确实开启了小说多元化大门,此后,各种小说创作蜂拥而出,武侠、奇幻、悬疑、魔幻、恶搞戏谑、鬼怪、科幻、荒诞、寓言等各类型创作在文坛上缤纷绽放,单调的写实叙事不再一统天下。因此,新时期开始的非写实叙事是值得深入探讨的一种文学现象,它带给中国小说的不仅是文学表现的丰富化,而且对小说观念的改变具有深远影响,譬如文学本身在当代文化中逐渐失去了中心范式的地位和对社会产生巨大的影响力的能量。

第二节　呓语般的现代性叙事风格

在现代小说叙事发展中，"性格"叙事是小说叙事的主流，比如《阿Q正传》《葛朗台》之类的小说。如果"人"作为事件的承担者而被事件本身淹没或者遮蔽，就是一种故事小说。这种小说被认为是小说的原始形态，因为讲故事"只限于满足人们的好奇心，给人以离奇的刺激性的低级审美感受"。① 确实，故事小说有其局限性，但是，性格的表现离不开故事的情节。心理小说、印象小说、哲理小说等一类的小说叙事将故事情节淡化，人们看过小说后无法复述一个完整的情节内容，这种小说是评论家和资深读者的最爱，是一种贵族化的小说叙事而非大众化通俗性的。普通读者所青睐的始终是一种故事欲望的满足。20 世纪末，当人们挣脱了政治意识形态的束缚之后，人们在轻松娱乐的氛围中开始怀念故事了。于是，讲故事和听故事开始受到关注，如上海的《文学角》在 1989 年开办了一个专栏叫"故事和讲故事"，《北京文学》在 1998 年开展了"如何使小说写得好看"的讨论。故事，成为小说叙事的焦点。

小说家们开始反复申诉唠叨他们对于故事的深情。马原在小说中说："我想根据他的讲述，由我来演绎成故事，这样交给读者会更便当更宜于接受。"(《旧死》)"我只是不擅归纳，难以把我所知道的一些前后有关的事件捋清。我好在讲故事的本事不错，就扬长避短。"(《旧死》)"我之所以从结尾开始讲述这个故事，部分是因为这个故事早已经发生过，它与那些边讲述边发生的故事有大不同，它自身能够提供的可能性都已经完成了或接近完成，或者可以说这个故事的弹性已经被它的过去时态销蚀得一干二净了。""这个故事的另外一部分情节该展开了"(《死亡的诗意》)；王安忆也不停地说："我终于要

---

① 刘再复：《性格组合论》，上海：上海文艺出版社 1989 年版，第 33 页。

来一个故事""这是一个拼凑的故事""这便是一个充满主观色彩的故事"。诸如此类的说法在洪峰、苏童、格非、余华、杨争光等人的表达中层出不穷，同时他们以自己漂亮迷人的故事征服了读者，一部部小说被改编成电影、电视，正是因为他们的小说所具有的情节故事性。然而，讲故事并不是一件很容易的事情。我们的前辈先人已经将故事讲得太多太多了，要想讲一个新鲜的故事，小说家们不得不进入虚构和幻想。

余华就曾这样论述："当我发现以往那种就事论事的写作态度只能导致表面的真实以后，我就必须去寻找新的表达方式。寻找的结果使我不再忠诚所描绘事物的形态，我开始使用一种虚伪的形式。这种形式背离了现状世界提供的秩序和逻辑，然而却使我自由地接近了真实。"这里所讲的"虚伪的形式"就是一种彰显想象力的虚构方式，"我个人认为二十世纪文学的成就主要在于文学的想象力重新获得自由。十九世纪文学经过了辉煌的长途跋涉之后，却把文学的想象力送上了医院的病床"。① 他们以恣肆的想象来呈现自我的经验，而不再拘泥于前人那种模拟现实的叙事。王安忆说马原他们"我觉得他们是非常有创造性的，他们很有想象力，他们不像前一辈作家——就是指和我们一批起来的那些作家或者说比我们大一些的作家那样，更凭借自身经验而非想象写作。他们的想象力远远超过现在四十岁、五十岁这批人，这使人感到很兴奋的"。② 他们利用自己并不见得丰厚的经验通过虚构和幻想，编撰出一个个活色生香的故事。比如苏童，他在很年轻的时候写了大量超出他出生时代的历史故事。他游刃有余地讲述着仿佛亲身体验过的那个时代发生的各种传奇风情，老道熟练地演绎着超越时空的爱恨情仇，让人惊诧于他的想象。"《我的帝王生涯》是我随意搭建的宫廷，是我按自己喜欢的配方勾兑的

---

① 余华：《虚伪的作品》，见《余华作品集》（2），北京：中国社会科学出版社 1995 年版，第278 页。

② 王安忆：《感情和技术》，见《今日先锋》第 3 辑，北京：三联书店 1995 年版。

历史故事""我看历史是墙外笙歌雨夜惊梦,历史看我或许就是井底之蛙了"。① 苏童用想象和历史对话交流,满足着人们对"过去"的追忆和对神秘的好奇,使人欲罢不能。

同时,也正是由于对于故事的专注,他们不仅要讲幻想出的故事,还非常讲究讲故事的方式和策略。马原的策略就是否定故事的真实性。他在小说中反复强调故事是假的,"姚亮并不一定确有其人,因为姚亮不一定在若干年内一直跟着陆高。但姚亮也不一定不可以来西藏工作呵"(《冈底斯的诱惑》),"我只是要借助这个住满病人的小村庄作背景,我需要使用这七天时间得到的观察结果,然后我再去编排一个耸人听闻的故事"(《虚构》)。他不断地叙述这个故事是假的,同时又在不停地描绘一幅幅真实的细节图景,带领着读者在真假虚幻中徜徉。这种叙事是为了增加故事的神秘感,也就是说,为了让读者更加深切地关注故事本身。余华则在讲故事的同时非常善于营造氛围,让故事在那种氛围中发酵,产生迷人的魅力,而格非则善于利用空白制造神秘感和悬念引人入胜。

这样,在幻想中,各种故事纷纷落下。中国作家对故事的迷恋和讲述方式深受豪尔赫·路易斯·博尔赫斯(Jorges Luis Borges)的影响。博尔赫斯的思想及文学观念,给当时进入停滞局面的世界文学与作家们留下深刻的印象,把边缘的中南美文学种植在世界主流文学里。博尔赫斯反抗当时西方蔓延的价值体系与思想观念,就是合理的理性主义和科学的世界观。他认为,现代社会里我们信奉的理性、绝对真理的价值体系等,只是人们捏造的虚构幻想罢了。因此,他反对追究模仿现实的"现实主义小说",他的新小说,全面否定因果法则的逻辑性、自然法则、真理等。小说情节交叉现实和虚构,故事也在作家的想象中重新构造。

中国最早是从 20 世纪 70 年代末 80 年代初介绍博尔赫斯的。1979 年

---

① 苏童:《后宫·序》,见《苏童文集·后宫》,南京:江苏文艺出版社 1994 年版,第 1 页。

《外国文艺》登载博尔赫斯的四部短篇小说,这在国内是第一次。1983年,上海译文出版社开始正式翻译出版博尔赫斯的短篇小说集。80年代新时期,以马原、格非、孙甘露等为代表的一些先锋派青年作家,从博尔赫斯的思想与文学观念中发现了新文学观和价值观,迅速效仿。以余华、格非、苏童、叶兆言等人为中心的创作则明显得益于法国的"新小说(nouveau roman)"和当时陆续介绍进来的叙事学。他们的实验作品或者被称为"先锋小说",或者被叫做"实验小说"。实验小说可以追溯到马原、扎西达娃、洪峰的作品。马原发表于1984年的短篇《拉萨河女神》,是80年代大陆第一篇自觉运用叙事技巧、以叙事作为小说目的的小说。实验小说受到关注,但也有不少非议。注重故事性,重视叙事,是实验小说的共同点。他们更关心故事的形式,更关心如何处理这个故事,将小说、叙事本身当做审美对象,在此基础上运用虚构、想象、自觉地进行叙事技巧的探索。

马原自言,自己的作品和文学观受西方诸多作家的影响。其中法国"新小说"的代表人物阿兰·罗布-格里耶(Alain Robbe-Grillet)、德国戏剧家布莱希特(Bertolt Brecht)、博尔赫斯的影响最深刻。我们发现他的叙事策略与传统小说竭力要创造与现实世界对应的"真实"幻想相反,他公开宣称自己的小说是一种编造。"虚构"就是他一篇小说的题目,在这篇小说开头就交代小说材料的几种来源。他在叙述这个故事时,只是写单纯的见闻和过程,叙述一些平面化的印象,强制性地想拆除小说世界与现实世界的"等同"关系。小说中使用的事件、生活细节,常常从社会现实上剥离开来。因而,小说中难以看到提出什么问题,难以清理出通常小说对事件联系、因果、本质的暗示,以及有关政治、社会、道德、人性的结论。格非在文学访谈或著作中也说过,"虚构"和"想象"是小说创作的本质,承认他也深受博尔赫斯的影响。苏童也表明,包括他在内的许多作家在博尔赫斯的思想和文学作品影响下形成了新的思维和文学观。格非在博尔赫斯本质上的怀疑主义的影响下,认为混乱吵闹的现实里该不会有绝对、真理、中心等的存在,基于现实的小说也不能具有单线的、绝对的、完整的叙述。他还认为世界、宇宙是一个巨大的迷宫,活在此空间里的人类是永远找不到出口的悲剧的存在。因此,格非也是像博尔赫斯般的,对于合理的逻辑的理性世界,抛开其矛盾而暴露其虚构性。如《迷舟》等作品,常留给读者许多谜团,使小说呈现神秘感。他安排了故事、动作的连续性,但没有设置、暗示其间的逻辑、因果关系。他试图让读者直接面对事实,却不断拆散可能建立起逻辑联系的线索,取消了对人物行动、故事发展的解释。我们面对的也是从"时间"中抽离的人物、动作、环境。苏童也和格非一样,大部分作品取材于"历史",而不大接触现实生活。与余华比较,格非和苏童小说的幻想性特征更明显。余华大多写"现实"体裁,主要表现为现实残酷的一面。余华表现这种残忍时,抛开传统的"悲剧"风格和处理方式,也蕴含着丰富的文化内涵,注重于现实的恶、暴力、残酷和死亡。

这些小说家在叙事语言上也受到博尔赫斯的影响。他们都很重视小说的语言,但在语言实验上走得最极端的是孙甘露的《信使之函》《访问梦境》《请女人猜谜》《我是少年酒坛子》等作品。孙甘露的这些小说彻底斩断了小说与现实的关系,而专注于幻象与幻境的虚构,但这些幻象与幻境又都只是一些无关紧要的琐屑与线索,无法构成一个条理贯通的虚构世界。他着力于使小说语言诗化的诗性探索,词语被斩断了能指与所指的关系,以一种意想不到的方式搭配起来,使能指自我指涉或相互指涉。

残雪是深具博尔赫斯"迷宫"特色的作家。主要作品有《山上的小屋》《苍老的浮云》《公牛》《黄泥街》等。她创造了一个非现实的、变异的、梦的世界。这个世界是通过一个精神变态者的感觉、眼光构造的。20 世纪 80 年代中国大陆的大多数读者面对这个充满恶、丑的意象,语无伦次的梦境、谵语的世界感到惊讶。乖戾、反常的心里描述,将读者带进一个有关人的精神、欲望的内心世界,展示在一定社会文化环境中的人性的卑陋、丑恶的缺陷。人与人之间的难以沟通和他们的对立、冷漠不仅存在于广泛的生活环境里,也存在于以血缘、亲情为纽带的家庭成员之间。残雪创造这个阴暗、潮湿、充满恐惧不安的世界时,并不是运用一个"寓言"的方式,而是以清醒、理智的立场,通过变形、夸张的艺术手法来寓意某种隐义。因此,有些评论家评为,残雪的这个梦的世界其广度、深度都是有限的,特别是从对人性、对人的生命本能的角度去衡量时更是如此。这造成了表现上的某种重复和单一。其主要特征就是"迷宫"叙事。在《归途》中"建造一所让人找不到出口的房子,里面还有一个牛首人身的怪物。""我"进入这座房子后,就再也找不到走出这座房子的出口。这座房子里的"牛首人身"般的怪人,否认自己是原先的房主人,他对"我"讲的故事里也能很容易猜测到他就是原先的房主人。小说最终也没有让"我"走出这座莫名其妙的房子踏上归途。这座房子就是残雪修筑的博尔赫斯式"迷宫"。接着发表中篇小说《表姐》,后者搭建"迷宫"的手法就显得愈加娴熟了。小说中的"我"每次想离开旅店时,总有一些奇怪的事发生和奇怪的人出现,这样一来,故事可以无限延宕下去,叙事也就可以没完没了地进行。小说中的"我"总是永远也走不出旅店这个迷宫,读者也就永远也走不出叙事的迷宫。而且,残雪让"我"在每个转弯处(想离开旅店时刻)都看一些"牛首人身"的"怪物"。他们长着一张人的脸,却有着动物的躯体。人的矜持高贵的一面和淫荡下流的一面以如此夸张的形式呈现了出来。除了这些以外,中篇《新生活》《痕》等的作品里也可见作家构造"迷宫"的努力。残雪曾经在2000年出版了《解读博尔赫斯》(人民文学出版社,猫头鹰学术文丛)一书,将自己对博尔赫斯对的理解详细阐述了出来。她不仅借助迷宫这种叙事形式,而且也表达了她对时间、对自我生存、对死亡意识的追问。

但是,尽管这批作家是博尔赫斯的受惠者,写出实验性挺强的作品尝试刷新当代文坛,奠基于中国文学与世界文学同步走的基础,可他们只是借用博尔赫斯的工具,没有设立主体的批评体系,也没有稳定的文学态度,反复地模仿、沿袭,也就难以为继,成为了昙花一现的现象。不过,他们的尝试引发了中国小说叙述方式、叙述结构、叙事语言等形式方面的嬗变,为以后幻想文学的创作上作出很大的贡献。

第三节　魔幻戏谑的现实幻想

在貌似游戏的迷宫故事叙事中,每个作家都有其独特的个性和风格,有着或严肃或荒诞或魔幻的幻想设计和气氛营造,尤其是他们为了解决当时社会面临的问题,把目光转向了中国的原始文化,形成了各自的"原始空间(或原型空间)"的寓言幻想叙事。比如韩少功的"马桥"、莫言的"酒国"这类幻想空间似乎就是卡夫卡的"城堡"。1984 年进入中国的马尔克斯的代表作《百年孤独》,给这些作家提供了一个文学创作上的模板,深刻地影响了这批作家的创作。

韩少功是 20 世纪 80 年代提倡"寻根文学"的代表作家之一。1985 年韩少功在《文学的"根"》中声明:"文学有根,文学之根应深植于民族传统的文化土壤中",他提出应该"在立足现实的同时又对现实世界进行超越,去揭示一些决定民族发展和人类生存的迷"。在这样的理论中,我们可以知道被称之为"寻根派"的韩少功的文学观念,尤其他在传统文化心理和现代艺术方法的结合方面所进行的思考。韩少功在拉美魔幻现实主义的基础上,试图以象征手法展现中华民族的文化心理,例如 1985 年发表的《爸爸爸》《女女女》《归去来》《蓝盖子》等作品,不断地寻找文化之根。韩少功认为,中国文化的"本土性"内在于民间文化。在 80 年代中叶,他只是以周边的落后性来表现自己的反封建意识;但到了 90 年代,韩少功转而认为周边文化能够成为对抗中心文化、资本主义文化霸权的力量,其中蕴含着有中国特色的发展路径。韩少功还关注于博尔赫斯、米兰·昆德拉(Milan Kundera)等人的创作,在主题和形式上受到他们不少影响。韩少功的创作,如《爸爸爸》《女女女》等都采用幻想色彩丰富的表现手法展现强烈的"寻根"意识。丙崽是一个"未老先衰"却又总也"长不大"的小老头,外形奇怪猥琐,只会反复说两个词:"爸爸爸"和"×妈妈"。但这样一个缺少理性、语言不清、思维混乱的人物却得到了鸡头寨全体村民的顶礼膜拜,被视为阴阳二卦,尊"丙相公""丙大爷""丙仙"。于是,缺少正常思维的丙崽正显示了村人们愚昧而缺少理性的病态精神症状。韩少功通过《爸爸爸》解剖了古老、封闭近乎原始状态的文化环境，明显地表现出对传统文化的否定态度。他以一种象征、寓言的方式，通过描写一个原始部落鸡头寨的历史变迁，展示了一种封闭、凝滞、愚昧落后的民族文化形态。在他以强烈的忧患意识审视民族劣根性的同时，以寓言、象征等艺术手段，重新复活了楚文化中光怪陆离、神秘瑰奇的神话意味，使文本涂抹上浪漫神秘的色彩，给人留下了无穷的回味与思考。《爸爸爸》用的荒诞的"寓言体"，在寻根小说中独树一帜。由此看来，韩少功小说的幻想性主要于叙事方式和畸形人物的描绘上。在这样的基础上，1996年韩少功完成了《马桥词典》。马桥，是一个非常特殊的幻境。这是韩少功虚构的地域。此小说里登场的几乎都是畸形病态的人物。韩少功借此对中国历史和文化发展过程进行了批判和反省。换言之，马桥是展现韩少功的文化观念的空间。"马桥"是历史上不存在的、非中心文化的空间，与中心文化不同的。中心文化是以欧洲中心的现代性的存在，容易失去中国固有的性质，但"马桥"还保留着中国固有的性质。同时存在着周边文化与中心文化，从这角度上看，"马桥"成为批判中心文化的特殊空间。韩少功设计"马桥"这特殊空间是为了解决当时中国社会面临的诸多问题，为此，追溯到原始社会寻找问题发生的原因。因此，我们可知道韩少功对原始社会的基本态度是否定的。《马桥词典》里写的故事源于韩少功"文革"时期下放的亲身经历，捍卫了独具特色的地方文化，向千篇一律的泛国际化趋势吹响了反抗的号角。总之，韩少功幻想出了历史上不存在的一个新的空间"马桥"，强化了读者的想象力，借"非现实"以反思"现实"。

充满了魔幻色彩的寻根文学不重视"逻辑推理"与现实的"因果关系"，也不采用现实主义小说里常见的"开端、发展、高潮、结局"的情节展开模式。人物和结构不局限于现实范围，往往会超越时间和空间的限制。小说情节不随作品中人物的意识流或者心理变化展开。因此，这里并没有时间和空间的限制，能够自由出入于过去和现在、并存于历史和现实。不过，因为寻根文学坚持现实和历史的批判精神,小说叙事并不完全进入个人的心理描述,如《小鲍庄》《小城的故事》《爸爸爸》等作品,令人感到"现实"和"非现实"的混杂。这批小说从现实取材而以非现实的写法展开故事的讲述,但基本构想不脱离批判现实的精神,这是寻根文学在创作方法上的主要特征。

莫言的长篇小说《酒国》则是充满了戏谑意味的一部魔幻幻想小说,受到中西文学的多种影响。莫言曾经说过,他的作品中可见有拉美魔幻现实主义的影响,还可见鲁迅的《狂人日记》的面目。再加上,《酒国》形式和表现上与卡夫卡的《城堡》也有相似的地方。《酒国》并没有一个固定的单一的意义指向,它的意义是滑动的、变幻不居的,在话语方式上充满了各种各样的反讽、戏仿和悖缪。莫言在《捍卫长篇小说的尊严——代序言》表明,这是一部"侦探小说、残酷现实主义小说、表现主义小说、象征主义小说、魔幻现实主义小说、武侠传奇小说、抒情小说、结构主义小说——小说文体的'满汉全席'。"①另外,2001 年法国"Laure Bataillin 外国文学奖"授奖辞中阐述了《酒国》的性质。"由中国杰出小说家莫言原创的《酒国》……是一个空前绝后的实验性文体。其思想之大胆,情节之奇幻,人物之鬼魅,结构之新颖,都超出了法国乃至世界读者的阅读经验。"

莫言作品里魔幻气息很浓厚。《酒国》中的"酒国"指的是一个有古怪风俗的虚构城市。省人民检察院的特级侦察员丁钩儿奉命到酒国市去调查一个特殊的案子:酒国市的官员吃掉了无数婴儿。小说情节,随着丁钩调查的路线展开的同时,也从酒国酿造学院勾兑专业的博士研究生李一斗给作家莫言的不断寄信的内容展开。有趣的是,小说中还出现了另外一部小说,就是李一斗小说。莫言构造《酒国》时,如此构造"有数洲的""多层次的"的情节结构。若有读者有意识地区分小说中各自展开的故事:作家展开的围绕"丁钩"的主干故事、李一斗寄给莫言的信里叙述的李一斗私人故事(包括"酒"的专业性

___
① 莫言:《酒国》,上海:上海文艺出版社 2008 年版,第1—7页。

内容)、李一斗自己写的小说故事,也会容易陷入茫然之中,就混成一大篇。若是,无意识地跟随着莫言笔下铺好的路,也许会享受现实和幻想分不出的新的经验。莫言还在小说的结尾,亲身访问小说背景"酒国",证明有关丁钩的故事是完全虚构的。李一斗小说中的袖珍男人"余一尺"也出现,证明自己并不是小说里描绘的英雄,就是有血有肉的实在的人物。不过,当站在读者的立场面对,作家亲自走到小说里,见到作中人物、走过小说背景的"驴街"的场景,这并不仅仅破坏读者的幻想,还会使读者引导另一个世界。莫言受到酒国人的热情款待,捧着酒杯心里充满感激的这场景,就把读者拉回到"丁钩"刚到酒国喝酒的那个场景。二者的切换,实际上意味着二者的同质性。大家都是"丁钩"。莫言小说的幻想性的极端就是在感到没有叙事空间的时候又有"新的幻想"。从这样没完没了的结构里能找出新的故事重新展开的可能性。《酒国》情节设计中令人感兴趣的是,小说中的官员之所以为官,不是因为他们才华高过他人,而是因为海量,并且食欲旺盛。"吃"很重要,可以改变一个人的命运。于是,吃,具有了特殊的生存与发展的意蕴和内涵,也由此生发出诸多文化意象的联想。酒国市的党委书记和矿长给丁钩吃酒国市一道最有名的菜是"麒麟送子"。许多杯酒落肚的丁钩,昏迷状态中抢吃了这道菜。喊叫"这条狼……哇……吃红烧婴儿……哇……狼……!"的丁钩也终于成为吃孩的狼,最后却醉酒淹死在茅厕。这正是"吃吃孩子"的一种文化批判。而其创作目的也就是在于对吃人文化的批判上,并把文化的批判与现实社会、人性的丑恶现象联系起来,揭示历史与现实的内在联系,从而把当下纳入历史的进程中考察,使整部小说具有浓厚的历史感。

　　小说另外的一个背景,是酒博士李一斗小说中的酒国,也对"吃"赋予了深刻意义。人们从"为了活着才吃"的阶段离开、摆脱饥饿的恐怖,就开始堕落而腐败。可以说,《酒国》以"吃"这种人类基本行为为讽刺描写对象,从最基本的生存根源上进行思考和反省,具有一种原始的深刻力量。

　　《酒国》的叙事融合了各种方式。莫言表明,《酒国》几乎将整个 20 世纪中国各种各样小说,从狂人日记到武侠小说,再到魔幻小说、先锋小说之类都戏仿了一遍。莫言曾经在日本进行的文学访谈中坦言,他的作品受到拉美魔幻现实主义的影响。在《酒国》中,我们可以看到卡夫卡的长篇《城堡》的形式和结构,可以感到"吃孩"的模式和鲁迅的《狂人日记》中"救救孩子"的启蒙呼唤的联系。莫言本人也认为他的作品继承了鲁迅的风格,可以说《酒国》是在《狂人日记》的基础上展开的故事,完成了鲁迅未说完的故事。鲁迅在《狂人日记》中,关注"观众"的立场。小说中砍头的官员是为了观众而演出了一场杀人的戏。莫言认为,其实此观众就是砍头的人的同谋。他们在日常生活中只是个温柔的丈夫、善良的妻子,心里抱着和平和爱情的平凡人。①《酒国》小说中的"莫言"收到一封志愿当作家的李一斗的信,就像演出般地展开故事。同时作家自己的"丁钩"的戏也一起展开。丁钩当演员,小说背景的酒国市当舞台。到了结尾,看戏的作家亲自上台扮演另外一个"丁钩"。这种充满奇幻感的设计,令人不断调整自我的阅读角度,从而从多角度感受和分析,达到一种丰富的阅读效果和体验感。由此可见,莫言小说的叙事创新追求:时空背景的多元化和移动性,情节闪跳营建迷宫似的叙事结构,都使叙事模式和主题话语得到一种充分多角度的展示。

除了魔幻气质之外,此期的幻想小说还充满了一种神秘主义的幻想情调。马原的"西藏神话"、残雪的"梦魇世界"、格非的"迷宫之境"、孙甘露的"幻觉天地"以及余华、贾平凹等人的鬼气弥漫的小说都具有一种神秘色彩,更不用说扎西达娃的宗教色彩浓郁的作品了。这些小说似乎都有一个隐形的世界存在于现实之中,并主导着我们的现实命运,最有代表性的就是离奇的预言性情节的幻想片段。比如余华的《世事如烟》中灰衣女人女儿不孕找算命先生,算命先生说要等观音托梦,然后就有了观音梦,梦中指引被现实印证。人们无奈被动地接受着神秘的隐形世界的操控。扎西达娃的隐形世界是很明确的宗教

① 张磊:《百年苦旅:"吃人"意象的精神对应——鲁迅〈狂人日记〉和莫言〈酒国〉之比较》,《鲁迅研究月刊》2002 年第 5 期。

中的彼岸天国,对这个世界人们崇敬无限。于是,人们的心灵得以净化,受到感召。对于神,无须证明,也无法证明,包括马原也都有这种神秘的力量崇拜。

同时,因为在原始思维中的万物有灵的观念的存在,使很多小说家的叙事呈现出拟人化,飞禽走兽、花鸟鱼虫等都是有意识情感的。余华的公鸡(《世事如烟》中的五只公鸡是算命先生用于驱赶从阴间来索命的小鬼的)、苏童的老鼠(《1934年的逃亡》中蒋氏分娩后陈家几代人赡养的老鼠从各个角落跳出来围着血腥干草欢歌起舞,蒋氏逃亡时看见老鼠护送宝贝匣子游向远方)、格非的河蚌,都是有灵性的。贾平凹的《挖参人》中的镜子用图像告诉女主人各种信息,《公公》中公公死后变成了娃娃鱼与爱下水的儿媳嬉闹而让儿媳生下来一个个像公公的豁嘴孩子,《寡妇》中父亲的阳具变成了木橛子,《猎人》中那只狼与猎人掉到悬崖下变成一个四十多岁的男人。所有的形体幻化和灵魂不灭在小说中自然地发生,仿佛就是常态生活。这种思维带有一种原始性,所蕴含的神秘感在现代人的世界中呈现出一种特殊的深层意义。

其实,在中国,神秘文化一直存在,志怪小说始终绵延不绝。但是现代小说的神鬼和隐形世界却不是对传统志怪小说的继承,而是一种表达现代工业社会急速发展中对人的存在的感知意识,因此多呈现出一种阴鸷变态的恐怖情景,也就是说,多是借用鬼神来渲染恐怖氛围,因为恐怖是一种现代人存在的心理感受,是现代人在惶恐无助中的存在状态。比如格非的《敌人》中柳柳的感觉和梦,都是恐惧感。这里的神秘表现是一种否定性的呈现,为的是表达人类的无能、猥琐、卑微、丑恶、无聊和荒谬。小说家借助侦探推理小说的手法,用误导设局制造迷宫,用空缺、不确定性的陌生人、杂乱等方式引起神秘感,让读者一层一层追随着而进入哲学的思考层面上。但是这种在形式上的花哨神秘却缺乏足够的内涵深度而让读者渐渐失去了兴趣。

世纪末的现实幻想小说受西方文学的影响而呈现出一种现代气质。但是其关注点紧紧围绕或扎根于当下社会现实世界,虽然较之晚清的戏拟小说在各方面有了长足进展,但是其厚重感和深刻性依然令人遗憾。

第九章　科幻小说

　　随着中国社会经济文化的转型,科学技术的普及以及迅猛发展,"文学"渐渐失去了自世纪初开始所具有的功利性耀眼光芒,从启蒙者手中的改造国民社会的"利器"开始回归到娱乐愉性悦情的艺术本位上。幻想,开始翻飞于各种科学文字之中,人们开始关注未来,关注科学,关注人性,关注地球,关注宇宙……于是从工业社会开始出现的科幻小说在此期繁盛起来。作为一种通俗小说类型,科幻小说在中国有着并不通俗的文学意义。精英化小说幻想叙事与其他主流小说一同书写着时代命题。

第一节　科幻世界的渊源[①]

一

　　科学幻想小说(science fiction),简称"科幻小说",主要是指描写幻想的科学或技术对社会或个人的影响的虚构性文学作品,中文最早也译作"科学小说",原本是外来词,由西方传入我国。其实,即使在西方,"科幻小说"一词

---

　　① 参看网页维基百科 http://zh.wikipedia.org/zh/%E7%A7%91%E5%B9%BB%E5%B0%8F%E8%AF%B4 以及百度科幻词条等。

也是 20 世纪 30 年代才广泛流行。它最初出现在雨果·根斯巴克主编的《科学奇异故事》杂志第一期,虽然埃德加·爱伦·坡、埃德加·佛塞特和威廉·威尔逊等作家很久以前就曾对一种类似科幻小说的文学类型进行过界定,不过对"科幻小说"真正比较一致的看法,却是专登科幻小说的流行杂志确立以后的事情。从科幻史的角度来看,暂时还没有一个能被所有研究者所公认的定义标准。但是通常人们都认为与"幻想""未来""科技""人类""变化"等有关。如:"科幻小说是描述科学或想象中的科学对人类影响的小说";"科幻小说是描绘对象处于未知范畴中的小说"等定义①。从这些关键词中可以看到,科幻小说所涉及的范畴总是与人类的好奇心、求知欲紧密相连的。在哲学主题上来说,科幻小说和人类上古的神话传说有着相似的精神基础,即对人类与宇宙关系的解释、对人类社会未来命运的关注与猜测。在文学谱系上,浪漫主义的文学传统应该是科幻小说最早的文学母体。早期的科幻小说往往带有恐怖小说、冒险小说或奇幻小说的痕迹。又以推理小说和哥特小说与科幻的关系最为密切,许多早期作品甚至现今的一些作品兼有多种要素,难以严格区分,在文学传承关系上也不能简单割裂孤立研究。

但是科幻小说在农业社会并不多见,那个时期人们的生活节奏不是很快,社会的变化也没有超越于人们的掌控,似乎并没有引发出人类内心对于未来的强烈好奇,但是随着工业革命,社会科学技术发生了突飞猛进的变革,人们的想象开始追随着世界的变化,对未来充满了恐惧和期待交织的复杂情感。科幻小说就是诞生于 19 世纪欧洲工业文明崛起后特殊的文化现象之一,其关注的就是经过工业革命后的资本主义社会在面对科技飞速发展时所遇到的矛盾与危机。人类在 19 世纪,全面进入以科学发明和技术革命为主导的时代后,一切关注人类未来命运的文艺题材,都不可避免地要表现未来的科学技术。而这种表现,在工业革命之前是不可能的。

---

①　参看吴岩主编《科幻文学理论和学科体系建设》中第一编"科幻小说的基本概念和理论"中第一章"科幻小说的概念",其中收集了中外近百种科幻小说的定义。

　　而科幻小说最大的特征就在于,它赋予了"幻想"依靠科技在未来得以实现的极大可能,甚至有些"科学幻想"在多年以后,的确在科学上成为了现实。因此,科幻小说就具有了某种前所未有的"预言性"。法文中,儒勒·凡尔纳的科幻小说最早就被称为"anticipation",即"预测"。这样的文学作品基于科学的可信性是必要条件,应当说这种"科学至上"的精神是科幻小说有别于其他幻想类型作品的根本所在。也就是说,科幻小说就是以科学为对象和线索进行幻想并构成内容的小说,是现代科技背景下出现的大众读物,具有通俗化、模式化、批量生产等消费性。

　　科幻小说在 19 世纪已有著名的实验性作品,反映当时科学发展对于社会和个人造成的冲击所带来日益强烈的矛盾心态。科幻小说的种类包含以如真似幻的想象情节作为主要元素的小说,以及以社会未来概念为题材,透过已知的科学原理推论作为情节合理化与推展方向基础的小说等。一般认为,玛丽·雪莱最早将科学幻想元素引进小说创作中来。她在 1818 年发表的《弗兰肯斯坦》(又译《科学怪人》)被许多评论家和爱好者"追认"为世界上第一部科幻小说。其后,美国诗人爱伦·坡也相继发表了一些具有科幻性质的小说作品。19 世纪末 20 世纪初,欧洲出现了两位重要的小说家,法国人儒勒·凡尔纳和英国人赫伯特·乔治·威尔斯。后者称自己的小说是"Scientific Romance"(科学的传奇)。从作品来看,他们无疑是今天科幻小说类型的奠基人。一般科幻史认为,科幻小说作为一种严肃的文学体裁广为人知、得到确立,要归功于这两位。科幻小说中最为人称道的作品包括:19 世纪作家玛莉·雪莱的作品《科学怪人》、罗伯特·刘易斯·史蒂文森的《化身博士》(1886);20 世纪作家儒勒·凡尔纳、赫伯特·乔治·韦尔斯、雨果·根斯巴克和艾萨克·艾西莫夫的作品;以及 20 世纪晚期作家库尔特·冯内古特、C.S.刘易斯以及雷·布莱伯利的科幻小说,内容以人类未来社会、太空旅行可能造成的后果以及外星生物为情节元素。

概括而言,"科幻文学是科学和未来双重入侵的叙事性文学作品"①,随着科幻作品的大量产生和读者群体的迅速扩大,科幻不但开始被主流文学接受并渐渐成为一种文化存在而被考察,对此的研究方兴未艾,其文学价值开始被重新估量。

二

当然,由于科幻小说丰富的想象性,随着历史发展,对科幻小说的认识,不仅不同时期存在着巨大差异,即使同一时期也多种多样。但无论如何,所有科幻小说都有相似的社会功能。

首先,科幻小说都以社会现实为背景,利用对未来和过去的想象,探索解决现实矛盾的方法,揭示社会变化和人与人的关系。其重点总是落在未来。科幻小说正是探索未来各种可能的最好形式,它既可以使人们为未来作思想准备,也可以使人们更好地创造未来。科幻小说还可以使人们产生新的思想,或者从旧的思想里发掘新的意义。幻想,可以充满了无限可能。

其次,今天的科幻小说,早已不再是传播科学知识,使人尊重科学,使年轻人笃信科学并献身科技事业的一种文学样式;它增加了新的更重要的社会功能,就是成为一种有力的批评社会并促进社会发展的方式,也就是说它不仅是一种释放幻想的文本,更是一种精英意识的表达文本。这种新的社会功能,产生于科学观念的改变。科学的工具性及社会性带来的矛盾,使人们开始深入思考人与世界的关系,开始反思科学本身的问题。如文明崩坏或倒退、乌托邦和反乌托邦世界等。

科幻小说题材所涉及的范围相当广大,如布莱恩·阿什在1977年出版的《科幻视觉百科全书》中将科幻文学题材分为19个类型,詹姆斯·冈恩在《科

---

① 吴岩:《科幻文学论纲》,"科幻文学理论和学科体系建设丛书"总序,重庆:重庆出版社、果壳文化传播公司2011年版,第1页。

幻小说新百科全书》中将科幻题材分成了数十个小题目,约翰·克鲁特在《图解科幻百科》中,将其分为 17 个部分,等等,以至于难以列出单独的清单——除非另开一本百科全书。而且并不是所有的作品都有单一的题材,更常见的情况是在同一个作品中涉及多个主题,比方说在时间机器中对主角所旅行到的未来世界的描述,也有对现代文明的批判。

要严格地区分科幻小说内容是相当困难的。因为有时候科幻小说和奇幻小说、恐怖小说都界限模糊,对某一部作品来说,更可能兼有这几种风格。有一种十分流行而且有效但并不完全被学术界认可的分类法:"硬科幻"和"软科幻"。

硬科幻小说(英语 Hard Science Fiction,简称 Hard SF)是一种科幻小说的分支类型。作品的核心思想是对科学精神的尊重和推崇。在手法上,硬科幻以追求科学(可能的)的细节或准确为特性,着眼于自然科学和技术的发展。硬科幻的共同特点是故事情节依靠技术来推动和解决。作者也会尽量让故事中的科技与出版时已知的科学保持一致。这是科幻界尤其是读者对硬科幻的主要看法。也就是说,这类科幻满足的是读者对于科学自身的兴趣和探索,而对于故事性情节以及人物等似乎并不是很在意。

软科幻小说(英语 Soft Science Fiction,简称 Soft SF)是情节和题材集中于哲学、心理学、政治学或社会学等倾向的科幻小说分支。相对于"硬科幻",作品中科学技术和物理定律的重要性被降低了。因为它所涉及的题材往往被归类为软科学或人文学科,所以它被称为"软"科幻小说。软科幻小说也探索社会对事件的反应,和纯粹由自然现象或技术进步引发的问题(往往是灾难),主题往往是说明科学像一把双刃剑,需要人文关怀的引导(最常见的就是指责机器不能代替人伦情感)。这类科幻通常文学较强,科学幻想是为了非科学主题服务的。

纵观西方科幻的发展,我们看到的中国科幻小说还是一个追随者。

第二节 中国的科幻小说①

一

现代科幻小说这种叙事类型是西方的舶来品,产生于中国晚清时期。但是在中国传统文学中很早就有了科幻的分子,且不说家喻户晓的鲁班的木鸢、诸葛亮的木牛流马,还有很多,比如《列子·汤问》中的"偃师造人"的故事中有了"歌舞机器人",《南史·齐本纪》的"废帝东昏侯纪"中有自由行走的"木马",北宋沈括的《梦溪笔谈》中有"自动捕鼠钟馗"和返老还童的"乌须药",南宋洪迈的《夷坚志》中有一个能自动保温升温的瓦瓶,一种驱蚊药,一种随意染色的染料和一种神奇的面部移植手术,等等。这些科技幻想代表了中国人对科学的思考和想象,也是近现代接受西方科幻文学的思想基础。

中国近现代科幻小说的发轫是从翻译开始的。1900 年,逸儒和薛绍徽翻译了凡尔纳的《八十日环游记》,著名学者梁启超 1903 年用文言文翻译了凡尔纳的《十五小豪杰》,鲁迅翻译了凡尔纳的《月界旅行》。从那时算起中国科幻可以说已经走过了一个世纪的历史。中国最早的原创科幻小说算来应该是前文曾论及的荒江钓叟 1904 年发表的《月球殖民地小说》。之后,徐念慈的《新法螺先生谭》、萧然郁生的《乌托邦游记》、吴研人的《光绪万年》、高阳不才子的《电世界》、肝若《飞行之怪物》、陆士谔的《新野叟曝言》和无名氏的《机器妻》等都具有一定的科幻色彩。这些小说呈现出鲜明的时代特征,一是充满了对科学似是而非的好奇和崇拜;二是通过科学来表达富国强民的强烈渴望,带有极浓的政治改良启蒙色彩。

民国时期,科幻作品不多。1939 年,科普作家顾均正出版了科幻小说集

----

① 参看老沙:《关于我国科幻文学调查研究课题的报告》,见民国通俗小说研究馆编:《品报》2012 年第 17 期。

《在北极底下》,内含《在北极底下》《伦敦奇疫》《和平的梦》三个短篇。当时的中国,抗战烽火正烈,世界大战的危险也已经逼近,顾均正的上述作品及时反映了时代的特点。新中国成立后,科幻更多的是一种科普,多为儿童文学作品。

郑文光在大陆被称为"中国科幻小说之父",20 世纪 50 年代就开始致力于科幻创作。70 年代他重新投入创作,发表了多部重要科幻作品,1980 年成为世界科幻小说协会(WSF)成员。代表作有《飞向人马座》。郑文光于 1956年在《读书日报》上发表了一篇名为《谈谈科幻小说》的文章。该文几乎谈到了科幻文学的所有基本理论问题,如科幻小说的文学本质、科幻小说对古代神话的继承关系、科幻作品中的科学如何与真实的科学相区别,等等,成为关于科幻的最重要的理论建构文章。自此以后四十多年,在这些基本理论问题上,中国科幻界再无大的突破。1978 年 3 月,中共中央、国务院在北京召开了全国科学大会,宣告中国"科学的春天"的来临。随之而来的"科学热"和"科普热"大大推动了中国大陆科幻文学的发展。叶永烈的儿童科幻作品《小灵通漫游未来》的出版标志着中国科幻文学的复兴。

叶永烈算是第二次高潮中的"新人"。他也是一位科普作家,20 世纪 60年代初参与编写了新中国影响最大的一套科普丛书《十万个为什么》。他的科幻代表作《小灵通漫游未来》,写于 1962 年,1978 年出版后风行一时,成为当时家长给子女必买的流行图书,并且成为新一代科幻迷的启蒙读物。郑文光 1979 年出版了新中国第一部长篇科幻小说《飞向人马座》。该作品延续了《从地球到火星》的"事故加冒险"的故事框架,但场面更为宏大,人物更多,刻画上也更出色,作品里的宇航距离也更远。童恩正的科幻小说《珊瑚岛上的死光》也非常有影响力,不但是第一篇由文学界最高权威刊物《人民文学》发表的科幻小说,也是第一篇被改编成电影的科幻小说。这部作品还被改编成广播剧反复广播,大大扩展了科幻艺术的影响面。

此期出现了两部大部头长篇科幻作品,一部是黑龙江作家程嘉梓创作的

《古星图之谜》,讲的是中国科学家们探索外星人留下的文明遗物的故事;另一部是北京的宋宜昌创作的《祸匣打开之后》,讲几十万年前一对寻找殖民地的外星人驾飞船来到地球,生命枯竭,死前留下十几个冷冻胚胎。23世纪时,一场地震触发了南极大陆冰盖下的外星人飞船,冷冻胚胎迅速发育成个体并开始操纵先进武器,发动毁灭人类文明的战争。世界各国团结起来投入抗战,最后在友好的外星人的帮助下打败了侵略者。

同时,科幻作家们也继续着理论建构。1980年由科普出版社出版、黄尹主编的《论科学幻想小说》一书集中反映了这方面的探索成果。然而,在反精神污染的运动中,科幻文学被定义为资产阶级精神污染的重灾区。矛盾焦点是将科幻作品中的"科"视为"伪科学",进而认为是反辩证法,反马列的。纵然有大量的科幻迷读者和科幻创作队伍,可是科幻的发展举步维艰,尤其是在当今市场经济下,科幻发表的阵地的消逝,更是让科幻在中国发展坎坷。

1991年以四川省科学技术协会名义主办、《科幻世界》杂志社承办的"世界科幻大会"在成都召开,大大恢复了科幻文学在中国的影响力。1997年7月,以中国科学技术协会名义主办、由《科幻世界》杂志社承办的"97北京国际科幻大会",则真正将科幻带动发展起来了。

《科幻世界》杂志,原名《科学文艺》,由四川省科协主管并主办,创刊于1979年,初为丛刊,后为双月刊,1994年改为月刊。早期的《科学文艺》团结了包括童恩正、刘兴诗、王晓达、周孟璞等四川科幻文学作者,使成都成为北京和哈尔滨之外的又一个中国科幻的创作基地,其刊物的发行量也曾达到过20万份之巨。20世纪80年代中期,该刊与天津的《智慧树》联合发布"中国科幻银河奖",后来这个奖的影响面逐渐扩大,并在今日成为了中国科幻的唯一奖项,其获奖作品基本代表了中国科幻的创作水平。80年代末期,该刊也开始自负盈亏。为探索市场,《科幻文艺》曾于1989年一度改名为《奇谈》,想走通俗科幻文学的路子,尝试一年后发现不成功,再最终改为《科幻世界》至今。当时的《奇谈》仍然与以前的《科学文艺》一样,将读者定位为成人,但在不断的市场调查和与读者的交流中发现科幻小说的主力读者是青少年学生,遂于1994 年改版为面向中学生和大学低年级学生的专业科幻刊物,并同时更名为《科幻世界》,此举大获成功。现在,《科幻世界》杂志甚至已经成为发行量居世界第一位的科幻刊物。《科幻世界》发现和培养了中国目前最出色的一批科幻作者。由于其发行量巨大,影响面广,首先在《科幻世界》上发表过作品的作者们后来则开始给其他刊物和出版社供稿,有的作者由此成为专业作家,而在其他渠道发表科幻小说的作者则很难有这样的成功。而且,由于《科幻世界》的读者面广,该刊的作者们得以有机会经常与广大科幻迷接触,并提高自己的创作水平。

近来,科幻小说的出版物越来越多,读者也日益增长,网络创作更是活跃。由于受版权公约的影响,再加上前一时期对科幻选题比较内行的编辑们纷纷离开这个领域,中国科幻的翻译工作在很长一段时间内处于沉寂状态。寥寥无几的一些科幻译本主要是在"炒冷饭":翻印凡尔纳、威尔斯、别利亚耶夫、阿西莫夫等人的作品。但在 20 世纪 90 年代末,有一些出版社如福建少儿、河北少儿等纷纷推出很有分量的科幻译作,这其中,《科幻世界》杂志社凭借其与国际科幻界的长期交往,也引进了一大批优秀科幻作品。而郭建中、吴定柏、孙维梓三位翻译家则是引进外国科幻艺术的主力先锋。同时,除中国少儿出版社、四川少儿出版社、新蕾出版社等从 90 年代开始出版一些国内科幻作家的作品外,现在也有不少的出版社将眼光瞄向了科幻图书庞大的市场,开始以丛书的形式出版国内科幻作家的作品,如上海少儿出版社目前已经有了一个"百书计划",等等。这些,似乎都预示着中国的科幻文学将在新的世纪有一个更大的发展。

我们由前述而知,世界的科幻史,大约可以找到三个源流:一是欧洲的纯文学、哲学源流,二是苏联的科普源流,三是美国的通俗文学源流。而这三大源流在中华的两岸三地恰好各有各的代表:大陆继承了苏联的科普式科幻传统(但我们已经知道,这一传统现已逐渐衰落并向着一个新的方向转化着），中国台湾继承了欧洲的纯文学式科幻传统，中国香港则继承了美国的通俗科幻传统。

<h2 style="text-align:center">二</h2>

当我们回顾科幻小说的发展之后，不得不深刻地思考这样一个问题，为什么在中国，科幻小说没有被认同的文学地位？生存在夹缝中的中国科幻小说将何去何从？

国外科幻，尤其是美国的科幻，是在比较稳定的社会背景下发展起来的，其阶段性基本只取决于艺术本身的内在发展规律，是科幻艺术本身不断自我否定、自我突破带来的，每一个阶段都是对前一个阶段的继承与发展。而中国科幻史中的阶段性则主要是由社会动荡、政治变动等引起的外来冲击形成的，每一个阶段几乎都是简单的重复，一切从头开始，包括从头开始建立发表园地和编辑队伍，从头开始赢得科幻迷读者等。当然，从目前的情况看，类似的情形不大可能再次发生了，以后不应该再会有新的"从头开始"了，中国科幻文学的第三次浪潮将能稳定、持续地发展相当长一个时间阶段，直至一个新的发展阶段的到来。

另外一个值得我们注意的问题是：中国科幻始终伴随着儿童文学的发展而成长，这就使科幻小说背负上一个重责：普及科学知识。因此科幻小说在中国具有鲜明的中国特色，这就是中国科幻对于宣传普及科学知识的过度关注，以致很多人将科幻小说视为了普及科学知识的载体，而往往忽视了科幻自身的文学性与社会性，从而贬低了其文学性，难以获得主流文学的认同。这也是缘何只有中国的科幻小说在其发展过程中向更多地关注人本身、更多地关注于科学发展对于社会发展的或正或负的影响这一方向转化，在向文学的主体靠拢时，会被冠以"伪科学"甚至"反科学"之恶名的根本原因所在。这一问题，涉及了我们对于"科学"的定义的正确认识与理解。在欧美，科幻小说根源于纯文学或流行小说，而中国的科幻则由于历史的原因根源于科普创作。

当然,西方并非没有"科普式"的科幻小说,早期的雨果·根斯巴克就曾倡导过这类科幻作品,而阿西莫夫的不少小说也都可以称是"科普式"的科幻小说。但是,大概是由于中国的国民素质和科技水平远逊于西方,中国科幻前辈们对此有着更为强烈的紧迫感,他们对于科幻小说普及科学知识的功能的强调,以及对此的理论探索和实际操作也远甚于西方同行。现在,有些人认为中国的科幻小说尚未形成自己的特色,其实不然,科普式的科幻小说几乎就是已近形成的中国科幻小说的特色,只是由于历史的原因,它没有最终走向成熟罢了。

在中国,早期的科幻作者有些是科幻文学的自觉探索者,有些是计划体制下被要求来写科幻的科普作者或少年儿童文学作者,戏称为"抓壮丁"。因为中国那时全面学习苏联体制,苏联文学中有科幻这个门类,中国也要有。只是当时没有专门划出"科幻文学"这个单独的分类,而是将它视为科普创作或少儿作品。相应地,科幻作者的艺术贡献如果要得到承认,则需参加各级科协下属的科普作协,或以儿童文学作者的身份加入中国作协。这个惯例延续至今,使出版界一直将科幻文学视为某种儿童文学,或者某种科普作品,而其真正的家园——文学界又不承认它的价值。这种现状极大地约束着科幻创作的进一步发展。科幻作者在创作时,必须削足适履地适应出版社科普作品或少儿作品的标准。中国特色的科普式科幻小说长期以来的一花独放,无形之中压抑了中国科幻向多元化方向的发展,也阻碍了它在文学艺术性上的提高。

文学界长期以来将科幻小说看为儿童科普读物,文学价值微乎其微,在文学史书写中几乎没有只言片语提及,也不能理解科幻小说的特异性,更很难用现实主义标准和唯物主义的思想来解读,因此只能是漠视与失语了。同时,科学界的批评和贬低更使科幻小说失去了科学的支点,他们认为科学是实事求是的,哪里能胡乱夸张幻想? 由于科幻小说等于"伪科学"一说曾被用来当作打击科幻艺术的一项大帽子,所以导致了许多科幻界人士对这一观点和此类作品相当反感,他们更愿意强调科幻小说作为文学艺术的一个门类的其他方面的属性和价值,如文学性、社会性等,同时他们也更加强调科幻小说的丰富想象力与娱乐性等。1983—1984 年,中国科幻文学被贴上"精神污染"的标签,受到严厉惩处,这次"抵制精神污染"的"政治运动"几乎使整个中国科幻事业夭折。运动产生的经济和文化后果则无法估量。主流科幻作家中,郑文光因此一病不起,叶永烈、童恩正、刘兴诗、肖建亨等都受到不实污蔑和指控。20 世纪 90 年代中后期,中国传统的或者说中国特色的科幻小说呈现出明显的衰落,开始出现多元化发展的趋势,科普式科幻的兴衰构成了中国科幻发展历程中的一个独特现象。

尽管中国科幻小说在整个 20 世纪末都是出版界的发行销售冠军,带来了巨大的经济收益,叶永烈之类的作家也成为绝对的明星,但是他们却不断地抱怨着自己的边缘地位。研究者们不得不客观地承认:"科学小说仍然不能在文学上与所谓'主流'小说相提并论。……在一般正统的文学界的眼中,科学小说仍不是一个正统的文学类型。这也是个事实。"①这种边缘化地位是全球性的,不仅是在中国如此,可见此类小说叙事有着极为独特的叙事特征和阅读认知,值得我们深入探讨。

尽管中国科幻自有渊源,但由于科幻艺术内在规律的共通性,国内外科幻的发展还是有着相当的相似性的,如由重视科学内涵发展到重视人文内涵,发表阵地由杂志转向单行本,读者年龄由青少年向成年上升,等等。但是,中国的科幻与西方相比,具有明显的滞后性,中国科幻目前的整体发展水平仅能相当于欧美科幻 20 世纪 30 年代末"黄金时代"早期的水平。值得欣慰的是,科幻小说已经开始走入主流文学之中了,2011 年刘慈欣的《三体Ⅲ·死神永生》入选由人民文学出版社主办的"长篇小说 2011 年度五佳",标志着主流文学对科幻小说的认同。

目前,中国幻想小说最大的问题是缺乏原创性。西方幻想文学有《哈

---

① ［美］董鼎山:《科学小说与文学》,《读书》1981 年第 7 期。

利·波特》《魔戒》《天空战记》《纳尼亚传奇》等奇幻体系,这实际上是西方文学中魔幻传统的体现。《哈利·波特》在中国市场上的成功,引发了模仿的热潮。不过,中西方幻想体系的构成并不一致,中国的鬼神传统和西方由精灵、矮人、妖怪构成的谱系很难融合在一起,勉强模仿难免给人不伦不类的感觉。其实,在中国古代和近现代文学中,蕴含着相当丰厚的幻想文学资源,如以《山海经》《西游记》等为代表的神话体系,近代则有还珠楼主开创的神魔武侠传统,当代黄易等人继承了这份文化资源。当代作家完全可以从本土资源中汲取更多,而不是一味地屈从于外来话语,这在某种程度上也是一种学术时髦的陷阱。

但实际情况不容乐观。当前致力于幻想文学创作、并获得了广大读者支持的实际是一批偶像型作家,他们深谙市场经营之道,面对强势进入中国的西方幻想体系,他们放弃了文化抵抗意图,而采用了某种"搭顺风车"的对策,炮制了相当一批文字水准尚可、有意迎合读者热情的作品。这些创作的致命伤在于开拓性远远不足,它们是市场运营的产物,却很难给中国幻想文学打开一片独立的天地。一旦旧有资源为读者所厌弃,解决之道似乎唯有重新引入新的内容。而这种情形,则让人有被西方文化殖民之忧。

同时,中国科幻小说经过多年的发展,但科幻文学的研究没能跟上发展的步伐,很少的学者具备进行科幻文学研究的理论素养和研究能力,因此常常面对新出现的创作束手无措,流于随感式的点评而不能肩负起引导指导深化的促进性功能。近些年,如吴岩、杨鹏等学者在此领域做了大量的工作,但是总体上与其创作量相比是远远不够的。这也是整个幻想文学研究的问题。就其研究现状的详情,吴岩在《科幻文学论纲》(2011)序言"直面边缘"里,进行了非常细致的梳理和总结,他认为在 20 世纪和 21 世纪之交中国的科幻小说研究正在全面拓展,科幻小说与主流小说的距离恰恰就是科幻的独特性。笔者认为科幻小说作为小说叙事的一个分支具有其非常特异的艺术魅力,其叙事特征值得我们深入探讨。

第三节　想象的经典之作:刘慈欣《三体》

近些年,随着科幻文学的发展,在韩松、王晋康、何夕等一大批科幻作家的努力下,科幻创作取得了很多成绩,其中最为辉煌的就是刘慈欣的《三体》三部曲,又名"地球往事"三部曲。该系列小说由《三体》《黑暗森林》《死神永生》三部连续的小说组成,于 2006 年至 2010 年由《科幻世界》杂志连载,随后出版单行本。2014 年,《三体》(即三部曲的第一部)英文版在美国由刘宇坤完成翻译,该英文版在美国上市后反响热烈;2015 年获得美国科幻奇幻协会"星云奖"等五个奖项提名,同年 8 月 23 日,《三体》获第 73 届世界科幻大会颁发的雨果奖最佳长篇小说奖,这是亚洲科幻小说首次获得雨果奖。10 月,作者刘慈欣又因这部作品获得全球华语科幻文学最高成就奖。这让世界看到了中国科幻文学的存在与发展,让中国科幻走出了国门,获得了国际科幻界的瞩目、肯定和褒扬。

刘慈欣(1963.6—　　),山西阳泉人,高级工程师,科幻作家,中国作协会员,山西省作协会员。写过很多作品,包括 7 部长篇小说,9 部作品集,16 篇中篇小说,18 篇短篇小说,以及若干评论文章。他的作品曾蝉联 1999—2006 年中国科幻小说银河奖,又曾获 2010 年赵树理文学奖,2011 年《当代》年度长篇小说五佳第三名,2011 年华语科幻星云奖最佳长篇小说奖,2010 年、2011 年华语科幻星云奖最佳科幻作家奖,2012 年人民文学柔石奖短篇小说金奖,2013 年首届西湖类型文学奖金奖、第九届全国优秀儿童文学奖。代表作有长篇小说《超新星纪元》《球状闪电》《三体》三部曲等,中短篇小说《流浪地球》《乡村教师》《朝闻道》《全频带阻塞干扰》等亦负盛名。其中,当然以《三体》三部曲最有代表性。

《三体》三部曲讲述了地球人类文明在宇宙中的兴衰历程,从中国视角探讨了人类与宇宙的命运问题。内容涉及人类文化的各个方面,如人类历史、物理学、数学、天文学、社会学以及哲学等,对未来进行了终极可能性的描绘,从科幻的角度对人性进行了深入探讨。全书格局宏大,立意高远,被誉为迄今为止中国当代最杰出的科幻小说,是中国科幻文学的里程碑之作,将中国科幻推上了世界的舞台。

《三体》故事讲述的是人类从发现外星文明到经历宇宙毁灭的一个周期。整个故事,按地球纪年推算,结束于公元 18906416 年,这一"年"也是新宇宙时间线的启动点。三部曲是一个从"现在"到未来、从地球到太空的有机组合。

"文化大革命"中,历经坎坷、对人类已经绝望的中国天文学家叶文洁,向宇宙星外生命发射出人类文明信号。信号被正处于困境中的三体文明接收到,由此开始了对地球的侵略。地球上为了应对三体文明的到来,形成了欢迎与拒绝两派。三体人在利用魔法般的科技锁死了地球人的科学发展之后,组建起宇宙舰队,直扑太阳系。人类中的拒绝派形成国际联合,动员全球资源,建立起同样庞大的太空舰队。同时,行星防御理事会(PDC)利用三体人思维透明的致命缺陷,制订出"面壁计划",选出四位神秘莫测的"面壁者",秘密展开对三体人的反击。前三位面壁者先后都失败了,最后一位是中国的社会学教授罗辑,他由一开始的逃避,到逐渐醒悟自己对于所爱的人的责任心,试图找出对抗三体人入侵的方法。他最终发现了宇宙文明间处于"黑暗森林"状态,每个文明都是林中持枪的猎人,而且准备随时向"闯入者"开枪。其法则即被概括为"他人就是地狱"——任何暴露自己位置的文明都将很快被消灭。基于这一法则,他以向全宇宙公布三体世界的位置坐标相威胁,暂时制止了三体对太阳系的入侵,使地球与三体建立起脆弱的战略平衡。与三体文明的战争使人类第一次看到了宇宙黑暗的真相,地球文明因为黑暗森林打击的存在而如临大敌,不敢在太空中暴露自己。罗辑的威慑使三体文明被迫解除了利用"智子"对地球实行的封锁,两个文明开始互相交流。后来,三体母星及其伴星因为坐标暴露而被更先进的文明完全摧毁。星际战争的方式和武器已经远远超出人类的想象,那个消灭三体星系的"歌者文明",使用一种能使三维世界变成二维的技术,又向整个太阳系发起攻击。人类由于耽误了光速飞船的研究,无法获得必需的逃逸速度。于是,整个太阳系、扩及银河系,都变成了薄薄的一幅"画",宇宙也进而坍缩。只有航天发动机工程师程心、天体物理学家关一帆和转而同情地球人的"智子",乘坐唯一业已制成的光速飞船实现了逃离。其间经历,极其复杂、艰辛,直到将所占物质归还给"大宇宙",迈向进入新宇宙的起点。

　　这个故事以整个宇宙为宏观视野,想象了人类未来的命运,是从宇宙立场上来审视人类发展的。刘慈欣自己就说:"未来,作为一个写科幻的人,他只是把未来的可能性排列出来,最好的可能,最坏的可能,至于未来真正是什么样子的,很难预测。"①这种可能性就是依靠作者非凡的想象力而呈现出来的。作者说:"我写的科幻小说中,它的精髓肯定是基于科学的那种想象力。"②在这部巨著中,最为突出的特点便是极其丰富、极其恢弘的想象力。

　　阅读《三体》是一种非凡的感受,因为小说展现了一个无限宽广的宇宙,论时间,是从中国的"文革"时期直到未来 1800 万年之后;论空间,是从地球、太阳系、银河系直到宇宙边缘。从无限遥远的太空观照地球,作者想象出一个星球的前尘往事,一个文明的历史,探讨不同星球文明相处的原则,探讨宇宙即"时空体"的本质。他想象出"面壁者""持剑人""水滴""智子""曲率飞船""降维打击""四度空间'魔戒'"等人物、科技产品以及战争手段,既匪夷所思、波澜壮阔、瑰丽神奇,又具有严谨的科学依据,符合逻辑,预示着历史的合理性。

　　这种想象超越了单纯的科学技术性关注,表达的是对于人类命运的深刻思考,也是中国人对未来世界的寓言。作者的想象是在中国国力开始强盛的基础上展开的。在作品里,中国人开始介入到人类未来命运的历程之中,在挽

---

① 刘慈欣、凤凰读书、唐玲:《科幻,想象未来的多种可能》,《文学报》2015 年 9 月 3 日。
② 刘慈欣、凤凰读书、唐玲:《科幻,想象未来的多种可能》,《文学报》2015 年 9 月 3 日。

救地球、挽救宇宙的星际大战中展现出中国人所具有的东方智慧及其逻辑力量,章北海、罗辑、程心、云天明等都具有英雄情结。某种程度上,这样的想象显示出了一种国家实力与民族自信,延续着中国百年来的强国梦,具有强烈的民族自豪感。

这种想象充满哲学内涵,极其厚重、深刻。

1903 年,论及"殖民星球,旅行月界"的科学幻想时,鲁迅曾说:"如是,则虽地球之大同可期,而星球之战祸又起。呜呼!琼孙之福地,弥尔之乐园,遍觅尘球,竟成幻想,冥冥黄族,可以兴矣。"①刘慈欣的《三体》正是以宏阔的想象和深邃的思考,呼应着、回答了鲁迅一百多年前发出的忧虑和预见。

《三体》第二部中,罗辑在叶文洁指导下推导出的"宇宙社会学"理论具有纲领意义。这一理论包括两条公理和两个概念:公理 1. 生存是文明的第一需要;公理 2. 文明不断增长和扩张,但宇宙中的物质总量保持不变。概念 1. "猜疑链"(指星际交流实现之后,不同文明之间由于时空距离十分遥远而产生的互相猜忌);概念 2. 技术爆炸(指文明程度越高,科技发展越快,对资源的需求也越大、越急)。所谓"黑暗森林"法则,又是根据以上公理、概念论证出来的。地球文明以及太阳系、银河系的毁灭,整个宇宙的坍缩,则是上述公理、概念、原则在"宇宙社会"中得到兑现的逻辑过程,也是由宇宙大悲剧给出的验证。所以,刘慈欣说:"《三体》三部曲里面,真正有系统的创作思维,是在社会学方面。"②

在《三体》三部曲里,作者思考的是:人类文明的生存意义何在? 文明的发展扩张在宇宙中处于什么样的位置,将会导致什么样的结果? 宇宙犹如一片没有光线的黑暗森林,各个星球文明是那么渺小,即使知道彼此的存在,也

---

① 鲁迅:《〈月界旅行〉辨言》,见《鲁迅全集》第十卷,北京:人民文学出版社 2005 年版,第 163 页。

② 黄永明:《每一个文明都是带枪的猎手——专访科幻作家刘慈欣》,见《宇宙容得下我们吗?——〈三体〉争鸣》,南京:南京师范大学出版社 2016 年版,第 223 页。

无法彻底满足各自对资源的需求,无法消除彼此的猜忌。在这样的处境之下,每个文明都会产生这样的"念头":如果暴露了自己,就会被消灭,因为宇宙中的总能量要维持不变。作者描绘出一个弱肉强食的宇宙。在这样的想象中,人们不得不思考生命的存在之脆弱性,不得不思考人类和地球家园未来的归宿。

《三体》三部曲体现着作者对于将来可能实现的星际交往、星际关系即"宇宙社会"的独特思考。与那些天真、善良地面对宇宙、面对外星文明的科幻作家不同,刘慈欣说:"我一直认为,外星文明将是人类未来最大的不确定因素。""对于太阳系之外的星空,要永远睁大警惕的眼睛,也不惜以最大的恶意来猜测太空中可能存在的'他者',对于我们这样一个宇宙中弱不禁风的文明,这无疑是最负责任的做法。"①

《三体》三部曲带给我们的也是对于人类命运的探讨,作者反省了人类中心主义,对人类的思维方式和习惯"语言"都进行了反思。作品关注的是人之所以为人的伦理以及二律背反悖论,突破了类型小说的肤浅与娱乐性,显得极有深度、力度和科学理性。

书中值得注意的,还有对于技术细节的描写,非常新颖,值得称赞。最令人印象深刻的想象之一是"三体游戏"里的人列计算机。整个"三体游戏"设计得十分出色:里面的系统,或者说宇宙模型的设置,是十分超凡的。三个恒星的设置,乱纪元、恒纪元的交替,脱水的三体人,这些概念在科学上可以令人产生认同感,相关的意象也十分新颖。钟摆纪念碑、半月撕裂等意象和场景,也给这个虚拟世界增添了许多艺术特色。人列计算机运行的场面更是宏伟,具有极大的艺术震撼力。这个来自三体文明的游戏软件,还体现了作者对信号与处理及微机技术非常扎实的功底,他对多维空间概念、理论的理解也很具前沿性。作者的科技想象当然不尽于此,它在后续情节里得到更加淋漓尽致

---

① 刘慈欣:《〈三体〉英文版后记》,见《宇宙容得下我们吗?　——〈三体〉争鸣》,南京:南京师范大学出版社 2016 年版,第 257—258 页。

的发挥,例如使飞船达到光速的曲率驱动技术,神秘的二向箔武器,由三维空间进入四维空间的诡异体验,三维空间向二维空间跌落的理论阐述和诡异图景……都有力地扩张了读者的视域,激发起他们对未来世界的探索欲望,满足了"技术控"们的学习新鲜感,这些都是阅读快感的来源之一。

　　这种想象首先具有严谨的、符合情理的科学性,是在对科学技术发展的深刻了解和洞察基础上展开的,科学内涵丰富厚实,给人以极大的科学震撼力。作品里的科学想象既符合科学史逻辑,也符合人性道德。其中体现的古典力学、现代物理学、量子力学的知识严密完整。这个知识体系,在现代与未来世界中游刃有余地穿越、延展。尤其令人瞩目的是现代物理学、现代宇宙学的阐释和表现,包括黑洞、反物质、引力波、宇宙坍缩等概念的引入和相关想象,都是建立在最尖端的现代科学认知上的。每一个叙事都不是狂想,而是现代科学知识的推演。刘慈欣强调,这种想象依靠的是"科幻思维",这种思维具有猜想性、排列性和非线性(突变性)特征①,带有高智商游戏的魅力。因为小说的描写具有很强的专业性,对前沿科学理论有着广泛地描述,所以书中弥漫着一种浓厚的科学美氛围。例如这一段关于某颗恒星的叙事:"雷迪亚兹先生,这其中有几个关键数据:那颗恒星是一颗黄色 G2 型星,绝对星等为 4.3,直径为 120 万公里,是一颗与太阳极其相似的恒星;那颗行星约为 0.04 个地球质量,比水星还小一些,而它的坠落所产生的螺旋形物质云的半径达三个天文单位,超出了太阳至小行星带的距离。"②书中经常出现这种科学专业术语,很多地方还要进行注释来加以说明,但是这些科学术语形成了严谨文风,与之相应、相关的想象则把科学之美从冷酷方程式的禁锢里解放出来,显得瑰丽而真切。当然,也有科幻迷对其中一些技术问题抱有不同看法,但是总体上作为文学作品,它对科学美的书写非常成功。

　　因此,《三体》的想象力具有很强的奇异魅力,具有极强的社会批判性和

---

① 刘慈欣、吴岩:《〈三体〉与中国科幻的世界旅程》,《文艺报》2015 年 9 月 25 日。
② 刘慈欣:《三体 2 黑暗森林》,重庆:重庆出版社 2008 年版,第 261—262 页。

人文色彩。但是,笔者认为这些想象力的呈现并不完全成功。作者在叙事语言方面有些过于保守沉闷;结构虽然宏大,但并非没有漏洞;最为令人诟病的是人物塑造比较扁平,这与作者认为科幻的任务不在写人应该直接相关,而这在理论和实践上都是尚可进行深入探讨和探索的。凡此固属瑕不掩瑜,但也还是可以看出我们科幻小说的创作要走的路还很长。

第四节　中国科幻小说的精英叙事

科幻小说作为一种通俗小说类型,在中国有着并不通俗的文学意义。20世纪的中国科幻文学承载着国人强国富民的梦幻和进行科普的说教任务而被功利化、工具化,其文学地位也很边缘。然而,随着科学技术在现实生活中日益凸显,以此为关注对象的科幻小说也就成为人们探索未来各种可能的最好形式,它既可以使人们为未来作思想准备,也可以使人们更好地创造未来,更为难得的是,在这样一个物质时代,科幻文学已经是对科学技术进行深刻反思,探究人类命运的载体文类。因此,今天的科幻小说,早已不仅再是传播科学知识,使人尊重科学,使年轻人笃信科学并献身科技事业的一种文学样式;它增加了新的更重要的社会功能,就是成为一种有力的批评社会并促进社会发展的方式。其文学功用的转化和社会意义的增强促使这一类型小说逐渐步入主流文学视野。尤其在中国,随着"科幻新生代"作家的崛起,其创作佳绩如刘慈欣、郝景芳等"雨果奖"的获得为其带来了国际化声誉,使这一文类显得非同寻常起来。

作为一种写梦的幻想小说类型,科幻小说有着自己的叙事规约。和童话、武侠小说等相比,科幻小说更为关注的是一种未来世界,叙事被现有科学规律的设定所限制,也就是说科幻小说叙事具有一种科学性结构,采用一种模拟科学性的话语方式,从而表现科学在现代社会中的影响,释放对未来世界的想象。本来,科幻小说是现代科技背景下出现的大众读物,具有通俗化、模式化、批量生产等消费娱乐性。但是在中国,科幻小说却越来越多地具有了精英文学的忧患意识和哲理思考,那么作为中国的科幻小说,究竟具有怎样的一种特殊的文学魅力呢? 在此,我们将以王晋康的《生死平衡》为例来分析阐述,以期探讨当代科幻小说创作的得失和发展趋势。

一

王晋康(1948—),自 1993 年开始涉足科幻小说创作以来发表了近 500万字的优秀科幻作品,如《亚当回归》《天火》《生命之歌》《养蜂人》《蚁生》《生命之歌》《癌人》等中、短、长篇小说,曾 10 次获得中国科幻大奖"银河奖",风格苍凉沉郁,富有浓厚的哲理气息,善于追踪 20 世纪最新的生物科学发现,语言典雅流畅,结构精致,具有很强的可读性和文学性,是当代中国科幻小说的代表作家,被称为"中国新生代科幻创作的代表"(吴岩语)"中国科幻新时代里的巨人"(姚海军语)①,应该说,其科幻小说的文学创作理念和科学精神都有代表性。这里选择其作品《生死平衡》来进行分析,是因为它曾获科幻小说大奖"银河奖",是其代表作之一,基本上可以展示出当代中国科幻小说创作发展中的特征和风貌。

《生死平衡》讲述的是 2031 年中东 L 国向石油大国 C 国发动细菌战的故事。L 国在 1977 年人类彻底消灭了天花病毒后,到索马里取走了最后一位天花病人的病毒样本,将其培养成毒性更厉害的变异体,并植入野鸭体内,通过人工植入电极的方式控制野鸭的飞行方向,利用野鸭袭击 C 国,获取石油控制权。一位中国医者皇甫林来到 C 国旅游,利用自己家传的平衡医学救治好了首相的儿子,赢得了他们的信任。当 C 国遭受变异病毒侵扰大批民众患病之时,皇甫林用中药配制成的人体潜能激活剂救治了大批国人,从而避免了一次毁灭性的打击,同时皇甫林也收获了爱情。

---

① 王卫英:《中国科幻的思想者》,北京:科学普及出版社 2016 年版,封底。

　　小说讲述的是一个常见的灾难故事。灾难发生——英雄出现——危机解除,似乎毫无新意。灾难的发生是一场阴谋,英雄皇甫林的出现也不突然,先是救治首相儿子,然后顺理成章救治国民。英雄和美人总是要在一起的,于是美人和英雄的爱情故事在灾难中一步步发展,最终修得正果。小说情节是典型的"英雄救难"的故事。同时,小说中的人物基本上是定型的扁平人物,没有复杂的性格和人性展示。英雄皇甫林是一个富有才华、喜爱旅游的自由随性的才子型男人,美人艾米娜是一个任性骄纵的富家女,其他人似乎连性格都谈不上,没有完整的个性剖析。因此,我们发现,这部小说的吸引力根本就不在人物和故事情节上。就像我们欣赏好莱坞大片,常常为其幼稚简单的故事而摇头,为简单的善恶报应而叹气,但是还是很乐意为之买单,就是因为吸引我们的不是这些,而是那些又炫又酷的视觉效果和其他充满了新鲜感的元素。这部小说吸引我们的是什么呢?

　　应该说,这部小说吸引我们的就是科学幻想。在故事里,不同于其他类似情节的元素就是几乎所有的叙事都充满了科学因子,而对于现代医学的科学的想象迎合了读者的期待,形成了一种陌生化,带给读者完全崭新的阅读体验。故事中的"英雄"主人公皇甫林凭借的是医学科学而非魔法法器或者神奇武功以及其他种种力量来完成拯救任务的。这里探讨了一个极为严肃的科学问题,就是中西医基本理论的差异,对西医用外力治病的方法提出质疑,而强调激发人体自身的免疫能力来对抗病毒的中医原理。整部小说都是建立在这样一个科学理论基础上的,以对现代医学的怀疑态度探讨了病毒出现的耐药性的问题、人类在现代医学无限救治中产生的免疫力退化灾难的问题,以及破坏自然界平衡等问题,引发人们对于医学发展的思考和探索。小说用了大量的文字进行这种理论的阐述,在情节设置中,将主要两个救治情节:救治首相之子和救治 C 国民众都置于科学论证之中,可以说情节的设置不是仅仅为塑造人物或者故事的发展而服务的,更为重要的是为阐述科学理念来作为证明案例而存在的。由此可见,科幻小说的叙事重点通常不在人物的行动上或者其他方面而主要在科学原理的论证上。这在硬科幻中更是如此,叙事者和阅读者的想象力一般都集中在对于科技发展的展示呈现中,其兴趣对于故事人物情节等都不及对于科学本身的想象。人们通过科幻故事的叙事而想获得的通常是某种科技方式能够发展到何种程度、能够给我们未来带来什么的好奇心的满足感。比如,刘慈欣的《三体》给我们展示的就是地球在宇宙文明中可能遇到的灾难。这种科学哲理的探索正是王晋康小说的魅力所在,比如他的《养蜂人》关于整体智力的思考,《生命之歌》中关于生存欲望存在于 DNA 的次级序列中终将被人类破译的理论,等等,表达的都是一种科学性内容。宏大、深邃、神秘的科学体系本身带有的震撼性就是科幻的美学因素,拨动着读者好奇心和求知欲,是一种技术物化的后现代美感。

通常,大部分通俗科幻小说热衷于描写这种"科学性",很多科幻小说改编的影视作品就常用高科技手段表现那种想象中的未来奇幻场景。王晋康为此提出了"核心科幻"①这一概念来强调科幻中科学因素的重要性,认为,"科幻构思最好有一个坚实的科学内核,能符合科学意义上的正确。"②"科学本身是科幻文学的一个源文化,科学因素就是它的美学因素。用通俗的话说,这种美学因素就是表现出科学的震撼力。"③他的《养蜂人》中的整体论、《替天行道》中的种子自杀基因、《十字》中的低烈度纵火论、《豹》《亚当回归》中嵌入兽类基因或电脑芯片、《斯芬克斯之谜》中的改进端粒酶以实现人类永生、《新安魂曲》中的环宇宙航行、《五月花号》《沙漠蚯蚓》中的微生命组成的超级智力、《终极爆炸》中爱因斯坦质能公式的终极能量等科学构思,都是现代科学中的范畴问题,给人们带来崭新的想象视域和新奇的感受认知,这些正是小说

---

① 王晋康:《漫谈核心科幻》,《科普研究》2011 年第 3 期,见王卫英主编:《中国科幻的思想者》,北京:科学普及出版社 2016 年版,第 406 页。

② 王黎明、王晋康:《科学是科幻的源文化》,见王卫英主编:《中国科幻的思想者》,北京:科学普及出版社 2016 年版,第 28 页。

③ 郝树生:《跨越时空又立足现实的冥思苦想》,见王卫英主编:《中国科幻的思想者》,北京:科学普及出版社 2016 年版,第 31 页。

魅力所在。

然而,仅仅有这些科学美感,只能带来浅显的阅读快感(这正是通俗文学通常所具有的特点)。而王晋康们的科幻小说没有停留在此,他们将想象虚构指向了科学对人们生活带来的影响,"立足于科学事实和生活现实,展开了深沉的思索和创作"并由此进行了思考,探讨,将笔触伸向了整个人类和宇宙。

科技是人性的解放力量,减轻了人类的生存压力,带来了极大的便利,但同时也对自由形成了限制。随着科技的发展,人类的生存方式发生了巨变,随之社会的道德、理性、价值观、世界观等都发生着种种变化。科技的高速发展让人类感到自己的异化,感到方方面面的窒息,于是产生恐惧、困惑、期待等各种情感。科幻小说所要表达的正是人类在科技压力之下的文学性的情感,如呐喊呻吟或者欢歌吟咏,而不仅仅是科幻本身。王晋康在《生死平衡》中对于西医的质疑就是对现代医学的反省,它认为现代医学有两大进步:抗生素和疫苗。抗生素基本是绕开人体免疫系统直接和病毒作战,结果人类免疫系统在长期的无所事事中逐渐退化,而病毒在抗生素的围剿中得到锻炼强化而产生耐药性,形成了危险的临界状态;疫苗倒是通过人体免疫力来发挥作用的,但人类用赶尽杀绝的办法彻底消灭病毒着同样是一种危险状态,一旦防范失效就会一发不可收拾造成巨大的毁灭性灾难。从这个角度来看,现代医学的进步似乎与人类的初衷背道而驰了。人类越来越脆弱。这种思考早已超出了娱乐性通俗文学的叙事范畴而是一种极为鲜明的精英型思维。

关于科学的哲理性思考,一直弥漫在中国科幻创作界。他们以国际化的思维,以科幻话题为切入点,探讨背后的深刻的社会问题、伦理问题。人性、人与自然的关系、道德与科学的冲突、善与恶的挣扎、人类创造力的极限、人类中心主义……对人类的命运进行追问,王晋康的《西奈噩梦》用时间机器把敌对民族的人生印成直观的图像,反思民族仇恨的问题;《科学狂人之死》探讨当科技可以复制人的时候,爱情将置于何处?《类人》表现的是科学与伦理的冲突,《逃出母宇宙》写的是末日灾难,体现了悲天悯人的博大情怀和先知之忧,《与吾同在》则阐释了复杂的善恶关系。诸如此类的思考在他的创作中比比皆是,也因此他被称为"中国科幻的思想者"①。正是这种反思哲理性使其小说创作不再停留在肤浅的光怪陆离的科学幻梦层面而深入到沉重的思考面上,使人不再有快餐阅读感,而引发出各种思索。

其实,王晋康并没有走出传统的精英作家的思考范畴,他的忧患意识、民族改造的努力以及对乌托邦的幻想依稀可辨出屈原的忧患、鲁迅的国民性改造等的影子,无不体现出传统儒家士大夫的精英意识。正是这种精英意识使其作品呈现出丰厚的力度和深度,将科幻的娱乐性转化为浓重的思考性。由此可见,优秀的幻想小说是不会满足于愉悦性叙事的,更多的科幻小说已经在努力追求叙事的深度和广度,而思考着人类的未来。这也就是科幻小说在 21世纪越来越具有艺术魅力的原因,应该说科幻小说早已经努力跨过了通俗小说的门槛而登堂入室了,表达着现代人类的科技困惑和生存思考,具备了精英文学的意识思维和立场。比如韩松的作品《宇宙墓碑》《在未来世界的日子里》等,充满寓意和隐秘感,具有强大的暗示性,是预知的历史小说,铺陈整个人类内在的实质,和王晋康一样,具有深厚的精英背景和强烈的精英意识。

当代科幻正是基于这样的精英立场,具有了"不通俗"的文类价值。"科幻文学不需要主流文学的承认,它能够建立自己的独立价值。对其他事物的反思,可以由很多别的文学样式来承担,但要用文学形式对科学技术进行反思,只能由科幻作品来承担。"②精英化立场的文学创作必将带着科幻小说进入到主流文学殿堂之内。

也正是这种精英意识,使中国科幻呈现出一种"说教性幻想",具有很强的载道意识,这也是"科普式科幻"所发展出来的特征。然而,优秀的科幻作

---

① 赵海虹:《王晋康——中国科幻的思想者》,见王卫英主编:《中国科幻的思想者》,北京:科学普及出版社 2016 年版,第 49 页。

② 江晓原:《让科幻承担起更重大的使命吧》,《中华读书报》2014 年第 2 期。

家不仅具有瑰丽神奇的科学想象力,还有着温暖人性的人文思考,更有着"讲故事"的叙事能力。

二

科幻小说的叙事虽然具有了精英立场,但在艺术探索的先锋性如对于人生理性的深刻体悟、情感的深切感受、艺术创新的探索等各方面尚需努力。毕竟,通俗性科幻小说对于市场的依赖、对于传统道德规范的认同、对于情节趣味的追求上都体现出一种观念定式,即便在某些方面有探索创新也很快形成一个套式进行反复运作,而缺少对现实的诘难、反省、思考。

通常,这类幻想叙事通常会被设置于一个全新的幻想时空中,在建构创造这个时空的时候,文学叙事难免会将现实复杂世界简单化呈现,因为小说在架构的虚拟世界中无法也不会用文字完全复制出现存社会现实的多元性立体性,比如对未来社会的描写,多是着眼于小说叙事的关注点而不会涉及其他方面,因而会显得很单薄。通常幻想小说都会显得浅显、直白、富于理想化,如武侠小说就不会关注侠客们在行走江湖时的吃喝拉撒等琐事,也不会交代他们日常生活费用的来源等这些现实问题,读者所看到的都是武功高强的侠客行侠的过程。同理,科幻小说展示的是科学技术对生活的影响而非实际具体的生活,因此现实世界的复杂性就被简化了。

其次,当小说讨论到复杂的道德伦理、社会发展等难题时,叙事者通常都会给出非常苍白无力的爱啊、情啊等简单的解决答案或者回避性期待结局。这就使小说很难进行深入地开掘而将叙事引向较为复杂的内容。显然,人类的生存困境又岂是科技这一个方面的问题? 而科幻小说借助于科技力量来解决人类社会中的矛盾和问题的方式似乎显得是一个力不从心的工具,这也就是主流精英文学对科幻文学嗤之以鼻的一个原因。通常科幻小说被视为通俗类小说,就是在文学建构方面偏向于娱乐休闲轻松的一脉,而不能或者是不愿承担起对于现实乃至历史的真实的重大责任。幻想小说,包括武侠等都重在营建精彩生动的细节,比如生生死死的爱情、曲折迷离的情节、幽默风趣的对话、各类性格迥异奇特的人物等,而这些从不接受历史可能性和真实性的检测,人们痴迷于这些叙事带来的各种心理满足感,而不会苛求它们在思想观念方面承载沉重的社会历史责任。正是如此,科幻小说对于现实读者的阅读心理的满足顺应,造成了文本的通俗性和流行性。精英小说则相对来说更注重"理想读者",就是具有强烈的意义内核,具有严肃性,不以满足读者的期待心理为目的。

那么,王晋康的小说叙事是怎样的?

他的小说始终充满着"反思"与"反动"的意味,很多科学观点引起过广泛关注和争论,如《替天行道》中对于商业道德与"上帝道德"的冲突,《十字》中关于低烈度纵火理论、凶恶病毒的温和化、上帝只关心群体而不关心个体的大爱论,《与吾同在》的共生圈观念等,让小说的结局总是超出期待阅读心理。《生死平衡》就是这样探讨了生与死的严肃课题。他认为医学本身不只是治病救人,而应该建立对人类有利的生死平衡机制,应该允许一定比率的疾病死亡以保障人类的自然选择和进化的顺利进行。这种独特的理念发人深省,折射出对现实的沉重思考。我们不得不承认,王晋康不是随意的"讲故事"的"说书人",他是进行严肃思考并用文学方式表达科学思想的思想者。

科幻小说家的精英文学立场,促使他们更多地满足自我表达思考而不仅仅是满足读者阅读消费需要。这就使传统科幻的娱乐性叙事步入了精英叙事。刘慈欣常用的是武侠小说中的"争霸模式",王晋康用的是类似侦探小说的推理模式多一些,都把故事讲得很精彩,但是同时也都很注意应用现代叙事方式,比如时空的转化等,韩松则干脆就开始尝试现代主义的先锋叙事模式,打碎了叙事的连贯性。这些都是科幻作家在叙事方式上所具有的精英立场的表达方式,其叙事内容则有鲜明的个性色彩,带着极强的社会反思力,而非社会娱乐性。

由此可见,当代中国科幻作家的创作的精英色彩之鲜明,也促使科幻这一小说文类走向更为宽广的发展前景。但是我们也要看到,在表达具有震撼力的科学思考的同时,人物显得很简单。比如《生死平衡》中对于主人公皇甫林的塑造、对于美丽的艾米娜的描写都很单薄,社会环境也显得很单一,这恐怕是幻想小说通常都有的一种缺憾吧。

正是这种精英意识,使中国科幻呈现出一种"说教性幻想",具有很强的载道意识,这也是"科普式科幻"所发展出来的特征。科幻小说的叙事虽然具有了精英立场,但在艺术探索的先锋性如对于人生理性的深刻体悟、情感的深切感受、艺术创新的探索等各方面尚需努力。毕竟,通俗性科幻小说对于市场的依赖、对于传统道德规范的认同、对于情节趣味的追求上都体现出一种观念定式,即便在某些方面有探索创新也很快形成一个套式进行反复运作,而缺少对现实的诘难、反省、思考。因此,科幻小说要深化发展,需要更多的努力。

结　语

　　20 世纪是中国社会从传统农业社会向现代工业社会转型的一个百年发展时期,也是中国反省传统、学习外来文化的一个多变的时期。中国小说在这个时期被精英们赋予了民族复兴的重责而成为改造国民的利器。幻想小说因其本身的非写实性叙事属性而在世纪初和世纪末契合了社会发展的群体期待心理,表达了国民对于未来对于科学对于国家对于世界乃至对于整个宇宙和人类的想象期待,形成了发展高潮,但在大部分时间却备受压抑。探讨这一文学现象,研究幻想小说叙事作品中所蕴含的审美价值和文化意义,关注小说家在 20 世纪被社会、时代等所激发的想象力、创新性以及这种创造的延续和消失趋势,探求非主流的潜在的大众文化心理,应该说是一件非常有意义有价值的工作。

　　首先,20 世纪幻想小说秉承了中国传统小说的叙事传统,又融入了西方叙事因素,形成了非常丰富独特的叙事方式和内容,无论是科幻小说、童话创作还是新文学家的社会幻想、武侠想象,都是中西结合、古今交融,富有创新性和想象力,既有时代特征又深蕴文化内涵。

　　纵观中国现代幻想小说的发展,我们看到幻想小说具有鲜明的时代性,始终围绕着国民改造、富国强民的主题而展开叙事。不论是晚清的国家幻想还是儿童的教化性童话还是科普性科幻小说都富有极其浓厚的功利性,很少有纯粹的娱乐消遣或者单纯释放想象力的从容的叙事作品。更别说精英立场的新文学家的作品了,更是以幻想叙事来书写社会现实的。从这里,我们可以非常深刻地感受到中国现代小说的功利性特征和目的,也可以看到在民族存亡、国弱民贫的现实中中国小说的想象虚构是难以挣脱现实的束缚的,这也是为什么中国小说的想象力始终被压抑的社会原因,也是中国文学发展中的一个值得注意的现象。

其次,中国现代幻想小说的发展可以说打破了所谓的雅俗小说的分界,由此切入可以很好地完整地观察中国小说现代化进程轨迹,从而寻觅出中国小说自身获取现代性的内部原因。幻想小说在既定的研究格局中被分割成各种类型,很少研究者能够将其归纳在一起以较为完整的理论来涵盖这一叙事文类,对此进行深入探讨。其实,关注于文学想象力的幻想小说是非常有吸引力的一种创作类型。这一类型所呈现的就是文学的虚构本质。考察想象虚构的方式、资源的发展转换对于小说的研究具有本质意义。

再次,研究幻想小说可以为我们提供很多新角度新视野新思维方式,突破某些研究范畴的桎梏。长期以来,我们研究者在意识形态的制约下,形成了二元对立的思维方式,将写实性叙事作品作为主流类型加以提倡,而对非写实的叙事作品关注不够,甚至将幻想小说视为通俗文学的专项加以鄙夷,并且用写实性的叙事习规作为唯一标准来评述各种创作,常常对于非写实的作品隔靴搔痒,不得要领,甚至无法言说。这也是以想象世界为表现对象的科幻、武侠等小说的研究比较薄弱的一个原因。现今,我们走出了新文学的范畴,把研究视野扩展到整体文学创作,很多类型的小说被描述、被界定,但是多局限于表层归类而缺乏深入探究。我们将注重想象力展示的非写实作品放在具有相似性的同类作品中考察,发现其在传统中的创新性和在这一类型的基本叙事语法中展现的个性化因素,从而更深入地理解、说明作品的艺术魅力所在。只有将隐藏在千变万化的故事情节后的具有共通性的叙事语法归纳总结出来,描述出其演变的轨迹,才能正确理解评价这一类小说的审美价值和文史地位。

从叙事习规这一角度入手,可以考察文学本身的传统承传和变化,深入到文化心理、想象资源、美学特质等多种叙事因素进行研究,可以比较直接地发现小说的创新之处和艺术魅力所在。

另外,幻想小说在 20 世纪初繁盛一时,民国之后渐趋边缘性,到 20 世纪末 80、90 年代又开始重新兴盛。这种文学叙事习规的遭遇不仅是读者、创作者的功利性选择,也牵涉到小说这种文体在文学结构、文化结构中的作用,是一系列的文学技巧、社会思潮、艺术价值等的选择和表现。这是我们现有的类型理论无法涵盖的。也许,通过对非写实小说文本的研究,可以揭示出"现实"这个观念如何进入中国文学,现实主义的现代文学传统是怎样形成的,以此为参照,观察到现代写实性小说的创作得失。因此,非写实类型小说被压抑又被重新发现的这个过程尤其值得玩味。更为重要的是,在非写实小说的研究中,可以了解中国文学家的独特丰富想象力,感知其艺术独创性和审美魅力,对夸大理论向度而稀释审美性的研究倾向加以匡正。面对当下类型化小说创作潮流,非写实因素日益增强,我们可以更好地把握着这种创作意识的走向,从而为今后的创作提供理论上的指导。

20 世纪 90 年代以来,在对文学审美形式的关注和对现代性的反思下,那些在文学史上被遮蔽的非主流作家逐渐被发掘、清理出来,同属一个文学空间的俗文学和雅文学互动渗透的历史现象被呈现,研究者重新绘出了现代小说发展的多元化格局。这给我们研究者提供了更多的研究契机和可能性。研究晚清以来的幻想文学实践,从传统的非写实叙事习规切入,可以避开现代文学研究中传统单一的所谓主流文学的影响,避免简单化复杂多元的文学现象,揭示其文学实践的丰富内涵和多重现代性追求。这种研究是一种回到小说本身传统的类型研究,是诗学层面的、落实到文本的研究,是探讨小说文本在传统内部之自我改造和发展的诗学规范和诗学理念的研究,所以从某种意义上说,是对 20 世纪中国小说史的学术研究现状的思考和新的研究尝试。

　　所以,考察贯穿于传统和现代叙事中的非写实叙事习规的演变,寻求"最传统的"如何成为"最现代的"历史动因和文学规律,应该是以"幻想"为研究话题的。

　　是为尝试,望同仁多加扶持。

主要参考文献

（按音序排序）

阿英著:《晚清小说史》,北京:人民文学出版社,1980年版。

班马著:《中国儿童文学理论批评与构想》,湖北:湖北少年儿童出版社,1990年版。

蔡铁鹰著:《中国古代小说的演变与形态》,北京:中国文史出版社,2003年版。

曹亦冰著:《侠义公案小说史》,杭州:浙江古籍出版社,1998年版。

陈平原、夏晓红编:《二十世纪中国小说理论资料》第一卷,北京:北京大学出版社,1997年版。

陈平原著:《二十世纪中国小说史》(一),北京:北京大学出版社,1989年版。

陈平原著:《小说史:理论与实践》,北京:北京大学出版社,1993年版。

陈平原著:《中国小说叙事模式的转变》,北京:北京大学出版社,2003年版。

陈万雄著:《五四新文化的源流》,北京:生活·读书·新知三联书店,1997年版。

仇重、金近等著:《儿童读物研究》,上海:上海中华书局,1948年版。

崔奉源著:《中国古典短篇侠义小说研究》,台北:联经出版事业公司,1986年版。

杜传坤著:《中国现代儿童文学史论》,北京:中国社会科学出版社,2009年版。

范伯群主编:《中国近现代通俗文学史》,南京:江苏教育出版社,2000年版。

范伯群著:《中国现代通俗文学史》(插图本),北京:北京大学出版社,2007年版。

范智红著:《世变缘常——四十年代小说论》,北京:人民文学出版社,2002年版。

方卫平著:《中国儿童文学理论批评史》,南京:江苏少年儿童出版社,1993年版。

高玉海著:《明清小说续书研究》,北京:中国社会科学出版社,2004年版。

龚鹏程著:《大侠》,台北:锦冠出版社,1987年版。

龚鹏程著:《侠的精神文化史论》,济南:山东画报出版社,2008年版。

郭延礼著:《中国近代翻译文学概论》,武汉:湖北教育出版社,1998年版。

韩进著:《中国儿童文学源流》,长沙:湖南少年儿童出版社,1999年版。

韩松著:《想象力宣言》,成都:四川人民出版社,2000年版。

胡从经著:《晚清儿童文学钩沉》,上海:少年儿童出版社,1982年版。

胡胜著:《明清神魔小说研究》,北京:中国社会科学出版社,2004年版。

胡绳武著:《清末民初历史与社会》,上海:上海人民出版社,2002年版。

黄书光著:《中国教育哲学史》第四卷,济南:山东教育出版社,2000年版。

黄伊主编:《论科学幻想小说》,北京:科学普及出版社,1981年版。

黄云生主编:《儿童文学概论》,上海:上海文艺出版社,2001年版。

姜振昌著:《中国现代杂文史论》,北京:人民文学出版社,1995年版。

蒋风、韩进编:《中国儿童文学史》,合肥:安徽教育出版社,1999年版。

蒋风编:《中国现代儿童文学史》,石家庄:河北少年儿童出版社,1987年版。

蒋风主编:《儿童文学原理》,合肥:安徽教育出版社,1998年版。

金燕玉著:《茅盾的童心》,南京:南京出版社,1990年版。

金燕玉著:《写在文学的边缘》,北京:中央民族大学出版社,1999年版。

金燕玉著:《中国童话史》,南京:江苏少年儿童出版社,1992年版。

孔范金编:《二十世纪中国文学史》,济南:山东文艺出版社,1997年版。

孔海珠编:《茅盾和儿童文学》,上海:少年儿童出版社,1990年版。

黎泽荣编:《黎锦晖和儿童文学》,上海:少年儿童出版社,1996年版。

李楚材编:《陶行知和儿童文学》,上海:少年儿童出版社,1990年版。

李建盛著:《理解事件与文本意义——文学阐释学》,上海译文出版社,2002年版。

李欧梵著:《现代性的追求》,北京:三联书店,2000年版。

李鹏飞著:《唐代非写实小说之类型研究》,北京:北京大学出版社,2004年版。

李奇志著:《清末民初思想和文学中的英雄话语》,武汉:湖北教育出版社,2006年版。

林辰著:《神怪小说史》,杭州:浙江古籍出版社,1998年版。

刘慈欣著:《流浪地球——刘慈欣获奖作品》,武汉:长江文艺出版社,2008年版。

刘慈欣著:《三体》,重庆:重庆出版社,2008年版。

刘慈欣著:《三体Ⅱ》,重庆:重庆出版社,2008版。

刘慈欣著:《死神永生》,重庆:重庆出版社,2010 年版。

刘纳著:《嬗变——辛亥革命时期至五四时期的中国文学》,北京:中国社会科学出版社,1998 年版。

刘祥安著:《话语的真实与现实》,南京:江苏人民出版社,2005 年版。

刘晓东著:《儿童精神哲学》,南京:南京师范大学出版社,1999 年版。

刘勇强著:《幻想的魅力》,上海:上海文艺出版社,1992 年版。

陆扬、王毅著:《文化研究导论》,上海:复旦大学出版社,2006 年版。

罗钢著:《叙事学导论》,昆明:云南人民出版社,1994 年版。

罗志田著:《裂变中的传承——20 世纪前期的中国文化与学术》,上海:中华书局,2003 年版。

马力主编:《建构与解构:一个文学史现象——20 世纪 90 年代两岸童话范式转变研究》,北京:中国社会科学出版社,2004 年版。

马力著:《世界童话史》,沈阳:辽宁少年儿童出版社,1990 年版。

梅子涵、方卫平等著:《中国儿童文学 5 人谈》,天津:新蕾出版社,2001 年版。

孟昭连、宁宗一等著:《中国小说艺术史》,杭州:浙江古籍出版社,2003 年版。

倪匡著:《我看金庸小说》,台北:远流出版社,1987 年版。

倪伟著:《"民族"想象与国家统制》,上海:上海教育出版社,2003 年版。

欧阳健著:《历史小说史》,杭州:浙江古籍出版社,2003 年版。

欧阳健著:《晚清小说史》,杭州:浙江古籍出版社,1997 年版。

彭懿著:《西方现代幻想文学论》,上海:少年儿童出版社,1997 年版。

浦漫汀主编:《儿童文学教程》,济南:山东文艺出版社,1991 年版。

钱理群著:《返现与重构——文学史的研究与写作》,上海:上海教育出版社,2000 年版。

钱理群著:《语文教育门外谈》,桂林:广西师范大学出版社,2003 年版。

钱理群著:《周作人传》,北京:北京十月文艺出版社,1990 年版。

秦和鸣主编:《民国章回小说大观》,北京:中国文联出版社,1995 年版。

芮和师等编:《鸳鸯蝴蝶派文学资料》,福州:福建人民出版社,1984 年版。

少儿出版社编:《1913—1949 儿童文学文论选集》,上海:少年儿童出版社,1962 年版。

申丹著:《叙述学与小说文体学》(1998 年初版),北京:北京大学出版社,2004 年版。

盛巽昌、朱守芬编:《郭沫若和儿童文学》,北京:少年儿童出版社,1990 年版。

石昌渝著:《中国小说源流论》,北京:三联书店,1994 年版。

孙培青主编:《中国教育史》(修订版),上海:华东师范大学出版社,2000 年版。

汤哲声著:《中国现代通俗小说流变史》,重庆:重庆出版社,1999 年版。

唐兵著:《儿童文学中的女性主义声音》,武汉:湖北少年儿童出版社,2003 年版。

唐池子著:《第四度空间的细节》,武汉:湖北少年儿童出版社,2003 年版。

陶东风、徐艳蕊著:《当代中国的文化批评》,北京:北京大学出版社,2006 年版。

陶东风著:《文体演变及其文化意味》,昆明:云南人民出版社,1994 年版。

田若虹著:《陆士谔小说考论》,上海:上海三联书店,2005 年版。

王德威著:《被压抑的现代性》宋伟杰译,北京大学出版社,2005 年版。

王德威著:《想象中国的方法》,北京:三联书店,1998 年版。

王海林著:《中国武侠小说史略》,太原:北岳文艺出版社,1988 年版。

王立著:《武侠文化通论》,北京:人民出版社,2005 年版。

王立著:《武侠文化通论续编》,北京:人民出版社,2011 年版。

王泉根、赵静等著:《儿童文学与中小学语文教学》,广州:广东教育出版社,2006 年版。

王泉根评选《中国现代儿童文学文论选》,南宁:广西人民出版社,1989 年版。

王泉根主编:《现代中国科幻文学主潮》,重庆:重庆出版社,2011 年版。

王泉根著:《现代儿童文学的先驱》,上海:上海文艺出版社,1987 年版。

王泉根著:《现代中国儿童文学主潮》,重庆:重庆出版社,2000 年版。

王人路编:《儿童读物的研究》,上海:中华书局,1933 年版。

王向远著:《二十世纪中国的日本翻译文学史》,北京师范大学出版社,2001 年版。

王小波:《黄金时代》,广州:花城出版社,1997 年版。

王晓平著:《近代中日文学交流史稿》,长沙:湖南文艺出版社,1987 年版。

韦青编:《梁羽生及其武侠小说》,香港:伟青书店,1989 年版。

韦商编:《叶圣陶和儿童文学》,上海:少年儿童出版社,1990 年版。

韦苇著:《世界童话史》(修订本),福州:福建教育出版社,2002 年版。

韦苇著:《外国童话史》,石家庄:河北少年儿童出版社,2003 年版。

吴其南著:《童话的诗学》,北京:中国文联出版社,2001 年版。

吴其南著:《中国童话史》,石家庄:河北少年儿童出版社,1992 年版。

吴秀明、陈力君主编:《大众文学与武侠小说》,北京:北京大学出版社,2011 年版。

吴岩主编:《2006 年度中国最佳科幻小说集》,成都:四川人民出版社,2007 年版。

吴岩主编:《科幻小说集》,成都:四川人民出版社,2010 年版。

吴岩著:《科幻文学论纲》,重庆:重庆出版社,2011 年版。

夏志清著:《中国现代小说史》李绍铭等译,上海:复旦大学出版社,2005 年版。

向楷著:《世情小说史》,杭州:浙江古籍出版社,1998 年版。

谢芳群著:《文字和图画中的叙述者》,武汉:湖北少年儿童出版社,2003 年版。

星河、王逢振选编:《2007 中国年度科幻小说》,桂林:漓江出版社,2008 年版。

星河、王逢振选编:《2008 中国年度科幻小说》,桂林:漓江出版社,2009 年版。

星河、王逢振选编:《2009 中国年度科幻小说》,桂林:漓江出版社,2010 年版。

徐德明著:《中国现代小说雅俗流变与整合》,北京:社会科学文献出版社,2000 年版。

严家炎主编:《二十世纪中国文学史》(上、中、下册),北京:高等教育出版社,2010 年版。

严家炎著:《金庸小说论稿》,北京:北京大学出版社,2007 年版。

杨国明著:《晚清小说与社会经济转型》,上海:世纪出版集团、东方出版中心,2005 年版。

杨联芬著:《晚清至五四:中国文学现代性的发生》,北京:北京大学出版社,2003 年版。

杨义著:《中国现代小说史》(第 3 卷),北京:人民文学出版社,1986 年版。

袁进著:《中国文学的近代变革》,南宁:广西师范大学出版社,2006 年版。

张香还编:《中国儿童文学史》(现代部分),杭州:浙江少年儿童出版社,1988 年版。

张耀辉编:《巴金和儿童文学》,上海:少年儿童出版社,1990 年版。

张之伟著:《中国现代儿童文学史稿》,上海:华东师范大学出版社,1993 年版。

赵景深编:《童话评论》,上海:上海新文化书社,1924 年版。

赵景深著:《童话论集》,上海:开明书店,1927 年版。

赵景深著:《童话学 ABC》,上海:世界书局,1929 年版。

赵毅衡著:《当说者被说的时候——比较叙述学导论》,北京:中国人民大学出版社,1998 年版。

郑尔康、盛巽昌编:《郑振铎和儿童文学》,上海:少年儿童出版社,1990 年版。

郑家建著:《中国文学现代性的起源语境》,上海:上海三联书店,2002 年版。

郑翔贵著:《晚清传媒视野中的日本》,上海古籍出版社,2003 年版。

钟叔河编:《周作人文类编》,长沙:湖南文艺出版社,1998 年版。

周宪等编:《当代西方艺术文化学》(中译本),北京:北京大学出版社,1988 年版。

朱德发、贾振勇著：《评判与建构—现代中国文学史学》，济南：山东大学出版社，2002 年版。

朱德发著：《主体思维与文学史观》，济南：山东教育出版社，1997 年版。

朱鼎元著：《儿童文学概论》，北京：中华书局，1924 年版。

朱晓进等著：《非文学的世纪：20 世纪中国文学与政治文化关系史论》，南京：南京师范大学出版社，2004 年版。

朱自强、何卫青著：《中国幻想小说论》，上海：少年儿童出版社，2006 年版。

朱自强著：《中国儿童文学与现代化进程》，杭州：浙江少年儿童出版社，2000 年版。

后　记

在苏州大学读博士期间,学识深厚渊博的导师刘祥安让我关注小说叙事的问题,此时的我正沉迷于范伯群先生那里的通俗文学研究资料中。在史料和理论学习中,我确定了非写实幻想类小说的研究方向,这一来就过去了十几年。汗颜的是,成果寥寥。这本书稿,是在博士论文基础上,申报了国家社科基金项目而完成的。第一部分曾经在西北大学出版社以《晚清　想象　小说》为书名出版过,那是十年前的事情了。后来,忙碌于各种无聊琐事,书稿修订断断续续,以至于拖延至今才面世。

现今回顾当时的研究,似乎还是可以继续跟进的,很多问题的探讨还是刚刚起步,没有展开。书中一些篇章在杂志上曾经发表过,但是没有能够呈现出完整的思考框架。因此,我希望将对幻想小说的研究能够继续下去,打破雅俗界限,从"想象力"这一视角切入到20世纪中国小说发展轨迹中,考察更具有艺术本质性的内在动力和特征,从而深入认知"小说"这一文类在我们国人的生命中的存在意义,也由此对当代小说的发展有一定的启示性。

这些年的研究中,有太多的回忆和感受。导师刘祥安一路提领,给予我方向和力量。范伯群先生,更是我的引路人,生命中受益良多,甚是想念!还有我的硕士导师陈学超先生,始终微笑着鼓励着我。是这些老师,让我不断前进,才有了出版这本书的勇气。这本书,不是我的学术阶段的总结,而是我前行的起点,我要以更为精进的研究成果奉献于学界,才能无愧于做他们的弟子。

本书的研究,还要感谢国家社科基金的资助,书稿的出版,更是要感谢西北大学文学院的鼎力扶持,在此,一并致以深深的谢意!

责任编辑：洪　琼
封面设计：石笑梦
版式设计：胡欣欣

图书在版编目（CIP）数据

20 世纪中国幻想小说史论/冯鸽 著. —北京：人民出版社，2022.3
ISBN 978－7－01－023762－6

Ⅰ.①2…　Ⅱ.①冯…　Ⅲ.①幻想小说-小说史-研究-中国-20 世纪
Ⅳ.①I207.409

中国版本图书馆 CIP 数据核字（2021）第 187692 号

20 世纪中国幻想小说史论
20 SHIJI ZHONGGUO HUANXIANG XIAOSHUO SHILUN

冯 鸽 著

人民出版社 出版发行
（100706　北京市东城区隆福寺街 99 号）

北京中科印刷有限公司印刷　新华书店经销

2022 年 3 月第 1 版　2022 年 3 月北京第 1 次印刷
开本：710 毫米×1000 毫米 1/16　印张：25
字数：339 千字

ISBN 978－7－01－023762－6　定价：89.00 元

邮购地址 100706　北京市东城区隆福寺街 99 号
人民东方图书销售中心　电话（010）65250042　65289539